"What I have most wanted to do······
is to make political writing into an art."

"내가 가장 하고 싶었던 것은
정치적 글쓰기를 예술로 만드는 것이다."
—조지 오웰

조지 오웰

#George Orwell

디 에센셜

The essential

1

정회성 강문순

민음사

차례

1984

극단적인 전체주의 사회인 오세아니아와 허구의 인물 빅 브라더를 소재로
한 디스토피아 소설. 독재가 첨단 과학 기술과 만나 어떻게 개인의 사생활을
통제하는지 섬뜩하게 묘사했다. 오웰은 이 작품을 1948년에 완성했는데,
제목인 '1984'는 '48'을 뒤바꾼 것이다. 이 소설은 제목이 가정했던 가까운
미래로부터 삼십 년이 흐른 지금까지도 여전히 유효한 메시지를 던지고 있다.

1984

1부

1

4월, 맑고 쌀쌀한 날이었다. 시계들의 종이 열세 번 울리고 있었다. 윈스턴 스미스는 차가운 바람을 피해 턱을 가슴에 처박고 승리 맨션의 유리문으로 재빨리 들어갔다. 막을 새도 없이 모래 바람이 그 뒤를 따라 들이닥쳤다.

복도에서는 삶은 양배추와 낡은 매트 냄새가 풍겼다. 복도 한쪽 끝 벽에 컬러 포스터가 붙어 있었다. 실내에 붙이기엔 지나치게 큰 것이었다. 포스터에는 폭이 1미터도 넘는 커다란 얼굴이 그려져 있었다. 덥수룩한 검은 수염에 마흔댓 살쯤 되어 보이는 잘생긴 남자 얼굴이었다. 윈스턴은 계단 쪽으로 향했다. 엘리베이터는 있으나마나 한 것으로, 경기가 좋을 때도 좀처럼 가동되지 않았다. 그런 터에 지금은 한낮이라 전기조차 들어오지 않고 있었다. 증오주간(*Hate Week*)에 대비한 절약 운동 탓이었다. 윈스턴의 방은 7층이었다. 서른아홉 살의 그는 도중에 몇 차례나 쉬면서 천천히 계단을 올라가야 했다. 오른쪽 발목에 정맥류성 궤양을 앓고 있기 때문이었다. 층계참을 지날 때마다 엘리베이터 맞은편 벽에 붙은 커다란 얼굴의 포스터가 그를 노려보았다. 그것은 사람이 움직이는 대로 눈동자가 따라 움직이도록 고안된 포스터였다. 포스터 아래에는 '빅 브라더가 당신을 지켜보고 있다.'라는 글이 적혀 있었다.

방 안에서 낭랑한 목소리가 들렸다. 무쇠 생산과 관계되는 무언가 숫자로 이루어진 목록을 읽는 소리였다. 그 목소리는 뿌연 거울 같은 직사각형의 금속판에서 흘러나왔다. 금속판은 오른쪽 벽에 붙어 있었다. 윈스턴이 스위치를 돌리자 목소리는 약간 작아졌지만 여전히 또렷하게 들렸다. '텔레스크린'이라는 그 금속판은 소리를 줄일 수는 있어도 완전히 끌 수는 없게 되어 있었다. 윈스턴은 창가로 다가갔다. 당의 제복인 파란색 작업복 탓에 작고 야윈 그의 몸이 한층 부각되어 보였다. 그는 금발에 선천적으로 붉은 얼굴인데, 싸구려 비누와 날이 무딘 면도칼을 쓰는 데다 이제 막 물러간 겨울 추위 탓에 피부가 거칠었다.

닫힌 창유리에 비친 바깥은 추워 보였다. 저 아래

거리에서 자그마한 회오리바람이 일면서 흙먼지와
종잇조각들이 나선형으로 빙빙 돌았다. 태양은 빛나고
하늘은 더없이 푸르렀지만, 여기저기 붙어 있는 포스터
외에는 색채란 게 없어 보였다. 검은 수염의 얼굴이
관망하기 좋은 구석구석 어디에서나 내려다보고 있었다.
포스터는 바로 맞은편 집 앞에도 붙어 있었다. 검은 눈이
윈스턴의 눈을 매섭게 노려보며 '빅 브라더가 당신을
지켜보고 있다.'라고 을러댔다. 저 아래 길에서 한쪽
모서리가 찢긴 또 하나의 포스터가 바람에 펄럭였고, 그에
따라 '영사(*INGSOC*: 영국 사회주의, England Socialism의 새로운
약어)'라는 낱말이 보였다 안 보였다를 반복했다. 멀리서
헬리콥터가 지붕 사이를 스치듯이 날아다니며 쉬파리처럼
잠시 맴돌다가 방향을 바꾸어 날아가 버렸다. 창문을 통해
사람들을 엿보는 순찰기였다. 하지만 순찰 따위는 별것이
아니었다. 문제는 사상경찰(Thought Police)이었다.

윈스턴의 등 뒤에 있는 텔레스크린에서는 아직도 무쇠
생산과 제9차 3개년 계획의 초과 달성에 대해 지껄이고
있었다. 텔레스크린은 수신과 송신이 동시에 가능하다.
이 기계는 숨죽인 속삭임을 넘어서는 모든 소리를
낱낱이 포착한다. 더욱이 윈스턴이 이 금속판의 감시
범위 안에 있는 한 소리는 물론이고 행동까지 감지된다.
물론 언제 감시를 받고 있는지 알 수는 없다. 사상경찰이

개개인에 대한 감시를 얼마나 자주, 그리고 어떤 방법으로
행하는지는 단지 추측만 할 수 있을 뿐이다. 어쩌면
사상경찰이 항상 모든 사람을 감시한다고 볼 수도 있을
것이다. 아무튼 그들은 필요하다면 언제든지 감시의 선을
꽂을 수 있다. 그래서 사람들은 자신이 내는 소리가 모두
도청을 당하고, 캄캄한 때 외에는 동작 하나하나까지
감시당하고 있다는 생각을 하며 살아야 했는데, 오랜 세월
그렇게 하다 보니 어느새 그런 생활이 본능적인 습관이
되어 버렸다.

　윈스턴은 여전히 텔레스크린을 등지고 있었다. 물론
등진다고 해서 안 보이는 것은 아니란 사실을 알고는
있었지만, 그래도 그렇게 하는 편이 안전하다는 생각이
들었다. 그의 일터인 진리부(眞理部) 건물이 1킬로미터쯤
떨어진 지점의 음침한 풍경 위로 거대한 자태를 드러낸
채 희부옇게 솟아 있었다. 이곳이 에어스트립 원(Airstrip
One)의 중심 도시이며 오세아니아에서 세 번째로 인구가
많은 런던이라니……. 윈스턴은 씁쓸한 생각이 들었다.
런던이 옛날에도 이랬던가? 그는 어렸을 때의 기억을
더듬어 보았다. 그때도 지금처럼 낡은 19세기 가옥들이
즐비한 가운데 벽들은 통나무로 받쳐져 있고, 창문들은
마분지가 덕지덕지 발라져 있으며, 지붕의 함석판은
쭈그러져 있는 데다 마당을 에워싼 담은 들쭉날쭉 볼품이

없었던가? 폭탄이 떨어진 자리마다 횟가루가 날리고,
분홍바늘꽃이 자갈더미 위에 어지럽게 흩어져 있었던가?
폭탄이 휩쓸고 지나간 공터에 닭장같이 생긴 지저분한
판잣집들이 들어섰던가? 그러나 소용없는 일이었다.
그는 그런 장면들을 기억해 낼 수가 없었다. 어린 시절에
대해서는 아무런 배경이 없는 데다 뭐가 뭔지 분간할 수도
없는, 그저 환한 그림 같은 일련의 정경만이 남아 있을
뿐이었다.

　신어(新語)[1]로 '진부'라고 하는 진리부는 다른 건물들과
판이하게 달랐다. 흰색 콘크리트로 번쩍이는 피라미드
모양의 그 웅장한 건물은 층마다 계단식으로 쌓아 올려진
채 300미터나 하늘 높이 솟아 있었다. 흰 건물 전면에는
윈스턴이 서 있는 곳에서도 훤히 보이는 당의 세 가지
슬로건이 우아한 필체로 쓰여 있었다.

전쟁은 평화

자유는 예속

무지는 힘

1　오세아니아의 공용어. 신어의 구조와 원리에 대한 설명은 이 책의
　부록에 실려 있음 ― 원주.

진리부에는 지상에 3000개의 방이 있는데, 지하에도 그만한 수의 방이 있다고 한다. 런던에는 외형과 규모가 이와 비슷한 건물이 세 동이나 더 있다. 그런데 이들 건물 때문에 주위의 다른 건물들은 형편없이 작아 보인다. 그래서 승리 맨션 지붕에서는 이 네 건물을 한꺼번에 볼 수 있다. 이 건물들은 모든 정부기관이 들어서 있는 네 개의 청사다. 보도·연예·교육 및 예술을 관장하는 진리부, 전쟁을 관장하는 평화부(平和部), 법과 질서를 유지하는 애정부(愛情部), 경제 문제를 책임지는 풍요부(豊饒部)가 그것들이다. 이 이름들은 신어로 각각 '진부', '평부', '애부', '풍부'라고 한다.

애정부는 그야말로 무시무시한 곳이다. 그 건물에는 창문이 하나도 없다. 윈스턴은 애정부에 들어가 보기는커녕 그 근처 500미터 내에 얼씬거린 적도 없다. 그곳은 공적인 일로만 들어갈 수 있는데, 그것도 미로 같은 가시철조망과 철문을 비롯해 기관총이 숨겨져 있는 초소들을 통과해야 가능하다. 건물 외부 관문으로 이어진 거리에서조차 검은 제복의 고릴라처럼 생긴 위병들이 마디진 곤봉을 차고 어슬렁거린다.

윈스턴은 갑자기 돌아섰다. 그러고는 짐짓 즐거운 표정을 지었다. 텔레스크린을 마주 대할 때는 그런 표정이 유리하기 때문이었다. 그는 방을 가로질러 좁은 부엌으로 들어갔다. 그 시간에 청사를 나오느라 식당에서 점심을 먹지 못했던 것이다. 그는 다음 날 아침 식사로 남겨 둔 흑빵 한 덩어리 외에 먹을 것이 하나도 없다는 사실을 알고 있었으므로 선반에서 '승리주(VICTORY GIN)'라는 흰색 라벨이 붙은 맑은 술병을 꺼냈다. 그 술은 쌀로 빚은 중국의 화주처럼 독한 데다 느글느글하니 구역질 나는 냄새를 풍겼다. 윈스턴은 술을 찻잔에 가득 찰 만큼 따르자마자 쓰디쓴 약을 삼키듯 진저리를 치며 단숨에 마셔 버렸다.

그의 얼굴은 금세 붉게 달아올랐고, 눈에서는 눈물이 핑 돌았다. 그 술은 초산 같아서 삼키는 순간 몽둥이로 뒤통수를 한 대 얻어맞은 듯한 기분이 든다. 하지만 이내 타는 듯 화끈거리던 배 속이 가라앉으면서 기분 좋은 취기가 돌기 시작한다. 윈스턴은 '승리 담배(VICTORY CIGARETTES)'라고 표시된 구겨진 담뱃갑에서 담배 한 개비를 꺼내 무심코 만지작거렸다. 그러다 그만 담배 가루를 몽땅 바닥에 떨어뜨렸다. 그는 다시 한 개비를 꺼내 입에 물고 거실로 돌아가서 텔레스크린 왼쪽에 있는 자그마한 책상 앞에 앉았다. 그런 다음 서랍에서 펜대와 잉크병, 그리고 붉은색 뒷표지에 앞표지는 대리석 색깔인 두툼한 4절 노트를 꺼냈다.

거실의 텔레스크린이 보통의 경우와는 다른 위치에

설치된 데는 이유가 있다. 일반적으로 텔레스크린은 방 안 전체를 볼 수 있도록 벽 끝에 설치된다. 하지만 윈스턴의 거실에는 창문 맞은편 기다란 벽에 설치되어 있다. 이 벽 한쪽 끝에 윈스턴이 지금 앉아 있는 움푹 들어간 곳이 있는데, 이는 아마도 맨 처음 맨션을 지을 때 책장을 놓기 위해서 그렇게 만든 듯하다. 그런데 이 움푹 들어간 곳에 앉아서 몸을 잘 숨기기만 하면 텔레스크린의 감시망을 벗어날 수 있다. 물론 윈스턴이 내는 소리는 들리겠지만, 지금처럼 몸을 움츠리고 있는 한, 보이지는 않을 것이다. 어쨌든 거실이 이처럼 독특한 구조를 지닌 것도 그가 이제 막 시작하려는 일의 부분적인 동기가 되었다.

그러나 그 주요 동기는 서랍에서 방금 꺼낸 노트에 있었다. 그것은 그야말로 근사한 노트였다. 오래되어 색이 약간 누렇게 바래기는 했지만, 매끄러운 크림색 종이로 된 노트는 적어도 지난 사십 년 동안은 만들어지지 않은 것이었다. 그러니까 사십 년도 더 된 것이라고 볼 수 있었다. 윈스턴은 이 도시의 빈민가(어느 빈민가였는지 생각나지 않는다.)에 있는 쾨쾨한 곰팡내가 나는 자그마한 고물상의 진열장에서 그 노트를 발견하자마자 갖고 싶은 충동을 느꼈다. 그런데 당원들은 일반 상점(이를 '자유시장 거래'라고 칭한다.)에는 출입이 금지되어 있었다. 하지만 이 규칙은 제대로 지켜지지 않았다. 다른 곳에서는 구할 수 없는 구두끈이나 면도날 같은 갖가지 물건들이 그 같은 일반 상점에 있기 때문이었다. 그는 거리를 위아래로 재빨리 살펴본 다음 상점 안으로 뛰어 들어가서 노트를 2달러 50센트에 샀다. 그때만 해도 어떤 특별한 목적이 있어서 노트를 갖고 싶었던 것은 아니었다. 그는 무슨 죄라도 지은 듯 그것을 조심스레 가방에 넣고 집으로 돌아왔다. 그 속에 아무것도 적혀 있지 않다고 해도 노트는 의심을 살 만한 물건이었다.

윈스턴이 시작하려는 일은 일기를 쓰는 것이었다. 일기 쓰기는 불법이 아니었다.(법이란 게 없으니 불법이란 것도 있을 리 없다.) 하지만 발각될 경우 사형 아니면 적어도 강제노동 이십오 년 형의 선고를 받을 것이 틀림없었다. 윈스턴은 펜촉을 펜대에 꽂고 펜 끝의 기름기를 닦아 냈다. 펜은 서명할 때도 거의 사용되지 않는 구식 필기도구였다. 그럼에도 그가 그것을 남몰래 어렵사리 구한 이유는 근사한 크림색 노트에는 볼펜으로 끼적거리기보다 진짜 펜촉으로 써야 어울릴 것 같은 생각이 들었기 때문이었다. 그렇지만 그는 손으로 글을 쓰는 일에 익숙지 않았다. 아주 짧은 글 외에는 모든 것을 구술기록기에 불러 주는 것이 상례였다. 물론 지금은 그렇게 할 수 없었다. 그는 펜촉을 잉크에 적시고 잠시 머뭇거렸다. 짜릿한 전율이 배 속을 훑고 지나갔다. 종이에 글을 쓴다는 것은 결단력이 필요한 중대 행위였다. 그는 작고 서툰 글씨로 다음과 같이 썼다.

1984년 4월 4일

그는 몸을 뒤로 젖히고 앉았다. 무력감이 그를
사정없이 짓눌렀다. 우선 올해가 1984년이 맞는지
어떤지 알 수 없었다. 나이가 서른아홉 살인 것만은 거의
확실했다. 1944년이나 1945년에 태어난 것으로 알고
있으니까 틀림없이 그쯤 될 것이다. 그러나 요즘에는 일이
년 내의 어떤 날짜도 정확하게 말할 수가 없다.

누구를 위해 이 일기를 쓰는가? 그는 별안간
의아스러운 생각이 들었다. 미래를 위해서? 아직 태어나지
않은 후세를 위해? 그는 잠시 일기장에 적힌 날짜를
의심스러운 눈초리로 바라보며 생각에 잠겼다. 문득
'이중사고(*doublethink*)'라는 신어가 그의 뇌리에 떠올랐다.
그는 자신이 엄청난 일을 하고 있다는 사실을 처음으로
절실히 깨달았다. 어떻게 미래와 소통할 수 있단 말인가?
그런 일은 본질적으로 불가능하다. 미래가 현재와
비슷하다면 그의 말에 귀 기울이지 않을 것이고, 다르다면
이 수난의 기록은 무의미한 것이 되리라.

그는 한동안 멍하니 노트를 바라보며 앉아 있었다.
텔레스크린에서 귀에 거슬리는 군악 소리가 흘러나왔다.

그는 자신을 표현할 수 있는 능력을 상실한 데다 애초
의도했던 말이 무엇이었는지조차 까맣게 잊어버린 것 같은
이상한 기분을 느꼈다. 지난 몇 주 동안 그는 이 순간을
위해서 만반의 준비를 해 왔다. 그러면서 용기만 있으면
무슨 일이든 할 수 있다고 굳게 믿었다. 사실 글을 쓰는 일
자체는 어려운 것이 아니었다. 지난 수년 동안 그의 뇌리를
스쳐 지나간 무수한 독백을 글자 그대로 종이에 옮기기만
하면 그만이었다. 그런데 어찌된 일인지 그런 독백마저
고갈되어 버렸다. 그런 데다 정맥류성 궤양이 생긴 자리가
참을 수 없을 정도로 가렵기 시작했다. 하지만 시원스레
긁어 댈 수도 없는 노릇이었다. 긁기만 하면 어김없이
벌겋게 부어올라서 염증을 일으키기 때문이었다. 시간이
똑딱거리는 시계 소리와 함께 지나갔다. 앞에 놓인 노트의
공백, 발목 피부의 가려움증, 군악대의 나팔 소리, 술로
인한 약간의 취기……. 그가 의식하는 것이라고는 고작
이런 것들뿐이었다.

　　그는 별안간 공포감을 느끼며 글을 써 내려가기
시작했다. 자신이 무엇을 하고 있는지조차 의식하지 못한
상태에서였다. 그는 어린아이가 쓴 것처럼 작고 비뚤비뚤한
글씨로, 첫자를 대문자로 쓰는 것과 문장 끝에 마침표를
찍는 것도 무시한 채 노트의 공백을 메워 나갔다.

1984년 4월 4일

어젯밤엔 영화관에 갔다. 모두 전쟁 영화였다. 피난민을
가득 실은 배가 지중해 근처에서 폭격을 당하는 장면이
가장 볼 만했다. 크고 뚱뚱한 사내가 그를 추격하는
헬리콥터를 피해 헤엄쳐 도망가다가 사살되는 장면에
이르자 관객들이 환호성을 질렀다. 처음에는 그 사내가
돌고래처럼 물속에서 허우적거리는 장면이 나왔는데,
곧이어 헬리콥터의 사격 조준기 안으로 그의 모습이
들어왔다. 사내는 순식간에 구멍투성이가 되고, 주위
바닷물은 핏빛으로 물들었다. 이윽고 사내의 몸이 구멍을
통해 물이 새어들기라도 한 것처럼 물속으로 쏙 들어가
버렸다. 그러자 관객들이 폭소를 터뜨리며 소리를 질러
댔다. 그다음에는 아이들을 가득 태운 구명보트 위에서
헬리콥터가 맴도는 장면이 나왔다. 유태인으로 보이는 중년
부인이 뱃머리에서 세 살쯤 된 사내아이를 안고 있었다.
아이는 소스라치게 놀란 나머지 비명을 지르면서 마치
엄마의 품속으로 뚫고 들어가기라도 할듯 머리를 처박고
있었고, 부인은 부인대로 새파랗게 질린 채 두려움에
떨면서도 아이를 끌어안고는 달래고 있었다. 감싸듯이
꼭 끌어안고 있는 것으로 보아 그녀는 자신의 두 팔이
아들을 총알로부터 구해 낼 수 있다고 믿는 것 같았다.
그러나 헬리콥터는 20킬로그램짜리 폭탄을 떨어뜨렸고,

무시무시한 섬광이 번쩍하는 순간 보트가 산산조각으로
부서져 버렸다. 그때였다. 한 아이의 팔이 하늘 높이
치솟았다. 그 장면은 기수에 카메라를 단 헬리콥터가 팔을
따라 올라가면서 찍은 것이 분명했다. 아무튼 그 장면이
나오자 당원석에서 요란한 박수갈채가 터졌는데, 앞자리
노동자 좌석에 앉은 한 여자가 갑자기 소란을 피우며 "이런
걸 아이들에게 보여 줘서는 안 된다!", "어린애들에게 이런
걸 보이는 건 잘못이다!"라고 소리를 지르다가 경찰에게
끌려 밖으로 나갔다. 그 여자한테는 아무 일도 생기지
않았을 것이다. 프롤이 지껄이는 말에는 아무도 신경을 쓰지
않기 때문이다. 그들은 프롤의 전형적인 반발에도 결코…….

윈스턴은 팔에 쥐가 나서 글쓰기를 중단했다.
도대체 무엇 때문에 이런 쓸데없는 짓거리를 하고
있는지 알 수 없었다. 그런데 그가 쓰기를 중단하고 있는
동안 희한하게도 전혀 엉뚱한 기억이 선명하게 뇌리에
떠올랐다. 아무래도 그것을 적어 두지 않으면 안 될 것
같았다. 그는 그제야 비로소 깨달았다. 자기가 오늘 집에
와서 갑자기 일기를 쓰기 시작하기로 작정한 것도 바로 그
사건 때문이라는 사실을.
그처럼 사소한 일도 사건으로 칠 수 있다면, 그 사건은
바로 그날 아침 진리부에서 일어났다.

11시쯤이었다. 윈스턴이 일하는 기록국에서 직원들이 맞은편에 커다란 텔레스크린이 설치되어 있는 사무실 한가운데로 의자들을 끌어모아 놓고 '이 분 증오(Two Minutes Hate)'를 준비했다. 이윽고 윈스턴이 가운데 줄에 앉았을 때였다. 안면만 있을 뿐 대화 한 번 나누어 본 적 없는 두 사람이 느닷없이 사무실로 들어왔다. 그중 한 사람은 복도를 오가며 자주 얼굴을 마주친 여자였다. 이름은 모르지만, 창작국에서 근무하는 것은 알고 있었다. 가끔씩 기름 묻은 손으로 스패너를 들고 다니는 것으로 보아 소설 제작기를 다루는 일을 맡고 있을 터였다. 스물일곱 살쯤 되었을까, 대담해 보이는 여자였다. 여자는 검은 머리카락에 숱이 많고, 얼굴은 주근깨투성이인 데다 운동을 한 듯 행동이 민첩했다. '청소년반성연맹(Junior Anti-Sex League)'의 휘장인 좁은 진홍색 띠를 작업복 허리에 여러 번 감이 엉덩이 모양이 한층 맵시 있게 돋보였다. 윈스턴은 처음 본 순간부터 그녀가 싫었다. 그럴 만한 이유가 있었다. 그 여자에게서는 하키 운동장이나 냉수욕, 또는 단체 행군의 분위기가 느껴졌다. 애써 청결해지려고 노력하는 듯한 인상을 풍기는 것도 마음에 들지 않았다. 그는 거의 모든 여자들, 특히 젊고 아름다운 여자들을 싫어했다. 고집스럽게 당에 충성하는 사람들, 슬로건을 곧이곧대로 신봉하는 사람들, 아마추어

스파이들, 이단의 냄새를 귀신같이 맡는 사람들을 보면 거의 여자들, 그것도 젊은 여자들이었다. 그런데 그 여자는 다른 여자들보다 더 위험한 것 같은 인상을 풍겼다. 언젠가 복도에서 서로 지나쳤을 때였다. 그녀가 곁눈질로 슬쩍 쳐다본 순간, 윈스턴은 자기 마음속을 훤히 꿰뚫어본 것 같아서 섬뜩했다. 여자가 사상경찰의 끄나풀일지도 모른다는 생각도 들었다. 하지만 그럴 리는 없었다. 그래도 그는 그 여자가 가까이 있을 때마다 적의와 두려움이 뒤섞인 이상야릇한 불안감에 사로잡히곤 했다.

또 한 사람은 '오브라이언'이라는 내부당원으로, 윈스턴이 잘 알지 못하는 뭔가 대단히 중요하면서도 은밀한 직위에 있는 남자였다. 검은 제복의 내부당원이 가까이 다가오자 의자에 앉아 있던 사람들이 일제히 입을 다물었다. 오브라이언은 몸집이 크고 건장했다. 그런 데다 목이 굵고 얼굴이 우락부락하게 생겨 우스꽝스러우면서도 어딘지 야비한 인상이었다. 그러나 겉모습은 험상궂어도 그 태도에는 매력적인 구석이 있어 보였다. 그는 버릇인 듯 콧잔등에 내려온 안경을 추켜올리곤 했다. 그런데 그것이 어떻다고 명확히 말할 수는 없지만, 묘하게 세련된 듯 보이면서 상대방의 긴장을 풀어 주었다. 그의 제스처는 18세기의 귀족들이 손님에게 담뱃갑을 내놓는 모습을 연상시켰다. 윈스턴은 최근 몇 년 동안 오브라이언을 열두

번쯤 보았을 것이다. 그가 오브라이언에게 마음 깊이
끌리고 있는 것은 단지 그의 도시인다운 세련된 태도와
권투 선수 같은 체격이 풍기는 묘한 대조에 흥미를 느꼈기
때문만은 아니었다. 그보다는 오브라이언의 정치적인
신조가 불완전하리라는 은밀한 믿음, 아니 단순히 믿음이
아니라 그렇게 되기를 바라는 희망 때문이었다. 그의
얼굴에는 어쩔 수 없이 그런 것을 느끼게 하는 무엇인가가
있었다. 어쩌면 그의 얼굴에 쓰여 있는 것은 이단이 아니라
단순한 지성일지도 모른다. 어쨌든 텔레스크린이 없는
데서 단둘이 만날 수만 있다면, 한번쯤 말을 걸어봄 직한
사람이었다. 그러나 윈스턴은 그런 생각을 실행에 옮길
마음은 조금도 없었다. 어차피 그렇게 해 볼 방법 같은
것도 없는 상황이었다. 오브라이언이 손목시계를 힐끗
바라보았다. 표정으로 보건대 11시가 거의 다 된 것을 알고
'이 분 증오'가 끝날 때까지 기록국에 머물러 있기로 작정한
것 같았다. 그는 윈스턴으로부터 두 자리 건너 같은 줄에
앉았다. 그들 사이에는 윈스턴의 옆 책상에서 일하는 갈색
머리의 자그마한 여자가 앉아 있었다. 검은 머리의 여자는
바로 그 뒤에 자리 잡고 있었다.

어느 순간, 마치 기름을 치지 않은 거대한 기계
소리처럼 기분 나쁜 굉음이 사무실 끝에 있는 커다란
텔레스크린에서 울려 나왔다. 그 소리는 이가 악물리고

목뒤의 머리카락이 곤두설 정도로 무시무시했다. '증오'가
시작된 것이다.

여느 때와 마찬가지로 인민의 적인 임마누엘
골드스타인의 얼굴이 스크린에 나타났다. 여기저기에서
관중의 야유가 터져 나왔다. 갈색 머리의 자그마한
여자는 두려움과 혐오감이 뒤섞인 비명을 꽥꽥 질러
댔다. 골드스타인은 오래전(얼마나 오래전인지는 아무도
기억하지 못한다.) 당의 지도급 인물로서 빅 브라더와 거의
맞먹는 지위를 누렸는데, 반혁명 활동에 가담하여 사형
선고를 받았다가 용케 탈출한 뒤 감쪽같이 종적을 감춘
변절자이자 반동분자였다. '이 분 증오'의 프로그램은
날마다 바뀌었지만, 중심인물은 언제나 골드스타인이었다.
그는 최초의 반역자요, 당의 순수성을 처음으로 모독한
인간이었다. 그 후 일어난 모든 반당죄, 즉 반역과 파업
행위, 이단과 탈선 등은 그의 사주에 의해 생겨난
것이었다. 골드스타인은 아직도 어디에선가 생존해 있어
음모를 꾸미고 있을 터였다. 소문에 의하면, 그는 바다 건너
어딘가의 나라에서 외국인 후원자의 보호를 받고 있거나
이 오세아니아의 깊은 은신처에 숨어 있었다.

윈스턴은 아랫배가 죄는 듯 답답했다. 그는
골드스타인의 얼굴을 볼 때마다 고통스러울 정도로
마음이 심란했다. 그 유태인의 얼굴은 야위었는데,

후광처럼 넘실거리는 하얀 머리카락에 가느다란
염소수염까지 기르고 있어서 꽤 지혜롭게 보였다.
하지만 어딘지 모르게 선천적으로 비열한 듯한 인상을
풍겼다. 게다가 길쭉한 코끝에다 안경을 걸친 모습에는
노인들에게서나 볼 수 있는 우매함마저 서려 있었고,
얼굴과 목소리는 영락없이 염소를 닮아 있었다.
골드스타인은 여전히 당의 강령에 독설을 퍼붓고
있었는데, 내용이 지나치게 과장되고 신랄해서 어린아이도
그 속내를 훤히 들여다볼 수 있을 것 같았다. 하지만
그런 한편으로 그의 독설은 놀라울 만큼 그럴듯하기도
해서 보통 이하의 머리를 가진 사람들은 거기에 홀딱
넘어갈 게 틀림없었다. 그는 빅 브라더와 당의 독재를
비난하고, 유라시아와의 즉각적인 평화 협정을 요구했다.
그리고 언론, 출판, 집회, 사상의 자유를 주장하고,
혁명이 배반당했다며 신경질적으로 외쳐 댔다. 그의
독설은 당의 웅변가들이 습관적으로 사용하는 수법을
모방한 빠른 다음절(多音節)의 연설이었다. 그는 심지어
당원들이 일상생활 가운데에서 쓰는 것보다 더 많은
양의 신어를 섞어 가며 연설했다. 그러는 동안 사람들이
골드스타인의 허울 좋은 말 속에 혹시라도 일말의 진실이
숨어 있을지도 모른다는 의심을 품을까 봐 스크린에서는
그의 머리 뒤쪽으로 유라시아 군대의 행렬을 끊임없이

펼쳐 보이고 있었다. 아시아인의 그 무표정하고 굳은
얼굴을 한 군인들의 행렬이 스크린에 나타났다가
사라지기를 반복했다. 군인들의 단조롭고 규칙적인 군화
소리는 골드스타인이 내는 염소 목소리의 배경 음악으로
작용하고 있었다.

  '증오'가 시작된 지 삼십 초도 안 되어 사무실에 있는
사람들의 반 이상이 일제히 고함을 질러 댔다. 스크린에
비친 자만심 가득 찬 골드스타인의 염소 같은 얼굴과
그 뒤에 나타난 유라시아 군의 소름 끼치는 병사들을
보고는 도저히 참을 수가 없었던 것이다. 그렇지 않아도
골드스타인을 보거나 그에 대한 생각만 해도 자동적으로
공포와 분노의 감정이 솟구치던 터였다. 그는 유라시아나
이스트아시아보다 더 큰 증오의 대상이었다. 오세아니아가
그 두 나라 중 한 나라와 전쟁을 하면 나머지 나라와는
평화를 유지할 수 있겠지만, 그는 언제나 변함없는 증오의
대상일 뿐이었다. 그런데 희한하게도 골드스타인이
모든 사람들로부터 증오와 경멸을 받고, 하루에도
수천 번씩이나 연단, 텔레스크린, 신문과 책 등을 통해
그의 이론이 공격과 반박과 조롱을 당하며 쓸데없는
헛소리라고 매도되는데도 불구하고 그의 영향력은 커지면
커졌지 결코 줄어들지 않았다. 그런 데다 그에게 유혹되어
넘어가는 얼간이들이 자꾸만 생겨났다. 그의 지령에 따라

움직이는 스파이와 공작원들이 사상경찰에게 발각되지 않는 날이 단 하루도 없었다. 그는 거대한 비밀 군대의 사령관일 뿐만 아니라, 국가 전복을 꾀하는 음모자들로 구성된 지하 조직의 두목이었다. 그 조직 이름은 '형제단'이라고 했다. 또 골드스타인이 이단에 대한 이론을 적은 무시무시한 책이 있다는데, 소문에 의하면 그것은 여기저기에서 비밀리에 읽히고 있었다. 그 책은 제목도 없었다. 사람들은 그것을 단지 '그 책'이라고만 불렀다. 그러나 이것도 희미한 소문으로만 알고 있을 뿐이었다. 일반 당원들은 '형제단'이니 '그 책'이니 하는 말을 되도록 입에 담지 않았다.

이 분째로 접어들자 '증오'는 광적으로 변했다. 사람들은 스크린에서 흘러나오는 미칠 것만 같은 그 염소 목소리를 묵살해 버리려는 듯 펄쩍펄쩍 뛰며 목이 터져라 고래고래 소리를 질러 댔다. 갈색 머리의 자그마한 여자는 붉게 상기된 얼굴로, 마치 뭍에 오른 물고기처럼 연거푸 입을 뻐끔거렸다. 오브라이언의 무표정한 얼굴도 벌겋게 달아올라 있었다. 그는 의자에 꼿꼿이 앉은 채 밀려오는 파도에 맞서기라도 하듯 커다란 가슴을 벌름거렸다. 윈스턴의 뒤에 앉아 있는 검은 머리의 여자가 "돼지! 돼지! 돼지야!" 하고 소리를 지르더니 갑자기 두꺼운 신어사전을 집어서는 스크린을 향해 던졌다. 사전은 골드스타인의 코를 정통으로 맞히고 밑으로 떨어졌다. 스크린의 염소 목소리는 그에 굴하지 않고 계속 흘러나왔다. 잠시 정신을 차린 사이에 윈스턴은 자신도 다른 사람들과 함께 고함을 지르며 발뒤꿈치로 의자의 가로대를 마구 차고 있다는 사실을 깨달았다. '이 분 증오'가 끔찍한 것은 의무적으로 참가해야 하기 때문이 아니다. 저절로 거기에 휘말려 들기 때문에 끔찍한 것이다. 일단 휘말려 들면 삼십 초도 안 되어 어떤 억제도 소용없게 된다. 공포와 복수심에의 무서운 도취, 큼직한 쇠망치로 때리고, 고문하고, 얼굴을 깨부수어 죽이고 싶은 욕망이 전류처럼 모든 사람들에게 흘러 들어가서 뜻하지 않은 사람조차 오만상을 찌푸린 채 비명을 지르는 광적인 상태에 빠져 버린다. 그러나 이 사람들이 느끼는 분노는 램프의 불꽃처럼 대상을 이쪽에서 저쪽으로 바꿀 수 있는, 추상적이면서 방향 감각도 없는 감정이다. 그렇기 때문에 윈스턴의 증오는 어느 한순간 골드스타인이 아니라 그 정반대인 빅 브라더와 당, 사상경찰 쪽으로 향했다. 그 순간 윈스턴은 스크린에 나와 조롱을 받는 외로운 이단자, 거짓된 세상에서 진실과 온전한 정신을 수호하는 유일한 인물에게 애정을 느꼈다. 하지만 다음 순간, 그는 다시금 주위 사람들과 하나가 되어 골드스타인을 향해 쏟아지는 말들을 모두 진실로 받아들였다. 그리하여 빅 브라더에

대한 혐오는 찬양으로 바뀌었고, 빅 브라더가 아시아의
유목민에 대적해서 바위처럼 우뚝 선, 무적의 대담한
수호자인 반면에 골드스타인은 고립되어 무력하고 그 생존
여부도 의심스럽긴 하지만 목소리 힘만으로도 문명사회를
파괴시키는 사악한 마술사로 보였던 것이다.

　인간은 때에 따라서 의식적으로 증오의 대상을 바꿀
수 있다. 윈스턴은 악몽으로부터 깨어나려고 안간힘을
쓰는 사람처럼 갑자기 격렬하게 몸부림치면서 증오의
대상을 스크린의 얼굴에서 뒤에 있는 검은 머리의 여자로
바꾸었다. 순간 생생하면서도 아름다운 환영이 그의
뇌리를 스쳤다. 그는 경찰봉으로 그녀를 죽도록 패주고
싶었다. 그녀를 발가벗겨서 말뚝에 묶고는 성 세바스찬[2]의
경우처럼 온몸에 화살을 쏘아 죽이고 싶었다. 그녀를
강간하여 절정에 오른 순간에 목을 자르고 싶었다. 그는
이제야 '왜' 그녀를 그토록 증오하는지 좀 더 확실하게 알
것 같았다. 그녀를 증오하는 것은 그녀가 젊고 아름다운
데다 섹스에 무관심하기 때문이었다. 그녀와 동침하고
싶지만 절대로 응하지 않을 것이기 때문이었다. 양팔로
안아 달라는 듯 매혹적이고 나긋나긋한 허리에 순결의

2　고대 로마의 군인이자 선교사로 핍박을 받으면서도 신앙을 버리기를
　거부한 탓에 발가벗겨진 채 나무에 묶여 화살을 맞고 피살되었으나
　되살아나서 곤봉에 맞아 죽었다고 한다.

상징인 역겨운 진홍색 띠가 감겨 있기 때문이었다.

'증오'는 절정에 달했다. 골드스타인의 목소리는 진짜 염소 소리로 바뀌었다. 잠깐이지만 얼굴마저 염소 얼굴로 변했다. 염소 얼굴은 흐물흐물하면서 녹아내리는 듯하더니 금세 유라시아 군인의 모습으로 바뀌었다. 그 군인이 무시무시한 거인처럼 기관총을 갈겨 대면서 스크린 밖으로 뛰쳐나올 듯이 다가왔다. 그 바람에 앞줄에 앉은 사람들이 흠칫 놀라서 뒤로 물러났다. 그러나 사람들은 이내 안도의 한숨을 내쉬었다. 적개심을 드러낸 군인의 얼굴 대신 검은 머리에 검은 수염을 기른, 권력과 신비스러운 정적에 싸인 빅 브라더의 얼굴이 스크린에 나타났기 때문이었다. 빅 브라더가 무슨 말을 하는지 귀담아듣는 사람은 아무도 없었다. 그의 말은 두서너 마디의 격려사에 불과했는데, 일일이 알아듣기란 불가능했다. 하지만 그의 말을 듣고 있다는 사실 하나만으로도 서로의 신의를 회복할 수 있는, 마치 전쟁의 북새통에서 지시를 듣는 것과 같은 그런 격려사였다. 이윽고 빅 브라더의 얼굴이 물러나고 대문짝만 한 당의 세 가지 슬로건이 스크린에 나타났다.

전쟁은 평화

자유는 예속

무지는 힘

그런데 사람들 눈에 와닿은 충격이 너무 선명한 탓인지 빅 브라더의 얼굴이 곧바로 지워지지 않고 몇 초 동안 스크린에 그대로 남아 있는 것처럼 보였다. 갈색 머리의 자그마한 여자가 자기 앞의 의자 등받이에 몸을 갖다 대고는 "나의 구세주여!"라고 떨리는 목소리로 중얼거리면서 스크린을 향해 양팔을 벌렸다. 그러고는 두 손으로 얼굴을 감쌌다. 기도를 하고 있는 것 같았다.

그때 모든 사람들이 "빅 ── 브라더! ……빅 ── 브라더! ……빅 ── 브라더!"라는 찬가를 낮고 느린 가락으로 반복해서 부르기 시작했다. '빅'과 '브라더' 사이가 길게 늘어지면서 이어지는 그 장중한 합창은 마치 야만인들이 맨발로 춤추며 쳐 대는 북소리를 배경 음악으로 깔고 있는 듯했다. 사람들은 삼십 초 동안 계속 똑같은 소리를 냈다. 그것은 도저히 감정을 주체할 수 없는 순간에 흔히 부르는 일종의 후렴이요, 빅 브라더의 지혜와 위엄에 대한 찬가였다. 하지만 그보다는 리드미컬한 소리로 교묘하게 의식을 말살시키는 자기 최면 같은 행위였다. 윈스턴은 오장이 얼어붙는 것 같았다. '이 분 증오' 때는 그도 다른 사람들처럼 광란의 도가니에 빠져들지 않을 수 없었지만, "빅 ── 브라더!

……빅 ── 브라더!"라는 비인간적인 노래를 하는
순간에는 온몸에 소름이 쫙 끼쳤다. 물론 그 자신도
다른 사람들과 함께 노래를 불렀다. 그럴 수밖에 없었기
때문이다. 자신의 감정을 속이고 태연을 가장하여 다른
사람들이 하는 대로 따라하는 것은 본능적인 반사
작용일 수 있다. 그러나 자신의 눈에 의해 그 같은 위장
사실이 폭로되는 순간이 반드시 있게 마련이다. 바로 그런
순간이었다. 사건이라면 사건일 수도 있는 의미심장한
일이 일어났다.

　　순간적으로 그는 오브라이언과 눈이 마주쳤다.
오브라이언이 선 채 안경을 벗고 있다가 그만의 독특한
제스처로 다시 끼려던 찰나 서로 눈이 마주쳤던 것이다.
그때 윈스턴은 오브라이언이 자신과 똑같은 생각을
하고 있다는 것을 알아챘다. 그랬다. 그는 분명하게 그
사실을 알아챘다. 둘 사이에 무언의 대화가 오간 게
확실했다. 두 사람은 마음의 문을 열고 서로의 생각을
눈으로 전하고 있는 듯했다. '나는 당신 편이오. 당신이
뭘 생각하고 있는지 나는 다 알고 있소. 또 당신이 뭘
경멸하고 증오하며 혐오하는지도 다 알고 말이오. 하지만
걱정하지 마시오. 나는 당신 편이니까!'라고 오브라이언이
말하는 것 같았다. 그런데 곧 그 지성의 눈빛은 사라지고,
오브라이언의 얼굴은 다른 사람들처럼 불가사의한 표정이

되어 버렸다.

그것이 사건의 전모였고, 그래서 윈스턴은 그런 일이
진짜 일어났는지 알쏭달쏭했다. 그 일은 어떤 결과도
초래하지 않았다. 그들 사이에 일어났던 일은 단지 자신
외에 또 다른 당의 적이 있다는 믿음이나 희망을 갖게
하는 것일 뿐이었다. 어쩌면 방대한 지하 조직이 있다는
소문이 사실일지도 몰랐다. 요컨대 형제단이 정말로
있을지도 몰랐다! 체포와 자백과 처형이 끊임없이
이어지는 상황이었지만, 그렇다고 형제단의 존재가 단순히
신화가 아니라고 확신할 수는 없었다. 윈스턴은 그 존재를
어떤 때는 믿고, 또 어떤 때는 믿지 않았다. 뚜렷한 증거가
없기 때문이었다. 그는 그저 무심코 들은 이야기나 화장실
벽에 끼적거려져 있는 희미한 낙서나 낯선 두 사람이
지나치며 서로 알고 있다는 듯한 표정으로 간단히 해
보이는 손짓 따위에 무언가 의미가 있는 것도 같아 가볍게
관심을 기울이는 정도에서 그쳤을 뿐이었다. 그에게는 그
모든 것이 추측이고, 상상에 맡길 수밖에 없는 일이었던
것이다. 윈스턴은 오브라이언을 더 이상 쳐다보지 않고
사무실로 돌아왔다. 그는 오브라이언과 순간적으로
접촉한 사실에 대해 더 깊이 파고들고 싶지 않았다. 그렇게
하는 것은 매우 위험할 수도 있는 일이었다. 그들은 겨우
일이 초 동안 서로 모호한 눈빛을 주고받았을 뿐이고,

그것이 이 이야기의 끝이었다. 그러나 혼자 폐쇄된 고독 속에서 살아야만 하는 사람에게는 이런 것도 기억할 만한 사건이었다.

윈스턴은 몸을 세워 똑바른 자세를 취했다. 한차례 트림이 났다. 배 속에 든 술이 넘어올 듯 메슥거렸다.

윈스턴은 노트로 눈길을 돌렸다. 순간 그는 무기력하게 앉아서 생각에 잠겨 있는 동안에도 자신이 무의식중에 글을 쓰고 있다는 사실을 깨달았다. 이번에는 전처럼 서툰 글씨가 아니었다. 그는 펜을 쥐고 매끄러운 종이 위에 큼직한 대문자로 보기 좋게 다음과 같이 똑같은 글을 되풀이하여 써서 반 페이지를 채웠다.

빅 브라더를 타도하자

빅 브라더를 타도하자

빅 브라더를 타도하자

빅 브라더를 타도하자

그는 후회의 고통을 느끼지 않을 수 없었다. 하지만 그래 봤자 부질없는 짓이었다. 어차피 그런 특이한 낱말을 되풀이해서 쓴 것보다 일기를 쓰기 시작한 게 더 위험한 일이었다. 잠시나마 그는 망쳐 버린 페이지를 찢고 일기를 쓰는 일마저 포기해야겠다는 생각을 했다.

그러나 일기 쓰기를 포기하지는 않았다. 그렇게 하는 것 역시 부질없는 짓이란 걸 잘 알고 있기 때문이었다. 그가 '빅 브라더를 타도하자.'라고 썼든 안 썼든 다를 것은 하나도 없었다. 마찬가지로 그가 일기를 계속 써 나가든 그만 포기하든 다를 것이 없으리라. 이래저래 사상경찰은 그를 똑같이 다룰 것이다. 설령 펜을 들지 않았다고 해도, 그는 이미 다른 모든 사소한 죄까지 포함한 본질적인 범죄를 저질렀다. 요컨대 '사상죄(thoughtcrime)'를 저질렀던 것이다. 사상죄는 영원히 은폐할 수가 없다. 얼마 동안, 심지어 몇 년 동안 교묘하게 숨길 수 있을지 모르지만 끝내는 발각되고 만다.

사상범 체포는 항상 밤에만 이루어진다. 갑자기 잠을 깨워 마구 흔들거나 어깨를 거칠게 휘어잡는 우악스러운 손, 눈에 들이대는 불빛, 침대 주위의 험상궂은 얼굴들은 있어도 대부분의 경우 재판과 체포에 대한 보고서 따위는 없다. 사람들은 언제나 밤중에 사라져 버린다. 사라진 사람의 이름은 등록부에서 지워지고, 그에 관한 모든 기록도 삭제된다. 그가 한때 존재했다는 사실도 부인되고, 끝내는 완전히 잊히고 만다. 그러니까 그는 아예 없어져 버리는데, 이런 것을 두고 흔히 '증발했다'라고 말한다.

윈스턴은 잠시 동안 신경질이 났다. 그는 급하게 글씨를 휘갈겨 쓰기 시작했다.

그들은 나를 총살하겠지만 그래도 상관없다. 그들은
뒤에서 내 목을 쏘겠지만 상관없다. 빅 브라더를 타도하자.
그들은 언제나 뒤에서 목을 쏜다. 하지만 나는 상관없다. 빅
브라더를 타도하자······.

　그는 가벼운 수치심을 느끼며 펜을 놓고 의자에 등을
기댔다. 그때 문 쪽에서 노크 소리가 들렸다. 순간 그는
화들짝 놀랐다.
　벌써! 그는 생쥐처럼 잠자코 앉아서 누구든
상관없으니까 한 차례만 문을 두드리고 그냥 돌아갔으면
좋겠다는 생각을 했다. 그러나 그것은 부질없는 기대였다.
노크 소리가 계속해서 들렸다. 시간을 끌수록 더 불리할
것 같았다. 그의 가슴은 북소리처럼 쿵쿵거렸지만, 얼굴은
오랜 습관이 붙은 탓에 표정이 거의 없었다. 그는 자리에서
일어나 문 쪽으로 무거운 걸음을 옮겼다.

2

　윈스턴은 문손잡이를 잡고서야 일기장을 책상
위에 그대로 펼쳐 놓았다는 사실을 깨달았다. '빅
브라더를 타도하자.'라고 큼직하게 쓰여 있는 글씨가 방

건너편에서도 훤히 보였다. 그야말로 바보 같은 짓이었다. 그러나 그 공포스러운 와중에도 그는 잉크가 마르지 않은 페이지를 덮어 크림색 노트를 더럽히고 싶지 않았다.

그는 숨을 몰아쉬고 문을 열었다. 순간 나른한 안도감이 그의 온몸을 감쌌다. 꾀죄죄한 몰골에 핏기조차 없는 여자가 문밖에 서 있었다. 머리카락은 성글고 얼굴은 주름살투성이였다.

"아, 동지. 동지가 들어오는 소리가 들린 것 같았어요. 건너와서 부엌 싱크대를 좀 봐주시겠어요? 파이프가 막힌 것 같은데……."

여자가 속상한 듯 코맹맹이 소리로 말했다. 같은 층 옆집에 살고 있는 파슨스 부인(당에서는 '부인'이란 단어를 못마땅하게 생각한다. 누구든지 '동지'라고 불러야 한다. 하지만 어떤 여자들에게는 본능적으로 부인이란 말을 쓰게 된다.)이었다. 그녀는 서른 살쯤 되었지만 훨씬 더 나이가 들어 보였다. 얼굴 주름살에는 때까지 낀 것 같았다. 윈스턴은 그녀를 따라 복도로 나왔다. 그 같은 사소한 수리 작업은 거의 매일 해야 하는 귀찮은 일이었다. 승리 맨션은 1930년경에 지어진 것으로 금방이라도 허물어질 듯 낡은 건물이었다. 천장과 벽에서는 횟가루가 계속해서 떨어졌고, 수도관은 얼 때마다 터졌으며, 지붕은 눈만 오면 새곤 했다. 게다가 난방 장치는 에너지 절약을 이유로 아예 잠가 두거나

사용하더라도 스팀은 반밖에 들어오지 않았다. 그런
것들의 수리는 스스로 하지 않을 경우 멀리 떨어진 당국의
허가를 받아야 한다. 그런데 창문 하나 고치는 데도 이
년은 족히 걸린다.

"하필 이런 때 톰이 집에 없지 뭐예요."

파슨스 부인이 분명치 않은 목소리로 말했다.

파슨스의 방은 윈스턴의 방보다 컸지만 어딘지
모르게 우중충했다. 그런 데다 마치 커다란 맹수들이
휩쓸고 지나간 듯, 모든 것이 어질러져 있어서 어수선했다.
바닥에는 하키 스틱, 권투 장갑, 터진 축구공 같은 운동
용구들과 땀에 젖은 채 뒤집힌 운동복 등이 아무렇게나
널브러져 있었고, 탁자 위에는 더러운 접시들과 너덜너덜한
운동 관련 서적들이 흩어져 있었다. 그리고 벽에는
청년연맹과 스파이단의 깃발과 함께 빅 브라더의 커다란
포스터가 붙어 있었다. 숨을 쉴 때마다 건물 전체에서 늘
풍기는 양배추 삶는 냄새에다 말로 표현할 수 없을 만큼
고약한 땀내까지 더하여 코를 찔렀다. 땀내는 그 자리에
없는 사람이 남긴 것이었다. 옆방에서 누군가가 빗과
화장지 조각을 흔들며 텔레스크린에서 흘러나오는 군악에
장단을 맞추고 있었다.

"애들이에요. 오늘은 밖에 나가지 않았죠. 물론……."

신경이 쓰이는 듯, 파슨스 부인이 그쪽 문을 힐끗

쳐다보며 말했다.

그녀는 말을 하다가 중간에서 끊는 버릇이 있었다.
부엌 싱크대에는 더럽고 시커먼 물이 가득 차 있어
양배추보다 더 지독한 악취가 풍겼다. 윈스턴은 쭈그리고
앉아서 파이프의 이음새를 점검했다. 그는 몸을 구부리고
손을 놀리는 일을 싫어했다. 몸을 구부리면 늘 기침이
쏟아져 나오기 때문이었다. 파슨스 부인이 그를 멍하니
쳐다보면서 계속 말했다.

"물론 톰이 집에 있으면 단박에 고쳤을 거예요. 그이는
이런 일이라면 아주 좋아하죠. 손재주도 있고요."

파슨스는 윈스턴과 함께 진리부에 근무하는 동료였다.
그는 뚱뚱하면서도 활동적이었는데, 바보처럼 어리석은
데다 맹목적인 열성분자였다. 당의 안정성은 사상경찰보다
아무런 이의를 제기하지 않고 헌신적으로 충성하는
이런 유의 인간들에 의해 유지되는 셈이었다. 파슨스는
서른다섯 살 때 본의 아니게 청년연맹에서 쫓겨난 적이
있었다. 그리고 청년연맹에 가입하기 전에는 규정 연한을
넘겨 일 년 동안이나 스파이단원으로 활동했다. 그는
진리부에서는 머리를 쓰지 않아도 되는 하급 자리에
채용되었지만, 그 반면에 체육위원회라든가 단체 행군,
시위, 저축 운동, 그리고 자발적인 활동을 조직하는 각종
위원회의 지도적인 인물이었다. 파슨스는 담배를 뻐끔뻐끔

피우면서 지난 사 년 동안 저녁마다 공회당에 나갔다고
은근히 뻐기곤 했다. 그런데 그는 왕성한 활동력을
과시하기라도 하듯 어디를 가든 지독한 땀내를 풍겼고, 그
냄새는 그가 빠져나간 후에도 여전히 코를 찔렀다.

"스패너 있어요?"

윈스턴이 모가 난 이음새의 나사를 만지작거리며
물었다.

"스패너요? 모르겠는데요. 아마 아이들이……."

파슨스 부인이 맥 빠진 목소리로 말했다.

그때 발소리가 쿵쿵거리며 울리더니 아이들이 거실로
들어가면서 소란을 피웠다. 파슨스 부인이 스패너를
가지고 왔다. 윈스턴은 물을 빼내고 얼굴을 잔뜩 찌푸리며
파이프를 막고 있던 머리카락 뭉치를 꺼냈다. 그러고는
수도에서 나오는 물로 손을 깨끗이 씻고 옆방으로
들어갔다.

"손들어!"

사나운 목소리가 귀청을 때렸다.

귀엽고 야무지게 생긴 아홉 살짜리 사내아이가 테이블
뒤에서 불쑥 튀어나오며 장난감 자동 권총으로 그를
위협했다. 그보다 두 살쯤 어린 여자아이도 나무토막을
들고 제 오빠 흉내를 냈다. 두 꼬마는 스파이단 제복인
푸른색 바지와 회색 셔츠를 입은 데다 붉은 머플러를

두르고 있었다. 윈스턴은 머리 위로 손을 들었지만 기분이
영 께름칙했다. 사내아이의 태도가 너무 거칠고 당돌해서
전혀 장난 같지가 않았다.

"너는 반역자야! 사상범이라고! 너는 유라시아의
스파이야! 너를 총살하겠다! 없애 버릴 테다! 소금
광산으로 보내 버리겠다!"

사내아이가 거침없이 떠들어 댔다.

두 꼬마는 별안간 윈스턴 주위를 껑충껑충 뛰면서
"반역자!", "사상범!" 하고 외쳤다. 여자아이는 여전히 제
오빠가 하는 짓을 그대로 흉내 내고 있었다. 마치 이다음에
다 자라면 사람을 잡아먹을 호랑이 새끼들이 날뛰는 것
같아서 섬뜩한 기분이 들었다. 사내아이의 눈에서는 한
치의 틈도 없는 잔혹성이, 윈스턴을 발로 차고 마구 때리고
싶어 하는 강렬한 욕망이, 커서는 실제로 그렇게 할 수
있을 것 같은 소질이 엿보였다. 녀석이 들고 있는 권총이
진짜가 아니라서 천만다행이라는 생각마저 들었다.

파슨스 부인은 당황한 표정으로 윈스턴과 아이들을
번갈아 바라보기에 바빴다. 거실의 밝은 불빛 아래에서
보니 그녀의 얼굴 주름살에는 정말로 때가 끼어 있었다.

"아이들이 너무 시끄럽게 구는군요. 교수형 구경을
못 가는 게 불만이라서 저러는 거예요. 저는 너무 바빠서
데리고 가지 못해요. 톰은 톰대로 그 시간에는 못 올 거요."

부인이 말했다.

"왜 우리는 교수형 구경 안 가는 거야?"

소년이 화가 나서 큰 소리로 외쳤다.

"교수형 보고 싶어! 교수형 보고 싶단 말이야!"

여자아이가 깡충깡충 뛰며 보챘다.

윈스턴은 그날 저녁 공원에서 유라시아의 포로 몇 명이 전범(戰犯)으로 교수형을 당하기로 예정되어 있는 것을 기억해 냈다. 그런 일은 한 달에 한 번쯤 있는 일이라서 이제는 더 이상 새삼스러운 구경거리가 아니었다. 그런데도 아이들은 늘 그 광경을 보게 해 달라고 졸라 댔다. 윈스턴은 파슨스 부인 곁을 떠나 문 쪽으로 걸어갔다. 그런데 여섯 걸음도 채 못 가서 그는 무언가에 목덜미를 세게 얻어맞았다. 마치 벌겋게 달군 철사로 찔린 것처럼 고통스러웠다. 그는 재빨리 돌아섰다. 파슨스 부인이 그녀의 아들을 문 안으로 끌어당기고 있었고, 녀석은 고무총을 주머니에 쑤셔 넣고 있었다.

문이 닫힐 때 사내아이가 "골드스타인!" 하고 소리를 질렀다. 순간 윈스턴에게 강한 충격을 준 것은 그 어머니의 잿빛 얼굴에 나타난 걷잡을 수 없는 두려움이었다.

자신의 방으로 돌아온 윈스턴은 재빨리 텔레스크린을 지나서 책상 앞에 앉았다. 그러고는 목덜미를 문질렀다. 텔레스크린에서 나오던 음악은 그쳐 있었다. 그 대신

딱딱 끊어지는 군대식 말투의 흥분된 목소리가
방금 아이슬란드와 페로 제도 사이에 정박한 새로운
유동요새(流動要塞)의 장비에 대해 설명하고 있었다.

'저 가엾은 여자는 아이들 때문에 평생 두려움
속에서 살아가겠군.' 하고 윈스턴은 생각했다. 일이 년
후면 그 아이들은 이단의 낌새를 찾으려고 어머니를
밤낮으로 감시할 것이다. 오늘날에는 거의 모든 아이들이
무섭다. 무엇보다 끔찍한 것은 '스파이단' 같은 조직이다.
스파이단은 제도적으로 아이들을 소야만인으로 개조해
당의 강령에 조금이라도 반발하지 못하도록 만든다.
반발하기는커녕 당과 당에 관계되는 것은 무엇이든
찬양하도록 만들어 버린다. 군가, 행진, 깃발, 등산,
모의총 훈련, 슬로건 복창, 빅 브라더 숭배…… 이런
것들은 그들에게 일종의 영광스러운 놀이였다. 아이들의
잔인성은 국가의 적과 외국인을 비롯하여 반역자, 파업자,
사상범에게 향하고 있었다. 서른 살 이상의 부모들이
자기 자식들을 두려워하는 것은 거의 보편적인 일이 되어
버렸다. 그도 그럴 것이 고자질하는 아이(이를 흔히 '꼬마
영웅'이라고 한다.)가 부모의 대화에서 어떤 위험한 말을
슬쩍 엿듣고는 사상경찰에 고발했다는 기사가 일주일이
멀다 하고 《타임스》에 실리기 때문이었다.

고무총에 맞아 얼얼하던 목덜미의 통증은

가라앉았다. 윈스턴은 내키지 않는 마음으로 펜을 들고는
일기에 쓸 것이 더 있는지 곰곰이 생각했다. 그러다 문득
오브라이언을 다시 떠올렸다.

　　　몇 년 전 ─ 정확히 얼마나 됐을까? 아마 칠 년쯤
되었을 것이다 ─ 그는 캄캄한 방 안을 걷는 꿈을 꾸었다.
그런데 그가 걸을 때 옆에 앉아 있는 사람이 "우리는
어둠이 없는 곳에서 만날 거요."라고 말했다. 그 목소리는
조용하면서도 단조롭게 들렸는데, 그것은 명령이라기보다
그저 평이하게 지껄이는 말이었다. 그는 멈추지 않고
계속 걸었다. 이상하게도 그때 꿈속에서는 그 말이 별로
인상 깊게 들리지 않았다. 그러던 것이 시간이 흐를수록
점차 의미심장하게 느껴졌다. 그가 오브라이언을 처음 본
것이 그 꿈을 꾸기 전인지 후인지는 잘 생각나지 않았다.
그 꿈속의 목소리가 오브라이언의 것이라고 처음으로
생각한 것도 언제인지 기억나지 않았다. 하지만 어쨌든
그 목소리의 주인공이 누구인지 알아냈다. 어둠 속에서
그에게 말한 사람은 오브라이언이었던 것이다.

　　윈스턴은 오브라이언이 자기편인지 적인지 확실하게
구별할 수 없었다. 오늘 아침 눈이 마주치고 난 후에도
그러기는 마찬가지였다. 그런데 자기편인지 적인지를
가리는 것이 그렇게 중요한 문제는 아닌 것 같았다. 그들은
우정이나 당원으로서의 동지애보다 더 중요한 이해심으로

맺어진 사이였다. 오브라이언은 분명히 '우리는 어둠이 없는 곳에서 만날 거요.'라고 말했었다. 윈스턴은 그 말이 무슨 뜻인지 알 수 없었다. 단지 그 말대로 될 것이라는 확신만 설 뿐이었다.

텔레스크린에서 흘러나오던 목소리가 멈추는가 싶더니 맑고 아름다운 트럼펫 소리가 침울한 분위기를 깨뜨렸다. 그리고 이내 귀에 거슬리는 목소리가 계속해서 흘러나왔다.

"알립니다! 알립니다! 방금 말라바 전선에서 들어온 긴급 뉴스입니다. 우리 군대가 남인도에서 영광의 승리를 거두었습니다. 지금 알려 드리는 전투로 인해 머지않아 전쟁이 종식되리라는 것을 전해 드리는 바입니다. 이상으로 긴급 뉴스를 마치고……."

'좋지 않은 소식이 들리겠군.' 윈스턴은 생각했다. 아니나 다를까, 곧이어 유라시아 군대를 잔인하게 전멸시켰다는 상세한 보도와 함께 엄청난 사살자와 포로의 숫자가 나열된 뒤 다음 주부터 초콜릿 배급을 30그램에서 20그램으로 줄이겠다는 발표가 나왔다.

윈스턴은 다시 트림을 했다. 술이 깨면서 허전한 기분이 들었다. 텔레스크린에서는 승전을 축하하기 위해서인지, 아니면 줄어든 초콜릿 배급에 대한 미련을 달래기 위해서인지 별안간 「오세아니아, 그대를 위해」가

요란하게 흘러나왔다. 이런 때는 모두가 차렷 자세로 서 있어야 한다. 하지만 그는 지금 텔레스크린이 감시할 수 없는 위치에 있었다.

「오세아니아, 그대를 위해」가 끝나자 경음악이 흘러나왔다. 윈스턴은 창가로 가서 텔레스크린을 등지고 섰다. 날씨는 여전히 쌀쌀하면서 맑았다. 어딘가 먼 곳에서 로켓 폭탄이 폭발하는 둔중한 소리가 들려왔다. 최근 런던에는 일주일에 이삼십 개씩이나 폭탄이 떨어졌다.

거리 저쪽에서 찢어진 포스터가 바람에 펄럭여 '영사'란 글자가 보이다 안 보이다 했다. '영사', '영사'의 신성한 강령, 신어, 이중사고, 과거의 무상함……. 윈스턴은 마치 기괴한 세계에서 자신도 괴물이 되어 길을 잃은 채 깊은 바닷속 숲을 헤매는 듯한 기분을 느꼈다. 그는 혼자였다. 과거는 죽었고, 미래는 예측할 수 없었다. '지금 살아 있는 사람 중 단 한 명이라도 내 편이 있을까? 당의 통치가 영원히 지속되지 못하리란 걸 도대체 어떻게 알 수 있단 말인가?' 그에 대한 대답이라도 하듯, 진리부의 하얀 건물에 나붙은 세 가지 슬로건이 그의 눈에 들어왔다.

전쟁은 평화

자유는 예속

무지는 힘

그는 25센트짜리 동전 한 닢을 주머니에서 꺼냈다.
거기에도 조그만 글씨로 똑같은 슬로건이 선명하게 박혀
있었다. 그리고 그 뒷면에는 빅 브라더의 얼굴이 새겨져
있었다. 동전에 있는 빅 브라더의 눈마저 그를 노려보았다.
빅 브라더의 눈은 동전, 우표, 책표지, 깃발, 포스터,
담뱃갑 등 그 어디에나 있었다. 늘 그 눈이 감시를 하고,
그 목소리가 포위했다. 잘 때든 깨어 있을 때든, 일을 하든
식사를 하든, 집 안에서든 밖에서든, 목욕할 때든 침대에
누워 있을 때든 상관없었다. 빅 브라더로부터 벗어나기란
불가능했다. 몇 입방 센티미터의 해골 속 외에는 자기
자신이란 것이 없었다.

태양의 위치가 바뀌자 진리부의 수많은 창문에는
더 이상 햇빛이 비치지 않았다. 창문이 마치 요새의
총구멍처럼 으스스하게 보였다. 그 거대한 피라미드
건물을 보노라니 가슴이 저절로 움츠러들었다. 어찌나
튼튼해 보이는지 폭풍이 몰아쳐도 끄떡없을 것 같았다.
아니, 수천 개의 로켓 폭탄을 떨어뜨려도 부서지지 않을
듯했다. 윈스턴은 과연 자신이 무엇을 위해서 일기를
쓰는지 다시 한번 생각해 보았다. 미래를 위해서? 과거를
위해서? 아니면 가상의 시대를 위해선가? 그의 앞에는
죽음이 아니라 무(無)가 있을 뿐이다. 일기는 재로 변할
것이고, 그 자신은 어디론가 증발되어 버릴 것이다.

사상경찰만이 그의 일기장을 없애기 전에 한번 읽어 볼 것이다. 자신의 흔적도 사라지고 종이에 끼적거린 익명의 글마저 실물로 존재할 수 없는데, 도대체 무엇을 어떻게 미래에 호소할 수 있단 말인가?

텔레스크린이 14시를 알렸다. 십 분 이내에 출발해야 한다. 14시 30분까지 사무실로 돌아가 있지 않으면 안 된다.

희한하게도 시간을 알리는 종소리가 그의 기분을 전환시키는 것 같았다. 그는 아무도 귀담아 듣지 않는 진실을 말하는 외로운 유령이었다. 어쨌거나 완곡하게 진실을 말하는 한, 그 발언은 계속될 수 있을 것이다. 후대의 인간에게 남겨 줄 유산은 말을 들려주는 것보다 건전한 정신을 유지하게 하는 것이리라. 그는 책상으로 돌아가 펜에 잉크를 묻히고 글을 쓰기 시작했다.

미래를 향해, 과거를 향해, 사고가 자유롭고 저마다의 개성이 서로 다를 수 있으며 혼자 고독하게 살지 않는 시대를 향해, 진실이 존재하고 일단 이루어진 것은 없어질 수 없는 시대를 향해.

획일적인 시대로부터, 고독의 시대로부터, 빅 브라더의 시대로부터, 이중사고의 시대로부터 ― 축복이 있기를!

윈스턴은 자신은 이미 죽은 거나 다름없다고
생각했다. 또한 그는 자신의 사상을 과감하게 체계화할
수 있는 때는 지금밖에 없다는 생각도 했다. 모든 행위의
결과는 그 행위 자체 속에 들어 있게 마련이다. 그는
다음과 같이 썼다.

사상죄는 죽음을 수반하는 게 아니다.
사상죄는 죽음 그 자체다.

자신이 죽은 거나 다름없다고 생각한 이상, 그로서는
가능한 한 오래 사는 것이 중요했다. 오른손의 두 손가락에
잉크가 묻었다. 사람을 함정에 빠뜨리는 것은 바로 이 같은
사소한 실수다. 냄새를 잘 맡는 사무실의 열성 당원들(갈색
머리의 자그마한 여자나 창작국의 검은 머리 여자 같은 부류의
사람들)이 왜 그가 점심시간에 글을 썼는지, 어째서
케케묵은 구식 펜을 사용했는지, 대체 '무엇'을 썼는지
의심할 것이고, 급기야 당국에 슬그머니 일러바칠 것이다.
그는 욕실에 가서 표면이 꺼칠꺼칠한 암갈색 비누로 주의
깊게 잉크를 지웠다. 살갗에 문지르면 마치 사포로 긁는 것
같은 비누도 이런 때는 꽤 쓸모가 있었다.
　그는 일기장을 서랍 속에 넣었다. 숨겨 봤자 소용없는
일이긴 하지만, 적어도 나중에 일기장이 발각되었는지

아닌지는 확인할 수 있을 것이다. 더욱이 일기장 끝에
머리카락이라도 한 올 붙여 두면 단박에 알 수 있는
일이다. 그는 손가락 끝으로 희부연 먼지 덩어리를 집어서
일기장의 겉장 한쪽 구석에 알아볼 수 있도록 올려놓았다.
만약 누군가 일기장을 움직이면 먼지 덩어리는
자동적으로 떨어져 나갈 것이다.

3

윈스턴은 어머니 꿈을 꾸었다.

어머니가 사라진 것은 그가 열 살인가, 열한 살
때였다. 어머니는 눈부신 금발에 키가 크고 몸매가 균형
잡힌 데다 조용하면서도 행동이 느린 여자였다. 그리고
그가 어렴풋이 기억하기로 아버지는 피부가 검고 야윈
편이었는데, 언제나 검정 양복을 말쑥하게 차려입고는
안경을 끼고 다녔다.(윈스턴은 특히 아버지의 얇은 구두창에
대한 기억이 생생했다.) 그런데 이들 두 사람은 1950년대의
제1차 대숙청 때 희생된 게 틀림없었다.

꿈속에서 어머니는 어린 여동생을 껴안은 채 그가
있는 곳의 아래쪽 깊숙한 곳에 앉아 있었다. 여동생에
대해서는 자그맣고 허약한 아이로, 언제나 말이 없는

가운데 커다란 눈망울만 깜빡이고 있었다는 것밖에
기억나지 않았다. 어머니와 여동생이 그를 올려다보고
있었다. 두 사람이 있는 곳은 지하였다. 정확하게는 샘
바닥이나 깊은 무덤 속 같은 데였다. 그런데 그곳은 그와
멀찍이 떨어진 아래쪽인데도 계속 더 아래로 내려가고
있었다. 둘은 침몰하는 배의 일등 선실에 앉아서 시커먼
물을 통해 그를 올려다보고 있었다. 그 선실 안에는
아직 공기가 있고, 그는 두 사람을, 두 사람은 그를 볼
수 있었지만, 그러는 동안 배가 푸른 물속으로 가라앉아
시야에서 영원히 사라질 것 같았다. 그는 빛과 공기가 있는
바깥 세상에 있는 반면, 두 사람은 죽음을 향해 물속 깊이
빠져들고 있었다. 그런데 그가 높은 곳에 있기 때문에 두
사람이 더욱 깊은 곳으로 가라앉는 것이었다. 그는 그런
사실을 잘 알고 있었다. 두 사람도 마찬가지였다. 윈스턴은
두 사람의 얼굴에서 그 사실을 알고 있다는 것을 읽을
수 있었다. 하지만 두 사람의 표정이나 마음속에서 그에
대한 원망의 빛은 찾아볼 수 없었다. 단지 두 사람은 그가
살아남기 위해서는 자신들이 죽어야 하고, 그것이 피할 수
없는 숙명이라는 걸 알고 있는 듯했다.

　그는 꿈속에서 무슨 일이 일어났는지 정확히 기억할
수 없었다. 하지만 어머니와 여동생이 자기 때문에
희생되었다는 것은 알고 있었다. 대개 깨어난 뒤에도

잊히지 않는 꿈속의 장면은 의식 속으로 파고들어 그것을 기억하는 한, 항상 새롭고 가치 있는 일과 생각을 일깨워 준다. 지금 이 순간 윈스턴의 마음을 아프게 하는 것은 거의 삼십 년 전에 있었던 어머니의 죽음이 말로 다 표현할 수 없을 만큼 처참하고 비극적이었다는 사실이었다. 그는 비극을 옛날, 그러니까 아직 사생활과 사랑과 우정이 있고 부모 형제가 아무런 이해타산 없이 순수하게 서로 의지하던 시대에나 존재했던 것으로 여겼다. 아무튼 어머니를 떠올리면 그의 가슴은 찢어질 것 같았다. 어머니는 죽는 순간까지 그를 사랑했다. 그는 당시 너무 어린 데다 이기적이기까지 해서 그 사랑에 보답하지 못했다. 어떻게 그 일이 일어났는지 기억할 수는 없지만, 어머니는 보이지 않는 불변의 사랑으로 자식을 위해 기꺼이 자신을 희생했다. 그는 그 같은 희생정신이 오늘날에는 없다고 단정했다. 오늘날에는 공포와 증오와 고통만이 있을 뿐, 감정의 존엄성이나 깊고 미묘한 슬픔 따위는 손톱만큼도 존재하지 않는다. 그는 이 모든 사실을 수백 길이나 되는 푸른 물속으로 가라앉으면서 자기를 올려다보던 어머니와 여동생의 커다란 눈망울을 통해 알게 되었다.

　갑자기 장면이 바뀌어 윈스턴은 햇빛이 비스듬히 비치는 여름날 저녁 무렵, 깔끔하게 손질된 푹신한

잔디밭에 서 있었다. 그가 바라보고 있는 경치는 전에도 꿈속에서 자주 보았던 것이었다. 그런데 그 같은 경치를 얼마나 자주 보았던지 실제 세계에서도 본 것 같은 착각이 들 정도였다. 그는 꿈에서 깨어날 때마다 그곳을 '황금의 나라'라고 생각했다. 그곳에는 토끼가 풀을 뜯는 오래된 목초지가 있고, 그 위를 지나는 오솔길이 있었다. 여기저기 두더지 굴도 보였다. 들판 건너 엉성한 울타리 안에는 느릅나무의 잔가지들이 미풍에 살며시 떨고, 이파리들은 숱 많은 여인의 머리카락처럼 하늘거리고 있었다. 자세히 보이지는 않지만 어딘가 가까운 곳에 조용히 흐르는 맑은 시내가 있고, 그 냇가 버드나무 아래의 물속에 황어 떼가 즐겁게 헤엄을 치고 있을 것 같았다.

검은 머리의 여자가 들판을 가로질러 그가 있는 쪽으로 걸어오고 있었다. 그녀는 단 한 번의 동작으로 옷을 벗어서는 거만하게 옆으로 휙 던져 버렸다. 그녀의 몸은 희고 매끄러웠다. 하지만 그의 마음속에서는 아무런 욕망도 일지 않았다. 그는 사실 그녀의 알몸을 거들떠보지도 않았다. 단지 그녀가 옷을 훌렁 벗어서 던지는 동작에 감탄했을 뿐이었다. 우아하면서도 아무런 거리낌이 없는 그 동작은 모든 문화와 사상 체계를 무너뜨리기에 충분한 것 같았다. 아울러 빅 브라더와 당, 사상경찰마저 그 단 한 번의 멋있는 팔 동작에 의해 무시되어 버리는 듯했다. 하지만 이런 동작 역시 옛날에나 있던 것이었다. 윈스턴은 잠을 깨면서 "셰익스피어."라고 중얼거렸다.

텔레스크린에서 귀청이 떨어져 나갈 것 같은 호루라기 소리가 삼십 초 동안이나 계속 흘러나왔다. 7시 15분, 관리들이 일어나는 시간이었다. 윈스턴은 몸을 비틀며 침대에서 일어났다. 벌거벗은 채였다. 외부당원에게는 일 년에 의복비로 겨우 3000쿠폰이 할당되는데, 잠옷 한 벌만 해도 600쿠폰이었다. 그는 의자에 걸쳐 놓은 지저분한 내의와 바지를 주워 입었다. 삼 분만 있으면 체조가 시작될 것이다. 옷을 입으려는 순간 그는 몸을 구부리면서 발작적으로 심한 기침을 했다. 이런 기침은 아침에 일어날 때마다 거의 매일 터져 나왔다. 지독한 기침 때문에 허파가 텅 빈 것 같았다. 그는 등을 대고 누운 채 몇 번이나 헐떡거린 끝에서야 겨우 정상적인 숨을 쉴 수 있었다. 그런데 기침을 하느라 힘을 준 탓에 혈관이 팽창했는지 정맥류성 궤양이 또다시 근질거리기 시작했다.

"삼사십 대 그룹!"

텔레스크린에서 째지는 듯한 여자 목소리가 튀어나왔다.

"삼사십 대 그룹! 자리를 잡아요, 삼사십 대 그룹!"

윈스턴은 텔레스크린 앞으로 뛰어가 차렷 자세를 취했다. 어느새 스크린에는 말랐지만 근육이 발달된 젊은 여자가 튜닉에 운동화를 신고 나와 있었다.

"팔굽혀펴기!"

그 여자가 구령을 붙였다.

"자, 구령에 따라서. 하낫, 둘, 셋, 넷! 하낫, 둘, 셋, 넷! 동지들 어서 따라해요! 좀 더 박력 있게! 하낫, 둘, 셋, 넷! 하낫, 둘, 셋, 넷……!"

발작적인 기침의 고통 속에서도 지워지지 않았던 꿈속의 인상이 구령에 맞춰서 체조를 하는 동안 또 한 차례 그의 뇌리에 떠올랐다. 그는 체조 시간에 걸맞은 유쾌한 표정을 억지로 지은 채 양팔을 기계적으로 흔들어 대면서 어린 시절의 희미한 기억을 되살리려고 애썼다. 하지만 역시 어려운 일이었다. 1950년대 전의 일들은 뇌리에서 모두 지워진 상태였다. 무언가 증명할 만한 물적 증거가 없으면 지금까지 살아온 생애의 윤곽마저 그 뚜렷한 모습을 잃고 말 것이다. 대단한 사건이 있었다는 기억은 나는데, 어떻게 보면 그런 일이 전혀 없었던 것 같기도 했다. 또 지극히 사소한 일은 생각나는데도 당시의 분위기는 기억나지 않아 아무것도 확인할 수 없는 긴 공백 기간이 생겼다. 모든 것이 그때와는 판이하게 달랐다. 심지어 나라 이름도, 지도의 모양도 바뀌었다. 당시에는 에어스트립 원도 이렇게 불리지 않았다. '잉글랜드'나 '브리튼'이라고 불렸다. 다만 '런던'은 그때도 '런던'이었던 것 같다.

윈스턴은 자기 나라가 전쟁을 하지 않은 때를 정확히 기억할 수 없었다. 그러나 어렸을 때 한차례 공습을 받은 기억이 있는데, 당시 사람들이 모두 혼비백산했던 것으로 보아 그 전까지는 꽤 오랫동안 평화 시대가 지속되었던 게 분명했다. 아마도 콜체스터에 원자 폭탄이 떨어진 것이 그 공습이었으리라. 윈스턴은 공습 자체는 기억나지 않았지만, 아버지가 그의 손을 꼭 잡고 발을 디딜 때마다 삐걱거리는 소리가 나는 나선형 계단을 빙빙 돌아서 급하게 땅속 깊은 곳으로 내려갔던 일은 기억할 수 있었다. 그때 그는 다리가 너무 아파서 훌쩍거렸다. 그러자 아버지가 잠시 쉬자고 했다. 어머니는 천천히 꿈속을 헤매듯 멀리서 뒤따라왔다. 갓난 여동생을 안은 채였다. 아니, 어쩌면 어머니는 담요 뭉치를 안고 있었는지도 모른다. 그때 여동생이 태어났는지 어땠는지 확실하게 기억나지 않는다. 어쨌든 그의 가족은 사람들이 빽빽하게 모여 있는 소란스러운 지하철 정류장에 도착했다.

사람들은 돌로 된 바닥에 주저앉아 있기도 하고, 쇠로 만든 대합실 의자에 잔뜩 포개 앉아 있기도 했다. 윈스턴과 그의 부모는 바닥에 자리를 잡았는데, 그들 옆에는

할아버지와 할머니가 나란히 의자에 앉아 있었다. 검은색
고급 양복에 검은 모자를 눌러쓴 백발의 할아버지는
얼굴이 붉고 눈은 파란색이었다. 그런데 눈에 눈물이
가득 고여 있었다. 몸에서는 땀 냄새 대신 술 냄새가
풍기는 것 같았는데, 그래서인지 눈에서 솟아나는 것이
술인 것처럼 여겨지기도 했다. 할아버지는 약간이나마
실제로 취하긴 했지만, 술이 아니라 억제할 수 없는 슬픔
때문에 괴로워하고 있었다. 윈스턴은 어린 마음에도
무언가 무서운 일이, 결코 용서할 수도 원래대로 돌려
놓을 수도 없는 일이 일어났다는 것을 눈치 챌 수 있었다.
그것이 어떤 일인지도 대강은 알 것 같았다. 할아버지가
사랑하는 누군가가, 어쩌면 그의 손녀가 죽었을지도
모르는 일이었다. 할아버지는 몇 분마다 같은 말을 계속
되풀이했다.

"그놈들을 믿지 말았어야 했어. 내가 그렇게
말했잖아? 그놈들을 믿으면 이 꼴이 된다고. 내가 늘
그렇게 말했는데, 그놈들을 믿은 게 잘못이었어."

윈스턴은 할아버지가 말했던 그놈들이 어떤
사람들인지 지금은 기억나지 않았다. 어쨌든 할아버지를
만난 그 무렵부터 전쟁은 —— 엄밀히 말해서 늘 똑같은
전쟁은 아니었지만 —— 그야말로 한시도 끊이지 않았다.
그가 어렸을 때 몇 달 동안 런던에서도 시가전이 벌어져

혼란스러웠는데, 그중 몇 장면은 아직도 생생하게 기억이
났다. 그러나 그동안의 역사, 요컨대 누가 언제 누구와
전쟁을 벌였는지 알아내기란 거의 불가능했다. 현존하는
것 외에는 달리 그에 대한 기록이나 언급이 전혀 없기
때문이었다. 가령 1984년(지금이 1984년이라 가정하고)에
오세아니아가 유라시아와 전쟁 중이고, 이스트아시아와는
동맹을 맺고 있다고 하자. 그러면 공적이든 사적이든
간에 이들 삼 대 강국이 어느 시기에는 지금과 다른
관계였다고 말할 수 없다. 윈스턴도 알고 있듯이 사 년
전만 해도 오세아니아는 이스트아시아와 전쟁 중이었고,
유라시아와는 동맹을 맺고 있었다. 하지만 이런 사실은
윈스턴이 당의 통제에 쉽게 굴복하지 않았기 때문에
은밀히 얻을 수 있었던 정보의 일부였다. 공식적으로
동맹국이 바뀌는 일은 절대로 없었다. 오세아니아는
현재 유라시아와 전쟁 중이다. 그러므로 오세아니아는
유라시아와 항상 전쟁 중이었다는 이야기가 된다. 적은
언제나 절대악이며, 과거에든 미래에든 적과 타협한다는
것은 있을 수 없는 일이다.

　　놀라운 일은 ── 윈스턴은 어깨를 억지로 힘들게
뒤로 젖히면서(이것은 양손을 엉덩이에 대고 허리를 중심으로
몸통을 돌리는 체조인데 등의 근육 강화에 좋다고 한다.) 수만 번
생각했다 ── 그것이 모두 사실일지도 모른다는 것이었다.

만약 당이 과거에까지 손을 뻗어 이런저런 사건을
가리키면서 '이런 것은 절대로 없었다.'라고 말한다면, 이는
단순한 고문이나 죽음보다 더 무서운 일이리라.

당에서는 오세아니아가 유라시아와 동맹을 맺은
적이 없다고 했다. 하지만 윈스턴 스미스는 오세아니아가
사 년 전에 유라시아와 동맹을 맺었던 사실을 알고 있다.
그런데 이런 지식이 어디에 존재하는 것일까? 바로 그의
의식 속에, 여차하면 완전히 지워져 버릴 그의 의식
속에만 존재할 뿐이다. 그래서 만일 사람들이 당의
거짓말을 믿는다면 ── 그리고 모든 기록들이 그렇게
되어 있다면 ── 그 거짓말은 역사가 되고 진실이 되는
것이다. '과거를 지배하는 자는 미래를 지배한다. 현재를
지배하는 자는 과거를 지배한다.' 이것이 당의 슬로건이다.
그러나 과거는 본질적으로 변경될 수 있는데도 불구하고
여태 그런 적이 없다. 지금 진실한 것은 영원히 진실하다.
이는 지극히 단순한 이치다. 필요한 것은 자신의 기억을
끊임없이 말살시키는 것뿐이다. 사람들은 이를 '현실
제어'라 칭했는데, 신어로는 '이중사고'라고 한다.

"편히 쉬어!"

여자 체조 교사가 약간 부드럽게 소리쳤다.

윈스턴은 양팔을 축 늘어뜨린 채 천천히 숨을
내쉬었다. 그의 생각은 이중사고의 미궁 속으로

빠져들었다. 알면서 모르는 척하는 것, 진실을 훤히 알면서도 교묘하게 꾸민 거짓말을 하는 것, 상반된 두 가지 견해를 동시에 지지하고 서로 모순되는 줄 알면서 그 두 가지를 동시에 믿는 것, 논리를 사용하여 논리에 맞서는 것, 도덕을 주장하면서 도덕을 거부하는 것, 민주주의가 아닌 줄 뻔히 알면서 당이 민주주의의 수호자라고 믿는 것, 잊어버려야 할 것은 무엇이든 잊어버리고 필요한 순간에만 기억에 떠올렸다가 다시 곧바로 잊어버리는 것, 그리고 무엇보다 그 과정 자체에다 똑같은 과정을 적용하는 것……. 이런 것들은 지극히 미묘하다. 의식적으로 무의식 상태에 빠지고, 자신이 방금 행한 최면 행위에 대해서까지 의식하지 못하는 격이다. 그래서 '이중사고'라는 말을 이해하는 데조차 이중사고를 사용해야만 한다.

　여교사가 다시 "차렷!" 하고 소리쳤다. 그러고는 열띤 목소리로 이어서 말했다.

　"이제 발끝까지 손을 뻗쳐 봅시다! 엉덩이부터……. 자, 동지들! 하낫, 둘! 하낫, 둘……!"

　윈스턴은 이 같은 체조가 싫었다. 발뒤꿈치부터 둔부까지 가시에 찔리듯 결리는 데다 발작적인 기침이 쏟아져 나올 때가 많기 때문이었다. 체조 때문에 혼자 명상하는 즐거움마저 반쯤 잃고 말았다. 과거는 단순히 변경된 게 아니라 사실상 파괴되어 버렸다. 자신의 기억 외에는 아무런 기록이 없는데, 가장 명백한 사실일지라도 그것을 어떻게 증명할 수 있단 말인가? 그는 빅 브라더에 관해서 처음으로 들은 때가 언제였는지 곰곰이 생각해 보았다. 1960년대의 어느 때였던 듯하다. 정확하게 언제였다고는 단언할 수 없다. 당사(黨史)에는 빅 브라더가 혁명 초기부터 당의 지도자이자 수호자였다고 기록되어 있다. 그런 데다 그가 활동한 시대는 엉뚱하게도 원통 모양의 우스꽝스러운 톱 해트를 쓴 자본가들이 번쩍거리는 자동차나 유리창이 달린 마차를 타고 런던 시내를 활보하던 1940년대와 1930년대까지 소급되어 있다. 이 신화의 어디까지가 사실이고, 어디까지가 꾸민 것인지는 알 수 없다.

　윈스턴은 당이 언제 생겼는지조차 알지 못하고 있었다. 그는 1960년 이전에는 '영사'라는 말을 한 번도 들어 본 적이 없었다. 그런데 옛날식 표현인 '영국 사회주의'라는 말은 그전에도 통용되었다. 그야말로 모든 것이 안개 속으로 사라져 버렸다. 물론 당사에는 명백한 거짓말이라고 지적할 만한 것도 있었다. 예를 들어 당사에는 당이 비행기를 발명했다고 적혀 있는데, 이는 결코 사실이 아니다. 윈스턴은 아주 어렸을 때 비행기를 본 적이 있었다. 하지만 그것을 증명할 수는 없다. 증거가 전혀

없기 때문이다. 그는 꼭 한 번 역사적 사실을 날조한 게
분명한 증거 문서를 입수한 적이 있었다. 그런데 당시…….

"스미스!"

텔레스크린에서 날카로운 목소리가 들렸다.

"6079번 스미스 W! 그래, 당신! 더 낮게 굽혀요!
얼마든지 더 잘할 수 있을 텐데 하지 않는군요. 더 낮게!
좋아요, 동지! 자, 여러분! 편히 쉰 자세에서 나를 좀 봐요."

윈스턴의 온몸에 비 오듯 땀이 흘렀다. 그의 얼굴엔
아무런 표정이 없었다. '싫증 난 표정을 보이지 말자!
화난 표정도 짓지 말자! 눈 한 번 깜박거려서도 안 된다.
그러면 끝장이다!' 윈스턴은 그렇게 속으로 중얼거리면서
여교사의 동작을 지켜봤다. 그녀는 양팔을 머리 위로
올리고 몸을 앞으로 구부려서는 손가락 첫마디를
발가락에 갖다 댔다. 그 동작은 우아하다고는 할 수
없지만, 깔끔하면서도 유연했다.

"자, 동지들! 여러분도 나처럼 해 봐요. 나를 다시
보라고요. 나는 서른아홉 살에 아이도 넷이나 있어요.
그런데도……. 자, 나를 잘 봐요."

그녀가 다시 몸을 구부리면서 덧붙여 말했다.

"나는 무릎을 전혀 굽히지 않았어요. 여러분도 마음만
먹으면 나처럼 할 수 있어요. 마흔다섯 살 이하라면
누구든지 발가락에 손을 댈 수 있다고요. 우리 모두가

전방에 나가 싸울 특권을 누릴 수는 없지만, 적어도
건강만은 지킬 줄 알아야 해요. 말라바 전선에 나가 있는
우리 젊은이들을 생각해 봐요! 유동요새에 있는 해병들도
말예요! 그들이 무엇과 대결하고 있는지 생각해 봐요. 자,
다시 합시다. 잘했어요, 동지. 훨씬 좋아졌군요.”

윈스턴이 몇 년 만에 처음으로 상체를 힘껏 앞으로
굽혀서 무릎을 구부리지 않은 채 발가락에 손가락을 갖다
대는 것을 보고는 여교사가 격려하듯 말했다.

4

윈스턴은 텔레스크린이 가만히 있는데도 일과를
시작할 때마다 자기도 모르게 한숨을 쉬었다. 그는
구술기록기를 앞으로 바짝 당겨 주둥이 부분의 먼지를
닦고 안경을 썼다. 그러고는 책상 오른쪽에 있는 압축
전송관에서 떨어져 나온 네 개의 작은 종이뭉치를 풀어
하나로 묶었다.

사무실 벽에는 세 개의 구멍이 있었다. 구술기록기
오른쪽에는 기록 문서를 보내는 작은 압축 전송관이 있고,
왼쪽에는 신문을 보내는 커다란 전송관, 윈스턴의 팔이
쉽게 닿을 만한 옆 벽에는 쇠창살로 막은 직사각형의

커다란 구멍이 있었다. 마지막 것이 휴지를 버리는
구멍이었다. 이 같은 구멍은 사무실마다 있을 뿐만
아니라 복도에도 좁은 간격으로 나 있는데, 건물 전체를
놓고 보자면 수천 개, 아니 수만 개는 있을 것이었다.
무슨 이유에서인지 사람들은 이 구멍을 '기억통(memory
hole)'이라고 불렀다. 그리고 누구든 반드시 폐기해야 할
문서라든지 주위에 떨어진 휴지를 보면 그것들을 집어서
가까운 기억통에 넣었다. 그러면 그것들은 뜨거운 바람에
휩쓸려 이 건물 어딘가에 깊숙이 숨어 있는 커다란 아궁이
속으로 들어갔다.

윈스턴은 자신이 풀어 놓은 네 개의 기다란 종이를
살펴보았다. 종이마다 한두 줄의 메시지가 적혀
있었는데, 내부 문건인 만큼 아무나 이해할 수 없는
약어로 —— 전부는 아니지만 대부분 신어로 —— 되어
있었다. 메시지 내용은 다음과 같았다.

《타임스》84. 3. 17, 비비 아프리카 연설 오보 정정.
《타임스》83. 12. 19, 3개년 계획 83년 4분기 예측 오자
최신 호 확인.
《타임스》84. 2. 14, 풍부 초콜릿 인용 오보 정정.
《타임스》83. 12. 3, 비비 일일 명령 더욱더안좋은 무인 언급
완전스럽게 다시 쓰기 상사 제출.

윈스턴은 은근한 만족감을 느끼면서 네 번째 메시지를 옆으로 밀어 놓았다. 복잡한 데다 책임까지 져야 하는 일이라서 마지막에 처리하는 게 좋을 것 같았다. 두 번째 것은 숫자표를 지루하게 뒤져 봐야겠지만, 어쨌든 나머지 세 개의 메시지는 판에 박은 듯 늘 해 오던 것이었다.

윈스턴은 텔레스크린의 뒤에 붙어 있는 번호를 돌려서 《타임스》의 해당 호를 요청했다. 그것은 몇 분도 지나지 않아서 압축 전송관으로 미끄러져 나왔다. 그가 그때까지 받아 온 메시지는 이런저런 이유로 변경, 공식 용어로 말하자면 정정을 요한다고 사료되는 논문이나 뉴스 기사에 관련된 것들이었다. 가령 《타임스》 3월 17일 자에는 빅 브라더가 전날에 행한 연설에서 남인도 전선은 평온한 대신, 유라시아 군이 곧 북아프리카 공격에 나설 것이라고 예측했다는 기사가 실렸으나 실제로는 그렇지 않았다. 유라시아 군의 최고사령부는 남인도 공격을 개시했고, 북아프리카는 내버려 두었던 것이다. 결국 실제로 일어났던 일들을 예측했던 것처럼 빅 브라더가 행한 연설 구절을 고칠 필요가 있었다. 또 하나 예를 들면, 12월 19일 자 《타임스》에는 1983년 사사분기, 즉 제9차 3개년 계획의 6차 분기에 생산되는 각종 소비품의 생산량이 공식 발표되었는데, 오늘 신문에 보도된 것과 수치상에서 이만저만 차이가 나는 게 아니었다. 윈스턴이 할 일은 처음 숫자를 나중 것과 일치하도록 수정하는 작업이었다. 세 번째 메시지는 매우 간단한 오류여서 이삼 분이면 고칠 수 있었다. 바로 얼마 전 2월에 풍요부는 1984년에는 초콜릿 배급량을 줄이지 않겠다고 약속(공식 용어로는 이를 '절대 서약'이라고 한다.)했다. 그러나 윈스턴이 알고 있듯 실제로는 초콜릿 배급량이 이번 주말부터 30그램에서 20그램으로 줄어드는 것으로 되어 있었다. 따라서 처음에 약속했던 내용을 4월 언제쯤 배급량이 감소될지도 모른다는 식으로 바꿔 놓기만 하면 되었다.

윈스턴은 각각의 메시지를 처리하자마자 《타임스》의 해당 호에 구술기록기로 정정한 것을 철해서는 전송관 속으로 밀어 넣었다. 그러고 나서는 거의 무의식적으로 메시지의 원본과 자기가 쓴 초고를 구겨서 화염이 이글거리는 아궁이로 통하는 기억통 속으로 쳐넣어 버렸다.

윈스턴은 자신이 밀어 넣은 것들이 전송관을 거쳐 보이지 않는 미로 속으로 들어가고 나면, 그다음에는 어떤 일들이 일어나는지 자세히는 아니더라도 대강은 알고 있었다. 먼저 《타임스》의 해당 호에 필요한 정정된 기사들을 모두 수집해 대조한다. 그리고 그 결과를 바탕으로 신문을 다시 인쇄한다. 그런 다음 원래의 신문을 폐기하고 정정된 기사가 실린 새 신문을 신문철에 꽂는다.

이 같은 과정은 신문뿐만 아니라 일반 서적, 정기간행물, 팸플릿, 포스터, 전단, 영화, 녹음테이프, 만화, 사진 등 조금이라도 정치적·사상적 색채를 띠는 것이라면 문학이든 기록이든 상관없이 그 모든 것에 적용되었다. 그리하여 매일 매순간 과거는 현재의 것이 되곤 했다. 이런 식으로 당이 예언한 모든 것들은 문서상으로 증명되고, 그때그때 필요에 맞지 않는 기사나 의견은 기록에서 영구히 삭제되었다. 말하자면 모든 역사는 필요에 따라 깨끗이 지우고 다시 고쳐 쓰는 양피지 위의 글씨와도 같은 것이었다. 일단 그 모든 과정이 완료되면, 어떤 경우에도 거기에 허위가 섞여 있다고 주장할 수도, 증명할 수도 없었다.

윈스턴이 근무하는 기록국의 대다수 사람들은 교체해서 없애 버려야 할 서적과 신문, 각종 문서들을 찾아내어 정정하는 임무를 맡고 있었다. 사무실에는 정치 서열의 변경이나 빅 브라더의 잘못된 예언 때문에 열두 번도 더 정정된 수많은 《타임스》가 원래 날짜별로 신문철에 꽂혀 있었다. 물론 정정에 대한 기록은 있을 수 없었다. 각종 서적도 회수되어 여러 차례 수정되지만, 변경되었다는 한마디 언급도 없이 재발간되곤 했다. 심지어 윈스턴이 받아서 처리하고는 곧 없애야 하는 문서상의 지시 사항에도 위조 행위를 하라는 언급이나 암시는 들어 있지 않았다. 언제나 정확성을 기하기 위해 오자, 탈자, 오식(誤植), 인용상의 실수 등을 찾아서 바로잡으라는 것뿐이었다.

윈스턴은 풍요부의 숫자를 재조정하면서, 이런 일은 사실상 위조라고 볼 수 없다는 생각을 했다. 이는 단순히 하나의 난센스를 또 하나의 난센스로 바꾸는 것에 불과했다. 그가 취급하고 있는 대부분의 자료는 현실 세계와는 아무런 관련이 없으며, 심지어는 노골적인 거짓말과도 무관한 것이었다. 처음 발표된 통계 역시 수정된 통계만큼이나 황당무계했다. 이를 이해하려면 상당한 시간이 걸릴 것이다. 예를 들어 풍요부는 사사분기 구두 생산량을 1억 4500만 켤레로 예상했다. 그런데 실제 생산량은 6200만 켤레였다. 이에 윈스턴은 예상 생산량을 1억 4500만에서 5700만 켤레로 크게 낮추어 기록했다. 이는 예상을 수정할 때 할당량이 초과 달성되었다는 상투적인 주장을 하기 위한 조처였다. 그런데 실제 생산량이 6200만 켤레라고 하지만, 그 숫자가 5700만이나 1억 4500만이란 숫자보다 더 진실에 가까운 것은 아니었다. 아마 구두는 한 켤레도 생산되지 않았다고 말하는 편이 사실에 더 가까울 것이다. 아니, 그보다는 아무도 구두의 생산량을 알지 못할 뿐만 아니라 거기에 관심을 갖는 사람조차 없다고 말해야 정확하리라.

사람들이 알고 있는 것은 매 분기 서류상으로는
천문학적인 숫자의 구두가 생산되지만, 오세아니아의 인구
절반이 맨발로 다닌다는 사실이었다. 기록된 사실들은
크든 작든 모두 그런 식이었다. 모든 것이 암흑의 세계로
사라져 결국 하루의 날짜조차 불확실하게 되어 버렸다.

윈스턴은 사무실을 둘러보았다. 맞은편 책상에서
검은 턱수염에 체구가 작고 빈틈이 없어 보이는
틸럿슨이라는 사내가 접은 신문을 무릎에 올려 놓은 채
입을 구술기록기 주둥이에 바짝 대고는 열심히 일하고
있었다. 표정으로 보아 텔레스크린과 무언가 비밀을
주고받느라 애쓰는 것 같았다. 이윽고 그가 윈스턴 쪽을
향해 고개를 돌리고는 안경 너머로 적의 어린 눈빛을
보냈다.

윈스턴은 틸럿슨에 대해 아는 것이 거의 없었다.
그가 무슨 임무를 맡고 있는지조차 알지 못했다. 기록국
직원들은 자기 일에 대해서 남에게 이야기하기를
꺼렸다. 창문이 없는 기다란 사무실에는 책상이 두 줄로
놓여 있었다. 그리고 그 안에서는 서류를 뒤적이거나
구술기록기에 대고 중얼거리는 소리들이 끊임없이
이어졌다. 날마다 복도를 오가며 마주치고, '이 분 증오'
때 아우성치는 것을 보면서도 윈스턴은 직원들 중 열두
명이나 되는 사람들의 이름조차 모르고 있었다. 그의

옆 책상에서 일하는 갈색 머리의 자그마한 여자는 이미
증발되어 결국은 존재했다고 할 수도 없는 사람들의
명단을 출판물에서 찾아내어 말소하는 일을 하고 있었다.
그 여자의 남편이 몇 년 전 증발되었기 때문에 그녀에게는
그런 일이 적격인 셈이었다. 몇 책상 건너에는 온순하고
나약한 성격에 꿈을 꾸는 듯한 인상의 앰플포스라는
남자가 앉아 있었다. 귀에 솜털이 유난히 많은 그는 시의
운율을 맞추는 데 비상한 재주가 있는 사람이었다. 그래서
사상적으로는 불온하지만 몇 가지 이유로 명시 선집에
포함해야 할 시를 수정하는 일(이 수정본을 '결정판'이라고
한다.)을 맡고 있었다. 그런데 직원이 쉰 명쯤 되는 이
사무실은 거대하고 복잡한 기록국 산하의 분과로,
이를테면 세포 하나에 불과했다. 사무실 상하좌우에는
수많은 직원들이 모여 상상할 수 없을 정도로 다양한 일을
하고 있었다. 기록국 산하의 거대한 인쇄소에는 사진을
위조하는 설비가 갖추어져 있는 가운데 편집부원과
조판 전문가들이 있었다. 그리고 텔레스크린 프로그램
분과에는 엔지니어와 프로듀서를 비롯하여 성대모사에
재능이 있어서 특별히 발탁된 성우들이 있었다. 고작
한다는 게 회수해야 할 정기간행물이나 서적의 목록을
작성하는 일만 맡은 팀도 있었다. 아울러 수정된 문서를
보관하는 거대한 창고도 있었고, 원본을 없애기 위한 비밀

소각장도 있었다. 또 어디에 있는지도, 누구인지도 알 수
없지만 모든 작업을 통솔하고 과거의 일 중 그대로 보존할
것과 위조할 것, 폐기할 것 등을 구별하여 정책 노선을
결정하는 지도부도 있었다.

결국 기록국은 진리부 내의 한 기구로서, 주요 업무는
과거를 재구성하는 것이 아니라 오세아니아의 시민에게
신문, 영화, 교과서, 텔레스크린 프로그램, 연극, 소설
등 — 동상(銅像)에서 슬로건, 서정시에서 생물학 논문,
어린이용 글씨 교본에서 신어사전에 이르기까지 거의 모든
분야에 걸친 정보, 교육, 오락 — 을 공급하는 것이었다.
여기에서는 당의 수많은 요구를 들어주는 일뿐만 아니라
프롤레타리아트를 위해 좀 더 수준을 낮추어 모든 작업을
반복해야만 했다. 진리부에는 프롤레타리아 문학, 음악,
드라마, 오락 등을 다루는 별도의 부서들도 있었다. 이런
곳에서는 스포츠, 범죄, 점성술에 관한 기사를 싣는
질 낮은 신문을 비롯하여 5센트짜리 선정적인 삼류
소설, 섹스 냄새가 물씬 풍기는 영화, 만화경과 비슷한
작시기(作詩器)란 독특한 기계로 궁상맞은 노래 따위를
만들어 냈다. 그야말로 저질 중의 저질인 포르노그래피를
만드는 곳(신어로는 '포르노과'라고 한다.)도 있었다. 그런데
여기에서 제작된 작품들은 모두 밀봉 상태로 발송되기
때문에 그 일에 종사하는 사람 이외에는 당원들도 볼 수가

없었다.

윈스턴은 압축 전송관을 통해 세 개의 메시지를 발송했다. 이번 일은 아주 간단한 것이어서 '이 분 증오'가 시작되기 전에 처리할 수 있었다. 이윽고 '이 분 증오'가 끝나자 그는 곧바로 자기 자리로 돌아와 책장에서 신어사전을 꺼내 들었다. 그러고는 구술기록기를 한쪽으로 치운 다음 안경을 닦고 아침에 해야 할 중요한 일을 시작했다.

윈스턴이 일상생활에서 가장 즐거움을 느끼는 때는 바로 일할 때였다. 물론 일의 대부분은 판에 박은 듯한 것이어서 지루하기 짝이 없었다. 게다가 매우 어렵고 복잡해서 수학 문제를 푸는 것과도 같았다. 하지만 자신을 잊은 채 깊이 몰두할 수 있어서 좋았다. 그의 일은 '영사'의 강령에 대한 지식과 당이 그에게 요구하리라고 생각되는 것을 예측하여 위조를 해야 하는 미묘한 것이었다. 그러나 윈스턴은 이런 일에 능수능란했다. 그래서 순전히 신어로 쓰인 《타임스》의 사설을 정정하는 일까지 맡을 때도 있었다. 그는 아까 옆으로 밀어 놓았던 메시지를 펼쳤다. 그 내용은 다음과 같았다.

《타임스》 83. 12. 3, 비비 일일 명령 더욱더안좋은 무인 언급 완전스럽게 다시 쓰기 상사 제출.

이것을 구어, 즉 표준 영어로 표현하면 다음과 같이 될 것이다.

《타임스》 1983년 12월 3일 자에 실린 빅 브라더의 일일 명령에 관한 기사는 극히 불만족스러운 데다 존재하지도 않은 사람들에 대해 언급하고 있다. 그것을 완전히 다시 써서 철하기 전에 초고를 상사에게 제출하라.

윈스턴은 문제의 기사를 훑어 보았다. 빅 브라더의 일일 명령은 유동요새의 해병들에게 담배를 비롯하여 여러 가지 위문품을 공급하는 FFCC란 단체를 주로 치하하는 것이었다. 그 내용에는 내부당의 고위 인물인 위더스 동지에 관한 언급도 있는데, 그는 2등 특별 공로 훈장을 받았다고 쓰여 있었다.

삼 개월 뒤 FFCC는 아무런 해명도 없이 갑자기 해체되었다. 사람들은 위더스와 그의 측근들이 숙청되었을 거라고 추측했다. 하지만 신문에도, 텔레스크린에도 일절 그에 관한 언급이 없었다. 정치범이 재판을 받거나 공개적으로 비판을 받는 일은 드물기 때문에 그럴 만도 했다. 비굴하게도 자신들의 죄목을 낱낱이 자백한 뒤에 처형을 당하는 반역자나 사상범들에 대한 공개 재판과 함께 수천 명의 관련자들이 숙청되기도

하지만, 이런 일은 이 년에 한 번 생길까 말까 한
구경거리였다. 대개 당의 미움을 산 사람은 그냥 쥐도 새도
모르게 사라져 버렸고, 그 결과 다시는 소식을 들을 수
없었다. 그들에게 무슨 일이 일어났는지 알 만한 단서 같은
것도 전혀 없었다. 어쩌면 그들은 죽지 않고 살아 있을지도
모르지만, 윈스턴이 개인적으로 알고 있는 사람만 해도
자신의 부모를 남겨 놓은 채 행방을 감춘 이가 서른 명은
되었다.

　　윈스턴은 종이 집게로 콧등을 톡톡 쳤다. 맞은편
책상의 틸럿슨은 아직도 구술기록기에다 비밀 이야기를
하는 듯 몸을 웅크리고 앉아 있었다. 그러다 잠깐 머리를
들고는 다시금 안경 너머로 적개심에 젖은 눈을 번뜩였다.
윈스턴은 틸럿슨 동지가 자기와 똑같은 일을 하지 않을까
하고 생각했다. 충분히 그럴 수 있는 일이었다. 이처럼
교묘한 일을 단 한 사람에게만 맡길 리 없다. 그렇다고 이런
일을 위원회에 넘길 수도 없을 것이다. 그렇게 하면 날조
행위가 자행되고 있음을 공공연하게 인정하는 셈이 된다.
아마 지금쯤 열두 명 정도 되는 사람들이 서로 경쟁을
하며 빅 브라더의 연설문을 고치고 있을 것이다. 그리고
얼마 후에는 내부당의 지도급 인물들이 그중에서 적당한
원고를 골라 재편집한 뒤, 복잡한 참조 과정을 거쳐서
영구 문서에 기록할 것이다. 그렇게 되면 그 거짓말은 그

순간부터 영원한 진실이 되어 버린다.

윈스턴으로서는 위더스가 왜 숙청되었는지 알 수 없었다. 어쩌면 부정을 저질렀거나 무능했기 때문인지도 모른다. 아니면 너무 인기가 많아서 빅 브라더가 제거했을 수도 있다. 혹은 위더스 본인이나 그와 가까운 누군가가 이단적인 성향이 있는 것으로 혐의를 받았기 때문인지도 모른다. 그러나 무엇보다 숙청이나 증발이 권력을 유지하는 불가피한 수단인 만큼 단순히 그런 이유에서 그렇게 되었을 가능성이 가장 높다. 위더스가 이미 죽었음을 알려 주는 유일한 단서는 '무인 언급'이라는 말이다. 체포된 경우에는 이런 말을 절대로 쓰지 않는다. 때로는 체포된 자가 석방되어 일이 년쯤 자유를 누린 뒤에 처형되는 경우도 있다. 그리고 아주 드문 일이지만, 오래전에 죽은 것으로 믿어져 온 사람이 별안간 공개 재판에 유령처럼 나타나 증언을 함으로써 수백 명을 연루자로 엮어 넣고는 홀연히 자취를 감추어 버리기도 한다. 하지만 위더스는 이미 '무인', 즉 없는 사람이다. 그는 현재 존재하지 않고, 그전에도 존재한 적이 없다. 윈스턴은 단순히 빅 브라더의 연설 내용을 바꾸는 것만으로는 부족하다고 생각했다. 아무래도 원래의 주제와 무관한 일로 처리하는 게 좋을 것 같았다.

물론 연설 내용을 반역자나 사상범에 대한 비난으로

바꿀 수도 있었다. 하지만 그렇게 하면 상투적인 데다 뻔한 내용이 될 것이었다. 그렇다고 무작정 전선에서 승리했다거나 제9차 3개년 계획을 성공적으로 초과 달성했다는 식으로 꾸밀 수도 없는 노릇이었다. 그럴 경우 기록 자체가 너무 복잡해질 수 있기 때문이었다. 완전무결한 조작이 필요했다. 마치 준비라도 해 놓은 듯 그의 머리에 문득 떠오르는 사람이 있었다. 오길비 동지라고 최근 전선에서 영웅적인 활동을 하다가 전사한 사람이었다. 빅 브라더는 일일 명령을 통해서, 초라한 신분의 하급 당원이면서도 본받을 만한 일생을 살다가 죽은 동지들의 명복을 빌어 주어야 한다고 역설하곤 했다. 윈스턴은 오늘 오길비 동지의 명복을 빌어 주기로 했다. 사실 오길비 동지라는 사람은 존재하지 않았지만, 몇 줄의 글과 두어 장의 모조 사진이면 얼마든지 그를 생존해 있는 인물로 만들 수 있었다.

윈스턴은 잠시 생각에 잠겼다가 구술기록기를 앞으로 잡아당겼다. 그러고는 빅 브라더와 비슷한 말투로 말하기 시작했다. 빅 브라더의 말투는 군대식이고 현학적인 데다 질문을 했다가 곧바로 자신이 대답하는(예를 들면, "동지들, 우리는 이 사건에서 무슨 교훈을 얻었는가? 그 교훈은 바로 '영사'의 기본 강령 중 하나인데, 그것은……." 하는 식이다.) 버릇이 있기 때문에 흉내 내기가 쉬웠다.

오길비 동지는 세 살 때 북과 기관총, 모조 헬리콥터를
갖고 놀았다. 그 외의 장난감은 거들떠보지도 않았다.
그는 여섯 살 때 —— 당의 특별 배려로 규정보다 일 년
더 빨리 —— 스파이단에 가입했고, 아홉 살 때는 단장이
되었다. 그리고 열한 살 때는 사상이 불온해 보이는
숙부의 대화를 엿듣고 사상경찰에 고발했으며, 열일곱
살 때는 '청소년반성연맹'의 지역 조직책이 되었다. 그는
열아홉 살 때 수류탄을 고안했는데, 평화부가 이를
채택해 첫 실험에서 단 한 방으로 유라시아 포로들을
서른한 명이나 죽였다. 그가 전사한 것은 스물세 살 때,
중요 문서를 가지고 인도양 상공을 비행하던 도중이었다.
그는 적군 제트기의 피격을 받은 순간 몸의 무게를 더
나가게 하려고 기관총을 둘러메고는 중요 문서를 지닌
채 헬리콥터에서 바다 속으로 뛰어들었다. 빅 브라더는
오길비 동지의 그 같은 죽음을 일컬어 부러움을 살 만한
최후라고 말했다. 그러면서 오길비 동지의 생애가 더없이
순결하며 성실했다고 덧붙였다. 오길비 동지는 술을
마시거나 담배를 피우지 않았으며, 오락도 멀리했다. 굳이
오락이라고 한다면 체육관에서 하루 한 시간 하는 운동이
전부였다. 그는 당을 위해 결혼까지 포기했다. 결혼하게
되면 가정에 신경을 쓰기 때문에 스물네 시간을 몽땅
당에 헌신할 수 없다는 생각에서 평생 독신으로 살 것을

맹세했다. 그는 또 언제나 '영사'의 강령에 대한 이야기만 했다. 그에게 삶의 유일한 목표는 유라시아 군대의 격퇴와 함께 스파이, 태업자, 사상범, 반역자들을 모조리 잡아서 없애는 것이었다.

윈스턴은 오길비 동지에게 특별 훈장을 줄까 하고 생각했다가 그만두었다. 그렇게 하려면 하나부터 열까지 까다로운 대조를 해야 하기 때문이었다.

그는 다시 한번 맞은편 책상에 앉아 있는 라이벌을 흘끗 쳐다봤다. 틸럿슨이 자기와 똑같은 일에 열중하고 있다는 생각이 자꾸만 들었다. 만약 틸럿슨도 그 일을 한다면 결과적으로 누구의 원고가 채택될까? 그것은 알 수 없지만, 윈스턴은 자기 것이 채택될 거라고 확신했다. 한 시간 전만 해도 생각조차 못 했던 오길비 동지의 존재는 이제 사실로 굳어졌다. 죽은 사람은 만들어 낼 수 있지만, 산 사람은 그럴 수 없다는 것이 묘한 충격으로 다가왔다. 지금까지 결코 존재한 적이 없는 오길비 동지가 이제부터는 과거 속에 존재하게 된다. 일단 날조 행위가 잊히고 나면, 그는 샤를마뉴 대제나 줄리어스 시저처럼 확실한 증거 위에 틀림없이 존재하게 될 것이다.

5

　지하 깊숙이 자리 잡은, 천장이 낮은 식당에서 점심 식사를 하려는 사람들의 줄이 서서히 앞으로 움직였다. 식당은 이미 만원이었고, 귀가 먹먹할 정도로 시끄러웠다. 카운터 창구에서 스튜의 김이 시큼한 냄새를 풍기며 흘러나왔다. 승리주 냄새는 더 자극적이었다. 식당 한쪽 구석의 벽에 구멍을 내어 만든 조그만 판매대에서 한 잔에 10센트씩 술을 팔고 있었다.

　"찾았는데 바로 여기 있었군."

　누군가 윈스턴 뒤에서 말했다.

　윈스턴은 돌아섰다. 조사국에 근무하는 친구 사임이었다. 어쩌면 '친구'라는 말은 적합하지 않을 것이다. 이제는 친구란 건 없고 동지만 있기 때문이다. 그러나 동지들 중에서도 남보다 더 친한 동지가 있게 마련이다. 사임은 언어학자로, 신어 전문가였다. 덧붙여 말하자면 현재 신어사전 제11판을 편집하는 일에 종사하는 막강한 전문위원의 일원이었다. 검은 머리의 그는 윈스턴보다 체구가 작았다. 그리고 눈은 커다란 데다 툭 튀어나와 있었는데, 왠지 슬퍼 보이기도 하고 비웃는 것 같기도 했다. 그는 이야기를 나눌 때 그런 눈으로 상대방의 얼굴을 빤히 쳐다보곤 했다.

"자네한테 면도날이 있나 해서 찾았네."

사임이 말했다.

"하나도 없어. 나도 여기저기 돌아다니며 찾았는데, 도무지 있어야 말이지."

윈스턴은 죄라도 지은 듯한 기분이었다.

누구든지 만나는 사람에게 면도날을 얻으려고 했다. 윈스턴은 아직 사용하지 않은 면도날 두 개를 감춰 두고 있었다. 지난 몇 달 동안 면도날이 품귀 현상을 빚었다. 가끔씩 당원용 상점에서도 생활필수품이 동날 때가 있었다. 그것이 단추일 때도 있고, 털실이나 구두끈일 때도 있었다. 그런데 요즘은 면도날이 없었다. 면도날은 이제 '자유' 시장에서 남몰래 구걸하다시피 해야 겨우 구할 수 있었다.

"나도 육 주 동안이나 같은 면도날을 쓰고 있다네."

윈스턴은 그렇게 둘러댔다.

줄이 다시 앞으로 약간 움직였다가 멈췄다. 그는 다시 몸을 돌려 사임을 바라보았다. 두 사람 다 카운터 끝에 있는 찬장에서 가져온 기름 묻은 금속 쟁반을 들고 있었다.

"어제 포로들 교수형에 처하는 거 봤나?"

사임이 물었다.

"일을 했어. 영화로 볼 수 있겠지."

윈스턴은 관심 없다는 듯 시큰둥하게 대꾸했다.

"영화로 보는 것하고는 달라도 크게 다를 걸세."

사임이 말했다.

비웃는 듯한 그의 두 눈이 윈스턴의 얼굴을 재빨리 훑었다. '나는 너를 알아.' 그 두 눈이 이렇게 말하는 것 같았다. '뱃속까지 훤히 알지. 네가 왜 포로들이 교수형당하는 걸 보러 가지 않았는지 잘 안단 말이야.' 사임은 사상적으로 열렬한 정통파였다. 그는 헬리콥터가 적의 마을을 쑥대밭으로 만들었다든지, 사상범의 자백과 재판, 애정부 감방에서 행해지는 처형 등을 못마땅하게 여기는 척하면서도 막상 그에 대한 이야기를 할 때면 재미있다는 듯이 신나게 떠들어 대곤 했다. 그와 이야기를 나누려면 그런 화제를 피해 가능한 한 그가 스스로의 권위도 세우고 흥미롭게 생각하기도 하는 신어에 대해 관심이 있는 듯 말해야 할 터였다. 윈스턴은 쏘아보는 듯한 그의 커다란 검은 눈을 피해서 고개를 살며시 돌렸다.

"정말 볼 만한 교수형이었어."

사임이 회상하듯 말했다.

"놈들의 발을 묶지 않았으면 더 좋았을 걸세. 발버둥 치는 꼴을 보고 싶었는데 말이야……. 그나마 마지막에 혓바닥을 쑥 빼물었던 걸 봐서 다행이지. 아주 퍼렇더군. 아무튼 그 장면이 썩 괜찮았네."

"다음 분!"

흰 앞치마를 두른 종업원이 국자를 들고 소리쳤다.

윈스턴과 사임이 쟁반을 배식대 쪽으로 내밀었다.
두 사람의 쟁반 위에 규정된 음식 ── 철제 접시에 담긴
거무죽죽한 스튜, 빵 한 덩어리, 치즈 한 조각, 밀크를
타지 않은 승리 커피 한 잔, 사카린 한 알이었다 ── 이
올려졌다.

"저기, 텔레스크린 밑에 자리가 있군. 가는 길에 술이나
한 잔 사 갖고 가세."

사임이 말했다.

종업원이 손잡이가 없는 원통형 찻잔에 진을 따라
주었다. 둘은 사람들을 헤치고 나아가 자리를 잡은 뒤
금속판을 씌운 탁자 위에 쟁반을 내려놓았다. 누가
그랬는지 구역질이 날 만큼 더러운 스튜 국물이 식탁
한구석에 떨어져 있었다. 윈스턴은 술잔을 들고 잠시 숨을
멈췄다가 느글느글한 맛이 나는 진을 목 안에 붓고는
꿀꺽 삼켰다. 눈물이 찔끔 나오더니 갑자기 시장기가
느껴졌다. 그는 스튜를 퍼먹기 시작했다. 묽은 스튜에는
고기라고 넣은 건지 해면처럼 흐물흐물한 분홍빛 덩어리가
들어 있었다. 두 사람은 식사를 마칠 때까지 아무 말도
하지 않았다. 윈스턴의 뒤쪽으로 조금 떨어진 곳의 왼쪽
식탁에서 한 남자가 오리처럼 꽥꽥거리는 목소리로
끊임없이 지껄여 대고 있었다. 남자의 말소리는 식당 안의

웅성거리는 소음보다 더 시끄러웠다.

"사전은 어떻게 돼 가나?"

윈스턴이 큰 소리로 물었다.

"그럭저럭 돼 가고 있네. 나는 형용사를 맡았는데 재미가 아주 그만이야."

사임이 말했다.

신어 이야기가 나오자 그의 얼굴이 금세 환해졌다. 그는 스튜 접시를 옆으로 밀어 놓고 섬세하게 생긴 손의 한쪽에는 빵을, 다른 쪽에는 치즈를 들고서 악을 쓰지 않아도 말소리가 잘 들리도록 식탁 위로 몸을 수그렸다.

"제11판이 결정판이지. 지금 신어를 마지막으로 손질하고 있는데, 이 일이 다 끝나면 다른 말은 쓰지 않아도 될 걸세. 대신 자네 같은 사람들은 처음부터 다시 배워야만 하네. 자네는 우리의 주된 임무가 새로운 낱말을 만들어 내는 거라고 생각하겠지만, 절대 그렇지 않다네. 우리는 매일 수십, 수백 개의 낱말을 없애고 있지. 말하자면 우리는 말을 뼈만 남도록 잘라 내고 있는 셈일세. 제11판에는 2050년 이전에 쓸모가 없게 될 낱말들은 단 한 개도 수록되지 않았다네."

사임은 허기진 듯 빵을 덥석 베어 물고 몇 번 씹지도 않은 채 꿀꺽 삼켰다. 그러고는 현학적인 말들을 계속해서 열심히 늘어놓았다. 가무잡잡하니 야윈 그의 얼굴은 생기를 띠었고, 조소하는 기색이 말끔히 가신 눈은 꿈꾸는 듯 빛났다.

"낱말을 없애는 건 대단히 매력적인 일이지. 물론 가장 쓸모없는 낱말은 동사와 형용사에 많지만, 없애야 할 명사도 수백 개나 있네. 그리고 동의어뿐만 아니라 반의어도 없애야 하지. 도대체 한 낱말이 단순히 다른 낱말의 반대만을 뜻한다면 굳이 있어야 할 필요가 뭐 있겠나? 한 낱말에는 이미 그 자체에 반대로 말할 수 있는 요소가 포함돼 있네. 그래서 '좋은(*good*)'이라는 낱말을 예로 든다면, 그 반대말을 '안좋은(*ungood*)'이라고 하면 되지. 철자도 생판 다른 '나쁜(*bad*)'이란 말이 뭣 때문에 따로 필요하겠나? '안좋은'이란 말이면 충분하네. 모양은 비슷하지만 오히려 이게 다른 말보다 더 정확한 반대말이지. '좋은'이란 말의 뜻을 더욱 강조하고 싶을 때도 마찬가지네. '탁월한(*excellent*)'이니 '훌륭한(*splendid*)' 같은 모호하면서 쓸모도 없는 말들이 수두룩하게 있다 한들 무슨 의미가 있겠는가? '더좋은(*plusgood*)'이라는 말이면 충분하고, 이걸 더욱 강조하고 싶으면 '더욱더좋은(*doubleplusgood*)'이라고 하면 될 것이네. 물론 이런 형태의 낱말들이 이미 사용되고는 있지만, 신어의 최종판에는 이 낱말들만 수록될 걸세. 그러니까 좋고 나쁘다는 전체적인 개념은 여섯 개의 낱말(따지고 보면 단 한 개의 낱말이지만)로 표현할 수 있다는 얘기지. 어때, 멋지지 않나, 윈스턴? 물론 이것은 원래 B. B.(빅 브라더)의 아이디어였다네."

사임은 뒤늦게 생각난 듯 빅 브라더의 이야기를 덧붙였다. 그러자 윈스턴의 얼굴에 맥 빠진 듯한 표정이 스쳤다. 사임은 윈스턴이 신어에 흥미가 없다고 간주했다.

"윈스턴, 자네는 신어의 진가를 인정하지 않는군."

사임이 서글픈 표정으로 말했다.

"심지어 자네는 신어로 글을 쓸 때도 여전히 구어를 생각하고 있어. 자네가 《타임스》에 쓴 기사를 종종 읽어 봤네. 아주 좋긴 하지만 번역에 불과하더군. 자네는 마음속으로 말 자체가 애매하고 쓸데없는 뜻까지 들어 있는 구어에 집착하고 있어. 낱말을 없애는 일이 얼마나 매력적인지 전혀 모르는 것 같네. 전 세계적으로 매년 어휘 수가 줄어드는 언어는 신어밖에 없다는 걸 알고 있나?"

윈스턴은 물론 알고 있었다. 그는 말을 하는 대신 동의한다는 표시로 빙긋이 웃어 보였다. 사임이 거무스름한 빵을 다시 한 입 베어 물고 이어서 말했다.

"자네는 신어를 만든 목적이 사고의 폭을 좁히는 데 있다는 걸 모르나? 결국 우리는 사상죄를 범하는 것도 철저히 불가능하게 만들 걸세. 그건 사상에 관련된 말 자체를 없애 버리면 되니까 간단하네. 앞으로 필요한 모든

개념은 정확히 한 낱말로 표현될 것이고, 그 뜻은 엄격하게
제한되며 다른 보조적인 뜻은 제거되어 잊히게 될 걸세.
이미 우리는 제11판에서 그런 것에 주안점을 두었네.
하지만 그 과정은 자네나 내가 죽고 난 뒤에도 오랫동안
계속될 걸세. 세월이 흐를수록 낱말 수는 줄어들고,
그에 따라 의식의 폭도 좁아지게 되는 거지. 물론 지금도
사상죄를 범한 것에 대해 이렇다 저렇다 이유나 구실을
댈 수는 없네. 그것은 단지 자기 수양이나 현실 통제를
못한 탓이지. 하지만 결국 그렇게 하는 것조차 필요 없게
될 걸세. 언어가 완성될 때 혁명도 완수될 것이네. 신어는
'영사'고, '영사'는 신어일세."

　그는 그렇게 말하고 만족스러운 표정을 지으며
덧붙였다.

　"윈스턴, 늦어도 2050년까지 지금 우리가 사용하는
말을 이해할 수 있는 사람이 단 한 명이라도 살아 있을 것
같은가?"

　"글쎄……."

　윈스턴은 머뭇거리다가 입을 다물어 버렸다.

　'프롤들은 예외'라는 말이 혀끝까지 나왔지만, 그것이
정통인지 아닌지 확신이 서지 않아서 입을 다물었던
것이다. 그러나 사임은 윈스턴이 하려는 말이 무엇인지
금세 알아챘다.

"프롤들은 인간이 아닐세."

그가 무심하게 말했다.

"2050년까지는, 어쩌면 그전이 될 수도 있겠지만, 구어에 대한 지식은 모두 사라질 걸세. 과거의 모든 문학도 없어질 거고. 초서, 셰익스피어, 밀턴, 바이런 같은 작가들은 신어로 번역된 상태에서만 존재하게 될 것이네. 그것도 단순히 신어로만 바뀌는 게 아니라 내용도 바뀌고, 의미조차 반대로 바뀌어 버릴 걸세. 심지어 당의 문학까지도 변할 것이네. 슬로건도 마찬가지고. 자유의 개념이 없어졌는데 '자유는 예속'이란 슬로건이 어떻게 있을 수 있겠나? 모든 사상적 분위기도 달라질 것이네. 사실상 우리가 지금 알고 있는 사상 따위는 더 이상 존재하지 않을 걸세. 정통주의는 생각하지 않는 것, 생각할 필요도 없는 걸 뜻하네. 요컨대 정통주의란 무의식 그 자체일세."

머지않아 사임은 증발될 것이다. 윈스턴은 문득 그런 확신을 품었다. 그는 너무 지적인 인물이다. 모든 것을 지나칠 만큼 정확하게 관찰하고 분명하게 이야기한다. 당은 사임 같은 사람들을 좋아하지 않는다. 언젠가 그는 사라질 것이다. 이미 그의 얼굴에 그렇게 쓰여 있다.

윈스턴은 빵과 치즈를 먹어 치웠다. 그런 다음 의자에서 약간 비껴 앉아서 커피를 마셨다. 왼쪽 식탁에 앉아 있는 남자는 여전히 귀에 거슬리는 목소리로 거리낌 없이 떠들고 있었다. 윈스턴에게 등을 돌리고 앉아 있는 젊은 여자는 그 남자의 비서 같았다. 여자는 그의 말을 경청하며 그가 떠드는 소리는 모두 옳다는 동의의 표시로 연거푸 고개를 끄덕여 댔다. 이따금 "옳으신 말씀입니다. 저도 그렇게 생각합니다."라는 청순하면서도 다소 어리숭한 여자의 음성이 들렸다. 그런데 여자가 아양을 떠는 동안에도 다른 목소리의 주인공은 쉴 새 없이 지껄여 댔다. 윈스턴은 남자가 창작국의 요직에 있다는 것 외에는 그에 대해 아는 바가 없었다. 그저 안면만 있을 뿐이었다. 남자는 서른 살쯤 되어 보였는데, 목이 굵고 입이 큰 데다 어딘지 변덕스러운 듯한 인상이었다. 머리를 뒤로 약간 젖힌 상태에서 비스듬히 앉아 있는 각도 때문에 그의 안경이 빛을 받고 있어 윈스턴 쪽에서는 눈 대신 두 개의 텅 빈 유리알만 보였다. 그런데 그의 입에서는 말소리가 끊임없이 흘러나오는데도 윈스턴은 거의 한마디도 알아들을 수가 없어서 으스스한 기분이 들었다. 활자로 인쇄되어 한꺼번에 빠르게 쏟아져 나오는 듯한 그의 말 속에서 이윽고 윈스턴이 언뜻 주워들은 말은 '골드스타인주의의 완벽한 제거'라는 것이었다. 그 나머지는 영락없이 오리가 꽥꽥거리는 소리 같았다. 윈스턴은 남자의 말을 정확히 알아들을 수는 없지만,

무슨 이야기를 하는지는 대충 알 것 같았다. 남자는
골드스타인을 비난하고 있거나 사상범과 태업자들에
대한 더욱 강경한 조치를 주장하고 있을 것이다. 아니면
유라시아 군대의 잔학 행위에 격분하거나 빅 브라더와
말라바 전선의 영웅들을 찬양하고 있으리라. 아무튼
어떤 것이든 마찬가지다. 그것이 무엇이든 간에 그 말
한마디 한마디가 순수한 정통이며, 순수한 '영사'인 것만은
확실하다. 윈스턴은 턱이 위아래로 빠르게 움직이는 그
눈 없는 얼굴을 바라보았다. 순간 남자가 진짜 사람이
아니라 일종의 꼭두각시라는 이상한 생각이 들었다. 말을
하고 있는 것은 남자의 머리가 아니라 그의 목구멍이다.
그가 내뱉는 것은 단어로 이루어져 있지만, 진정한
의미에서 말은 아니다. 그저 오리가 꽥꽥거리는 것처럼
무의식적으로 나오는 소음일 뿐이다.

사임은 잠시 침묵을 지킨 채 식탁에 떨어져 있는 스튜
국물을 스푼 손잡이로 찍어서 그림을 그리고 있었다. 옆
식탁의 남자는 주위의 시끄러운 소음에도 아랑곳하지
않고 계속해서 꽥꽥거렸다.

"신어에 이런 낱말이 있네."

사임이 말했다.

"자네도 알고 있는지 모르지만,
'오리말(duckspeak)'이란 '오리처럼 꽥꽥거리는 것'을

뜻하지. 이건 두 가지 상반된 뜻을 지닌 재미있는 낱말 중 하나로서 적에게 사용하면 비난이 되고, 뜻을 같이하는 동지에게 사용하면 칭찬이 된다네."

'틀림없이 사임은 곧 증발될 것이다.'라고 윈스턴은 다시금 확신했다. 그는 사임이 자신을 경멸하고 기피하는 데다 그럴듯한 꼬투리를 잡으면 가차 없이 사상범으로 고발할 사람이라는 것을 잘 알고 있었다. 그런데 그가 증발될 것이라고 생각하니 문득 서글픈 마음이 들었다. 물론 사임에게도 단점은 있었다. 그는 절제와 적당한 무관심과 일종의 우매함 등이 부족한 사람이었다. 그렇다고 그를 두고 비정통파라고 말할 수는 없었다. 그는 남다른 열성에다 보통 당원들이 입수하지 못한 최근 정보를 수집함으로써 '영사'의 강령을 신봉하고, 빅 브라더를 숭배하며, 승리의 소식에 진심으로 기뻐하는 한편, 이단자들을 철두철미하게 증오했다. 그러나 그다지 좋지 않은 평판이 늘 그를 따라다녔다. 그는 불필요한 말을 지껄이고 책을 너무 많이 읽었으며, 미술가와 음악가들이 단골로 이용하는 '체스넛트리 카페'를 뻔질나게 들락거렸다. 성문으로든 불문으로든 그 카페에 드나들지 말라는 법은 없었지만, 그곳은 어쩐지 불길한 장소였다. 당의 불신임을 받은 늙은 지도자들이 숙청당하기 전 그곳에 모이곤 했다. 소문에 의하면, 골드스타인도 십여 년 전 그곳에 가끔씩 나타났다고 한다. 사임의 운명은 불 보듯 뻔했다. 하지만 그는 단 삼 초 동안이라도 윈스턴이 품고 있는 생각들이 뭔지 파악한다면 그 즉시 사상경찰에 고발할 것이다. 물론 다른 사람들도 그렇게 하겠지만, 아마 사임만큼 그러는 사람은 거의 없으리라.

어쨌든 열성만으로는 부족하다. 정통성이란 무의식이기 때문이다.

"파슨스가 오는군."

사임이 앞쪽을 쳐다보면서 말했다.

그의 말 속에는 '지겨운 바보 녀석'이란 욕이 숨어 있었다. 승리 맨션에서 윈스턴과 이웃하여 사는 파슨스가 식당을 가로질러 다가오는 것이 보였다. 통통한 몸집, 중간 키, 그리고 금발인 파슨스의 얼굴은 개구리와 비슷했다. 서른다섯 살에 벌써 목덜미와 허리에 두툼한 비곗살이 붙었지만, 그래도 그의 몸놀림은 민첩하고 소년처럼 팔팔했다. 그의 외모 전체가 꼭 덩치만 커다란 아이 같았다. 그래서 규정된 제복 차림이긴 해도 푸른색 바지에 회색 셔츠를 입고 빨간 머플러를 두른 스파이단을 연상하지 않을 수 없었다. 그를 떠올릴 때면 언제나 바지 무릎이 불룩 나오고 통통한 팔목까지 소매를 걷어 올린 모습이 연상되었다. 사실 파슨스는 단체 행군이나 이런저런 육체적인 활동을 할 때마다 늘 그 핑계를 대고 반바지로 갈아입곤 했다. 그는 그들 두 사람에게 "어이, 여보게들!" 하고 쾌활하게 인사를 건넸다. 그러고는 땀 냄새를 물씬 풍기며 의자에 앉았다. 그의 불그레한 얼굴에서 땀이 줄줄 흘러내렸다. 그는 유난히 땀을 많이 흘렸다. 공회당에서 탁구를 칠 때면 그의 배트 손잡이가 땀으로 축축하게 젖을 정도였다. 사임은 손가락 사이에 볼펜을 끼운 채 글씨가 빽빽하게 적혀 있는 기다란 종이쪽지를 펼쳐들고 내용을 검토하고 있었다.

"점심시간에도 부지런 떠는 꼴 좀 보게."

파슨스가 윈스턴을 팔꿈치로 쿡쿡 찌르면서 말했다.

"제법 열심인데? 여보게, 자넨 도대체 무얼 하고 있나? 보나마나 나 같은 사람한텐 골치 아픈 일이겠지. 스미스, 자네를 찾고 있었네. 자네는 나한테 낼 기부금을 잊고 있더군."

"무슨 기부금?"

윈스턴은 자동적으로 돈이 있는지 몸을 더듬었다. 언제나 월급의 4분의 1가량을 의연금으로 내놓아야만 했는데, 그 종류가 하도 많아 일일이 다 기억할 수가 없었다.

"증오주간에 쓸 기부금 말이야. 집집마다 내는 것 있잖아. 나는 우리 구역의 수금을 맡았네. 우리는 지금 최선을 다하고 있는데……, 굉장한 전시 효과를 거두게

될 거야. 자네한테 미리 말하지만, 유서 깊은 승리 맨션이
다른 데보다 큰 깃발을 장식하지 못한대도 그건 내 잘못이
아니야. 자넨 2달러를 내겠다고 약속했지?"

윈스턴이 주머니를 뒤져서 때가 묻고 너덜너덜한
지폐 두 장을 꺼내어 건네자, 무지렁이들이 흔히 그렇듯
파슨스가 조그만 수첩에 글씨를 꼼꼼하게 적어 넣었다.

"그런데 말이야."

파슨스가 말했다.

"어제 우리 애들이 자네에게 고무총을 쐈다면서?
따끔하게 혼내 줬네. 또 한번 그런 짓을 하면 고무총을
압수하겠다고 으름장을 놓았지."

"처형장에 못 가서 화가 났던 모양이야."

윈스턴이 말했다.

"그래, 정신만은 옳게 박힌 애들이야. 둘 다
말썽꾸러기이긴 하지만 똘똘한 녀석들이지. 그 애들의
생각은 온통 스파이단하고 전쟁뿐일세. 지난 토요일에
우리 집 딸년이 대원들과 버크햄스테드로 행군을 나갔을
때 무슨 짓을 했는지 아나? 아, 글쎄 다른 계집애 둘을
데리고 대열을 몰래 이탈해서는 오후 내내 수상한
자를 뒤쫓았다지 뭔가. 딸애 말로는 두 시간 동안
그자의 꽁무니를 따라 숲속으로 들어갔다가 애머샴에
도착하자마자 경찰에 넘겼다는 거야."

"아니, 그 애들이 뭣 때문에 그런 짓을 했지?"

윈스턴이 약간 머뭇거리다가 물었다. 파슨스는 의기양양해서 계속 떠들었다.

"그자가 적의 끄나풀이라고 생각했다는 거야. 말하자면 낙하산을 타고 침투한 적의 정보원이라고 말일세. 그런데 여보게, 중요한 건 바로 이거야. 처음에 우리 딸이 그자의 무얼 보고 수상히 여긴 줄 아나? 그자가 신고 있는 이상한 신발이었다는군. 딸은 그런 신발을 신은 사람을 그때까지 한 번도 보지 못했대. 그래서 그가 외국 사람이라고 생각했다는 거야. 어때, 일곱 살짜리 치고는 꽤 똑똑하지?"

"그 사람은 어떻게 됐나?"

윈스턴이 물었다.

"그건 몰라. 하지만 이렇게 됐더라도 놀랄 건 없지 뭐."

파슨스가 총을 겨누는 시늉을 하면서 혀를 움직여 총소리를 냈다.

"좋아."

사임이 종이쪽지를 바라보면서 혼잣말처럼 말했다.

"물론 놀랄 건 없지."

윈스턴이 동의하듯 말했다.

"내가 말하고 싶은 것은 전쟁이 지금도 계속되고 있다는 거야."

파슨스가 말했다.

마치 그 말을 확인이라도 하려는 듯, 그들 바로 위에 있는 텔레스크린에서 나팔 소리가 힘차게 울려 나왔다. 그런데 이번에는 군대의 승리를 알리는 것이 아니라 풍요부에서 내보내는 공지 사항이었다.

"동지들!"

젊은이의 목소리가 우렁차게 들렸다.

"동지들 주목하십시오! 지금부터 영광스러운 소식을 전해 드리겠습니다. 우리는 생산 전선에서 승리를 거두었습니다! 방금 완료된 각종 소비재 생산 통계에 의하면, 생활수준이 작년보다 20퍼센트 이상이나 향상되었다고 합니다. 오늘 아침 오세아니아 전역에 걸쳐서 열화 같은 자발적 집회가 벌어졌습니다. 여러 공장과 직장에서 쏟아져 나온 노동자들이 깃발을 든 채 거리를 행진하면서 탁월하신 영도력으로 우리에게 새롭고 행복한 삶을 주신 빅 브라더께 감사드린다고 목이 터져라 외쳤습니다. 여기 목표 달성이 완료된 통계 수치가 있습니다. 식량은……."

'새롭고 행복한 삶'이라는 말이 몇 차례나 반복되었다. 그것은 최근 들어 풍요부가 즐겨 쓰는 상투적인 말이었다. 나팔 소리에 넋을 놓고 있던 파슨스가 지루함을 참으며 진지한 표정으로 귀를 기울이고 있었다. 그는 통계 수치를

이해하지 못했다. 그렇더라도 무언가 만족할 만한 것이
발표된다고는 생각하고 있었다. 그는 크고 지저분한
파이프를 꺼냈다. 파이프에는 까맣게 탄 담배가 반쯤
채워져 있었다. 일주일에 100그램씩 배급되는 담배로
파이프를 가득 채워 피운다는 건 거의 불가능한 일이었다.
윈스턴은 승리담배를 조심스레 반듯이 들고 피웠다.
내일이나 되어야 담배 배급을 받는 데다 지금은 네
개비밖에 남아 있지 않기 때문이었다. 그는 잠시 주위에서
나는 소리를 외면하고 텔레스크린에서 흘러나오는 발표에
귀를 기울였다. 일주일에 초콜릿 배급량을 20그램으로
올려 준 데 대해 빅 브라더에게 감사하는 집회가 있었던
모양이었다. 그런데 바로 어제 초콜릿 배급량을 일주일에
20그램으로 줄인다고 방송했잖은가? 겨우 하루 만에
그것을 잊어버렸나? 그렇다. 그들 모두는 그 사실을
잊어버린 것이다. 파슨스는 아둔하기가 짐승 같아서 쉽게
잊어버렸다. 옆 식탁의 그 눈 없는 남자도 지난주 초콜릿
배급량이 30그램이었다고 말하는 사람은 누구든지
당장 색출해 증발시켜 버리겠다는 식의 열의에 휩싸인
나머지 그 사실을 잊고 있었다. 그리고 사임 역시 복잡한
이중사고로 인해 그것을 잊었다. 그렇다면 윈스턴 혼자만
그 사실을 기억하고 있단 말인가?
　　터무니없는 통계 수치가 텔레스크린에서 계속 쏟아져

나왔다. 작년에 비해 식량, 의복, 주택, 가구, 취사도구,
연료, 선박, 헬리콥터, 서적, 유아 등 모든 것이 늘어났다.
그 상태 그대로이거나 줄어든 것은 질병과 범죄와
정신병뿐이었다. 매년 매순간 사람도 물건도 빠른 속도로
증가하고 있었다. 사임이 조금 전에 했던 것처럼, 윈스턴도
스푼을 들고 식탁에 떨어진 허연 국물을 찍어서 기다란
줄을 그어 가며 그림을 그렸다. 문득 실생활의 물질적인
구조를 생각하니 울화가 치밀었다. 전에도 늘 이랬던가?
음식 맛도 이랬나? 그는 식당 안을 둘러보았다. 천장은
낮고, 식탁마다 수많은 사람들이 우글거렸으며, 벽은
사람의 손때가 묻어 지저분했다. 그뿐만이 아니었다.
찌그러진 철제 식탁과 의자들이 너무 바짝 놓여 있어서
서로 팔꿈치가 부딪쳤고, 스푼은 휘어졌으며, 쟁반은
흉하게 우그러졌다. 또 희끄무레하니 조잡하게 만들어진
잔들은 기름이 묻은 데다 갈라진 틈마다 새까만 때가 끼어
있었고, 싸구려 술과 커피에서는 이상한 냄새가 풍겼다.
게다가 스튜에서는 쇳내가, 더러운 옷에서는 이런저런
냄새들이 뒤섞인 시큼한 악취가 코를 찔렀다. 그러다
보니 위장과 피부가 마땅히 누려야 할 권리를 빼앗긴
데 대해 반발하듯 민감하게 반응하면서 그런 것들을
받아들이기를 한사코 거부했다. 그렇다면 옛날에는 지금과
크게 달랐을까? 사실 달랐다고 생각할 만한 것이 하나도

없었다. 그가 분명히 기억하건대 언제나 먹을 것이 부족한
가운데 사람들은 구멍 뚫린 양말과 속옷을 입었고,
가구는 낡아서 금방이라도 부서질 것 같았으며, 집은 한
귀퉁이가 무너져 내려앉았는가 하면, 방은 난방이 되지
않아서 추웠다. 그런 데다 지하철은 항상 만원이었고,
빵은 색깔부터가 거무튀튀했으며, 홍차는 귀해서, 커피는
맛이 없어서 마시기 힘들었다. 그리고 담배도 모자랐지만,
혼합주(混合酒) 외에는 무엇 하나 값싸고 풍부한 게
없었다. 인간의 몸은 늙어 가고, 그에 따라 점점 시들어
간다. 하지만 그것을 자연의 섭리로만 돌릴 수는 없을
것이다. 불안과 불결과 궁핍에 시달리는 한편으로, 기나긴
겨울의 추위 속에서 찢어진 양말에 좀처럼 작동하지 않는
엘리베이터, 차가운 물, 돌처럼 거친 비누, 부스러지는
담배, 지독하게 맛없는 음식 따위로 병들어 간다면 이것도
자연의 섭리라고 할 수 있을까? 그리고 모든 것이 달랐던
옛날을 기억도 못하면서 사람들은 왜 현실이 견딜 수 없는
것이라고 느끼는 걸까?

　윈스턴은 다시금 식당 안을 둘러보았다. 거의 모든
사람들이 추해 보였다. 푸른 제복 대신 다른 옷을
입었더라도 추해 보이기는 마찬가지일 것 같았다.
딱정벌레처럼 생긴 조그만 남자가 한쪽 구석의 식탁에
혼자 앉아 커피를 마시면서 불안스러운 눈초리로 이쪽저쪽

흘낏거리고 있었다. 만약 이런 몰골들을 보지 않았다면 당이 이상형으로 내세운 신체 조건 ── 청년은 키가 크고 근육질이며, 처녀는 금발에 성격이 명랑하고 햇볕에 그을린 건강한 피부와 볼록 튀어나온 가슴을 지녀야 한다 ── 을 갖춘 사람들이 많은 줄로 알았을 것이라고 윈스턴은 생각했다. 그런데 사실은 그렇지 않았다. 그가 판단하건대 에어스트립 원의 주민들은 대부분 체격이 작은 데다 피부가 검고 영양실조에 걸려서 몰골이 추했다. 어째서 딱정벌레 같은 인간들이 정부 기관마다 점점 늘고 있는지 이상한 일이었다. 일찍부터 옆으로 퍼져서 땅딸막한 체구, 행동은 민첩하지만 짧은 다리, 유난히 작은 눈, 통통한 얼굴에 불가사의한 표정……, 당의 지배하에서는 바로 이런 타입의 인간들이 출세를 가장 잘하는 것 같았다.

풍요부의 방송이 또 한번의 나팔 소리로 끝나면서 쉿소리 같은 음악이 흘러나오기 시작했다. 엄청난 통계 숫자에 감격했는지 파슨스가 입에서 파이프를 떼며 말했다.

"풍요부는 올해 아주 근사한 일을 했어."

그는 뭘 알기나 하는 듯 고개까지 끄덕거렸다.

"그건 그렇고, 여보게 스미스. 자네 면도날 좀 있으면 빌려주겠나?"

"없네. 면도날 한 개로 육 주 동안이나 쓰고 있다네."

윈스턴이 대답했다.

"아, 그런가? 혹시 있나 해서 물어본 거야."

"미안하게 됐네."

윈스턴이 말했다.

풍요부의 방송이 나오는 동안에는 조용하던 옆 식탁의 오리 소리가 다시금 떠들썩하게 들리기 시작했다. 무슨 이유에서인지 윈스턴은 머리카락이 성글고 얼굴의 주름살에 때가 낀 파슨스 부인을 생각하고 있었다. 이 년 안에 그녀의 자식들은 자신들의 어머니를 사상경찰에 고발할 것이다. 그러면 파슨스 부인은 증발된다. 사임도 증발될 것이다. 오브라이언도, 윈스턴도 증발되리라. 하지만 파슨스는 무사할 것이다. 꽥꽥거리며 떠들어 대는 저 눈 없는 남자도 증발되지 않을 것이다. 정부 기관의 미로 같은 복도를 재빠르게 뛰어다니는, 조그만 딱정벌레 같은 남자들도 절대로 증발되지 않으리라. 창작국의 검은 머리 여자도 증발되지 않을 것이다. 윈스턴은 그 정확한 기준은 몰라도, 누가 살아남고 누가 없어질지 본능적으로 알 것 같았다.

어느 순간 그는 움찔하며 공상에서 깨어났다. 옆 식탁에 앉은 여자가 몸을 반쯤 돌려 그를 쳐다보았는데, 바로 그 검은 머리의 여자였던 것이다. 여자는 곁눈질로 매섭게 그를 쳐다보고 있었다. 그러다 그와 눈이 마주치자 재빨리 시선을 다른 데로 돌렸다.

윈스턴의 등줄기에서 식은땀이 흘렀다. 공포의 전율이 온몸을 스치고 지나갔다. 공포심은 이내 가셨지만 아직도 그의 몸에는 불안의 여운이 남아 있었다. 그녀는 왜 그를 주시하고 있었을까? 어째서 그를 쫓아다니고 있을까? 불행하게도 그는 식당에 도착했을 때, 그녀가 자기보다 먼저 그곳에 와 있었는지 나중에 왔는지 기억할 수가 없었다. 아무튼 어제 '이 분 증오' 때 반드시 그래야 할 필요가 없는데도 그녀는 그의 바로 뒤에 앉아 있었다. 그녀의 목적은 그의 이야기에 귀를 기울여 그가 큰 소리로 외치는지를 확인하려는 것이 분명했다.

그의 뇌리에 불현듯 전에 했던 생각이 떠올랐다. 어쩌면 그녀는 사상경찰이 아닐지도 모른다. 하지만 그 대신에 가장 경계해야 할 아마추어 첩보원일 가능성이 높다. 그녀가 자기를 얼마 동안 쳐다봤는지 윈스턴은 알 수 없었다. 아마 오 분은 족히 쳐다봤을 것이다. 그렇다면 그동안 그의 표정이 한 번이라도 흐트러지지 않았을까? 그럴지도 모른다. 공공장소나 텔레스크린이 미치는 범위 안에서 혼자 공상에 잠긴다는 것은 지극히 위험한 일이다. 아주 사소한 것으로도 정체가 드러날 수 있기 때문이다. 얼굴에 나타나는 경련, 무의식적으로 짓는 불안한 표정,

혼자 중얼거리는 습관 등 조금이라도 비정상적으로 보이는 것은 없어야 한다. 무언가를 감추려는 행위로 간주되어 위험을 초래하기 때문이다. 어떤 경우든 못마땅한 표정을 지으면(가령 승전 소식이 보도될 때 못 믿겠다는 표정을 지으면) 그것만으로도 처벌 대상이 된다. 심지어 이에 대한 신어까지 있는데, '표정죄(*facecrime*)'가 바로 그것이다.

여자는 다시 그에게서 등을 돌렸다. 어쩌면 그를 쫓아다니는 것이 아닐지도 모른다. 그녀가 이틀 동안 계속해서 그와 가까이 앉아 있는 것은 단순한 우연일 수도 있다. 담뱃불이 꺼지자 그는 그것을 조심스럽게 식탁 가장자리에 놓았다. 누가 훔쳐가지만 않는다면 일을 마친 뒤 마저 피울 수 있을 것이다. 옆 식탁의 인물이 사상경찰의 끄나풀이고, 그래서 그는 삼 일 동안 애정부의 감방에 감금될지도 모른다. 그렇기 때문에 더더욱 담배꽁초를 버려서는 안 된다. 사임은 종이쪽지를 접어 주머니에 넣었다. 파슨스가 다시 입을 열고 떠들기 시작했다.

"여보게, 내가 얘기했던가?"

그가 파이프를 만지작거리며 킬킬거렸다.

"우리 집 개구쟁이 두 녀석이 어떤 늙은 여자의 치맛자락에 불을 붙였다는 얘기 말이야. 그 여자가 빅 브라더의 포스터에다 소시지를 싸들고 가더라지 뭔가. 그래서 살금살금 뒤로 다가가서 치마에 대고 성냥을 그었다는군. 그 여자 엄청 뜨거웠을 거야. 꼬마 녀석들이지만 제법이지 않나? 하는 짓이 고추처럼 매워. 요즘에는 스파이 단원에게 그런 식으로 철저한 훈련을 시킨다네. 우리 때보다 더 나아. 자네는 그 애들이 요즘에 뭘 지급받는지 아나? 열쇠 구멍으로 방 안 얘기를 엿들을 수 있는 귀나팔이라는 거라네. 딸애가 요전날 밤에 그걸 집으로 가져와서 안방 문에 대고 시험해 보더니 그냥 귀로 듣는 것보다 두 배는 더 크게 들린다고 하더군. 물론 그건 단지 장난감일 뿐이지. 하지만 아이디어 하나는 대단하지 않은가?"

별안간 텔레스크린에서 고막을 찢을 듯한 호루라기 소리가 났다. 작업을 재개하라는 신호였다. 세 사람은 자리에서 벌떡 일어나 엘리베이터로 몰려가는 사람들 속으로 휩쓸려 들었다. 그 바람에 윈스턴이 피우다 만 담배꽁초가 부러져 버렸다.

6

윈스턴은 일기를 쓰고 있었다.

삼 년 전이었다. 어두운 밤, 큰 기차역 근처의
골목길에서였다. 그녀는 불빛도 없는 가로등 밑, 문가에 서
있었다. 그녀는 짙은 화장을 한 젊은 여자였다. 얼굴에는
마치 가면을 쓴 것처럼 하얀 분을 바르고, 입술에는 새빨간
립스틱을 칠해 아주 매력적이었다. 여성 당원이라면
얼굴에 화장을 하지 않는다. 거리에는 그녀 외에 아무도,
텔레스크린도 없었다. 그녀는 2달러를 요구했다. 나는…….

윈스턴은 더 이상 일기를 써 내려갈 수 없었다. 그는
눈을 감고 자꾸만 떠오르는 장면들을 떨쳐 버리려는 듯
손가락으로 눈을 꾹꾹 눌렀다. 한바탕 욕을 퍼붓고 싶은
충동이 그의 가슴속에서 솟구쳤다. 머리를 벽에 쾅쾅
부딪거나 책상을 발로 걷어차거나 잉크병을 집어 냅다
창문으로 던져 버리고 싶기도 했다. 그는 자신을 괴롭히는
기억들을 지워 버릴 수만 있다면 난폭하든 고통스럽든
시끄럽든 간에 무슨 짓이나 다 저지르고 싶었다.
    가장 무서운 적은 바로 자신의 신경조직이라고 그는
생각했다. 마음속의 긴장은 언제 어느 때든 눈에 띄는
증세로 드러나게 마련이다. 그는 몇 주 전 길에서 마주쳤던
한 남자를 떠올렸다. 키가 크고 말랐을 뿐 지극히
평범하게 보이는 그 남자는 서른다섯이나 마흔 살쯤 된
듯했는데, 한 손에 자그마한 서류 가방을 들고 있었다.

그 남자가 몇 미터쯤 다가왔을 때였다. 별안간 남자의
왼쪽 뺨에 경련이 이는가 싶더니 얼굴이 일그러졌다.
그들이 서로 스쳐 지나가는 순간에도 마찬가지였다. 마치
카메라 셔터가 찰칵 하고 움직였을 때처럼 순식간에
경련이 일었는데, 아무래도 습관적으로 그러는 것 같았다.
윈스턴은 그때 '가엾은 친구, 당신도 이제 끝장이군.' 하고
생각했다. 놀라운 것은 그런 현상이 거의 무의식적으로
일어난다는 사실이었다. 특히 위험한 것은 잠꼬대였다.
그런 것에는 도저히 어떻게 손을 쓸 방법이 없었다.

　　그는 한차례 심호흡을 하고 마저 써 내려갔다.

　　나는 그녀와 함께 문간을 지나 뒤뜰을 가로질러서 지하실
　부엌으로 들어갔다. 벽 쪽으로 침대가 있고 탁자에는
　램프가 있었는데, 심지가 낮춰져 있어서 불빛이 희미했다.
　그녀는…….

　　그는 이를 악물었다. 침을 뱉고 싶은 심정이었다. 그는
지하실 부엌에 있는 여자와 자신의 아내 캐서린에 대해
생각했다. 윈스턴은 결혼했다. 아니, 결혼했었다. 어쨌든
아내가 죽지 않았으므로 그는 결혼한 몸이라고 말할 수
있었다. 지하실 부엌의 후덥지근한 공기에서 케케묵은
냄새가 다시금 풍기는 것 같았다. 벌레와 더러운 옷가지,

싸구려 향수가 뒤섞인 지독한 냄새였지만, 그럼에도
묘하게 유혹적이었다. 여성 당원은 누구도 향수를 쓰지
않았고, 그럴 엄두조차 내지 못했다. 오직 프롤들만
향수를 사용했다. 아무튼 그의 머릿속에서 향수는 간음
행위와 밀접하게 연결되어 있었다.

그가 여자를 따라간 것은 거의 이 년 만에 처음
저지르는 일탈 행위였다. 물론 창녀와의 관계는 금지되어
있지만, 마음만 먹으면 그 규칙을 어길 수 있었다. 그런
일은 위험하긴 해도 생사가 걸릴 정도로 대단한 것은
아니었다. 창녀와의 관계가 발각되면 오 년간의 강제
노동형을 선고 받는다. 다른 죄가 없는 한 그 이상의
형은 받지 않는다. 그러므로 현장에서 걸리지 않는다면
해볼 만한 모험이다. 빈민가에는 몸을 팔려는 여자들이
우글거렸다. 어떤 데서는 진 한 병으로도 여자를 살
수 있었다. 노동자들은 술을 마시지 못하게 되어 있기
때문이었다. 당에서는 억제할 수 없는 본능의 배출구
역할을 하도록 암암리에 매춘을 장려하고 있었다.
단순한 탈선은 은밀하게 하는 한, 향락적이지 않은 범위
내에서 빈민과 하층민 출신의 여자들과 관계하는 한
크게 문제 삼지 않았다. 용서할 수 없는 범죄는 당원들
간의 문란한 성행위였다. 그러나 ── 비록 이것이 대숙청
때마다 죄인들이 한결같이 자백하는 죄 중 하나이긴

하지만 ─ 실제로 그런 일이 일어난다고는 생각할 수
없었다.

당의 목적은 단순히 충성도 높은 남녀 간에 당이
통제할 수 없는 애정 관계가 형성되는 것을 막자는
데만 있지 않았다. 겉으로 드러나지 않은 진짜 목적은
성행위로부터 얻게 되는 모든 쾌락을 사전에 제거하는
데 있었다. 부부간의 관계든 혼외 관계든 사랑보다 더
문제가 되는 것은 성적 쾌락이었다. 당원들 간의 모든
결혼은 담당 위원회의 승인을 받아야만 하는데 ─ 비록
그 원칙이 뚜렷하게 명시되어 있지는 않지만 ─ 두 남녀가
서로의 육체에 이끌린 듯한 인상을 보이기만 해도 결혼
승낙은 곧바로 취소되었다. 유일하게 인정된 결혼의
목적은 당에 봉사할 아이를 낳도록 하는 데 있었다. 성교는
마치 관장을 하는 것처럼 역겨운 행위로 간주되었다.
당은 그런 생각을 드러내 놓고 각 당원들에게 주입하지는
않았지만, 어려서부터 알게 모르게 강요해 왔다. 그래서
남녀 모두에게 독신 생활을 통해 완벽한 금욕을 권장하기
위해 청소년반성연맹 같은 단체까지 생겨났던 것이다.
아이는 모두 인공수정(신어로는 '인수'라고 한다.)으로
낳고, 공공기관에서 키우게 되어 있었다. 윈스턴은 이런
것을 심각하게 받아들이지는 않았지만, 어쨌거나 당의
일반적인 이데올로기에는 딱 맞는다고 생각했다. 당은

성 본능을 말살시키려고 애쓰는 가운데 말살되지 않을
경우에는 그것을 왜곡하거나 추한 것으로 만들려고
혈안이 되어 있었다. 윈스턴은 당이 왜 그런 짓을 하는지 알
수 없었지만, 그렇게 하는 것이 당연하다는 생각도 들었다.
어쨌든 여자들에 관한 한 당의 노력은 웬만큼 성공을 거둔
셈이었다.

　그는 다시 캐서린을 생각했다. 헤어진 지 구 년이나
십 년, 아니 십일 년쯤 되었을 것이다. 그동안 그는 그녀에
대해서 거의 생각하지 않았는데, 그것이 좀 이상했다.
어떤 때는 며칠 동안 자신이 결혼한 사람이라는 것을 잊고
지내기도 했다. 둘은 겨우 십오 개월 정도 함께 살았다.
당은 이혼을 허락하지 않은 대신 아이가 없다면 차라리
별거를 하라고 권했다.

　캐서린은 금발에 키가 크고 날씬했으며, 몸놀림이
우아한 여자였다. 게다가 이목구비가 또렷하고,
독수리처럼 위엄 있게 보여서 그 속내를 들여다보기
전에는 누구나 고상하게 생겼다고 말할 터였다. 그는
결혼 초부터 그녀에 대해 속속들이 알게 되었다. 그녀는
누구보다 어리석고 저속하며 머리가 텅 빈 여자였다. 그
머릿속에는 당의 슬로건 이외에는 들은 게 없었는데,
얼마나 저능한지 당이 주는 것이라면 무엇이든 관계없이
받아들였다. 그는 마음속으로 그녀에게 '인간 녹음기'라는

별명을 붙였다. 그런데 단 한 가지 성 문제만 없었다면, 그는 어떻게든 참고 그녀와 함께 살았을 것이다.

그녀는 그가 손을 대기만 해도 몸을 움츠리며 딱딱하게 굳어 버렸다. 그녀를 안으면 마치 나무 조각으로 만든 인형을 끌어안은 듯한 기분이 들었다. 이상하게도 그녀가 자기를 껴안을 때에도 그는 그녀가 있는 힘을 다해 밀어내는 듯한 기분을 느꼈다. 그녀의 근육이 경직되어 있어서 그런 기분을 느끼는 것인지도 몰랐다. 그녀는 그저 눈을 감고 반항도 협조도 하지 않은 채 '마음대로 하라'는 듯이 누워 있곤 했다. 윈스턴은 그때마다 당황했고, 나중에는 끔찍하게 무서워했다. 어쨌든 당시 두 사람이 육체관계를 갖지 않고 지내기로 합의했다면 계속 같이 살 수도 있었겠지만, 묘하게도 이를 거부한 쪽은 캐서린이었다. 그녀는 걸핏하면 아이를 가져야 한다고 우겼다. 그래서 정확히 일주일에 한 번씩 규칙적으로 성교를 했다. 그녀는 그날이 되면 밤에 해야 할 일을 잊지 말라며 아침부터 상기시켜 주기까지 했다. 캐서린은 그 일을 두 가지 이름으로 불렀다. 하나는 '아이 만드는 일'이고, 다른 하나는 '당에 대한 우리의 의무'였다. 그 일을 하기로 약속된 날이 다가오면 그는 심한 공포감에 사로잡혔다. 그러나 다행히도 아이는 생기지 않았고, 결국 그 일을 그만두자는 데 그녀도 동의했다. 그리고 그들은 얼마 후 헤어졌다.

　　윈스턴은 조용히 한숨을 내쉬고 다시금 펜을 들었다.

　　그녀는 침대에 몸을 던지자마자 곧바로, 아주 상스럽고
　　거칠게 스커트를 위로 올렸다. 나는…….

　　그는 희미한 등불 밑에서 빈대와 싸구려 향수 냄새를
맡으며, 그리고 당의 최면술 같은 힘에 얼어붙은 캐서린의
흰 몸뚱이를 떠올리며 좌절감과 분노로 우두커니 서 있는
자신을 상상했다. 왜 늘 이래야만 하는가? 어째서 몇 년에
한 번씩 이런 지저분한 씨름을 하는 대신 자기 여자를
가질 수가 없는 것일까? 그러나 순수한 정사(情事)는
거의 불가능한 일이었다. 여성 당원들은 모두 똑같았다.
순결은 당에 대한 충성의 상징으로 그녀들의 가슴속 깊이
각인되어 있었다. 어릴 때부터의 철저한 훈련으로, 운동과
냉수욕으로, 학교와 스파이단과 청년연맹에서 주입하는
온갖 쓰레기 같은 말들을 비롯하여 강의, 행진, 노래,
슬로건, 군가 등으로 인간의 자연스러운 감정은 괴멸되어
갔다. 그의 이성은 다 그런 것은 아니라고 말하지만, 그의
마음은 그것을 믿지 않았다. 그들은 당이 의도한 대로
완고했다. 그가 사랑받는 것 이상으로 바라는 것은 일생에
단 한 번만이라도 그 덕(德)이라는 장벽을 무너뜨리는

것이었다. 만족을 위한 성행위는 반역이었다. 성욕은
사상죄에 해당되었다. 그가 캐서린을 깨워서 만족스러운
성행위를 할 수 있었다 하더라도, 그것은 자기 아내를
유혹한 죄를 짓는 셈이 되었다.

어쨌거나 그로서는 나머지 이야기를 마저 써야 했다.
그는 다음과 같이 썼다.

나는 등불의 심지를 올렸다. 불빛에서 그녀를 보니…….

날이 어두워진 탓에 희미한 파라핀 등불도 꽤나 밝아
보였다. 윈스턴은 처음으로 그 여자를 제대로 볼 수 있었다.
그는 그녀에게 한 걸음 다가갔다가 욕정과 공포를 느끼고
멈칫했다. 문득 이런 곳에 와서 위험한 일을 저지른다고
생각하니 고통스러울 정도로 무서웠다. 나갈 때 경찰에
붙잡힐지도 모를 일이었다. 바로 이 순간에 경찰들이
문밖에서 기다리고 있을지도 몰랐다. 그러나 아무 짓도
않고 그냥 나간다면 도대체 뭐 하러 이곳에 왔단 말인가!
계속해서 써야 한다. 고백해야 하는 것이다. 불빛
아래에서 자세히 보니 그녀는 노파였다. 그녀의 얼굴은
덕지덕지 화장을 해서 마분지로 만든 가면처럼 금세
금이 갈 것 같았다. 머리도 희끗희끗했다. 그러나 정말
소름끼치는 것은 약간 벌어진 입 안이었다. 그것은 마치

동굴 속처럼 시커멓게 보였다. 그녀는 이가 하나도 없었다.
그는 급하게 휘갈겨 썼다.

불빛에서 그녀를 보니 적어도 쉰 살은 먹은 듯한 늙은
여자였다. 하지만 나는 그런 것에 신경쓰지 않고 그 일을
해치웠다.

그는 다시 손가락으로 눈을 꾹꾹 눌렀다. 결국 다 쓰긴
했지만 달라진 것은 없었다. 쓰나 안 쓰나 마찬가지였다.
이런 식의 처방은 효험이 없었다. 별안간 목이 터져라
욕설을 퍼붓고 싶은 충동이 강하게 일었다.

7

희망이 있다면 그것은 무산 계급에만 있다.(라고
윈스턴은 썼다.)
희망이 있다면 그것은 틀림없이 프롤들에게만 있다.
왜냐하면 오세아니아 인구의 85퍼센트를 차지하는 그
우글거리는 피압박 대중만이 당을 파괴할 수 있는 힘을
가지고 있기 때문이다. 당은 내부로부터는 전복될 수 없게
되어 있다. 당 내부에 적이 있다고 해도 그들은 모일 수도,

서로 알아볼 수도 없다. 전설적인 형제단이 존재한다고
하더라도 두세 명 정도라면 모를까 구성원 전체가
한자리에 모일 수는 없을 것이다. 주고받는 눈짓이나
목소리의 억양이 수상하다든지 귓속말을 하거나 하면
그것만으로도 반역으로 간주된다. 그러나 무산 계급인
노동자들은 스스로의 힘을 깨달을 수만 있다면 따로
음모를 꾸밀 필요도 없다. 그냥 들고일어나서 파리 떼를
쫓는 말처럼 몸을 흔들기만 하면 된다. 그들은 마음만
먹으면 내일 아침에라도 당을 산산조각 내 버릴 수 있다.
조만간 그들도 그런 사실을 깨닫게 될 것이다. 그러나
아직은……!

윈스턴은 언젠가 수많은 사람들이 북적대는 거리를
지나던 때를 떠올렸다. 수백 명의 여자들이 내지르는
함성이 길 저편에서 터져 나오자 그는 그쪽으로 냅다
달려갔다. 분노와 절망이 뒤섞인 절규, 종소리의 반향처럼
'우우우!' 하고 가슴속 깊은 곳으로부터 울려 나오는
외침에 그의 심장은 세차게 뛰었다. 그는 "시작이군!" 하고
중얼거렸다. 폭동이 일어난 것이다! 드디어 노동자들이
일어섰다! 그가 그곳에 도착하자 200~300명의 여자들이
마치 침몰하는 배에 탄 승객들처럼 비통한 얼굴로 거리의
상점 앞에서 아우성치고 있었다. 여자들의 절망감은
삽시간에 개인적인 싸움으로 바뀌었다. 상점에서 양은

냄비를 팔고 있는 모양이었다. 냄비든 뭐든 취사도구라고
해 봤자 모두 형편없는 것뿐인데 그나마도 구하기
어려웠다. 그런 터에 냄비를 팔고 있으니 아우성칠 만했다.
용케 구입한 여자들은 부딪히고 밀리면서 냄비를 들고
빠져나가려고 애썼고, 구입하지 못한 나머지 수십 명의
여자들은 상점 주인에게 아는 사람들에게만 팔았다느니
다른 곳에 감춰 둔 것이 있을 거라느니 하며 욕설을
퍼부었다. 또 한 차례 고함치는 소리가 들렸다. 그악스럽게
생긴 두 명의 여자가 냄비 하나를 붙들고 서로 갖겠다며
아귀다툼을 벌이고 있었다. 그중 한 여자의 머리카락은
마구 헝클어져 있었다. 잠시 후 두 여자가 서로 세게
잡아당긴 바람에 냄비의 손잡이가 떨어져 나갔다.
윈스턴은 두 여자를 물끄러미 바라보았다. 구역질이 날
것만 같았다. 그러나 한순간의 일이긴 해도, 수백 명의
사람들이 외치는 소리가 굉장한 힘을 발휘하는구나
하는 생각이 들었다. 그런데 왜 그들은 좀 더 중대한 일에
대해서는 그 같은 함성을 지르지 않는 걸까?

그들은 자각을 하지 않는 한 절대로 반란을 일으키지 않을
것이고, 반란을 일으킨 뒤에야 자각하게 될 것이다.

그는 이렇게 썼다. 아무래도 당의 교재에 적힌 구절을

그대로 베낀 것 같은 생각이 들었다. 물론 당은 프롤들을 속박으로부터 해방시켰다고 주장했다. 혁명 전까지만 해도 프롤들은 자본가들에 의해 무참하게 짓밟힌 가운데 굶주린 상태에서 걸핏하면 채찍질을 당했다. 당시에는 여자들도 탄광에 끌려가서 강제 노동을 했고(사실 여자들은 아직도 탄광에서 노동을 하고 있다.) 아이들 또한 여섯 살이면 공장 노동자로 팔려 갔다. 그런데 당은 프롤들이 태어날 때부터 열등한 족속이기 때문에 이중사고의 원리에 따라 몇 가지 간단한 규칙을 적용해 짐승처럼 다룸으로써 계속 종속 상태로 둬야 한다고 가르쳤다. 현실적으로 프롤에 대해서는 알려진 게 거의 없다. 그렇다고 많이 알 필요도 없다. 계속해서 일하고 아이를 낳는 한 그들이 그 외에 무엇을 하는지는 별로 중요하지 않다. 마치 아르헨티나의 초원에서 소를 방목하듯 내버려 두면, 그들은 자신들의 조상을 본받아 자신들에게 맞는 생활 방식을 찾게 될 것이다. 그들은 빈민굴에서 태어나고 자라 열두 살이 되면 노동을 시작한다. 그리고 잠시 아름답게 꽃피는 시절을 거쳐서 막 성욕에 눈뜨는 스무 살에 결혼하고, 서른 살에는 중년이 되며, 예순 살이면 대부분 죽는다. 그들의 마음을 차지하는 것은 힘든 육체노동, 가사와 양육에 대한 걱정, 이웃과의 사소한 말다툼, 영화, 축구, 맥주, 그리고 무엇보다 도박이다. 그들을 통제하는 것은 어렵지

않다. 사상경찰 몇 명이 항상 그들 속에 섞여 활동하는
가운데 유언비어나 퍼뜨리면서 위험한 존재가 될 소지가
있는 자들을 점찍어 두었다가 없애 버리면 그만이다.
그들에게는 굳이 당의 이데올로기를 가르치지 않는다.
노동자들이 강한 정치의식을 갖는 것은 바람직하지 않기
때문이다. 그들에게 요구되는 것은 노동 시간을 늘리거나
배급량을 줄이는 데 대해서 그들이 자연스럽게 호응하도록
당이 필요할 때마다 이용해 먹을 수 있는 원시적인
애국심뿐이다. 가끔 일어나는 일이지만 그들은 불만이
있어도 해소할 줄 모른다. 전체적인 상황을 이해하지
못하는 데다 지극히 사소하고 엉뚱한 것에 연연하기
때문이다. 정작 커다란 병폐는 인식하지 못한다. 대다수
노동자들의 집에는 텔레스크린이 없다. 게다가 경찰들도
그들 일은 거의 간섭하지 않는다. 런던은 어디를 가든
도둑, 강도, 매춘부, 마약상, 협잡꾼들이 우글거리는
거대한 범죄의 온상이지만 모든 범죄가 노동자들 사이에서
일어나는 일이기 때문에 중요하게 다루지 않는다. 모든
도덕적인 문제에 있어서 그들은 조상 대대로 내려오는
관례를 따른다. 섹스에 대한 당의 청교도적인 잣대도
그들에게는 적용되지 않는다. 이혼이 허용된 가운데
상대를 가리지 않는 난잡한 성행위도 처벌받지 않는다.
노동자들이 필요하다거나 원한다는 표시만 보였다면

종교의 자유도 허용되었을지 모른다. 그들을 의심할
필요는 없다. 그럴 가치도 없다. 당의 슬로건에 따르면
'노동자와 동물은 자유로운 존재'다.

윈스턴은 팔을 아래로 뻗어 정맥류성 궤양 부위를
조심스럽게 긁었다. 가려운 증세가 도진 것이다. 혁명
생활은 어땠을까? 늘 이 생각을 하지만 그 실상을 알아낼
길이 없다. 그는 파슨스 부인에게서 빌린 어린이용 역사
교과서를 서랍에서 꺼내 그 한 구절을 일기에 옮겨 적기
시작했다.

옛날, 영광스러운 혁명이 일어나기 전의 런던은 오늘날
우리가 살고 있는 것 같은 아름다운 도시가 아니었다. 거의
모든 사람들이 배고픔에 시달리는 가운데 신발이 없어
맨발로 다니고 잠 잘 집마저 변변치 않아 한데서 자는,
어둡고 더럽고 비참한 곳이었다. 당시 여러분과 같은 또래의
아이들은 무자비한 주인 밑에서 하루 열두 시간씩 노동을
했고, 일을 느리게 하면 채찍으로 맞았으며, 그러고도
받아먹는 음식이라고는 썩은 빵조각과 물뿐이었다. 그런데
이처럼 지독하게 가난한 환경 속에서도 엄청나게 크고
아름다운 집들이 몇 채나 있었고, 그곳에는 부자들이
삼십여 명이나 되는 하인들을 거느리고 살았다. 이 부자들은
자본가라고 불렸다. 이들은 옆 페이지의 그림을 보면 알 수

있듯 하나같이 뚱뚱한 데다 추악하고 사악하게 생겼다.
그리고 그림에서처럼 프록코트라는 긴 검은색 코트를 입고,
난로 연통 모양의 번쩍거리는 괴상한 모자를 썼다. 이것은
자본가들의 제복으로서 다른 사람들은 이런 옷차림을
할 수가 없었다. 자본가들은 모든 것을 소유했고, 다른
사람들은 모두 그들의 노예였다. 그들은 모든 땅과 집과
공장과 돈을 소유하고 있었다. 누구든지 그들의 말을 듣지
않으면, 감옥에 가거나 일자리를 빼앗겨 굶어 죽을 수밖에
없었다. 보통 사람이 자본가에게 말을 할 때면, 모자를 벗고
허리를 굽실거리며 '나리'라고 불러야만 했다. 자본가들의
우두머리를 '왕'이라고 불렀는데…….

　나머지 글은 읽지 않아도 알 수 있었다. 얇은 리넨의
옷소매를 단 주교, 흰 담비털로 된 법복을 입은 법관,
죄인에게 씌우는 칼, 죄인의 발목에 채우는 차꼬, 죄수를
징벌할 때 쓰는 바퀴인 트레드밀, 끈이 아홉 개 달린 채찍,
시장 나리의 연회, 교황의 발등에 입 맞추는 관습 따위가
서술되어 있을 것이었다. 그런데 어린이용 교과서에는
적당하지 않을 '초야법(初夜法)'에 대해서까지 언급되어
있었다. 초야법이란 모든 자본가들은 그들의 공장에서
일하는 어떤 여자와도 동침할 권리가 있다는 것을 명시한
법이었다.

이 같은 서술 중 어느 것이 거짓이고 참인지 알 수 있는 방법은 없다. 어쩌면 오늘날의 보통 사람들이 혁명 전보다 훨씬 더 나은 생활을 하고 있다는 게 사실일지도 모른다. 그렇지 않다는 증거는 뼛속 깊이 스며 있는 무언의 항변, 요컨대 현재의 생활상이 참을 수 없다든지 옛날에는 분명히 지금과 달랐을 거라는 본능적인 느낌뿐이다. 현대 생활의 가장 두드러진 특징은 잔인함이나 불안전함이 아니라 그 자체의 적나라함, 추악함, 무관심이란 사실에 그는 놀랐다. 주위 사람들의 생활을 보면, 텔레스크린에서 쏟아져 나오는 거짓말은 물론이고 당이 달성하려는 이상과도 닮은 점이 하나도 없었다. 심지어 당원들의 생활조차 그 대부분을 차지하는 것은 중립적이고 비정치적인 것, 이를테면 끊임없이 반복되는 지루한 일, 지하철 안 자리다툼, 구멍 난 양말 꿰매기, 사카린 구걸, 담배꽁초 모아 두기 같은 것들이었다. 당이 설정해 놓은 이상은 더 거대하고 찬란한 것으로, 강철과 콘크리트의 세계, 괴물 같은 기계와 가공할 무기가 그 위력을 발휘하는 세상이었다. 또한 그것은 모두 혼연일체가 되어 행군하고, 똑같은 생각을 하며 똑같은 슬로건을 외치고, 끊임없이 일하고 끊임없이 싸우며, 승리에 도취하고 이단자를 박해하는, 똑같은 얼굴의 삼억 인민이 사는 나라, 전사(戰士)와 광신자들의 땅이었다. 그러나 현실은 영양실조에 걸린 사람들이 구멍 난 구두를 신고는 거리를 어슬렁거리고, 다 쓰러져 가는 19세기식 집에서는 늘 양배추와 더러운 오물 냄새가 나는, 지저분하고 황폐한 도시일 뿐이었다. 그의 눈에는 런던이 마치 100만 개의 쓰레기통으로 이루어진 광활한 폐허처럼 보였다. 그 폐허 속에는 주름진 얼굴에 머리카락이 듬성듬성 난 궁상맞은 모습으로 막힌 하수관을 뚫어 대는 파슨스 부인도 있었다.

그는 다시 손을 아래로 뻗어서 발목을 긁었다. 텔레스크린은 하루 종일 직직대며 오늘날의 국민은 오십 년 전 사람들보다 더 잘 먹고, 더 잘 입고, 더 좋은 집에서 살고, 더 많은 오락을 즐기고, 더 오래 살고, 더 적게 일하고, 체구가 더 크고, 더 건강하고, 더 튼튼하고, 더 행복하고, 더 지성 있고, 더 좋은 교육을 받고 있다는 증거를 대느라 귀가 따갑도록 통계 숫자를 늘어놓고 있었다. 그런데 이런 숫자들에 대해서는 단 한 번도 증명되거나 반론이 제기된 적이 없었다. 당은 오늘날 성인 노동자의 40퍼센트가 글을 읽고 쓸 줄 아는 데 비해 혁명 이전에는 겨우 15퍼센트만이 그럴 수 있었다고 주장했다. 그리고 유아 사망률이 지금은 1000명당 160명이지만, 혁명 이전에는 300명이었다고 말했다. 이것은 마치 두 개의 미지수를 가진 등식과도 같은 것이었다. 역사책에 쓰여 있는 모든 기록도 그렇지만, 그것을 의심 없이

받아들이는 것 역시 순전한 환상일 수 있었다. 그의
생각에는 '초야법' 같은 법이나 자본가로 묘사된 인간형,
연통 모양의 모자 따위는 없었을 것 같았다.

모든 것이 안개 속처럼 희미했다. 과거는 지워졌고,
지워졌다는 사실마저 잊혀서 허위가 진실이 되어 버렸다.
그는 지금까지 살아오는 동안 딱 한 번 ── 그 사건이
일어난 후였다 ── 날조 행위에 대한 구체적이고 확실한
증거를 잡은 적이 있었다. 그는 그 증거물을 30초 동안
손에 꼭 쥐고 있었다. 1973년이었던가, 아무튼 그와
캐서린이 헤어질 무렵이었다. 그러나 그 일이 실제로
일어난 때는 그보다 칠팔 년 전이었다.

이야기는 최초의 혁명 지도자들을 대대적으로
숙청했던 1960년대 중반까지 거슬러 올라간다. 당시의
대숙청으로 1970년까지 초기 지도자들 중 빅 브라더
외에 목숨을 건진 사람은 거의 없었다. 그때 모든
지도자들은 매국노나 반혁명분자로 몰렸다. 그리하여
골드스타인은 도망쳐서 아무도 모르는 곳으로 숨어
버렸고, 몇몇 사람들도 감쪽같이 사라졌다. 하지만 그 외
대다수 사람들은 공개 재판에서 죄를 자백하고 처참하게
처형당했다. 마지막까지 살아남은 생존자 중 존스,
아런슨, 러더포드가 있었다. 이들 세 사람이 체포된 것은
1965년이었던 것 같다. 어쨌든 이들 역시 일 년여 동안

자취를 감추어 생사를 알 수 없었는데, 어느 날 느닷없이
모습을 드러내더니 순순히 자신들의 죄를 자백했다.
이들은 자기들이 적(당시에도 적은 유라시아였다.)과
내통했고, 공금을 횡령했으며, 여러 명의 충실한 당원들을
살해했다고 말했다. 또 혁명이 일어나기 오래전부터 빅
브라더의 지도권에 반대하는 음모를 꾸몄으며, 수백
수천 명의 사람들을 죽음으로 몰아넣은 파업 행위를
일으켰다고도 했다. 이들은 죄를 자백한 뒤 모두 사면되어
당에 복직되었다. 하지만 그 자리는 이름만 번드르르한
한직에 불과했다. 이들 세 사람은 자신들의 잘못에 대한
원인을 분석하는 한편, 다시는 그런 일이 없도록 하겠다는
구차스러운 내용의 장황한 글을 《타임스》에 기고했다.

　그들이 석방된 지 얼마 안 되었을 때였다. 윈스턴은
'체스넛트리 카페'에 갔다가 그 세 사람을 보았다. 당시
그는 강렬한 호기심에 사로잡힌 채 곁눈질로 그들을
관찰했다. 윈스턴보다 나이가 훨씬 많은 그들은 그 시대의
유물이자 초창기부터 당을 영웅적으로 이끌어 온 마지막
거물들이었다. 그들에게는 지하투쟁과 내전에 참여했던
사람들에게서 느껴지는 매력이 희미하게나마 남아 있었다.
당시에도 그들에 관련된 여러 사건과 날짜가 흐릿하긴
했지만, 그는 빅 브라더를 알기 몇 년 전에 이미 그들의
명성을 알고 있었던 듯한 느낌이 들었다. 그렇더라도

그들은 역시 범법자인 동시에 적이었고, 결코 가까이 할 수 없는 상대였으며, 일 년이나 이 년 내로 완전히 사라질 운명에 놓인 사람들이었다. 사상경찰의 손아귀에 걸려든 사람은 누구를 막론하고 종말을 피하지 못했다. 그런 사람은 무덤으로 실려가기를 기다리는 시체나 마찬가지였다.

그들이 앉아 있는 테이블 근처에는 아무도 없었다. 그런 사람들과 가까이 앉아 있는 것 역시 현명한 짓이 아니었다. 그들은 그 카페의 특제품인 정향나무 향기가 나는 진이 담긴 술잔을 앞에 놓고 묵묵히 앉아 있었다. 윈스턴의 눈에는 그들 셋 중에서 러더포드의 모습이 가장 인상적이었다. 러더포드는 한때 유명한 풍자 만화가였다. 그의 과격한 풍자화는 혁명 전과 혁명 기간에 걸쳐서 여론을 선동하는 데 크나큰 공헌을 했다. 뜸하기는 하지만, 지금도 그의 풍자화가 《타임스》에 실리고 있었다. 그런데 그것들은 단순히 초기 작품의 모방에 불과한 데다 이상할 정도로 생명력도 설득력도 없었다. 말하자면 과거의 주제였던 빈민굴과 굶어 죽어 가는 아이들, 시가전, 실크로 된 톱 해트를 쓴 자본가들 ── 바리케이드에서도 그들은 고집스럽게 톱 해트를 쓰고 있었다 ── 에 관한 내용을 재탕함으로써 계속 옛날로 돌아가려고 절망적으로 애쓰는 모습을 보이고 있었다. 말갈기처럼 뻣뻣한 회색 머리카락에

기름을 바른 그의 얼굴은 자루처럼 늘어진 데다 잔뜩
주름이 져 있고, 입술은 툭 튀어나와 있어서 전체적으로
괴물처럼 보였다. 그의 몸은 한때 굉장히 건장했던 것
같았지만, 지금은 여기저기 축 처지고 늘어지고 부풀어
오른 가운데 점점 허물어져 가고 있었다. 그는 마치 거대한
산이 무너지듯 눈앞에서 붕괴되어 가고 있는 것 같았다.

　　15시, 한적한 시간이었다. 윈스턴은 자신이 어떻게
해서 카페에 들어가게 되었는지 기억할 수가 없었다.
카페는 거의 텅 비어 있었다. 텔레스크린에서 깡통
두드리는 듯한 음악이 흘러나왔다. 세 사람은 미동도
하지 않고, 그저 입을 꾹 다문 채 한마디 말도 없이 구석
자리에 앉아 있었다. 웨이터가 주문하지도 않은 진
세 잔을 새로 가져왔다. 그들 옆 테이블에는 체스보드가
있고, 말까지 세워져 있었지만 체스를 두는 사람은 없었다.
그런데 삼십 초 동안이나 될까, 텔레스크린에서 무언가
변화가 일었다. 연주 가락이 바뀌더니 음악의 곡조까지
바뀌었다. 갑자기 튀어나온 음악은 한마디로 설명하기가
힘든 것이었다. 독특하면서도 무언가 깨지는 소리 같기도,
당나귀가 우는 소리 같기도, 조롱하는 소리 같기도 했다.
윈스턴이 듣기에는 선정적인 곡조였다. 이윽고 그 곡에
이어 텔레스크린에서 노랫소리가 흘러나왔다.

울창한 밤나무 아래

나 그대를 팔고, 그대 나를 팔았네.

거기엔 그들이 누웠고, 여기엔 우리가 누웠네.

울창한 밤나무 아래.

세 사람은 여전히 꼼짝도 하지 않았다. 그러나 윈스턴이 러더포드의 늙은 얼굴을 흘끗 보았을 때, 그의 눈에는 눈물이 가득 고여 있었다. 다음 순간 윈스턴은 러더포드와 아런슨이 의기소침해 있는 것을 알아채고는 원인을 알 수 없는 전율을 느꼈다.

얼마 후 그 세 사람은 다시 체포되었다. 지난번 석방된 직후 그들이 새로운 음모에 가담했기 때문이라는 것이었다. 그들은 두 번째 재판에서 옛날에 지은 죄를 다시 한번 자백하고, 새로운 범죄 사실 일체를 털어놓았다. 그 결과 그들은 모두 처형되었고, 그들의 비극적인 종말은 후세에 경고하도록 당사(黨史)에 기록되었다. 그로부터 오 년 후인 1973년의 어느 날이었다. 윈스턴은 압축 전송관에서 책상으로 떨어진 서류 뭉치를 풀다가 그 속에 끼어 있는 종이쪽지를 발견했다. 그것은 다른 서류 속에 있다가 우연히 섞여든 게 분명했다. 종이쪽지를 펼쳐본 순간, 그는 그것의 중요성을 실감했다. 그것은 반 페이지쯤 떨어져 나간 십 년 전 ── 남은 부분이 위쪽이었기 때문에

날짜를 알 수 있었다 ─ 의《타임스》였는데, 거기에는
뉴욕에서 열린 당의 한 행사에 참석한 대표들 사진이
실려 있었다. 그 사진 속에서 유난히 눈에 띈 인물이 존스,
아런슨, 러더포드였다. 그들이 분명했다. 잘못 보았을 리가
없었다. 사진 밑의 설명에는 그들 세 사람의 이름까지 나와
있었다.

그런데 중요한 것은 두 번의 재판에서 세 사람
모두 그 당시 유라시아 땅에 있었다고 자백한 점이었다.
그들은 캐나다의 비밀 비행장에서 시베리아 어딘가로
날아가 유라시아의 군 참모들을 만나서는 중요한 군사
기밀을 팔아 넘겼다고 고백했다. 그날이 우연히도 성 요한
축제일(6월 24일)이었다. 그렇기 때문에 윈스턴은 똑똑히
기억할 수 있었지만, 어쨌든 그 사건의 전모는 수없이 많은
책자에 똑같이 기록되어 있을 게 틀림없었다. 그렇다면
이제 가능한 결론은 딱 한 가지, 그 자백이 허위라는
사실이었다.

물론 이것은 결코 새로운 발견이 아니었다. 당시에도
윈스턴은 숙청을 당해 사라진 사람들이 고발당할 만한
범죄를 실제로 저질렀다고는 생각하지 않았다. 하지만
이것은 구체적이면서도 확실한 증거물이었다. 이를테면
엉뚱한 지층에서 발굴되어 기존의 지질학설을 뒤엎어
버리는 화석처럼 깊이 매몰되었던 과거의 한 편린인

셈이었다. 무슨 수를 써서든 이것을 세상에 공표하여 그 중요성을 알리기만 한다면, 당은 그 즉시 산산조각으로 박살이 나고 말 것이다.

윈스턴은 하던 일을 계속했다. 그는 사진이 무엇을 의미하는지 알았기 때문에 그것을 다른 종이로 가렸다. 다행스럽게도 접혀 있는 사진을 펴 보았을 때 텔레스크린에는 그 뒷면이 비쳤다.

그는 노트를 무릎에 올려놓고 가능한 한 텔레스크린에서 멀리 떨어지도록 의자를 뒤로 밀었다. 얼굴을 무표정하게 꾸미는 것도 별로 어렵지 않고, 호흡 역시 신경만 쓰면 마음대로 조절할 수 있었다. 하지만 두근거리는 가슴 소리는 도무지 어떻게 할 방법이 없었다. 텔레스크린은 묘하게도 그런 소리를 귀신같이 포착해 냈다. 그는 대략 십 분이 지났다고 생각했다. 그동안에 그는 어떤 사고가 생겨서 — 가령 책상 위로 갑자기 바람이 휙 불어 사진을 가린 종이가 날아가거나 해서 — 들통이 나지 않을까 하여 노심초사했다. 그러다가 사진을 다시 보지도 않고 다른 휴지와 함께 기억통 속으로 던져 버렸다. 그것은 이제 일 분 내로 재가 되어서 영원히 사라질 것이었다.

그것이 십 년, 아니 십일 년 전의 일이었다. 아마 요즘 같았으면 그 사진을 보관했겠지만, 당시 그것을 손에 들고

있었다는 사실이, 그 사진 자체나 기록된 사건이 단지
기억으로만 남아 있는 지금까지도 중요하게 느껴진다는
게 신기했다. 윈스턴은 '이전에는 없었던 증거가 한차례
나타났다고 해서 과거에 대한 당의 지배력이 약화되기나
할까?' 하고 생각했다.

설령 그 사진이 잿더미 속에서 재생되어 나온다고
해도 지금으로서는 증거가 될 수 없을 것이다. 그가 사진을
발견했을 당시, 오세아니아는 유라시아와 전쟁을 하지
않고 있었다. 따라서 그 세 사람은 분명히 유라시아의
정보원에게 나라를 팔아먹었을 것이다. 아무튼 그 후로
두 번인가 세 번쯤 변화가 일어났다. 그러나 윈스턴으로서는
몇 번의 변화가 더 일어났는지 기억할 수 없었다. 자백서는
본래의 사실이나 날짜가 더 이상 의미를 지니지 않게 될
때까지 몇 번이고 고쳐 쓰이곤 하기 때문이었다. 과거는
이미 변조되었고, 앞으로도 끊임없이 변조될 것이다. 그를
악몽처럼 괴롭히는 것은 '왜' 그 같은 엄청난 사기 행위가
행해지고 있는지 분명하게 이해할 수 없다는 점이었다.
물론 과거를 날조함으로써 즉각적으로 얻게 되는 이점이
무엇인지는 명백히 알 수 있었다. 그러나 그 궁극적인
동기가 무엇인지는 도무지 알 수 없었다. 그는 다시 펜을
들고 글씨를 썼다.

나는 '방법'은 안다. 그러나 '이유'는 모른다.

그는 전에도 몇 번이나 그랬던 것처럼 스스로
정신병자가 아닐까 하고 생각했다. 어쩌면 정신병자는
단지 몇 명에 불과할지도 모른다. 한때는 지구가 태양
주위를 돈다고 믿는 사람이 정신병자 취급을 받았다.
그런데 오늘날엔 과거는 움직일 수 없다고 믿는 사람이
정신병자 취급을 받는다. 어쩌면 이렇게 믿는 사람이
윈스턴 혼자뿐일지도 모른다. 만약 그 혼자뿐이라면 그는
진짜 정신병자일 수 있다. 그러나 자신이 정신병자일 수도
있다는 생각 때문에 그가 두려움을 느끼는 것은 아니었다.
그가 두려움을 느끼는 이유는 그 자신이 잘못 믿고
있을지도 모른다는 생각 때문이었다.
그는 어린이용 역사책을 집어 들고 권두에 실린 빅
브라더의 초상화를 바라보았다. 빅 브라더의 두 눈이
최면을 거는 듯 윈스턴을 쏘아보았다. 마치 알 수 없는
거대한 힘이 두개골을 뚫고 들어와 머릿속을
강타함으로써 그의 신념을 위협하고 설득하여 그 자신의
판단으로 얻은 증거를 스스로 부인하게끔 압박하는
것 같았다. 결국 당은 둘 더하기 둘은 다섯이라고
발표하여 모든 사람들이 그렇게 믿도록 만들 것이다.
조만간 당이 그런 주장을 하게 되리라는 건 불 보듯

뻔한 일이다. 그들이 현재 처해 있는 상황이 그 같은
주장을 논리적으로 요구하고 있기 때문이다. 앞으로도
경험의 타당성뿐만 아니라 외적 현실의 존재마저 그들의
철학에 의해 교묘하게 부인될 것이다. 이미 이론(異論)에
대한 이론이 상식처럼 되어 버렸다. 무서운 것은 다른
견해를 가진 사람들을 죽이는 게 아니다. 그들의 견해가
옳을지도 모른다는 게 무서운 것이다. 도대체 둘 더하기
둘이 넷이라는 것을 어떻게 알 수 있는가? 또 중력이
작용한다는 것은 어떻게 알고, 과거는 변화할 수 없다는
것은 어떻게 알 수 있나? 과거와 외적 세계가 오직 정신
속에만 존재한다면, 그리고 정신 자체가 조절할 수 있는
것이라면, 그렇다면 어떻게 되는가?

　　그러나 그렇게 되어서는 안 된다! 갑자기 그의
가슴속에서 용기가 솟았다. 어떤 분명한 관련이 있는
것도 아닌데 오브라이언의 얼굴이 떠올랐던 것이다. 그는
오브라이언이 자기편이라는 것을 전보다 더 확신하게
되었다. 그는 오브라이언을 위해서, 아니 오브라이언
앞으로 일기를 쓰고 있었다. 비록 아무도 읽지 않을
테지만, 그것은 어느 특정한 사람에게 보내는 것처럼
보이는 끝없는 편지와도 같은 것이었다.

　　당은 눈으로 보고 귀로 들은 증거를 부인하라고
강요했다. 이것이 당의 가장 궁극적이고도 핵심적인

명령이었다. 그는 자신이 대답할 수 있기는커녕 이해할
수도 없는 미묘한 문제를 논쟁으로 몰고 감으로써
당의 지성인들이 자기를 쉽게 굴복시킬 수 있으리라고
생각했다. 그러자 마치 앞에 거대한 힘이 버티고 있기라도
한 듯 맥이 탁 풀렸다. 하지만 그가 믿고 있는 것이 옳다!
당은 틀리고, 그는 옳다. 명백한 것, 순수한 것, 진실한
것은 보호받아야 한다. 자명한 것은 진실이므로 끝까지
사수하라! 이 세계는 굳건히 존재하며, 세계의 법칙은
결코 변하지 않는다. 돌은 단단하고, 물은 축축하며,
허공에 던져진 물체는 지구의 중심부를 향해 낙하한다.
그는 오브라이언에게 말하는 투로, 그리고 중요하고
자명한 이치를 밝히는 기분으로 글을 썼다.

둘 더하기 둘은 넷이라고 말할 수 있는 자유, 이것이 자유다.
만약 자유가 허용된다면 그 밖의 모든 것도 이에 따르게
마련이다.

8

길 아래쪽 어디에선가 커피 ── 승리 커피가 아니라
진짜 커피 ── 끓이는 냄새가 풍겨 왔다. 윈스턴은

자기도 모르게 걸음을 멈췄다. 그는 잠시 반쯤 잊어버린
유년시절로 돌아갔다. 그런데 갑자기 문이 쾅 닫히면서
커피 끓이는 냄새가 무슨 소리이기나 한 것처럼 뚝 끊겨
버렸다.

    그는 길을 따라 몇 킬로미터를 걸었다. 정맥류성
궤양이 도져 그 부위가 욱신거렸다. 그가 공회당의
저녁 모임에 빠진 것은 삼 주 동안 이번이 두 번째였다.
공회당에서 출석 횟수를 꼼꼼하게 조사할 것이므로 이런
짓은 무모한 행동이었다. 원칙적으로 당원은 여가를 누릴
수 없는 데다 잠잘 때를 제외하고 절대 혼자 있어서는 안
되었다. 일하거나 식사하거나 잠잘 때 외에는 단체 오락
활동에라도 참가해야 했다. 어떤 것이든 고독한 낌새를
내비치는 행위를 하거나 하다못해 혼자 산책을 하는
것조차 위험한 짓이었다. 혼자 생활하는 것을 신어로는
'독생(獨生)'이라고 하는데, 이것은 개인주의와 기벽(奇癖)을
뜻했다. 아무튼 그는 오늘 저녁 청사에서 나오는 길에
4월의 향기로운 대기에 유혹되었다. 하늘은 올해 들어
가장 파란 데다 따뜻한 느낌마저 주었다. 문득 그는
공회당의 시끄러운 저녁 모임이나 기진맥진하게 만드는
게임과 강연이나 흥청망청 술에 취해 엉성하게 맺어지는
우정 따위를 견뎌 낼 수 없을 것 같은 생각이 들었다. 그는
충동적으로 버스 정류장에서 발길을 돌려 런던의 복잡한

거리를 헤매며 처음에는 남쪽으로 갔다가 다음에는
동쪽으로 갔다. 그러고는 다시 북쪽으로 발길을 돌려 어느
방향으로 가는지조차 생각하지 않고 낯선 거리를 걷기
시작했다.

"희망이 있다면 그것은 무산계급에만 있다."라고
그가 전에 일기장에 썼던, 신비롭게 진실하면서도 명백하게
부조리한 구절이 그의 뇌리에 떠올랐다. 그는 옛날에
세인트팬크러스 역이 있던 동북 지역의 더럽고 우중충한
빈민가에 와 있었다. 그가 걷고 있는 자갈길 양옆으로
작은 이층집들이 죽 늘어서 있었는데, 집집의 문이
곧장 길가로 나 있어 마치 쥐구멍처럼 보였다. 자갈 틈새
여기저기 더러운 물이 고여 있었다. 어두컴컴한 출입문
안팎으로, 그리고 양쪽으로 뻗어 있는 좁은 골목길
아래에 수많은 사람들이 — 입술에 립스틱을 새빨갛게
칠한 한창 나이의 아가씨들, 그 아가씨들의 꽁무니를
쫓아다니는 젊은 녀석들, 십 년 후면 그 아가씨들도 이
꼴이 된다는 것을 보여 주듯 뒤뚱거리며 걷는 뚱뚱한
아낙네들, 구부정한 허리에 발을 질질 끌며 걸어
다니는 노인들, 흙탕물을 튀기며 놀다가 어머니의 고함
소리에 뿔뿔이 흩어져 달아나는 누더기 옷에 맨발인
어린아이들이 — 우글거렸다. 거리 쪽으로 난 유리창은
4분의 1 정도가 깨진 채 널빤지로 엉성하게 가려져 있었다.

몇 사람만이 윈스턴을 호기심 어린 눈으로 경계하듯
쳐다볼 뿐, 대부분 그를 거들떠보지도 않았다. 몸집이 큰
두 아낙네가 벽돌처럼 검붉은 팔뚝을 앞치마에 포개고
출입문 앞에 서서 수다를 떨고 있었다. 윈스턴은 그 앞을
지나가면서 그들의 대화를 몇 마디 엿들었다.

　"나는 그 여편네에게 그렇다고, 그거 아주 잘됐다고
그랬지. 내 입장이 되면 너도 나처럼 했을 거라고 말해
줬어. 남을 흉보긴 쉽지만, 너도 내가 당했던 것처럼
당하게 될 거라고도 했고 말이야."

　"암, 그래야지. 말 한번 잘했어."

　다른 아낙네가 맞장구를 쳤다.

　갑자기 우렁찬 목소리가 뚝 그쳤다. 그가 지나가자
아낙네들이 적개심을 드러내며 그를 찬찬히 뜯어보았다.
그러나 정확하게 말해서 그것은 적개심이 아니었다. 낯선
동물을 대할 때와 같은 일종의 경계심이었고, 순간적으로
긴장해 몸이 경직된 것뿐이었다. 그런 거리에서 푸른
제복의 당원을 본다는 것은 결코 흔한 일이 아니었다.
그리고 특별한 볼일도 없이 그런 곳을 나다니는 것은
현명하지 못한 일이었다. 만약 경찰한테 걸리기라도
하면 "동지, 신분증 좀 봅시다. 대체 여기서 뭘 하고 있는
거요? 언제 직장에서 나왔소? 이곳이 당신 집으로 가는
길이오?" 따위의 질문을 받게 될 것이다. 집으로 가는 것이

아닌 다른 길로 다니지 말라는 법은 없지만, 혹시라도
사상경찰이 그것을 알면 가만히 내버려 두지는 않으리라.

갑자기 온 거리가 소란해졌다. 사방에서 조심하라는
소리가 들렸다. 사람들이 놀란 토끼처럼 출입문 안으로
뛰어 들어가고 있었다. 한 젊은 여자가 윈스턴의 바로
앞 출입문에서 튀어나와 웅덩이에서 놀고 있는 꼬마를
앞치마로 감싸 안고는 재빨리 집 안으로 뛰어 들어갔다.
그때였다. 옆 골목에서 튀어나온 주름진 검정 양복 차림의
남자가 윈스턴 쪽으로 달려오더니 하늘을 가리키며
흥분된 어조로 소리쳤다.

"스티머요! 저길 보세요! 머리 위에서 펑 터질 거요.
빨리 엎드려요!"

'스티머(steamer)'란 몇 가지 이유로 노동자들이 로켓
폭탄에 붙인 별명이었다. 윈스턴은 재빨리 엎드렸다.
노동자들이 그런 식의 경고를 할 때는 언제나 거의
정확하게 들어맞았다. 로켓의 속도가 소리보다 빠르긴
하지만, 그들에게는 몇 초 후에 로켓 폭탄이 날아오리라는
것을 직감할 수 있는 본능 같은 것이 있는 듯했다.
윈스턴은 엎드린 자세에서 팔로 머리를 감쌌다. 지축을
뒤흔드는 것 같은 굉음이 나더니 가벼운 파편들이
소나기처럼 그의 등에 떨어졌다. 그것은 근처 창문에서
부서져 날아온 유리 조각이었다.

그는 일어나서 계속 걸었다. 200미터 전방에 있는 집들이 폭탄으로 파괴되어 있었다. 검은 연기가 하늘로 치솟는 가운데 횟가루 먼지를 뒤집어쓴 사람들이 부서진 집 주변으로 몰려들었다. 그는 길을 걷다가 앞에 쌓여 있는 횟가루 더미의 한가운데에 박힌 선홍색 나무토막 같은 것을 발견하고 가까이 다가갔다. 그것은 손목이 잘려 나간 사람의 팔이었다. 피가 묻은 부분만 제외하고 팔 전체가 석고상처럼 하얗게 되어 있었다.

그는 그 팔을 도랑 쪽으로 차 버리고, 사람들을 피해 오른쪽 골목으로 발길을 돌렸다. 삼사 분 후 그가 폭탄이 떨어졌던 지역을 벗어나자 아무 일도 없었던 것처럼 지저분하고 시끌벅적한 거리가 계속 이어졌다. 20시가 거의 다 되어서인지 프롤들이 자주 드나드는 술집(그들은 '펍'이라고 불렀다.)이 사람들로 꽉 들어차 있었다. 쉴 새 없이 삐걱거리며 열렸다 닫혔다 하는 손때 묻은 문틈으로 지린내, 톱밥 냄새, 시큼한 맥주 냄새 등이 풍겨 나왔다. 얼마쯤 가자 전면이 툭 튀어나온 집의 모퉁이에 세 남자가 나란히 붙어 서 있는 모습이 그의 눈에 들어왔다. 그들 중 가운데 사람은 신문을 펴 들고, 양옆의 나머지 둘은 그의 어깨 너머로 신문을 들여다보고 있었다. 굳이 가까이 다가가서 그들의 표정을 자세히 살펴보지 않아도 그들이 얼마나 신문에 열중해 있는지 알 것 같았다. 아무래도 읽고 있는 것이 굉장히 중요한 뉴스인 모양이었다. 그가 몇 걸음 지나쳐 가자 갑자기 그들 중 두 사람이 언쟁을 벌이기 시작했다. 얼마나 격렬한지 금방이라도 주먹이 오갈 것만 같았다.

"내 말 못 알아듣겠어? 지난 14개월 동안 7로 끝나는 숫자가 당첨된 적은 한 번도 없었단 말이야!"

"아냐, 있었어!"

"없었어! 없었다고! 나는 지난 이 년 동안 당첨 번호를 꼬박꼬박 적어 왔어. 시계처럼 정확하게 적었다고. 그런데 7로 끝나는 숫자는 없었어."

"아냐, 7도 당첨됐어! 확실해. 4 아니면 7로 끝나는 숫자였다고. 2월, 그래 지난 2월 둘째 주였어."

"2월이라고? 젠장, 뭐가 2월이야? 내가 똑똑히 적어 놨는데……. 그런 숫자는 진짜 없었어."

"둘 다 그만해!"

세 번째 남자가 소리쳤다.

그들은 복권 이야기를 하는 중이었다. 윈스턴은 30미터쯤 가다가 뒤를 돌아보았다. 그들은 여전히 핏대를 올리며 다투고 있었다. 엄청난 당첨금이 걸려 있는 복권은 노동자들이 공공연하게 관심을 보이는 것으로, 그 자체가 일대 사건이었다. 비록 복권이 인생을 살아가는 유일한 이유는 못 될지라도 삶의 가장 중요한 몫을 차지하고는 있다고 믿는 노동자들이 수백만 명은 될 터였다. 복권은 그들의 즐거움인 동시에 그들을 어리석게 만드는 것이었고, 진통제이면서 지적인 자극제였다. 간신히 읽고 쓸 수 있는 사람들까지도 복권에 관련된 복잡한 계산은 능히 할 줄 알았다. 그뿐만 아니라 자기의 기억이 맞는다면서 우겨 댈 줄도 아는 것 같았다. 물론 개중에는 적중표나 예상표, 또는 행운의 부적 따위를 팔아서 생계를 잇는 족속들도 있었다. 윈스턴은 풍요부에서 담당하는 복권 발매와는 아무런 관련이 없었지만, 그 당첨금의 대부분이 허위로 부풀려진 것이라는 사실쯤은 익히 알았다.(당원이라면 다 아는 사실이었다.) 당첨이 되더라도 실제로 지급받는 액수는 형편없이 적었다. 게다가 큰 액수의 당첨자들은 실제로 존재하지 않는 가상의 인물들이었다. 오세아니아의 각 지방 사이에는 실제적인 통신망이 구축되어 있지 않기 때문에 그런 일을 조작하기란 식은 죽 먹기였다.

그러나 희망이 있다면 그것은 무산계급인 노동자들에게만 있다. 바로 여기에 주안점을 두어야 한다. 이것을 말로만 들으면 그저 그럴듯하게 느껴질 뿐이지만, 직접 거리에 지나다니는 사람들을 볼 때는 구체적인 확신으로 다가온다. 윈스턴은 아래로 경사진 길에 접어들었다. 그 근처는 전에 그가 살았던 장소였는데, 가까운 곳 어딘가에 큰길이 있으리란 예감이 들었다.

앞쪽에서 희미한 외침 소리가 들려왔다. 급하게 꺾인 길을 돌아 나오자 아래쪽 골목으로 내려가는 계단이 나왔다. 골목에서는 사람들이 시들시들한 채소를 팔고 있었다. 윈스턴은 그제야 자신이 어디에 와 있는지 정확히 알았다. 골목은 큰길로 이어지고, 다음 모퉁이를 돌아 오 분쯤 내려가면 지금 일기장으로 쓰고 있는 노트를 샀던 고물상이 나온다. 그리고 거기에서 멀지 않은 곳에는 펜대와 잉크를 샀던 자그마한 문방구점이 있다.

그는 계단 꼭대기에서 잠시 멈춰 섰다. 골목 맞은편에 자그마한 선술집이 있었다. 마치 성에가 앉은 것처럼 먼지가 끼어 있는 창문부터 지저분하고 옹색해 보였다. 새우 수염처럼 앞으로 곤두선 콧수염을 기른 노인이 문을 밀고 술집 안으로 들어갔다. 허리는 굽었지만, 아직 근력이 있어 보이는 노인이었다. 윈스턴은 그 모습을 지켜보며 적어도 여든 살은 되었을 노인이 혁명이 일어났을 당시에는 중년이었을 것이라고 생각했다. 그 노인 세대야말로 사라진 자본주의 세계와 현재의 세계를 연결하는 마지막 고리였다. 당 내부에는 혁명 이전에 형성된 사상을 지닌 사람이 많지 않았다. 늙은 세대는 1950년대와 1960년대의 대숙청 때 대부분 제거되었고, 살아남은 몇몇 사람도 강압을 못 이겨 오래전에 정신적으로 완전히 항복해 버렸다. 금세기 초반의 상황을 사실 그대로 설명해

줄 만한 사람이 살아 있다면 오직 노동자들 중에만 있을
것이다. 별안간 그의 뇌리에 일기장에 옮겨 썼던 역사책의
한 구절이 떠올랐다. 뭐라고 말할 수 없는 이상한 충동이
그의 몸을 휘감았다. 그는 선술집에 들어가서 아까의 그
노인과 사귀어 그에게 다음과 같이 묻고 싶었다.

'당신의 소년 시절은 어땠습니까? 지금보다 더
좋았습니까, 아니면 나빴습니까?'

그는 두려운 생각이 들기 전에 마음먹은 것을
실천하기 위해 급히 계단을 내려가서 좁은 길을 건넜다.
물론 그것은 미친 짓이었다. 노동자들에게 말을 걸거나
그들이 이용하는 술집에 드나드는 것을 금지하는 법은
없지만, 그런 행동은 비상식적인 것이라서 자연히 남의
이목을 끌게 마련이었다. 경찰에게 걸리면 몰랐기
때문이라고 얼버무릴 수는 있을 것이다. 그러나 그런 말에
호락호락 넘어갈 경찰은 없을 것이다. 그가 문을 밀치자
시큼한 맥주 냄새가 그의 얼굴로 확 풍겨 왔다. 그리고
그가 안으로 들어서자 시끄럽던 소리가 반쯤 줄어들었다.
그는 등 뒤로 사람들의 시선이 일제히 자신의 푸른 제복에
꽂혀 있음을 느꼈다. 한쪽 구석에서 한창 진행 중이던 다트
게임도 중단되었다. 그가 찾는 노인은 카운터 앞에 서서
술집 점원과 말다툼을 하고 있었다. 그 점원은 큰 덩치에
뚱뚱하고 팔뚝이 굵은 매부리코 청년이었다. 주위에 선

사람들이 술잔을 든 채 둘의 다투는 광경을 지켜보고
있었다.

"내가 네 녀석한테 잘못한 게 뭐 있어? 1파인트짜리
술을 달라는데, 이 염병할 술집에서는 안 팔겠다는 거야?"

노인이 한번 붙어 보자는 듯이 어깨를 젖히며 말했다.

"도대체 파인트란 게 뭐요?"

점원이 카운터 위에 손가락을 대고 몸을 앞으로
내밀면서 물었다.

"이런 답답한 녀석 봤나! 아니 술을 파는 녀석이
파인트가 뭔지도 모른단 말이야! 1파인트란 1쿼트의
반이고, 4쿼트면 1갤런이잖아? 에이그 무식한 것, 다음엔
A, B, C를 가르쳐 줘야겠군."

"나는 그런 건 들어 본 적 없어요. 1리터와 반 리터,
우리는 이렇게 팝니다. 여기 선반 위의 잔들을 봐도 알 수
있을 거예요."

점원이 말했다.

"나는 1파인트짜리 잔이 좋아. 1파인트 잔에다 따라
주면 될 텐데 왜 자꾸 그러는 거야. 내가 젊었을 땐 리터니
뭐니 하는 것들은 없었어."

노인이 고집스럽게 말했다.

"영감님이 젊었을 때면 우리는 모두 나무 꼭대기에서
살고 있었겠군요."

점원이 다른 손님 쪽으로 시선을 돌리며 빈정거렸다.

한차례 웃음소리가 터졌다. 그 때문에 윈스턴이
들어와서 생긴 어색한 분위기도 한껏 누그러졌다. 흰
수염이 난 노인의 얼굴이 벌겋게 달아올랐다. 노인이
투덜거리면서 돌아서다가 윈스턴과 마주쳤다.

"제가 한잔 사 드릴까요?"

윈스턴이 노인의 팔을 잡으며 점잖게 말했다.

"당신은 신사로구먼."

노인이 어깨를 쭉 펴며 말했다. 그는 윈스턴의 푸른
제복을 보지 못한 것 같았다.

"1파인트! 1파인트 잔으로 한 잔!"

노인이 점원에게 대들듯 큰 소리로 말했다.

점원은 카운터 아래의 물통에 담가서 헹군 반
리터짜리 두꺼운 유리잔 두 개에다 암갈색 맥주를 따랐다.
노동자들이 드나드는 선술집에서 마실 수 있는 것이라곤
맥주뿐이었다. 노동자들은 진을 마시지 못하게 되어
있지만 쉽게 구할 수는 있는 것 같았다. 화살 꽂히는
소리와 함께 다트 게임이 다시 시작되었다. 카운터 앞에
앉은 사람들이 복권에 관해 떠들기 시작했다. 다들
윈스턴의 존재를 잊은 게 분명했다. 윈스턴과 노인은
남들이 엿들을 염려를 하지 않고도 이야기를 나눌 수 있는
창 아래의 식탁에 앉아 있었다. 물론 그런 짓은 위험했지만

다행히 술집 안에는 텔레스크린이 없었다. 윈스턴은
술집에 들어서자마자 그것의 유무부터 확인했었다.

"1파인트짜리 잔에다 따라 줄 수도 있을 텐데⋯⋯."

노인이 잔을 자기 앞에 당겨 놓고 아쉽다는 듯
투덜댔다.

"나는 반 리터짜리로는 양이 차지 않아. 1리터짜리는
너무 많고 말이야. 술값도 문제이지만 오줌통이 견뎌 내지
못하지."

"젊었을 때하곤 세상이 많이 달라졌지요?"

윈스턴이 넌지시 물었다.

노인의 창백하게 파란 눈동자가 다트판에서
카운터로, 카운터에서 문 쪽으로 향하며 부지런히
움직였다. 마치 무언가 달라진 것을 찾기라도 하는 것
같았다. 이윽고 노인이 입을 열었다.

"그때는 맥주 맛이 좋았지. 값도 쌌고. 내가 젊었을
때 월럽이라는 순한 맥주가 있었는데, 값이 1파인트에
4페니였다네. 물론 전쟁 전의 일이긴 하지만 말이야."

"전쟁이라니, 어떤 전쟁 말씀입니까?"

윈스턴이 물었다.

"전쟁이란 전쟁은 뭐든 다지 뭐."

노인이 애매하게 대꾸했다. 그러고는 잔을 높이 들고
다시 어깨를 쭉 펴며 소리쳤다.

"자, 당신의 건강을 위해서 건배!"

가느다란 목에 툭 튀어나온 목젖이 빠르게 위아래로 움직이는가 싶더니 노인의 맥주잔이 금세 비워졌다. 윈스턴은 카운터로 가서 반 리터짜리 두 잔을 더 가져왔다. 노인은 1리터가 너무 많다고 스스로 한 말을 어느새 잊은 모양이었다.

"노인장께서는 저보다 훨씬 연장이십니다."

윈스턴이 말했다.

"제가 태어났을 때 노인장께서는 어른이셨을 테니 혁명 이전의 시대가 어땠는지 기억하실 겁니다. 제 또래 사람들은 그 시대에 대해 무지합니다. 겨우 책을 통해서나 알 뿐인데, 책의 내용이 모두 사실이랄 수도 없습니다. 그래서 그때 얘기를 좀 듣고 싶습니다. 역사책에는 혁명 전의 생활이 지금과는 아예 달랐다고 나와 있더군요. 우리가 상상할 수 없을 만큼 억압과 부정과 가난이 심했다고 합니다. 이곳 런던에서도 대부분 사람들이 태어나서 죽을 때까지 먹을 게 없어 굶주렸고, 그들 중 절반 정도가 신발마저 없어서 맨발로 생활했다더군요. 또 그때는 하루 열두 시간씩 노동하고, 아홉 살까지만 교육을 받았으며, 한 방에 열 사람이나 잠을 잤다고 합니다. 그런데 그 한편에는 부유하고 권력 있는 극소수의 자본가라는 사람들이 있어서 그들은 갖고 싶은 건 뭐든지

가졌답니다. 그뿐 아니라 그 특권층들은 서른 명도 넘는
하인들을 거느린 채 초호화 저택에 살면서 자동차와
사두마차를 타고 다녔고, 샴페인을 마셨으며, 톱 해트를
썼다더군요."

"톱 해트라고!"

노인의 얼굴이 갑자기 환해졌다.

"당신 같은 사람의 입에서 톱 해트란 말이 나오니
우습군 그래. 사실은 나도 어제 똑같은 생각을 했지. 왜
그런 생각을 하게 됐는지는 모르겠지만 말이야. 그냥
생각이 났던 것 같네. 아무튼 요 몇 년 동안 톱 해트를 본
적이 없어. 이제는 사라져 버린 거지. 내가 마지막으로
그걸 써 본 건 형수님 장례식 때였네. 그래, 확실히는
모르겠지만 오십 년은 된 것 같군. 물론 장례식 때문에
잠깐 빌려 썼던 거였지."

"톱 해트는 그리 중요한 게 아닙니다."

윈스턴이 침착하게 말했다.

"중요한 건 자본가들하고 그들에게 빌붙어 살던
소수의 법률가들과 사제들이 왕 노릇을 했다는 겁니다.
모든 것이 그들의 안락을 위해서 존재했지요. 노인장 같은
평민들과 노동자들은 그들의 노예였고요. 그들은 멋대로
사람들을 부려 먹었다더군요. 게다가 소나 돼지처럼 배에
실어 캐나다에 보내기도 하고, 남의 집 딸을 데려가 동침도

했고요. 심지어 끈이 아홉 가닥 달린 채찍으로 후려치면서
강제 노동을 시키고, 자기들 옆을 지나갈 때는 모자를
벗도록 했다던데요. 더구나 자본가들은 저마다 하인을
여러 명 데리고 다녔다는데…….”

“하인이라!”

노인의 얼굴이 다시 환해졌다.

“정말 오랜만에 들어 보는 말이군. 하인 하니까
문득 오래전 일이 생각나는데……. 그래, 아주 오래전
일이었어. 나는 일요일 오후면 가끔 하이드파크로 가서
그 녀석들의 연설을 듣곤 했네. 구세군이니 가톨릭이니
유태인이니 인디언이니, 별의별 인간들이 다 있었지.
그중 한 녀석이, 이름은 알 수 없었지만, 아무튼 굉장한
연설가였네. 그 녀석은 제 이름도 밝히지 않고 말했어.
‘부르주아의 종놈들! 지배계급의 아첨꾼들!’ 하고 말이야.
기생충이라고도 했네. 욕심, 그래, 분명히 욕심쟁이라고도
했지. 물론 그건 노동당원을 두고 한 말이었지만 말이야.”

윈스턴은 노인과 동문서답식 대화를 하고 있다고
생각했다.

“제가 알고 싶은 건 그게 아닙니다. 노인장께서는
옛날보다 지금이 더 자유로운지, 그때보다 더 인간적인
대접을 받고 있다고 생각하시는지, 저는 이런 게 알고
싶습니다. 옛날의 부자들, 그 상류계급들은…….”

"상원의원들 말이군."

노인이 회상에 잠긴 표정으로 말했다.

"상원의원들요? 좋습니다, 상원의원들이라고 해 두지요. 제가 묻고 싶은 건, 그들이 부자이고 다른 사람들, 가령 노인장 같은 사람들이 가난하다고 해서 함부로 업신여겼느냐 이겁니다. 말하자면 노인장 같은 사람들이 그들을 '나리'라고 부르고, 그들이 지나갈 때는 모자를 벗어야 했다는 게 사실이냔 거지요."

노인이 곰곰이 생각하는 표정을 지었다. 이윽고 그가 맥주를 몇 모금 마시고는 말했다.

"그랬지. 그들은 우리 같은 사람들이 모자를 벗고 인사하는 걸 좋아했어. 그건 존경의 표시였지. 나는 그 짓을 좋아하지 않았지만 종종 그렇게 했네. 하지 않으면 안 되었으니까."

"역사책에는 그들이 평민들이나 하인들을 시켜서 마음에 들지 않는 사람들을 곧잘 길가 시궁창에 처박기도 했다던데, 이것도 사실인가요?"

"나도 한 번 처박혔지. 바로 어제 일처럼 생생하게 기억나는구먼. 보트 경기를 하던 날 밤이었네. 보트 경기를 하는 밤이면 사람들이 난폭해지곤 했지. 언젠가 샤프츠버리 거리에서 젊은 녀석과 부딪쳤어. 그 녀석은 한눈에 봐도 신사였네. 톱 해트를 쓰고, 셔츠에 검정

코트를 걸쳐 입고 있었지. 그 녀석이 갈지자걸음으로
비틀비틀 걷다가 나와 부딪친 거야. 그런데 녀석이 '왜
앞을 똑바로 보고 다니지 않느냐?'라고 따지더군. 그래서
내가 '네 녀석이 이 길을 모두 샀냐?'라고 응수했지.
그러자 녀석이 '앞으로 또 나와 부딪치면 모가지를 비틀어
버리겠어.'라고 하더군. 그래 나도 지지 않고 '젊은 놈이
취해도 단단히 취했군. 여차하면 경찰에 넘겨 버릴 거야.'
하고 엄포를 놓지. 그랬더니 녀석이 어떻게 했는지 아나?
내 어깨를 잡고 확 밀었다네. 그 바람에 난 하마터면
버스 바퀴에 깔릴 뻔했지. 나도 그때는 혈기왕성해 한 방
먹이려고 했는데……."

윈스턴은 무력감에 빠졌다. 노인의 기억은 자질구레한
잡동사니에 불과했다. 종일 물어봤자 진실한 정보는 못
얻을 것 같았다. 오히려 당사(黨史)가 어느 정도 진실일지도
모른다. 어쩌면 완벽한 진실일 수도 있다. 그는 노인에게
마지막으로 한 번 더 질문해 보기로 했다.

"아무래도 제가 얘기를 제대로 전달해 드리지 못한
것 같군요. 제가 말씀드리려는 건 이겁니다. 노인장께서는
아주 오래 사셨는데, 인생의 절반을 혁명 이전에
사셨습니다. 그래서 가령 1925년에는 이미 어른이셨지요.
그런데 어떻습니까? 노인장의 기억으로 1925년의 생활이
지금보다 더 좋았습니까, 아니면 나빴습니까? 노인장께서

좋은 쪽을 선택하신다면 그때를 선택하시겠습니까,
아니면 지금을 선택하시겠습니까?"

　　노인은 생각에 잠긴 표정으로 다트판을 바라보았다.
그러고는 아까보다 천천히 잔을 들어 남은 맥주를 마저
마셨다.

　　"내가 뭘 말해 주기를 바라는지 알고 있네."

　　노인이 취기에 젖은 듯 너그러우면서도 철학적인
태도로 말했다.

　　"자네는 내가 곧 다시 젊어졌으면 하고 말하기를
바라는구먼. 그래, 대부분 사람들은 다시 젊어지고 싶다고
말하지. 젊어야 건강하고 힘깨나 쓸 수 있으니까. 하지만
내 나이쯤 되면 어쩔 수 없어. 나는 이제 다리도 쑤시고,
오줌통도 고장 났네. 하룻밤에도 예닐곱 번은 일어나곤
하지. 그런데 나처럼 늙으면 좋은 점도 있다네. 번민 같은
게 없어지지. 여자하고 그 짓거리 하는 걸 놓고 실랑이를
안 벌이거든. 이게 좋은 점이야. 자네가 믿을지 모르지만,
나는 거의 삼십 년 동안 여자를 안아 본 적이 없다네.
이제는 욕정 같은 것도 일지 않아."

　　윈스턴은 창틀에 등을 기댔다. 계속해 봐야 소용없을
게 뻔했다. 그가 맥주를 몇 잔 더 사려고 하자 노인이
갑자기 일어나더니 한쪽 구석의 지린내 나는 소변기
쪽으로 황급하게 달려갔다. 반 리터를 넘게 마신 것이

마침내 효력을 발휘하는 모양이었다. 윈스턴은 자신의 빈 잔을 잠시 동안 멍하니 바라보다가 무의식중에 자리를 박차고 일어나 거리로 뛰쳐나왔다. 기껏해야 이십 년밖에 안 되는 혁명 전의 생활이 지금보다 더 좋았느냐는, 거창한 듯하면서도 지극히 단순한 질문에 대한 답변조차 영원히 얻을 수 없게 될 것이라고 그는 생각했다. 현재 이곳저곳에 흩어져 살고 있는 구시대 사람들마저 이미 한 시대와 다른 시대를 비교할 수 있는 능력을 상실했기 때문에 그들에게서도 그런 질문에 대한 답변을 얻을 수 없기는 마찬가지였다. 그들은 직장 동료와의 말다툼이나 잃어버린 자전거펌프를 찾아다닌 일, 오래전 죽은 누이동생의 얼굴, 칠십 년 전 어느 바람 불던 날 아침의 뿌연 회오리바람 같은 쓸데없는 것들만 기억할 뿐이었다. 진정으로 중요한 사건이나 그들의 삶과 밀접한 관계가 있는 사실들은 그들의 관심 밖이었다. 그들은 큰 것은 못 보고 작은 것만 볼 줄 아는 개미와 같았다. 그렇기 때문에 점점 기억은 상실되고 기록은 날조되어 가는데도 인민들의 생활이 개선되었다는 당의 주장이 사실로 받아들여질 수밖에 없었다. 그렇지 않아도 그런 주장을 반박하거나 검증할 기준이 없고, 앞으로도 있을 것 같지 않은 상황이었다.

별안간 그의 생각이 정지했다. 그는 걸음을 멈추고 주위를 둘러보았다. 그가 서 있는 곳은 주택들 사이에

어둠침침하고 조그만 상점들이 드문드문 박혀 있는 좁은
골목이었다. 그의 머리 바로 위에는 도금한 칠이 벗겨져
빛이 바랜 듯이 보이는 쇠 공 세 개가 달려 있었다. 그는
그곳이 어디인지 알 것 같았다. 그렇다! 그곳은 바로
일기장을 샀던 고물상 앞이었다.

순간 고통을 동반한 두려움이 그를 엄습했다. 애당초
일기장을 산 게 경솔한 행동이었다. 그래서 두 번 다시 그
근처에는 얼씬도 하지 않기로 마음먹었던 것인데, 깊이
생각에 잠기는 바람에 걸음이 이끄는 대로 움직였던
것이다. 그가 일기를 쓰려고 했던 것도 사실은 자신의
이 같은 자살 충동을 막음으로써 스스로를 보호하려는
의도에서였다. 21시가 다 되어가는데도 상점 문이 열려
있었다. 그는 그 사실을 깨닫고 길에 우두커니 서 있는
것보다 안으로 들어가 있는 게 의심을 덜 받을 것이라고
판단하고는 재빨리 문을 열고 들어갔다. 만약 누군가
물으면 면도날을 사러 왔다고 둘러댈 참이었다.

상점 주인이 석유램프에 불을 붙이자 탁하면서도
정겨운 냄새가 확 풍겼다. 쇠약한 데다 허리까지 굽은
주인은 예순 살쯤 먹은 노인이었다. 그의 기다란 코는
인자하게 생겼고, 도수 높은 안경 때문에 일그러져 비치는
눈은 무척 순해 보였다. 노인의 머리카락은 거의 하얗게
세었지만, 눈썹은 아직도 검고 숱이 많았다. 안경을 쓴

데다 점잖으면서도 부산스레 움직이고 검정 벨벳으로
만든 낡은 재킷까지 입었기 때문인지 노인에게서는 작가나
음악가 같은 지성적인 분위기가 느껴졌다. 그의 목소리는
힘이 없었지만 부드러웠고, 억양은 노동자답지 않게
고상했다.

"나는 선생이 길에 서 있을 때 금세 알아봤어요."

노인이 불쑥 말했다.

"숙녀들의 선물용 일기장을 사 가셨던 분 맞지요?
그건 참 좋은 종이로 만든 것이었어요. 흔히 그걸 크림색
종이라고들 하는데, 아마 한 오십 년 동안은 그런 종이가
안 나왔을 거예요."

윈스턴은 아무런 대꾸도 하지 않았다.

"뭐 특별히 필요한 거라도 있나요? 아니면 그저
구경이나 하러 들르신 건가요?"

노인이 안경 너머로 윈스턴의 표정을 살피며 물었다.

"네, 지나가던 길에 들른 겁니다. 특별히 필요한 것은
없습니다."

윈스턴이 겸연쩍은 표정으로 말했다.

"그래도 괜찮아요. 어차피 선생이 쓸 만한 건 우리
가게에 없을 테니까요."

노인이 손바닥을 펴 보이며 미안하다는 표정을
지었다.

"보시다시피 텅 비어 있지요. 이제는 선생께 팔
골동품도 없어요. 사고 싶은 것도 없을 테지만, 팔
것도 없지요. 가구며 도자기며 유리그릇이 있긴 해도
모두 조금씩 깨진 것들뿐이에요. 쇠붙이 제품들은
대부분 녹여서 없애 버렸어요. 놋쇠 촛대도 없어진 지
한참됐지요."

그렇지 않아도 비좁은 가게 안이 더욱 비좁게
물건들이 많았지만, 그 어느 것 하나 값나갈 만한 게
없었다. 벽면을 빙 돌아가면서 먼지 묻은 사진틀을 잔뜩
쌓아 놓았기 때문에 통로도 비좁기는 마찬가지였다.
창가에는 볼트와 너트를 담은 쟁반과 끝이 닳은 끌, 날이
빠진 주머니칼, 작동하지도 않을 것 같은 녹슨 벽시계
등이 다른 잡동사니들과 함께 놓여 있었다. 그런데 구석의
조그만 탁자 위를 보니 재미있는 물건들 ── 옻칠한
담뱃갑, 석영이 박힌 브로치 같은 것들 ── 이 진열되어
있었다. 윈스턴은 탁자 위를 흘끔거리다가 램프 불 밑에서
은은히 빛나는 둥글고 매끄러운 물건이 눈에 띄자 그것을
냉큼 집어 들었다.

그것은 한쪽 면은 둥그렇고 반대쪽 면은 평평한,
반구형의 묵직한 유리 덩어리였다. 그런데 색채나 모양이
빗방울처럼 투명하고 매끈했다. 특히 둥근 표면에 의해
확대되어 보이는 유리 속 한가운데에는 분홍빛을 띤

이상한 나선형 물체가 들어 있었는데 언뜻 보기에 장미꽃 같기도 하고, 말미잘 같기도 했다.

"이게 뭐죠?"

윈스턴이 넋을 잃은 표정으로 물었다.

"산호지요. 아마 인도양에서 나온 걸 거예요. 보통 유리 속에 박아 두지요. 모르긴 해도 100년은 됐을 거예요. 모양으로 봐선 그보다 더 오래돼 보이지만요."

"아름답군요."

윈스턴이 말했다.

"아름답고말고요."

노인이 감상에 젖은 목소리로 말했다.

"하지만 요즘엔 그런 물건을 두고 아름답다고 말하는 사람이 없지요."

노인이 기침을 하고 덧붙였다.

"사고 싶으면 4달러만 내세요. 옛날에는 8파운드에 팔리던 물건이에요. 8파운드면……, 금세 계산이 안 되는군요. 아무튼 큰돈이지요. 하지만 다 옛날 얘기일 뿐이에요. 요즘 세상에 누가 진짜 골동품에 관심을 갖겠어요? 남아 있는 것도 별로 없지만 말예요."

윈스턴은 즉시 4달러를 지불하고 그 탐나는 물건을 주머니에 넣었다. 그가 그 물건에 반한 것은 아름답기도 하지만 현재와는 사뭇 다른 옛 시대의 유물을 지니는

데 따른 묘한 기분 때문이었다. 표면이 부드럽고 모양이 빗방울 같은 그 유리 덩어리는 여태껏 한 번도 본 적이 없는 물건이었다. 옛날에는 문진(文鎭)으로 사용했던 것 같은데, 지금은 아무런 쓸모가 없다는 게 더 큰 매력으로 작용했다. 그것을 주머니에 넣고 있자니 묵직한 느낌이 들었다. 다행히 표시 나게 주머니가 불룩 튀어나오지는 않았다. 당원이 그런 물건을 갖고 다니는 것은 위험한 일이었다. 오래되거나 아름다운 물건은 무엇이든 의심부터 받았다. 노인은 4달러를 받아 쥐고 노골적으로 좋아했다. 윈스턴은 노인이 3달러, 아니 2달러라도 그것을 팔았을 거라고 생각했다.

"위층에 방이 또 하나 있는데, 한번 둘러볼 만할 거예요. 물건이 많지는 않지만 몇 가지 있어요. 올라가 보시겠다면 불을 켜 드리지요."

노인이 말했다. 그는 다른 램프에 불을 붙여 들고 허리를 구부린 채 낡고 가파른 계단을 올라갔다. 그러고는 좁은 복도를 지나 한 방으로 들어갔다. 그 방은 거리에 면해 있지 않은 대신 자갈이 깔린 안뜰과 여기저기 솟은 굴뚝이 내다보이도록 설계되어 있었다. 마치 방 안은 누가 살고 있기라도 한 것 같았다. 가구들이 잘 정돈되어 있는 데다 바닥에는 카펫이 깔려 있었고, 벽에는 한두 점의 그림이 걸려 있었으며, 벽난로 앞에는 볼품은 없지만 푹신한 안락의자가 놓여 있었다. 열두 시간으로 표시된 구식 유리 시계가 벽난로 위에서 똑딱거리며 움직였다. 창문 바로 밑에는 방 면적의 4분의 1을 차지하는 거대한 침대가 놓여 있었는데, 그 위에는 매트리스가 깔려 있었다.

"아내가 죽기 전까지는 이 방에서 지냈지요."

노인이 변명하듯 말했다.

"나는 가구를 하나씩 팔아치웠어요. 저건 마호가니 침대예요. 귀한 것이지요. 비록 빈대가 득실거리긴 하지만 말예요. 빈대 잡는 것만큼 성가신 일도 없는 것 같아요."

노인이 방 전체에 비치도록 램프를 높이 쳐들었다. 희미하면서도 따뜻한 불빛에 비친 방이 묘하게도 윈스턴의 마음을 유혹했다. 위험하기는 하지만, 일주일에 몇 달러쯤 주고 방을 세 얻어 살 수도 있겠다는 생각이 그의 뇌리를 스쳤다. 물론 그것은 무모하면서도 불가능한 일이었다. 그러나 그 방을 보자 윈스턴의 마음속에 일종의 향수와도 같은 추억이 되살아났다. 벽난로에 불을 피워 놓고 그 옆 안락의자에 앉아 발은 난로대에, 주전자는 난로 안 석쇠에 얹은 채 혼자 편안하게 감시하는 사람도 뒤쫓는 소리도 없이 오직 주전자의 물 끓는 소리와 벽시계의 똑딱거리는 소리만 들으며 조용히 있는 기분이 어떨지 분명하게 알 것 같았다.

"이곳엔 텔레스크린이 없군요."

윈스턴이 무의식중에 중얼거렸다.

"아, 나는 그런 물건을 가져 본 적이 없어요."

노인이 말했다.

"너무 비싸잖아요. 게다가 필요성을 느끼지도 않고요.
저쪽 구석에 다리를 접었다 폈다 할 수 있는 책상이
하나 있는데, 아주 멋진 거예요. 사용하려면 약간 손을
봐야겠지만요."

윈스턴은 그것보다 한쪽 구석에 있는 조그만 책장에
마음이 끌렸다. 책장 안은 잡동사니들만 가득했다. 다른
지역과 마찬가지로 그곳 노동자 구역에서도 책이 모두
몰수되어 한 권도 없었던 것이다. 오세아니아의 어느
곳에서든 1960년 이전에 발간된 서적은 찾아볼 수가
없었다. 램프를 들고 이리저리 어슬렁거리던 노인이 침대
맞은편 벽난로 옆의 한쪽 벽에 걸려 있는 자단(紫檀)으로
된 액자 앞에 섰다.

"혹시 선생께서 옛날 그림에 관심이 있다면……."

노인이 넌지시 말했다.

윈스턴은 그 액자 속 그림을 자세히 들여다보았다.
그것은 네모난 창문과 앞쪽에 자그마한 탑이 있는 타원형
건물을 묘사한 판화였다. 건물 둘레에는 철책이 쳐져 있고,
그 뒤편에는 동상 같은 게 서 있었다. 윈스턴은 한참 동안
그것을 살펴보았다. 동상의 주인공이 누구인지 기억나지는

않지만, 왠지 모를 친근감이 느껴졌다.

"액자는 벽에 고정되어 있어요. 하지만 사시겠다면
떼어 낼 수도 있지요."

노인이 말했다.

"저 건물을 알고 있습니다."

마침내 윈스턴이 입을 열었다.

"지금은 폐허로 변했지만 정의궁(正義宮) 바깥쪽
거리의 한가운데 있었던 건물이죠."

"맞아요. 법원 바깥쪽에 있었는데, 수년 전 폭격을
당했지요. 한때는 교회이기도 했어요. 성 클레멘트
데인이라고 불렸지요."

쓸데없는 말을 지껄였다고 생각했는지 노인이 멋쩍게
웃고는 덧붙여 말했다.

"오렌지와 레몬, 성 클레멘트의 종이 말하네!"

"그게 무슨 뜻입니까?"

윈스턴이 물었다.

"아아, '오렌지와 레몬, 성 클레멘트의 종이 말하네.'
이건 내가 어렸을 때 부르던 노래예요. 그런데 그다음이
어떻게 이어지는지 생각나지 않지만 끝 구절은 알고
있어요. '그대 침실을 밝힐 촛불이 오네. 그대 목을
뎅겅 자를 도끼가 오네.' 이렇게 끝나지요. 일종의
무도곡이에요. 사람들이 팔을 벌리면 그 밑으로 다른

사람들이 지나가지요. 그런데 '그대 목을 뎅겅 자를 도끼가
오네.'란 대목에 이르면 팔을 내려서 지나가는 사람들을
붙잡아요. 그리고 이 노래 가사에는 교회 이름이 많이
나와요. 런던 시내의 큰 교회 이름은 다 나오지요."

윈스턴은 성 클레멘트란 교회가 몇 세기의 것인지
짐작할 수가 없었다. 런던에 있는 건물들의 연대를
알아내기란 언제나 어려운 일이었다. 크고 훌륭한 건물은
무엇이든 겉모양만 멀쩡하면 무조건 혁명 이후에 지어진
것으로 평가받고, 낡은 것 같으면 중세라고 불리는
애매한 시기의 건물로 매도되었다. 더욱이 수세기에 걸친
자본주의 시대에는 가치 있는 걸 아무것도 만들어 내지
못했다고 했다. 그 때문에 책에서 올바른 역사를 배울 수
없듯 건축물을 통해서도 역사를 배울 수 없었다. 동상,
비문, 기념비, 거리의 이름 등 과거를 조명해 줄 만한 것은
무엇이든 조직적으로 변조되었다.

"저 건물이 교회인 줄은 전혀 몰랐습니다."

윈스턴이 말했다.

"실은 남아 있는 교회 건물도 꽤 되지요. 저마다 다른
용도로 사용되고 있긴 하지만 말예요."

노인이 말했다.

"그건 그렇고, 그 노래가 어떻게 되더라? 아, 그렇지!
이제 생각나는군!"

오렌지와 레몬, 성 클레멘트의 종이 말하네.

그대는 내게 3파딩의 빚을 졌지.

성 마틴의 종이 말하네…….

"여기까지밖에 기억을 못하겠군요. '파딩'은 지금의 센트와 비슷하게 생긴 소액 동전이지요."

"성 마틴 교회는 어디에 있었나요?"

윈스턴이 물었다.

"성 마틴 교회요? 아직도 '승리 광장' 옆에 있어요. 입구는 삼각형으로 되어 있는 데다 전면에는 돌기둥이 여러 개 있고, 높은 계단까지 딸린 건물이지요."

윈스턴은 그곳을 잘 알고 있었다. 그곳은 각종 선전 자료들을 전시하는 일종의 박물관이었다. 특히 그곳에는 로켓 폭탄과 유동요새의 축소 모형, 적이 얼마나 잔인한가를 보여 주는 밀랍 인형 따위가 진열되어 있었다.

"흔히 '광야의 성 마틴 교회'라고 불렀지요. 그 근처에 벌판이 있었는지는 잘 모르겠지만 말예요."

노인이 덧붙여 말했다.

윈스턴은 그 그림을 사지 않았다. 유리 문진보다 간수하기가 불편한 데다 액자를 떼어 내기 전에는 집으로 가져갈 수도 없기 때문이었다. 그는 몇 분 동안 더 노인과 이야기를 나누었다. 그 결과 노인의 이름이 상점의 간판을

보고 추측했던 위크스가 아니라 채링턴이라는 사실을
알게 되었다. 채링턴 씨는 예순세 살의 홀아비로, 그
상점에서 삼십 년 동안 살아왔다고 했다. 그리고 그동안
몇 번이나 간판에 새겨진 이름을 고치려고 했지만,
결국 생각으로 그친 채 못하고 말았다는 것이었다. 그런
이야기를 듣는 동안에도 윈스턴의 머릿속에서는 그 노래의
가사가 떠나지 않았다. '오렌지와 레몬, 성 클레멘트의 종이
말하네. 그대는 내게 3파딩의 빚을 졌지. 성 마틴의 종이
말하네…….' 아무리 생각해도 기이한 가사였다. 그런데
가만히 가사를 흥얼거리노라면 어딘가에 아직 남아
있거나, 아니면 변형되어 잊혔거나 사라져 버린 런던의
종소리가 실제로 들리는 듯한 착각이 들었다. 이곳저곳의
유령 같은 뾰족탑에서 울려 퍼지는 종소리를 듣고 있는
것 같았다. 그러나 아무리 기억을 더듬어 봐도 교회에서
울려오는 종소리를 실제로 들어 본 적은 없었다.

　　윈스턴은 채링턴 씨의 상점을 나왔다. 그러고는 문
앞에서 거리의 동정을 살피며 망설이는 모습을 노인이
보지 못하도록 계단을 타고 아래로 내려갔다. 그는
적당한 시기에, 말하자면 한 달 정도가 지난 다음에
채링턴 씨 상점을 다시 찾아가기로 마음먹었다. 그것은
적어도 공회당의 저녁 모임에 빠지는 것보다는 덜 위험한
일일 것이다. 가장 어리석은 짓은 일기장을 산 후 상점

주인이 믿을 만한 사람인지 어떤지도 모른 채 무턱대고
찾아갔다는 것이었다. 그러나……!

　　그러나 또 한번 찾아가겠다고 그는 생각했다. 그
멋진 잡동사니들을 더 사고 싶었다. 성 클레멘트 데인의
판화를 사서 액자를 떼어 내고는 제복 윗도리 안에 숨겨
집으로 가져가고 싶었다. 채링턴 씨의 기억에서 그 노래의
나머지 가사를 끄집어내고도 싶었다. 상점 위층의 방을
빌리겠다는 충동적인 계획이 다시금 그의 머릿속에서
번뜩였다. 그 때문에 그는 흥분한 나머지 오 초 동안
방심했고, 그 결과 미리 살펴보지도 않은 채 거리로
나섰다. 그런 데다 즉흥적인 가락에 맞춰 흥얼거리기까지
했다.

　　오렌지와 레몬, 성 클레멘트의 종이 말하네.
　　그대는 내게 3파딩의 빚을 졌지.
　　성…….

　　별안간 그는 가슴이 철렁 내려앉고 심장이 얼어붙는
것 같았다. 푸른 제복을 입은 사람이 10미터도 안 떨어진
곳에서 다가오고 있었다. 그 사람은 바로 창작국에
근무하는 검은 머리의 여자였다. 주위가 어두컴컴했지만,
여자를 알아보기는 어렵지 않았다. 그녀는 그의 얼굴을

빤히 쳐다보더니 알아보지 못한 것처럼 재빨리 지나가
버렸다.

윈스턴은 잠시나마 몸이 마비되어 꼼짝도 할 수
없었다. 그는 오른쪽으로 돌아서 길을 잘못 든 줄도 모른
채 한참 동안 무거운 걸음을 옮겼다. 어쨌든 한 가지
의문은 해결되었다. 그 여자가 그를 감시하고 있었다는
데는 의심할 여지가 없었다. 그녀는 그를 뒤쫓아 그곳까지
왔던 게 틀림없었다. 같은 날 저녁, 그녀가 당원 거주
지역으로부터 몇 킬로미터나 떨어진 어두컴컴한 골목을
걷는다는 것은 있을 수 없는 일이기 때문이었다. 우연의
일치라고 하기에는 너무나 믿기 어려운 일이었다. 그녀가
사상경찰의 정보원이든, 아니면 비공식적으로 활동하는
풋내기 스파이든 그것은 문제가 되지 않았다. 그 여자가
그를 감시하고 있었다는 사실 하나만으로도 충분했다.
아마 그녀는 그가 선술집으로 들어가는 것도 보았을
것이다.

걷기 힘들었다. 걸음을 옮길 때마다 주머니 속에
든 유리 덩어리가 허벅지를 때렸다. 그것을 꺼내 내던져
버릴까 하는 생각까지 들었다. 배의 통증도 견딜 수 없을
정도였다. 당장 화장실에 가지 않으면 죽을 것 같은 기분이
들었다. 하지만 그 같은 빈민 지구에는 공중변소가 없었다.
다행히 얼마쯤 시간이 지나자 통증이 웬만큼 가라앉았다.

한참 걷다 보니 막다른 곳이었다. 윈스턴은 걸음을
멈추고 잠시 어떻게 할까 망설였다. 그러다가 뒤로 돌아서
다시 왔던 길을 걷기 시작했다. 그는 돌아서면서 그
여자가 자기를 스쳐 지나간 것이 삼 분밖에 안 되었으므로
뛰어가면 곧 따라잡을 수 있으리란 생각을 했다. 그녀의
뒤를 쫓아가서 으슥한 곳에 이르면 돌멩이로 머리를
후려칠 수도 있을 것이다. 주머니에 든 유리 덩어리로도
여자를 해치우기엔 충분하리라. 하지만 그는 그런 생각을
단념했다. 폭력을 행사하는 것은 생각만 해도 끔찍한
일이기 때문이었다. 그는 뛰어갈 수도, 한 대 후려칠 수도
없었다. 게다가 여자는 젊고 튼튼하므로 그를 물리칠
것이었다. 그는 공회당으로 급히 가서 집회가 끝날 때까지
머물러 있으면서 그날 저녁의 부분적인 알리바이를
만들어 놓을까도 생각했다. 그러나 그 역시 불가능했다.
그는 몹시 피로했다. 어서 집으로 돌아가 조용히 쉬고 싶은
마음만 간절했다.

그가 집에 돌아왔을 때는 22시가 넘은 시각이었다.
전기는 23시 30분이면 끊길 것이다. 그는 부엌으로 가서
승리주를 한잔 마셨다. 그러고는 구석에 박혀 있는 책상
앞에 앉아서 서랍 속의 일기장을 꺼냈다. 그러나 곧바로
일기장을 펴지는 않았다. 텔레스크린에서 한 여자가
째지는 듯한 목소리로 국가를 부르고 있었다. 그는

일기장의 대리석 무늬 표지를 뚫어지게 바라보면서 그
소리를 듣지 않으려고 애썼다. 하지만 소용이 없었다.

　　그들이 체포하러 오는 때는 밤이다. 예외 없이 언제나
밤이다. 그들에게 체포당하느니 그전에 자살하는 것이
상책이다. 사실 그렇게 하는 사람도 있다. 실종자들 중
실제로 자살한 사람들이 많다. 하지만 총이나 금세 효력이
나타나는 독약 같은 것을 구할 수 없는 세상에서 자살을
하려면 극단적인 용기가 필요하다. 그는 고통과 공포에
대한 생리학적 무용성과 특별한 노력이 필요한 순간에
무기력하게 무너져 버리는 육체의 배신을 생각하고
몸서리를 쳤다. 물론 그가 재빨리 움직였다면 그 검은
머리의 여자를 없애고, 그럼으로써 그 입을 막을 수
있었을지도 모른다. 그러나 그는 극도로 위험한 상태에
놓여 있었기 때문에 행동할 힘을 잃고 만 것이다. 위기의
순간에 싸워야 할 것은 외부의 적이 아니라 바로 자신의
육체라는 사실에 그는 적잖이 당황했다. 술을 마셨는데도
복부의 통증이 완전히 가라앉지 않아 생각을 체계적으로
할 수가 없었다. 상황이 영웅적이든 비극적이든
외관상으로는 전혀 다를 게 없다는 것을 그는 알았다.
전장에서나 고문실에서나 침몰하는 배 안에서나 사람들은
늘 진정으로 싸워야 할 상대를 잊어버린다. 육체가 온
우주를 덮을 정도까지 부풀어 오르고 공포나 고통으로

비명을 지르는 극단적인 경우가 아닌 일상적인 때라도 삶이란 굶주림, 추위, 불면증, 복통, 치통 등을 상대로 순간순간 끊임없이 싸우는 것이기 때문이다.

윈스턴은 일기장을 폈다. 무엇이든 쓰는 게 중요했다. 텔레스크린의 여자가 다른 노래를 부르기 시작했다. 그 목소리가 날카로운 유리 조각처럼 머릿속에 박히는 것 같았다. 그는 오브라이언을 떠올리려고 했다. 어차피 그를 위해서, 그에게 일기를 쓰는 것 아닌가. 그러나 그는 엉뚱하게도 사상경찰에게 잡힌 뒤 일어날 일들을 떠올리기 시작했다. 그들이 곧바로 사형에 처해 버린다면 문제될 건 없다. 처형은 이미 예상하고 있다. 문제는 처형당하기 전에 진행될 자백 과정(아무도 이에 대해서는 말하지 않지만 누구나 알고 있는 것이다.)이다. 바닥에 꿇어앉아 살려 달라며 비명을 지르고, 뼈가 부러지는 소리가 나고, 이는 으스러지고, 머리카락은 피로 엉겨 붙을 것이다. 이렇게 하든 저렇게 하든 어차피 종말은 다 똑같은데 왜 그런 고통을 견뎌야 하는가? 왜 며칠, 혹은 몇 주일 안에 생을 마감하지 못하는가? 아무도 수색을 피할 수도, 자백을 하지 않을 수도 없다. 일단 사상범으로 찍히면 정해진 날짜에 죽음을 맞는다. 여기에 예외란 없다. 그런데 왜 아무것도 바꿀 수 없는 공포가 미래의 시간 속에 가로놓여 있단 말인가?

그는 오브라이언에 대한 생각을 좀 더 확실하게 할 수 있었다. 오브라이언은 그에게 '우리는 어둠이 없는 곳에서 만날 거요.'라고 말했다. 윈스턴은 그 말이 무엇을 의미하는지 알았다. 아니, 정확하게 말하자면 알 수 있을 것 같았다. 어둠이 없는 곳이란 상상 속의 세계일 것이다. 아무도 보지 못하지만 예지에 의해 신비롭게 참여할 수 있는 세계……. 텔레스크린의 소리가 귀를 자극하는 바람에 더 이상 생각을 계속할 수가 없었다. 그는 담배를 피워 물었다. 담배 가루가 터져 나와 혓바닥에 닿았다. 입 안 가득 쓴맛이 돌았으나 가루가 잘 뱉어지지 않았다. 오브라이언 대신 빅 브라더의 얼굴이 그의 뇌리에 떠올랐다. 며칠 전에 그랬던 것처럼 그는 주머니에서 동전을 꺼내 가만히 들여다보았다. 그 얼굴이 엄숙하고 조용히, 그리고 보호해 줄 듯이 그를 올려다보았다. 그러나 그 검은 콧수염 아래 감추어져 있는 미소는 어떤 종류의 것일까? 장례식의 음울한 종소리처럼 슬로건이 다시금 그의 뇌리에 떠올랐다.

전쟁은 평화

자유는 예속

무지는 힘

2부

1

아침이 조금 지났을 때 윈스턴은 화장실에 가기 위해 사무실에서 나왔다.

한 사람이 환하게 불이 켜진 기다란 복도 끝에서 그를 향해 다가오고 있었다. 검은 머리의 여자였다. 고물상 앞에서 그녀와 마주친 그날 저녁 이후 나흘이 지나갔다. 그는 여자가 가까이 다가왔을 때에야 비로소 그녀의 오른팔에 붕대가 감긴 것을 알아챘다. 붕대 색깔이 제복과 같았다. 그래서 멀리서는 분간할 수 없었던 것이다. 아마 소설의 줄거리를 꾸미는 커다란 만화경이 돌아갈 때 손이 걸려 다친 모양이었다. 이런 일은 창작국에서 흔히 일어나는 사고였다.

둘 사이의 거리가 4미터쯤으로 좁혀졌을 때, 여자가

갑자기 비틀거리더니 마룻바닥으로 쓰러지며 고통에
찬 날카로운 비명을 질렀다. 다친 팔 쪽으로 넘어진 게
분명했다. 윈스턴은 그 자리에 우뚝 섰다. 여자가 무릎을
딛고 몸을 일으키려고 했다. 그 얼굴은 누르스름한
우윳빛으로 변해 있었지만, 입술은 전보다 더 빨개져
있었다. 그녀의 눈이 고통보다 공포 쪽에 더 가까운 빛을
내며 애원하듯 그를 빤히 쳐다보았다.

　묘한 감정이 윈스턴의 가슴속에서 꿈틀거렸다.
눈앞에서 무릎을 꿇고 있는 사람은 바로 그 자신을
제거하려는 적이었다. 그러나 따지고 보면 뼈를 다쳐
괴로워하는 그 사람도 고통이 뭔지 아는 그와 똑같은
인간이었다. 그는 본능적으로 그녀를 도우려고 팔을
내밀었다. 그렇지 않아도 그녀가 붕대를 감은 팔 쪽으로
넘어진 순간 마치 자기 몸이 다친 듯 고통스러워했던
그였다.

　"다쳤습니까?"

　그가 물었다.

　"괜찮아요. 팔이 좀……. 곧 낫겠죠."

　여자가 떨리는 목소리로 말했다. 그녀의 안색이 눈에
띄게 창백해졌다.

　"뼈가 삐거나 부러지지 않았나요?"

　"아뇨, 괜찮아요. 그저 잠깐 아프기만 했을 뿐이에요."

윈스턴은 그녀가 성한 팔을 내밀자 부축해서 일으켰다. 안색이 아까보다 한결 나아 보였다.

"괜찮아요."

그녀는 계속 같은 말을 되풀이했다.

"손목에 약간 충격을 받았을 뿐이에요. 고맙습니다, 동지!"

그녀는 그 말을 끝으로 몸을 돌렸다. 그러고는 아무 일도 없었다는 듯 멀쩡하게 가던 방향으로 걸어갔다. 그 모든 일은 삼십 초도 안 걸려 일어났다. 감정을 얼굴에 드러내지 않는 것이 본능적인 습관으로 굳어져 버렸기 때문에 무슨 일이 일어나도 텔레스크린 앞에서는 태연하게 서 있을 수 있었다. 그럼에도 그는 그녀에게 손을 내밀었을 때 그녀가 자기 손 안에 무언가를 떨어뜨린 이삼 초 동안의 순간적인 경악을 감추기가 무척 어려웠다. 그녀는 의식적으로 그런 짓을 한 것이 분명했다. 그것은 작고 납작한 것이었다. 그는 화장실 문을 열고 안으로 들어가면서 그것을 주머니에 집어넣고는 손가락 끝으로 만져 보았다. 네모 모양으로 접힌 종이쪽지였다.

그는 소변을 보면서 손가락을 움직여 종이쪽지를 폈다. 분명히 무슨 내용인가 쓰여 있을 것이다. 그는 대변기 쪽으로 들어가서 그 내용을 읽을까 하다가 그만두었다. 그것이 얼마나 어리석은 짓인지 알고 있기 때문이었다.

텔레스크린의 감시가 그보다 더 심한 곳은 없었다.

그는 자리로 돌아와 앉아서 그 종이쪽지를 아무렇지 않은 척 책상 위 다른 서류들 속에 던졌다. 그러고는 안경을 쓰고 구술기록기를 앞으로 잡아당겼다. '오 분, 오 분이면 돼!' 그는 속으로 이렇게 중얼거렸다. 심장이 마구 뛰었다. 다행히 그가 지금 하고 있는 일은 기다란 숫자표를 수정하는 단순 작업이어서 크게 신경 쓸 필요가 없었다.

그 쪽지에 적혀 있는 내용이 무엇이든 거기에는 정치적 의미가 담겨 있을 게 틀림없었다. 그가 생각하기에는 두 가지 가능성이 있었다. 그중 가장 신뢰할 만한 가능성은 그가 두려워했던 대로 그 여자가 사상경찰의 정보원이라는 것이었다. 사상경찰이 왜 메시지를 그런 식으로 전달하는지 알 수 없지만, 분명히 그럴 만한 이유가 있을 터였다. 쪽지에 적혀 있는 내용은 협박이나 소환이나 자살하라는 명령일 것이다. 그렇지 않으면 또 다른 함정일지도 모른다. 그런데 또 하나의 가능성이 무시하려고 애써도 자꾸만 그의 머릿속에서 고개를 쳐들고 일어났다. 그 가능성이란 쪽지의 메시지가 사상경찰이 보낸 것이 아니라 일종의 지하 단체로부터 왔으리라는 것이었다. 그렇다면 형제단이 실제로 존재하는지도 모른다! 그리고 그 여자는 형제단원일지도 모른다! 하지만 다 부질없는 생각이다. 어쨌거나 그는 그 종이쪽지를 받아 든 순간 무의식중에 그런 생각을 했다. 아니, 쪽지를 받아 들고 몇 분 지나서 그 같은 생각을 떠올렸다. 그리고 이성적으로는 그 메시지가 죽음을 의미한다고 여기면서도 그렇게 믿으려 하지는 않았다. 비합리적인 희망이 끈질기게 달라붙어 그의 가슴은 터질 것 같았다. 결국 그는 구술기록기에 대고 숫자를 중얼거리면서 목소리가 떨리지 않게 하느라 무진 애를 써야만 했다.

그는 작업을 다 끝낸 서류 뭉치를 압축 전송관 속으로 밀어 넣었다. 팔 분이 지났다. 그는 콧등에 내려와 있는 안경을 다시 올리고 한숨을 내쉬었다. 그러고는 다음 일거리를 끌어당겼다. 종이쪽지는 그 맨 위에 놓여 있었다. 그는 그것을 펴 보았다. 거기에는 멋없이 커다란 글씨로 다음과 같이 쓰여 있었다.

당신을 사랑합니다.

그는 너무 놀란 나머지 파멸을 부를지도 모를 그 종이쪽지를 기억통 속에 던져 넣는 것조차 잊고 있었다. 아무리 궁금해도 그 쪽지에 지나친 관심을 보이는 것은 위험한 일이었다. 그는 그 사실을 잘 알면서도 그 글이 정말 거기에 쓰여 있는지 확인하기 위해 다시 한번 읽어 보았다.

그는 오전의 나머지 시간 내내 일을 제대로 할 수가
없었다. 연속되는 잡무에 정신을 집중하는 것도 그렇지만,
텔레스크린으로부터 마음의 동요를 감추기가 무척이나
힘들었다. 마치 배 속에 불이 붙은 것 같았다. 무덥고
혼잡한 데다 소음으로 들끓는 식당에서의 점심 식사도
고역이기는 마찬가지였다. 그는 점심시간만이라도 혼자
있고 싶었다. 그런데 재수 없게도 바보 같은 파슨스가
옆에 다가와 앉아서는 쉰내가 나는 스튜보다 더 지독한
땀 냄새를 풍기면서 증오주간 준비에 대해 장광설을
늘어놓았다. 파슨스는 특히 그의 딸이 속한 스파이단이
증오주간을 위해 마분지로 된 2미터짜리 빅 브라더의
두상을 만들고 있다며 떠들어 댔다. 그런데 주위의 소음이
어찌나 심한지 파슨스의 말을 거의 알아들을 수 없었다.
그렇다 보니 윈스턴은 그 얼빠진 이야기를 다시 해 달라고
몇 번이나 요청했는데, 그것이 이만저만 짜증 나는 일이
아니었다. 그는 식당 한쪽 끝에 다른 두 여자와 함께
식탁에 앉아 있는 그 여자를 흘끗 쳐다보았다. 그녀는 그를
보지 못한 것 같았다. 그는 그쪽을 다시 바라보지 않았다.

오후에는 좀 나아졌다. 점심시간 직후 몇 시간이 걸릴
복잡하고 어려운 일이 생겨 어쩔 수 없이 다른 일들은
옆으로 밀쳐 두어야 했다. 그것은 현재 의혹에 휩싸인
한 고위 내부당원의 평판을 떨어뜨리기 위해 이 년 전의

생산 보고서를 날조하는 일이었다. 윈스턴은 이런 일에
능숙했고, 여기에 두 시간 이상을 소비하는 동안 그
여자에 대한 생각을 잊을 수 있어서 좋았다. 그런데 일을
마치자 기다렸다는 듯이 그 여자에 대한 생각이 고개를
쳐들었다. 그는 혼자 있고 싶은 참을 수 없는 욕망에
사로잡혔다. 혼자 있기 전에는 이 새로운 사태에 대해
생각할 수가 없었다. 그러나 오늘밤은 공회당의 야간
집회에도 참석해야 한다. 그는 식당에서 맛없는 저녁을
게걸스레 먹어 치우고 공회당으로 달려가 '토론회'란
엄숙한 바보들의 모임에 참석한 후 탁구를 두 게임 친
다음 진을 몇 잔 마시고는 삼십 분 동안 '체스와 영사의
관계'란 강의를 들었다. 그러는 동안 너무 지루해서
미칠 지경이었지만, 그는 그날 저녁의 공회당 집회에서
빠져나가고 싶은 충동을 한 번도 느끼지 않았다. '당신을
사랑합니다.'란 글로 인해 살고 싶은 욕망이 불타올랐고,
위험한 짓을 하는 것이 어리석게 여겨졌다. 그가 집에
돌아와 잠자리에 든 것은 23시가 조금 못 되어서였다. 그는
그제야 마음 놓고 생각에 잠길 수 있었다. 어둠 속에서
조용히 있는 한 텔레스크린으로부터는 안전했다.

　　그가 해결해야 할 실질적인 문제는, 어떻게 그
여자에게 접근해 밀회를 약속하느냐는 것이었다. 그는
그녀가 자기를 빠뜨리려고 함정을 파 놓았을 가능성에

대해서는 더 이상 생각하지 않았다. 그에게 종이쪽지를
건네줄 때, 그녀는 분명히 당황해하고 있었다. 그런 점으로
미루어 보건대 함정 따위를 파 놓지는 않았을 것이다. 그때
그녀는 제정신을 잃을 정도로 두려워하고 있었다. 당연히
두려웠을 것이다. 그는 그녀의 구애를 물리치고 싶지
않았다. 그런 생각은 추호도 없었다. 불과 닷새 전만
해도 그는 그녀의 머리를 돌멩이로 후려칠 생각을 했었다.
하지만 지금은 그때와 달랐다. 그는 꿈속에서 본 것처럼
그녀의 벌거벗은 젊은 육체를 떠올렸다. 그녀 역시
다른 모든 사람들처럼 멍청한 데다 머릿속에는 거짓과
증오만이, 배 속에는 차가운 얼음 덩어리만이 가득 차
있는 여자일 거라고 윈스턴은 생각했다. 그러나 이제는
달랐다. 자칫하면 그녀를 잃을지도, 희고 부드러운 젊은
육체가 멀리 떠나가 버릴지도 모른다는 불안감이 그를
흥분시켰다. 무엇보다 두려운 것은, 그녀와 빨리 접촉하지
않으면 그녀가 변심할지도 모른다는 것이었다. 그런데
그녀와 밀회하는 데는 실제적인 어려움이 너무나 많았다.
그것은 마치 이미 패한 체스에서 말을 움직이려는 것과
같았다. 어느 쪽으로 향하든 텔레스크린과 직면할 수밖에
없었다. 그는 그 쪽지의 내용을 읽고 오 분도 안 되어
그녀와 대화를 나눌 수 있는 방법들을 수없이 떠올렸다.
그리고 이제는 시간적인 여유를 가지고 마치 탁자에

늘어놓은 물건을 고르듯 그 방법들을 하나하나 검토해
나갔다.

오늘 아침과 같은 우연한 만남은 두 번 다시
되풀이되지 않을 게 틀림없었다. 만약 그녀가 기록국에
근무한다면 일은 비교적 간단하겠지만, 그는 창작국이
건물의 어디쯤에 붙어 있는지 희미하게 알고 있을 뿐
거기에 들어갈 아무런 구실도 없는 처지였다. 어디에
사는지, 몇 시에 퇴근하는지 알고 있다면 그녀가 집에
돌아가는 길목에서 기다렸다가 만나는 방법을 궁리할
수도 있을 것이다. 그러나 그녀의 뒤를 따라가서 집을
알아내는 것도 안전한 방법은 못 되었다. 그렇게 하려면
청사 밖에서 어슬렁거려야 하는데, 그러다가는 남의
눈에 띄기 십상이었다. 편지를 써서 보내는 방법은
아예 생각조차 하지 않는 게 나았다. 관례에 따라 모든
우편물은 배달 도중에 개봉되기 때문이었다. 사정이
이렇다 보니 실제로 편지를 쓰는 사람은 거의 없었다.
꼭 소식을 전해야 할 경우에는 갖가지 사연이 한꺼번에
인쇄된 우편엽서가 있으므로 그것을 구해 그 내용 중
해당되지 않는 문구를 지우고 보내면 되었다. 하지만 그는
그녀의 주소는 고사하고 이름조차 모르고 있었다. 결국
그가 가장 안전한 방법이라고 판단한 것은 식당에서의
만남이었다. 만약 텔레스크린에 너무 가깝지 않은 식당

어딘가에 그녀 혼자 앉아 있고, 그가 그 식탁에 다가갈
수만 있다면 주위 사람들의 시끄러운 소음을 틈타 삼십 초
동안이라도 몇 마디 말을 나눌 수 있을 것 같았다.

그 일이 있은 뒤 일주일 동안 그는 끊임없이
되풀이되는 꿈과도 같은 나날을 보냈다. 다음 날 그녀가
식당에 나타난 것은 일과 개시를 알리는 호루라기 소리가
난 뒤 그가 식당을 나올 즈음이었다. 아무래도 그녀의
교대 시간이 바뀐 것 같았다. 둘은 서로 못 본 척하고
지나쳤다. 그다음 날에는 그녀가 평소 시간에 맞추어
식당에 들어왔지만, 다른 여자 셋과 함께였고, 서 있는
곳이 텔레스크린 바로 밑이었다. 그다음 사흘 동안 그녀는
전혀 모습을 나타내지 않았다. 그에게는 견디기 힘든
나날이었다. 그의 몸과 마음은 예민해질 대로 예민해져서
모든 것을 고통으로 받아들였다. 낱낱의 동작과 소리와
접촉, 그가 듣거나 하는 말들이 모두 고통 그 자체였다.
심지어 그는 잠을 잘 때도 그녀의 환영으로부터 자유롭지
못했다. 일기도 쓸 수 없었다. 그동안 그는 일기장에 손도
대지 않았다. 위안이 되는 것이 있다면, 오직 일뿐이었다.
일하는 동안에는 가끔씩 십 분 정도 자신의 존재마저
잊을 수 있었다. 그녀에게 무슨 일이 일어났는지는
실마리조차 잡을 수 없었다. 누군가에게 알아보고 싶어도
방법이 없어서 불가능했다. 어쩌면 그녀는 증발했거나

자살했을지도 모른다. 오세아니아의 저쪽 끝으로 유형을
갔을 수도 있다. 그러나 가장 그럴 듯한 예측은 그녀가
변심해서 그를 만나지 않기로 결심했을 수도 있다는
것이다.

　　다음 날 그녀가 다시 나타났다. 팔의 붕대를 푼
대신 팔목에 반창고를 붙인 채였다. 그녀를 다시 만나자
안도감이 든 나머지 그는 한참 동안 그녀를 뚫어져라
바라보았다. 그녀는 그다음 날에도 나타났다. 그는
그녀에게 말을 걸 뻔했다. 그가 식당에 들어갔을 때,
그녀는 벽에서 꽤 떨어진 식탁에 혼자 앉아 있었다. 이른
시각이라 식당은 아직 복잡하지 않았다. 윈스턴의 차례가
다 되었을 때, 배식을 받으려고 길게 늘어선 줄이 잘
나가다가 앞에 있는 누군가가 사카린을 받지 못했다며
소란을 피우는 바람에 약 이 분간 지체되었다. 윈스턴은
식사 쟁반을 받자마자 그녀가 앉아 있는 식탁 쪽으로
향했다. 그때도 그녀는 여전히 혼자였다. 그는 태연하게
그녀 쪽으로 걸어가면서 그녀 맞은편에 있는 빈자리를
찾았다. 그런데 이 초면 그녀에게 다가갈 수 있는 3미터쯤
떨어진 지점에 그가 왔을 때였다. 별안간 뒤에서 "스미스!"
하고 부르는 소리가 들렸다. 그는 못 들은 척했다. 그러자
상대방이 "스미스!" 하고 더 큰 소리로 불렀다. 그는
마지못해 돌아섰다. 금발에 바보 같은 얼굴의 윌셔라는

청년이 자기가 앉은 식탁의 빈자리를 가리키며 와서
앉으라고 손짓했다. 윈스턴은 윌셔와 잘 알지도 못하는
사이였지만 거절할 수가 없었다. 거절하는 것은 위험을
자초하는 일이었다. 윌셔가 오라고 손짓하는데도 혼자
앉아 있는 여자 쪽으로 가서 합석한다면 누구나 이상하게
여길 것이다. 그는 반갑다는 듯이 미소를 지으며 윌셔의
옆자리에 앉았다. 그 멍청한 금발의 얼굴이 그를 보고 활짝
웃었다. 윈스턴은 그 얼굴 한가운데를 곡괭이로 찍고 싶은
충동을 느꼈다. 몇 분 뒤 그 여자의 식탁에도 사람들이
가득 찼다.

아마 그녀는 윈스턴이 자기 쪽으로 다가오는 것을
보고 무언가 눈치 챘을 것이다. 다음 날 그는 평소보다
일찍 식당에 나갔다. 예상했던 대로 그녀는 어제 그 자리에
혼자 앉아 있었다. 배식을 기다리는 줄에서 윈스턴의 바로
앞에 선 사람은 체구가 작고 행동이 재빠른 딱정벌레 같은
사내였다. 둥글납작한 얼굴의 사내는 눈이 자그마한 게
의심이 많아 보였다. 윈스턴이 쟁반을 들고 카운터에서
돌아선 순간이었다. 그의 눈에 그 왜소한 사내가 그
여자의 식탁 쪽으로 걸어가고 있는 것이 보였다. 윈스턴의
희망은 또다시 무너졌다. 그런데 조금 떨어진 곳에 빈
식탁이 있었다. 문득 그 사내가 그쪽으로 갈 것 같은
느낌이 들었다. 윈스턴은 싸늘해진 가슴을 안고 조심스레

사내의 뒤를 따라갔다. 그 여자가 혼자 있는 식탁에 앉지 못하면 모든 것이 물거품이 되고 말 것이다. 그가 그런 생각을 하고 있을 때였다. 별안간 쿵 하는 소리가 나는가 싶더니 그 왜소한 사내가 큰 대 자로 넘어졌다. 그 바람에 커피와 수프가 바닥에 쏟아졌고, 사내의 쟁반은 어디론가 날아가 버렸다. 잠시 후 사내가 벌떡 일어나서는 윈스턴을 악의에 찬 눈으로 노려보았다. 윈스턴이 자기의 발을 걸어서 넘어뜨렸다고 생각하는 것 같았다. 어쨌거나 잘된 일이었다. 정확히 오 초 후, 윈스턴은 두근거리는 가슴으로 그 여자의 식탁 앞에 앉았다.

그는 여자를 쳐다보지 않았다. 그저 쟁반을 내려놓고 재빨리 먹기만 했다. 다른 사람이 오기 전에 일 초라도 빨리 이야기해야 했지만, 막상 그 앞에 앉자 입이 떨어지지 않았다. 그녀가 맨 처음 접근해 온 이후 일주일이 지났다고 생각하니 더욱더 머뭇거려졌다. 그동안 그녀의 마음이 변했을지도 모른다. 아니, 틀림없이 변했을 것이다. 애초부터 이런 일은 성사될 수 없다. 현실 세계에서 이런 일은 일어나지도 않는다. 만약 귀에 솜털이 많은 시인인 앰플포스가 쟁반을 든 채 앉을 곳을 찾아 서성거리고 있는 모습을 보지 않았더라면, 윈스턴은 끝내 그녀에게 말 한마디 못 했을지도 모른다. 막연하게나마 앰플포스는 윈스턴을 좋아하고 있었다. 따라서 윈스턴을 보기만

하면 그 즉시 가까이 다가올 터였다. 행동할 시간은 일 분뿐이었다. 윈스턴과 그녀는 묵묵히 먹기만 했다. 그들이 먹고 있는 묽은 스튜는 강낭콩으로 만든 것이었다. 윈스턴이 나지막한 목소리로 말하기 시작했다. 둘은 서로 쳐다보지 않은 채 스튜를 스푼으로 퍼먹으면서 그 사이사이에 낮고 감정 없는 담담한 어조로 몇 마디 필요한 말을 교환했다.

"몇 시에 작업이 끝나죠?"

"18시 30분요."

"밖에서 만날 수 있을까요?"

"승리 광장, 기념비 근처에서 만나요."

"그곳은 사방팔방이 텔레스크린인데요?"

"사람들이 우글거리니까 괜찮아요."

"뭔가 신호라도 할까요?"

"그럴 필요 없어요. 제가 사람들 틈 속으로 끼어들 때까지는 가까이 오지 마세요. 쳐다보지도 마시고요. 약간 거리를 두고 제 주위에만 있어 주세요."

"몇 시가 좋을까요?"

"19시요."

"알겠어요."

앰플포스는 윈스턴을 보지 못한 채 다른 식탁에 앉았다. 윈스턴과 여자는 더 이상 이야기하지 않았다. 둘은

우연히 같은 식탁에 마주 보고 앉아 있는 것처럼 보이기
위해서 서로 쳐다보지도 않았다. 잠시 후 여자는 서둘러
식사를 끝내고 일어섰고, 윈스턴은 담배를 피우며 한동안
계속 앉아 있었다.

　　윈스턴은 약속 시간보다 조금 일찍 승리 광장에
도착했다. 그는 세로로 홈이 파여 있는 거대한 돌기둥의
받침돌 주위를 어슬렁거렸다. 돌기둥 꼭대기에는
에어스트립 원 전투에서 유라시아 비행대(몇 년 전에는
이스트아시아 비행대였다.)를 격파했던 남쪽 하늘을
바라보는 빅 브라더의 동상이 서 있었다. 그리고 그
앞 거리에는 올리버 크롬웰로 보이는, 말을 탄 남자의
동상이 있었다. 약속 시간에서 오 분이 지났는데도
여자의 모습은 보이지 않았다. 윈스턴은 다시금 두려움을
느끼기 시작했다. 그녀는 오지 않는다. 마음이 변했다!
그는 광장 북쪽으로 천천히 걸어 올라가서 '그대는 내게
3파딩의 빚을 졌지.'라고 울리는 종이 달려 있던 성 마틴
교회를 바라보았다. 그러자 마음이 조금 진정되었다.
그가 기념비의 받침돌 앞에 서 있는 여자를 알아본
것은 그때였다. 그녀는 실제로 읽고 있는지, 아니면
읽는 척하는지 모르지만 돌기둥에 나선형으로 붙어
있는 포스터를 보고 있었다. 그녀에게 접근하려면 더
많은 사람들이 몰려들어야 했다. 그전에 성급하게 그녀

쪽으로 접근하는 건 위험한 일이었다. 박공[3] 둘레마다 어김없이 텔레스크린이 설치되어 있었다. 어느 순간 떠들썩한 소리가 나더니 대형 트럭의 붕붕거리는 엔진 소리가 왼쪽 어딘가에서 들려왔다. 이내 사람들이 광장을 건너 그쪽으로 뛰어가는 것이 보였다. 그 여자도 기념비의 받침돌 위에 있는 사자 상을 돌아 재빨리 군중 틈에 끼었다. 윈스턴도 따라갔다. 그는 떠들썩한 소리를 통해 유라시아의 포로 수송차가 지나가고 있다는 것을 알아챘다.

　꽤 많은 사람들이 광장의 남쪽으로 몰려들고 있었다. 평소 같으면 밀치락달치락 아우성치는 군중에 떠밀려 바깥쪽으로 나왔을 윈스턴이지만 이번만큼은 달랐다. 그는 힘차게 그 속으로 헤집고 들어가서 팔을 뻗치면 그 여자와 닿을 수 있는 거리까지 접근했다. 그런데 그와 그녀 사이에는 덩치 큰 노동자와 그 아내인 듯한 거구의 여자가 버티고 서 있었다. 그들은 쉽게 통과를 허용하지 않는 거대한 육체의 장벽인 셈이었다. 윈스턴은 심호흡을 한 뒤 몸을 옆으로 돌리고는 어깨를 들이민 채 그들 사이로 돌진해 들어갔다. 그러다 그는 두 거대한 엉덩이 사이에

3　합각머리나 뱃집지붕 양쪽 끝머리에 'ㅅ' 모양으로 붙인 두꺼운 널이나 벽.

끼었다. 금방이라도 창자가 터질 것 같았다. 간신히 그
사이를 빠져나왔을 때 그의 몸은 땀투성이였다. 그는 이제
그 여자 바로 옆까지 접근했다. 둘은 어깨를 나란히 하고
앞쪽만 바라보았다.

기관총으로 무장한 목석 같은 감시병들이 지켜보는
가운데 기다란 트럭 행렬이 거리를 천천히 지나가고
있었다. 트럭 안에는 푸른색의 낡은 제복을 입은 왜소한
황인종들이 빈틈없이 쪼그려 앉아 있었다. 도로변을
멍하니 쳐다보는 그 몽골족들의 얼굴은 하나같이 슬퍼
보였다. 트럭이 흔들릴 때마다 금속이 부딪치는 소리가
났다. 포로들은 모두 발목에 쇠사슬을 차고 있었다. 서글픈
얼굴로 가득 찬 트럭들이 계속해서 지나갔다. 윈스턴은
포로들이 트럭에 실려 있는 것을 알고 있었지만, 이따금씩
바라볼 뿐, 마음은 다른 데 가 있었다. 그녀의 어깨와
오른쪽 팔꿈치가 그의 몸에 닿았다. 온기를 느낄 수 있을
정도로 그녀의 뺨이 바짝 다가와 있었다. 그녀에게서
지난번 식당에서와 똑같은 분위기가 풍겨 나왔다.
그녀는 그때처럼 무표정하게 입술만 벙긋거리며 억양
없는 목소리로 말하기 시작했다. 그러나 시끄러운 소음과
트럭의 덜컹거리는 소리 때문에 윈스턴은 무슨 말인지
제대로 알아들을 수가 없었다.

"제 말 들려요?"

"네, 들려요."

"일요일 오후에 나올 수 있으세요?"

"네, 나올 수 있어요."

"그럼 잘 듣고 기억해 두세요. 패딩턴 역에 가서……."

그녀는 놀랄 만큼 군대식으로 정확하게, 그가
찾아가야 할 길을 가르쳐 주었다. 기차를 타고 삼십 분간
달린 뒤 역에서 나와 왼쪽으로 꺾인 길을 따라 도보로
2킬로미터 가면 문설주 없는 문이 있다. 그 문을 지나
들판을 가로질러 가다가 풀이 무성한 오솔길을 따라
덤불숲 사이의 샛길을 지나간다. 그러면 이끼 낀 고목 한
그루가 쓰러져 있는 곳이 나온다……. 그녀의 머릿속에는
지도가 그려져 있는 것 같았다.

"모두 기억할 수 있겠어요?"

그녀가 나지막이 물었다.

"네."

"왼쪽으로 꺾어서 오른쪽으로 갔다가, 다시 왼쪽으로
가세요. 그러면 문설주가 없는 문이 나와요."

"알았어요. 그런데 몇 시에?"

"15시쯤요. 좀 기다려야 할지도 몰라요. 저는 다른
길로 갈게요. 분명히 모두 다 기억하시죠?"

"그럼요."

"자, 그럼 어서 빨리 제 곁을 떠나세요."

굳이 그렇게 말할 필요도 없었다. 둘은 사람들에
막혀 그곳을 빠져나갈 수 없었다. 트럭은 여전히 줄을
지어 지나가고 있었고, 사람들은 질리지도 않는지
계속해서 그 광경을 바라보고 있었다. 처음에는
이따금씩 욕설이 튀어나오기도 했지만, 그것은 군중
틈에 끼어 있는 당원들의 짓이었고 그나마 금세 그쳤다.
대부분의 사람들이 느끼는 감정은 단순한 호기심이었다.
유라시아에서 왔든 이스트아시아에서 왔든 외국인이란
낯선 만큼 신기한 동물에 지나지 않았다. 사람들은 지금껏
포로가 된 외국인들밖에 보지 못했고, 그마저도 어쩌다
한번씩 잠깐 본 게 고작이었다. 그 포로들 중 몇 명만
전범으로 교수형에 처한다는 것 외에는 나머지 포로들이
어떻게 될지 아무도 예측할 수 없었다. 아마 그들은 강제
노동 수용소로 사라질 것이다. 둥그런 얼굴의 몽골족들
다음으로는 지저분하니 턱수염이 텁수룩하고 피로에 지친
유럽인 같은 얼굴들이 지나갔다. 뼈가 드러날 정도로 여윈
얼굴들이 윈스턴을 이상하게 쏘아보는 듯하다가 스쳐
지나곤 했다. 수송 차량의 행렬이 거의 끝난 것 같았다.
마지막으로 지나가는 트럭에 타고 있는 한 노인이 윈스턴의
눈에 띄었다. 반백의 수염이 무성한 그 노인은 두 손을
묶인 것처럼 팔짱을 낀 채 꼿꼿하게 서 있었다. 바야흐로
윈스턴과 여자가 헤어질 시간이었다. 그들은 여전히

군중에 둘러싸여 있었는데, 그녀의 손이 그의 손을 더듬는 듯하더니 별안간 꽉 쥐었다가 놓았다.

그 순간이 십 초도 안 되었을 것이다. 그러나 두 사람은 꽤 오랫동안 손을 마주잡은 것 같은 표정을 지었다. 그는 그녀 손의 세세한 데까지 느낄 수 있었다. 손가락은 길고 손톱은 뾰족했으며, 손바닥은 힘든 일로 못이 박힌 듯 뻣뻣한 반면, 손목 아래의 살은 부드러웠다. 잠시 그녀의 손을 잡았을 뿐인데 눈으로 본 것만큼이나 훤히 알 것 같았다. 그런데 문득 그녀의 눈이 어떤 색인지 궁금했다. 아마 갈색일 것이다. 하지만 머리카락이 검은 사람도 눈은 푸른 경우가 있지 않은가. 그는 고개를 돌려 그녀를 쳐다보고 싶었지만, 그것은 지극히 위험한 일이었다.

그들은 군중 틈에 끼어 남의 눈에 띄지 않게 손을 맞잡고 앞쪽만 바라보았다. 그 여자의 눈 대신 털투성이 얼굴에 박힌 늙은 포로의 눈이 슬픈 듯 윈스턴을 쳐다보고 있었다.

2

윈스턴은 그늘과 햇빛으로 얼룩진 오솔길로 접어들었다. 나뭇가지가 벌어진 곳에 이를 때마다

내리쬐는 황금빛 햇살로 길이 갑자기 환해지곤 했다. 나무
밑에는 블루벨 꽃이 안개처럼 자욱하게 피어 있었다.
입 맞추듯 피부에 닿는 공기는 부드럽고 향기로웠다.
5월 2일이었다. 숲속 깊은 곳 어딘가에서 산비둘기 우는
소리가 한가롭게 들려왔다.

　　윈스턴은 그녀보다 조금 일찍 도착했다. 여행 도중
이렇다 할 어려움은 없었다. 그녀가 와 본 적이 있는 곳이기
때문에 그는 평소와 달리 그다지 두렵지 않았다. 그녀는
이미 안전한 장소를 찾아 놓았을 것이다. 일반적으로
런던보다 시골이 더 안전하다고는 할 수 없었다. 물론
텔레스크린은 없지만, 그 대신 목소리로 신분을 확인할
수 있는 마이크로폰이 숨겨져 있을 위험성이 높았다.
게다가 남의 눈에 띄지 않고 혼자 여행하기란 결코 쉬운
일이 아니었다. 100킬로미터 이내의 거리에서는 여행
증명서를 갖고 다닐 필요가 없지만, 역 근처를 순찰하는
경찰에게 걸리면 당원증을 조사받고 귀찮은 질문 공세를
받기 마련이었다. 그런데 다행히 경찰도 나타나지 않았고,
역에서 내려 걸어오는 도중에 뒤를 살펴보았지만 미행하는
사람도 없었다. 마침 여름철 휴일이라 기차는 노동자들로
가득 찼다. 그가 탔던 열차 칸은 좌석이 나무로 되어
있었는데, 이가 다 빠진 할머니로부터 생후 한 달도 안 된
갓난아이에 이르기까지 그 수가 굉장히 많은 일가족으로

북적거렸다. 그들은 암시장에서 버터를 살 겸 시골에 사는 친척과 오후를 보내기 위해 야외로 나가는 것이라고 윈스턴에게 거리낌 없이 말했다.

오솔길이 넓어진 지점에서 조금 더 가자 그녀가 말한 대로 덤불숲 사이에 뚫린 샛길이 나왔다. 그 길은 마치 소 떼가 지나다닌 바람에 생긴 것 같았다. 그는 시계가 없었지만 아직 15시가 되지 않았을 것이라고 단정했다. 발아래 블루벨 꽃이 촘촘하게 피어 있어서 걸음을 옮길 때마다 밟혔다. 그는 무릎을 꿇고 꽃 몇 송이를 꺾었다. 시간을 보낼 겸 그것으로 꽃다발을 만들어 그녀에게 주고 싶다는 생각이 문득 들었기 때문이었다. 그는 제법 커다란 꽃다발을 만들었다. 그러고는 그 은은한 향기를 맡았다. 그때였다. 등 뒤에서 무슨 소리가 들렸다. 그는 바짝 긴장했다. 나뭇가지를 밟는 소리가 분명했다. 그는 계속해서 블루벨 꽃을 꺾었다. 지금으로서는 그렇게 하는 것이 최선의 일이었다. 그 여자가 아니면 미행한 사람이 틀림없었다. 그는 주위를 둘러볼 수도 없었다. 그렇게 하는 것은 스스로 죄가 있음을 나타내는 행위였다. 그는 계속 한 송이씩 꺾어 나갔다. 이윽고 누군가의 손이 그의 어깨를 가볍게 쳤다.

그는 위를 올려다보았다. 그 여자였다. 그녀는 고개를 저어 아무 말도 하지 말라고 주의를 준 뒤 덤불을 헤치고

나가서 숲으로 향하는 좁은 샛길로 재빨리 앞장서
걸어갔다. 물이 괸 웅덩이를 요리조리 익숙하게 피해
가는 것으로 보아 전에도 와 본 적이 있는 게 틀림없었다.
윈스턴은 꽃다발을 꼭 쥐고 그녀 뒤를 따라갔다. 그는
처음엔 안도감이 들었지만 엉덩이 곡선이 선명히
드러나도록 허리에 진홍색 띠를 바짝 동여맨 채 앞서 가는
그녀의 발랄하고 날씬한 육체를 보자 열등감을 느꼈다.
지금이라도 그녀가 돌아서서 자기를 쳐다보면 뒤로 물러날
것만 같았다. 향기로운 공기와 파릇파릇한 나뭇잎까지
그의 기를 꺾어 놓았다. 역에서 내려 이곳까지 걸어오는
동안 그는 5월의 햇살을 받으며 스스로를 런던의 더러운
먼지가 피부의 땀구멍에 잔뜩 끼어 있는, 집 안에서만
생활하는 지저분하고 생기 없는 존재라고 여겼다. 그녀는
이제까지 환한 대낮에 야외에서 자기를 본 적이 없었을
것이란 생각이 들었다. 그들은 그녀가 전에 말했던 고목이
쓰러져 있는 곳에 이르렀다. 그녀는 나무를 가볍게
뛰어넘어 넓은 데가 있을 것 같지 않은 덤불 속을 헤집고
들어갔다. 윈스턴은 곧 그녀를 뒤따라갔다. 뜻밖에도
자연적으로 생긴 평평한 공간이 나왔다. 잔디가 깔린 약간
언덕진 그곳은 키 큰 나무들로 에워싸여 있었다.
　　"다 왔어요."
　　그녀가 걸음을 멈추고 돌아서며 말했다.

그는 몇 걸음 떨어진 곳에서 그녀를 바라보았다. 아직
그녀에게 더 다가갈 용기가 나지 않았다. 그녀가 계속해서
말했다.

"샛길에서는 아무 말도 할 수가 없었어요. 그런
곳에는 마이크가 숨겨져 있을 가능성이 있거든요. 실제로
있다고는 생각되지 않지만, 혹시라도 있을지 모르잖아요.
그런 데서 얘기했다간 그 돼지 같은 놈들이 우리 목소리를
알아차릴 거예요. 하지만 여기는 괜찮아요."

그는 여전히 그녀에게 가까이 다가갈 엄두가 나지
않았다.

"여기는 괜찮다고요?"

그는 바보처럼 말을 되받았다.

"그래요. 저 나무들을 보세요."

자그마한 물푸레나무들이었다. 벌목되었다가 다시
싹이 나서 자란 듯 나지막한 울타리를 이룬 그 나무들은
사람의 팔목보다 가늘었다.

"마이크를 숨길 수 있을 만큼 큰 나무는 없어요.
게다가 저는 전에도 여기에 왔었어요."

그들은 겨우 이야기만 나누고 있었다. 윈스턴은 이제
그녀에게 다가갈 수 있을 것 같았다. 그녀는 그가 왜
그처럼 느리게 행동하는지 모르겠다는 듯, 약간 익살맞은
표정으로 미소를 지은 채 그 앞에 당당히 서 있었다.

블루벨 꽃이 땅바닥에 우수수 떨어졌다. 그가 일부러
떨어뜨린 게 아니라 저절로 떨어진 것이었다. 윈스턴이
마침내 그녀의 손을 잡았다.

"이렇게 말하면 믿을지 모르겠지만, 지금껏 나는
당신의 눈이 어떤 색인지 몰랐어요."

그렇게 말하며 윈스턴은 그녀의 눈을 바라보았다.
갈색이었다. 검은 속눈썹에 눈동자는 밝은 갈색이었다.

"이제 당신은 내가 어떻게 생긴 남자인지 자세히 보고
알았을 텐데, 그래도 내가 좋아요?"

"네, 좋아요."

"내 나이 서른아홉이에요. 내게는 떼 버릴 수 없는
아내가 있어요. 게다가 정맥류성 궤양을 앓고 있고, 의치를
다섯 개나 해 박았는데⋯⋯."

"상관없어요."

그녀가 재빨리 말했다.

다음 순간 누가 먼저랄 것도 없이 둘은 꼭 끌어안았다.
윈스턴은 꿈이 아닌가 하고 생각했다. 싱싱한 여자의
몸이 그의 품에 안겨 있고, 검은 머리카락이 그의 얼굴을
간질였다. 그렇다. 꿈이 아니었다! 정말로 그녀는 그를 향해
얼굴을 쳐들고 있었고, 그는 그녀의 크고 붉은 입술에
키스하고 있었다. 더욱이 그녀는 그의 목을 꼭 끌어안고
'사모하는 님', '소중한 분', '사랑하는 이'라고 불렀다. 그는

그녀를 풀밭에 눕혔다. 그녀는 아무런 저항도 하지 않았다. 그는 하고 싶은 대로 할 수 있었다. 그러나 그냥 안고 있는 것 외에는 더 이상의 육체적 접촉을 할 수 없었다. 그는 모든 것이 그저 꿈만 같았고, 스스로가 한없이 자랑스러웠다. 그는 그 상태로 있는 것이 무척 기뻤다. 욕정은 일지 않았다. 싱싱하고 아름다운 그녀의 몸이 너무 갑작스레 다가와 당황한 데다 오랜 세월 여자 없이 살아온 생활에 익숙해 있었기 때문이었다. 그러나 그녀는 그 이유를 알 턱이 없었다. 그녀가 일어나서 자기의 머리에 붙은 블루벨 꽃을 털어 냈다. 그러고는 그의 허리에 팔을 두르고 그에게 기대어 앉았다.

"괜찮아요. 서두르지 않아도 돼요. 오후 시간이 전부 우리 둘만의 것인데요 뭐. 여긴 멋진 밀회 장소죠? 단체 행군 때 길을 잃고 헤매다가 이곳을 발견했어요. 여긴 안전해요. 여기에선 100미터 밖에서 나는 발소리도 다 들리죠."

"이름이 뭐예요?"

윈스턴이 물었다.

"줄리아예요. 저는 당신 이름을 알아요. 윈스턴, 윈스턴 스미스 맞죠?"

"내 이름을 어떻게 알았어요?"

"뭔가 알아내는 데는 제가 당신보다 나을 거예요.

그나저나 제가 쪽지를 건네기 전에 저에 대해서 어떻게
생각하고 있었는지 말해 주시겠어요?"

그는 그녀에게 거짓말을 하고 싶지 않았다. 나쁜
말부터 시작되는 사랑도 있게 마련이었다.

"당신을 증오했습니다."

그가 말했다.

"당신을 강간한 다음 죽이고 싶었어요. 두 주 전에는
돌멩이로 당신의 머리를 후려칠 생각까지 했었죠.
솔직히 말해서 당신이 사상경찰과 뭔가 관련이 있다고
생각했어요."

그녀는 자기의 위장술이 훌륭했다고 여기는 듯
유쾌하게 웃었다.

"사상경찰이라고요! 정말 그렇게 생각했어요?"

"글쎄, 뭐 꼭 그런 건 아니지만 평소 당신 태도로
봐서……. 당신은 젊고 싱싱하고 건강하니까……. 그저
나는 당신이……."

"제가 훌륭한 당원이라고 생각하셨겠군요. 말과
행동이 그랬으니까 말예요. 깃발, 행진, 슬로건, 게임,
단체 행군 같은 일엔 열성이었어요. 그런데 그런
저니까 꼬투리만 잡으면 당신을 사상범으로 고발해서
처형시키리라 생각하셨겠네요?"

"그래요. 그런 식으로 생각했어요. 당신도 알다시피

대부분의 젊은 여자들이 그렇잖아요?"

"바로 이것 때문에 더 그렇게 생각했겠군요."

그녀가 청소년반성연맹의 진홍색 허리띠를 풀어 나뭇가지에 걸면서 말했다. 잠시 후 그녀는 허리를 만지다가 문득 무언가 생각난 듯한 표정을 짓더니 제복 주머니를 뒤져서 조그만 초콜릿을 꺼냈다. 그러고는 그것을 둘로 쪼개어 그 한 조각을 윈스턴에게 주었다. 그는 맛을 보기도 전에 그 향기로 그것이 보통 초콜릿이 아니라는 것을 알았다. 그것은 검은 데다 반들반들 윤이 났고 은박지로 포장되어 있었다. 보통 초콜릿은 암갈색에 잘 부서졌으며, 쓰레기 태우는 냄새 같은 맛이 났다. 윈스턴은 언젠가 지금 그녀가 준 것과 똑같은 초콜릿을 맛본 적이 있었다. 맨 처음 그 초콜릿 냄새를 맡았을 때, 뭐라고 딱 꼬집어 말할 수는 없지만 강렬하고 고통스러운 어떤 추억이 그의 뇌리에서 되살아났다.

"어디서 이걸 구했죠?"

그가 물었다.

"암시장에서요."

그녀가 아무렇지도 않다는 듯 말했다.

"사실 저는 겉보기엔 그런 여자예요. 게임도 잘하고, 스파이단 분대장이기도 하죠. 일주일에 사흘 저녁은 청소년반성연맹을 위해 자발적으로 일하고요. 또 그 말도

안 되는 잔학한 표어를 붙이러 몇 시간씩 런던 거리를
돌아다니고, 행진할 때면 늘 깃발 한쪽을 붙잡고 있죠.
게다가 저는 항상 명랑하고 무슨 일을 하든 꾀를 부리지
않아요. 군중과 함께 고함을 지르는 것도 곧잘 하죠.
안전하게 살기 위한 유일한 방법이니까요."

초콜릿이 윈스턴의 혀 안에서 사르르 녹았다. 맛이 참
좋았다. 여전히 어떤 추억이 의식의 가장자리에서 맴돌고
있었다. 그것은 강렬하기는 했지만, 마치 곁눈질로 본
사물처럼 분명하게 형상화되지 않았다. 그는 그 추억을
마음속에서 몰아내 버렸다. 그것은 그가 하고 싶지만 할 수
없는 어떤 행동에 대한 추억이기 때문이었다.

"당신은 무척 젊어요."

그가 말했다.

"나보다 십 년이나 십오 년은 젊을 것 같군요. 그런데
나 같은 남자한테 무슨 매력이라도 있다는 건가요?"

"당신 얼굴에 쓰여 있는 걸 봤어요. 그래서 기회를
노렸죠. 저는 얼굴만 보고도 당의 충복이 아닌 사람을
금방 알아맞힐 수 있어요. 당신의 얼굴을 보자마자
'그놈들'에게 저항하고 있다는 것을 알겠더군요."

'그놈들'이란 당원, 특히 내부당원을 의미할 것이다.
윈스턴은 그곳이 안전한 장소라고 생각하면서도 그들을
노골적으로 비웃고 증오하는 그녀 때문에 불안감을

느끼지 않을 수 없었다. 그런 데다 그는 그녀의 상스러운 말에 적이 놀랐다. 당원은 욕을 못 하게 되어 있었다. 윈스턴 자신도 어떤 경우든 욕을 하거나 큰 소리로 비난한 적이 거의 없었다. 그러나 줄리아는 뒷골목 담벼락의 지저분한 낙서에나 있을 법한 상스런 말을 쓰지 않고는 당원, 특히 내부당원에 대해서 한마디도 할 수 없는 모양이었다. 그는 그녀가 그러는 게 싫지 않았다. 그것은 그녀가 당에 반감을 갖고 있다는 증거로, 마치 썩은 건초 냄새를 맡은 말이 재채기를 하는 것처럼 자연스럽고 건강한 것이었다. 두 사람은 평평한 공터를 나와 햇빛으로 얼룩무늬가 진 숲속을 다시 거닐었다. 그러면서 둘이 나란히 걸을 수 있을 만큼 넓은 곳이 나오면 서로 허리를 껴안았다. 허리띠를 푼 그녀의 허리는 의외로 가늘고 부드러웠다. 언덕진 곳을 내려오자 줄리아가 조용히 걷는 게 좋겠다고 말했다. 둘은 목소리를 죽여 속삭이듯 이야기를 나누었다. 이윽고 어린 나무들로 둘러싸인 숲 가장자리에 이르렀을 때였다. 그녀가 그를 붙잡고 말했다.

"숲 밖으로 나가지 말아요. 누가 보고 있을지도 몰라요. 여기 나뭇가지 뒤에 숨어 있는 게 좋아요."

그들은 개암나무 그늘에 서 있었다. 햇빛이 수많은 나뭇잎들 사이로 따갑게 내리쬐었다. 윈스턴은 저 멀리 들판을 바라보았다. 이상하게도 그곳에 이미 와 본 적이

있는 것 같은 느낌이 들었다. 그는 주위의 풍경을 보고
가벼운 충격을 받았다. 틀림없이 아는 곳이었다. 오래되어
황폐한 목장, 그곳을 가로질러 난 샛길, 여기저기에
있는 두더지 구멍, 건너편의 낡은 울타리에는 느릅나무
가지들이 미풍에 흔들리고, 무성한 이파리들이 여인의
머리칼처럼 가볍게 살랑거리고 있었다. 보이지는 않지만
근처 어딘가에 황어 떼가 헤엄치는 푸른 웅덩이가 있는
시내가 있을 터였다.

"이 근처 어딘가에 시내가 있지 않은가요?"

그가 속삭이듯 물었다.

"맞아요. 시내가 있어요. 저쪽 들판 너머에 있어요.
거기엔 물고기도 살아요. 제법 큰 놈도 있어요. 버드나무
아래의 웅덩이를 가만히 내려다보면 물고기들이 꼬리를
흔들며 헤엄치는 게 보여요."

"황금의 나라로군."

그가 중얼거렸다.

"황금의 나라라뇨?"

"아니, 아무것도 아니에요. 언젠가 꿈에서 이런 풍경을
봤어요."

"저것 좀 보세요."

줄리아가 나지막이 속삭였다.

개똥지빠귀 한 마리가 5미터도 안 되는 거리에 있는,

그들의 키 높이 정도의 나뭇가지에 앉아 있었다. 그 새는
아마 그들을 못 본 모양이었다. 녀석은 햇빛 속에 있었고,
그들은 그늘 속에 있었다. 개똥지빠귀는 날개를 폈다가
다시 조심스럽게 접더니 마치 해에게 인사라도 하듯
잠시 고개를 숙였다 들었다 하고는 이내 노래를 부르기
시작했다. 주위가 조용한 탓에 새소리는 깜짝 놀랄 만큼
크게 들렸다. 윈스턴과 줄리아는 꼭 껴안은 채 황홀한
기분에 젖어 있었다. 새는 자기의 역량을 과시하기라도
하듯 똑같은 것을 되풀이하지 않고 끊임없이 변화를
꾀하며 몇 분 동안 계속해서 노래했다. 그러면서 이따금씩
이삼 초 동안 멈추고 날개를 폈다가 다시 접고는 얼룩진
가슴을 부풀리곤 했다. 윈스턴은 일종의 경이감을 가지고
새를 바라보았다. 저 새는 누구를 위해, 무엇을 위해
노래하는 걸까? 친구도 적도 봐주지 않는데……. 무엇
때문에 저렇듯 외롭게 서 있는 나뭇가지에 앉아서 허공에
대고 노래를 할까? 그는 문득 근처 어딘가에 마이크로폰이
숨겨져 있지 않을까 하고 생각했다. 만약 숨겨져 있다면
그와 줄리아는 낮은 소리로만 속삭였으므로 그들이
한 말은 마이크로폰이 잡아내지 못했겠지만, 새소리는
잡아냈을 것이다. 어쩌면 마이크로폰 장치에 연결된
저쪽 끝에서 딱정벌레처럼 생긴 왜소한 사내가 저 소리에
귀를 기울이고는 열심히 듣고 있을지도 모른다. 새소리는

홍수처럼 점점 더 거세졌다. 그 때문에 윈스턴은 사색을
계속할 수 없었다. 마치 액체 같은 것이 나뭇잎 사이로
비치는 햇빛과 뒤섞여 그의 머리 위로 쏟아져 내리는 것
같았다. 그는 생각을 멈추고 느낌에만 충실했다. 그의
팔에 감긴 그녀의 허리는 부드럽고 따뜻했다. 그는 서로의
가슴이 마주 닿도록 그녀를 바짝 끌어당겼다. 그녀의
육체가 그의 몸 안으로 녹아드는 것 같았다. 그의 손이
움직이는 대로 그녀의 육체가 물처럼 흐느적거렸다.
그들의 입술이 다시 맞붙었다. 처음에 했던 것과 달리
뜨겁고 진한 키스였다. 이윽고 두 사람은 얼굴을 떼고
깊은 숨을 몰아쉬었다. 새가 놀랐는지 날개를 퍼덕이며
허공으로 날아올랐다.

윈스턴이 그녀의 귀에 입술을 갖다 대고 "자, 이제."
하고 속삭였다.

"여기선 안 돼요. 조금 전의 거기로 돌아가요. 그곳이
안전하니까요."

줄리아도 그렇게 속삭였다.

둘은 발밑의 나뭇가지가 부러지는 소리를 들으며
조금 전의 공터 쪽으로 걸어갔다. 어린 나무들로 둘러싸인
평평한 곳에 이르자 그녀가 돌아서서 그를 쳐다보았다.
그들의 숨결은 거칠고 급했다. 그녀의 입가에 은은한
미소가 떠올랐다. 잠시 그를 쳐다보던 끝에 그녀가

제복의 지퍼에 손을 댔다. 바로 그것이었다! 꿈속에서
본 그대로였다. 그가 상상했던 대로 그녀는 재빨리 옷을
벗어 바닥에 내팽개쳤다. 그것은 모든 문명을 전멸시키는
거대한 몸짓이었다. 그녀의 육체는 태양 아래에서
하얗게 빛났다. 그러나 한동안 그는 그녀의 육체를
바라보지 못했다. 이윽고 그의 시선이 대담한 미소를 띤
주근깨투성이의 얼굴에 박혔다. 그는 무릎을 꿇고 앉아서
그녀의 손을 잡았다.

"전에도 이런 거 해 봤어요?"

"그럼요. 수백 번, 아니 수십 번 해 봤어요."

"당원들하고요?"

"네, 늘 당원들하고였어요."

"내부당원들하고 했어요?"

"그 돼지 같은 놈들하고는 안 했어요. 그놈들은 기회만
있으면 하려고들 야단이죠. 겉보기처럼 점잖은 놈들이
아니에요."

그의 가슴이 뛰었다. 당원들과 수십 번이나 그 짓을
했다고? 차라리 수백 번, 아니 수천 번이었으면 싶었다. 그
어떤 것이든 당원들의 부패를 암시하는 것을 듣거나 볼
때마다 그의 내부에서는 강렬한 희망이 솟구쳤다. 당이
그 내부에서부터 썩고 있는지 누가 알겠는가? 어쩌면
당원들이 불굴의 투쟁을 예찬하고 자기를 부정하도록

독려하는 것은 부패를 감추기 위한 속임수일지도 모른다. 만약 그들에게 나병과 매독을 전염시킬 수 있다면, 그는 기꺼이 그렇게 할 것이다! 당을 부패시키고 약화시키고 전복시키는 일이라면 무엇이든 하리라! 그는 그녀를 바짝 끌어당겨서 함께 무릎을 꿇고는 얼굴을 맞댔다.

"이봐요, 당신과 관계한 남자가 많으면 많을수록 나는 당신을 더욱 사랑할 거예요. 내 말 이해하겠어요?"

"네, 이해해요."

"나는 순결도 증오하고, 선(善)도 증오해요. 어떤 곳에도 도덕이니 덕성이니 하는 것들이 존재하길 바라지 않아요. 나는 모든 사람들이 뼛속까지 썩기를 원해요."

"그럼 저 같은 여자가 당신에게는 꼭 맞겠군요. 저는 뼛속까지 썩었어요."

"당신은 이런 짓을 좋아해요? 꼭 내가 아니더라도 할 만큼 행위 자체를 좋아하느냐 이 말입니다."

"네, 무척 좋아해요."

윈스턴이 고대하던 대답이었다. 한 사람만 사랑하는 것이 아닌 무차별적인 단순한 욕망, 상대를 가리지 않는 동물적 본능, 이런 것들이야말로 당을 산산이 부숴뜨릴 수 있는 힘이었다. 그는 블루벨 꽃이 떨어져 있는 풀밭 위에 그녀를 눕혔다. 이번에는 아무런 어려움이 없었다. 이윽고 심장이 정상적으로 박동하자, 그들은 일종의 유쾌한

피로감을 느끼며 붙어 있던 몸을 떼었다. 햇빛이 아까보다
더 뜨거웠다. 두 사람 다 졸음을 느꼈다. 그는 팔을 뻗어
흩어진 제복을 끌어당겨서 그녀의 몸을 덮었다. 그러고는
그녀와 함께 그대로 곯아떨어져 삼십 분쯤 잤다.

윈스턴이 먼저 잠에서 깼다. 그는 일어나 앉아서
팔베개를 한 채 평화스럽게 잠자고 있는 주근깨투성이의
얼굴을 내려다보았다. 입만 빼면 그녀는 결코 미녀라고
할 수 없었다. 자세히 보니 눈가에 한두 개의 주름살이
져 있었다. 짧고 검은 머리카락은 유별나게 숱이 많고
부드러웠다. 그는 아직도 그녀의 성(姓)과 살고 있는 곳을
모르고 있다는 데 생각이 미쳤다.

깊이 잠든 젊고 발랄한 육체를 보고 있자니 그녀에
대한 연민과 함께 보호의 감정이 그의 마음속에서
일어났다. 그러나 개똥지빠귀가 노래하고 있을 때
개암나무 아래에서 느꼈던 무분별한 감정은 다시 일지
않았다. 그는 그녀의 몸을 덮고 있는 제복을 한쪽으로
치우고서 여체의 부드럽고 흰 살결을 찬찬히 살펴보았다.
옛날에는 남자가 여자의 육체를 보고 욕정을 느끼는
것이 지극히 자연스러웠으리란 생각이 들었다. 하지만
오늘날에는 그런 순수한 욕정을 느낄 수도 없고, 순수한
사랑도 할 수 없었다. 서로 부둥켜안고 뒹구는 것은
일종의 전투였고, 절정의 순간은 승리의 순간이었다.

섹스는 사랑의 행위이기 전에 당에 일격을 가하는 정치적
행동이었다.

3

"여긴 또 한번 와도 될 거예요. 한 군데의 밀회 장소를
두 번 정도는 이용해도 괜찮아요. 물론 한두 달 안에 또
오는 건 안 되지만 말예요."

줄리아가 말했다.

그녀는 잠에서 깨자마자 태도를 바꾸었다. 행동부터가
민첩하고 사무적이었다. 그녀는 옷을 입고 허리에 진홍색
띠를 맨 뒤 집으로 돌아가는 길을 자세히 설명했다.
그런 일은 자기가 맡아서 하는 게 당연하다는 태도였다.
그녀에게는 윈스턴에게 부족한 현실적인 문제를 처리하는
능력이 있었는데, 수없이 단체 행군을 다니면서 익혀
둔 탓인지 런던 교외의 지리를 구석구석 꿰차고 있었다.
그녀가 그에게 가르쳐 준 길은 올 때와는 전혀 다른
것이었다. 기차역도 올 때와 달랐다.

"아까 왔던 길로는 절대로 가지 마세요."

그녀는 마치 대단히 중요한 규칙을 발표하듯이
말했다. 그녀가 먼저 출발하고, 윈스턴은 삼십 분쯤

기다렸다가 떠나기로 했다.

그녀는 나흘 후 퇴근하고 만날 장소를 정했다. 그곳은 빈민가에 있는 거리로, 늘 사람들이 들끓는 시끄러운 공설시장이 있는 데였다. 그녀는 신발 끈이나 바느질 실을 사는 척하며 상점을 기웃거리고 있겠다고 했다. 그러면서 덧붙이기를 자기의 주위가 안전하다고 판단되면 코를 풀 테니까 그때 자기에게 다가오고, 그렇지 않으면 그냥 모른 척 지나가라고 했다. 다행히 사람들 틈에 끼이게 되면 십오 분 정도 안전하게 이야기를 나누면서 다음의 밀회를 약속할 수 있을 터였다.

"이제 그만 가 봐야겠어요."

모든 것을 그에게 일러 주고 나서 그녀가 말했다.

"저는 19시 30분까지 돌아가야 해요. 청소년반성연맹에 들러서 두 시간 동안 전단을 나눠 줘야 하거든요. 끔찍하죠? 제 옷 좀 털어 주세요. 머리에 검불 안 붙었어요? 괜찮아요? 그럼 안녕! 잘 가요, 내 사랑!"

그녀는 그의 품안으로 뛰어들어 난폭할 정도로 격렬하게 키스했다. 그러고는 어린 나무들 사이를 빠져나가 소리 없이 숲속으로 사라져 버렸다. 그는 여전히 그녀의 성과 주소를 알지 못하고 있었다. 그러나 따지고 보면 알고 자시고 할 것도 없었다. 어차피 단둘이 집 안에서 만난다거나 서신을 교환하는 것은 상상도 할 수 없는 일이기 때문이었다.

그 후 그들은 두 번 다시 그 숲속 공터에 가지 못했다. 5월 한 달 동안 그들이 사랑을 나눈 것은 딱 한 번뿐이었다. 줄리아가 알고 있는 또 다른 비밀 장소에서였다. 거기는 삼십 년 전 원자탄이 떨어져 거의 폐허가 된 지역에 있는 부서진 교회의 종루였다. 그곳은 가는 데 위험해서 그렇지 일단 가기만 하면 더 없이 좋은 밀회 장소였다. 아무튼 그들은 그때를 제외하고 거리에서만 만나야 했는데 그것도 매번 장소가 달랐으며, 한 번 만나는 데 삼십 분을 넘기지 못했다. 거리에서 만나면 그럭저럭 몇 마디 이야기를 나눌 수 있었다. 그들은 거리의 인파에 밀려 어깨를 나란히 하거나 서로 얼굴을 쳐다보지도 못한 채 등대 불빛이 잠깐 스쳐 지나듯이 기묘하고도 간헐적인 대화를 했다. 요컨대 당의 제복을 입은 사람이 다가오거나 텔레스크린이 설치된 장소에 가까워지면 갑자기 말을 뚝 끊었다가 몇 분 뒤 대화를 재개하곤 했던 것이다. 그러다 미리 정해 놓은 장소에 이르면 일단 대화를 완전히 중단하고 헤어졌다가는 다음 날 만나서 다시 계속했다. 줄리아는 이런 식의 대화에 꽤 익숙한 듯 보였으며, 이를 '분할대화'라고 불렀다. 놀랍게도 그녀는 입술을 움직이지 않고 말하는 데도 능숙했다. 그처럼 밤마다 데이트가 계속되는 한 달 동안 그들은 꼭

한 번 키스를 나눌 수 있었다. 어느 날인가 그들이 말없이 뒷골목을 걸어 내려갈 때(줄리아는 큰 길이 아니면 말을 하지 않았다.)였다. 갑자기 귀청이 찢어질 듯한 굉음이 들리더니 땅이 흔들리고 하늘이 캄캄해졌다. 윈스턴은 상처를 입고 옆으로 나가떨어진 채 겁에 질려 벌벌 떨고 있었다. 로켓 폭탄이 가까운 곳에 떨어진 게 분명했다. 잠시 후 그는 몇 센티미터 떨어진 곳에 있는 줄리아의 밀랍처럼 창백한 얼굴을 알아보았다. 그녀는 입술마저 창백했다. 죽은 것 같았다! 윈스턴은 재빨리 그녀를 안고 키스를 했다. 그녀의 얼굴이 따스한 것으로 보아 살아 있음에 틀림없었다. 그의 입술에 무언가 가루 같은 것이 묻어 있었다. 횟가루였다. 두 사람은 얼굴에 횟가루를 뒤집어쓰고 있었다.

어느 날 저녁인가 그들은 만나기로 한 장소에 도착했지만 서로 아는 척도 하지 않고 지나쳐야 했다. 그런 경우가 가끔씩 있었는데, 경찰이 주위를 순찰하거나 헬리콥터가 위에서 빙빙 돌며 감시를 하기 때문에 어쩔 수 없었다. 데이트를 하는 데도 위험이 따랐지만, 만날 시간을 내는 것도 쉽지는 않았다. 윈스턴의 주당 작업 시간은 예순 시간인데, 줄리아의 경우는 그보다 더 길었다. 쉬는 날도 일이 많고 적음에 따라 달라져서 시간을 맞추기가 여간 곤란한 게 아니었다. 그런 데다 줄리아는 저녁에도 완전한 자유 시간이 없었다. 강의와 시위에

참석하고, 청소년반성연맹을 위해 인쇄물을 제작하고,
증오주간에 대비해 깃발을 만들고, 절약 운동을 위한
모금을 하는 등의 일에 엄청나게 많은 시간을 빼앗겼다.
그런데 그녀는 그 대가로 자신을 위장할 수 있다고 말했다.
요컨대 조그만 규칙을 지키면 더 큰 규칙을 깨뜨릴 수
있다는 것이었다. 그녀는 윈스턴에게까지 열성 당원들이
자발적으로 참가하는 시간제 무기 제조 노동에 며칠에
하루 저녁만이라도 가담하라고 권유했다. 결국 윈스턴은
일주일에 하루 저녁씩 망치 두드리는 소리가 텔레스크린의
음악에 뒤섞여 시끄럽기 짝이 없는 어두컴컴한 공장에서
폭탄 뇌관의 부속품인 조그만 쇳조각을 나사로 죄는
단조로운 일을 하며 지루한 네 시간을 견뎌야만 했다.

　　두 사람은 교회 종루에서의 만남을 통해
'분할대화'에서 미처 하지 못한 대화를 했다. 그때는 무더운
오후였다. 종루에 있는 작고 네모난 방 안은 후덥지근하니
답답한 데다 비둘기 똥 냄새까지 풍겼다. 둘은 먼지가
수북하고 나뭇조각이 흩어져 있는 마룻바닥에 앉아
몇 시간 동안 이야기를 나누었다. 그러면서 가끔씩 좁은
틈으로 밖을 내다보며 오는 사람이 없는지 확인하곤 했다.

　　줄리아는 스물여섯 살이었고, 서른 명의 다른
여자들과 함께 합숙소에서 생활하고 있었다.("매일 여자들의
악취 속에서 살고 있어요! 저는 여자들이 지겨워요!"라고 그녀는

말했다.) 그가 추측했던 대로 그녀는 창작국에서 소설
제작기를 담당하고 있었다. 줄리아는 주로 강력하면서도
다루기 까다로운 전기 모터를 작동시키고 수리하는
자신의 일을 좋아했다. 그녀는 영리하지 않았지만,
손재주가 있어서 능숙하게 기계를 다룰 줄 알았다.
게다가 기획 위원회에서 보내는 전반적인 지시 사항부터
수정반(修正班)의 마지막 손질까지 한 편의 소설이
제작되는 전 과정을 훤히 꿰차고 있었다. 그러나 그녀는
완성된 작품에 대해서는 관심이 없었다. "저는 독서에는
전혀 흥미가 없어요."라고 그녀는 말했다. 책이란 잼이나
신발처럼 생산되는 하나의 상품에 지나지 않는다는
것이었다.

그녀는 1960년대 초반 이전에 관해서 기억하는
것이 전혀 없었다. 혁명 전 시대에 대해 그녀에게 종종
이야기해 준 유일한 사람은 그녀가 여덟 살 때 실종된
할아버지뿐이었다. 학교 다닐 때 그녀는 하키 팀
주장이었고, 이 년 연속 우승한 적도 있었다. 그녀는
또 스파이단의 분대장이었으며, 청소년반성연맹에
입단하기 전에는 청년연맹 지부장이기도 했다. 그녀는
언제 어디에서나 뛰어난 능력을 발휘했다. 그 덕에
노동자들에게 값싼 포르노그래피를 만들어 배포하는
창작국의 한 부서인 포르노과로 차출되기도 했다.(이것은

그녀의 평판이 매우 좋다는 증거다.) 포르노과에서 일하는
사람들은 자기 부서를 '쓰레기장'이라고 부른다고 그녀는
말했다. 포르노과에서 재직한 일 년 동안 그녀가 관여한
일은 '화끈한 이야기'나 '여학교에서의 하룻밤' 같은
제목의 소책자를 만드는 것이었는데, 프롤레타리아 계급의
젊은이들이 불온서적이라도 사듯이 그런 책을 몰래
사간다는 것이었다.

　"그 책들 어떤 내용이지?"

　윈스턴이 호기심 어린 표정으로 물었다.

　"그야말로 쓰레기 같은 내용이에요. 지루하기만 하고
재미 하나 없어요. 줄거리는 전부 여섯 가지인데, 그걸
약간씩 바꿔서 만들죠. 저는 물론 만화경만 담당했어요.
수정반에서는 한번도 일한 적이 없어요. 원래 문학적
소질도 없어서 수정반에는 맞지 않아요."

　그는 포르노과에서 일하는 직원들이 그 우두머리를
제외하고 모두 여자들이라는 말을 듣고는 깜짝 놀랐다.
그런데 그 이유가 여자는 남자에 비해 성적 본능을
억제하는 힘이 강하므로 그들이 취급하는 음탕한 것들에
의해 타락할 위험성이 그만큼 적기 때문이라는 것이었다.

　"거기서는 결혼한 여자도 좋아하지 않아요. 여자는 늘
순결해야 한다고 떠들어요. 순결하지 않은 여자 하나가
끼어 있는 줄도 모르고 말예요."

그녀는 열여섯 살 때 첫 경험을 했는데, 상대는 후에
체포되지 않으려고 자살해 버린 예순 살 먹은 당원이라고
했다.

"잘된 일이에요. 그렇지 않았으면 그가 자백할 때 제
이름이 튀어나왔을 테니까요."

그 후 그녀는 여러 남자와 관계했다. 그녀의 인생관은
매우 단순했다. 인간은 쾌락을 원한다. 그런데 '그들',
즉 당은 그것을 못 갖도록 한다. 따라서 가능한 한
당의 규칙을 깨뜨려야 한다는 것이다. 그녀는 '그들'이
사람들로부터 쾌락을 빼앗으려 하는 것 못지않게
사람들이 '그들'의 손아귀에 들어가지 말아야 한다고
생각하는 것 같았다. 그녀는 당을 증오하는 만큼 혹독하게
욕설을 퍼부었다. 하지만 당이 하는 일 전반에 대해서는
비판을 가하지 않았다. 자신의 사생활을 간섭하지
않는 이상 당의 강령 따위에는 아예 관심조차 두지
않는다는 식이었다. 그는 그녀가 일상적으로 사용하는
말 외에는 신어를 전혀 쓰지 않는다는 사실을 알았다.
그녀는 형제단에 대해서 들어 본 적도 없지만, 그런 것이
존재한다는 것도 믿으려 하지 않았다. 당에 맞서는 어떤
종류의 조직화된 반역도 결국 실패하리라고 확신하기
때문에 그런 것은 어리석은 행위라고 생각하고 있었다.
그녀에게 있어서 현명한 것은 당의 규칙을 위반하면서도

끝까지 살아남는 일이었다. 그는 혁명의 시대에 성장해 아무런 생각도 없이 당을 마치 하늘과 같은 불변의 어떤 것으로 받아들이고, 당의 권위에 저항하기는커녕 토끼가 개를 피하듯 그저 회피하기만 하는, 그녀와 같은 사람들이 젊은 세대에 얼마나 많을까 하고 막연히 생각해 보았다.

두 사람은 결혼의 가능성에 대해서는 일절 이야기하지 않았다. 그들에게 결혼이란 생각하고 자시고 할 가치도 없는 것이었다. 윈스턴이 아내인 캐서린을 떼어 낼 수 있다 하더라도 당국이 그들의 결혼을 승인해 줄 리 만무했다. 둘의 결혼은 백일몽만큼이나 가망이 없었다.

"부인은 어떤 사람이에요?"

줄리아가 물었다.

"그 여자는 말하자면……, 혹시 신어 중 '선사로운(*goodthinkful*)'이란 말 들어 봤어? 타고날 때부터 정통적이어서 나쁜 생각을 아예 하지 못한다는 뜻인데 말이야."

"저는 그런 말 몰라요. 하지만 부인이 어떤 형의 여자인지는 알겠네요."

윈스턴은 결혼 생활에 대해 그녀에게 이야기했다. 그런데 줄리아는 그의 결혼 생활이 어땠는지 알 만한 것은 이미 다 알고 있었다. 그녀는 직접 목격했거나 듣기라도 한 것처럼 그가 캐서린에게 접근하면 그녀의 몸이 어떻게 굳고, 섹스를 하는 동안에는 어떤 자세로 그의 몸을 밀쳐 내는지 세세하게 설명했다. 그는 줄리아와 그런 이야기를 하는데도 크게 당혹해하지 않았다. 어쨌든 캐서린과의 관계는 이제 고통스럽다기보다 무미건조한 추억거리가 되어 버렸다.

"한 가지 일만 없었더라도 그럭저럭 견뎌 낼 수 있었을 거야."

윈스턴은 캐서린이 매주 같은 날 저녁마다 강요했던 그 무감각한 작은 의식에 대해서 이야기했다.

"그 여자는 그 짓을 싫어했지. 그러면서도 어쩔 수 없었는지 끝내 중단하려고는 하지 않았어. 그 여자가 그걸 두고 늘 한 말이 있는데, 아마 당신은 그게 뭔지 상상도 못 할걸."

"당에 대한 우리의 의무라는 말이었겠죠."

줄리아가 재빨리 말했다.

"어떻게 그걸 알지?"

"저도 학교에 다녔으니까요. 열여섯 살이 넘으면서 한 달에 한 번씩 섹스에 대한 토론회를 가졌어요. 청년 운동에서도 그런 모임이 있었죠. 그들은 몇 년에 걸쳐서 그 말을 주입시켜요. 그렇게 하면 상당한 효과가 있죠. 하지만 진짜 효과가 있는지는 알 수 없어요. 사람이란 원래 위선자니까요."

줄리아는 그 문제를 좀 더 확대하여 말하기 시작했다. 그녀는 모든 것을 자신의 성욕에 귀결시켰다. 그리고 그런 만큼 섹스에 관련된 이야기만 나오면 민감한 반응을 보였다. 윈스턴과는 달리 그녀는 당이 성적 순결을 강조하는 이유를 나름대로 파악하고 있었다. 그녀의 말에 의하면 성 본능은 당의 통제를 벗어나 그 자체의 세계를 구축하므로 당은 무슨 수를 써서든 그것을 파괴하려 한다는 것이었다. 그리고 더욱 중요한 것은 성욕을 박탈하면 히스테리를 유발하기 때문에 당의 입장에서는 이를 전투열과 지도자 숭배로 전환시키는 것이 바람직하다고 했다. 그러면서 그녀는 다음과 같이 덧붙였다.

"섹스를 하면 힘이 빠지고, 그다음엔 행복감에 젖어서 무엇에게든 욕을 하거나 저주하고 싶은 마음이 들지 않게 되는데, 그들은 그런 상태를 용납할 수 없다는 거예요. 그들은 사람들이 언제나 정력으로 똘똘 뭉쳐 있기를 원해요. 행진을 하고, 함성을 지르고, 깃발을 흔드는 것들은 모두 섹스의 변종일 뿐이에요. 행복감을 느끼면 뭣 하러 '빅 브라더'나 '삼 개년 계획'이나 '이 분 증오'나 그 밖의 썩어 빠진 그들의 의식에 그처럼 열을 올리겠어요?"

그녀의 말이 옳다고 그는 생각했다. 순결과 정치적 정설(定說)은 직접적이고도 밀접한 관련이 있다. 강력한

본능의 힘을 축적해 그것을 추진력으로 사용하지
않는다면 당이 당원들에게 요구하는 공포와 증오, 광적인
맹신을 어떻게 유지할 수 있겠는가? 섹스의 충동은 당에게
위험하므로 당이 그것을 이용하려는 것은 지극히 당연한
일이리라. 그들은 부모 자식 간의 본능도 비슷한 속임수를
써서 이용해 왔다. 가족 제도는 사실상 폐지할 수 없기
때문에 부모에게는 옛날 방식대로 아이들을 사랑하도록
권장한 반면, 아이들로 하여금 조직적으로 부모와
대립하게 해 부모를 감시하고 부모의 과오를 보고하라고
가르쳤다. 결국 가정은 사상경찰의 확대 영역에 지나지
않았고, 모든 사람들이 밤낮으로 자기를 잘 아는 밀고자에
둘러싸여 감시를 받고 생활하는 신세가 되었다.

　윈스턴은 문득 캐서린을 떠올렸다. 만약 캐서린이
그의 견해가 비정통적이라는 걸 알아차릴 만큼 눈치가
빨랐다면, 그녀는 틀림없이 그를 사상경찰에 밀고했을
것이다. 그런데 갑자기 캐서린을 떠올린 것은 오후의 숨
막히는 더위 때문이었다. 그는 십일 년 전 어느 무더운
여름날 오후에 일어났던, 아니 일어날 뻔했던 일에 대해서
줄리아에게 이야기하기 시작했다.

　그와 캐서린이 결혼한 지 서너 달 지났을 무렵이었다.
둘은 켄트 지방에서 단체 행군을 하던 중 길을 잃었다.
우물쭈물하다가 다른 사람들보다 불과 이 분 정도

뒤처졌을 뿐인데, 그만 길을 잘못 드는 바람에 오래된
석회 채석장 끝에 이르게 되었던 것이다. 그곳은
10미터 내지 20미터쯤 되는 깎아지른 절벽으로, 그
아래는 자갈투성이였다. 주위에는 길을 물어볼 만한
사람도 없었다. 캐서린은 길을 잃었다는 걸 깨닫자
안절부절못했다. 왁자지껄한 행군 대원들로부터 잠시나마
떨어져 나와 있는 것이 마치 비행이라도 저지르는 것처럼
생각되는 모양이었다. 그녀는 급히 왔던 길을 되돌아가서
다른 방향으로 갈 수 있는 방법을 찾으려고 했다. 그때
윈스턴은 자기가 서 있는 아래쪽 절벽 틈에 수북하게 자란
부처꽃을 발견했다. 그것은 같은 뿌리에서 나온 한 포기의
풀인데도 자홍색과 붉은 벽돌색의 두 가지 꽃망울을 달고
있었다. 그는 그런 부처꽃은 처음 보았기 때문에 급히
캐서린을 불렀다.

"캐서린, 이리 와서 꽃 좀 봐! 절벽 틈에 있는 건데,
한 포기에 두 가지 색깔의 꽃이 피어 있어."

그녀는 가던 길을 가려고 하다가 몸을 돌리고는
초조한 표정을 지으며 되돌아왔다. 그러고는 그가 가리킨
아래쪽을 보기 위해 몸을 구부렸다. 그는 그녀의 뒤에
선 채 그녀의 허리를 잡아 주었다. 별안간 그곳에는 그들
둘뿐이라는 생각이 그의 뇌리를 스쳤다. 어디를 둘러봐도
사람은커녕 그 그림자도 찾아볼 수 없었다. 게다가

나뭇잎이 살랑거리지도, 새소리가 들리지도 않았다.
마이크로폰이 숨겨져 있을 가능성도 없어 보였다. 설령
그것이 있다 해도 겨우 소리만 잡아낼 것 같았다. 지독하게
더운 가운데 졸음이 쏟아지는 오후 시간이었다. 그들 머리
위에서 작열하는 태양의 열기로 그의 얼굴에서는 땀이
비 오듯 흘러내렸다. 그의 뇌리에 그 생각이 스친 것은 그
무렵이었다.

"왜 밀어 버리지 않았어요? 저 같으면 그렇게 했을
거예요."

줄리아가 말했다.

"그랬겠지. 당신 같으면 밀어 버렸을 거야. 나 역시
지금의 나라면 그랬을 거고. 그래, 지금의 나라면…….
아마 틀림없이……."

"밀지 못한 게 후회돼요?"

"그래, 후회돼."

그들은 먼지가 수북하게 쌓인 바닥에 나란히
앉아 있었다. 그는 그녀를 가까이 끌어당겼다. 그녀가
머리를 그의 어깨에 기대자 비둘기 똥 냄새 속에서도
코끝에 와닿는 머리카락 냄새가 향긋했다. 그녀는 젊고,
그런 만큼 삶에 대해 아직 기대하는 것이 많다. 그렇기
때문에 못마땅한 사람을 절벽 아래로 밀어 버린다고
해서 근본적인 문제가 해결되는 것은 아니라는 사실을

이해하지 못한다고 그는 생각했다.

　"사실 그렇게 했더라도 달라지는 건 아무것도 없어."

　그가 말했다.

　"그럼 왜 밀지 못한 걸 지금에 와서 후회하죠?"

　"그건 단지 소극적인 것보다는 적극적인 편을
택했으면 하는 심리가 작용한 탓이지. 우리는 우리 자신이
지금 벌이고 있는 게임에서 승리할 수 없어. 하지만 같은
패배여도 더 나은 패배가 있는 법이야."

　그의 말에 그녀가 동의할 수 없다는 듯 어깨를
움찔했다. 그가 그런 식의 이야기를 할 때마다 그녀는 늘
반대했다. 독립된 개인은 결국 패배하고 만다는 자연의
법칙을 받아들이려 하지 않았던 것이다. 그녀는 조만간
사상경찰이 자기를 붙잡아 처형할 것이라는 생각을
숙명처럼 하고 있었지만, 다른 한편으로는 자신이 선택한
방식대로 살 수 있는 은밀한 세계를 구축하는 것이
웬만큼은 가능하다고 믿고 있었다. 그리고 그 가능성을
높이기 위해서는 행운과 술책과 대담성이 필요하다고
여겼다. 그녀는 이 세상에 행복 같은 것은 있지도 않으며,
승리란 먼 훗날 자신들이 죽은 다음에야 있을 수 있는
것이고, 당에 선전포고를 한 순간부터 자신은 이미 죽은
목숨이라고 생각하는 편이 현명하다는 것을 이해하지
못했다.

"우리는 죽은 몸이야."

윈스턴이 말했다.

"우리는 아직 죽지 않았어요."

줄리아가 응수했다.

"육체적으로는 안 죽었지. 육 개월, 일 년……. 어쩌면 오 년 후까지는 죽지 않을 거야. 물론 나도 죽음이 두려워. 당신은 젊으니까 나보다 더 죽음을 두려워하겠지. 노력하면 우리는 죽음을 연기시킬 수도 있을 거야. 하지만 그렇게 해 봤자지 뭐. 인간이 인간으로 남아 있는 한 죽음과 삶은 그게 그거야."

"무슨 말씀을 그렇게 하세요! 당신은 지금 당장 누구와 함께 자고 싶어요? 나예요, 아니면 해골이에요? 살아 있는 게 즐겁지 않나 보죠? 이건 나다, 이건 내 손이다, 이건 내 다리다 하는 식으로 느끼는 게 좋지 않아요? 나는 현실 속에 있어요. 확실하고 단단하게 살아 있다고요. 당신은 살아 있다는 게 좋지 않으세요?"

그녀는 몸을 돌려 가슴을 그에게 밀착시켰다. 그는 그녀의 옷을 통해서 풍만하고 탄력 있는 젖가슴을 느꼈다. 그녀의 육체가 그의 몸속에 젊음과 활기를 불어넣어 주는 것 같았다.

"그래, 나도 살아 있다는 게 좋아."

그가 말했다.

"그럼 죽음에 대해서는 더 이상 얘기하지 마세요. 그리고 제 말을 잘 들어 두세요. 이제부터 다음에 만날 장소를 정해야 해요. 먼저 갔던 숲속 그 공터에 다시 가도 괜찮을 거예요. 오랫동안 안 갔으니까요. 하지만 이번에는 다른 길로 오세요. 제가 벌써 계획을 짜 놨어요. 기차를 타고……. 여길 보세요, 약도를 그릴 테니까요."

그녀는 노련한 솜씨로 바닥에 쌓여 있는 먼지를 모아 네모반듯하게 만든 뒤, 비둘기 둥지에서 떼어 낸 나뭇가지로 먼지 위에 지도를 그리기 시작했다.

4

윈스턴은 채링턴 씨의 상점 위층에 있는 작고 초라한 방을 둘러보았다. 창가에 커다란 침대가 있고, 그 위에 낡은 담요와 커버를 씌우지 않은 베개가 놓여 있었다. 열두 시간으로 나뉜 문자판이 달린 구식 시계가 벽난로 위에서 째깍거렸다. 한쪽 구석의 접는 탁자 위에는 그가 지난번에 왔을 때 샀던 유리 문진이 어슴푸레한 어둠 속에서 부드러운 빛을 발하고 있었다.

벽난로 받침대에는 채링턴 씨가 마련해 준 낡은 양철 석유난로와 소스팬, 컵 두 개가 놓여 있었다. 윈스턴은 버너에 불을 붙이고 그 위에 물주전자를 올려놓았다.
그는 승리 커피 한 봉지와 몇 조각의 사카린을 가지고 온
것이다. 시계 바늘이 7시 20분을 가리키고 있었다. 하지만
실제로는 19시 20분이었다. 그녀는 19시 30분에 오기로
되어 있었다.

바보 같은 짓이야. 어리석은 짓이지. 그는 속으로
중얼거렸다. 의식적으로, 그러나 아무런 이유도 없이
자살을 하려는 바보 멍청이! 당원이 저지르는 범죄 중
가장 쉽게 발각되는 것이 이 같은 짓이다. 이런 생각이
접는 탁자 표면에 비친 유리 문진처럼 그의 뇌리에
선명하게 떠올랐다. 예상했던 대로 채링턴 씨는 선뜻
방을 빌려주었다. 그는 몇 달러를 받을 수 있다는 게
기쁜 모양이었다. 섹스를 하기 위해서 방을 빌리려
한다고 윈스턴이 분명히 말했는데도 그는 충격은커녕
불쾌한 내색도 내비치지 않았다. 대신 허공을 바라보며
시시껄렁한 이야기를 늘어놓았는데, 그 태도가 묘해서 그
자신은 안중에도 두지 않는 것처럼 보였다.

"사생활이란 매우 가치 있는 거예요."

채링턴 씨가 말했다.

"누구나 때로는 혼자 있을 곳을 갖고 싶어 하지요.
그런데 누군가 그런 곳을 갖게 되면, 그걸 알고 있는
사람은 남에게 누설하지 말아야 해요. 그건 상식적인

예의이지요.”

그는 마치 자기 자신의 존재가 어디론가 사라지고 없는 듯이 공허한 표정으로 중얼거렸다.

그 집에는 문이 두 개 있는데, 그중 하나는 뒤뜰로 해서 골목길로 나가게 되어 있었다. 창문 아래쪽에서 노랫소리가 들려왔다. 윈스턴은 모슬린 커튼 뒤로 몸을 숨기고 밖을 살짝 내다보았다. 6월의 태양이 중천에 떠 있는 한낮, 햇빛 가득한 뜰에서 노르만식 건물의 기둥처럼 단단한 적갈색 팔뚝을 가진 아낙네가 앞치마를 허리에 두른 채 대야와 빨랫줄 사이를 왔다 갔다 하며 아기 기저귀 같은 네모난 빨래를 널고 있었다. 그녀는 빨래집게를 입에 물고 있었는데, 그것을 떼기만 하면 억센 콘트랄토의 노랫소리가 흘러나왔다.

그저 덧없는 꿈이었다네.
4월의 꽃잎처럼 스러져 버렸다네.
표정과 말과 꿈으로 흔들어 놓고,
내 마음 앗아가 버렸다네.

그것은 지난 몇 주 동안 런던에서 유행하던 노래로, 음악국의 한 부서에서 프롤을 위해 만든 수없이 많으면서도 비슷비슷한 유행가들 중 하나였다. 그런

노래들의 가사는 사람이 직접 쓴 것이 아니라 작시기란
기계가 만들었다. 그런데 아낙네는 그런 기계가 만든
허섭스레기 같은 노래를 멋들어지게 부를 줄 알았다.
아낙네가 부르는 노랫소리와 함께 땅바닥을 스치는
그녀의 신발 소리, 거리에서 뛰노는 아이들이 떠드는 소리,
먼 곳에서의 희미한 자동차 소리가 들려왔다. 그런데도 방
안은 이상할 정도로 조용했다. 텔레스크린이 없는 것도
다행이었다.

　　어리석은 짓이야. 바보 같은 짓이지. 그는 다시금
생각에 잠겼다. 들키지 않고 그곳을 몇 주 동안 드나들
수 있다는 것은 상상할 수 없는 일이었다. 하지만 실내나
가까운 곳에 자기들만의 은신처를 갖고 싶다는 그들의
욕망은 너무도 강렬했다. 교회 종루에서 만난 이후 그들은
얼마 동안 데이트를 할 수 없었다. 증오주간에 대비해 근무
시간이 대폭 늘어났기 때문이었다. 증오주간은 아직
한 달도 넘게 남았는데 방대하고 복잡한 준비 작업 때문에
모든 사람들이 시간 외 근무를 해야만 했다. 그런데 두
사람은 운 좋게도 같은 날 오후에 쉬는 시간을 갖게
되었다. 어느 날 그들은 숲속 공터에 가기로 약속했다.
그리고 그 전날 저녁 거리에서 잠깐 만났다. 여느 때와
다름없이 그들은 군중 속에서 이리저리 떠밀려 다녔다.
그래서 윈스턴은 줄리아를 정면으로 쳐다볼 수 없었는데,

어느 순간 곁눈질로 살펴보니 그녀의 얼굴이 여느 때보다 창백해 보였다.

"다 틀렸어요. 내일 말예요."

말을 해도 안전하다는 판단이 서자 그녀가 재빨리 속삭였다.

"뭐?"

"내일 오후에 저는 갈 수 없어요."

"왜?"

"늘 같은 이유죠. 이번엔 빨리 시작됐어요."

그는 순간적으로 화가 치밀었다. 그녀를 알고 지낸 한 달 동안 그녀에 대한 그의 욕망은 백팔십도로 그 성격이 바뀌어져 있었다. 사실 처음에는 욕정이 거의 일지 않았다. 그들의 첫 정사는 단순히 의지에 의한 행위일 뿐이었다. 그러나 두 번째부터는 달랐다. 그녀의 향긋한 머리카락 냄새, 입을 통해 느껴지는 맛, 부드러운 피부의 촉감이 그의 몸속으로 스며들고, 그를 둘러싼 공기 속으로도 번지는 것 같았다. 그녀는 이제 그에게 육체적으로 없어서는 안 되는 존재가 되었다. 그는 자기가 원하기만 하면 언제든지 그녀의 몸을 가질 권리가 있다고 생각했다. 그런데 그녀가 올 수 없다니……. 그는 그녀가 자기를 속이려 한다고 판단했다.

어느 순간 그들은 군중에 밀려 서로 몸이 밀착되면서

손이 맞닿았다. 그러자 줄리아가 잽싸게 그의 손가락 끝을
꽉 쥐었다. 그것은 육체적 욕망이 아니라 애정의 표시
같았다. 그는 그녀의 그런 행동을 통해 한 남자가 여자와
함께 살자면 생각지도 않은 실망을 많이 하게 될 것이라는
느낌을 받았다. 그런데 그 순간 묘하게도 전에는 느껴 보지
못한 그녀에 대한 애정이 가슴속에서 솟구쳐 올랐다. 문득
그녀와 십 년 동안 결혼 생활을 해 온 사이라면 얼마나
좋을까 싶었다. 지금처럼 아무런 두려움 없이 떳떳하게
이런저런 이야기를 나누며 살림에 필요한 일용품이나
사면서 함께 거리를 거닐 수 있다면 더 이상 바랄 게 없을
것 같았다. 그는 만날 때마다 섹스를 해야 한다는 부담감
같은 것을 느끼지 않고, 그녀와 단둘이만 있을 수 있는
장소를 갖고 싶었다. 그가 채링턴 씨의 방을 빌려야겠다고
마음먹은 것은 그런 생각을 한 다음 날이었다. 그는
자기의 생각을 줄리아에게 말했다. 그녀는 뜻밖에도 쉽게
찬성했다. 둘은 그것이 미친 짓이란 것을 알고 있었다.
그것은 일부러 무덤으로 가는 계단을 밟는 것과 같았다.
그는 침대 가장자리에 걸터앉아 그녀를 기다리면서
애정부의 감방에 대해 생각했다. 앞으로 다가올 공포를
미리 느낀다는 것이 이상야릇하게 여겨졌다. 99 다음에
100이란 숫자가 오듯, 공포 다음에는 예정된 죽음이 온다.
죽음을 피할 수는 없지만 연기시킬 수는 있다. 반면에

이따금 의식적이고 의도적인 행위로 앞당길 수도 있는
것이다.

별안간 계단을 급히 올라오는 발소리가 들렸다.
줄리아가 방으로 뛰어 들어왔다. 그녀는 갈색의 거친
천으로 만든 연장 가방을 들고 있었다. 그는 그녀가 청사
안에서 그 가방을 들고 다니는 모습을 가끔씩 보았다.
그가 포옹하려고 앞으로 다가서자, 그녀가 재빨리 몸을
피했다. 가방 때문인 것 같았다.

"잠깐만요."

그녀가 말했다.

"제가 가져온 걸 보여 드릴게요. 당신은 그 맛없는
승리 커피를 가져오셨죠? 그럴 줄 알았어요. 그런 건 이제
필요 없으니 버려요. 이걸 보세요."

그녀는 무릎을 꿇고 가방을 열더니 스패너와 드라이버
같은 연장들을 꺼내 놓았다. 가방 속에는 깨끗한 종이로
싼 꾸러미가 몇 개 들어 있었다. 윈스턴은 그녀가 건네주는
첫 번째 꾸러미를 받아 들었다. 어딘지 낯익은 촉감이었다.
꾸러미 속의 내용물은 묵직한 데다 손으로 만질 때마다
모래처럼 쑥쑥 들어갔다.

"이거 설탕 아냐?"

윈스턴이 물었다.

"진짜 설탕이에요. 사카린이 아닌 설탕이라고요.

그리고 여기 빵도 있어요. 우리가 매일 먹는 거무튀튀한
싸구려 빵이 아니라 흰 빵이에요. 잼도 한 병 있어요.
우유도 한 통 있고요. 자, 보세요! 이것들을 당신에게
자랑하고 싶어서 혼났어요. 그런데 이렇게 종이로 단단히
싸야만 했어요. 그 이유는……."

굳이 그 이유를 설명할 필요도 없었다. 훈훈하고
그윽한 냄새가 이미 방 안 가득 퍼져 있었다. 그것은
윈스턴이 어렸을 때 맡아 본 것과 같은 냄새였다. 그는
지금도 가끔씩 그 냄새를 맡을 때가 있는데, 그것은 잠시
열려 있는 남의 집 문 안 통로에서 풍겨 나와 사람들이
몰려 있는 거리에 퍼져서는 저마다의 코끝을 스쳤다가
이내 사라지곤 했다.

"이건 커피로군. 그것도 진짜 커피."

그가 나지막이 말했다.

"내부당원들이 마시는 커피예요. 1킬로그램짜리죠."

"어떻게 이런 걸 구할 수 있었어?"

"모두 내부당원용 물건이에요. 그 돼지 같은 놈들은
없는 게 없어요. 물론 이건 웨이터나 하인들이 슬쩍한
거죠. 보세요, 이 조그만 봉지엔 홍차도 들어 있어요."

윈스턴은 그녀 옆에 쭈그리고 앉았다. 그러고는 홍차
봉지의 한쪽 귀퉁이를 찢었다.

"진짜 홍차로군. 흑딸기 이파리가 아닌걸."

"요즘엔 홍차가 많아졌어요. 인도나 그 비슷한 지역을 점령했나 봐요."

그녀가 애매한 표정으로 말했다.

"그런데 제 부탁 좀 들어줄래요? 삼 분 동안만 등을 돌리고 계세요. 침대 저쪽으로 가서 앉아 계시겠어요? 창 쪽으로는 너무 가까이 가지 말고요. 제가 말할 때까지 돌아보지 마세요."

윈스턴은 모슬린 커튼 사이로 멍하니 밖을 내다보았다. 뜰에서는 적갈색 팔뚝의 아낙네가 아직도 대야와 빨랫줄 사이를 왔다 갔다 하고 있었다. 이윽고 그녀가 입에 문 빨래집게 두 개를 떼더니 감정을 실어 노래를 부르기 시작했다.

시간이 모든 걸 해결해 준다지만,
언제나 잊을 수 있다고들 말하지만,
웃음과 눈물이 해를 거듭해
오늘도 내 가슴을 쥐어짜누나!

아낙네는 시시껄렁한 유행가는 다 부를 줄 아는 모양이었다. 그녀의 노래는 여름 공기에 섞여 상큼하게 울려 퍼져서는 아련한 애수를 자아냈다. 만약 6월의 저녁이 영원히 계속되고 빨랫감이 한없이 나온다면,

아낙네는 천년이란 세월이 가도 그 자리에 그대로 남아
빨래를 널면서 시시한 유행가나 흥얼대며 만족스럽게 지낼
것처럼 보였다. 그는 그때까지 당원이 혼자 노래 부르는
것을 본 적이 없다는 사실이 기이하게 생각되었다. 대부분
사람들의 눈에는 혼자 노래 부르는 것이 독백을 하는
것처럼 이단적이면서 위험한 기벽으로 비칠 것이다. 어쩌면
노래란 굶어 죽을 지경에 이르렀을 때 부르는 것으로
사람들에게 인식되어 있을지도 모른다.

"이젠 돌아봐도 돼요."

줄리아가 말했다.

윈스턴은 몸을 돌렸다. 그는 한동안 그녀를 알아볼
수 없었다. 사실 그가 기대한 것은 실오라기 하나 걸치지
않은 그녀의 알몸이었다. 그런데 그녀는 알몸이 아니었다.
그녀의 변신은 그보다 훨씬 더 놀라운 것이었다. 그녀가
얼굴에 화장을 한 것이다!

그녀는 노동자 구역에 있는 상점에 몰래 들어가서
화장품 한 세트를 구입한 게 틀림없었다. 그녀의 입술에는
새빨간 립스틱이 칠해져 있고, 볼에는 연지가 발라져
있었다. 그녀는 심지어 코에도 분을 발랐는데, 눈을
돋보이게 하기 위해 그 밑에 뭔가를 바르기까지 했다.
전체적으로 화장이 썩 잘된 것은 아니었지만, 윈스턴도
이 방면에 대한 눈은 높지 않았다. 그는 그때까지 얼굴에

화장한 여자 당원을 본 적도, 상상한 적도 없었다. 그의
눈에 비친 줄리아의 얼굴은 놀랄 만큼 아름다웠다.
가볍게 화장했을 뿐인데도 그녀는 눈에 띄게 예뻐졌을
뿐만 아니라 훨씬 더 여성다워 보였다. 짧은 머리카락과
남자 같은 제복이 그녀의 여성스러움을 더욱 강조하는 것
같았다. 그는 그녀를 껴안았다. 오랑캐꽃 향기가 콧속으로
기분 좋게 스며들었다. 그는 어두컴컴한 지하실 부엌과
굴속 같던 여자의 입을 떠올렸다. 줄리아에게서 나는
향기는 그 여자가 사용했던 향수 냄새와 똑같았다. 그러나
그런 것이 문제가 되지는 않았다.

"향수까지 뿌렸군."

그가 말했다.

"네, 향수도 뿌렸어요. 다음엔 제가 뭘 하려는지
아세요? 어디서든 진짜 여자 옷을 구해서 이 꼴사나운 옷
대신 그걸 입을 거예요. 실크 스타킹하고 하이힐도 신고요!
이 방 안에서만이라도 당의 동지가 아니라 진짜 여자가
되겠어요."

그들은 옷을 훌렁훌렁 벗어 던지고 커다란 마호가니
침대 속으로 들어갔다. 그가 그녀 앞에서 완전한 알몸이
되기는 이번이 처음이었다. 지금까지 그는 정맥류성 궤양
때문에 혈관이 장딴지 위로 툭 튀어나오고 발목에 얼룩
같은 반점이 있는 자신의 창백하고 빈약한 육체를 몹시

부끄럽게 생각해 왔다. 침대에는 시트도 없었다. 그들이
깔고 누운 담요는 닳을 대로 닳아서 부드러웠다. 두 사람은
침대의 크기와 푹신푹신함에 새삼 놀랐다.

"빈대야 많겠지만, 그럼 좀 어때요?"

줄리아가 말했다.

요즘에는 노동자의 집에서가 아니면 더블베드를 볼
수 없었다. 윈스턴은 어렸을 때 가끔 더블베드에서 잔 적이
있었다. 하지만 줄리아의 경우는 더블베드에서 잔 기억이
없었다.

그들은 잠깐 동안 곯아떨어졌다. 윈스턴이 잠에서
깼을 때, 시계 바늘은 거의 9시를 가리키고 있었다.
줄리아가 그의 팔을 베고 자고 있었기 때문에 그는
움직이지 않았다. 그녀의 화장은 그의 얼굴과 베개에 묻어
거의 지워진 상태였다. 그렇지만 연지 자국이 연하게 남아
있는 볼은 여전히 아름다웠다. 석양의 노란빛이 침대 끝을
지나 물이 끓는 냄비가 놓여 있는 벽난로를 비추었다. 창문
아래 뜰에서 들리던 아낙네의 노래 대신 거리에서 뛰노는
아이들이 외치는 소리가 희미하게 들려왔다. 옛날에도
이처럼 시원한 여름날 밤에 남녀가 옷을 홀랑 벗고 침대에
누워 욕정이 이는 대로 섹스를 하고, 마음껏 이야기도
나누며 억지로 일어날 필요도 느끼지 않은 채 밖에서
들려오는 평화로운 소리에 귀 기울이는 일이 가능했을까?

그는 문득 그것이 궁금했다. 아무래도 이런 일이 일상적인 일은 아니었던 것 같았다. 줄리아가 잠에서 깨어 눈을 비비고는 팔꿈치를 짚고 석유난로 쪽을 바라보았다.

"물이 반으로 졸아들었을 거예요. 일어나서 곧 커피를 타 드릴게요. 한 시간쯤 잔 것 같네요. 그런데 당신 집에선 몇 시에 불이 나가요?"

그녀가 물었다.

"23시 30분."

"합숙소에서는 23시예요. 하지만 그보다 일찍 들어가야만 해요. 왜냐하면……. 야, 꺼져! 이 더러운 것아!"

그녀가 갑자기 침대에서 몸을 뒤틀고는 바닥에 있는 구두 한 짝을 집어 들었다. 그러고는 지난번 아침 '이 분 증오' 때 골드스타인에게 사전을 던졌던 것처럼 방구석을 향해 그것을 힘껏 던졌다.

"왜 그래?"

그가 놀라서 물었다.

"쥐예요. 놈이 저쪽 널빤지 틈으로 징그럽게 코를 쑥 내밀었어요. 널빤지 아래쪽에 구멍이 있나 봐요. 아무튼 놈은 놀라서 간이 콩알만 해졌을 거예요."

"쥐라고! 이 방에 쥐가 있어?"

윈스턴이 중얼거리듯 말했다.

"쥐야 어디에든 있죠."

줄리아가 아무렇지 않은 듯이 다시 누우며 말했다.

"합숙소 부엌에도 있어요. 런던의 일부 지역은 아예 쥐들의 세상이 돼 버렸어요. 쥐들이 어린애들을 문다는 거 알고 계세요? 정말 문대요. 그런 지역에서는 엄마들이 단 이 분도 어린애를 혼자 놔둘 수가 없대요. 굉장히 큰 갈색 쥐들이 물까 봐서요. 징그럽게도 그 더러운 놈들은 언제고……."

"그만!"

윈스턴이 눈을 꼭 감고 소리를 질렀다.

"어머! 얼굴이 창백해요. 왜 그러세요? 어디 편찮으세요?"

"세상에서 가장 무서운 게 쥐야!"

그녀는 자기의 따뜻한 체온으로 그를 안심시키려는 듯 그에게 몸을 밀착시키고 두 팔로 감싸 안았다. 그는 곧바로 눈을 뜨지 못했다. 인생을 살아오면서 이따금씩 겪었던 악몽 속으로 빠져든 느낌이 들었기 때문이었다. 악몽은 언제나 똑같았다. 그는 캄캄한 벽 앞에 서 있고, 반대편에는 차마 눈뜨고 마주 볼 수 없을 정도로 무서운 그 무언가가 있었다. 꿈속에서조차 그는 스스로를 기만하고 있다는 것을 깨달아야 했다. 왜냐하면 캄캄한 벽 뒤에 무엇이 있는지 사실은 잘 알고 있기 때문이었다.

만약 그가 뇌 한 부분을 떼어 낼 정도로 필사적인 노력을
기울인다면 어둠 속에 있는 그것이 무엇인지 쉽게 밝혀낼
수 있을 것이다. 그럼에도 그는 언제나 그 정체를 밝혀내지
못한 채 잠에서 깨어나곤 했다. 그런데 그것이 줄리아가
말하려는 것과 무언가 관련이 있는 것 같았다.

"미안해. 아무것도 아니었어. 나는 그저 쥐가 싫은
것뿐이야."

그가 말했다.

"걱정 마세요. 이제부터 그 징그러운 짐승들이 여기엔
얼씬도 못 하게 할 테니까요. 떠나기 전에 천으로 구멍을
틀어막겠어요. 그리고 다음에 올 때 석회를 가져와서
완전히 메울 거예요."

이제 그 캄캄한 공포의 순간도 웬만큼 잊었다. 그는
좀 창피한 생각이 들어 아무 말 없이 침대 머리맡에
기대앉았다. 줄리아는 침대에서 빠져나가 제복을 입고
커피를 끓였다. 냄비에서 풍겨 나오는 커피 냄새가
지나치게 강렬하고 자극적이었다. 그녀는 창문을
닫았다. 바깥에 있는 사람들이 냄새를 맡으면 꼬치꼬치
캐물을지도 모르기 때문이었다. 설탕을 탄 커피 맛은
비단결처럼 부드러웠다. 그것은 사카린 시대 이후로
윈스턴에게는 거의 잊힌 맛이었다. 줄리아는 한 손은
주머니에 넣고, 다른 한 손에는 잼을 바른 빵 한 조각을

든 채 방 안을 왔다 갔다 했다. 그러면서 무심코 책장을 들여다보기도 하고, 접는 탁자를 수선하는 최상의 방법이 무엇인지 말하기도 하고, 낡은 안락의자가 정말 편안한지 앉아 보기도 하고, 열두 시간짜리 문자판 시계를 재미있다는 듯 빤히 들여다보기도 했다. 그녀는 또 밝은 곳에서 더 자세히 보려는 듯 유리 문진을 가지고 침대 쪽으로 다가왔다. 그녀에게서 그것을 받아 든 윈스턴은 유리의 부드럽고 빗방울 같은 모양에 다시 한번 감탄했다.

"뭐예요?"

줄리아가 유리 문진을 가리키며 물었다.

"별거 아닌 것 같아. 어떤 특별한 목적으로 사용된 것 같지는 않아 보여. 그래서 이게 좋아. 굳이 말한다면 이건 그들이 미처 바꿔 놓지 못한 역사의 한 단편이지. 만약 누군가 해독할 수만 있다면, 이건 100년 전 메시지인 셈이야."

"그럼 저기 걸려 있는 그림도 100년쯤 됐을까요?"

그녀가 맞은편 벽에 걸려 있는 판화를 턱으로 가리켰다.

"더 될걸. 한 200년은 됐을 거야. 정확한 것은 아무도 알 수 없지만 말이야. 오늘날엔 무엇이든 그 연대를 알아낼 수 없게 돼 버렸어."

그녀는 그림이 걸려 있는 벽 쪽으로 걸어갔다.

"아까 그 쥐가 여기에서 코를 내밀었어요."

그녀가 그림 바로 밑에 있는 널빤지를 발로 차며 말했다.

"그런데 이곳은 어디죠? 전에 다른 데서도 본 것 같은데……."

"교회야. 교회로 사용됐던 건물이지. 그 건물엔 성 클레멘트 데인이란 이름이 붙어 있어."

채링턴 씨가 그에게 가르쳐 준 노래 한 구절이 그의 뇌리에 떠올랐다. 그는 향수에 젖은 목소리로 노래를 불렀다.

오렌지와 레몬, 성 클레멘트의 종이 말하네!

그런데 놀랍게도 줄리아가 그 뒤를 이어서 노래했다.

그대는 내게 3파딩의 빚을 졌지.
성 마틴의 종이 말하네.
그대는 언제 빚을 갚으려나?
올드 베일리의 종이 말하네.

"그다음은 어떻게 되는지 모르겠어요. 하지만 끝부분은 기억하고 있어요. '그대 침실을 밝힐 촛불이 오네. 그대 목을 뎅겅 자를 도끼가 오네.'"

마치 반쪽짜리 두 개의 암호문 같았다. 그러나 '올드 베일리의 종' 다음에 또 한 줄의 가사가 더 있을 것이다. 어쩌면 채링턴 씨는 기억해 낼 수 있을지도 모른다.

"그걸 누가 가르쳐 줬지?"

그가 물었다.

"할아버지요. 할아버지는 제가 어렸을 때 늘 이 노래를 불러 주시곤 했어요. 그런데 제가 여덟 살 때 증발됐어요. 그러니까 사라져 버린 거죠."

그녀는 그렇게 말하고 엉뚱한 말을 덧붙였다.

"그런데 저는 레몬이 어떻게 생긴 건지 통 모르겠어요. 오렌지는 본 적이 있어서 아는데 말예요. 오렌지는 껍질이 두꺼운 데다 색깔이 노랗고 모양이 둥근 과일 맞죠?"

"나는 레몬을 본 적 있어서 잘 알아. 1950년대만 해도 아주 흔한 과일이었지. 그런데 맛이 어찌나 신지 냄새만 맡아도 입 안에 침이 고일 정도야."

"저 그림 뒤엔 빈대가 득실거릴 거예요. 언제 저걸 떼어서 깨끗이 청소해야겠어요. 그나저나 이제 떠날 때가 된 것 같네요. 먼저 화장부터 지워야겠어요. 어휴, 귀찮아! 당신 얼굴에 묻은 립스틱은 조금 있다가 지워 드릴게요."

윈스턴은 몇 분 더 누워 있었다. 방 안이 점점 어두워지기 시작했다. 그는 밝은 쪽으로 돌아누워 유리

문진을 들여다보았다. 산호 조각보다는 유리 자체의
내부가 보면 볼수록 신비했다. 그것은 한없이 깊으면서도
공기처럼 투명했다. 유리 표면은 마치 그 안에 완벽한
대기권을 지닌 채 작은 세계를 둘러싼 하늘의 궁륭
같았다. 그는 유리의 내부로 들어갈 수 있을 것 같은
생각이 들었다. 아니, 이미 마호가니 침대, 접는 탁자,
벽시계, 판화, 심지어 유리 문진 그 자체까지 모두 함께 그
안에 들어가 있는 듯한 기분이었다. 그리하여 유리 문진은
그가 들어가 있는 방이고, 산호는 그 결정체 안에 영원히
고정된 줄리아와 그 자신의 생명인 양 느껴졌다.

5

사임이 사라졌다. 어느 날 아침 그는 직장에 나오지
않았다. 그의 결근을 놓고 몇몇 분별없는 사람들이
이러쿵저러쿵 떠들어 댔다. 하지만 그다음 날에는
아무도 그에 관한 이야기를 하지 않았다. 사흘째 되는
날, 윈스턴은 게시판을 보기 위해 기록국의 현관으로
들어갔다. 게시물 중에는 사임이 소속되어 있던 체스
위원회의 명단도 있었다. 그것은 전에 붙어 있던 것과
똑같아 보였다. 다만 한 사람의 이름이 빠져 있었다.

그것으로 충분히 짐작이 갔다. 사임은 존재하지 않게 된 것이다. 그는 과거에도 존재한 적이 없는 인물이다.

찌는 듯이 무더운 날씨였다. 미궁 같은 청사의 창 없는 방은 냉방장치로 정상적인 온도를 유지할 수 있지만, 바깥 거리는 발바닥을 태울 것처럼 뜨거웠다. 게다가 러시아워 때의 지하철에서는 지독한 악취마저 풍겼다. 증오주간을 위한 준비로 한창 바쁘기 때문에 모든 부처의 직원들이 시간외 작업을 했다. 행진, 회합, 군대 사열, 강연, 밀랍 인형 전시회, 영화 상영, 텔레스크린 프로그램 제작 등 모든 것이 차질 없이 기획되어야 했다. 식장도 만들어야 하고, 초상화도 내걸어야 하고, 슬로건도 지어야 하고, 노래도 작곡해야 하고, 유언비어도 퍼뜨려야 하고, 사진도 위조해야 했다. 창작국의 줄리아가 속해 있는 과는 소설 제작을 중단하고 잔인한 내용의 팸플릿 시리즈를 만드느라 정신없이 바빴다. 윈스턴은 정규 업무 외에도 하루 몇 시간씩 《타임스》철을 뒤져서 연설에 인용할 기사를 고치거나 삭제하는 작업을 했다. 소란스러운 노동자들이 거리로 몰려나오는 늦은 밤이면 도시 전체가 이상한 열기에 휩싸였다. 그럴 때면 로켓 폭탄은 평소보다 더 자주 터졌고, 이따금씩 멀리 떨어진 곳에서 굉장한 폭음이 들리곤 했다. 그런데 그것에 대해서는 아는 사람 하나 없이 소문만 무성하게 나돌았다.

증오주간의 주제가(이를 줄여 '증오가(憎惡歌)'라고
한다.)가 될 새 노래가 벌써 작곡되어 텔레스크린을 통해서
끊임없이 흘러나오고 있었다. 그것은 엄밀히 말해서
음악이라기보다는 아무렇게나 두드려 대는 북소리이거나
짐승이 마구 짖어 대는 것 같은 야만적인 리듬이었다.
행군하는 발소리에 맞춰 수백 명이 합창하는 소리도
야만적이기는 마찬가지였다. 노동자들은 그 노래에 반한
나머지 한밤중의 거리에서 유행하고 있는 「그것은 덧없는
꿈이었을 뿐」이라는 노래와 번갈아 가며 불러 댔다.
파슨스의 자식들도 밤낮으로 빗과 화장지 뭉치로 장단을
맞추며 지겹도록 그 노래를 불렀다. 저녁만 되면 윈스턴은
정신없이 바빴다. 파슨스가 조직한 봉사대는 증오주간을
위해 거리를 단장하느라 여념이 없었다. 그들은 깃발을
제작하고, 포스터를 그리고, 지붕에 국기 게양대를
설치하는 일뿐만 아니라 거리를 가로지르는 현수막을
달기 위해 줄을 매는 위험한 일까지 마다하지 않았다.
파슨스는 400미터짜리 경축 깃발을 내건 데는 승리 맨션
한 곳뿐이라고 자랑스레 떠들었다. 성격 탓이기도 하지만,
그는 일을 좋아하는 데다 종달새처럼 명랑했다. 더운
날씨와 힘든 작업이라는 핑계로 반바지와 앞이 트인 셔츠
차림으로 저녁마다 나타나는 그는 동에 번쩍 서에 번쩍
하면서 밀치고 당기고 톱질하고 망치질하고 뜯어 맞추는

등 시큼한 땀 냄새를 풍기며 분주히 움직였다. 그리고 그런 가운데서도 즐거운 마음으로 사람들을 웃기고 격려했다.

순식간에 런던 전역에 걸쳐 새 포스터가 나붙었다. 포스터에는 키가 3, 4미터나 되는 유라시아 군인이 무표정한 몽골인의 얼굴을 한 채 커다란 군화를 신고 허리춤에 기관총을 매달고 전진해 오는 그림이 아무런 설명도 없이 그려져 있었다. 그 그림에서 가장 인상적인 것은 기관총의 총구였다. 그것은 어느 각도에서든 보는 사람을 겨냥하도록 원근법에 의해 확대해서 그려져 있었다. 그 포스터는 벽이라는 벽의 빈자리마다 나붙어 있어서 빅 브라더의 초상화보다 그 수가 더 많아 보였다. 일반적으로 노동자들은 전쟁에 무관심한 계층인데도 분위기가 그쯤 되자 광적인 애국심에 젖어 들었다. 그리고 거기에 발맞추기라도 하듯 로켓 폭탄이 여느 때보다 더 많은 사람들을 희생시켰다. 폭탄 하나가 사람들로 만원을 이룬 스테프니의 한 극장에 떨어져 수백 명을 폐허 속에 묻어 버렸다. 희생자들의 장례식에는 그들의 이웃들이 대거 참석했는데, 이들의 장례 행렬은 몇 시간 뒤 규탄 대회로 비화되었다. 또 다른 폭탄은 아이들이 뛰노는 운동장에 떨어져 수십 명의 어린 목숨을 앗아 갔다. 그로 인해 분노에 찬 격렬한 시위가 연이어 일어났다. 사람들은 골드스타인의 초상화를 불태우고, 수백 장의 유라시아 군 포스터를 찢어서 소각했으며, 상점을 닥치는 대로 약탈했다. 그런 아수라장 속에서 스파이들이 무전으로 로켓 폭탄을 떨어뜨릴 장소를 미리 정한다는 소문이 나돌았다. 그런가 하면 외국인 혈통으로 의심받던 한 노부부의 집을 누군가가 불 지른 바람에 그들이 질식사했다는 소리도 들렸다.

윈스턴과 줄리아는 채링턴 씨 상점의 위층 방에 오면 더위를 식히기 위해 창문부터 열어젖혔다. 그런 다음 벌거벗은 채 낡은 침대 위에 나란히 누웠다. 쥐는 두 번 다시 나타나지 않았지만, 대신 빈대가 무더위 속에서 극성을 부렸다. 그러나 그런 것쯤은 아무래도 상관없었다. 더럽든 깨끗하든 그 방은 그들에게 이 세상에 둘도 없는 낙원이었다. 그들은 방에 도착하자마자 암시장에서 사 온 후춧가루를 사방에 뿌리고 옷을 벗어 내팽개친 뒤 땀을 뻘뻘 흘리며 섹스를 했다. 그러고는 그대로 곯아떨어졌는데, 그들이 잠에서 깰 무렵이면 빈대들이 반격하듯 떼 지어 덤벼들었다.

그들은 6월 한 달 동안 네 번, 다섯 번, 여섯 번, 아니 일곱 번 만났다. 윈스턴은 밤낮없이 술을 마시던 버릇을 버렸다. 술을 마실 필요가 없어진 것이다. 그의 볼에는 살이 올랐고, 정맥류성 궤양도 발목 근처에 갈색 반점만 약간 남긴 채 가라앉았다. 이른 아침마다 발작적으로 터져 나오던 기침도 멎었다. 이제는 삶이 지루하게 느껴지지 않았다. 텔레스크린 앞에서 얼굴 표정을 바꾸거나 목이 터져라 욕설을 퍼붓고 싶은 마음도 더 이상 일지 않았다. 그들은 둘만의 집이나 다름없는 안전한 은신처를 갖고 있기 때문에 가끔씩이라도 만날 수 있었다. 물론 만나 봤자 고작 한두 시간밖에 함께 있지 못했지만, 그렇다고 그것이 크게 불만스럽지는 않았다. 중요한 것은 고물상 위의 그 방이 계속 있어야 한다는 사실이었다. 그 방이 누구의 침해도 받지 않고 거기 그대로 있다고 생각하는 것만으로도 윈스턴은 그 방에 가 있는 것 같은 안온함을 느꼈다. 그 방은 하나의 세계였고, 멸종된 동물들이 다시 살아나서 돌아다니는 과거의 주머니였다. 채링턴 씨도 또 하나의 멸종된 동물이라고 윈스턴은 생각했다. 그는 늘 위층으로 올라가는 길에 잠시 멈춰 서서 채링턴 씨와 이야기를 나누곤 했다. 그 노인은 종일 밖에 나가지 않는 것 같았다. 그렇다고 달리 찾아오는 손님이 있는 것 같지도 않았다. 노인은 작고 어둠침침한 상점과 비좁은 부엌 사이를 왔다 갔다 하는 유령 같은 사람이었다. 그가 손수 음식을 준비하는 그 부엌에는 커다란 나팔이 달린, 믿을 수 없을 만큼 오래된 구식 축음기가 있었다. 노인은 이야기 나누는 것을 좋아하는 듯했다. 기다란 코에 도수 높은 안경을 쓰고 구부정한 어깨에 벨벳 재킷을 걸친 채 싸구려 물건들 사이를 서성거릴 때의 그는 장사꾼이라기보다 수집가 같은 인상을 풍겼다. 그 상점의 물건들이란 사기로 만든 병마개, 부서진 담뱃갑 뚜껑, 오래전에 죽은 어린아이의 머리카락이 담긴 합금 상자 등이었다. 노인은 다소 맥이 풀린 듯한 모습으로 그런 허섭스레기 같은 것들을 만지작거렸는데, 윈스턴에게는 사라고 권하지 않고 그저 자랑만 할 뿐이었다. 그의 이야기를 듣고 있으면 마치 낡아 빠진 축음기 소리를 듣는 것 같았다. 노인은 기억을 더듬어 잊힌 노래의 몇 구절을 더 끄집어냈다. 그 노래에는 스물네 마리의 개똥지빠귀, 뿔이 휜 암소, 불쌍하게 죽은 울새 수컷 등이 등장했다.

　"당신이 좋아했으면 싶군요."

　노인은 새로운 노래 구절이 생각날 때마다 애원하듯 미소를 지으며 그렇게 말하곤 했다. 그러나 그는 어떤 노래든 몇 구절밖에는 기억해 내지 못했다.

　윈스턴과 줄리아는 —— 이 같은 생각은 그들의 머릿속에서 잠시도 떠나지 않았다 —— 지금의 이런 상태가 오래 지속되지 못하리라는 것을 알고 있었다. 어떤 때는 죽음이 눈앞에 와 있다는 사실이 그들이 누워 있는 침대처럼 뚜렷하게 인식되기도 했다. 그럴 때면 둘은 저주받은 영혼이 죽음 직전에 최후의 위안거리를 찾듯이 절망적으로 육욕에 매달리곤 했다. 그러면서도 그들은 이따금씩 자신들이 안전하며, 이런 상태가 영원히 지속되리라는 환상에 젖기도 했다.

사실 그들은 이 방 안에 있는 한 자기들에게는 그 어떤 재난도 닥치지 않을 것이라고 믿었다. 이곳까지 오는 데는 어려움과 위험이 따랐지만, 일단 들어오기만 하면 성역에 와 있는 것 같았다. 그것은 마치 윈스턴이 문진의 한가운데를 들여다보며 그 유리의 세계 속으로 들어가기만 하면 시간도 멈출 수 있으리라고 느끼는 것과 같았다. 그들은 가끔씩 둘이서 도망칠 궁리도 해 보았다. 행운이 영원히 계속된다면 나머지 생애도 지금처럼 살아갈 수 있을 것이다. 혹은 캐서린이 죽으면 둘이 묘안을 짜내어 성공적으로 결혼할 수도 있으리라. 모든 게 불가능하면 동반 자살을 꾀할 수도 있다. 아니, 그러기 전에 둘이 감쪽같이 사라져 다른 사람이 못 알아보도록 신분을 바꾸고 노동자들의 말투까지 배워 공장에 취직한 다음 뒷골목에서 숨어 살 수도 있을 것이다. 하지만 그 어떤 것도 실현 불가능한 일이다. 그들은 그 점을 잘 알고 있었다. 현실적으로 도피할 방법은 없었다. 실행 가능한 단 한 가지 방법인 자살마저 결코 쉬운 일은 아닐 터였다. 공기가 있는 한 허파가 계속 움직여서 숨을 쉬게 되는 것처럼 하루하루 미래가 없는 현실에 매달려 사는 것이 어찌할 수 없는 본능인 것 같았다.

때때로 그들은 당에 대항하는 반란에 적극적으로 가담하자는 이야기도 나누었지만, 그 첫발을 어떻게 떼어야 할지 알 수가 없었다. 전설적인 형제단이 실제로 존재한다 하더라도 거기에 가입하는 길을 찾는 건 여전히 어려운 문제였다. 윈스턴은 자신과 오브라이언 사이에 있었던, 아니 있는 것처럼 여겨졌던 묘한 친밀감에 대해서 그녀에게 이야기했다. 그런 다음 오브라이언한테 가서 솔직하게 자신은 당의 적임을 밝히고 그의 도움을 청하고 싶은 충동을 가끔씩 느낀다고 덧붙였다. 이상하게도 그녀는 그것을 불가능하거나 경솔한 짓으로 보지 않았다. 그녀에게는 얼굴로 사람을 판단하는 버릇이 있었는데, 그래서인지 윈스턴이 단 한 번 눈이 마주친 것으로 오브라이언을 신뢰할 만한 사람이라고 믿는 것을 당연하게 받아들이는 것 같았다. 게다가 그녀는 거의 모든 사람들이 암암리에 당을 증오하는 만큼, 신변이 안전하다고 판단되면 너도나도 당의 규칙을 깨뜨릴 것이라고 생각하고 있었다. 그러나 그녀는 보다 더 광범위하고 조직적인 반대 세력이 존재한다거나 앞으로 존재할 가능성을 도무지 믿으려고 하지 않았다. 골드스타인이나 그의 지하 군대에 관한 이야기들은 당이 조작해 낸 헛소리이고, 사람들은 그것을 단지 믿는 척하고 있을 뿐이라는 것이었다. 그녀는 그동안

수없이 많은 당의 궐기대회나 자발적인 시위 대열에
참가해 목청껏 사람의 이름을 부르면서 처형하라고 외쳐
댔다고 말했다. 하지만 그녀 자신은 정작 그 이름들을
한 번도 들어 본 적도 없거니와 그 당사자들이 무슨 죄를
저질렀다고 믿어 본 적도 없다는 것이었다. 그녀는 공개
재판이 열릴 때면 아침부터 저녁까지 재판장을 에워싸고
있는 청년연맹의 파견단 속에 끼어 앉아서 이따금씩 "저
반역자를 처형하라!" 하고 소리쳤다고 했다. 그리고 '이 분
증오' 시간에는 그 누구보다 거세게 골드스타인을 향해
욕설을 퍼부었다고 했다. 하지만 골드스타인이 누구이며,
그가 어떤 정책을 내걸고 있는지 전혀 모른다는 것이었다.
그녀는 혁명 이후에 성장한 세대이기 때문에 1950년대와
1960년대의 이념 전쟁을 알지 못했다. 따라서 그녀에게
개인적인 정치 활동 같은 것은 상상도 할 수 없는 일이었고,
당은 정복될 수 없는 것이었다. 당은 영원히 존재하고,
언제나 한결같은 절대 권력이었다. 사람들이 거기에
대항할 방법은 거의 없었다. 있어 봤자 명령에 잘 따르지
않거나 몇 사람을 죽이고 무언가를 폭파하는 것 같은
개별적인 파괴 행위뿐이었다.

　　어떤 면에서 보면 줄리아가 윈스턴보다 훨씬 더
예리했다. 그리고 그런 만큼 윈스턴에 비해 당의 선전에
쉽게 넘어가지 않는 편이었다. 언젠가 그가 우연히

유라시아와의 전쟁에 관해서 이야기했을 때였다. 그녀는
자기가 보기에 전쟁은 일어나지 않았다고 잘라 말해
그를 놀라게 했다. 매일같이 런던에 떨어지는 로켓 폭탄도
오세아니아 정부가 '국민에게 공포 분위기를 조성하기
위해' 발사하는 것이라고 했다. 그는 한 번도 그런 생각을
해 본 적이 없었다. 그녀가 '이 분 증오' 시간에 터지는
웃음을 참느라 무진 애를 쓰고 있다는 말을 했을 때 그는
일종의 부러움마저 느꼈다. 그녀는 당의 강령이 자신의
삶을 간섭할 때에만 그에 의혹을 품고 반발했다. 그런 데다
진실과 거짓의 차이가 자기에게 별로 큰 영향을 미치지
않기 때문에 당의 공식적인 신화를 그대로 받아들인다는
태도를 보였다. 예를 들면 이런 식이었다. 그녀는 학교에서
배운 대로 당이 비행기를 발명했다는 선전을 믿고
있었다.(그가 학교를 다니던 1950년대 후반에는 당이 발명했다고
주장한 것은 헬리콥터뿐이었다. 그런데 십이년 후 줄리아가 학교에
다닐 때는 비행기까지 발명했다고 선전했다. 아마 한 세대 후에는
증기기관까지 발명했다고 큰소리칠 것이다.) 이에 대해 윈스턴은
자기가 태어나기 전, 그러니까 혁명이 일어나기 한참
전에도 비행기는 있었다고 말했다. 하지만 그녀는 그의
말에 아무런 관심도 나타내지 않았다. 누가 비행기를
발명했든 그게 무슨 상관이냐는 식이었다. 윈스턴은
그녀가 불과 사 년 전에 오세아니아는 이스트아시아와

전쟁 중이었고, 유라시아와는 평화적인 관계를 맺고
있었다는 사실조차 까맣게 모르는 것을 알고는 깜짝
놀랐다. 물론 모든 전쟁이 속임수에 지나지 않는다는
그녀의 생각은 옳다. 그러나 상대하는 적의 이름이
무엇으로 바뀌었는지조차 의식하지 못하는 건 결코
예사로운 문제가 아니다. 언젠가 그녀는 "저는 우리가 늘
유라시아하고만 전쟁하고 있는 줄 알았어요."라고 말했다.
윈스턴은 그 말을 듣고 충격을 받았다. 비행기 발명은
그녀가 태어나기 오래전 일이므로 그렇다 치더라도 전쟁
상대국이 바뀐 것은 그녀가 성인이 되고 난 후인 사 년
전의 일인데, 그런 말을 하다니……. 그는 그 문제로 그녀와
십오 분 동안 언쟁을 벌였다. 결국 그는 그녀로 하여금 한때
전쟁 상대국이 유라시아가 아니라 이스트아시아였다는
사실을 희미하게나마 기억하게 하는 데 성공했다. 하지만
그 같은 사실도 그녀에게는 중요하지 않았다. "그게 무슨
상관이에요? 이래저래 전쟁은 끊임없이 이어지고, 뉴스는
그 내용이 어떻든 모두 거짓말일 뿐인데요." 그녀는 짜증
나서 못 참겠다는 듯이 그렇게 말했다.

이따금씩 그는 기록국과 거기에서 자기가 하고 있는
뻔뻔스런 날조 행위에 대해 그녀에게 말했다. 그녀는 그런
일에도 놀라는 것 같지 않았다. 거짓이 진실이 된다고
해서 자신의 발밑에 무서운 함정이 생긴다고는 생각지

않는 모양이었다. 그는 존스와 아런슨과 러더포드, 그리고 언젠가 손안에 잠깐 쥐었던 종이쪽지에 대해서도 이야기했다. 하지만 그런 이야기도 그녀의 관심을 끌지 못하기는 마찬가지였다. 그녀는 아예 이야기의 핵심이 무엇인지조차 파악하지 못하고 있었다.

"그 사람들이 당신 친구였어요?"

"아니야, 나는 그 사람들을 알지도 못해. 그들은 내부당원이야. 게다가 나보다 나이가 훨씬 많은 혁명 이전의 구세대 사람들이지. 나는 그들의 얼굴만 겨우 봤을 뿐이야."

"그럼 뭘 걱정해요? 어차피 사람은 언젠가는 죽지 않나요?"

그는 그녀를 이해시키려고 애썼다.

"이건 예외적인 경우야. 사람이 죽는 문제하고는 달라. 당신은 어제를 비롯한 과거가 깡그리 지워지고 있다는 걸 알고 있어? 아직 과거가 어딘가에 남아 있다 하더라도 그건 저 유리 덩어리처럼 아무 말도 전하지 못하는 물체일 뿐이야. 이미 우리는 혁명 당시와 그 이전 시대에 대해서는 아는 게 하나도 없어. 모든 기록은 폐기되거나 날조되었고, 책이란 책은 모두 다시 쓰였으며, 모든 그림도 다시 그려졌어. 또 모든 동상과 거리와 건물에는 새 이름이 붙었고, 역사적인 날짜마저 모두 새롭게 고쳐졌지. 물론 이런 작업은 지금 이 순간에도 계속 행해지고 있어. 한마디로 역사는 정지해 버린 거야. 이젠 당이 항상 옳다고 하는 이 끝없는 현재 이외에는 아무것도 존재하지 않아. 물론 나는 과거가 날조되었다는 것을 알고 있지. 하지만 나 자신이 날조 행위를 하면서도 내게는 이것을 증명할 길이 전혀 없어. 일단 날조되고 나면 그 어떤 증거물도 남아 있지 않게 되니까. 결국 유일한 증거는 내 기억 속에 남아 있을 뿐인데, 과연 사람들이 내 기억을 믿어 주기나 할까? 그건 장담할 수 없는 일이야. 지금껏 살아오는 동안 나는 딱 한 번 그 사건 이후 실질적이고 구체적인 증거를 가졌던 적이 있었어."

"그래서 그게 무슨 소용이라도 있었나요?"

"아무 소용도 없었지. 몇 분 후 버렸으니까. 하지만 똑같은 일이 지금 일어난다면, 나는 그것을 꼭 보관할 거야."

"저라면 그렇게 하지 않을 거예요. 저도 위험을 무릅쓸 각오는 되어 있지만, 그럴 만한 가치가 있는 것을 위해서라면 몰라도 낡은 신문지 조각을 위해서 모험을 하지는 않겠어요. 설령 당신이 그걸 보관했더라도 대체 뭘 할 수 있겠어요?"

"구체적으로 할 수 있는 건 없겠지. 하지만 증거는 돼. 내가 위험을 무릅쓰고 그것을 누구에게든 보일

수만 있었다면 당을 의심하는 사람들이 여기저기서
생겨났을 거야. 물론 우리 평생에 어떤 것을 변화시킬 수
있으리라고는 생각지 않아. 그러나 여기저기서 일어날
소규모의 저항 운동은 상상할 수 있어. 만약 그 세력이
점점 불어나서 후세에 몇 마디의 기록이라도 남기게
된다면, 우리가 떠난 뒤에라도 다음 세대가 뭔가를 수행할
수 있을 거야."

　"다음 세대에 대해서는 관심 없어요. 저는 지금 우리에
대해서만 관심이 있을 뿐이에요."

　"당신은 허리 아래쪽만 반역자군."

　그의 재치 있는 말에 그녀는 기쁜 표정을 지으며 그를
껴안았다.

　줄리아는 당의 세부적인 강령에 대해서는 관심조차
보이지 않았다. 그가 '영사'의 원리니, 이중사고니, 과거에
대한 변조니, 객관적 현실의 부정이니, 신어의 사용법에
관한 이야기를 시작하기만 하면 그녀는 난색을 표하며
그따위 것들에는 관심 없다고 잘라 말했다. 누구나 그런
것들이 쓸데없는 줄 알고 있는데, 왜 고민을 하느냐는
식이었다. 그리고 기뻐해야 할 때와 비웃어야 할 때를
알고 있으면 그것으로 된 게 아니냐는 것이었다. 그녀는
윈스턴이 그런 문제에 대해 집요하게 이야기를 계속하면
못 들은 척하다 결국에는 잠이 들곤 했다. 사실 그녀는

때와 장소를 가리지 않고 잠을 잘 자는 사람이었다. 윈스턴은 그녀와 이야기하는 동안 정통성이 무엇을 의미하는지 모르면서도 정통적인 태도를 갖는다는 게 얼마나 쉬운 일인가를 깨달았다. 어떤 면에서 당의 세계관은 그것을 이해할 능력이 없는 사람들에게 가장 잘 받아들여졌다. 그들은 자기들에게 요구되는 것이 얼마나 끔찍한 일인지도 납득하지 못할뿐더러 현재 일어나고 있는 공적인 사건에 대해 무관심하기 때문에 가장 악랄한 현실 파괴도 서슴지 않고 받아들일 수 있었던 것이다. 말하자면 그들은 무지로 인해 정상적인 정신 상태를 유지한다고 볼 수 있다. 아무것이나 닥치는 대로 집어삼키는데, 그래도 탈이 나지 않는다. 그것은 곡식의 낱알이 소화되지 않은 채 새의 창자를 거쳐 그대로 나오는 경우처럼 뒤에 아무런 찌꺼기도 남지 않기 때문이다.

6

마침내 일이 벌어졌다. 기대했던 메시지가 온 것이다. 그는 자신이 한평생 이런 일이 일어나기만을 기다려 온 것처럼 느껴졌다.

그가 청사의 긴 복도를 걷고 있을 때였다. 줄리아가

그의 손에 쪽지를 건네던 바로 그 지점에 이르렀을 즈음,
그는 자기보다 덩치가 큰 사람이 뒤따라오고 있다는 것을
느꼈다. 누군지는 모르지만 그 사람은 말을 걸고 싶은 듯
잔기침을 했다. 윈스턴은 갑자기 걸음을 멈추고 돌아섰다.
오브라이언이었다.

그들이 얼굴을 마주 대한 순간, 윈스턴은 그 자리에서
도망쳐 버리고 싶었다. 그의 심장이 격렬하게 뛰었다.
말을 하려 해도 입술이 떨어지지 않을 것 같았다. 그러나
오브라이언의 태도는 의연했다. 그는 다정스레 윈스턴의
어깨 위에 손을 얹고 윈스턴과 보조를 맞추며 걸었다.

"당신과 한번 얘기를 나누고 싶었소."

오브라이언이 대부분의 내부당원들과 달리 정중한
태도로 말했다.

"언젠가 《타임스》에서 신어에 관한 당신의 글을
읽었어요. 신어에 대해 학문적인 관심을 갖고 있는 것
같더군요."

윈스턴은 얼마쯤 마음의 평정을 되찾았다.

"학문적이라고 할 것까지야 있겠습니까? 그저
아마추어에 불과할 뿐입니다. 제 전공도 아닐뿐더러
언어의 실질적인 구조와 관계되는 일 같은 걸 해 본 적도
없습니다."

"하지만 아주 훌륭하게 썼더군요. 이건 나 혼자만의

견해가 아니오. 그 분야에 꽤 밝은 전문가라 할 수 있는
당신 친구와 얼마 전 얘기를 나눈 적이 있소. 그 이름은
생각나지 않지만 말이오.”

윈스턴의 심장이 다시 고통스럽게 뛰기 시작했다.
그런 사람은 사임 외에는 없다. 하지만 사임은 이미 죽은
사람이요, 사라져 버린 ‘무인(無人)’이다. 더욱이 그를 아는
체하는 것은 극히 위험한 일이다. 오브라이언의 그 말은
분명히 하나의 신호이거나 암호일 것이다. 어쩌면 함께
가벼운 사상죄를 범함으로써 공범이 되자는 식의 저의를
품고 있을지도 모른다.

그들은 천천히 복도를 따라 걸어갔다. 이윽고
오브라이언이 걸음을 멈췄다. 그는 상대방을 안심시키려는
듯 묘한 친밀감이 어린 태도로 콧잔등의 안경을 고쳐
쓰고는 계속해서 말했다.

“당신에게 정작 하고 싶었던 말은 당신이 쓴 기사에서
이미 없어진 낱말을 두 개나 찾아냈다는 거요. 아주
최근에 없어진 낱말들이긴 하지만 말이오. 혹시 신어사전
제10판을 본 적 있소?”

“아뇨, 못 봤습니다. 아직 발간되지 않은 걸로 알고
있습니다. 저희 기록국에서는 아직도 제9판을 사용하고
있지요.”

“제10판은 몇 달 안에는 나오지 못할 거요. 하지만

견본이 몇 권 나왔지요. 마침 내게 그 한 권이 있는데, 당신도 보면 흥미를 느낄 거요.”

“꼭 한번 보고 싶습니다.”

윈스턴은 오브라이언의 말이 무엇을 의미하는지 금세 알아챘다.

“새로운 진전을 보인 것 중에는 착상이 아주 독창적인 게 몇 가지 있어요. 먼저 동사의 수가 눈에 띄게 줄어들었는데, 아마 이 점이 당신에게 가장 흥미롭지 않을까 싶소. 가만있자, 인편으로 그 사전을 보내 드릴까요? 그러면 좋겠는데, 나는 뭐든 잘 잊어버린다오. 당신이 아무 때나 편리한 시간에 내 집에 들러서 가져가면 어떻겠소? 잠깐, 내 집 주소를 적어 드리지요.”

그들은 텔레스크린 앞에 서 있었다. 오브라이언은 정신없이 두어 군데의 주머니를 뒤진 뒤에야 가죽 표지의 조그만 수첩과 금빛 만년필을 꺼냈다. 그러고는 텔레스크린 바로 아래에서 볼 테면 보라는 듯 주소를 쓰고 그 종이를 찢어 윈스턴에게 건네주었다.

“대개 저녁에는 집에 있소. 만일 내가 없다면 하인이 대신 그 사전을 당신에게 줄 거요.”

그는 그렇게 말하고 윈스턴의 손에 종이쪽지를 쥐어 주고는 그 자리를 떠났다. 이번에는 감출 필요가 없었지만, 윈스턴은 종이쪽지에 적힌 주소를 외우고는 몇 시간 뒤 그것을 다른 서류 뭉치와 함께 기억통 속에 넣어 버렸다.

그들의 대화는 기껏해야 이 분밖에 걸리지 않았다. 그 짧은 순간의 사건이 가질 수 있는 의미는 단 한 가지뿐이었다. 그것은 오브라이언이 윈스턴에게 자기 주소를 가르쳐 주기 위해 꾸며 낸 방편이었다. 상대방이 직접 물어보기 전에는 자기의 주소를 알려 줄 수 없기 때문에 그 같은 방법을 동원했던 것이다. 애당초 주소록 같은 것은 없었다. 오브라이언이 그에게 말하고자 한 것은 '나를 만나고 싶으면 이곳으로 오라.'였다. 어쩌면 사전 속에 메시지가 숨겨져 있을지도 모른다. 그러나 어쨌든 한 가지 일만은 확실하다. 그가 상상해 왔던 음모는 존재하고, 그는 이제야 그 음모의 실마리를 잡게 된 것이다.

윈스턴은 조만간 오브라이언의 부름에 응하기로 마음먹었다. 아직 내일이 될지, 그보다 한참 오랜 후가 될지는 모른다. 지금 일어나고 있는 것은 몇 년 전부터 예비된 결과일 뿐이다. 첫 번째 단계는 비밀스러운 데다 모호한 생각이고, 두 번째 단계는 일기를 쓰기 시작한 것이었다. 그는 생각을 글로 옮겼지만, 이제는 글을 행동으로 옮겨야 할 때다. 마지막 단계는 애정부에서 일어날 모종의 사건일 것이다. 그는 그것을 받아들였다. 어차피 결말은 언제나 시작에 포함되어 있게 마련이었다.

그러나 그것은 두려운 일이었다. 좀 더 정확하게

말해서 그것은 죽음의 전조를 맛보는 것인 동시에, 생을 더 짧게 단축시키는 것이나 다름없었다. 그는 오브라이언에게 말하고 있는 동안에도 섬뜩한 전율이 온몸을 뒤흔드는 것을 느꼈다. 왠지 습기 찬 무덤 속으로 걸어 들어가는 듯한 기분이 들었다. 하지만 그는 무덤이 거기에서 자신을 기다리고 있다는 사실을 항상 인지하고 있기 때문에 그렇게 심한 공포는 느끼지 않았다.

7

윈스턴은 눈에 눈물이 글썽해진 상태에서 잠을 깼다. 줄리아가 잠결에 몸을 뒤척이며 뭐라고 중얼거렸다. "무슨 일이에요?"라고 중얼거린 것 같았다.

"꿈을 꿨는데……."

그는 말을 하려다가 입을 다물었다. 꿈의 내용이 너무 복잡해서 말로 옮길 수 없을 것 같았다. 또 꿈도 꿈이지만 잠을 깬 뒤에도 얼마 동안 한 가지 기억이 그의 뇌리에서 헤엄치듯 꿈틀거렸다.

그는 꿈속 분위기에 흠뻑 젖어서 눈을 감은 채 돌아누웠다. 그것은 마치 그의 전 생애가 비 온 뒤 여름날 저녁 풍경처럼 펼쳐지는 것 같은, 광대하고 명료한 꿈이었다. 꿈은 모두 유리 문진 내부에서 펼쳐졌다. 그 유리 표면은 궁륭을 이룬 하늘이었고, 그 궁륭 내부는 밝고 부드러운 빛이 충만한 데다 끝이 보이지 않을 정도로 아득했다. 꿈속에서는 어머니가 팔을 흔드는 모습이 보였고 ── 어떤 의미에서 꿈은 이것을 중심으로 펼쳐진 것이었다 ── 삼십 년 후 그가 영화에서 보았던 유태인 부인이 헬리콥터에 피격되어 산산조각이 나기 전, 총탄으로부터 어린 아들을 보호하려고 안간힘을 쓰는 장면도 펼쳐졌다.

"나는 이날 이때까지 내가 어머니를 죽였다고 생각했어."

그가 말했다.

"왜 어머니를 죽이셨어요?"

줄리아가 잠결에 물었다.

"어머니를 죽이진 않았어. 실제로는……."

꿈속에서 마지막으로 본 어머니의 모습이 그의 눈에 선했다. 잠을 깨고 나서 얼마 동안 그의 뇌리에는 어머니와 관련된 여러 가지 사소한 사건들이 떠올랐다. 그것은 그가 몇 년을 두고 잊어버리려 애써 왔던 기억들이었다. 그 일이 일어난 연대는 확실히 기억나지 않지만, 아마 그의 나이 열 살이나 열두 살쯤 되었을 무렵일 것이다.

아버지는 그 일이 일어나기 얼마 전에 사라졌다.

그것이 얼마나 오래전이었는지는 알 수 없다. 그는 당시의 소란스럽고 불안했던 분위기를 선명하게 회상해 낼 수 있다. 주기적인 공습으로 인한 공포, 지하철역으로의 피난, 사방에 널려 있는 자갈더미, 길모퉁이마다 나붙은 의미를 알 수 없는 성명서, 모두 똑같은 색깔의 셔츠를 입은 젊은이들, 빵 가게 앞에 기다랗게 줄을 서서 빵 배급을 기다리는 사람들, 멀리서 이따금씩 들려오는 기관총 소리……. 그러나 무엇보다 가장 아프게 기억되는 건 먹을 것이 충분하지 못했었다는 사실이었다. 그는 또래 아이들과 함께 쓰레기통과 쓰레기더미를 뒤져서 양배추 줄기와 감자 껍질을 줍고, 가끔씩 상한 빵 조각을 주워 썩은 부분을 떼어 낸 뒤 먹었던 그 기나긴 한낮을 떠올렸다. 아울러 소의 사료를 싣고 일정한 길을 지나는 트럭이 울퉁불퉁한 곳에서 덜커덩거릴 때 떨어지는 몇 조각의 콩깻묵을 줍던 일도 회상했다.

아버지가 사라졌을 때, 어머니는 어떤 놀라움이나 격렬한 슬픔을 내비치지 않았다. 하지만 사람이 확 달라졌다. 어머니는 완전히 넋이 나간 사람 같았다. 윈스턴이 보기에 어머니는 꼭 일어나야 한다고 믿고 있는 어떤 일을 기다리고 있는 게 분명했다. 그녀는 필요한 모든 일 — 요리, 빨래, 옷 깁기, 잠자리 정리, 마루 닦기, 벽난로 청소 등 — 을 다 했다. 그런데 이상하게도 마치 화가의 지시에 따라 움직이는 모델처럼 불필요한 동작은 모두 제거해 버린 듯이 아주 느리게 그런 일들을 해 나갔다. 그녀의 크고 맵시 있는 몸이 갈수록 굳어져 정물처럼 되어 가는 것 같았다. 어머니는 한 번에 몇 시간씩 침대 머리맡에 꼼짝도 않고 앉아서 병약해 우는 소리도 못 내는 데다 너무 말라 원숭이 같은 얼굴이 된 두어 살짜리 누이동생에게 젖을 물리곤 했다. 그리고 어떤 때는 아무 말 없이 윈스턴을 오랫동안 품에 꼭 껴안기도 했다. 당시 윈스턴은 어렸고, 그래서 자기밖에 몰랐지만 어머니의 그런 행동이 말로 표현할 수 없는 어떤 사건이 일어나리라는 것을 암시한다고 생각했다.

그는 어머니와 함께 살았던 어둡고 냄새나는 방을 떠올렸다. 하얀 시트가 덮인 침대가 절반을 차지한 그 방의 벽난로 펜더 위에는 가스풍로와 먹을 것을 넣어 두는 선반이 있었으며, 바깥 층계참에는 여러 가구가 공동으로 사용하는 갈색의 흙으로 만든 수채통이 있었다. 그는 가스풍로 위로 몸을 구부리고 냄비 안의 음식을 휘젓고 있는 어머니의 우아한 모습을 떠올렸다. 끊임없이 배고팠던 그 시절의 기억 중 그의 뇌리에 가장 아프게 새겨진 것은 식사 때마다 조금이라도 더 먹으려고 앙탈을 부렸던 일이었다. 그는 걸핏하면 어머니에게 왜 먹을 것이 없느냐고 묻거나 더 달라고 졸라 댔다. 그러다 마침내

소리를 지르며 어머니에게 대들기도 하고(그는 갈라지는
듯한 음성으로 성급하게 소리를 지르다가 가끔씩 이상하게 울리는
소리로 울부짖던 자신의 목소리마저 기억하고 있었다.) 자기
몫보다 더 먹으려는 속셈에서 억지로 울기도 했다. 그러면
어머니는 언제나 자기 몫에서 덜어 주곤 했다. 사내아이는
가장 많이 먹어야 한다는 것이 어머니의 생각이었다.
그러나 어머니가 아무리 더 줘도 그는 늘 더 달라고 졸라
댔다. 식사 때마다 어머니는 그에게 너무 욕심 부리지
말라고 했고, 어린 누이동생이 아프니까 먹이기라도 해야
할 것 아니냐면서 타일렀지만 소용없는 일이었다. 윈스턴은
어머니가 더 퍼 주지 않으면 화가 나서 소리를 지르며
어머니 손에서 냄비와 국자를 빼앗았고, 누이동생의
접시에 조금 담긴 음식까지 강탈해 먹었다. 그는 자신이
어머니와 누이동생을 굶주리게 하고 있다는 걸 알고
있었다. 그러나 그로서도 어쩔 수 없었다. 그는 자기한테
그렇게 할 권리가 있다고까지 생각했다. 허기질 때마다 배
속에서 나는 쪼르륵 하는 소리가 그런 생각을 정당화시켜
주었다. 그는 식사 시간 외에도 어머니가 한눈을 팔기만
하면, 찬장 안에 있는 보잘것없는 음식들을 잽싸게 훔쳐
먹었다.
    어느 날 초콜릿 배급이 있었을 때였다. 그것은
몇 주 만에, 아니 몇 달 만에 받는 배급이었다. 그는

그 귀중한 초콜릿 조각을 지금도 분명하게 기억하고
있다. 그날 그의 세 식구 몫으로 2온스짜리 한 조각이
배급되었다.(당시에도 여전히 온스라는 단위를 썼다.) 당연히
그 초콜릿은 세 등분으로 나누어야 옳았다. 그런데
윈스턴은 문득 자신의 내부에서 일어나는 커다란 소리를
들었다. 그것은 그 초콜릿을 윈스턴 혼자 다 먹어야 한다고
주장하는 소리였다. 어머니는 그에게 욕심을 부리지
말라고 타일렀다. 몇 시간 동안 소리치고 흐느껴 울고
나무라고 달래고 잔소리를 하는 등 소란이 일었다. 그동안
어린 누이동생은 새끼 원숭이처럼 두 팔로 어머니의
목에 매달린 채 슬픔이 담긴 커다란 눈으로 어머니 어깨
너머의 오빠를 바라보고 있었다. 결국 어머니는 초콜릿의
4분의 3을 그에게 주고, 나머지는 누이동생에게 주었다.
누이동생은 초콜릿을 손에 들고도 그것이 무엇인지
모르는지 멍하니 들여다보고만 있었다. 윈스턴은 잠시
동생을 노려보았다. 그러고는 번개처럼 잽싸게 동생의
손에서 초콜릿을 낚아채 문밖으로 튀었다.

　　"윈스턴! 윈스턴! 돌아와! 동생한테 초콜릿을 돌려줘!"
어머니가 소리쳤다.

　　그는 걸음을 멈췄다. 하지만 되돌아가지는 않았다.
어머니가 애원하는 눈으로 그의 얼굴을 쳐다보고 있었다.
그 순간에도 그는 무슨 일이 터질 것 같은 느낌이 들었다.

누이동생은 뭔가 빼앗겼다고 생각했는지 힘없이 칭얼대기 시작했다. 어머니는 누이동생을 두 팔로 감싸고는 그 얼굴을 젖가슴에 갖다 댔다. 윈스턴은 어머니의 그런 몸짓을 보고 누이동생이 죽어 가고 있다고 생각했다. 그는 녹아서 끈적거리는 초콜릿을 움켜쥐고 조용히 돌아섰다. 그러고는 재빨리 계단을 뛰어 내려갔다.

그 후 그는 어머니를 두 번 다시 보지 못했다. 그날 초콜릿을 몽땅 먹고 나자 약간 부끄러운 생각이 들었다. 그래서 그는 거리를 몇 시간 동안 싸돌아다니다가 배가 고파서야 마지못해 집으로 돌아왔다. 그런데 어머니가 보이지 않았다. 어머니와 누이동생 외에 방 안에서 없어진 것이라곤 아무것도 없었다. 어머니의 외투까지 그대로 있었다. 어머니는 옷가지 하나 가져가지 않았다. 아무튼 그는 지금까지도 어머니가 죽었는지 살았는지 알지 못한다. 어머니는 강제 노동 수용소에 보내졌을 가능성이 크다. 그리고 누이동생은 윈스턴의 경우처럼 내란 때문에 늘어난 고아들의 집단 수용소(교화원이라고 불렀다.)로 보내졌으리라. 그렇지 않으면 어머니를 따라 강제 노동 수용소로 가서 어딘가에 살아남아 있든가 죽었을 것이다.

그 꿈은 지금도 그의 뇌리에 남아 있다. 특히 그 꿈의 모든 의미가 담겨 있을 것 같은, 뭔가를 싸안고 보호하려는 듯 팔이 움직이던 장면에 대한 기억은 생생하다. 그는 두 달 전에 꾼 또 다른 꿈을 생각해 냈다. 어머니는 하얀 시트가 덮인 지저분한 침대에 어린 딸을 붙잡고 앉아 있던 때와 똑같은 자세로 매순간 그의 발밑 저 아래로 자꾸만 가라앉는 침몰하는 배 안에 앉아서 점점 컴컴해지는 물속에서 그를 올려다보고 있었다.

그는 줄리아에게 어머니가 사라진 이야기를 들려주었다. 그녀는 눈도 뜨지 않은 채 몸을 돌려서 더 편한 자세로 누웠다.

"그때는 당신도 추잡한 돼지 새끼였나 보군요. 하긴 어린애들은 다 돼지죠 뭐."

그녀가 분명하지 않은 말투로 중얼거렸다.

"그래, 추잡한 돼지 새끼였어. 그런데 내 얘기의 핵심은……."

숨소리로 보아 그녀는 다시 잠에 빠져든 것 같았다. 그는 어머니에 대한 이야기를 계속하고 싶었다. 그가 기억하기에 어머니는 비범하거나 지성적인 여자는 아니었다. 하지만 나름대로 가치관을 갖고 살았기 때문에 그녀의 태도에는 고상하고 순결한 기품이 배어 있었다. 그리고 감성 또한 그녀 나름의 독특한 것이어서 외부의 영향을 받지 않았다. 그녀는 쓸데없는 행동이라고 해서 반드시 무의미하다고는 보지 않았다. 또 누군가를 사랑하면 그를 끝까지 사랑했고, 아무것도 줄 것이

없더라도 사랑만은 줄 수 있다고 믿었다. 윈스턴에게
초콜릿을 몽땅 빼앗겼을 때, 어머니는 누이동생을 가슴에
꼭 껴안았다. 그래 봤자 아무런 소용도 없고, 아무것도
변화시키지 못하며, 없어진 초콜릿이 다시 생기는 것도,
어린 딸이나 자신의 죽음을 피할 수 있는 것도 아닌 줄
알면서 어머니는 그렇게 하는 걸 당연한 일로 여기는 것
같았다. 보트에 타고 있던 그 피난민 부인도 총알을 막는
데 종이 한 장만큼의 효과도 없음에도 어린 아들을 두
팔로 감쌌다. 당이 행하는 무서운 짓은 물질적인 세계를
지배하는 인간의 힘을 모두 빼앗아 가는 한편, 단순한
충동이나 감정은 아무 쓸모가 없다고 억지로 인식시키는
것이다. 일단 당의 손아귀에 들어가기만 하면, 느끼는
것과 느끼지 못하는 것, 행동하는 것과 행동하지 못하는
것이 그야말로 아무런 차이가 없게 된다. 개인에게 일어난
모든 일은 물론 그 존재와 행적까지 영원히 사라져 버린다.
요컨대 역사로부터 깨끗이 지워져 버리는 것이다. 그러나
두 세대 전의 사람들은 역사를 바꾸려 하지 않았고,
그래서 이런 일은 그리 중요하지도 않았다. 그들은
개인적인 성실성으로 삶을 살았고, 아무도 그것을 문제
삼지 않았다. 중요한 것은 개인적인 인간관계였으며, 죽어
가는 사람을 포옹하고 눈물을 흘리고 한마디 위로의
말을 건네주는 등의 무력한 행위에서도 어떤 가치를 찾을

수 있었다. 문득 노동자들은 아직 이런 상황 속에 살고
있다는 생각이 윈스턴의 뇌리를 스쳤다. 그들은 당이나
국가나 이념 따위에 충성을 바치지 않고 그들 자신에게
충실했다. 그는 비로소 노동자들을 경멸하지 않게 되었다.
경멸하기는커녕 그들이야말로 어느 날인가 생명을 되찾아
세계를 재건할 수 있는 잠재된 힘이라고 생각하기에
이르렀다. 노동자들이야말로 인간이다. 그들의 내면은
경직되어 있지 않다. 그들은 윈스턴이 의식적인 노력으로
다시 배워야 할 원시적인 감정을 그대로 지닌 채 살고
있다. 그는 이런 생각을 하다가 몇 주일 전 길 위에 떨어져
나뒹구는 절단된 팔을 발견하고 양배추 줄기나 되는
것처럼 도랑 속으로 차 넣었던 일을 떠올렸다.

　"노동자들이야말로 진정한 인간이야. 우리는 인간이
아니고."

　그가 큰 소리로 말했다.

　"왜 아니에요?"

　다시 잠을 깬 줄리아가 물었다.

　그는 잠시 생각에 잠겼다가 말했다.

　"당신은 우리가 할 수 있는 최선의 일이란 더 늦기
전에 이곳을 빠져나가서 다시는 서로 만나지 않는 거라고
생각지 않아?"

　"그런 생각 여러 번 해 봤어요. 하지만 저는 어쨌든

간에 그렇게 하지 않을 거예요.”

　“우리는 운이 좋은 편이야. 하지만 이런 관계가 오래 지속되지는 못해. 당신은 젊어. 게다가 지극히 정상적이고 순진해. 나 같은 사람과 깨끗이 헤어진다면 앞으로 오십 년은 더 살 수 있을 거야.”

　“아니에요. 저도 다 생각해 봤어요. 저는 당신이 하는 대로 따라서 할래요. 너무 낙담하지 마세요. 저는 살아남을 자신 있어요.”

　“우리는 육 개월쯤 더 같이 지낼 수는 있겠지. 아니, 어쩌면 일 년은 그럴 수 있을지 모르겠어. 하지만 결국 우리는 헤어지게 될 거야. 줄리아, 완전히 혼자가 될 때를 생각해 봤어? 그들에게 잡히기만 하면 나나 당신이나 서로를 위해 아무것도, 정말이지 아무것도 할 수 없을 거야. 오히려 해가 되겠지. 내가 자백하게 되면 그들은 당신을 총살할 거야. 설령 자백을 거부한다 하더라도 당신을 총살하기는 마찬가지일 거고. 내가 뭘 하든, 뭘 말하든, 또는 말하지 않든 당신의 처형을 오 분도 연기시킬 수 없어. 우리는 서로가 죽었는지 살았는지도 알 수 없게 돼. 그저 완전히 무기력한 상태에 빠지는 거지. 단 한 가지 중요한 건 우리가 서로 배신하지 말아야 한다는 거야. 그렇게 한다고 해서 달라질 건 하나도 없겠지만.”

　“자백 같은 건 안 할 수 없어요. 누구든 결국엔

자백하고 말 거예요. 당신도 마찬가지죠. 그들이 고문을 할 테니까요."

"나는 자백을 말하려는 게 아니야. 자백은 배신이 아니지. 자백을 하든 안 하든 그런 건 중요하지 않아. 중요한 건 감정이야. 예컨대 그들 때문에 내가 당신을 사랑하지 않게 된다면, 그게 진짜 배신이란 얘기지."

줄리아는 그의 말에 곰곰이 생각하는 표정을 지었다.

"그렇게 할 수 없을걸요."

그녀가 단호하게 말했다.

"그들이 할 수 없는 일이 한 가지 있어요. 그들은 당신이 무엇이든 말하게끔 할 수는 있지만, 믿게는 할 수 없어요. 당신의 속마음까지 지배할 수는 없으니까요."

"그래, 당신 말이 맞아. 사람의 속마음까지 지배할 수는 없지. 만약 인간으로서 살아가는 게 가치 있는 일이라고 확신할 수 있다면, 비록 대단한 성과를 얻지는 못하더라도 그들을 패배시키는 셈은 되는 거야."

윈스턴의 얼굴에 생기가 감돌았다. 그는 잠들지 않고 언제나 귀를 곤두세우고 있는 텔레스크린을 생각했다. 그들은 밤낮으로 사람들을 감시하지만 정신을 똑바로 차리고 있는 한 그들을 얼마든지 따돌릴 수 있을 것이다. 그들이 아무리 영리하다고 할지라도 다른 사람의 생각까지 알아낼 수는 없다. 그들의 손아귀에 걸려들면

조금은 사정이 다르겠지만, 애정부 안에서 무슨 일이
일어나는지는 아무도 모른다. 그러나 어느 정도 추측은 할
수 있다. 그들은 고문, 마취제, 신경 반응을 측정하는 정밀
기계, 수면 방해, 고독, 끈질긴 심문 등으로 녹초가 되도록
괴롭힐 것이고, 그러면 사람들은 결국 사실을 털어놓게 될
것이다. 그들은 심문으로 비밀을 알아낼 수 있고, 고문으로
사람들의 마음속에 들어 있는 것을 끄집어낼 수 있다.
그런데 단순히 살아남는 게 아니라 인간으로서 사는 게
목적이라면, 궁극적으로 무엇이 어떻게 달라진단 말인가?
사람들이 그들을 자신들과 똑같게 개조시킬 수 없듯 그들
또한 사람들의 감정을 변화시킬 수 없다. 설령 그들이
사람들의 말과 행동과 생각을 하나하나 적나라하게
파헤친다 하더라도, 인간의 속마음까지 공략할 수는 없을
것이다. 왜냐하면 인간의 속마음은 자신이나 다른 사람이
어떻게 할 수 없는 신비로움 그 자체이기 때문이다.

8

　그들은 왔다. 마침내 오고야 말았다.
　그들이 서 있는 기다란 방 안에는 은은한 불빛이
감돌았다. 텔레스크린이 속삭이듯 희미한 소리를 냈다.

짙푸른 카펫의 감촉이 부드러웠다. 마치 벨벳을 밟는 듯한 느낌이었다. 방 저쪽 끝에는 오브라이언이 양쪽에 서류 더미를 쌓아 놓고 초록색 갓이 달린 램프의 불빛을 받으며 책상 앞에 앉아 있었다. 윈스턴과 줄리아가 하인의 안내를 받고 들어왔는데도 그는 짐짓 못 본 척했다.

윈스턴은 가슴이 너무 뛰어 말을 제대로 할 수 없을 것 같았다. 그가 생각할 수 있는 말은 고작 '우리는 왔다.'라는 것뿐이었다. 어쩌면 여기에 왔다는 것 자체가 경솔한 행동일지도 모른다. 더구나 둘이 함께 왔다는 것은 어리석은 짓일 것이다. 비록 서로 다른 길로 와서 오브라이언의 집 문 앞에서 만나기는 했지만 말이다. 아무튼 혼신의 노력을 기울인 끝에 도착한 곳이었다. 내부당원의 숙소를 구경하는 것은 물론, 그들의 거주 지역에 발을 들여놓는 것 자체가 극히 드문 경우였다. 으리으리한 저택의 위압적인 분위기, 호화롭고 풍족한 세간들, 군침이 도는 음식 냄새와 질 좋은 담배 향, 조용하면서도 빠른 속도로 오르내리는 엘리베이터, 분주하게 움직이는 흰 제복의 하인들, 이 모든 것이 두 사람의 기를 죽였다. 그렇지 않아도 윈스턴은 여기에 올 만한 충분한 구실이 있는데도 불구하고 걸음을 옮길 때마다 검정 제복을 입은 위병들이 모퉁이에서 튀어나와 신분증을 보여 달라 하고는 내쫓을까 봐 조마조마했었다.

그런데 오브라이언의 하인이 주저 없이 그들을 저택
안으로 안내했다. 그 하인은 체구가 작고 머리카락이 검은
남자로 흰 재킷을 입고 있었는데, 다이아몬드형의 얼굴에
중국인처럼 표정이 전혀 없었다. 하인이 그들을 인도한
복도에는 부드러운 카펫이 깔려 있었고, 크림색 벽지와 흰
벽은 더할 나위 없이 깨끗했다. 그런 것들을 보니 한층 더
주눅이 들었다. 윈스턴은 그때까지 사람의 손때가 묻지
않은 벽을 본 적이 없었다.

　　오브라이언은 손가락 사이에 종이 한 장을 끼워
들고서 열심히 들여다보고 있는 것 같았다. 콧날만
겨우 보일 정도로 앞으로 깊숙이 숙여진 그의 얼굴은
단호하면서도 지성적인 인상을 풍겼다. 그는 대략 이십
초가량 꼼짝도 않고 앉아 있다가 구술기록기를 앞으로
잡아당겨서 진리부 내에서만 사용하는 혼성 특수용어로
된 메시지를 낭독하기 시작했다.

　　"항목 1 쉼표 5 쉼표 7 완결 승인 마침표 항목 6에
포함된 제안은 극히 불합리 사상죄에 가까움 취소 마침표
기계류 총경비 합산 견적서 입수 전체 건설공사 중단
마침표 이상 메시지 끝."

　　그는 천천히 의자에서 일어나 소리 없이 카펫
위를 걸어 그들에게 다가왔다. 신어로 이야기할 때의
사무적이던 분위기는 다소 누그러졌지만, 마치 방해를

받아 불쾌한 듯 그의 표정은 여느 때보다 굳어 있었다. 윈스턴은 아까 느꼈던 공포에 다시 사로잡히는 것 같아서 몹시 당황했다. 아무리 생각해도 여기에 온 것이 어리석은 짓 같았다. 대체 무슨 근거로 오브라이언을 정치적 공모자라고 생각했던가? 단지 한 번 시선을 마주친 것과 한마디의 애매한 말을 들은 것뿐이었다. 그런 것을 제외하면 꿈을 근거로 한 그 자신의 은밀한 상상에 지나지 않았다. 이제는 사전을 빌리러 왔다는 구실을 대고 물러날 수도 없게 되었다. 왜냐하면 줄리아가 여기에 나타난 것에 대해서 뭐라고 설명할 수가 없기 때문이었다. 텔레스크린 앞을 지나가던 오브라이언이 불현듯 무언가 생각난 모양이었다. 그가 걸음을 멈추고 옆으로 돌아서더니 벽에 붙은 스위치를 눌렀다. 찰칵 하는 소리가 들림과 동시에 텔레스크린에서 흘러나오는 소리가 그쳤다.

줄리아가 깜짝 놀라서 작은 소리로 비명을 질렀다. 공포에 질려 있던 윈스턴도 너무 놀란 나머지 자기도 모르게 입을 열었다.

"저걸 끌 수도 있군요!"

"우리는 텔레스크린을 끌 수 있소. 그 정도 특권쯤은 갖고 있지요."

오브라이언이 말했다.

그는 이제 그들 맞은편에 서 있었다. 그의 우람한

체구가 그들 두 사람의 코앞에서 버티고 있었지만, 얼굴에
나타난 표정은 여전히 알쏭달쏭했다. 그는 윈스턴이
먼저 말을 꺼내기를 엄숙하게 기다리고 있었다. 대체
무슨 말을 기대하는 걸까? 지금도 그는 바쁜 사람을
왜 방해하느냐고 추궁하는 것 같았다. 아무도 입을
열지 않았다. 텔레스크린이 꺼진 뒤 방 안은 쥐죽은 듯
조용했다. 몇 초밖에 지나지 않았는데도 많은 시간이 흐른
것 같았다. 윈스턴은 난처해져서 오브라이언의 얼굴만
쳐다보았다. 갑자기 그 침울한 얼굴이 미소를 지으려는 듯
약간 일그러졌다. 그가 특유의 몸짓으로 콧잔등에 걸쳐
있는 안경을 매만지며 물었다.

　　"내가 먼저 말할까요, 아니면 당신이 먼저 말하겠소?"

　　"제가 먼저 말씀드리겠습니다. 저건 정말 꺼졌나요?"
윈스턴이 재빨리 물었다.

　　"그래요. 완전히 꺼졌어요. 이제 우리뿐이오."

　　"저희가 여기 온 것은……."

　　윈스턴은 자신의 방문 동기가 모호하다는
것을 비로소 깨닫고 말을 멈췄다. 사실 그는 자신이
오브라이언에게 어떤 도움을 기대해야 할지 몰랐기
때문에 찾아온 이유를 말하기가 쉽지 않았다. 그는 자신의
이야기가 애매하고 핑계처럼 들리리라고 생각하면서 말을
계속했다.

"저희는 당을 전복시키려는 모종의 비밀단체와 음모가 있다는 걸 알고 있습니다. 더욱이 당신이 거기에 가담해서 일하고 있다고 믿고 있습니다. 저희도 거기에 가담해서 일하고 싶습니다. 저희는 당의 적입니다. '영사'의 강령을 믿지 않습니다. 사상범입니다. 게다가 간통자이기도 합니다. 저는 저희 운명을 당신에게 맡기고 싶습니다. 그래서 감히 이런 말씀을 드리는 겁니다. 만약 당신이 저희에게 뭔가 다른 방식으로 죄를 범하라고 한다면 기꺼이 응할 각오가 되어 있습니다."

윈스턴은 문이 열린 것 같은 느낌이 들어서 일단 말을 멈추고 어깨 너머로 뒤쪽을 쳐다보았다. 아니나 다를까, 그 조그맣고 얼굴이 누런 하인이 노크도 없이 들어와 있었다. 그의 손에는 와인병과 잔들이 담긴 쟁반이 들려 있었다.

"마틴은 우리 편이오."

오브라이언이 태연하게 말했다.

"마틴, 마실 것을 이리 가져와서 원형 탁자에 놓게. 의자는 충분한가? 우리 앉아서 편안히 얘기하세, 마틴. 어서 자네 의자를 가져오게. 이 일은 하나의 사업이네. 이제부터 약 십 분 동안은 자네도 하인이 아니니까 그리 알게나."

마틴도 편안한 자세로 앉았다. 그러나 그는 여전히 하인의 태도를 잃지 않았으며, 오히려 그런 것을 특권으로

여기는지 시종 같은 인상을 풍겼다. 윈스턴은 곁눈질로
그를 살펴보았다. 그 사람은 평생토록 한 가지 역할만
해 왔고, 그래서 잠시라도 자신의 가면이 벗겨지면
위험하다고 여기는 것 같았다. 오브라이언이 술병을 집어
들고는 유리잔 가득 검붉은 와인을 따랐다. 윈스턴은 그
모습을 바라보았다. 문득 오래전 벽이나 광고판에서 본
적이 있는, 커다란 네온사인 술병이 위아래로 움직이며
유리잔에 술을 따르던 광경이 그의 뇌리에 어렴풋이
떠올랐다. 잔 위쪽에서 보면 와인은 거의 검정색이지만, 병
안에 있을 때는 루비색으로 빛났다. 향기가 달콤했다. 그는
잠자코 줄리아를 바라보았다. 그녀는 잔을 들고 호기심에
찬 표정으로 킁킁거리며 냄새를 맡고 있었다.

"이게 와인이라는 거요."

오브라이언이 엷은 미소를 지으며 말했다.

"물론 책에서 읽어 알고는 있겠지요. 아마 외부당원은
이런 걸 구하기 힘들 거요."

그가 엄숙한 표정을 지으며 잔을 높이 쳐들었다.

"자, 건강에 좋은 것이니 마십시다. 우리의 지도자,
임마누엘 골드스타인을 위해!"

윈스턴은 다소 흥분된 표정으로 잔을 들었다. 와인은
책에서 읽고 상상만 해 왔던 것이었다. 유리 문진이나
채링턴 씨가 반 정도만 알고 있는 그 노래 가사처럼 와인도

그가 마음속으로 은밀히 혼자서 즐겨 회상하는, 지금은 사라진 낭만적인 옛 시대의 유물이었다. 그는 와인을 흑딸기로 만든 잼처럼 아주 달콤하면서도 마시면 금세 취하는 것이라고 늘 생각했다. 그런데 실제로 마셔 보니 이만저만 실망스러운 게 아니었다. 하기는 몇 년 동안 진만 마셔 왔으니 와인의 맛을 제대로 알 리가 없었다. 그는 빈 잔을 내려놓았다.

"골드스타인이라는 사람이 실제로 있습니까?"
윈스턴이 물었다.

"있소. 그것도 살아 있지요. 어디에 있는지는 모르지만요."

"그럼 그 음모도, 그 조직도 사실입니까? 단순히 사상경찰이 조작해 낸 게 아니란 말입니까?"

"사실이오. 우리는 그걸 '형제단'이라고 부르지요. 그런데 당신은 형제단이 존재하며, 당신이 거기에 속해 있다는 것 외에는 더 이상 아무것도 알 수 없을 거요. 이 얘기는 나중에 다시 하기로 합시다."

그는 손목시계를 들여다보았다. 그러고는 덧붙여 말했다

"내부당원이라도 삼십 분 이상 텔레스크린을 꺼 두는 건 현명한 일이 아니오. 그리고 당신들은 이곳에 둘이 함께 오는 게 아니었소. 돌아갈 때는 따로따로 가도록 하시오.

동지가······."

　　그가 줄리아를 향해 고개를 돌리고 말했다.

　　"먼저 떠나시오. 하지만 당장 떠나라는 건 아니오. 아직 이십 분 정도는 더 얘기할 여유가 있소. 우선 당신들에게 몇 가지 질문할 테니 이해해 주시오. 당신들은 무엇이든 할 각오가 돼 있소?"

　　"네, 할 수 있는 건 뭐든 다 하겠습니다."

　　윈스턴이 대답했다.

　　오브라이언은 윈스턴과 마주 볼 수 있도록 의자에 앉은 채 몸을 돌렸다. 그는 윈스턴이 줄리아의 몫까지 대답해 주리라고 생각했는지 그녀 쪽은 거들떠보지도 않았다. 그가 잠시 눈을 감았다가 떴다. 그러고는 낮고 침착한 목소리로, 마치 교리문답을 하듯 대답을 뻔히 알고 있다는 식의 질문을 하기 시작했다.

　　"목숨을 바칠 각오가 돼 있소?"

　　"네."

　　"살인을 저지를 각오도 돼 있는 거요?"

　　"네."

　　"수백 명의 무고한 사람들을 죽음으로 몰고 갈 태업 행위도 할 각오가 돼 있소?"

　　"네."

　　"조국을 외국에 팔아넘길 수 있겠소?"

"네."

"사기치고, 날조하고, 공갈하고, 동심을 짓밟고, 습관성 마약을 배포하고, 매춘을 권장하고, 성병을 퍼뜨리는 것뿐만 아니라 당의 권력을 혼란시키고, 약화시킬 수 있다면 그 어떤 짓이든 다 할 자신 있소?"

"네."

"가령 어린애들 얼굴에 황산을 뿌리는 게 우리의 이익에 도움이 된다면 그렇게 할 용의도 있소?"

"네."

"현재의 사회적 신분을 모두 포기하고 하인이나 부두 노동자로 여생을 보낼 수 있겠소?"

"네."

"만약 당신에게 자살하라고 명령한다면 그에 기꺼이 따를 수 있겠소?"

"네."

"당신들 두 사람이 헤어져서 다시는 서로 못 본대도 괜찮겠소?"

"그건 안 돼요!"

줄리아가 소리쳤다.

윈스턴은 한참 동안 잠자코 있었다. 그는 말할 힘마저 잃은 것 같았다. 말을 하려고 해도 혀가 입안에서 맴돌 뿐 소리가 되어 나오지 않았다. 그는 말이 입 밖으로 나오는

순간까지도 자신이 무슨 말을 하려고 했는지 모르고
있었다.

"아닙니다."

그는 간신히 그렇게 대답했다.

"잘 말해 주었소. 우리는 모든 걸 다 알아야 하기
때문에 그런 질문까지 했던 거요."

오브라이언이 말했다. 그는 곧 줄리아 쪽으로
돌아앉았다.

"당신은 윈스턴 씨가 살아남는다 하더라도 생판 다른
사람이 될 수 있다는 걸 이해할 수 있겠소? 아무래도
윈스턴 씨를 새로운 사람으로 만들어야 할 것 같아서 묻는
거요. 얼굴, 동작, 손 모양, 머리 색깔, 심지어 목소리까지
달라질 거요. 그리고 당신 자신도 생판 다른 사람으로
바뀌게 될지 모르오. 우리 측 외과 의사들은 사람의
모습을 몰라보도록 바꾸어 놓을 수 있소. 때로는 그런
일도 필요하니까 말이오. 가끔 멀쩡한 팔다리를 절단하는
경우도 있소."

윈스턴은 마틴의 몽골족 같은 얼굴을 다시 한번
곁눈질로 살펴보았다. 아무런 흉터 자국도 보이지 않았다.
줄리아는 새파랗게 질려서 주근깨가 더 두드러져 보였지만
대담하게도 오브라이언을 마주 보고 있었다. 그녀는 그의
말에 동의하는 듯 뭐라고 중얼거리기도 했다.

"좋소. 이제 모든 게 결정됐소."

탁자 위에는 은으로 된 담배 상자가 놓여 있었다. 오브라이언은 태연한 표정으로 담배 상자를 그들에게 밀어 주고 자신도 한 개비를 꺼내 물었다. 그러고는 자리에서 일어나 그래야만 생각이 더 잘 떠오른다는 듯 이리저리 천천히 걸었다. 담배는 속이 단단하고 두툼한 데다 질 좋은 종이로 만든 고급품이었다. 오브라이언은 다시 손목시계를 들여다보았다.

"이제 주방으로 가 보게, 마틴. 십오 분 후 스위치를 켜겠네. 이 동지들이 떠나기 전에 얼굴을 익혀 두게. 자네는 이들을 다시 보게 될 걸세. 나는 못 볼 수도 있지만."

오브라이언이 말했다.

맨 처음 현관에서 만났을 때처럼 마틴의 까만 눈이 깜박거리며 그들의 얼굴을 살폈다. 그런 그의 태도에서는 친밀감 같은 게 조금도 느껴지지 않았다. 그는 그들의 외모만 기억해 둘 뿐, 그 어떤 관심도 느낌도 없다는 표정이었다. 성형수술을 한 얼굴이라서 그런 표정을 짓나 보다고 윈스턴은 생각했다. 마틴은 한마디 말이나 인사도 없이 조용히 문을 닫고 나가 버렸다. 오브라이언은 한 손은 검은 제복의 주머니에 찌르고, 다른 한 손으로는 담배를 든 채 왔다 갔다 하면서 서성거렸다. 이윽고 그가 입을 열었다.

　"당신들은 암흑 속에서 투쟁해야 한다는 걸
명심하시오. 언제나 암흑 속에만 있게 될 거요. 당신들은
지령을 받으면 이유를 불문하고 복종해야 하오.
나중에, 우리가 살고 있는 사회의 진정한 본질과 사회를
전복시키는 전략에 관해 서술된 책을 한 권 보내 주겠소.
그 책을 읽어야만 비로소 형제단의 단원이 되는 거니까
말이오. 그런데 우리가 투쟁하는 전반적인 목적과
순간순간 당면한 긴급한 과제 사이에서 당신들이 알 수
있는 건 아무것도 없을 거요. 그리고 내가 당신들한테
형제단이 존재한다고 말은 했지만, 그 수가 100명인지
1000명인지는 밝힐 수 없소. 당신들이 개인적으로
알아본대도 아마 열 명 이상은 되지 않을 거요. 당신들은
기껏해야 서너 사람과 접촉할 테지만, 그 한 명과 만나고
나면 다음엔 다른 사람이 나타날 거요. 접촉은 이런
식으로 진행될 거니까 그리 아시오. 앞으로 당신들이
받을 지령은 모두 내가 내리게 될 거요. 만약 서로 연락할
일이 있으면 마틴을 통해서 해야 하오. 당신들이 체포되면
어쩔 수 없이 자백하게 될 거요. 하지만 자백할 것이라곤
당신들이 활동한 일밖에는 거의 없겠지요. 배신을 해
봤자 몇몇 하찮은 사람들의 이름밖에 대지 못할 거요. 내
이름까지 댈 수도 있겠지만, 그건 소용없는 일이오. 그때

나는 이미 죽었거나 살아 있더라도 얼굴부터가 판이하게 다른 사람이 되어 있을 테니까요."

그는 계속 부드러운 카펫 위를 왔다 갔다 했다. 체구가 큰데도 그의 동작은 무척이나 유연하고 우아했다. 주머니에 손을 찌르고 담배를 피우는 폼도 그랬다. 그는 또 완력이 세어 보이기보다는 오히려 믿음직스럽고 익살도 부리는, 이해심 많은 사람 같았다. 그리고 열성적인 면이 두드러져 보이면서도 광신자에게 흔히 나타나는 외곬의 단순성 같은 것은 갖고 있지 않은 듯했다. 그는 살인이니, 자살이니, 성병이니, 팔다리 절단이니, 얼굴 성형이니 하는 말을 하면서도 마치 가벼운 농담을 하는 것 같은 분위기를 풍겼다. 그의 표정은 마치 '이건 우리가 피할 수 없는 일이오. 주저하지 말고 단호하게 행동해야 할 일이란 말이오. 하지만 인생이 다시 살 만한 가치가 있게 될 때는 이런 일 따위는 할 필요가 없소.'라고 말하는 것 같았다. 윈스턴은 오브라이언에 대해 존경심에 가까운 호감을 느꼈다. 그는 잠시 골드스타인의 어두운 모습을 잊고 있었다. 오브라이언의 단단한 어깨와 못생겼지만 교양 있는 무뚝뚝한 얼굴을 보고 있노라니 패배를 모르는 사람이란 확신이 들었다. 그가 대처할 수 없는 전략이나 예견할 수 없는 위험은 있을 것 같지 않았다. 줄리아도 그에게 깊은 감명을 받은 모양이었다. 그녀는 담배 한

개비를 꺼내 물더니 열심히 귀를 기울였다. 오브라이언이
계속해서 말했다.

"당신들은 형제단이 있다는 소문을 들었을 거요. 물론
형제단이 어떤 건지는 나름대로 상상을 했겠지요. 어쩌면
음모자들의 거대한 지하조직이 지하실에서 모임을 가지며
벽에다 메시지를 휘갈겨 쓰고, 암호나 특수한 몸짓으로
서로를 알아보리라고 상상했을지도 모르겠군요. 하지만
실제로 그렇지는 않소. 형제단 단원들은 서로 알아보는
방법도 없고, 몇 명의 단원을 제외하고는 서로의 신분을
알아내는 것도 불가능하오. 설령 골드스타인 자신이
사상경찰에 체포된다 해도 전체 단원의 명단을 넘겨줄
수도 없고, 그런 명단을 입수할 수 있는 정보를 제공할
수도 없소. 그런 건 애초에 있지도 않으니까 말이오. 그리고
형제단이란 일반적인 의미의 조직이나 단체가 아니기
때문에 완전히 소탕할 수가 없소. 단지 그 조직은 해체되지
않는다는 일념으로 유지돼 가지요. 그런 일념만이
당신들에게 힘이 될 거요. 동지 의식을 갖는다거나
격려 따위를 받는 일은 없소. 당신들이 체포된다 해도
아무런 도움도 받을 수 없을 거요. 우리는 같은 단원을
돕지 못하오. 돕는 거라면 기껏해야 입을 틀어막아야 할
필요가 있는 단원에게 감방 안으로 면도날을 몰래 넣어
주는 것 정도요. 결국 당신들은 아무런 보람도 희망도

없는 삶을 살아야 하오. 얼마 동안 활동하다가 체포되어
자백하고는 죽게 될 거요. 그것이 당신들이 기대할 수 있는
유일한 보람이자 희망이오. 우리가 살아 있는 동안에 어떤
형태의 변화가 일어날 가망성은 거의 없소. 우리는 죽은
몸이나 마찬가지요. 우리의 진정한 삶은 미래에 있소.
우리는 미래에 가서야 한줌의 먼지와 몇 조각의 뼈다귀로
변해 새로운 삶을 열 수 있는 거요. 그런데 그 미래의
삶이 언제쯤 열릴지는 아무도 알 수 없소. 어쩌면 수천 년
후일지도 모르지요. 현재로서는 건전한 정신의 영역을
조금씩 넓혀가는 것뿐이오. 우리는 집단행동을 할 수 없소.
우리는 우리의 지식을 개인에서 개인으로, 한 세대에서
다음 세대로 전해 줄 수 있을 뿐이오. 사상경찰이 감시하고
있는 한 다른 방법이 없소."

　그는 걸음을 멈추고 세 번째로 손목시계를
들여다보았다.

　"동지, 떠나야 할 시간이 거의 다 됐소. 아니, 잠깐.
술이 아직도 반이나 남았군요."

　그가 줄리아에게 말했다. 그러고는 술을 채우고 자기
잔을 집어 들었다.

　"이번에는 무엇을 위해 건배할까요? 사상경찰을
혼란시키기 위해? 빅 브라더의 죽음을 위해? 인간성을
위해? 미래를 위해 할까요?"

그가 냉소적으로 말했다.

"과거를 위해 합시다."

윈스턴이 말했다.

"과거라……. 하긴 과거란 매우 중요한 것이지요."

오브라이언이 침통한 표정을 지으며 동의했다.

그들은 일제히 잔을 비웠다. 줄리아가 가려고 일어섰다. 그러자 오브라이언이 캐비닛 위에서 조그만 상자를 내리더니 납작하고 흰 알약을 꺼내 그녀에게 주면서 입에 넣으라고 했다. 엘리베이터 안내원이 눈치 채지 못하도록 술 냄새를 없애야 한다는 것이었다. 이윽고 그녀가 나가고 문이 닫히자 그는 금세 그녀의 존재를 잊은 것 같은 태도를 보였다. 그가 두어 걸음 걷고 나서 멈추고는 입을 열었다.

"당신들의 은신처 같은 곳이 있을 것 같은데, 거기가 어디요?"

윈스턴은 채링턴 씨의 상점 위층 방에 대해 설명했다.

"당분간은 그곳이 적당하겠군요. 나중에 다른 장소를 알아봐 주겠소. 은신처는 자주 바꾸는 게 좋으니까. 그동안 '그 책'을 보내 주겠소."

오브라이언은 '그 책'이란 낱말을 강조하듯 힘주어 말했다.

"당신도 알겠지만 골드스타인이 쓴 책 말이오. 되도록

빨리 보내 주겠소. 하지만 그 책을 입수하려면 며칠이 걸릴
거요. 당신도 알다시피 그런 책은 그렇게 흔하지 않소.
책을 찍어 내기가 무섭게 사상경찰이 샅샅이 찾아내서
없애 버리니까요. 그러나 그렇게 한다고 해서 그 책이
없어지는 건 아니오. 마지막 한 권까지 없애 버린다고
해도 우리는 거의 한 자도 빠뜨리지 않고 다시 발간해
낼 수 있으니까 말이오. 그런데 당신은 가방을 가지고
다니나요?”

“네, 늘 가지고 다닙니다.”

“어떻게 생긴 거요?”

“낡아 빠진 검은색 손가방입니다. 끈이 두 개 달려
있지요.”

“검은색에 낡았고, 끈이 두 개 달린 손가방이라…….
좋소. 언제라고 정확한 날짜는 말할 수 없지만, 가까운
시일 안에 당신이 오전 중에 처리해야 할 메시지 가운데
오자가 하나 있을 거요. 그러면 다시 보내 달라고
요청하시오. 그리고 그 이튿날엔 손가방을 들지 말고
출근하시오. 그날 중 길에서 한 남자가 당신 팔을 건드리며
‘가방이 떨어졌군요.’ 하고 말을 걸 거요. 그리고 가방을
건네줄 텐데 거기에 골드스타인의 책이 들어 있소. 그 책은
읽고 두 주 안으로 돌려줘야 하오.”

잠시 침묵이 흘렀다.

"당신이 떠날 시간이 이 분 정도 남았군요. 나중에 또 만납시다. 그게 가능할지 모르지만 말이오."

오브라이언이 말했다.

"어둠이 없는 곳에서 말인가요?"

윈스턴이 머뭇거린 끝에 오브라이언을 쳐다보며 물었다.

오브라이언은 놀라는 기색도 없이 고개를 끄덕였다. 그는 그 말의 의미를 알고 있는 것 같았다.

"그렇소. 어둠이 없는 곳에서. 그런데 떠나기 전에 나한테 하고 싶은 말 없소? 뭔가 전언이나 질문 같은 게 있을 것 같은데 말이오."

윈스턴은 곰곰이 생각해 보았다. 더 이상 물어볼 만한 게 없는 것 같았다. 묻고 싶어도 일반론 같은 건 입 밖에 꺼내고 싶지 않았다. 문득 그의 뇌리에 오브라이언이나 형제단과 직접적인 관계가 없는 그의 어머니가 마지막 날까지 사용했던 어두운 침실이며, 채링턴 씨 상점 위의 조그만 방이며, 유리 문진과 자단 액자에 끼워진 금속 판화 등이 떠올랐다. 그는 혀가 움직이는 대로 아무렇게나 지껄였다.

"저 혹시 '오렌지와 레몬, 성 클레멘트의 종이 말하네.'라는 구절로 시작되는 옛 노래를 들어 본 적 있습니까?"

오브라이언이 다시 고개를 끄덕였다. 그는 엄숙한 표정으로 그 노래 가사를 끝까지 암송했다.

오렌지와 레몬, 성 클레멘트의 종이 말하네.
그대는 내게 3파딩의 빚을 졌지.
성 마틴의 종이 말하네.
그대는 언제 빚을 갚으려나?
올드 베일리의 종이 말하네.
부자가 되면 갚아 주지.
쇼어디치의 종이 말하네.

"마지막 구절까지 아시는군요!"
윈스턴이 큰 소리로 말했다.

"그렇소. 다 알고 있소. 그런데 이제는 당신이 떠날 시간이 된 것 같군요. 잠깐, 당신도 이 알약을 먹고 가는 게 좋을 것 같소."

윈스턴이 자리에서 일어서자 오브라이언이 손을 내밀었다. 그의 악수하는 힘이 어찌나 센지 윈스턴은 손뼈가 으스러지는 줄 알았다. 윈스턴은 문간에서 뒤를 돌아보았다. 오브라이언은 벌써 그를 잊어버린 듯한 표정을 짓고 있었다. 그는 텔레스크린을 조종하는 스위치에 손을 갖다 대고 반응을 기다리는 것 같았다.

윈스턴은 그의 등 너머로 초록색 갓이 달린 램프와
구술기록기, 그리고 서류가 잔뜩 들어 있는 철망으로 된
서류 바구니가 놓인 책상을 바라보았다. 이 사건은 이제
끝났다. 삼십 초 이내에 오브라이언은 당원으로서 하다가
만 중요한 일을 다시 시작할 것이라고 윈스턴은 생각했다.

9

윈스턴은 피곤해서 축 늘어졌다. 몸이 젤리가
되었다는 말이 적절한 표현일 터였다. 그 말이 저절로
머리에 떠올랐다. 그의 몸은 젤리처럼 흐물흐물한
데다 반쯤 투명해진 것 같았다. 손을 들어 올려 햇빛에
비치면 빛이 통과하는 게 보일 것도 같았다. 어찌나
일을 많이 했던지 신경조직과 뼈와 피부만 남긴 채 모든
혈액과 혈청이 몸속에서 빠져나간 듯한 느낌이었다.
감각 기관마저 모두 비정상적으로 확대된 것 같았다.
제복이 묵직하게 어깨를 짓누르고, 땅바닥에 닿은
발바닥이 얼얼하며, 손을 쥐었다 폈다 하는데도 손마디가
시큰거렸다.

그는 닷새 동안 아흔 시간 이상 일했다. 청사 안의 다른
사람들도 마찬가지였다. 어쨌거나 이제는 모든 일이 다

끝났다. 내일 아침까지는 아무것도 할 일이 없었다. 그는
이제 그 은신처에서 여섯 시간을 보내고, 나머지 아홉
시간은 자기 집 침대에서 잠을 자며 지낼 수 있게 되었다.

윈스턴은 오후의 따스한 햇빛을 받으며 지저분한
거리를 천천히 걸어 올라가서 채링턴 씨의 상점으로
향했다. 그러는 동안 그는 경찰이 나타날까 싶어 줄곧 눈을
크게 뜨고 두리번거렸다. 그러나 어쩐지 그날 오후만은
아무도 그를 간섭할 것 같지 않았다. 손에 들고 있는
묵직한 손가방이 걸음을 옮길 때마다 무릎에 부딪쳐 다리
전체가 욱신거렸다. 가방 안에는 '그 책'이 들어 있었다.
책을 받은 지 벌써 엿새가 되었지만, 그는 아직 읽기는커녕
펴 보지도 않았다.

증오주간의 엿새째 되는 날이었다. 행진, 연설, 함성,
합창, 깃발, 포스터, 영화, 밀랍 인형, 천둥 같은 북소리,
트럼펫의 째지는 소리, 행군의 발소리, 탱크 바퀴가 구르는
소리, 대규모의 편대를 지어 날아가는 비행의 굉음, 고막을
울리는 총소리 등이 어지러운 가운데 엿새를 보내면서
사람들의 흥분은 절정에 달했고, 유라시아에 대한
증오심은 광분 상태로까지 끓어올랐다. 행사의 마지막
날, 군중은 공개적으로 교수형에 처하기로 되어 있는
2000명의 유라시아 전쟁 포로들이 눈앞에 나타나기만
하면 갈기갈기 찢어 죽일 듯이 기세가 등등했다. 그런데

바로 그 절정의 순간에 오세아니아는 유라시아와 더 이상 전쟁을 하지 않는다는 성명이 발표되었다. 오세아니아는 이스트아시아와 전쟁 중이며 유라시아는 동맹국이라는 것이었다.

물론 어떤 변화가 갑작스레 일어났다는 식의 해명은 없었다. 그저 적은 유라시아가 아니라 이스트아시아라는 것이 전격적으로 신속하게 사방에 알려졌을 뿐이었다. 그 성명이 발표될 때 윈스턴은 런던 중심부에 있는 광장에서 열리는 시위에 참가하고 있었다. 그때는 밤이었다. 사람들의 흰 얼굴과 주홍색 깃발이 불빛에 번득이고 있었다. 광장은 스파이단 제복을 입은 1000명가량의 어린 학생들을 비롯해 수천 명의 인파로 발 디딜 틈이 없을 정도였다. 팔이 유난히 긴 데다 반짝거리는 넓은 대머리에 몇 가닥의 머리카락이 붙어 있는, 몸집이 작고 깡마른 남자 내부당원이 진홍색 휘장이 드리워진 연단 위에서 군중을 향해 열변을 토하고 있었다. 증오심으로 얼굴이 일그러진 럼펠스틸트스킨[4] 같은 초라한 모습의 내부당원은 한 손으로 마이크를 움켜잡은 채, 뼈가 앙상하게 드러난 다른 한 손을 머리 위로 쳐들고는 위협하듯이 허공을 할퀴어 댔다. 금속성의 그 목소리는 확성기를 통해 쩌렁쩌렁 울려

---

4   독일 그림 형제의 동화에 나오는 난쟁이.

퍼졌다. 그는 잔악성, 대량 학살, 강제 추방, 약탈, 강간,
포로 고문, 양민 폭격, 허위 선전, 불법 침략, 조약 위반
같은 항목들을 끝도 없이 열거하며 떠들어 대고 있었다.
그의 연설은 언뜻 뻔한 내용 같은데도 군중을 점점 열광의
도가니로 몰아넣었다. 매순간 군중의 분노가 들끓고, 그럴
때마다 확성기에서 나오는 연사의 목소리는 수천 명의
목구멍에서 터져 나오는 맹수의 포효 같은 함성에 묻혀
버리곤 했다. 무엇보다 가장 야만적인 함성은 학생들의
입에서 터져 나왔다.

　　연설이 이십 분 정도 진행되었을 때였다. 전령이 급히
연단으로 오르더니 연사의 손에 종이쪽지를 건네주었다.
그는 연설을 계속하며 그 종이쪽지를 펴서 읽었다. 그의
음성이나 태도, 연설의 내용까지 아무것도 달라지지
않았다. 다만 명칭이 달라졌을 뿐이었다. 일순 아무런 말도
없는 가운데 군중 사이에서 알았다는 듯, 조용한 파문이
번졌다. 오세아니아가 이스트아시아와 전쟁 중이다! 다음
순간 무서운 동요가 일었다. 광장에 걸려 있는 깃발과
포스터의 내용이 틀렸다! 포스터의 얼굴들 절반 이상이
잘못 그린 것이다! 이것은 태업이다! 골드스타인의
첩자들이 잠복 활동을 하고 있다! 여기저기에서 아우성이
터졌다. 사람들이 벽에서 포스터를 뜯어내고, 깃발을
발기발기 찢어서 발로 짓밟았다. 스파이단들이 날렵하게

지붕 꼭대기로 올라가더니 굴뚝에 매달려 나부끼는 현수막을 잘라 버렸다. 그 뒤 이삼 분도 안 되어 모든 소란은 막을 내렸다. 연사는 여전히 한 손으로 마이크를 움켜잡고 어깨를 앞으로 쑥 내민 채 다른 한 손으로는 허공을 할퀴면서 연설을 계속해 나갔다. 일 분쯤 지나자 다시금 야수와 같은 분노의 함성이 군중 사이에서 터져 나왔다. 증오주간의 행사는 증오의 대상이 바뀌었을 뿐, 전과 똑같이 진행되었다.

　조금 전의 일을 돌이켜보면서 윈스턴이 놀란 것은, 연사가 연설을 도중에 중단하지 않았을 뿐만 아니라 문맥도 단절시키지 않은 채 한 주제에서 다른 주제로 자연스럽게 바꾼 점이었다. 그런데 사람들이 포스터를 뜯어내는 등 한창 혼란할 때였다. 한 번도 본 적이 없는 낯선 남자가 어깨를 톡 치면서 "실례합니다, 당신 가방이 떨어졌군요."라고 말했다. 윈스턴은 얼떨결에 손가방을 받아 들었다. 그는 당분간 가방 속을 들여다볼 기회가 없으리라는 것을 알고 있었다. 군중 시위가 끝나자 23시가 거의 다 되었다. 그런데도 그는 곧장 진리부로 향했다. 그렇게 하기는 진리부의 다른 직원들도 마찬가지였다. 텔레스크린에서는 모두 자기 일터로 돌아가라고 지시했지만, 굳이 그런 지시를 내릴 필요도 없었다.

　오세아니아는 이스트아시아와 전쟁 중이었다.

오세아니아는 늘 이스트아시아와 싸웠다. 지난 오 년 동안에 나온 상당수의 정치 문서들이 이제는 휴지 조각이 되어 버렸다. 온갖 종류의 보고서와 기록문, 신문, 서적, 팸플릿, 영화, 녹음테이프, 사진 등 모든 것들이 재빨리 수정되어야만 했다. 상부에서 별도의 지시가 내려진 것은 아니었지만, 각 국장들은 유라시아와 전쟁 중이고 이스트아시아와 동맹을 맺었다는 모든 기록들을 일주일 이내로 완전히 없애야 한다는 사실을 잘 알고 있었다. 그런데 그런 작업은 처리 과정에서 진짜 명칭으로 부를 수 없기 때문에 더욱 까다로울 수밖에 없었다. 기록국의 직원은 누구나 하루에 세 시간씩 두 차례 잠을 자고 나머지 열여덟 시간을 일했다. 그들은 지하실에서 매트리스를 가져와 복도에 깔았다. 그리고 샌드위치와 승리 커피뿐인 식사는 식당에서 일하는 사람들에게 손수레로 운반하여 배식하도록 했다. 잠깐 눈을 붙였다가 깰 때마다 윈스턴은 책상 위에 쌓인 일거리를 줄이는 데 온 힘을 쏟곤 했다. 그러나 욱신욱신 쑤시는 눈을 비비며 기다시피 해 다시 책상에 되돌아와 보면 그동안 서류 더미가 또 눈덩이처럼 쌓여 구술기록기를 반쯤 가린 채 마룻바닥에까지 떨어져 있기 일쑤였다. 그렇기 때문에 그가 책상에 와서 가장 먼저 하는 일은 언제나 작업 공간을 마련하기 위해 서류를 정돈하는 것이었다.

무엇보다 곤란한 것은 작업 자체가 결코 단순하지 않다는 점이었다. 어떤 것은 단지 이름만 바꿔 놓으면 그만이지만, 사건에 대한 세부적인 보고서는 세심한 주의와 상상력이 필요했다. 게다가 전쟁 지역을 지구의 한쪽에서 다른 쪽으로 옮겨야 하는 만큼 지리에 대한 지식까지 갖추어야만 했다.

사흘째가 되자 눈이 참을 수 없이 아팠다. 몇 분마다 한 번씩 안경을 닦지 않으면 앞이 보이지도 않았다. 마치 하지 않아도 된다고 생각하면서도 일 자체에 끌려 완전히 끝내고 싶은 나머지 육체적 부담만 키우는 싸움을 하고 있는 것 같은 기분이었다. 그로서는 구술기록기에 대고 중얼거린 모든 말과, 만년필로 쓴 모든 글들이 고의적인 거짓말이란 사실에 신경 쓸 겨를이 없었고, 있다 해도 마음이 괴로울 정도는 아니었다. 그 역시 기록국에 근무하는 다른 사람들처럼 초조한 가운데 위조가 완벽하게 되기만 바랄 뿐이었다. 엿새째 되는 날 아침에는 서류가 전달되는 속도가 눈에 띄게 느려졌다. 전송관에서 삼십 분에 한 번꼴로 나왔는데, 얼마쯤 시간이 지나자 아예 아무것도 나오지 않았다. 다른 부서도 일이 없기는 마찬가지였다. 같은 시간에 모든 부서가 일에서 해방되었던 것이다. 깊고 은밀한 한숨이 청사 안에서 새어 나왔다. 결코 말로 표현할 수 없는 엄청난 일이 드디어 완성된 것이다. 이제는 그 누구도 유라시아와 전쟁을 했다는 것을 문서상으로 증명할 수 없을 터였다. 12시가 되자 청사 안의 모든 직원들에게 내일 아침까지 자유 시간을 준다는 뜻밖의 낭보가 전해졌다. 윈스턴은 일할 때는 다리 사이에 끼워 두고 잘 때는 깔고 잤던, '그 책'이 든 손가방을 들고 집으로 돌아왔다. 그러고는 면도를 한 뒤 미지근한 물속에 들어가 꾸벅꾸벅 졸면서 목욕을 했다.

그는 채링턴 씨 상점의 위층 방으로 통하는 계단을 올라갔다. 한 계단씩 오를 때마다 관절에서 우두둑 하는 소리가 났다. 그는 몹시 피곤했다. 하지만 잠은 오지 않았다. 그는 창문을 열고 지저분한 소형 석유난로에 불을 붙였다. 그러고는 커피 끓일 물주전자를 그 위에 올려놓았다. 줄리아가 곧 올 것이다. 그동안 '그 책'을 읽기 위해 그는 더러운 안락의자에 앉아 손가방을 열었다.

검은색의 두툼한 책이 보였다. 서툴게 제본된 표지에는 저자 이름도, 제목도 없었다. 인쇄 상태도 고르지 않았다. 책장의 가장자리가 닳고 훌렁훌렁 쉽게 넘어가는 것으로 보아 여러 사람의 손을 거친 게 틀림없었다. 첫 장을 펴자 다음과 같은 제목이 눈에 띄었다.

과두적 집단주의의 이론과 실제

— 임마누엘 골드스타인 지음

윈스턴은 읽기 시작했다.

제1장

무지는 힘

유사 이래, 아니 신석기시대 말기 이후로 지구상에는
상·중·하라는 세 계급의 사람들이 살아왔다. 그들은 다시
여러 갈래로 나뉘어졌고, 저마다 이름이 다른 수많은
후손들이 태어났다. 그리고 그들 상호 간의 인구수와 함께
그들 상호 간의 태도도 시대에 따라 다양하게 변했다.
그러나 사회의 본질적인 구조는 변하지 않았다. 엄청난
격변과 결정적인 변란이 일어난 후에도 마치 팽이가 이리
맞고 저리 맞아도 언제나 균형을 되찾는 것처럼 동일한
사회의 양상이 재현되어 왔다.
이들 세 집단의 목표는 그야말로 제각각이다.

윈스턴은 글을 좀 더 편안히, 그리고 제대로 음미하기

위해서 잠시 읽기를 멈췄다. 그는 혼자였다. 거기에는
텔레스크린도, 열쇠 구멍에 귀를 대고 엿듣는 자도
없었다. 따라서 등 뒤를 흘끗거리거나 책장을 손으로
가리지 않아도 되었다. 시원한 여름 바람이 그의 뺨을
간질였다. 어딘가 멀리서 아이들이 노는 소리가 희미하게
들려왔다. 방 안은 째깍거리는 시계 소리뿐, 조용했다.
그는 안락의자에 몸을 깊숙이 파묻고 발을 난로 받침대
위에 올려놓았다. 축복받은 순간이자 영원처럼 느껴지는
순간이었다. 결국은 끝까지 다 읽을 것이고, 낱말
하나하나를 되풀이해서 읽을 사람이 그러하듯 그는
갑자기 다른 장을 펼쳤다. 제3장이 나왔다. 그는 그 부분을
읽기 시작했다.

제3장

전쟁은 평화

세계가 세 개의 초대형 국가로 분할되리라는 것은 20세기
중엽 이전부터 예견된 일이었고, 실제로 그렇게 되어
왔다. 소련이 유럽을, 미국이 대영 제국을 합병함으로써
현재의 세 열강 중 유라시아와 오세아니아의 두 열강은

일찍부터 존재하게 되었다. 나머지 열강인 이스트아시아는 십 년 동안의 치열한 전쟁을 치르고 나서야 어엿한 단일국가로 등장하기에 이르렀다. 이들 삼 대 초국가 간의 국경은 지역에 따라서 자의적인 곳도 있고, 전황(戰況)에 따라 변동되는 곳도 있다. 그러나 대체적으로 지리적인 경계에 의해서 정해졌다. 유라시아는 포르투갈에서부터 베링 해협에 이르기까지 유럽과 아시아 대륙의 북부 전 지역을 장악하고 있다. 그리고 오세아니아는 아메리카 대륙과 영국, 오스트레일리아를 포함한 대서양의 여러 섬들과 아프리카의 남부 지역을 차지하고 있다. 한편 앞의 두 열강보다 영토가 작고 서부 국경이 불분명한 이스트아시아는 중국과 그 남쪽의 국가들, 일본, 그리고 유동적이기는 하지만 만주, 몽골, 티베트 등으로 이루어져 있다.

지난 이십오 년 동안 이들 세 초국가들은 둘씩 동맹 관계를 맺으면서 나머지 한 초국가를 상대로 쉴 새 없이 전쟁을 벌여왔다. 그러나 전쟁은 이제 20세기 초기의 경우처럼 그렇게 절망적이고 전멸적인 싸움이 아니다. 이제는 서로 파괴시킬 수 없는, 교전 국가 간의 한정된 목표를 위한 국지전이 되어 버렸다. 이런 전쟁은 순수한 이데올로기의 차이에서 비롯된 것도 아니기 때문에 실질적인 명분 같은 것도 없다. 그렇다고 전쟁의 양상이나 전쟁에 대한 전반적인

태도가 덜 잔인해졌다거나 좀 더 신사적이 되었다는
이야기는 아니다. 오히려 그 반대로 전쟁에 대한 열망이 모든
나라에 걸쳐 한층 고조된 가운데 강간, 약탈, 유아 살육,
전인구의 노예화, 끓는 물에 삶아 죽이거나 생매장하는
등의 포로에 대한 보복 행위가 당연한 일로 여겨지고 있다.
더욱이 이 같은 행위들이 적이 아닌 자기편에 의해서
행해지면 공을 세운 것으로 간주되기까지 한다. 그렇지만
실제적인 면에서 전쟁은 대부분 고도로 훈련된 극소수
전문가들에 의해 행해지기 때문에 비교적 사상자의 수가
적다. 전투가 벌어진다 해도 일반 사람들이 추측만으로
알 수 있는 국경 근처나 해로(海路)의 전략 지점을 지키는
유동요새 부근에서 벌어진다. 더욱이 문명의 중심
지역에서 벌어지는 전쟁은 만성적인 소비 물자의 부족을
초래하거나 이따금씩 몇십 명의 사상자를 내기도 하는
로켓 폭탄의 폭발 사고 이상의 의미를 띠지 않는다. 전쟁의
성격은 확실히 변했다. 좀 더 정확히 말한다면 전쟁을
일으키는 중요한 이유의 순위가 바뀐 것이다. 20세기
초기의 세계대전에서는 사소한 동기에 불과했던 것이
이제는 중요한 동기가 되고, 그것이 의식적으로 인정되면서
행동으로 나타나고 있는 것이다.
현대 전쟁의 성격을 이해하려면 — 몇 년마다 한 차례씩
전쟁 상대국이 바뀌지만 전쟁은 늘 똑같은 양상을 띠기

때문에 — 우선 그것이 결정적인 것이 될 수 없다는 점부터 인정해야 한다. 세 초국가 중 어느 나라도 동맹 관계에 있는 나머지 두 나라에 의해 정복될 수 없다. 국력이 서로 비슷비슷한 데다 자연적 방위 조건이 완벽하기 때문이다. 유라시아는 광활한 국토에 의해, 오세아니아는 드넓은 대서양과 태평양에 의해, 이스트아시아는 국민의 다산성(多産性)과 근면성에 의해 보호를 받고 있다. 싸워야 할 실질적인 명분이 없는 것도 현대 전쟁의 성격이랄 수 있다. 자립 경제 체제가 확립되면서 생산과 소비가 서로 조화를 이루어 전시대에 전쟁의 주요 원인이었던 시장 확보를 위한 경쟁은 이제 끝난 상태이고, 원자재 획득을 위한 경쟁 역시 더 이상 생사를 건 문제가 되지 못하고 있는 상황이다. 더욱이 세 초국가들은 영토가 굉장히 넓어 자국의 영역 내에서 필요한 모든 물자를 얻을 수 있다. 따라서 굳이 전쟁을 할 이유가 없는 것이다. 전쟁이 경제적인 목적과 직접적인 관계가 있다면 그것은 노동력 확보다. 이 세 초국가의 경계에는 탕헤르[5], 브라자빌[6], 다윈[7], 홍콩 등을 연결하는 완충지대가 형성되어 있는데, 영원히 어느 한 나라의 소유가 될 수 없는 이 지역에는 세계

5   아프리카 북서단 지브롤터 해협에 면한 모로코의 항구도시.
6   콩고의 수도
7   오스트레일리아 북부의 항구도시.

전체 인구의 5분의 1이 거주하고 있다. 결국 세 열강이 걸핏하면 싸우는 것은 이 인구 밀집 지역과 북쪽의 빙원 지대를 장악하기 위해서다. 아직까지 이 분쟁 지역을 어느 한 나라가 실제적으로 장악한 적은 없다. 그저 국지적인 성격을 띤 쟁탈전으로 어느 한 지역의 점령자가 끊임없이 바뀔 뿐인데, 이것은 서로 동맹국을 배신하고 기습 공격을 함으로써 빚어진 결과다.

분쟁 지역에는 귀중한 광물이 매장되어 있는데, 지역에 따라 한랭 지대에서는 비용이 많이 드는 합성 제품의 원료인 고무 같은 천연자원이 생산되는 곳도 있다. 그러나 무엇보다 이들 지역은 값싼 노동력의 무한한 보고(寶庫)다. 아프리카 적도 지역, 중동의 여러 나라, 남인도 또는 인도네시아 군도를 장악하는 열강은 싼 임금에 중노동을 시킬 수 있는 수천만의 인력을 확보할 수 있게 된다. 이들 지역의 주민들은 공공연하게 노예 신분으로 전락되어 계속해서 정복자들의 지배를 받는 가운데 더 많은 무기 생산, 더 넓은 영토 확장, 더 많은 노동력 확보를 위한 도구로 이용되고, 그런 과정에서 석탄이나 석유처럼 소모된다. 사실 전투는 이들 분쟁 지역을 벗어나서 벌어지지 않는다는 것을 알아야 한다. 유라시아의 국경은 콩고 분지와 지중해의 북부 해안 사이를 오락가락하고 있다. 그리고 인도양과 태평양의 섬들은 오세아니아와 이스트아시아가 번갈아 점령하고

있다. 몽골이 위치한 지역의 유라시아와 이스트아시아
사이의 접경지대도 불안한 상태이기는 마찬가지다.
그런 터에 세 열강은 사람들이 살지도 않고 개발도 되어
있지 않은 극지(極地)의 방대한 지역까지 서로 자기네
것이라고 주장한다. 그러나 세 열강의 세력이 항상 균형을
이루고 있기 때문에 각국의 중심부를 이룬 지역은 침략을
당하는 법 없이 늘 그대로 남아 있다. 게다가 적도 부근의
피착취민들은 세계 경제에 별다른 영향을 끼치지 못하고
있다. 그들이 생산하는 것은 무엇이든 전쟁에 사용되고,
전쟁의 목적은 늘 다음 전쟁에서의 유리한 위치를
확보하려는 데 있기 때문에 그들이 세계의 부에 실제적으로
공헌하는 것은 아무것도 없다. 노예 인구는 그들의
노동력으로 지속전(持續戰)의 속도를 더욱 가속화한다.
하지만 그들이 존재하지 않는다고 해도 세계의 구조나
세계를 유지하는 과정이 본질적으로 달라지지는 않을
것이다.
현대 전쟁의 기본적인 목적은(이중사고의 원칙에 의해
내부당원의 지도급 수뇌들은 이를 인정하기도 하고 안
하기도 한다.) 국민의 전반적인 생활수준을 향상시키지
않으면서 공산품들을 완전히 소모하는 데 있다. 19세기
말 이후 잉여 소비재의 처리 문제가 산업사회 내에서
중요한 과제로 부상했다. 그러나 식량이 충분하지 않은

오늘날 이 문제는 그리 시급한 것이 아니며, 설령 인위적인 파괴를 하지 않더라도 그렇게 큰 문제가 되지는 않을 것이다. 오늘날의 세계는 1914년 이전에 비해 헐벗고 굶주리고 황폐화되었다. 당시 사람들이 예견했던 상상 속 미래 세계와 비교해 보면 더욱 그렇다. 20세기 초 대다수의 지식인들이 예측했던 미래 사회란 풍요하고 여유가 많으며, 질서가 잡힌 가운데 모든 것이 능률적인 것이었다. 요컨대 유리와 강철과 하얀 콘크리트로 건설된 휘황찬란하고 영구적인 세계였던 것이다. 그들은 과학과 기술이 놀랄 만한 속도로 발달할 것으로 보았고, 그래야 당연하다고 생각했다. 그러나 실제로는 그렇게 되지 않았다. 그 이유는 장기적인 전쟁과 혁명으로 인해 나라 살림이 거덜 난 한편, 과학과 기술의 발전적 토대가 될 경험적 사고방식이 엄격한 통제 사회에서는 불가능했기 때문이다. 전체적인 면에서 볼 때 오늘날의 세계는 오십 년 전보다 더 원시적이다. 물론 분야에 따라 발전되기도 했고, 특히 전쟁과 경찰의 사찰(査察)과 관련된 여러 기술이 눈에 띄게 진보했지만 1950년대의 원자전으로 파괴된 것들이 아직도 완전히 복구되지 않은 상태다. 그런데도 기계화로 인한 위험은 여전히 잠재하고 있다. 맨 처음 기계가 등장했을 때, 사리를 분별할 줄 아는 사람들은 그것이 인간의 단조로우면서도 고된 노동을 맡아 하게 될 것이고, 그렇게

되면 어느 정도까지는 인간의 불평등이 사라질 것이라고
예상했다. 만약 기계가 그 같은 목적에 적절히 부합하도록
사용되었다면 기아, 과로, 불결함, 문맹, 질병 등은 몇 세대
안에 모두 근절될 수 있었을 것이다. 사실 기계가 그런
목적에 사용되지 않았으면서도 가끔 분배하지 않을 수 없는
부를 생산함에 따라서 그 부산물로 19세기 말부터 20세기
초까지의 오십 년간 일반 국민의 생활수준이 상당히
향상되긴 했다.

그러나 이 같은 식의 일률적인 부의 증가는 계층적 사회의
파괴를 초래할 위험(어떤 의미에서는 그 자체가 파괴다.)을
안고 있다. 모든 사람들이 적게 일하고 배불리 먹으며
목욕탕과 냉장고가 있는 집에서 자동차와 비행기까지
소유하고 산다면, 사회의 핵심을 이루는 불평등 구조는
틀림없이 붕괴되고 말 것이다. 만약 부가 일반적인 것이
되면 차별이란 있을 수 없다. 물론 개인적 소유와 사치라는
의미에서 부가 공평히 분배되는 한편으로 권력이 소수
특권계급에 의해 장악되는 사회를 상상할 수는 있다.
하지만 실제로 그런 사회는 오랫동안 안정을 유지할 수
없다. 왜냐하면 모든 사람들이 시간적 여유와 함께 경제적
안정을 똑같이 누리게 되면 빈곤에 허덕인 나머지 사회에
무관심했던 대중이 마침내 눈을 뜨게 되고, 또 자신들의
처지를 생각하게 되면서 결국은 소수의 특권층이 존재해야

할 아무런 이유가 없음을 깨닫게 됨으로써 그들을
몰아내려고 하기 때문이다. 결과적으로 계층 사회의
장기적인 존속은 가난과 무지를 전제로 할 때만 가능하다.
20세기 초 몇몇 사상가들이 꿈꾸었던 농경 사회로의
회귀는 실질적인 해결책이 못 된다. 그것은 거의 전 세계에
걸쳐 준본능(準本能)이 되다시피 한 기계화 경향과 맞지
않기도 하거니와 공업에서 낙후된 국가는 군사적으로
무력해질 뿐만 아니라 직접적이든 간접적이든 공업
선진국가의 지배를 받게 될 것이기 때문이다.

그렇다고 재화의 생산을 억제함으로써 대중을
빈곤으로부터 벗어나지 못하게 하는 것이 해결책이냐 하면
그렇지도 않다. 이 역시 만족할 만한 해결책은 아니다. 그
같은 방법은 자본주의의 최종 단계인 1920년부터 1940년
사이에 채택된 적이 있다. 당시 여러 나라의 경제가 침체의
늪에 빠져서 토지는 경작되지 않고 자본 설비도 증가되지
않은 악조건 속에서 수많은 사람들이 집단적으로 일자리를
잃고 정부의 보조금으로 겨우 연명했다. 그런데 이 역시
군사력의 약화를 초래했고, 빈곤에 의한 군사력 약화는
예상하지 않은 결과라서 그 반대 현상이 불가피하게
일어났다. 문제는 세계의 부를 실질적으로 증가시키지
않으면서 어떻게 공업을 발전시킬 수 있느냐는 데 있었다.
재화는 생산되어야 하지만 분배되어서는 안 되었다.

결국 실제적으로 이를 달성하는 유일한 방법은 끊임없는
전쟁뿐이었다.

전쟁 행위의 본질은 인간의 생명뿐만 아니라 인간의
노동력의 산물을 파괴하는 것이다. 대중을 지나칠 정도로
편안하게 하는 한편, 장기적으로 그들을 지혜롭게 하는
데 사용되는 물품들을 박살 내거나 하늘로 날려 버리거나
바다 속 깊이 빠뜨리는 것이 전쟁이다. 전쟁에 사용되는
무기가 실제로 파괴되지 않는다고 해도 무기 공장은 소비
물자 생산에 사용될 노동력을 소모시키는 역할을 한다.
예를 들자면, 하나의 유동요새는 수백 척의 화물선을 만들
수 있는 노동력을 필요로 하고 있다. 하지만 그것은 결국
아무에게도 물질적인 혜택을 주지 않은 채 폐기된다. 그러면
그보다 훨씬 더 많은 노동력에 의해 새 유동요새가 건설되는
것이다. 원칙적으로 전쟁 규모는 국민의 가장 원초적인
욕구만을 충족시키고 그 잉여 물자를 완전히 소모할 수
있는 범위에서 계획된다. 그러다 보니 국민의 욕구는 언제나
과소평가되고, 그 때문에 생활필수품 같은 것이 실제
필요량의 반에도 못 미치는 만성적인 궁핍 상태가 계속되는
것이다. 그러나 이것이 하나의 이점으로 작용하기도 한다.
그리고 정부의 혜택을 받는 집단들마저 곤궁한 상태로 두는
게 적절한 정책일 수 있다. 왜냐하면 전반적으로 궁핍한
상태여야만 소수 특권층의 지위가 한층 높아지고 집단 간의

차이도 더욱 심해지기 때문이다. 20세기 초기와 비교하면 내부당원들조차 검소한 가운데 힘든 생활을 한다. 그럼에도 그들이 지니고 있는 몇몇 사치스런 것들 —— 설비가 잘 된 넓은 집, 질 좋은 옷, 기름진 음식, 술, 담배, 두어 명의 하인들, 자동차나 헬리콥터 등 —— 로 인해 외부당원들과는 다른 세계에서 살고, 외부당원들은 또 그들대로 소위 '프롤'이라 불리는 최하층 계급에 비해 특혜를 누리며 살고 있다. 마치 말고기 한 덩어리를 가지고 있느냐 그렇지 않느냐에 따라서 빈부를 구별하는 것 같은 사회 분위기다. 또 전쟁을 하고 있다거나 전쟁이 위험하다는 의식을 심어 줌으로써 모든 권력을 소수 특권계급에게 이양하는 것이 생존을 위해 당연하고 불가피하다고 생각하게끔 만드는 분위기다.

뒤에 가서 서술하겠지만, 전쟁은 필요한 파괴를 할 뿐만 아니라 심리적으로 이를 용납하게끔 수행되고 있다. 원칙적으로는 교회나 피라미드를 건설하고, 땅에 구멍을 팠다가 도로 메우고, 방대한 재화를 생산했다가 불 질러 버리는 데 세계의 잉여 노동력을 소비하면 아주 간단할 것이다. 그러나 이 방법은 계층적 사회에 경제적 기반을 제공해 줄지는 몰라도 감정적 기반을 마련해 주지는 못한다. 여기에 관계되는 것은 대중의 사기가 아니다. 꾸준히 일하는 한 그들의 태도는 조금도 중요하지 않다. 문제는 당 자체의 사기다. 가장 밑바닥의 말단 당원도 유능하고 근면한 가운데 어떤 한정된 범위 안에서는 지성적이어야 하지만, 그런 한편으로 공포, 증오, 아첨, 승리에의 도취감에 빠지는 맹목적이고 무지한 광신자가 될 필요가 있다.

요컨대 그들도 전쟁 상태에 어울리는 정신 상태를 지녀야 한다는 것이다. 전쟁이 실제로 일어나고 있는지 일어나지 않고 있는지는 중요하지 않다. 그리고 결정적인 승리란 불가능하기 때문에 전황이 좋든 나쁘든 상관없다. 필요한 것은 전쟁 상태가 유지되어야 한다는 것이다. 보편적으로 당이 당원들에게 요구하는 지성의 분열은 전쟁 분위기 속에서 더 쉽게 이루어질 수 있다. 그런 데다 당원의 지위가 오르면 오를수록 그 분열 현상은 더욱 두드러진다. 엄밀히 말해 전쟁에의 열망과 적에 대한 증오심은 내부당원이 가장 강하다. 위정자로서의 능력을 발휘하기 위해서는 전쟁 뉴스 중에서 어느 것이 허위인지를 알 필요가 있다. 또 전쟁 자체가 누군가가 꾸며 낸 허위인지, 전쟁이 일어나지 않은 것인지, 발표된 목적과는 판이하게 다른 목적을 위해 수행되고 있는 것은 아닌지 등도 알아야 한다. 하지만 이러한 정보는 이중사고의 테크닉에 의해 쉽게 지워져 버리고, 내부당원들은 오세아니아가 전쟁을 승리로 이끌어 전 세계의 확실한 지배자가 될 것이라는 불가사의한 신념을 갖게 된다.

내부당원들은 앞날의 승리를 하나의 신조로 삼고 있다.
그들은 점차적인 영토 확장, 압도적인 세력 구축, 획기적인
새로운 무기 발명에 의해 승리를 성취할 수 있다고 믿는다.
그리하여 끊임없이 새로운 무기에 대한 연구를 계속하고
있는데, 이는 인간의 창조적이고 사변적인 정신이 출구를
찾아낼 수 있는 몇 가지 남아 있는 활동 중 하나라고 할
수 있다. 오늘날의 오세아니아에는 고전적인 의미에서의
과학이 존재하지 않는다. 신어에는 아예 '과학'이란 말조차
없다. 과학적 업적을 이루는 기반이었던 과거의 경험적
사고방식은 '영사'의 가장 기본적인 원칙과 정반대다.
기술적인 진보도 거기에서 파생된 산물이 인간의 자유를
옥죌 수 있는 특정 분야에서만 이루어지고 있다. 거의 모든
유용한 기술이 정체되어 있거나 퇴보하고 있는 것이다.
책은 기계에 의해 쓰이는 반면, 토지는 말이 끄는 쟁기로
경작되고 있다. 그러나 중요한 분야에서는 —— 이를테면
전쟁과 사찰 부문에 있어서는 —— 경험적 방법이
장려되거나 적어도 허용되고 있다.
당의 양대 목표는 전 세계를 정복하는 것과 모든 독립적인
사고의 가능성을 근절시키는 것이다. 당연히 이를 위해
당이 해결해야 할 두 가지 커다란 문제가 있다. 하나는 다른
사람이 당의 의지에 반하는 생각을 하는지 어떻게 알아낼
수 있느냐는 것이고, 또 하나는 사전에 아무런 예고도 없이

어떻게 몇 초 내에 수억만 명을 죽일 수 있느냐는 것이다.
과학적 연구가 계속되는 한 이것은 주요 연구 과제가 될
것이다. 오늘날의 과학자는 얼굴 표정, 태도, 목소리의
고저 같은 극히 미세한 부분을 연구하고 약물, 충격요법,
최면술, 고문 등으로 진실을 고백하게 하는 효과를 실험해
보는 심리학자와 심문자의 혼합체이자 목숨을 빼앗는 데
관계되는 특수 분야에만 종사하는 화학자이거나 물리학자
또는 생물학자다. 평화부의 거대한 실험실에서 혹은
브라질의 삼림이나 오스트레일리아의 사막이나 남극의
고도(孤島)에 비밀리에 설치되어 있는 실험소에서 그 같은
전문 학자들이 밤낮없이 연구를 계속하고 있다. 그들은
미래 전쟁의 병참을 계획하기도 하고, 더 큰 로켓탄이나
더 강력한 폭탄, 더 방어력이 좋은 장갑강판(裝甲鋼板)을
고안하기도 하며, 치명적인 효력을 발휘하는 새로운
독가스나 지구상의 식물을 전멸시킬 수 있는 가용성(可溶性)
독극물이나 가능한 모든 항독소에 대한 면역력을 갖고 있는
병균 배양에 대해 연구하기도 한다. 또 물속의 잠수함처럼
땅속을 뚫고 다니는 자동차나 활주로가 필요 없는 비행기를
만들기 위해 고심하기도 하고, 수천 킬로미터의 상공에
렌즈를 매달아 태양 광선을 집중시키거나 지구 중심부의
열에 자극을 주어 인공적으로 지진이나 해일을 일으키는
등의 가능성이 희박한 연구까지 하고 있다.

그러나 아직까지 그러한 연구나 계획 중 어떤 것도 실현된 것은 없으며, 세 초국가들 가운데 어느 나라도 다른 나라에 비해 확연하게 앞서는 성과를 거두지 못하고 있다. 그런데 놀라운 것은 삼 대 열강이 모두 현재의 연구 수준으로는 도저히 발명할 수 없을 것 같은 강력한 원자탄을 이미 소유하고 있다는 사실이다. 당은 입버릇처럼 자기들이 발명했다고 큰소리치지만, 원자탄은 이미 1940년대에 처음 나타나서 십 년 후에는 대규모로 사용되었다. 당시 수백 개의 원자탄이 주로 유럽 지역의 소련과 서부 유럽, 북아메리카의 공업지대에 떨어졌다. 그러자 각국의 지도자들은 위기감을 느꼈다. 원자탄을 계속 사용할 경우 기존 사회가 와해되고, 그로 인해 자신들의 권력도 끝나게 될 것이기 때문이었다. 어떤 공식적인 협정이 맺어지지도 맺어질 기미가 보이지도 않았지만, 그 후 폭탄은 더 이상 투하되지 않았다. 세 열강은 원자탄을 계속 생산하기는 했어도 조만간 닥쳐올 것임에 틀림없는 결정적 순간에 대비해 저장만 해 두었다.

전쟁의 기술은 지난 삼사십 년 동안 거의 답보 상태에 있었다. 헬리콥터가 전보다 더 많이 생산되고, 폭격기는 대부분 자체 추진 로켓으로 대체되었으며, 파괴되기 쉬운 전함 대신 어떤 공격에도 끄떡없는 유동요새가 출현했지만, 그 외에는 별다른 발전이 없었다. 탱크, 잠수함, 어뢰,

기관총, 심지어 소총과 수류탄마저 옛날 것이 그대로
사용되고 있는 실정이다. 그리고 신문이나 텔레스크린이
살상에 대한 소식을 끊임없이 전하고는 있지만, 단 몇 주
동안에 수백, 수천만 명이 피살되던 전시대의 격렬한 전쟁
같은 것은 일어나지 않고 있다.

삼 대 열강 중 어느 나라도 치명적인 패배의 위험이 있는
전술을 펼 생각을 않는다. 지금까지 방대한 작전을 수행한
경우는 대부분 동맹국에 대한 기습 공격을 가할 때였다.
삼 대 열강이 채택했거나 채택하는 척하는 전략은 모두
한결같다. 그들의 전략이란 전투와 협상, 그리고 적당한
기회에 배신을 하면서 교전 상대국을 완전히 포위하는
고리 모양의 기지를 확보한 뒤 그 나라와 우호조약을 맺고
의심이 사라지도록 몇 년 동안 평화 관계를 유지하는
것이다. 그런데 그 기간에 원자탄을 탑재한 로켓을 모든
전략 요지에 배치하고는 기회를 노렸다가 일제히 발사한다.
그렇게 하면 보복이 불가능할 정도로 치명적인 타격을
가할 수 있다는 것이 그들의 생각인데, 그렇게 한 경우에는
나머지 열강과 평화조약을 맺어 새로운 공격을 준비할 수
있다는 것이다. 그러나 이 같은 전략은 말할 필요도 없이
실현될 수 없는 백일몽에 불과하다. 더구나 적도와 극지
부근의 분쟁 지역 외에서는 어떤 전투도 벌어진 적이 없고,
서로 상대국의 영토를 침략한 적도 없다. 이런 사실은

강대국들 간의 국경이 지역에 따라 제멋대로일 수 있다는 것을 뜻하기도 한다. 가령 유라시아는 지리적으로 유럽에 속하는 영국을 쉽게 정복할 수 있을 것이며, 오세아니아는 라인강이나 비스툴라 지방까지 국경을 늘릴 수 있을 것이다. 그러나 이것은 공식화되어 있지는 않지만, 모든 나라가 지키고 있는 문화 보존의 원칙을 침해하는 결과를 낳는다. 만약 오세아니아가 예전에 프랑스와 독일로 알려졌던 지역을 정복하려 한다면 크나큰 난관에 부닥칠 것이다. 그렇게 하려면 그 지역 주민을 몰살하거나 '이중사고'의 기술에 익숙해질 때까지 일억이나 되는 인구를 오세아니아 수준으로 동화시켜야 하기 때문이다. 이것은 삼 대 열강에 다 같이 걸려 있는 문제다. 전쟁 포로나 유색인 노예 같은 제한된 범위 내에서가 아니면 외국인과 일체의 접촉을 못 하게 하는 것이 체제 유지상 절대적으로 필요하다. 공식적으로 동맹을 맺고 있는 나라 사람들조차 짙은 의혹의 눈초리로 바라보게 할 필요가 있다. 오세아니아의 일반 시민들은 전쟁 포로를 제외하고는 유라시아나 이스트아시아 사람들을 볼 수도 없는데, 이들에게는 외국어 공부조차 금지되어 있다. 누구든 외국인들과 접촉하면 그들도 자신과 비슷한 인간이고, 그들에 대해서 들어온 이야기의 대부분이 거짓이라는 사실을 깨닫게 될 것이다. 그 결과 그가 살고 있는 폐쇄된 사회는 붕괴되고, 사기(土氣)의

밑바탕이 되었던 공포와 증오, 독선은 고갈되어 버리리라.
그렇기 때문에 페르시아, 이집트, 자바, 실론 등에서는
지배자가 아무리 바뀌어도 폭탄 외에는 그 어떤 것도 주요
국경선을 넘어갈 수 없도록 되어 있다. 그리고 이 같은
사실은 이미 모든 나라들이 알고 있다.

이러한 상황하에서 공공연하게 언급되지는 않지만
암암리에 이해되고, 그런 가운데 구체화된 한 가지 사실이
있다. 삼 대 초국가의 생활 조건이 모두 같다는 것이
그것이다. 오세아니아를 지탱하는 철학은 '영사'이고,
유라시아의 그것은 '신(新) 볼셰비즘'이며, 이스트아시아의
경우는 '죽음 숭배'다. 여기에서 '죽음 숭배'는 중국어를
번역한 것인데, 좀 더 정확하게 표현하자면 '자기 말살'
정도가 될 것이다.

오세아니아의 시민은 다른 두 나라의 철학을 조금이라도
알아서는 안 된다. 그것들은 도덕과 상식을 거스르는
야만적이고 난폭한 것이니 저주하라는 교육을 받는다.
하지만 그 세 가지 철학은 거의 구별이 안 될 정도로
비슷하다. 또 그런 철학에 의해 지탱되는 사회 체제도 전혀
차이가 없다. 어디든 똑같은 피라미드형의 사회 구조,
반신성화된 지도자 숭배, 계속되는 전쟁에 의해 그리고
계속되는 전쟁을 위해 존재하는 똑같은 경제가 있을 뿐이다.
따라서 세 초국가는 서로 상대국을 정복할 수도 없거니와

그럴 필요도 없다. 아무런 소득도 없는데 무엇 때문에 서로 정복을 하겠는가. 사실 세 열강이 대립 상태를 유지하는 게 오히려 안정적이다. 그것은 마치 세 다발의 옥수숫단처럼 서로를 떠받쳐 주는 격이다. 그리고 이 세 열강의 지도자들은 자기들이 하는 일을 알기도 하고, 모르기도 한다. 이들은 저마다의 일생을 세계 정복에 바쳤지만 전쟁은 영원히, 그리고 승리 없이 계속되어야 한다는 것을 알고 있다. 그런데 정복될 위험이 없다는 사실 때문에 '영사' 및 다른 두 철학 체계의 특징인 현실 부정이 가능하게 된다. 앞에서 말한 전쟁이 끊임없이 계속됨으로써 그 성격이 근본적으로 바뀌었다는 것을 반복해 둘 필요가 바로 여기에 있다.

과거 세대의 정의에 의하면, 전쟁이란 조만간 끝이 나며 승패가 분명한 것이었다. 또한 이것은 인간 사회가 물리적 현실로써 부딪힐 수밖에 없는 중요한 요소 중 하나였다. 어느 시대에나 통치자들은 국민들에게 그릇된 세계관을 강요하려고 애썼지만, 군사력을 약화시킬 우려가 있는 환상 같은 것은 조장할 수 없었다. 패배가 독립성의 상실 같은 바람직하지 못한 결과를 의미하는 한 패배하지 않기 위한 예방책이 절실하게 강구되어야 했다. 그렇기 때문에 물리적 사실들이 무시될 수 없었다. 철학이나 종교나 윤리학이나 정치학에서 둘 더하기 둘은 다섯이 될 수도 있지만, 총이나 비행기를 설계하는 분야에서는 반드시 넷이어야 한다. 능력이 없는 나라는 오래 버티지 못한 채 정복당하고, 능률을 위한 투쟁은 환상과 배치되기 마련이다. 실력을 쌓으려면 과거로부터 배워야 하며, 그러기 위해서는 과거에 일어났던 일들을 정확하게 알아야 한다. 물론 과거의 신문이나 역사책은 어떤 사실에 대한 미화와 한쪽으로 기울어진 편견으로 가득 찼지만, 오늘날과 같은 날조는 불가능했다. 전쟁은 건전한 정신을 지키는 일종의 보루였고, 지배계급에 관한 한 가장 중요한 안전장치였다. 전쟁에서 승리하든 패배하든 지배계급은 그에 대한 책임을 지지 않을 수 없었다.

그런데 전쟁이 문자 그대로 끝임없이 계속되는 것이라면 위험하다고 할 수도 없는 것이다. 전쟁이 계속될 때는 군사적 조처라는 것도 필요 없게 되고, 군수품 같은 것도 없어지게 된다. 게다가 기술적 진보는 멈추고, 가장 명백한 사실들이 부인 또는 무시될 수 있다. 앞에서 살펴보았듯 과학이라고 할 수 있는 연구는 오로지 전쟁의 목적을 위해서 수행되고 있지만, 그것은 근본적으로 백일몽과 같은 것이다. 따라서 아무런 소득 없이 실패만 거듭한다 해도 심각한 일이 아니다. 능력은 필요 없다. 심지어 군사력도 더 이상 필요하지 않다.

오세아니아에서는 사상경찰 외에 능력 있는 것이라고는

아무것도 없다. 삼 대 열강들은 서로 정복할 수 없기 때문에 저마다 독립된 하나의 우주를 이루고 있는데, 그 안에서는 어떤 사상이든 마음대로 왜곡할 수 있다. 현실은 일상생활 가운데에서의 욕구 —— 먹고 마시고, 집과 의복을 갖고, 독약을 마시지 않으려 하거나 꼭대기 층의 창문에서 떨어지지 않으려는 욕구 등 —— 를 통해서만 힘을 발휘할 수 있다. 삶과 죽음, 육체적 쾌락과 고통 사이에는 여전히 경계선이 그어져 있지만 단지 그뿐이다. 외부 세계와 과거로부터 단절되어 있는 오세아니아의 시민들은 마치 우주 속에서 사는 사람처럼 올라가고 내려가는 방향을 알 도리가 없다. 오세아니아 같은 나라의 지배자들은 파라오나 시저보다 더 막강한 절대 권력을 지니고 있다. 이들은 성가실 정도로 많은 추종자들이 굶어죽지 않도록 힘써야 하며, 경쟁국 수준만큼 군사적 기술을 지닐 수 있도록 애써야 한다. 그러나 그 최소한도만 달성되면 이들은 자신들이 선택한 모양과 방식대로 현실을 마음껏 왜곡할 수 있다.

옛날의 전쟁과 비교하면 오늘날의 전쟁은 한낱 협잡에 지나지 않는다. 그것은 마치 서로 해칠 수 없도록 뿔이 엉뚱하게 나 있는 반추동물들의 싸움과 같다. 그러나 전쟁이 비현실적이라 해도 무의미한 것은 아니다. 전쟁은 잉여 소비재를 소비시키고 계층적 사회가 필요로 하는 독특한 정신적 분위기를 조성하기 때문이다. 뒤에 가서 서술하겠지만, 전쟁은 이제 단순한 국내 문제일 뿐이다. 과거에는 모든 나라의 지배자들이 공동의 이해관계를 인식하고 전쟁의 파괴력을 제한하기도 했지만, 그런 가운데에서도 늘 전쟁을 했고, 승자는 언제나 패자를 약탈했다. 하지만 우리 시대의 지배자들은 서로간의 전쟁은 하지 않는다. 전쟁은 이제 지배 집단이 국민을 상대로 벌이는 싸움이며, 전쟁의 목적도 영토의 정복이나 방어가 아니라 사회 체제를 그대로 유지하는 데 있다. 결국 '전쟁'이란 낱말은 잘못 해석되고 있는 것이다. 늘 전쟁이 계속되고 있기 때문에 사실은 전쟁이 없다는 말이 정확한 표현일지도 모른다. 신석기 시대부터 20세기 초에 이르기까지 전쟁이 인간에게 가한 압박은 이제 전혀 다른 것으로 대치되었다. 삼 대 열강이 전쟁을 하거나 서로 간섭하는 대신 저마다의 영토 안에서 영원히 평화롭게 살기로 약속했다고 해도 결과는 마찬가지일 것이다. 왜냐하면 그런 경우 외적인 위험으로부터는 자유로울 수 있겠지만, 각 나라마다 안고 있는 내부 문제는 여전히 미해결 상태로 남아 있기 때문이다. 따라서 진실로 영원한 평화는 영원한 전쟁과 똑같다. 대부분의 당원들은 그저 희미하게 이해할 뿐이지만, 이것이 바로 당이 내건 슬로건인 '전쟁은 평화'란 말의 참뜻이다.

윈스턴은 잠시 읽기를 멈췄다. 어딘가 멀리서 로켓 폭탄이 폭발하는 소리가 요란하게 들려왔다. 그는 텔레스크린이 없는 방에서 금서(禁書)를 들고 혼자 앉아 있다는 행복감에 흠뻑 젖어 있었다. 나른한 육체, 푹신한 안락의자, 창문으로 들어와 뺨을 간질이는 부드러운 바람이 고독과 편안함과 어울려 안온한 느낌을 주었다. 그는 책에 매혹되었고, 책을 통해 기운을 얻었다. 어떤 의미에서 그 책의 내용은 그에게 새로울 것도 없었지만, 바로 그런 점 때문에 마음이 놓였다. 그 책 속에는, 그의 머릿속에서 두서없이 되풀이되는 생각들을 체계적으로 정리할 수만 있다면 썼어도 그 자신이 썼을 글들이 들어 있었다. 그 책의 저자는 그와 유사한 생각을 하고 있는 사람이었다. 하지만 그보다는 훨씬 더 강한 데다 사고가 체계적이며 두려움도 없는 사람인 것 같았다. 훌륭한 책이란 독자가 이미 알고 있는 사실을 이야기해 주는 것이라고 그는 생각했다. 그런데 그가 제1장을 다시 읽기 위해 페이지를 넘기는 순간이었다. 계단을 올라오는 줄리아의 발소리가 들렸다. 그는 의자에서 일어나 그녀를 맞았다. 그녀는 갈색의 연장 가방을 마루에 집어던지다시피 하고 그의 품안으로 뛰어들었다. 둘은 일주일도 넘게 만나지 못했다.

"'그 책'을 받았어."

그가 포옹을 풀면서 말했다.

"그래요? 잘됐네요."

그녀는 별 관심이 없는 것처럼 말하고는 커피를
끓이려는 듯 석유난로 옆에 꿇어앉았다.

그의 입에서 '그 책'에 관한 이야기가 다시 나온 것은
두 사람이 침대 속에 들어간 지 삼십 분이 지나서였다.
침대 덮개를 끌어당겨 덮어야 할 정도로 저녁 공기가
서늘했다. 창문 아래쪽에서 귀에 익은 노랫소리와 뜰
바닥에 끌리는 신발 소리가 들려왔다. 윈스턴이 처음 이
방에 왔을 때 보았던 적갈색 팔뚝의 건장한 아낙네는
밤낮 뜰에서만 사는 모양이었다. 그녀는 날마다 대야와
빨랫줄 사이를 왔다 갔다 하며 입에 빨래집게를 무는
것과 활기차게 노래 부르는 것을 번갈아 하는 것 같았다.
줄리아는 벌써부터 잠을 자려는지 옆으로 돌아누웠다.
그는 손을 뻗어 바닥에 떨어진 책을 집어 들고 침대 맡에
기대앉았다.

"당신도 이 책을 읽어 봐. 형제단의 모든 단원은 이
책을 꼭 읽어야 해."

그가 말했다.

"당신이 읽으세요. 큰 소리로요. 그게 가장 좋겠어요.
당신이 큰 소리로 읽으면서 제게 설명도 해 주세요."

그녀가 눈을 감은 채 말했다.

시계는 저녁 6시, 즉 18시를 가리키고 있었다. 앞으로 서너 시간의 여유가 남았다. 그는 책을 무릎 위에 올려놓고 소리 내어 읽기 시작했다.

제1장

무지는 힘

유사 이래, 아니 신석기시대 말기 이후로 지구상에는 상·중·하라는 세 계급의 사람들이 살아왔다. 그들은 다시 여러 갈래로 나뉘어졌고, 저마다 이름이 다른 수많은 후손들이 태어났다. 그리고 그들 상호 간의 인구수와 함께 그들 상호 간의 태도도 시대에 따라 다양하게 변했다. 그러나 사회의 본질적인 구조는 변하지 않았다. 엄청난 격변과 결정적인 변란이 일어난 후에도 마치 팽이가 이리 맞고 저리 맞아도 언제나 균형을 되찾는 것처럼 동일한 사회의 양상이 재현되어 왔다.

"줄리아, 자는 거야?"
윈스턴이 물었다.
"아뇨. 듣고 있어요. 계속하세요. 재미있네요."

그는 계속해서 읽었다.

이들 세 집단의 목표는 그야말로 제각각이다. 상층계급의
목표는 현재의 상태를 고수하는 것이고, 중간계급의
목표는 상층계급으로 오르는 것이다. 그리고 하층계급이
목표를 가졌다면 —— 이들은 대부분 단조롭고 고된 일에
지친 나머지 일상생활 외의 다른 어떤 것을 거의 의식하지
못한다 —— 그것은 모든 차별을 폐지하여 모든 인간이
평등한 사회를 건설하는 것이다. 유사 이래 본질적으로
똑같은 투쟁이 끊임없이 반복해서 일어났던 것은 바로
이처럼 저마다의 목표가 상충되었기 때문이다.
상층계급은 오랜 기간 권력을 안전하게 장악하고 있는
것처럼 보인다. 하지만 조만간 신뢰나 효율적인 통치 능력
중 한 가지를 잃거나 두 가지를 다 잃어버리는 순간이
그들에게 닥친다. 그러면 중간계급은 자유와 정의를 위해
투쟁하고 있는 것처럼 가장하여 하층계급을 자기편으로
끌어들임으로써 상층계급을 전복시킨다. 그런데 그들은
자기들의 목적을 달성하자마자 하층계급을 다시 옛날의
노예 신분으로 전락시키고 스스로 상층계급이 된다. 이때
새로운 중간계급은 다른 두 계급 중 하나에서 분리되거나
양쪽 계급에서 분리되어 나오는데, 이로 인해 투쟁이 다시
반복되는 것이다. 이 세 계급 중에서 하층계급만이 단

한순간도 자신들의 목표를 달성할 수 없다. 모든 역사를
통해 물질적인 면에서의 발전이 전혀 없었다고 말하는
것은 과장일지도 모른다. 쇠퇴기에 들어선 오늘날에도
물질적으로는 몇 세기 전보다 훨씬 풍요하다. 그러나
부(富)가 늘고 인간관계가 부드러워지고 개혁이나 혁명이
있었지만 인간의 평등이라는 점에서는 조금도 발전한 게
없다. 하층계급의 입장에서 볼 때 역사적 변화란 그들의
주인이 바뀌는 것 외에는 아무런 의미가 없는 것이다.
19세기 말까지만 해도 많은 사람들이 이러한 양상이
반복되고 있음을 확실하게 알 수 있었다. 당시에는 역사를
순환 과정으로 해석함과 동시에 불평등을 인간 사회의
변하지 않는 부동(不動)의 법칙이라고 주장하는 학자들도
있었다. 물론 이 같은 이론에는 언제나 지지자가 있게
마련이지만, 오늘날에 와서는 그 주장하는 방법에 있어서
괄목할 만한 변화가 일어났다. 과거에는 상층계급이 사회에
계급 구조가 필요하다는 주장을 폈다. 그것은 하나의
이론으로 왕과 귀족, 사제와 법률가, 그리고 이들에게
기생하는 족속들에 의해 신봉되었다. 그리고 다른 계급들은
죽은 뒤 저승에서나 보상을 받을 것이라는 생각으로 위안을
얻었다. 중간계급은 권력을 잡기 위해 투쟁할 때마다 자유,
정의, 동포애라는 말을 사용했다. 그러나 이제 인류애라는
개념은 지배계급에 속해 있지는 않지만 머지않아 그렇게

되기를 희망하는 사람들로부터 공격을 받기 시작했다. 과거에 중간계급은 평등이라는 깃발 아래 혁명을 일으켰고, 구체제가 붕괴되자 곧바로 전제적인 새로운 체제를 내세웠다. 결과적으로 새롭게 탄생한 중간계급은 일찌감치 전제정치를 하겠다고 선언한 셈이다.

한편 19세기 초에 출현한 사회주의 이론은 고대의 노예 반란으로부터 시작된 사상 체계의 마지막 단계로서, 과거의 유토피아 이론으로부터 깊은 영향을 받은 것이었다. 그런데 1900년경 이후에 출현한 각양각색의 사회주의 이론은 자유와 평등을 확립하겠다는 애초의 목표를 노골적으로 포기했다. 그렇기 때문에 20세기 중엽에 나타난 새로운 운동인 오세아니아의 '영사', 유라시아의 '신 볼셰비즘', 이스트아시아의 이른바 '죽음 숭배' 등을 통해 예속과 불평등을 영원히 지속하려는 의도적인 목표를 가지고 있는 것이다. 물론 이러한 새로운 움직임은 과거의 이론으로부터 발전해 온 것이고, 그런 만큼 과거의 명칭을 그대로 사용하여 과거의 이데올로기를 치켜세우고 있다. 하지만 이 모든 이론의 목적은 발전을 억제시키고 어느 순간을 기점으로 역사를 동결시키는 것이다. 이는 진동하던 추가 한 차례만 더 진동하고 멈춰 버리는 것과 다를 게 없다. 지금까지는 중간계급이 상층계급을 전복하고 스스로 상층계급이 되는 경우가 대부분이었는데, 이제 상층계급은 의도적인 전략을 통해서 그들의 지위를 영원히 유지할 수 있다.

이 새로운 교리는 역사 지식의 축적과, 19세기 이전에는 거의 존재하지 않았던 역사의식의 성장에서 비롯된 것이다. 역사의 순환 운동은 이제 이해할 수 있거나 적어도 이해할 수 있을 것처럼 보인다. 만약 그것이 이해할 수 있는 것이라면 변경될 가능성이 있다. 그러나 원칙적이고도 기본적인 명제는 20세기 초에 이르면서 인간의 평등이 기술적으로 가능해졌다는 점이다. 사람마다 타고난 재능이 다르고 취향도 다르기 때문에 개인에 따라 기능이 분화되어야 한다는 것은 여전히 타당한 이야기다. 하지만 이제 계급의 구별이나 부의 현격한 격차에 대한 필요성은 없어졌다. 예전에는 계급의 구별이 필연적인 것이자 바람직한 것이기도 했다. 그리고 불평등은 문명의 부산물이었다. 하지만 기계 생산의 증대와 더불어 상황이 달라졌다. 사람들이 저마다 다른 종류의 일에 종사해야 한다고 해서 사회적·경제적 수준마저 달라야 할 필요는 없다. 그렇기 때문에 권력을 잡으려는 새로운 집단의 입장에서 보면 인간의 평등이란 힘써 추구해야 할 이상이 아니라 제지해야 할 위험인 것이다. 정의롭고 평화로운 사회의 성립이 사실상 불가능했던 아주 먼 옛날에는 평등이란 것을 비교적 쉽게 신뢰할 수 있었다. 그리고

인류가 법이나 가혹한 노동 없이 형제애를 나누는 가운데
공동생활을 하는 지상 낙원에 대한 생각은 수천 년 동안
인간의 뇌리에서 떠나지 않았다. 그런 생각은 역사적 변화로
혜택을 누리던 집단에게까지도 작용했다. 프랑스, 영국,
미국의 혁명 후계자들도 인간의 권리나 언론의 자유나
법 앞에서의 평등 같은 그들 나름의 공약을 걸고 어느
정도까지는 성취를 했다. 그러나 20세기의 1940년대에
와서 정치 사상의 주류는 권위주의로 바뀌었다. 지상
낙원은 그것이 실현되려는 순간에 이미 불신의 대상이
되었다. 새로운 정치 이론은 어느 것이나 그 명칭이 무엇이든
계급과 통제 사회로의 복귀를 주장했다. 그리고 1930년
전후의 험악한 정세 아래에서는 지난 수백 년 동안 실행되지
않았던 일들 —— 재판 없는 투옥, 전쟁 포로의 노예화, 공개
처형, 자백을 강요하기 위한 고문, 인질 이용, 강제 추방
등 —— 이 다시금 공공연하게 벌어졌는데, 이는 스스로
문화인이며 진보적이라고 자처하는 사람들에 의해서
묵인되고 옹호되기까지 했다.

'영사' 및 그와 유사한 정치 이론이 완전한 형태를 갖추고
등장한 것은 십여 년에 걸쳐 세계 곳곳에서 전쟁과 내란,
혁명과 반혁명이 일어난 뒤였다. 그런데 이런 이론들은
20세기 초에 출현한 이른바 전체주의라고 불리는 다양한
체제들 속에서 이미 그 몇몇 징후를 드러내기도 했지만,

당시의 혼란스런 정황으로 미루어 볼 때 그 같은 세계적인
대세가 나타나리라는 것은 자명한 일이었다. 또한 어떤
부류의 사람들이 그런 세계를 지배할 것인지도 뻔한
사실이었다. 새로운 귀족 정치의 구성원은 대부분 관리,
과학자, 기술자, 노동 운동가, 광고 전문가, 사회학자, 교사,
언론인, 전문 정치인들이었다. 독점 산업과 중앙 집권으로
세상이 살벌해지자 중산층 봉급 생활자와 지도자급 노동자
출신인 그런 사람들이 모여서 나름대로의 세력을 형성한
것이다. 이들은 과거의 권력자들과 비교하여 덜 탐욕스럽고
덜 사치스러운 반면, 권력에 대한 순수한 갈망은 더 컸다.
그리고 이들은 무엇보다 자신들이 하고 있는 것을 제대로
인식한 가운데 보다 더 적극적으로 반대 세력을 타도했는데,
이 마지막 차이점이 중요하다. 현존하는 전제정치와 비교해
보면, 과거의 그것들은 미온적이고 비능률적이었다.
지배계급들은 언제나 자유사상에 어느 정도 물들어 있었고,
무슨 일이든 대충대충 처리하려는 경향이 있었다. 그런 데다
그들은 겉으로 드러난 행동만을 중시한 나머지 백성들이
무엇을 생각하는지에 대해서는 무관심했다. 중세의
가톨릭교회마저 오늘날의 기준으로 보면 관대한 편이었다.
이렇게 된 이유 중 하나는 과거의 어떤 정권이든 시민들을
끊임없이 감시할 힘이 없었다는 데 있다. 하지만 인쇄술의
발달로 보다 쉽게 여론을 조작할 수 있게 되었고, 이것은

영화와 라디오로 인해 한층 용이해졌다. 특히 텔레비전의
발전과 함께 기계 하나로 동시에 송수신할 수 있는 기술적
진보가 이루어짐으로써 사생활은 마침내 종말을 고했다.
모든 시민, 적어도 요주의 인물들을 하루 24시간 내내
경찰의 감시 아래 둘 수 있고, 다른 모든 통신망은 폐쇄시킨
채 정부 선전만 듣도록 할 수 있게 되었다. 그리하여 모든
국민으로 하여금 정부의 뜻에 완전히 복종하게 하고 의견
통일까지 하도록 강요할 수 있는 가능성이 처음으로 열린
것이다.

1950년대와 1960년대의 혁명기를 거치면서 사회는 전처럼
상·중·하의 세 계층으로 재편성되었다. 그런데 새로운
상층계급은 앞 사람들과 달리 본능에 따라 행동하지도
않았을 뿐만 아니라 자신들의 지위를 유지하는 데 무엇이
필요한지를 알았다. 과두 정치를 지탱하는 안전한 기반은
오직 집단주의뿐이었다. 부와 권력은 그 둘을 함께 소유할
때 용이하게 보호될 수 있다. 20세기 중엽에 행해진 소위
'사유재산의 폐지'는 전보다 더 소수의 사람들에게 부를
집중시키는 결과를 초래했다. 그런데 새로운 소유주가
단순히 각 개인이 아니라 하나의 집단이라는 점이 전과
다르다. 당원들은 사소한 소지품 외에는 그 어떤 것도
개인적으로 소유할 수 없다. 전체적으로 당이 모든
것을 통제하고 마음대로 생산물을 분배하기 때문에

오세아니아에 있는 모든 것은 당의 소유인 셈이다. 혁명
이후 몇 년 동안 당은 모든 정책을 공영화했기 때문에
거의 저항을 받지 않고 지배의 자리에 오를 수 있었다.
자본계급이 재산을 몰수당하면 사회주의가 뒤따르게
마련이라는 것은 오래전부터 예견되어 온 일이다. 물론
자본가들은 재산을 몰수당했다. 공장, 광산, 토지, 가옥,
수송선 등 모든 것들이 그들로부터 몰수되었는데, 그런
것들은 이제 사유재산이 아닌 공동재산이 되었다. 초기
사회주의 운동으로부터 성장하여 용어까지 그대로
이어받은 '영사'는 사회주의의 계획 가운데 중요한 조항을
실행했고, 그 결과 이미 예측하고 준비해 온 대로 경제적
불평등을 영속화시켰다.

그러나 계층 사회를 영속화시키는 문제는 이보다 더 어렵다.
지배계급이 권력을 상실하는 경우는 네 가지다. 외부로부터
정복당한 경우, 비능률적으로 통치하여 군중이 봉기한
경우, 불만에 찬 중간계급이 강력한 세력을 형성한 경우,
통치할 자신감과 의욕을 잃은 경우다. 이러한 요소들은 어느
하나만 작용하지 않고 무슨 법칙처럼 네 가지가 거의 동시에
작용한다. 이 모든 요소들을 제압할 수 있는 지배계급만이
영원히 권력을 유지할 수 있다. 그리고 궁극적인 결정인자는
지배계급 자신의 정신 자세다.

20세기 중엽 이후 첫 번째 위험은 사실상 사라졌다.

앞에서도 언급했듯이 현재의 세계를 분할 지배하고 있는
세 열강은 서로를 정복할 수 없다. 할 수 있다면 점차적인
인구 감소에 의한 것뿐인데, 광범한 권력을 가진 정부는 이
문제를 쉽게 피할 수 있다. 두 번째 위험도 이론에 불과하다.
군중은 결코 자발적으로 봉기하지 않는다. 압제를 받아도
봉기하는 경우는 거의 없다. 그들은 비교할 기준이 없는
한 자신들이 압제를 받고 있다는 사실조차 깨닫지 못한다.
과거에 빈번하던 경제적 위기는 이제 발생하지도 않거니와
발생하도록 내버려 두지도 않는다. 하지만 이와 비슷한
대규모의 혼란은 아무런 정치적 성과 없이도 일어날 수
있고, 실제로 일어나고 있다. 이는 무엇보다도 불만을 표출할
수 있는 길이 없기 때문이다. 기계 기술의 발달로 인해
사회 내부에 잠재되어 있는 과잉생산의 문제는 끊임없는
전쟁(제3장 참조)이란 방법에 의해서 해결된다. 전쟁은
또 대중의 사기를 필요한 수준으로 유지시키는 데에도
유용하다. 현 지배계급의 관점에 볼 때 유일하면서도
실제적인 위험은, 낮은 지위에 고용되어 있지만 권력을
갈망하는 유능한 사람들이 새로운 계급으로 부상하는 것과
기존 지배계급 내에 자유주의와 회의주의가 싹트는 것이다.
결국 문제는 교육에 달려 있다. 요컨대 명령을 내리는
지도층과 그 바로 밑에서 움직이는 방대한 대중 집단의
의식을 끊임없이 조종하는 것이 중요한 것이다. 그런데

대중의 의식은 소극적인 방법으로 가벼운 영향만 줘도
조종된다.

이 같은 배경을 알게 되면 누구든, 설령 아직 모르고 있던
사람이라 할지라도 오세아니아 사회의 전반적인 구조를
추측할 수 있으리라. 피라미드의 정점에는 빅 브라더가
있다. 빅 브라더는 완전무결하고 전지전능한 존재다. 모든
성공, 모든 성취, 모든 승리, 모든 과학적 발견, 모든 지식,
모든 지혜, 모든 행복, 모든 덕성이 그의 지도력과 영감에서
나온 것이다. 그러나 아무도 빅 브라더를 직접 본 적이
없다. 벽에 나붙은 포스터 속의 얼굴과 텔레스크린에서
흘러나오는 목소리가 보고 들은 것의 전부다. 그가
결코 죽지 않으리라고 확신하는 것은 어쩌면 당연한
일일지도 모른다. 우선 그가 언제 태어났는지 확실치
않다. 빅 브라더란 당이 스스로를 과시하기 위해 설정한
가공인물이다. 그의 역할은 집단보다 개인에게서 쉽게
느껴지는 사랑과 공포와 존경과 감동을 한데 모으는
것이다. 빅 브라더 아래에는 오세아니아 인구의 2퍼센트도
안 되는 600만으로 구성원이 제한된 내부당이 있다.
그리고 내부당 아래에는 외부당이 있는데, 내부당이 국가의
머리라면 외부당은 그 팔에 해당될 것이다. 외부당 아래에는
'프롤'이라 하여 전인구의 85퍼센트에 해당되는 벙어리 같은
대중이 있다. 앞에서 사용한 분류 용어를 쓰자면 노동자는

'하층계급'으로, 이 정복자에서 저 정복자의 손에 끊임없이 넘겨지던 적도 지방의 노예들이다. 그런 만큼 이들은 사회구조에 있어서 영구적이거나 불가결한 존재가 될 수 없다.

원칙적으로 이들 세 계층의 지위는 세습될 수 없다. 이론적으로는 내부당원의 자식들이라 해서 태어날 때부터 내부당원인 것은 아니다. 내부당이든 외부당이든 입당하는 것은 16세가 되어야 치를 수 있는 시험으로 결정된다. 여기에는 인종 차별이라든가 지역적 특례 같은 것이 없다. 당의 고위직에는 유태인이나 흑인이나 순수한 인디언 혈통을 지닌 남미인들도 끼어 있으며, 한 지방의 행정가는 항상 그 지방의 주민 중에서 선출된다. 오세아니아의 어디에 사는 국민이든 자기가 멀리 떨어진 수도(首都)로부터 통치를 받는 식민지인이라는 생각을 하지 않는다. 오세아니아에는 수도가 없으며, 이름뿐인 지배자는 아무도 어디에 사는지 모르고, 실제로 볼 수도 없는 사람이다. 여기에서는 영어가 주용어(主用語)이고 신어가 공용어란 것 외에는 중앙집권적인 요소가 없다. 각 지역의 통치자는 혈연으로 맺어진 것이 아니라 공통적인 교리에 의해 결속되어 있다. 그리고 사회는 세습 제도에 의해 유지되는 것처럼 여겨질 만큼 엄격하게 계층화되어 있다. 서로 다른 계층 간의 이동은 자본주의 시대나 산업화 이전의 시대에 비하면

거의 없을 정도로 줄어들었다. 내부당과 외부당 사이에는
어느 정도의 이동이 있지만, 그것은 내부당의 무능력자를
내쫓거나 야심 있는 외부당원을 내부당원으로 승급시키는
정도에 불과하다. 노동자들은 사실상 당에 입당하지 못하게
되어 있다. 그들 가운데 유능한 사람들은 불만의 씨가 될
수 있기 때문에 사상경찰이 적발해 제거해 버린다. 그러나
이러한 사태는 영구적이지도 않거니와 원칙적인 문제도
아니다. 구어(舊語)의 의미로 해석하자면 당은 계급이
아니다. 당은 그들의 자손들에게 권력을 이양해 주는
것을 목적으로 삼지 않는다. 지도부에서 유능한 사람을
확보하지 못할 때는 언제든지 프롤레타리아 계급으로부터
완전히 새로운 세대를 이끌어 갈 인재를 기용하는 데 조금도
주저하지 않을 것이다. 초기의 위태로웠던 시절에는 당이
세습 체제가 아니라는 사실이 반대 세력을 무마시키는
작용을 했다. 소위 '특권 계급'이라는 것을 상대로 투쟁해
온 지난 시대의 사회주의자들은 세습적이 아닌 것은
영구적일 수 없다고 생각했다. 아울러 그들은 과두 체제가
영속성을 지니기 위해서는 굳이 드러내 놓고 사실 그대로를
보일 필요가 없다는 것을 모르고 있었으며, 세습적인
귀족 사회는 늘 단명했지만 가톨릭교회 같은 선임 체제는
수백, 수천 년 동안 지속되어 왔다는 사실을 생각해 내지
못했다. 과두 체제의 본질은 아버지에서 아들로 이어지는

부자 세습이 아니라, 죽은 사람이 남겨 놓은 세계관이나
생활양식 등을 산 사람이 고수하는 데 있다. 지배계급은
자신들의 후계자를 지명할 수 있는 한 지배계급이다. 당은
그들의 혈통이 아니라 당 자체를 영속시키는 데 관심이 있다.
계층적 구조를 언제나 동일하게 유지하는 한 누가 권력을
장악하는가는 중요하지 않다.

오늘날의 특징을 이루는 신념, 습관, 취미, 감정, 정신 자세
등은 사실상 당의 신비함을 유지하기 위해, 그리고 오늘날의
사회에 대한 참된 본질을 알지 못하도록 하기 위해 계획되고
있다. 현실적으로 반란이나 이를 위한 사전 운동은
불가능하다. 따라서 노동자들을 두려워할 필요는 전혀 없다.
그냥 그대로 내버려 두는 게 상책이다. 그렇게 하면 그들은
세대에서 세대로, 세기에서 세기로 끊임없이 그 상태를
유지한 채 반란을 일으킬 충동은 물론, 세상이 달라져야
한다는 것을 의식할 힘도 없이 일하며 자식을 키우다가
죽을 것이다. 산업 기술의 발달로 한 단계 더 높은 교육을
받을 수 있을 때에야 그들은 비로소 위험한 존재가 될 수
있다. 그런데 이제는 군사적, 상업적 경쟁이 중요하지 않기
때문에 대중 교육의 수준이 실질적으로 저하되고 있다.
대중이 어떤 견해를 갖든 그것은 관심 밖의 일이다. 어차피
그들한테는 지성 같은 것이 없기 때문에 지적 자유를
허용해도 상관없다. 그러나 당원인 경우에는 아무리 사소한

문제에 관한 견해일지라도 그것이 당의 뜻과 위배된다면
결코 용납될 수 없다.

당원은 태어나서 죽을 때까지 사상경찰의 감시를 받으며
살게 된다. 혼자 있을 때라도 그는 혼자 있다는 것을
확신할 수 없다. 잠을 자든 깨어 있든, 일하든 쉬고 있든,
목욕탕에 있든 침대에 있든 그는 아무런 예고도 없이,
그리고 감시받고 있다는 사실도 모른 채 감시를 받고 있다.
그가 하는 행동은 무엇이든 관심의 대상이 된다. 친구나
친척 관계, 아내와 자식에 대한 태도, 혼자 있을 때의 얼굴
표정, 잠잘 때의 잠꼬대, 몸짓의 특징 등 무엇이든 세밀하게
관찰된다. 또 어떤 실제적인 비행뿐만 아니라 지극히
사소한 괴벽, 습관의 변화, 내적 갈등의 징조라고 할 수
있는 신경질적인 태도까지 낱낱이 탐지된다. 그에게는 어떤
경우든 선택의 자유가 없다. 그렇다고 그가 법이나 뚜렷하게
규정된 어떤 행동 법칙에 의해 규제를 받는 것도 아니다.
오세아니아에는 법이 없다. 발각되면 틀림없이 사형감이 될
사상이나 행위도 공식적으로는 금지된 것이 아니며, 끝없는
숙청, 체포, 고문, 투옥, 증발 따위도 실제로 범한 죄에 대한
처벌로써 가해지는 게 아니라 단순히 언젠가 죄를 범할지도
모르는 사람을 제거하기 위한 조치다. 당원은 올바른
사상뿐만 아니라 올바른 본능도 갖도록 강요당한다. 그러나
당사자에게 어떤 신념과 태도를 요구하는지에 대해서는

대부분 명백하게 설명되어 있지 않다. 만약 명백하게
설명된다면 '영사'에 내재되어 있는 모순이 적나라하게
드러날 것이다. 그리고 그가 태어난 순간부터 정통적인
사람(신어로는 이를 '선사자(*goodthinker*)'라고 한다.)이라면,
어떤 경우에서든 무엇이 올바른 신념이며 무엇이 바람직한
감정인지 생각하지 않고도 알 수 있을 것이다. 하지만
어렸을 때부터 '죄중단(罪中斷, *crimestop*)'이니, '흑백'이니,
'이중사고'니 하는 신어들로 분류되는 면밀한 정신 훈련을
받은 까닭에 무슨 문제든 깊이 생각할 의욕도, 능력도
사라져 버린다.

당원은 사사로운 감정을 가져서는 안 되며, 늘 망설임 없이
열성을 보여야 한다. 그는 국외의 적과 국내의 반역자에
대해서는 끊임없는 증오심과 승리에 대한 확신을 가지고
대하고, 당의 권력과 지혜에 대해서는 스스로 열등감을
느껴야 한다. 헐벗고 만족스럽지 못한 생활로 인한
불평불만은 은밀하게 외부로 방출되거나 '이 분 증오'와
같은 방법으로 깨끗이 씻기고, 회의적이고 반항적인
태도를 유발할 수 있는 사색은 어릴 때부터 습득된 내적
훈련에 의해 점차 소멸된다. 이 훈련의 가장 초보적인
첫 단계는 신어로 '죄중단'이라는 것으로서, 어린아이에게도
가르치게 된다. '죄중단'이란 위험한 사고를 하기 직전에
그 생각을 본능처럼 정지할 수 있는 능력을 뜻한다. 또

이것은 어떤 사실을 유추할 수도 없고 논리적인 잘못을
감지하지도 못하는 가운데 '영사'에 해로운 것이라면 아무리
단순한 견해라도 오해하고, 이단적인 방향으로 이끄는
사고는 무조건 무시 또는 반박하는 능력을 말한다. 간단히
말해 '죄중단'은 어리석음을 예방하는 장치다. 그러나
어리석음이라는 말만으로는 표현이 충분치 않다. 완전한
의미의 정통성은 곡예사가 몸을 자유자재로 놀리듯 자신의
사고 과정을 마음대로 조절하는 것이다. 오세아니아 사회는
궁극적으로 빅 브라더는 전능하고 당은 완벽하다는 신념
위에 서 있다. 그러나 실제로 빅 브라더는 전능하지 못하고,
당은 완벽하지 못하다. 그렇기 때문에 매사를 처리하는 데
있어 임시변통의 능력이 끊임없이 필요한데, 이를 해결할
수 있는 말이 '흑백'이다. 이 낱말에도 여러 다른 신어들처럼
두 가지의 상반된 뜻이 담겨 있다. 반대편에게 이 낱말을
적용할 때는 명백한 사실인데도 흑을 백이라고 우기는
뻔뻔스러운 기만을 의미한다. 하지만 당원에게 적용될
때는 당의 요구대로 흑을 백이라고 말할 수 있는 충성심을
뜻한다. 그러나 이 말은 더 나아가 흑을 백이라고 믿고,
또 흑을 백으로 알며, 이전에 이와 반대로 믿었던 사실을
잊어버리는 능력을 의미한다. 이것은 과거에 대한 끊임없는
개조를 요구한다. 그런데 이는 다른 모든 것을 망라하는,
신어로 '이중사고'라는 사고 체계에 의해서 가능하다.

과거를 개조하는 이유에는 두 가지가 있다. 그중 하나는 보조적인 것, 다시 말해 예방적인 것이다. 보조적인 이유는 당원에게는 노동자의 경우처럼 비교할 기준이 없기 때문에 현재의 상황을 용인한다는 것이다. 당원들은 외국과 단절시키지 않으면 안 되는 것과 마찬가지로 과거와도 단절시켜야 한다. 왜냐하면 그들로 하여금 선조들보다 훨씬 유복하며 물질적인 혜택도 평균적으로 향상되어 있다고 믿도록 해야 하기 때문이다. 하지만 과거를 개조하고 조정하는 보다 더 중요한 이유는 당의 완벽함에 대한 안전장치가 필요하기 때문이다. 당원들에게 당의 예언이 언제나 옳다는 것을 보여 줘야 하는데, 그러기 위해서는 모든 종류의 연설과 통계와 기록을 끊임없이 현재에 맞춰 수정해야 한다. 그런데 강령이나 정치 노선은 절대로 변화시킬 수 없다. 왜냐하면 마음을 바꾼다거나 정책을 수정한다는 것은 자신의 나약함을 고백하는 것이나 다름없기 때문이다. 가령 유라시아나 이스트아시아 (둘 중 어느 나라든 관계없다.)가 현재의 적이라면, 그 나라는 언제나 적으로 존재해야 한다. 하나의 사실도 필요하면 개조되어야 한다. 이렇게 역사는 끊임없이 다시 기록된다. 과거에 대한 지속적인 날조 행위는 진리부 담당인데, 이는 애정부에 의해 수행되는 억압과 사찰 행위만큼 정권의 안정에 필요한 것이다.

과거의 개조는 '영사'의 중심 교리다. 과거의 사건들은 객관적으로 존재하는 것이 아니라 오직 기록된 자료와 인간의 기억 속에서만 존재한다. 과거는 그 자료와 기억이 한데 뭉친 것이다. 그리고 당은 그 모든 자료와 당원의 마음속까지 완전히 통제하고 있기 때문에 과거는 당이 마음대로 만들 수 있는 것이다. 그런데 과거를 변경시킨다고 해서 특별한 예외의 경우를 인정하는 것은 결코 아니다. 어떤 순간에 필요한 형태로 과거를 재창조했을 때 바로 이 새로운 것이 과거이고, 다른 과거는 있을 수 없기 때문이다. 일 년 중 동일한 사건이 몇 차례나 수정되는 것은 흔히 있는 일이다. 언제나 당은 절대적인 진리를 소유하고 있고, 절대 진리는 현재의 그것과 결코 다를 수 없는 것이다. 과거에 대한 통제는 무엇보다 기억의 훈련에 달려 있다. 기록된 모든 자료가 당시의 정통성과 일치한다는 것을 확인하는 것은 단순한 기계적 행동이다. 과거의 사건들이 바람직한 양상으로 일어난 것은 수정한 탓이라는 사실을 기억해 둘 필요가 있다. 이처럼 기억을 다시 정리하거나 기록된 자료를 허위로 변경했다면, 그다음에는 그렇게 했다는 사실을 잊어야 한다. 이런 기술은 다른 정신적 훈련처럼 습득될 수 있는 것이다. 대부분의 당원과 정통적이며 지적인 사람들이 이것을 배우고 있다. 구어로는 이를 곧이곧대로 '현실 통제'라 하고, 신어로는 '이중사고'라고 한다.

'이중사고'란 낱말은 이 외에도 다른 여러 가지 뜻을
내포하고 있는데, 우선 이것은 한 사람이 두 가지 상반된
신념을 동시에 가지며, 그 두 가지 신념을 모두 받아들일
수 있는 능력을 의미한다. 당의 지식층은 자신들의 기억을
어떤 방향으로 변화시켜야 할지 알고 있다. 따라서 그들은
현실을 농락하고 있다는 것도 알고 있다. 그러나 그들은
또한 '이중사고'의 훈련에 의해서 현실은 침해받지 않았다고
생각하며 만족해한다. 그런데 이런 과정은 의식적이어야
한다. 그렇지 않으면 정확하게 수행될 수 없다. 그런데
또한 이런 과정은 무의식적이어야 한다. 그렇지 않으면
날조한다는 느낌이 들게 되고, 그로 인해 죄의식을 느끼게
되기 때문이다. 당의 본질적인 행위는 완전히 정직하게
수행된다는 확고부동한 신념을 가지고 있는 가운데
의식적인 기만을 감수하며 행해져야 한다. 그렇기 때문에
'이중사고'는 '영사'의 핵심이다. 의도적으로 거짓말을 하면서
그 거짓말을 진실로 믿고, 불필요해진 사실은 잊어버렸다가
그것이 다시 필요해졌을 때 망각 속에서 다시 끄집어
내며, 객관적인 현실을 부정하는 한편으로 언제나 부정해
버린 현실을 고려하는 등의 일들이 절대적으로 필요하다.
'이중사고'란 말을 사용할 때에도 '이중사고'를 해야 한다. 이
말을 사용하면 현실을 왜곡했다는 것을 인정하는 것이고,
여기에서 다시 '이중사고'를 하면 바로 인정한 것을 지워

버리는 것으로, 무한한 거짓말이 진실보다 언제나 한걸음 앞서기 때문이다. 궁극적으로 당이 역사의 흐름을 막을 수 있었던 것은 '이중사고'에 의해서였는데, 이것은 앞으로도 수천 년 동안 계속될지도 모른다.

과거의 모든 과두정치 체제는 지나치게 경직되었거나 연약했기 때문에 권력 밖으로 밀려났다. 그 체제의 주인공들은 우매해지고 오만해져서 변화하는 환경에 적응하지 못하고 몰락했다. 또한 그들은 자유에 물들거나 비겁해져서 강권을 휘둘러야 할 때 오히려 양보나 함으로써 몰락의 길을 걸었다. 말하자면 그들은 의식적으로도 몰락했고, 무의식적으로도 몰락했던 것이다. 이러한 두 가지 상황이 동시에 존재할 수 있는 사상 체계를 확립한 것이 당이 이룬 성과다. 다른 어떤 지적(知的) 기반으로는 당의 통치를 영속화시킬 수 없다. 누구든 지배를 하려면, 더욱이 그 지배를 계속하려면 현실 감각을 혼란시킬 수 있어야 한다. 왜냐하면 지배의 비결은 과거의 잘못으로부터 배울 수 있는 힘과 자신의 확고부동한 신념을 결합한 것이기 때문이다.

'이중사고'를 창출해 낸 사람들이 '이중사고'를 가장 교묘하게 행하고, '이중사고'가 엄청난 정신적 기만 체계라는 것을 알고 있는 사람들임은 굳이 말할 필요조차 없다. 우리 사회에서 현재 어떤 일이 일어나고 있는지를 가장 잘 아는

사람이 현실 그대로의 세계를 가장 모른다. 일반적으로
이해력이 좋으면 좋을수록 착각을 많이 하고, 지식이
많으면 많을수록 정신이 덜 건전하다. 이를 뒷받침할 만한
증거는 사회적 지위가 높을수록 전쟁에 대한 열망이 높다는
사실에서 찾아볼 수 있다. 그나마 전쟁에 대해 이성적인
태도를 취하는 사람들이 있다면, 그것은 분쟁 지역에 사는
예속민들이다. 이들에게 전쟁이란 거센 파도처럼 몸을
덮치는 끊임없는 재앙이다. 어느 편이 이기는지는 관심 밖의
일이다. 이들은 통치자가 바뀌어도 전과 똑같은 취급을
받으며 새 주인을 위해 전과 같은 일을 하게 되리라는
것을 잘 알고 있다. 이들보다 조금 더 나은 대접을 받는,
소위 '프롤'로 불리는 사람들은 그저 어쩌다가 가끔씩
전쟁을 의식할 뿐이다. 이들은 필요할 때면 광적인 공포와
증오에 휩싸여 흥분하기도 하지만, 혼자 있게 되면 전쟁이
일어나고 있다는 사실마저 까맣게 잊어버린다. 진정으로
전쟁에 대한 열망에 젖어 사는 사람들은 당원의 지위에
있는 사람들, 특히 내부당원들이다. 세계 정복은 그것이
불가능하다는 것을 아는 사람들에 의해 더욱 가능성이
있는 것으로 믿어지고 있다. 이렇게 상반된 개념을 결합하는
것 —— 무지와 지식, 냉소와 열광 같은 —— 이 오세아니아
사회의 가장 뚜렷한 특징 중 하나다. 공식적인 이념은
그럴 만한 실질적인 이유가 없는 곳까지 모순으로 가득

차게 만들었다. 당은 사회주의 운동가들이 원래 주장했던 모든 원칙들을 비방하고 배척했는데, 바로 그런 행위를 '사회주의'란 이름으로 행했다. 또한 과거 몇 세기 동안 그 유례를 찾아볼 수 없을 만큼 노동자 계급을 지독하게 경멸했으면서도 한때 노동자들의 것이었던 작업복을 당원들에게 제복으로 입혔다. 게다가 조직적으로 가족의 결속을 약화시키는 한편, 당의 지도자를 가족에 대한 경애심이 묻어나는 이름으로 부르게 했다. 당은 또 중요 행정기관마저 뻔뻔스럽게 사실과 정반대인 뜻을 지닌 이름으로 부르게 만들었다. 평화부는 전쟁을, 진리부는 거짓말을, 애정부는 고문을, 풍요부는 굶주림 문제를 담당하고 있다. 그런데 이러한 모순은 우연한 것도 아니고, 일반적인 의미의 위선에서 나온 것도 아니다. 신중한 '이중사고'에서 나온 행위의 결과다. 왜냐하면 권력은 이런 모순들을 조화시킴으로써만 영원히 유지될 수 있기 때문이다. 다른 방도로는 과거의 악순환으로부터 벗어날 수 없다. 만약 인간의 평등을 영원히 저지하려면 —— 소위 상층계급이 자신들의 지위를 영원히 지키려면 —— 정신을 광적인 상태로 몰아넣어야 한다.

그런데 이 순간까지도 우리가 거의 무시해 온 문제가 하나 있다. 그것은 왜 인간의 평등이 저지되어야 하느냐라는 문제다. 그렇게 된 과정이 제대로 설명되었다고 하자.

그렇다면 그처럼 치밀한 계획 아래 엄청난 노력을 기울여 역사를 어느 특정 순간에 동결시키려고 하는 이유는 무엇인가?

여기에 핵심적인 비밀이 있다. 이미 알고 있다시피 당, 특히 내부당의 신비로움은 '이중사고'에 의존하고 있다. 그러나 그보다 더 깊은 곳에 근원적인 동기가 있는데, 그것은 권력의 장악으로부터 '이중사고', 사상경찰, 끊임없는 전쟁, 그리고 그 밖에 부수적으로 필요한 것들을 생기게 한, 결코 의심해 본 적도 없는 본능이다. 이 동기는 실제로…….

윈스턴은 주위가 갑자기 조용하다고 생각했다. 줄리아가 아까부터 가만히 있는 것 같았다. 그녀는 허리 위로 아무것도 걸치지 않은 채 팔을 베개 삼아 옆으로 누워 있었다. 검은 머리카락 한 올이 그녀의 눈 위로 흘러내려져 있었다. 그녀의 가슴이 천천히 규칙적으로 오르내렸다.

"줄리아."

대답이 없었다.

"줄리아, 깬 거야?"

대답이 없었다. 그녀는 자고 있었다. 그는 책을 덮어 바닥에 조심스레 내려놓았다. 그러고는 침대에 똑바로 누워 홑이불을 끌어올려서 그녀와 함께 덮었다.

그는 아직 궁극적인 비밀은 알아내지 못했다고
생각했다. '방법'은 이해했지만 '이유'는 이해하지
못했다. 제3장처럼 제1장도 사실상 그가 이미 알고
있는 내용들이었다. 그런 것들을 단순히 체계화한 것일
뿐이었다. 그런데 그는 책을 읽고 나서 자신이 미치지
않았다는 것을 전보다 더 확실히 깨달았다. 소수파에 속해
있다고 해서, 아니 단 혼자뿐이라 해서 미친 사람이라고
할 수는 없다. 진실과 허위가 엄연히 구별되어 있는 터에
전 세계와 대항하면서까지 진실을 고집한다고 할지라도
미친 사람은 아니다. 석양의 노란빛이 창문을 통해
비스듬히 들어와 베개를 비췄다. 그는 지그시 눈을 감았다.
그의 얼굴에 비치는 햇빛과 몸에 닿은 부드러운 여체가
그에게 졸음과 함께 강한 자신감을 불어넣어 주었다. 그는
안전했고, 모든 것은 잘 되어 가고 있었다.

"온전한 정신은 통계로 결정되는 게 아니야."

그는 말 속에 심오한 진리라도 숨어 있는 듯
의미심장하게 중얼거렸다. 그러고는 이내 잠들었다.

10

잠에서 깨었을 때, 그는 꽤 오랜 시간 잔 것 같은

기분을 느꼈다. 그런데 구식 시계를 보니 겨우 20시 30분이었다. 그는 누운 채 얼마 동안 더 졸았다. 창문 아래 뜰에서 자주 듣던, 가슴속 깊은 곳에서 울려 나오는 듯한 노랫소리가 들려왔다.

> 그저 덧없는 꿈이었다네.
> 4월의 꽃잎처럼 스러져 버렸다네.
> 표정과 말과 꿈으로 흔들어 놓고,
> 내 마음 앗아가 버렸다네.

그 시시한 노래는 아직도 인기가 있는 모양이었다. 어디를 가든 그 노래를 들을 수 있었다. '증오가(憎惡歌)'보다 수명이 더 긴 것 같았다. 그 노랫소리에 줄리아가 잠에서 깨어 기분 좋게 기지개를 켜고는 침대에서 일어났다.

"배가 고파요. 커피라도 좀 마셔야겠어요. 이런! 난롯불이 꺼져서 물이 식어 버렸네."

줄리아가 그렇게 말하고는 난로를 흔들었다.

"기름이 떨어졌어요."

"채링턴 영감한테 좀 얻을 수 있을 거야."

"석유가 가득 차 있는 줄 알았는데 그렇지 않았나 보군요. 옷을 입어야겠어요. 좀 추운 것 같아요."

윈스턴도 일어나 옷을 입었다. 지치지도 않는지

아낙네는 계속해서 노래를 불러 댔다.

> 시간이 모든 걸 해결해 준다지만,
> 언제나 잊을 수 있다고들 말하지만,
> 웃음과 눈물이 해를 거듭해
> 오늘도 내 가슴을 쥐어짜누나!

그는 바지의 허리띠를 조이면서 창가로 다가갔다.
해가 집 뒤로 넘어가 버려서 뜰에는 더 이상 햇볕이
없었다. 뜰에 깔린 자갈들은 막 물을 뿌린 것처럼 젖어
있었고, 굴뚝 사이로 보이는 하늘도 물로 씻어 낸 것처럼
맑고 깨끗했다. 아낙네는 피곤한 기색도 없이 분주히
왔다 갔다 하면서 열심히 노래를 부르다가 멈추고 또
부르며 기저귀를 널고 있었다. 그녀가 빨래를 해서 먹고
사는 건지 아니면 이삼십 명의 손자를 거느린 할머니인지
종잡을 수가 없었다. 줄리아가 그의 옆으로 다가왔다.
둘은 아래쪽에 있는 건장한 여인에게 매료된 듯 황홀한
표정으로 내려다보았다. 빨랫줄로 뻗치는 굵은 팔뚝,
힘센 암말의 그것처럼 풍만한 엉덩이, 뭐라고 표현할 수
없는 독특한 몸짓 등을 바라보면서 윈스턴은 아낙네가
아름답다는 생각을 했다. 임신 때문에 엄청나게 불어났던
몸집이 일로 인해 뻣뻣해지고 거칠어져서 마침내 시든

홍당무처럼 쭈글쭈글해진 쉰 살쯤 된 아낙네가 아름답게
보이리라고는 한 번도 생각해 본 적이 없었다. 어쨌거나
아낙네는 아름다웠다. 그런 아낙네라고 해서 아름답지
말라는 법은 없을 것이다. 화강암 덩어리처럼 딱딱하여
맵시라곤 손톱만큼도 없는 몸매와 거칠어진 붉은 피부를
지닌 그녀의 육체를 처녀의 그것과 비교하는 것은 장미
열매와 장미꽃을 비교하는 것과 같으리라. 하지만 왜
열매가 꽃보다 못하단 말인가?

"아름답군."

그가 중얼거렸다.

"엉덩이 폭이 1미터도 넘겠어요."

줄리아가 말했다.

"그런 게 저 여자의 아름다움이지."

윈스턴은 그렇게 말하고 줄리아의 탄력 있는 허리를
팔로 감싸 안았다. 그녀의 엉덩이에서 무릎까지가 그의
다리에 딱 달라붙어 있었다. 그들은 아기를 갖지 못할
것이다. 이것만이 그들이 할 수 없는 단 하나의 일이다.
그들은 단지 무언중에 이심전심으로 그 비밀을 서로에게
전했다. 창문 아래에 있는 여자는 어떤 생각도 갖고
있지 않다. 오직 튼튼한 팔과 따뜻한 가슴, 임신을 할 수
있는 배만 갖고 있을 뿐이다. 아낙네는 아이를 몇이나
낳았을까? 그는 아낙네가 적어도 열다섯 명은 낳았을

것이라고 생각했다. 물론 저 여자도 한때는, 아마 일 년
정도는 들장미처럼 활짝 피었을 것이다. 그러다 갑자기
잘 익은 열매처럼 부풀어서 점점 단단하게 굳어지고
거칠어졌으리라. 지난 삼십 년 동안 그녀의 인생은
처음에는 자식들을, 그다음에는 손자들을 위해서
빨래하고 설거지하고 바느질하고 밥 짓고 쓸고 닦고
수선하는 일들의 연속이었을 것이다. 그런데 그런 고달픈
삶의 끄트머리에서도 그녀는 여전히 노래를 부르고 있다.
그녀에 대한 신비로운 존경심이 가슴속에서 꿈틀거리자
윈스턴은 굴뚝 뒤로 끝없이 펼쳐져 있는 맑은 하늘을
올려다보았다. 여기는 물론 유라시아나 이스트아시아에
사는 사람들에게도 하늘은 똑같을 것이라고 생각하자
기분이 야릇했다. 사실 하늘 아래에 있는 사람들은 누구나
똑같은 것이다. 전 세계에 퍼져 있는 수십억의 사람들이
서로의 존재를 모른 채 증오와 거짓의 벽으로 유리되어
있지만, 그리고 이들은 생각하는 법을 배운 적이 없지만
저마다 가슴과 배와 근육에 언젠가 이 세계를 뒤집어엎을
힘을 기르고 있다. 만약 희망이 있다면 그것은 무산계급인
노동자들에게 있다! 윈스턴은 '그 책'을 끝까지 읽지 않고도
이 말이 골드스타인의 마지막 메시지라는 것을 알 수
있었다. 미래는 노동자들의 것이다. 그들의 시대가 오면,
그들이 건설한 세계는 현재의 세계보다 윈스턴 스미스의

마음에 들 수 있을까? 그렇다! 왜냐하면 그것은 적어도 올바른 정신의 세계일 것이기 때문이다. 평등이 있는 곳에 올바른 정신이 깃들 수 있다. 조만간 그런 세계가 와서 힘이 의식으로 변할 것이다. 노동자는 불멸의 존재다. 뜰에 있는 저 굳센 아낙네의 모습만 봐도 그 사실을 알 수 있다. 반드시 노동자들이 각성할 때가 올 것이다. 어쩌면 천 년이 걸릴 수도 있겠지만, 그들은 그때까지 당이 갖지도 못하고 말살시킬 수도 없는 생명력을 새들처럼 이 사람에게서 저 사람에게로 전하며 모든 불평등에 맞서 꿋꿋이 살아남을 것이다.

"기억해? 우리가 처음 만나던 날 나뭇가지에 앉아서 우리를 보고 노래를 불렀던 개똥지빠귀……."

그가 말했다.

"기억나요. 하지만 그 새는 우리를 보고 노래 부른 게 아니에요. 저 혼자 좋아서 노래한 것뿐이죠. 아니, 그것도 아니에요. 그냥 아무 생각 없이 부른 걸 거예요."

줄리아가 말했다.

새는 노래 부른다. 노동자도 노래 부른다. 그러나 당은 노래를 부르지 않는다. 세계 도처에서, 런던과 뉴욕에서, 아프리카와 브라질에서, 국경선 저 너머에 있는 신비스런 금단의 땅에서, 파리와 베를린의 거리에서, 끝없는 러시아 평원의 마을에서, 중국과 일본의 시장에서 굳세고 정복당하지 않는 아낙네와 같은 사람들이 노동과 출산으로 괴상한 꼴을 하고는 태어나서 죽을 때까지 고생하면서도 여전히 노래를 부르고 있다. 언젠가는 저 힘센 여자의 배에서 의식을 가진 종족이 태어날 것이다. 당신은 죽은 사람이다. 그들이 미래의 사람이다. 하지만 그들이 살아 있는 육체를 지키듯 살아 있는 정신을 지켜서 2 더하기 2는 4라는 비밀 법칙을 전할 수 있다면 당신도 그 미래의 세계에 참여할 수 있을 것이다.

"우리는 죽은 사람이야."

윈스턴이 말했다.

"우리는 죽은 사람이에요."

줄리아도 따라 했다.

"너희는 죽은 사람이다."

그들 뒤에서 금속성의 음성이 들렸다. 둘은 황급히 떨어졌다. 윈스턴은 배 속이 얼음장처럼 차가워지는 것을 느꼈다. 줄리아는 눈동자가 풀리고 얼굴이 샛노래졌다. 그녀의 두 뺨에 남아 있는 연지 자국이 마치 그 아래에 있는 피부에서 분리된 듯 선명하게 보였다.

"너희는 죽은 사람이다."

금속성의 목소리가 되풀이했다.

"저 그림 뒤예요."

줄리아가 속삭였다.

"그 자리에 꼼짝 말고 있어라. 명령을 내릴 때까지
움직이지 마라."

그 목소리가 말했다.

올 것이 왔다! 드디어 오고야 말았다! 그들은 서로의
눈을 바라보며 꼼짝 않고 서 있었다. 늦기 전에 집을
빠져나가 도망친다면? 하지만 둘은 그런 생각조차
할 수 없었다. 벽으로부터 나오는 금속성의 목소리에
불복종한다는 것은 상상조차 할 수 없는 일이었다. 고리가
빠지는 듯한 소리가 나더니 이어서 유리가 깨지는 소리가
요란하게 났다. 그림이 마룻바닥에 떨어지면서 그 뒤에
있던 텔레스크린이 나타났다.

"이제 우리가 보이겠군요."

줄리아가 말했다.

"이제 너희가 보인다. 방 가운데로 나와서 등을 맞대고
서라! 손을 머리 위로 올려! 서로의 몸이 닿지 않도록 해!"

두 사람은 그 목소리의 명령대로 몸이 닿지 않도록
약간 떨어졌다. 그럼에도 윈스턴은 줄리아의 몸이 떨리고
있음을 느낄 수 있었다. 아니, 어쩌면 그 자신의 몸이
떨리고 있는 것인지도 모른다. 그는 이를 악물었다.
하지만 무릎이 떨리는 것은 어쩔 수 없었다. 집 안팎으로
요란한 구두 소리가 들렸다. 뜰에 사람들이 가득 차
있는 것 같았다. 자갈 위로 무언가 끌리는 소리가 났다.

아낙네의 노랫소리가 뚝 그쳤다. 발로 걷어차인 듯 대야 굴러가는 소리가 길게 났다. 그리고 이어 화난 것 같은 날카로운 소리가 고막을 찌르더니 금세 고통스런 신음으로 바뀌었다가 그쳐 버렸다.

"집이 포위됐어."

윈스턴이 말했다.

"집이 포위되었다."

그 목소리가 말했다.

"이제 그만 작별 인사를 하는 게 좋겠어요."

줄리아가 이를 악물고는 말했다.

"이제 그만 작별 인사를 해."

그 목소리가 말했다. 그리고 이어서 윈스턴이 전에 들어 본 것 같은, 그러나 앞의 것과 전혀 다른 가늘고 점잖은 목소리가 들렸다.

"아무튼 그 이야기는 이렇지. '그대 침실을 밝힐 촛불이 오네. 그대 목을 뎅겅 자를 도끼가 오네.'"

무언가 떨어진 듯 윈스턴 등 뒤의 침대에서 요란한 소리가 났다. 사다리 끝이 창문을 뚫고 들어와 창살을 부쉈다. 누군가 창문으로 올라오고 있었다. 계단을 올라오는 발소리도 들렸다. 순식간에 방은 검은 제복을 입은 건장한 남자들로 가득 찼다. 그들은 하나같이 징 박은 구두를 신은 데다 손에 곤봉을 들고 있었다.

윈스턴은 더 이상 떨지 않았다. 게다가 눈동자조차
움직이지 않았다. 그는 속으로 '꼼짝도 말아야지. 그들에게
한 대 칠 구실을 주지 말아야지.' 하고 스스로에게 말했다.
턱이 권투 선수처럼 둥글고 입이 가늘게 째진 사내가
곤봉을 엄지와 검지 사이에 끼고 무언가 생각하는 듯한
표정으로 그의 앞에 멈춰 섰다. 윈스턴은 그의 눈을
쳐다보았다. 두 손을 머리 위로 올려 맞잡고 얼굴과 몸을
모두 드러내 놓고 있기 때문에 마치 벌거벗은 몸을 보이는
것 같아 참을 수가 없었다. 사내는 허연 혀끝을 내밀어
입술을 핥더니 그대로 지나갔다. 또다시 요란한 소리가
들렸다. 누군가가 책상 위에 있는 유리 문진을 집어 난로
받침돌에 던져 산산조각을 냈다.

설탕으로 만든 과자의 장미꽃 봉오리 같은 분홍색의
작은 산호 무늬 조각이 매트 위로 굴렀다. '무척 작군.'
하고 윈스턴은 생각했다. 뒤에서 헐떡거리는 숨소리와
함께 쿵쿵거리는 발소리가 나더니 누군가 그의 발목을
세게 걷어찼다. 그는 하마터면 넘어질 뻔했다. 한 사내가
줄리아의 관자놀이를 주먹으로 후려쳤다. 그녀는 접는
자처럼 몸을 앞으로 숙이더니 숨을 몰아쉬며 바닥에
쓰러졌다. 윈스턴은 고개를 조금도 돌릴 수 없었지만
헉헉거리는 그녀의 창백한 얼굴을 볼 수는 있었다. 그 공포
속에서도 그는 그녀가 당하는 만큼은 아니겠지만, 그래도

극심한 고통을 느꼈다. 그는 무엇보다도 먼저 숨을 제대로
쉬지 못해 아픔조차 느끼지 못하고 있을 그녀의 고통이
어떠하리라는 것을 알고 있었다. 이윽고 두 사내가 그녀의
무릎과 어깨를 잡고 들어 올리더니 방을 나갔다. 윈스턴은
축 늘어진 그녀의 얼굴을 힐끗 쳐다보았다. 그녀는 노랗게
변한 일그러진 얼굴로 눈을 꼭 감고 있었는데, 양쪽 뺨에는
연지 얼룩이 그대로 남아 있었다. 이것이 그가 그녀를
마지막으로 본 모습이었다.

그는 죽은 듯이 꼼짝 않고 서 있었다. 아직은 아무도
그를 때리지 않았다. 자질구레한 생각들이 그의 머릿속에
제멋대로 떠올랐다가 스러져 버리곤 했다. 채링턴 씨도
체포되었는지, 뜰에 있던 아낙네는 어떻게 되었는지
궁금했다. 몹시 오줌이 마려웠다. 불과 두어 시간 전에
화장실에 다녀왔는데 웬일일까? 벽난로 위의 시계가 9시,
그러니까 21시를 가리키고 있는 것이 언뜻 보였다. 그런데
아직도 햇볕이 강렬했다. 낮이 긴 8월의 저녁이라지만
21시면 어두워야 하지 않는가? 그는 자기와 줄리아가
시간을 잘못 알고 있었던 게 아닌가 하고 생각했다. 둘 다
시계가 한 바퀴 돌도록 잠을 자서 실제로는 다음 날 아침
8시 30분인 것을 20시 30분으로 착각하지 않았나 싶었다.
그러나 그는 더 이상 생각하지 않았다. 쓸데없는 일이기
때문이었다.

복도에서 다시 가벼운 발소리가 났다. 채링턴 씨가 방으로 들어왔다. 검은 제복을 입은 사내들의 태도가 갑자기 점잖아졌다. 채링턴 씨의 얼굴이 어딘가 변한 것 같았다. 그의 시선이 유리 문진의 파편으로 향했다.

"저 유리 조각들을 주워."

그가 날카롭게 말했다.

한 사내가 유리 조각을 줍기 위해 몸을 굽혔다. 런던 토박이 사투리가 사라졌다. 윈스턴은 문득 그 목소리가 조금 전 텔레스크린에서 들었던 목소리라는 것을 깨달았다. 채링턴 씨는 여전히 그 낡은 벨벳 조끼를 입고 있었지만, 하얗던 머리카락이 어느새 검은색으로 바뀌어 있었다. 더욱이 안경도 끼지 않고 있었다. 그는 마치 신분이라도 확인하듯, 윈스턴을 날카로운 눈초리로 한차례 쏘아보더니 두 번 다시 쳐다보지 않았다. 그의 외모는 여전히 알아볼 수 있었지만, 이제는 더 이상 채링턴 노인이 아니었다. 그의 몸은 곧게 펴졌고, 그래서 좀 더 키가 커진 것처럼 보였다. 그의 얼굴은 거의 변함이 없었지만, 전혀 다른 사람이 된 것 같았다. 검은 눈썹은 숱이 줄어들었고, 주름도 사라진 데다 코마저 짧은 듯해 얼굴의 전체 윤곽이 달라져 보였다. 어림잡아 서른다섯 살쯤 된, 빈틈없고 냉정한 얼굴이었다. 윈스턴은 난생처음으로 사상경찰을 보고 있다는 생각을 했다.

3부

1

그는 자신이 어디에 와 있는지 알 수 없었다. 애정부인 듯했지만 확인할 길이 없었다.

그는 천장이 높고 하얗게 번들거리는 타일 벽으로 둘러싸인 창 없는 감방 안에 있었다. 갓을 씌운 램프가 방 안을 차갑게 비추는 가운데 통풍구 쪽에서 나지막이 웅웅거리는 소리가 끊임없이 들렸다. 문이 있는 벽만 빼고 나머지 벽 둘레에는 겨우 앉을 만한 넓이의 의자가 죽 놓여 있었고, 문 맞은편 끝에는 변좌(便座)가 없는 변기가 하나 놓여 있었다. 그리고 벽마다 하나씩, 네 대의 텔레스크린이 설치되어 있었다.

그는 배가 아팠다. 사방이 막힌 수인 호송차에 실려 이송될 때부터 줄곧 그랬다. 게다가 그는 배가 고파서

쓰러지기도 했다. 식사를 못 한 지 스물네 시간이나
서른여섯 시간쯤 되었을 것이다. 그는 자신이 체포되던
때가 아침이었는지 저녁이었는지 알 수 없었다. 그것은
영원히 알 수 없을 것 같았다. 그는 체포된 후로 한 끼의
식사도 하지 못했다.

그는 손을 무릎 위에 올려놓은 채 깍지를 끼고는
좁아터진 의자에 앉아 될 수 있는 한 꼼짝도 하지 않았다.
움직이지 말고 가만히 앉아 있어야 한다는 것은 익히 알고
있던 터였다. 무심히 조금만 움직여도 텔레스크린에서
불호령이 떨어졌다. 그러나 음식을 먹고 싶은 욕구가
자꾸만 커졌다. 무엇보다 그가 바라는 것은 한 조각의
빵이었다. 제복 주머니 속에 빵 부스러기가 몇 조각 남아
있으리란 생각이 그의 뇌리를 스쳤다. 다리에 무언가 닿는
것으로 보아 꽤 큰 빵 조각이 있을 것 같았다. 그는 그것을
찾아볼 욕심에 두려움도 잊은 채 주머니에 손을 넣었다.

"스미스! 6079 스미스 W! 감방에서는 주머니에 손
넣지 마!"

텔레스크린에서 호통 치는 소리가 났다.

그는 다시 손을 무릎 위에 깍지 끼고는 조용히 앉았다.
그곳으로 이송되기 전에 그는 일반 감옥인지 일시적으로
경찰이 사용하는 유치장인지 모르지만 딴 곳에 수용되어
있었다. 그러나 거기에서 얼마나 오래 있었는지는 알 수

없었다. 아마 몇 시간은 될 것이다. 시계도 없고 햇빛도
들지 않아 시간을 추측할 수 없었다. 그곳은 소란스럽고
악취가 심했다. 그가 머문 방은 지금의 감방과 비슷했는데,
무척 더러운 데다 한 방 안에 열 명에서 열다섯 명의
죄수들이 득실거렸다. 그들 대부분은 일반 범죄자였지만
정치범도 몇 명 끼어 있었다. 그는 지저분한 사람들에게
밀려 벽에 기댄 채 조용히 앉아 있었다. 공포에 질린 데다
배까지 아파 주위에 관심을 둘 겨를도 없었지만, 같은
죄인이라도 당원과 일반인 간의 태도가 뚜렷이 차이가
나는 것을 보고 그는 의아하게 생각했다. 당원 범죄자들은
늘 조용하고 겁에 질려 있는 데 반해 일반 범죄자들은
조금도 거리낌이 없었다. 그들은 간수한테 욕지거리를
하기도 하고, 소지품을 압수당할 때는 도로 빼앗으려고
악착같이 덤벼들었다. 뿐만 아니라 마룻바닥에 음란한
낙서를 끼적이는가 하면, 옷 속에 감춰 둔 먹을 것을 꺼내
먹고, 텔레스크린이 조용히 하라고 야단치면 오히려
거기에다 대고 악을 써 댔다. 또 몇몇은 간수들과 친한 듯
별명으로 그들을 부르며 문에 뚫린 감시 구멍으로 담배를
얻어 내려고 애썼다. 간수들도 일반 범죄자들에게는
거칠게 대해야 할 경우에도 은근히 관대한 태도를
보였다. 대부분의 죄수들은 앞으로 이송될 강제 노동
수용소에 대한 이야기를 주로 했다. 윈스턴이 들은

바로는 수용소에서도 수단껏 줄만 잘 잡으면 '문제없다'는 것이었다. 그곳에는 별의별 뇌물과 특혜 및 협박도 있고, 동성연애와 매춘 행위도 있으며, 감자로 빚은 밀주까지 있다는 것이었다. 일반 범죄자들, 특히 강도범과 살인범이 중책을 맡아 일종의 귀족계급을 이루고 있으며, 온갖 지저분한 일은 모두 정치범들의 것이라고도 했다.

마약 장수, 도둑, 암시장 거래꾼, 술주정뱅이, 매춘부 등 별의별 죄수들이 감방을 들락거렸다. 술주정뱅이 중에는 난동을 부리는 자도 있었는데, 여러 명의 죄수들이 덤벼들어서야 겨우 진정시킬 수 있었다. 한번은 예순 살쯤 먹은 거구의 여자가 커다란 젖가슴을 흔들어 대고 악을 쓰면서 흰 머리카락을 산발한 채 네 명의 간수들에게 팔다리가 들려 들어왔다. 그 여자는 발버둥 치면서 계속 소리를 질러 댔다. 간수들은 발길질하는 여자의 신발을 벗기고는 그녀를 번쩍 들어서 내팽개쳤다. 그런데 그 육중한 몸이 떨어진 곳이 하필 윈스턴의 무릎이었다. 그는 넓적다리뼈가 부러지는 듯한 통증을 느꼈다. 이윽고 여자가 몸을 일으키더니 간수들을 향해서 "야, 이 개새끼들아!" 하고 욕을 했다. 그러고는 그제야 자신이 남의 무릎 위에 앉아 있는 것을 의식했는지 슬며시 의자로 내려앉았다.

"미안해요. 내가 당신 무릎에 앉으려고 한 게 아니라

저 새끼들이 나를 패대기쳐서 그런 거예요. 저놈들은
여자를 대하는 태도가 영 틀렸어요. 안 그래요?"

여자는 잠시 말을 멈추고 가슴을 두드리더니 트림을
했다.

"용서해요. 내가 일부러 그런 건 절대 아니니까."

그녀는 몸을 앞으로 굽히고 바닥에 잔뜩 토해 냈다.

"이제야 좀 살 것 같네. 죽는 줄 알았는데, 토해 내니까
배 속이 시원하군."

여자가 눈을 지그시 감고 몸을 뒤로 젖히면서 말했다.
그러고는 정신이 든 듯, 윈스턴에게 다시 얼굴을 돌렸다.
그녀가 커다란 팔로 어깨를 끌어안아 당기는 바람에
윈스턴은 움찔했다. 그녀의 입에서 술 냄새와 썩은 음식물
냄새가 풍겼다.

"이름이 뭐요?"

그녀가 물었다.

"스미스입니다."

윈스턴이 대답했다.

"스미스? 우습군. 내 이름도 스미스인데……. 내가
당신 어머니일지도 모르겠네!"

그럴지도 모른다고 윈스턴은 생각했다. 나이도 몸집도
비슷했다. 강제 노동 수용소에서 이십 년을 보내고 나면
사람은 얼마든지 변할 수도 있는 것이다.

여자 외에 윈스턴에게 말을 붙이는 사람은 없었다.
일반 범죄자들은 놀랄 정도로 정치범들을 무시했다.
그들은 관심이 없다는 듯 경멸하는 투로 정치범들을
'정범(政犯)'이라고 불렀다. 정치범들은 누구에게나 말
걸기를 두려워했는데, 특히 자기들끼리 이야기하는 것을
더 두려워했다. 윈스턴은 딱 한 번 두 여자 당원들이
의자에 바짝 붙어 앉아서 주위의 소란을 틈타 급하게
두서너 마디 속삭이는 소리를 엿들었다. 두 여자는
'101호실'에 대한 이야기를 했는데, 그것이 무엇을
의미하는지 그는 이해할 수 없었다.

그가 감방에 갇힌 지 두어 시간이 지났다. 복통은
좀처럼 가라앉지 않았다. 통증이 덜했다 더했다 하는
정도에 따라 그의 생각도 많아졌다 적어졌다 했다. 고통이
심해지면 아픔과 먹을 것 외에는 생각나는 게 없었고,
좀 나아지면 공포가 그를 사로잡았다. 앞으로 닥쳐올
일들을 생각하면 가슴이 뛰고 숨이 막힐 것 같았다. 마치
곤봉으로 팔꿈치를 얻어맞고, 징 박힌 구두로 정강이를
걷어차인 듯한 기분이었다. 그는 바닥을 엉금엉금 기어
다니면서 부러진 이 사이로 살려 달라고 비명을 지르는
자신을 보는 것 같았다. 줄리아 생각은 거의 할 수 없었다.
그녀에 대한 생각에 집중하려고 해도 마음대로 되지
않았다. 그는 그녀를 사랑해 온 만큼 앞으로 배신하지

않을 것이다. 하지만 그것은 수학 공식처럼 하나의 사실일 뿐이다. 그는 그녀에 대한 사랑을 느낄 수 없었다. 게다가 그녀에게 무슨 일이 생겼는지 거의 궁금하지도 않았다.

그는 이따금씩 한 가닥 희망을 걸고 오브라이언을 생각하곤 했다. 오브라이언은 윈스턴이 잡혔다는 것을 알고 있을 것이다. 그는 형제단은 결코 그 단원을 구하려 하지 않는다고 말했다. 그러나 면도날이 있다. 어쩌면 면도날을 보내 줄지도 모른다. 간수들이 감방으로 뛰어오기까지 오 초의 여유는 있을 것이다. 면도날이 짜릿하게 몸을 베는 듯한, 면도날을 든 손가락의 뼈마디까지 잘리는 듯한 기분이 들었다. 지난날 조금만 아파도 몸을 움츠리던 때가 생각났다. 그는 기회가 주어진다 해도 면도날을 사용할 수 있을지 자신이 없었다. 결국 고통스러울 것이 확실하더라도 한 순간, 단 십 분 동안이라도 더 사는 것이 낫지 않을까 싶었다.

그는 가끔씩 감방 벽의 타일 수를 세어 보려고 애썼다. 그것은 언뜻 쉬울 것 같았다. 그런데도 그는 어느 지점까지 가서 늘 딴생각으로 셈을 잊어버렸다. 여기는 어디일까? 지금은 몇 시쯤 되었을까? 그는 그것이 궁금했다. 한순간 바깥이 환한 대낮이라고 여겨지다가도 금세 캄캄한 밤일 거라고 생각되었다. 그곳은 절대로 전기가 나가지 않으리라고 그는 직감적으로 깨달았다. 어둠이 없는

곳이었다. 그는 그제야 오브라이언의 그 암시를 알 것
같았다. 애정부 건물에는 창문이 없다. 감방이 건물
중앙에 있는지, 바깥에 있는지, 아니면 지하 10층인지
지상 30층인지 전혀 알 수가 없었다. 그는 머릿속으로
이곳저곳을 더듬으며 몸이 느끼는 균형으로 자신이
공중에 떠 있는지 지하 깊숙이 묻혀 있는지 가늠해
보았다.

밖에서 이쪽으로 다가오는 발소리가 들렸다. 철문이
쾅 소리를 내며 열렸다. 말쑥한 검정 제복 차림의 젊은
장교가 민첩한 동작으로 들어왔다. 그는 이목구비가
반듯했는데, 윤이 나는 가죽으로 온몸이 번쩍거렸고,
얼굴은 밀랍으로 만든 가면처럼 창백했다. 그가 밖에
있는 간수들에게 죄수를 들여보내라고 명령했다. 시인인
앰플포스가 휘청거리며 감방 안으로 들어왔다. 문이 다시
쾅 하고 닫혔다.

앰플포스는 마치 빠져나갈 문이 있으리라고 생각한
듯, 두어 번 주위를 두리번거리더니 감방 안을 왔다
갔다 했다. 그는 아직 윈스턴을 보지 못한 채 넋을 잃은
표정으로 윈스턴의 머리 위쪽으로 1미터쯤 떨어져 있는
벽을 뚫어지게 쳐다보았다. 그의 발에는 구두도 신겨져
있지 않았다. 양말 구멍으로 때 묻은 커다란 발가락이
삐죽이 나와 있었다. 며칠 동안 면도도 하지 못한 모양인지

수염이 덥수룩했다. 그래서일까, 크기만 할 뿐 약해 보이는
그의 체구와 신경질적인 몸짓에 어울리지 않게 흉악범
같은 인상을 풍겼다.

윈스턴은 힘이 없는 중에도 약간 정신을 차렸다.
텔레스크린이 있어도 앰플포스에게 말을 걸어야겠다는
생각이 들었다. 앰플포스가 면도날을 가지고 있을지
모른다는 생각이 들기도 했다.

"앰플포스."

윈스턴이 불렀다.

텔레스크린에서는 아무런 반응이 없었다. 앰플포스는
멈칫하더니 약간 놀란 표정으로 시선을 천천히 윈스턴에게
돌렸다.

"아, 스미스! 자네도!"

그가 말했다.

"자네는 어쩌다 들어왔나?"

"사실을 말하자면……. 딱 한 가지 죄를 졌네. 왜 그거
있잖은가?"

앰플포스가 윈스턴의 맞은편 의자에 거북스럽게
앉으며 말했다.

"결국 잘못이 있긴 하군."

"물론 있지."

그는 무언가를 기억해 내려는 듯, 손을 이마에 대더니

관자놀이를 눌렀다. 그러고는 불분명한 말투로 말했다.

"이런 일이라네. 한 가지 일이 생각나는데……, 아마 그 일 때문일 거야. 물론 내가 경솔했지. 우리는 키플링의 시를 결정판으로 내고 있었네. 그런데 시 구절 끝에 있는 'God(신)'이란 낱말을 그대로 뒀지. 어쩔 수가 없었다네."

그는 윈스턴을 올려다보며 덧붙였다.

"그 행을 고치기란 불가능했어. 각운은 'rod(막대기)'인데, 자네도 알다시피 그 운에 맞는 단어는 열두 개밖에 안 되잖아? 며칠 동안 머리를 짜냈지만, 다른 운이 없었다네."

그의 안색이 변했다. 근심이 가시고 잠시 즐거운 표정이 나타났다. 지적인 너그러움이, 쓸데없는 사실을 발견한 현학자의 희열 같은 것이 지저분하고 볼썽사나운 그의 머리카락 사이로 반짝였다.

"자네 이런 거 생각해 본 적 있나? 영국 시문학사의 한계는 바로 영어의 운이 모자란다는 사실에 있다는 거 말이야."

그가 물었다.

윈스턴은 그런 생각 따위는 한 번도 한 적이 없었다. 게다가 지금 이 상황에서 그것은 윈스턴에게 중요한 것도 관심을 끄는 것도 아니었다.

"지금 몇 시나 됐나?"

그가 물었다. 앰플포스는 다시 깜짝 놀란 표정을
지었다.

"그 생각은 해 보지도 못했네. 내가 체포된 게 이틀
전이었는지 사흘 전이었는지 전혀 알 수가 없네."

그는 그렇게 말하면서 창문이라도 찾는 것처럼 벽
쪽을 두리번거렸다.

"이곳에는 밤낮의 차이가 없네. 시간을 알 수 없다,
이 말일세."

그들은 몇 분 동안 이야기를 계속했는데, 별다른
이유도 없이 텔레스크린이 그들에게 조용히 하라며 호통을
쳤다. 윈스턴은 양손을 깍지 끼고 입을 꾹 다물었다.
앰플포스는 몸집이 너무 커서 좁은 의자에 편히 앉지
못하고 몸을 이리저리 틀면서 안절부절못한 채 야윈 손을
이쪽 무릎에 놓았다, 저쪽 무릎에 놓았다 했다. 이십 분이
지났는지 한 시간이 지났는지 알 수 없지만 어쨌든 시간이
흘렀고, 밖에서 다시금 구두 소리가 들려왔다. 윈스턴은 배
속이 죄어드는 것을 느꼈다. 쿵쿵거리는 구두 소리가 오 분
안에, 아니 당장 그의 차례라는 것을 말해 주는 것 같았다.

문이 열렸다. 차갑게 생긴 그 젊은 장교가 감방
안으로 들어왔다. 그러고는 재빠른 손짓으로 앰플포스를
가리키며 간수에게 말했다.

"101호실로."

앰플포스가 간수들 틈에 끼어 비틀거리며 걸어
나갔다. 무슨 영문인지 모르겠다는 표정을 지은 채였다.

시간이 꽤 지난 것 같았다. 윈스턴은 다시 복통을
느꼈다. 그의 생각은 마치 연속적으로 이어진 홈을 따라
같은 궤도를 쳇바퀴 돌 듯 돌아가는 구슬처럼 제자리에서
맴돌았다. 그가 생각할 수 있는 것은 복통, 빵 한 조각,
피와 비명, 오브라이언, 줄리아, 면도날, 이렇게 여섯
가지였다. 배 속에서 또 한번 경련이 일어났다. 무거운
구두 소리가 다시금 가까워지고 있었다. 문이 열린 순간
바람결에 식은땀 냄새가 물씬 풍겨왔다. 파슨스가 감방
안으로 들어왔다. 그는 카키색 반바지와 운동 셔츠를 입고
있었다.

이번에는 윈스턴이 깜짝 놀랐다.

"자네가 여기에 오다니!"

파슨스는 윈스턴을 흘끗 쳐다보았다. 그의 눈동자에는
관심도 놀라운 기색도 없이 고통만 있을 뿐이었다. 그는
가만히 있을 수 없는지 부산스레 왔다 갔다 했다. 무릎을
펼 때마다 경련이 이는 것이 보였다. 이윽고 그가 방
한가운데에 있는 무언가를 응시하듯 눈을 크게 뜨고
쳐다보았다.

"어쩌다 들어왔나?"

윈스턴이 물었다.

"사상죄야."

파슨스가 울먹이는 목소리로 말했다. 그의 목소리는 자기 유죄를 인정하면서도 자신에게 적용된 죄목을 믿을 수 없다는 듯, 공포에 사로잡혀 있었다. 그는 윈스턴 바로 앞에 서서 하소연을 늘어놓기 시작했다.

"여보게, 그들이 나를 총살하지는 않겠지? 단지 생각만 했을 뿐, 실제로는 아무것도 안 했으니까 말이야. 생각 정도야 할 수 있는 거 아닌가? 내 사정을 얘기하면 잘 들어 주겠지? 그럴 거야. 나는 그 사람들을 믿어. 그들도 내 경력을 잘 알고 있을 거야. 그렇지? 내가 어떤 사람인지는 자네도 잘 알 거야. 그렇지? 나는 절대로 나쁜 사람이 아니야. 물론 머리는 둔하지만 열성적이지 않았나? 나는 당을 위해서 최선을 다했어. 여보게, 오 년쯤 치러야 할까? 아니면 십 년? 나 같은 사람은 노동 수용소에서도 아주 쓸모가 있을 거야. 단 한 번 탈선했다고 해서 나를 총살하지는 않겠지?"

"죄를 짓긴 했나?"

윈스턴이 물었다.

"물론 지었지! 당이 무고한 사람을 체포하겠나?"

파슨스가 비굴한 표정으로 텔레스크린을 흘끗거리면서 말했다.

그의 개구리 같은 얼굴이 평온해지더니 약간 엄숙한

표정으로 변했다. 그가 짐짓 점잖게 말했다.

"사상죄란 무서운 거야. 그건 음흉한 거라고.
사람들은 자신도 모르는 사이에 거기에 빠져들어. 내가
어떻게 사상죄를 범했는지 아나? 잠잘 때였어. 그래, 그건
사실이야. 나는 맡은 바 소임을 다하려고 정말 열심히
일했어. 내 마음속에 못된 생각이 들어 있는 줄은 까맣게
모르고 말이야. 그런데 내가 잠꼬대를 했대. 뭐라고 한 줄
아나?"

그는 치료를 받기 위해 어쩔 수 없이 치부를 드러내
말하는 사람처럼 목소리를 낮추었다.

"빅 브라더를 타도하자는 것이었네. 내 입에서 그런
말이 나오다니! 그것도 여러 번 한 모양이야. 자네니까
하는 말이지만, 더 큰 죄를 짓기 전에 이렇게 체포된 게
얼마나 다행스런 일인지 몰라. 내가 법정에 서면 뭐라고
할 건지 아나? '고맙습니다. 늦기 전에 저를 구해 주셔서
고맙습니다.' 하고 말할 거야."

"누가 자네를 고발했나?"

윈스턴이 물었다.

"어린 내 딸년이야. 그 아이가 열쇠 구멍으로 엿들었어.
그러고는 이튿날 내 얘기를 경찰한테 신고했지.
일곱 살짜리치고는 꽤 똑똑하잖나? 신고했다고 해서
딸에게 불만 같은 건 없어. 사실 그 애가 대견스러워.

그러고 보면 내가 딸 하나는 제대로 키운 것 같아."

파슨스가 자랑하듯 말했지만 표정은 침울했다.

그는 변을 보고 싶은지 왔다 갔다 하면서 변기를 몇 번이나 쳐다보았다. 그러더니 갑자기 바지를 내렸다.

"미안하네. 참을 수가 있어야지. 너무 오래 참았다네."

그는 변기를 향해 커다란 궁둥이를 내렸다. 윈스턴은 손으로 얼굴을 가렸다.

"스미스! 6079 스미스 W! 얼굴에서 손을 떼! 감방에서 얼굴을 가리면 안 돼!"

텔레스크린이 떠들었다.

윈스턴은 얼굴에서 손을 뗐다. 파슨스는 요란한 소리를 내더니 대변을 한 무더기나 싸 놓았다. 그는 변을 보고 나서야 세척기가 고장 난 것을 알았다. 몇 시간 동안이나 지독한 악취가 감방을 점령했다.

파슨스는 다른 감방으로 옮겨졌다. 꽤 많은 죄수들이 더 들어왔다가 나갔다. 한 여자 죄수는 101호실로 이감되었는데, '101호실'이란 말을 듣자마자 몸을 떨면서 얼굴빛을 하얗게 바꾸었다. 그가 감방에 들어온 때가 아침이었다면 지금은 오후일 테고, 오후였다면 한밤중일 것이다. 감방 안에는 남녀 합쳐서 여섯 명의 죄수가 있었다. 모두 조용히 앉아 있을 뿐이었다. 윈스턴 맞은편에는 한 사내가 앉아 있었는데, 턱이 없고 앞니가 드러나 보이는

것이 마치 토끼 같은 얼굴이었다. 그의 살찌고 얼룩진 볼이
주머니처럼 축 늘어져 있어서 입 안 가득 음식을 넣고
있는 듯이 보였다. 그는 겁에 질린 듯 잿빛 눈알을 굴리며
이 사람 저 사람 살피다가 눈이 마주치면 재빨리 시선을
돌리곤 했다.

　문이 열리더니 또 한 명의 죄수가 들어왔다. 그의
모습을 본 순간 윈스턴은 오싹 소름이 돋았다. 그 죄수는
평범하게 보이는 기술자 타입의 남자였다. 그러나 얼굴이
놀랄 만큼 수척했다. 영락없는 해골이었다. 너무 여윈 탓에
입과 눈만 보기 흉하게 커 보였다. 그 눈은 사람이나 그 외
어떤 것에 대한 살기와 증오심으로 불타고 있었다.

　그 남자는 윈스턴에게서 조금 떨어진 의자에 앉았다.
윈스턴은 남자를 다시 바라보지 않았지만, 그 해골 같은
일그러진 얼굴이 너무나 생생하게 떠올라 마치 눈앞에
있는 그를 똑바로 쳐다보고 있는 것 같은 기분이 들었다.
그는 문득 그 남자가 왜 그런지 깨달았다. 남자는 아사
일보 직전의 상태에 놓여 있는 것이다. 감방 안에 있는
모든 사람들이 거의 동시에 그런 생각을 한 모양이었다.
감방 안에 약간의 동요가 일었다. 턱이 없는 사내도 해골
같은 몰골의 남자를 바라보다가 죄라도 지은 듯 얼굴을
돌리더니 아무래도 외면할 수 없는지 다시 쳐다보았다.
그러고는 자리에서 안절부절못하다가 마침내 일어서서

감방 안을 뚜벅뚜벅 걸었다. 이윽고 그가 제복 주머니에서 거무스름한 빵 조각을 꺼내 얼굴을 붉히며 해골 같은 남자에게 내밀었다.

그때였다. 텔레스크린에서 벽력 같은 불호령이 떨어졌다. 턱이 없는 사내가 자리에서 펄쩍 뛰었다. 그리고 해골 같은 남자는 빵을 받지 않겠다고 만천하에 시위하듯 잽싸게 손을 등 뒤로 뻗쳤다.

"범스테드! 2713 범스테드 J! 당장 빵 조각을 버려!"

텔레스크린에서 고함 소리가 터져 나왔다.

턱이 없는 사내가 빵 조각을 마룻바닥에 떨어뜨렸다.

"그 자리에 그대로 서 있어. 얼굴을 문 쪽으로 돌리고 움직이지 마!"

텔레스크린이 명령했다.

턱 없는 사내는 순순히 따랐다. 주머니처럼 축 늘어진 커다란 볼이 크게 떨리고 있었다. 쾅 하는 소리와 함께 문이 열렸다. 젊은 장교가 들어와 옆으로 비켜서자, 어깨와 팔이 단단한 간수가 그 뒤에서 나타났다. 간수는 턱 없는 사내 앞에 서더니 젊은 장교의 신호가 떨어지기 무섭게 사내의 볼록 튀어나온 입을 한 대 후려쳤다. 그 충격으로 턱 없는 사내는 마룻바닥에 쓰러졌다. 이내 그의 몸은 감방을 가로질러 변기가 있는 쪽으로 굴러갔다. 그의 코와 입에서 검은 피가 흘러나왔다. 그는 잠시 기절한 듯 그대로

누워 있었다. 이따금 그의 입에서 가냘픈 신음 소리가
새어 나왔다. 이윽고 그가 몸을 뒤척이더니 손과 무릎으로
비틀거리며 일어났다. 그러고는 피와 침이 엉겨 붙은
부러진 틀니 조각을 뱉었다.

죄수들은 손을 무릎 위에 깍지 낀 채 조용히 앉아
있었다. 턱 없는 사내는 엉금엉금 기어서 제자리로
돌아갔다. 그의 얼굴 한쪽이 시커멓게 멍들어 있었다. 입
언저리가 흉측하게 진홍빛으로 부어올라 입이 마치 시커먼
구멍처럼 보였다. 가끔씩 검붉은 핏방울이 그의 가슴 위로
떨어졌다. 그는 다시금 잿빛 눈알을 굴리며 이 사람 저
사람을 살폈다. 마치 자기의 행위를 다른 죄수들이 얼마나
비웃을까 생각하며 아까보다 더 짙은 죄의식을 느끼고
있는 것 같았다.

다시 문이 열렸다. 장교가 손가락을 까딱하며 해골
같은 사내를 가리켰다.

"101호실로!"

윈스턴 옆에서 숨조차 제대로 못 쉰 채 당황해하는
소리가 났다. 그 사내는 바닥에 무릎을 꿇더니 두 손을
모으고 소리쳤다.

"동지! 장교 동지! 제발 저를 그곳으로 보내지 마세요!
모든 걸 털어놨잖아요? 뭘 더 알고 싶으십니까? 더 이상
자백할 게 없습니다. 하나도 없단 말입니다! 무엇이든

말씀만 하세요. 다 자백할 테니까요. 조서도 쓰세요.
서명할 테니까요! 뭐든 시키는 대로 하겠습니다. 하지만
101호실만은 제발!"

"101호실로!"

장교가 다시 명령했다.

이미 창백한 그 사내의 얼굴은 윈스턴이 차마 눈뜨고
볼 수 없을 만큼 안색이 바뀌었다. 그의 얼굴은 파랗게
질려 있었다.

"마음대로 해!"

그가 체념한 듯 큰 소리로 말했다.

"당신들은 몇 주일 동안 나를 굶겼지? 이젠 그만하고
어서 나를 죽여. 총살하란 말이야. 아니면 목을 매
죽이든지 이십오 년 형을 내리든지 해. 내가 또 불 사람이
있나? 누구든지 말만 해, 다 불 테니까. 그게 누구든,
어떻게 되든 상관없어. 나는 마누라도 있고, 자식도
셋이나 돼. 제일 큰 놈이 여섯 살도 안 됐어. 그 애들을 몽땅
잡아와 내 눈앞에서 목을 따더라도 참고 보겠어. 그렇지만
제발 101호실만은!"

"101호실로!"

장교가 말했다.

그 사내는 자기 대신 희생시킬 사람을 찾는 듯 핏기
어린 눈으로 다른 죄수들을 둘러보았다. 그의 시선이

얻어맞아 엉망이 된 턱 없는 사내의 얼굴로 향했다. 그가
기다란 팔을 내뻗으며 소리쳤다.

"끌고 가야 할 사람은 바로 저자예요. 내가 아니고요.
저자가 얼굴을 얻어맞고는 뭐라고 했는지 아세요? 한번만
기회를 주세요. 다 말할 테니까요. 저자야말로 당의
적이에요. 내가 아니고요."

간수들이 앞으로 걸어왔다. 사내가 비명을 지르며
말했다.

"당신들은 저자가 한 얘기를 못 들었어요?
텔레스크린이 고장 난 거예요? 잡아가야 할 놈은 바로
저자란 말입니다. 나 말고 저자를 데리고 가요!"

건장한 간수들이 그의 팔을 잡으려고 몸을 굽혔다.
순간 그가 몸을 날려 감방 저쪽 편 마루에 떨어져서는
쇠로 된 의자의 다리를 힘껏 움켜쥐었다. 그러고는
짐승처럼 으르렁대기 시작했다. 간수들이 그를 떼어
내려고 애썼지만 소용없었다. 그는 엄청난 힘으로 붙들고
늘어졌다. 아마 간수들은 이십 초 정도 끙끙대며 그를
잡아당겼을 것이다. 죄수들은 양손을 무릎 위에 올려놓은
채 앞만 똑바로 쳐다보며 꼼짝도 않고 앉아 있었다.
울부짖는 소리가 그쳤다. 그 사내는 겨우 매달려 있을 뿐,
움직일 힘도 없는 것 같았다. 잠시 후 또 한차례 외마디
소리가 사내의 입에서 터져 나왔다. 한 간수가 구둣발로

그의 손가락을 으스러뜨렸다. 다른 간수들이 그의 발을 끌어당겼다.

"101호실로 끌고 가!"

장교가 명령했다.

사내는 머리를 떨군 채 짓이겨진 손을 어루만지면서 더 이상의 저항 없이 비틀거리며 끌려갔다.

시간이 꽤 흘렀다. 해골 같은 사내가 끌려갔을 때가 한밤중이었다면 지금은 아침일 것이고, 아침이었다면 지금은 오후일 것이다. 윈스턴 혼자였다. 그는 몇 시간 동안 혼자 있었다. 비좁은 의자에 오래 앉아 있은 탓에 몸이 저렸다. 그래서 그는 이따금씩 일어나 감방 안을 걸어 다녔다. 그런데도 텔레스크린은 뭐라고 하지 않았다. 턱 없는 사내가 떨어뜨린 빵 조각이 그대로 남아 있었다. 그는 처음에는 그것을 외면하려고 애를 썼는데, 지금은 배가 고프기보다 목이 더 말랐다. 입 안이 쓰고 텁텁했다. 계속해서 들리는 웅웅거리는 소리와 변함없이 하얗게 빛나는 전등이 머릿속을 텅 비게 하는 것 같았다. 그는 현기증을 느꼈다. 뼛속을 후비는 통증 때문에 고통스러웠다. 그는 더 이상 참을 수 없어서 일어섰지만, 눈앞이 어지러워 서 있을 수가 없었다. 그래서 몇 번이나 다시 주저앉곤 했다. 몸을 좀 가눈다 싶으면 공포가 다시 살아났다. 그는 꺼질 듯 가물거리는 희망 속에서 오브라이언과 면도날을 떠올렸다. 음식이 들어온다면 그 속에 면도날이 숨겨져 있을 것이라는 생각이 들었다. 아주 희미하게 줄리아 생각도 났다. 그는 속으로 중얼거렸다.

"어딘가에서 그녀는 나보다 더 심한 고통을 당하고 있을 거야. 이 순간 고통을 못 이겨 비명을 지르고 있을지도 몰라. 내가 두 배의 고통을 받음으로써 줄리아를 구할 수 있다면, 나는 과연 어떻게 해야 할까? 당연히 그렇게 해야겠지? 암 그래야지."

그러나 그것은 그렇게 해야 한다는 것을 알고 있기 때문에 내릴 수 있는 마음만의 결정에 불과했다. 실제로도 그럴 수 있을지 자신이 서지 않았다. 오히려 고통과 고통이 있으리란 예감만 들 뿐이었다. 현재 고통을 당하고 있는 마당에 무슨 수로 그녀의 고통까지 짊어질 수 있겠는가? 그런 문제에 대한 대답은 아직 할 수 없었다.

구두 소리가 다시 가까워졌다. 문이 열렸다. 오브라이언이 들어왔다.

윈스턴은 벌떡 일어섰다. 오브라이언을 본 충격으로 인해 조심해야 한다는 것을 잊어버렸다. 몇 년 만에 처음으로 그는 텔레스크린의 존재를 잊어버렸던 것이다.

"당신도 체포됐군요!"

윈스턴이 소리쳤다.

"나는 오래전에 체포되었네."

오브라이언이 친근하지만 냉소가 담긴 어조로 말했다.
그가 옆으로 비켜서자, 그의 등 뒤로 기다란 곤봉을 든,
어깨가 딱 벌어진 간수가 나타났다.

"윈스턴, 자네는 이런 일이 있을 줄 알았을 걸세.
속이려 들지 말게. 자네는 이미 이런 일이 벌어질 줄 알고
있었어."

오브라이언이 말했다.

그렇다. 윈스턴은 이런 일이 벌어질 줄 알고 있었다.
하지만 그것에 대해 생각할 여유가 없었다. 그의 눈으로
들어오는 것은 오직 간수의 손에 들린 곤봉뿐이었다.
어디든 내려치겠지. 머리든, 귓바퀴든, 팔이든,
팔꿈치든······.

팔꿈치였다! 윈스턴은 얻어맞은 팔꿈치를 다른
손으로 감싼 채 무릎을 꿇고 털썩 주저앉았다. 노란빛이
눈앞에서 반짝거렸다. 한 대 맞았다고 이렇게까지
아프다니! 그는 눈을 감았다가 떴다. 눈앞이 밝아지면서
그를 내려다보는 두 사람이 보였다. 그가 몸을 비꼬는
것을 바라보며 간수가 비웃었다. 어쨌든 한 가지 의문은
풀린 셈이었다. 무슨 수를 쓰든 고통을 더 늘릴 수는 없다.
그리고 어떤 이유로든 심한 고통을 받기 바라는 사람은
없다. 바라는 게 있다면 딱 한 가지, 빨리 고통을 멈춰
주었으면 하는 것뿐이다. 세상에서 육체적인 고통보다

더 고통스러운 것은 없다. 고통 앞에서는 영웅도 없다.
절대로 없다. 윈스턴은 쓸 수 없게 된 왼팔을 부둥켜
잡은 채 마룻바닥에서 몸을 비틀며 몇 번이고 그 생각만
되풀이했다.

2

그는 보통 것보다 약간 높은 간이침대 같은 곳에 누워
있었다. 그런데 무엇에 묶어 놓았는지 몸이 움직여지지
않았다. 평소의 것보다 훨씬 더 강한 불빛이 그의 얼굴을
비췄다. 오브라이언이 옆에 서서 그를 유심히 내려다보고
있었고, 그의 맞은편에는 흰 가운을 입은 남자가 주사기를
들고 서 있었다.

그는 눈을 뜨고 나서도 금방 주위를 알아볼 수 없었다.
깊은 바닷속 같은 전혀 다른 세계에서 이 방으로 헤엄쳐
온 기분이었다. 그 아래에서 얼마나 오래 있었는지 알 수
없었다. 체포된 후부터 그는 낮과 밤을 본 적이 없었다.
게다가 기억도 연결되지 않았다. 잠잘 때 생기는 의식마저
완전히 끊겼다가 몽롱한 상태를 거친 다음에야 다시
제정신으로 돌아온 적도 몇 번인가 있었다. 그러나 그런
상태가 며칠, 몇 주, 몇 초 동안 계속되었는지 알 길이

없었다.

악몽은 맨 처음 팔꿈치를 얻어맞을 때부터
시작되었다. 나중에 알게 된 사실이지만, 당시 일어났던
일들은 거의 모든 죄수들이 겪어야 하는 관례적인 예비
심문일 뿐이었다. 모든 죄수들이 마땅히 자백해야만
하는 죄목에는 간첩행위, 파업 등 여러 가지가 있었다.
자백은 일종의 형식에 불과한 것이었고, 고문이 진짜였다.
얼마나 많은 매를 얼마나 오랫동안 맞았는지 기억할 수가
없었다. 그의 옆에는 언제나 검은 제복을 입은 대여섯 명의
남자들이 있었다. 때로는 주먹과 곤봉이 날아오고, 어떤
때는 쇠몽둥이로 때리거나 구둣발질을 하기도 했다. 그는
창피한 줄도 모르고 짐승처럼 몸을 비틀며 마룻바닥을
이리저리 뒹굴었지만, 그럴수록 오히려 갈비뼈, 복부,
팔꿈치, 정강이, 사타구니, 불알, 척추 끝에 더 심한
매질만 당할 뿐이었다. 고문이 어찌나 한없이 계속되는지,
세상에서 가장 잔인하고 사악하며 용서할 수 없는 일은
간수들의 매질이 아니라 그 매질에도 정신을 잃지 않는
것이라고 여겨지기까지 했다. 그는 공포에 질린 나머지
간수들이 때리기도 전에 살려달라며 애원했고, 주먹으로
때리는 시늉만 해도 진짜든 가짜든 죄를 자백하곤 했다.
어떤 때는 아무것도 자백하지 않겠다며 마음을 단단히
다져 먹기도 했다. 그러나 곧 고통을 못 이겨 신음과 함께

한마디씩 내뱉거나 혼자서 "자백을 해야지. 하지만 지금은
안 돼. 참을 수 있는 데까지 좀 더 참아 보자. 세 대만 더
맞자, 아니 두 대만 더 맞자. 그런 다음 이들이 원하는
대로 말해 주자." 하고 중얼거리며 무기력하게 타협해
보려는 시도를 했다. 가끔씩 그는 거의 설 수도 없을
정도로 얻어맞은 끝에 감방의 돌바닥에 감자 자루처럼
내팽개쳐져 몇 시간 동안 정신을 잃고 있다가 의식을
회복하고는 다시 끌려 나가서 얻어맞기도 했다. 회복되는
시간이 갈수록 오래 걸렸다. 간혹 수면이나 혼수상태
속에서 희미하게 기억되는 것들도 있었다. 그는 벽에 붙은
선반처럼 생긴 감방의 널빤지 침대와 양철 세숫대야,
뜨거운 수프와 빵, 커피가 곁들여진 식사를 떠올렸다.
또 험상궂은 이발사가 턱수염을 밀고 머리를 깎아주던
일을 비롯하여 흰 가운을 입은 비정하게 생긴 남자가
사무적으로 맥박을 재고 청진기를 댄 채 두드려 보며
눈까풀을 까뒤집고 부러진 뼈를 찾아내듯 손가락으로
거칠게 온몸을 만지던 일, 팔에 수면제를 주사하던 일
등을 생각했다.

매질이 조금씩 줄어들었다. 그러나 그들은 대답이
시원찮으면 언제든 다시 매질을 시작하겠다고 협박했다.
심문하는 사람은 이제 검은 제복의 악당이 아니었다.
동작이 날렵하고 번쩍이는 안경을 쓴, 당의 땅딸막한

지식층이었다. 그들은 교대로 열두어 시간 동안 계속해서 심문을 했다. 이들 중 몇몇은 참을 수 없을 정도는 아니지만 계속적으로 비교적 가벼운 고통을 주었다. 그들은 뺨을 때리거나 귀를 비틀거나 머리카락을 잡아당기거나 한 발로 서 있게 하거나 오줌을 못 누게 하거나 얼굴에 강렬한 빛을 비춰서 눈물을 흘리게 했다. 그들이 그렇게 하는 이유는 그에게 모욕감을 줌으로써 자기의 의견을 내세우는 힘과 분별력을 잃게 하기 위해서였다. 아주 지독한 심문은 몇 시간이고 끊임없이 무자비한 질문을 퍼부으면서 말끝마다 함정을 파놓고 꼬투리를 잡아 따지거나 그가 하는 말은 모두 거짓말이며 모순이라고 비꼬고 윽박지르는 것이었는데, 그렇게 하면 그는 끝내 분노와 신경의 피로로 울음을 터뜨리곤 했다. 어떤 때는 한 번 심문하는 동안에 여섯 차례나 울기도 했다. 그들은 심문 시간 내내 그에게 욕설을 퍼부었고, 대답을 어물거릴 때마다 다시 간수들한테 넘기겠다고 위협했다. 그러다가 갑자기 말투를 바꾸어 그를 동지라고 불렀고, '영사'와 빅 브라더의 이름으로 호소하면서 안타깝다는 듯 그가 지은 죄를 씻기 위해 이제라도 당에 충성하지 않겠냐며 묻기도 했다. 몇 시간 동안의 심문으로 신경이 피로해지면, 그는 그 정도의 호소에도 눈물을 흘리며 울었다. 결국 넌더리가 나는 그들의 잔소리가 그를 더 녹초로 만들었다. 그의 입과 손은 그들이 요구하는 대로 말하고 서명하는 도구로 전락해 버렸다. 그의 유일한 관심은 그들이 원하는 것이 무엇인지 재빨리 알아내어 다시 못살게 굴기 전에 얼른 털어놓는 것이었다. 그는 고위 당원의 암살, 불온문서 배포, 공금 횡령, 군사 기밀의 암매, 각종 파업행위 등에 대해서 자백했고, 오래전인 1968년 이스트아시아 정부의 돈을 받고 간첩 활동을 했다고도 털어놓았다. 그리고 자신은 독실한 신자이며 자본주의를 찬양하는 데다 성도착자라고 거짓 자백을 했다. 그는 또 아내가 아직 살아 있음을 자신은 물론 심문자들도 뻔히 알고 있는데도 아내를 죽였다고 고백했다. 지난 몇 년 동안 골드스타인과 개인적인 친분 관계를 맺었고, 자기가 아는 사람들이 거의 가담한 지하조직의 일원으로 활약했다고도 털어놓았다. 있는 것 없는 것 다 자백하고 모든 사람들을 닥치는 대로 끌어들이는 것이 상책이었다. 게다가 어떤 의미에서는 그것이 모두 사실이기도 했다. 그가 당의 적이었던 것은 부인할 수 없는 사실인 데다 당의 입장에서 보면 그의 사상과 행동에는 아무런 차이가 없었다.

그는 다른 것들도 기억할 수 있었다. 마치 어둠 속에 흩어져 있는 그림처럼 이런저런 기억들이 그의 뇌리에 두서없이 떠올랐다.

그는 감방에 있었는데, 어두운 것 같기도 하고 밝은
것 같기도 했다. 보이는 것이라고는 두 눈뿐이었다. 아주
가까운 곳에서 무슨 기계 같은 것이 규칙적으로 천천히
똑딱거렸다. 그 눈은 점점 커지면서 더욱 반짝거리며
빛났다. 갑자기 그는 자리에서 붕 떠올랐다가 그 눈 속으로
빨려 들어갔다. 마치 그 눈에 삼켜 버려진 것 같은 느낌이
들었다.

그는 눈부신 불빛 아래, 온통 다이얼로 둘러싸인
의자에 묶여 있었다. 흰 가운을 입은 남자가 다이얼을
읽었다. 그때 밖에서 무거운 구둣발 소리가 들렸다. 문이
쾅 소리를 내며 열렸다. 밀랍 같은 얼굴의 장교가 두 명의
간수를 데리고 들어왔다.

"101호실로!"

장교가 지시했다.

흰 가운을 입은 남자는 돌아보지도 않았다. 그는
윈스턴을 쳐다보지도 않은 채 다이얼만 읽고 있었다.

윈스턴은 폭이 1킬로미터나 될 것 같은, 황금빛으로
가득 찬 복도를 데굴데굴 굴러가면서 낄낄거리고 고래고래
소리 지르며 목청껏 자기 죄를 털어놓았다. 그는 모든 것을,
심지어 고문을 받으면서도 말하지 않았던 것까지 낱낱이
자백했다. 이미 알고 있는 사람들에게 자기가 살아온 인생
이야기를 늘어놓았다. 그와 함께 간수들도, 심문자들도,

흰 가운의 사내들도, 오브라이언도, 줄리아도, 채링턴 씨도 복도를 굴러가면서 깔깔거리고 소리를 질렀다. 아무튼 미래 속에 웅크리고 있던 어떤 끔찍한 것이 일어나지 않았다. 모든 것이 잘 되었다. 더 이상의 고통도 없고, 그의 인생 이야기도 낱낱이 밝혀져 이해되고 용서되었다.

윈스턴은 어렴풋이 오브라이언의 목소리를 들은 것 같아 널빤지로 된 침대에서 몸을 일으키려고 했다. 그는 심문을 받는 동안 오브라이언을 한 번도 보지 못했다. 하지만 보이지 않을 뿐, 그가 옆에 있다고 확신했다. 모든 것을 지시하는 사람은 바로 오브라이언이다. 윈스턴에게 간수를 보내 죽이지 못하도록 하는 사람도 오브라이언이요, 윈스턴에게 언제 고통을 주고, 언제 휴식을 주며, 언제 밥을 먹이고, 언제 잠을 재우며, 언제 팔에 주사를 놓는지 등을 결정하는 사람도 오브라이언이다. 또 질문을 하고 답변을 제시하는 사람도 오브라이언이다. 그는 고문자이자 보호자이며, 심문자이자 친구다. 언젠가 한번은 ── 수면제 때문에 잠든 것인지, 정상적으로 잠든 것인지 혹은 깨어 있는 순간이었는지는 기억나지 않지만 ── 누군가가 윈스턴의 귀에 대고 다음과 같이 속삭였다.

"걱정하지 말게, 윈스턴. 내가 자네를 보호하고 있으니까. 나는 칠 년 동안 자네를 관찰해 왔네. 이제 때가 온 걸세. 내가 자네를 구하겠네. 자네를 완전한 사람으로 만들어 주겠네.”

그것이 오브라이언의 목소리인지 아닌지 알 수 없었지만, 칠 년 전 꿈속에서 '우리는 어둠이 없는 곳에서 만날 거요.'라고 그에게 말한 목소리와 똑같았다.

심문이 어떻게 끝났는지 기억조차 할 수 없었다. 윈스턴은 어둠 속에서 한동안 시간이 흐른 뒤에야 비로소 자기가 와 있는 곳이 방인지 감방인지 서서히 알 수 있었다. 그는 반듯하게 눕혀진 채 움직이지 않았다. 몸통과 팔다리가 모두 꽁꽁 묶여 움직일 수가 없었다. 뒤통수마저 무언가에 끼워져 있었다. 오브라이언이 근엄하게, 아니 안타까운 표정으로 그를 내려다보았다. 밑에서 올려다본 오브라이언의 얼굴은 꺼칠하니 지쳐 보였다. 눈 밑의 살이 처진 데다 코에서 턱까지 주름살이 선명했다. 그는 윈스턴이 생각했던 것보다 더 나이가 들어 보였다. 마흔여덟이나 쉰 살은 되었을 것 같았다. 그의 손에는 위에 손잡이가 달리고 전면에는 숫자 판이 연속적으로 돌아가는 다이얼이 들려 있었다.

“자네에게 말했을 걸세. 우리가 다시 만난다면 여기서일 거라고.”

오브라이언이 말했다.

“그랬지요.”

윈스턴이 대꾸했다. 순간 오브라이언이 슬쩍 손짓을 하는가 싶더니 아무런 예고도 없이 고통이 윈스턴의 몸속으로 파도처럼 밀려왔다. 무슨 일이 일어날 것인지 생각할 새도 없이 갑자기 가해진 고통이라 그것은 무시무시한 공포감을 불러일으켰다. 그는 상대방이 치명상을 입히는 것인지, 아니면 전기로 그런 공포만 주는 것인지는 알 수 없었지만 몸이 마구 뒤틀리고 뼈마디가 조각조각 부서지는 것 같았다. 극심한 고통으로 이마에 식은땀이 흘렀다. 그러나 무엇보다 견딜 수 없는 것은 등뼈가 부러질지도 모른다는 공포감이었다. 그는 이를 악물고 코로 간신히 숨을 내쉬며 되도록 소리를 지르지 않으려고 애썼다.

오브라이언이 그의 얼굴을 내려다보며 말했다.

"곧 뭔가 부러질 것 같아 두려운가? 자네가 특히 두려워하는 건 등뼈가 부러지는 거겠지. 척추가 뚝 부러져서 수액이 뚝뚝 떨어지는 모습이 눈에 선할 걸세. 그렇지 않은가, 윈스턴?"

윈스턴은 대답하지 않았다. 오브라이언은 다이얼의 손잡이를 제자리에 돌려놓았다. 고통이 순식간에 사라졌다.

"이게 40도일세. 이 다이얼의 숫자는 100까지 올라갈 수 있네. 우리가 얘기하는 중에도 언제든 내가 원하는 정도로 자네에게 고통을 줄 수 있다는 사실을 명심하게.
만약 허위 진술을 하거나 얼렁뚱땅 넘어가려 하거나
자네의 지식수준 이하의 말을 하면 그 즉시 고통을 당할
걸세. 내 말 알아들었나?"

"네."

오브라이언의 말에 윈스턴이 대답했다.

오브라이언의 태도가 약간 누그러졌다. 그는 생각에
잠긴 표정으로 안경을 고쳐 쓰고 몇 걸음 어슬렁거렸다.
그의 목소리는 점잖으면서도 여유가 있었다. 그는 마치
벌을 주기보다 설득을 시키려는 의사나 선생, 또는 목사
같은 태도를 보였다.

"윈스턴, 나는 자네 때문에 고생하고 있네. 물론
자네는 나를 고생시킬 만한 가치가 있는 위인이지.
자네가 왜 이렇게 됐는지는 자네 스스로 잘 알 걸세.
자네는 부인하겠지만, 사실은 몇 년 전부터 그걸 알고
있었지. 자네는 정신적으로 혼란한 상태일세. 불안정한
기억으로 고통을 받고 있네. 실제로 일어난 일들은 기억
못 하면서 일어나지도 않은 다른 일들은 기억하고 있다고
우기고 있지. 다행히 그런 건 치료가 가능하네. 그런데
자네는 그렇게 되기를 원하지 않았어. 그래서 고칠 수
없었던 걸세. 조금만 노력하면 될 텐데도 하지 않았네.
내가 알기로 자네는 지금도 그 병이 무슨 미덕이나 되는

것처럼 집착하고 있네. 예를 하나 들어 볼까. 지금 이 순간 오세아니아는 어느 나라와 전쟁을 하고 있지?"

"제가 체포될 때는 이스트아시아와 전쟁 중이었습니다."

"이스트아시아라……, 좋아. 그럼 오세아니아는 언제나 이스트아시아와 전쟁을 해 왔군. 그렇지 않은가?"

윈스턴은 숨을 들이쉬었다. 그러고는 입을 열어 말을 하려다가 그만두었다. 그는 다이얼에서 눈을 뗄 수가 없었다.

"윈스턴, 사실대로 말해 보게. 자네가 생각하고 있는 그대로, 자네가 기억하고 있는 그대로 말일세."

"제가 체포되기 일주일 전까지만 해도 우리는 이스트아시아와 전쟁을 하지 않은 것으로 기억하고 있습니다. 우리나라는 그 나라와 동맹을 맺고 있었습니다. 그런 관계가 사 년 동안 계속되어 왔습니다. 그전에는……."

오브라이언이 손짓으로 말을 중단시켰다.

"다른 예를 들어 보기로 하세. 몇 년 전에 자네는 정말 대단한 몽상을 했네. 한때 당원이었던 존스, 아런슨, 러더포드 이 세 사람이 의심할 여지 없이 반역과 파업을 했다고 자백하고는 처형되었는데도 자네는 그들에게 죄가 없다고 믿었네. 그들의 자백이 거짓임을 증명하는 서류상의 명백한 증거를 봤다고 믿고 있었던 거지. 물론 그건 착각을 불러일으킬 만한 것이었네만, 아무튼 자네는 실제로 그걸 손으로 만져 봤다고 믿었네. 그건 바로 이런 사진이었지."

직사각형의 신문지 조각이 오브라이언의 손에 들려 있었다. 그는 그것을 윈스턴에게 오 초 동안 보여 주었다. 의심할 여지 없는 그때 그 사진이었다. 그러니까 그가 십일 년 전 우연히 손에 넣었다가 없애 버린 것으로 존스, 아런슨, 러더포드 세 사람이 뉴욕의 한 행사장에서 찍은 사진의 복사판이었다. 그 사진은 잠시 그의 시야에 들어왔다가 이내 사라졌다. 그러나 그는 보았다. 틀림없이 그것을 보았던 것이다!

그는 상반신을 움직이려고 무진 애를 썼다. 그러나 아무리 애써도 움직일 수 없었다. 그 순간 그는 다이얼마저 잊고 있었다. 그가 바라는 것은 그 사진을 다시 한번 가져 보거나, 적어도 쳐다보기만이라도 하는 것이었다.

"그게 정말 있군요!"

그가 소리쳤다.

"아닐세!"

오브라이언이 단호하게 말했다. 그러고는 방 저편으로 걸음을 옮겼다. 그쪽 벽에 기억통이 있었다. 그는 뚜껑을 열었다. 보이지는 않지만 그 가벼운 종이쪽지는 뜨거운 기류에 휘말려 화염 속으로 사라질 것이다. 오브라이언이 벽을 등지고 선 채 말했다.

"재일세. 알아볼 수도 증명할 수도 없는 재. 먼지이지. 그런 건 존재하지 않네. 전에도 결코 존재한 적이 없었지."

"존재합니다! 존재해요! 기억 속에 존재한단 말입니다. 저는 기억합니다. 당신도 그걸 기억할 겁니다."

"나는 그걸 기억하지 못하네."

오브라이언이 말했다.

윈스턴은 가슴이 철렁 내려앉았다. 그것이 이중사고라는 것이었다. 그는 완전히 무력감에 빠졌다. 오브라이언이 거짓말을 하고 있다면 문제될 것은 없다. 그러나 오브라이언이 정말로 그 사진에 대해 잊어버렸을 가능성도 충분히 있다. 만약 그렇다면 그는 자신이 기억하는 것을 부인한 사실마저 벌써 잊어버렸을 것이고, 또 잊어버린 행위 자체도 잊어버렸을 것이다. 그것이 단순한 계략이라고 어떻게 확신할 수 있겠는가? 어쩌면 마음속에서 환각에 의한 혼란이 일어났을 수도 있다. 윈스턴은 이런 생각 때문에 더욱더 맥이 풀렸다.

오브라이언은 생각에 잠긴 듯한 표정으로 그를 내려다보았다. 마치 고집은 세지만 장래성이 있어 보이는 아이 때문에 고심하는 선생 같은 표정이었다.

"과거를 지배하는 데 대한 당의 슬로건이 있네. 그걸

한번 외워 보게.”

“과거를 지배하는 자는 미래를 지배하고, 현재를
지배하는 자는 과거를 지배한다.”

윈스턴은 순순히 외웠다.

“현재를 지배하는 자는 과거를 지배한다.”

오브라이언이 동의한다는 듯 천천히 고개를 끄덕이며
중얼거렸다.

“이보게, 윈스턴. 과거가 진실로 존재한다는 것이 자네
의견인가?”

윈스턴은 다시금 무력감에 휩싸였다. 그의 시선이
다이얼 쪽으로 돌아갔다. 그는 고통을 당하지 않기 위해서
‘네’라고 대답해야 할지 ‘아니요’라고 대답해야 할지 알
수 없었으며, 둘 중 어떤 대답이 옳은지 스스로 판단할
수조차 없었다.

오브라이언이 희미한 미소를 지으며 말했다.

“윈스턴, 자네는 형이상학자가 아닐세. 지금 이
순간까지 자네는 존재란 말이 뭘 의미하는지 생각해 본
적이 없네. 좀 더 자세히 얘기해 볼까. 과거는 구체적으로
공간에 존재하는 건가? 과거의 사건이 여전히 존재하고
있는 어떤 확고한 객체의 세계가 이 세상 어딘가에 있나?”

“없습니다.”

“그렇다면 과거는 대체 어디에 존재하는 거지?”

"기록 속에 존재합니다. 과거는 기록되는 겁니다."

"기록된다……. 어디에?"

"마음속에요. 인간의 기억 속에 기록됩니다."

"기억 속이라……, 좋아. 우리가, 즉 당이 모든 기록을
지배하고, 모든 기억을 지배한다면……, 그렇다면 우리는
과거를 지배하는 것이 되겠군. 그렇지 않나?"

"하지만 사람들이 기억하고 있는 걸 어떻게
정지시킬 수 있습니까? 그건 마음대로 할 수 없습니다.
불가항력입니다. 기억을 어떻게 지배하겠습니까? 결국
당신들은 내 기억을 지배하지 못했습니다!"

윈스턴이 순간적으로 다시 다이얼을 잊고 소리쳤다.

오브라이언의 태도가 다시 굳어졌다. 그가 다이얼에
손을 얹으며 말했다.

"반대로 자네도 그걸 지배하지 못했네. 그래서
여기까지 온 거지. 자네는 겸손하지 않은 데다 자기
훈련도 하지 못해서 이 모양 이 꼴이 된 걸세. 정상적인
사람이면 마땅히 해야 하는 복종을 자네는 하지 않았네.
정신 이상이 되어 단 한 사람의 소수파가 되려고 한 거지.
오직 자기 수양을 쌓은 자만이 실재를 볼 수 있는 거라네,
윈스턴. 자네는 실재란 객관적이고 외적이며 그 자체로
존재하는 것이라고 생각하고 있네. 실재의 본질을 자명한
것으로 믿고 있는 거지. 자네는 자신이 뭔가를 보고 있다고

여길 때, 다른 사람들도 자네가 보는 것과 똑같은 것을
보고 있다고 생각하네. 그러나 윈스턴, 분명히 말해 두지만
실재는 외적인 것이 아닐세. 실재란 어디 다른 데 있는
게 아니라 인간의 마음속에 있네. 그것도 실수를 할 수도
있고, 어떤 경우에는 곧 사라져 버릴 개인의 마음속이
아니라 집단적이고 불멸하는 당의 마음속에 있지. 당이
진실이라고 주장하는 건 무엇이든 다 진실일세. 당의 눈을
통해 보지 않고는 실재를 볼 수 없네. 윈스턴, 이것이 바로
자네가 다시 배워야 할 사실이네. 여기에는 자기 파괴의
행위, 즉 의지의 노력이 필요하지. 자네가 제정신으로
돌아오려면 먼저 스스로 겸손해져야 할 필요가 있네.”

그는 자기가 한 말이 듣는 사람의 마음에 스며들기를
기다리는 듯, 잠시 입을 다물었다.

“혹시 기억하고 있나? 일기에다 ‘둘 더하기 둘은
넷이라고 말할 수 있는 자유, 이것이 자유다.’라고 쓴 걸
말일세.”

“네.”

윈스턴이 짧게 대답했다.

“지금 내가 몇 개의 손가락을 펴고 있나?”

오브라이언이 왼손을 들어 손등을 윈스턴에게 돌리고
엄지손가락을 감춘 채 네 손가락을 펴 보이며 부드럽게
물었다.

"네 개입니다."

"그럼 당이 네 개가 아니라 다섯 개라고 말하면 몇 개가 되지?"

"네 개입니다."

대답을 하자마자 고통이 엄습했다. 다이얼의 바늘이 55를 가리켰다. 윈스턴의 온몸에서 땀이 솟았다. 숨이 가빠지고 이를 악물었는데도 신음이 터져 나왔다. 오브라이언은 여전히 손가락 네 개를 편 채 윈스턴을 내려다보고 있었다. 그는 손잡이를 늦추었다. 그러자 고통의 강도가 조금 낮아졌다.

"손가락이 몇 개인가, 윈스턴?"

오브라이언이 단호한 말투로 물었다.

"네 개입니다."

바늘이 60으로 올라갔다.

"윈스턴, 손가락이 몇 개인가?"

"네 개입니다! 네 개가 틀림없잖습니까? 네 개입니다!"

바늘이 다시 올라갔지만, 윈스턴은 보지 못했다. 심각하게 굳은 얼굴과 네 개의 손가락이 그의 시야를 가로막고 있었다. 눈앞에 엄청나게 큰 손가락이 아른거리며 기둥처럼 우뚝 서 있었지만, 그것은 틀림없이 네 개였다.

"손가락이 몇 개인가, 윈스턴?"

"네 개입니다! 그만하세요! 대체 어쩌자는 겁니까? 네 개입니다, 네 개!"

"손가락이 몇 개인가, 윈스턴?"

"다섯! 다섯! 다섯 개입니다!"

"아냐, 윈스턴. 그렇게 말해도 소용없네. 자네는 거짓말을 하고 있어. 여전히 네 개라고 생각하고 있단 말일세. 손가락이 몇 개인가?"

"네 개! 다섯 개! 네 개입니다! 마음대로 하세요. 그만, 제발 좀 그만하세요!"

윈스턴은 오브라이언의 팔에 어깨를 감싸인 채 일어나 앉았다. 몇 초 동안 의식을 잃었던 것 같았다. 그의 몸뚱이를 묶었던 끈이 느슨해졌다. 추웠다. 몸이 떨리고 이가 덜덜거리며 부딪쳤다. 눈물이 그의 뺨 위로 줄줄 흘러내렸다. 그는 한동안 어린아이처럼 오브라이언에게 매달렸는데, 그가 듬직한 팔로 어깨를 감싸자 이상스러울 만큼 포근한 느낌이 들었다. 마치 오브라이언이 보호자이기라도 한 것 같았다. 그는 고통은 다른 데서 오며, 그 고통에서 자기를 구할 사람은 바로 오브라이언이라고 생각했다.

"자네는 배우는 게 느리군그래."

오브라이언이 상냥하게 말했다.

"어쩔 수 없잖습니까? 제 눈앞에 보이는 게 그런데

어떡합니까? 둘 더하기 둘은 넷이잖아요."

윈스턴이 울먹이면서 말했다.

"이보게, 윈스턴. 때로는 그게 다섯일 수도 있네. 셋일 경우도 있고. 때로는 한꺼번에 세 개도, 네 개도, 다섯 개도 될 수 있다네. 자네는 더 열심히 노력해야겠군. 온전한 사람이 되기란 쉽지가 않다네."

그는 윈스턴을 침대에 다시 눕혔다. 윈스턴의 사지를 묶은 끈이 다시 조여졌다. 고통도 가라앉고 떨리는 것도 멈추었지만, 기운이 없는 데다 추위까지 느껴졌다. 오브라이언은 그때까지 꼼짝도 않고 서 있던 흰 가운을 걸친 사내에게 고갯짓을 해 보였다. 그러자 흰 가운의 사내가 허리를 굽혀 윈스턴의 눈동자를 자세히 들여다보며 맥박을 재고 가슴에 귀를 댄 채 여기저기 두드렸다. 그러고는 오브라이언에게 고개를 끄덕였다.

"다시."

오브라이언이 말했다.

참을 수 없는 고통이 윈스턴의 몸을 관통했다. 바늘이 70이나 75를 가리키고 있을 게 분명했다. 윈스턴은 이번에는 눈을 감았다. 그는 손가락이 아직도 거기에 있고, 여전히 네 개라는 걸 알고 있었다. 중요한 것은 경련이 가라앉을 때까지 어떻게 해서든 목숨을 부지하는 것이었다. 얼마나 아픈지 그는 자기가 소리를 지르고 있는지 어떤지도 모르고 있었다. 고통이 다시 누그러졌다. 그는 눈을 떴다. 오브라이언이 손잡이를 다시 원래의 위치로 돌려놓았다.

　"윈스턴, 손가락이 몇 개지?"

　"네 개, 네 개 같습니다. 할 수만 있다면 다섯 개로 보고 싶습니다. 다섯 개로 보려고 애쓰고 있습니다."

　"어느 쪽인가? 다섯 개로 보인다고 말만 하고 싶은 건가, 아니면 정말 다섯 개로 보고 싶은 건가?"

　"정말 다섯 개로 보고 싶습니다."

　"다시!"

　오브라이언이 말했다.

　아마 바늘은 80이나 90에 와 있을 것이다. 윈스턴은 왜 이런 고통을 당해야 하는지 간헐적으로 기억할 뿐이었다. 수많은 손가락들이 꼭 감은 눈꺼풀 위에서 춤을 추듯 이리저리 어울려 나타났다가 다시 사라지곤 했다. 그는 이유도 모르면서 그것들을 세어 보려고 애썼다. 하지만 그가 깨달은 것은 그것들을 헤아리기란 불가능하며, 그것은 네 개와 다섯 개가 이상하게 엇갈리고 있기 때문이라는 것뿐이었다. 고통이 다시 사라졌다. 그는 눈을 떴다. 그런데 여전히 똑같은 것이 보였다. 수많은 손가락들이 흔들리는 나무처럼 제멋대로 움직이며 서로 엇갈리고 또 엇갈리곤 했다. 그는 다시 눈을 감았다.

"윈스턴, 내가 지금 손가락을 몇 개 펴고 있지?"

"모르겠습니다. 차라리 저를 죽이세요. 네 개인지, 다섯 개인지, 여섯 개인지……. 정말 모르겠으니까요."

"좀 나아졌군."

오브라이언이 말했다.

윈스턴의 팔에 바늘이 꽂혔다. 순간 구원의 손길이 뻗쳐 오는 것 같은 편안한 온기가 그의 온몸에 퍼졌다. 고통도 반쯤 누그러졌다. 그는 눈을 뜨고 고맙다는 표정으로 오브라이언을 올려다보았다. 주름진 데다 못생겼지만 엄숙하면서도 지성적인 그의 얼굴을 보자 마음이 차분히 가라앉는 것 같았다. 움직일 수만 있다면 손을 뻗어 오브라이언의 팔이라도 잡고 싶었다. 그는 그 순간만큼 오브라이언을 깊이 사랑한 적이 없었다. 고통을 멈추게 해 주었기 때문만은 아니었다. 오브라이언이 친구이든 적이든 본질적으로는 아무런 상관이 없다는 식의 옛정이 되살아났던 것이다. 오브라이언만이 대화를 나눌 만한 사람이었다. 아무래도 인간은 사랑받기보다 이해받기를 더 바라는 것 같다. 오브라이언은 윈스턴에게 미칠 지경에 이를 정도로 고통을 가하고 나중에는 틀림없이 사형장으로 보낼 것이다. 그래도 상관없다. 둘은 어떤 의미에서 친구보다 더 깊은 관계다. 실제로 입 밖에 내어 말한 적은 없지만 두 사람은 어디에서든 만나서

대화를 나눌 수 있을 것이다. 오브라이언도 그와 똑같은
생각을 하고 있다는 듯한 표정으로 윈스턴을 내려다보고
있었다. 그가 편안하게 담소를 즐기는 듯한 음성으로
물었다.

"윈스턴, 자네가 어디에 와 있는지 알겠나?"

"잘 모르겠습니다. 애정부에 와 있는 것 같기는 한데
말입니다."

"여기에 온 지 얼마나 됐는지 아나?"

"모르겠습니다. 며칠인지, 몇 주인지……. 몇 달은 된
것 같습니다."

"사람들을 왜 여기로 데려오는지 알겠나?"

"자백을 받아 내기 위해서입니다."

"아닐세. 그 때문이 아니야. 다시 생각해 보게."

"벌을 주기 위해서입니다."

"아니야!"

오브라이언이 소리쳤다. 그의 목소리와 함께 얼굴도
별안간 딱딱하게 굳어졌다.

"아니야! 고백을 받아 내기 위해서도, 벌을 주기
위해서도 아니야. 왜 자네를 여기 데려왔는지 말해
줄까? 그건 치료하기 위해서야! 자네를 온전한 정신을
지닌 사람으로 만들기 위해서라고! 윈스턴, 여기 들어온
사람치고 치료되지 않은 자가 없다는 걸 이해할 수

있겠나? 우리는 자네가 저지른 어리석은 범죄 따위에는
관심도 없네. 당은 겉으로 드러난 행위에 대해서는 관심을
갖지 않아. 우리가 신경 쓰는 건 사상일세. 우리는 적을
분쇄할 뿐만 아니라 그들을 개조시키고 있네. 내가 하는
말이 뭘 의미하는지 알겠나?"

　　그는 윈스턴 쪽으로 몸을 굽혔다. 가까이에서 보니
얼굴이 엄청나게 컸다. 그리고 밑에서 올려다봐서인지
소름이 끼칠 만큼 못생겨 보였다. 그런데 그런 얼굴
가득 흥분과 광적인 열정이 서려 있었다. 다시 윈스턴의
가슴이 죄어들었다. 할 수만 있다면 침대 속 깊이 숨고
싶었다. 오브라이언이 흥분한 나머지 다이얼을 마구 돌릴
것 같았다. 그러나 오브라이언은 몸을 돌려 두어 걸음
옮기더니 아까보다 더 침착하게 말했다.

　　"자네가 첫 번째로 알아 두어야 할 건 이곳에서는
순교가 없다는 점이네. 자네는 과거의 종교 박해 사건에
관해 읽어 봤을 걸세. 자네도 알다시피 중세에는
종교재판이 있었네. 그런데 그건 실패작이지. 이단자를
뿌리 뽑기 위해 시작된 그 종교재판은 오히려 이단을
영구화시키는 결과를 낳았네. 모든 이단자들에 대한
본보기로 이단자 한 사람을 화형에 처할 때마다 다른
수천 명이 들고 일어났는데, 왜 그랬겠는가? 그것은
종교재판이 그들의 적을 공개적으로, 그것도 회개를

받아내지 못한 채 죽였기 때문일세. 사실은 회개하지 않는다고 죽였던 거지. 그들은 저마다 자신의 진실한 신념을 포기하지 않았기 때문에 죽은 걸세. 따라서 모든 영광은 그 희생자들에게 돌아갔고, 그들에게 화형을 선고한 재판관에게는 비난만 퍼부어졌지. 그 후 20세기에 이르러 소위 전체주의자라는 게 나타났네. 독일의 나치와 소련의 공산주의자들이 그들이지. 소련은 종교재판 때보다 더 참혹하게 이단자들을 처형했네. 그들은 과거의 실책으로부터 많은 것들을 배웠다고 생각했고, 실제로 순교자를 만들어서는 안 된다는 걸 알고 있었네. 그들은 그 희생자들을 인민재판에 회부하기 전에 용의주도하게 그들의 위엄을 완전히 제거해 놨지. 그 희생자들은 고문과 감금으로 만신창이가 되어 야비하게 굽실거리는 비참한 존재로 전락했네. 그들은 입에서 나오는 대로 무엇이든 다 털어놓고, 자기들끼리 서로 욕하고 고자질하며 자기만 살기 위해 살려 달라고 애원했지. 그런데 이번에도 몇 년이 지나자 그와 똑같은 결과가 나타난 걸세. 죽은 자들은 순교자가 됐고, 그들에 대한 경멸도 잊혔네. 왜 그렇게 되었다고 생각하나? 첫째로 그들의 자백이 강제에 의한 것이었고, 사실이 아니었기 때문일세. 우리는 그런 식의 실수는 저지르지 않네. 여기서 얻은 자백은 모두 진실이야. 우리가 진실로 만드는 거지. 무엇보다 우리는 죽은 자들이

다시 우리에게 반항하지 못하도록 하고 있다네. 윈스턴,
자네는 후손들이 자네를 옹호해 주리라고 생각해서는 안
되네. 후손들은 자네에 대한 얘기를 전혀 들을 수 없을
거야. 자네는 역사의 흐름에서 깨끗이 지워져 버린다네.
공기로 변해 먼 하늘로 사라져 버리는 거지. 자네에 대해서
남는 건 아무것도 없네. 기록된 자네의 이름도 없지만,
살아 있는 사람의 기억 속에도 자네는 없네. 자네는
미래에서처럼 과거 속에서도 완전히 소멸될 걸세. 결국
자네는 결코 존재한 적이 없는 사람이 되는 것이네.”

그렇다면 왜 힘들여서 나를 고문하고 괴롭히는
것인가? 윈스턴은 문득 씁쓸한 생각이 들었다.
오브라이언은 윈스턴이 그 생각을 큰 소리로 입 밖에
내기라도 한 것처럼 걸음을 멈췄다. 그러고는 눈을
가느다랗게 뜨고 못생긴 얼굴을 윈스턴 쪽으로 가까이
갖다 댔다.

“자네는 생각하겠지. 우리가 자네를 완전히 소멸시켜
버리면 자네가 한 말이나 행동이 아무런 의미도 없을 텐데,
왜 굳이 이렇게 고문하고 심문하는가 하고 말일세. 지금
그런 생각을 하고 있는 거 아닌가?”

“맞습니다.”

윈스턴이 대답했다. 오브라이언이 희미하게 미소를
지었다.

　"윈스턴, 자네는 견본에 난 흠과 같군. 한마디로 씻어 버려야 할 오점이지. 우리는 과거의 처형자들과 다르다고 방금 말하지 않았나? 우리는 소극적인 복종이나 비굴한 굴복으로는 만족하지 못하네. 자네가 우리한테 항복한다고 해도 그건 어디까지나 자네의 자유 의지에 의해서여야만 하네. 이단자들이 우리한테 반항한다고 해서 그들을 처형하는 게 아닐세. 우리는 그들을 전향시켜 속마음을 장악함으로써 새사람으로 만든다네. 그들이 지닌 모든 악과 환상을 불태워 버리고, 외양만이 아니라 그들의 마음과 영혼까지 우리 편으로 만드는 거지. 그들을 죽이기 전에 우리와 같은 사람으로 만든단 말일세. 비록 알려지지도 않고 그 영향력 또한 없다 하더라도 그릇된 사상이 이 세상 어딘가에 존재한다는 것은 참을 수 없는 일이니까. 죽는 순간까지 우리는 그 어떤 탈선도 용납하지 않네. 옛날에는 이단자들이 여전히 이단자인 채 스스로 이단자임을 자처하며 화형장으로 끌려감으로써 모종의 희열을 느끼기도 했지. 소련에서 숙청당한 희생자들도 사형장으로 끌려가면서도 머릿속에 반항 의식을 갖고 있었네. 그런데 우리는 처치하기 전에 두뇌를 완전히 개조시키지. 옛날 전제군주의 명령은 '너희는 이렇게 해서는 안 된다.'라는 식이었고, 전체주의자의 명령은 '너희는 이렇게 해야 한다.'라는 식이었지만, 우리의 명령은

'너희는 이렇게 되어 있다.'라는 식이네. 우리가 여기에
끌고 온 사람치고 우리에게 끝까지 맞선 자는 없었네. 모두
완전히 세뇌되었지. 자네가 한때 무죄라고 믿었던 존스와
아런슨, 러더포드, 이 세 명의 불쌍한 반역자들도 결국은
굴복하고 말았네. 나도 그들을 심문하는 데 직접 관여했지.
그들은 점점 약해져서 울고불고 설설 기며 비탄의 눈물을
흘렸는데, 그건 고통이나 공포 때문이 아니었네. 진정으로
회개하느라 그랬던 걸세. 심문이 끝났을 때 그들은 단지
인간의 껍데기에 지나지 않았지. 그들에게 남은 것이라곤
자신들이 범한 죄에 대한 슬픔과 빅 브라더에 대한
애정뿐이었네. 그들이 빅 브라더를 얼마나 사랑하게
되었는지, 자네도 알면 감동할 걸세. 그들은 자기들의
마음이 깨끗한 동안에 죽을 수 있도록 빨리 죽여 달라고
애원하기까지 했다네."

　　오브라이언의 음성은 꿈에 젖은 것처럼 들렸다.
그의 얼굴에는 여전히 흥분과 광적인 열정이 배어
있었다. 윈스턴은 그의 말이 사실이라고 생각했다. 그는
위선자가 아니다. 그는 자기가 한 말을 고스란히 믿고
있다. 무엇보다 윈스턴을 짓누르는 것은 자신이 그보다
지적으로 모자란다는 열등감이었다. 그는 육중하지만
품위 있게 자신의 시야에 들어왔다가 나갔다가 하면서
앞뒤로 거닐고 있는 오브라이언의 모습을 지켜봤다.

윈스턴이 생각하기에 오브라이언은 어떤 면으로나 그보다 훨씬 위대한 존재였다. 그가 지금까지 지녀 왔거나 앞으로 지닐 수 있는 사상치고 오브라이언이 오래전에 터득하고 검토해서 극복하지 않은 것은 하나도 없었다. 그의 마음은 윈스턴의 마음을 완벽하게 포용하고 있었다. 그런데 어떻게 오브라이언이 미쳤다고 할 수 있단 말인가? 오히려 미친 사람은 윈스턴일 터였다. 오브라이언은 걸음을 멈추고 그를 내려다보았다. 그의 음성은 다시 굳어 있었다.

"자네가 우리한테 완전히 항복한다고 해서 살아남으리라고는 생각하지 말게, 윈스턴. 과오를 범한 사람을 살려 준 예는 여태껏 한 번도 없었네. 설령 우리가 자네를 명대로 살도록 내버려 둔다 해도 자네는 결코 우리에게서 벗어날 수 없네. 여기에서 자네에게 일어난 일이 앞으로 영원히 계속될 걸세. 미리 그 점을 알아 두게. 우리는 자네를 회복할 수 없을 정도까지 파멸시킬 걸세. 천 년을 산다고 해도 다시는 회복할 수 없는 일들이 자네에게 생길 거야. 자네는 보통 사람들이 지니는 감정을 다시는 지니지 못할 걸세. 사랑, 우정, 삶의 기쁨, 웃음, 호기심, 용기, 충성심도 다시는 지니지 못하게 될 것이네. 그야말로 텅 비게 되는 거지. 우리는 자네를 텅 비게 만든 다음 우리와 같은 것으로 채울 걸세."

오브라이언은 말을 멈추고 흰 가운의 사내에게

손짓을 했다. 윈스턴은 머리 뒤로 무언가 묵직한
기계장치가 들어오고 있음을 느꼈다. 오브라이언이 침대
옆에 앉는 바람에 그의 얼굴과 윈스턴의 얼굴이 같은
높이에 있게 되었다.

"3000."

오브라이언이 윈스턴의 머리맡에 있는 흰 가운의
사내에게 말했다.

약간 축축하고 부드럽게 느껴지는 두 개의 헝겊
받침이 윈스턴의 광대뼈에 닿았다. 그는 덜컥 겁이 났다.
고통이, 새로운 고통이 다가오고 있었다. 오브라이언이
안심시키려는 듯 윈스턴의 손을 잡고 상냥하게 말했다.

"이번에는 아프지 않을 걸세. 내 눈만 똑바로 쳐다보고
있게."

그 말이 떨어지기 무섭게 소리가 났는지 안 났는지는
모르겠지만, 굉장한 폭발 같은 것이 일어났다. 확실한 것은
순간적으로 번쩍 빛난 불빛이었다. 윈스턴은 다친 데는
없었지만, 맥이 탁 풀렸다. 아까부터 누워 있었는데도 마치
세게 얻어맞아서 뻗어 버린 것 같은 묘한 기분이 들었다.
고통도 없는 무시무시한 충격이 그를 완전히 뻗게 만든
것이다. 그의 머릿속에서도 무슨 일인가 일어났다. 그는
눈의 초점이 잡히자 자기가 누구이고, 어디에 와 있으며,
자기를 쳐다보는 사람이 누구인지 기억할 수 있었다.

하지만 마치 무언가 빠져나가 머릿속에 큼직한 공간이
생긴 것 같은 기분이 들어 찜찜했다.

"오래 걸리지는 않을 걸세. 내 눈을 보게.
오세아니아는 어떤 나라와 전쟁을 하고 있나?"

오브라이언이 물었다.

윈스턴은 생각했다. 그는 오세아니아가 무엇인지도
알고, 자기가 오세아니아의 시민이라는 것도 알고 있었다.
유라시아와 이스트아시아에 대해서도 잘 알았다. 그러나
누가 누구와 전쟁을 하는지는 알지 못했다. 심지어 그는
전쟁이 있다는 사실조차 모르고 있었다.

"생각이 안 납니다."

"오세아니아는 이스트아시아와 전쟁을 하고 있네.
이제 기억이 나나?"

"네."

"오세아니아는 언제나 이스트아시아와 전쟁을 하고
있었네. 자네가 태어난 이후부터, 당이 출범한 뒤부터,
역사가 시작되면서부터 전쟁은 한 번도 중단되지 않고
똑같은 형태로 계속되어 왔지. 기억하겠나?"

"네."

"자네는 십일 년 전 반역죄로 사형선고를 받은 세
사람에 대한 이야기를 창조해 냈네. 자네는 그들의 무죄를
증명할 수 있는 신문지 조각을 본 것처럼 생각했지. 하지만

애당초 그런 신문지 조각은 없었네. 자네는 스스로 그걸 꾸며 냈고, 나중에는 그게 있었다고 믿었던 걸세. 지금 자네는 그걸 처음 꾸며 내던 때를 기억하고 있네. 그렇지?"

"네."

"아까 내가 자네에게 손가락을 펴 보였네만, 자네는 다섯 개로 보았지. 기억하나?"

"네."

오브라이언은 엄지손가락을 감춘 채 왼손을 들어 보였다.

"손가락이 몇 개인가? 다섯 개지? 다섯 개로 보이나?"

"네."

그는 분명히 그렇게 보았다. 그의 정신 상태가 변하기 전, 눈 깜짝할 순간에 손가락이 다섯 개로 보였던 것이다. 기형적이라는 생각은 들지 않았다. 모든 것이 정상이었다. 그전에 느꼈던 공포, 증오, 당혹감이 다시금 몰려들었다. 그러나 삼십 초쯤 될까, 얼마 동안인지 알 수는 없지만 오브라이언의 새로운 가르침이 그의 텅 빈 곳을 채워서 절대적인 진리가 되고, 둘 더하기 둘이 필요에 따라서는 셋도, 다섯도 될 수 있음을 확신할 수 있는 순간이 있었다. 그런데 그 순간은 오브라이언이 손을 내리기도 전에 사라져 버렸다. 그러나 비록 그런 순간이 다시 오지는 않겠지만, 사람들이 먼 옛날 제정신이 아니었을 때의

체험을 제정신으로 돌아오게 되면 생생히 기억하듯, 그도
그 순간을 기억할 수 있었다.

"여하튼 이제는 그런 것이 가능하다는 걸 알겠나?"

오브라이언이 물었다.

"네."

윈스턴이 대답했다.

오브라이언은 만족한 표정으로 일어섰다. 윈스턴은
왼쪽에 있는 흰 가운의 사내를 흘끗 바라보았다. 사내는
약병을 열어 주사기에 약을 넣고 있었다. 오브라이언이
미소를 띠며 윈스턴 쪽으로 돌아섰다. 그러고는 버릇처럼
콧등의 안경을 고쳐 썼다.

"자네가 일기장에 쓴 걸 기억하나? 자네를 이해하고,
자네와 대화를 나눌 수 있는 사람이라면 내가 적이든
친구이든 상관없다고 쓴 거 말일세. 자네가 옳았네. 나는
자네와 얘기하는 게 즐겁다네. 그리고 무엇보다 자네의
정신에 공감하지. 자네가 제정신이 아니란 것만 빼면
자네의 정신은 나와 비슷하다고 할 수 있네. 자, 자네와의
얘기를 마치기 전에 하고 싶은 질문이 있으면 해 보게."

"아무것이나 괜찮습니까?"

"괜찮네. 저건 꺼 버렸으니까 염려하지 말게. 자,
첫 번째 질문은 뭔가?"

윈스턴이 다이얼을 흘끗거리며 물었다.

"줄리아는 어떻게 됐습니까?"

윈스턴이 물었다. 오브라이언이 다시금 미소를 지었다.

"이보게, 윈스턴. 그 여자는 자네를 배신했네. 그것도 쉽게, 조금의 망설임도 없이 말일세. 그렇게 빨리 우리 편으로 붙는 사람은 처음 보았네. 자네가 그 여자를 본다고 해도 거의 알아보지 못할 걸세. 그녀의 반항 의식, 기만, 우매, 불결한 정신 등 모든 것이 깨끗이 없어졌네. 완전히 전향했지. 교과서에 실릴 만큼 모범적으로."

"고문을 했군요."

윈스턴의 말에 오브라이언은 아무런 대꾸도 하지 않았다. 잠시 후 그가 다시 입을 열었다.

"다음 질문은 뭔가?"

"빅 브라더가 존재합니까?"

"물론 존재하지. 당도 존재하고 말일세. 빅 브라더는 당의 화신이네."

"제가 이렇게 존재하듯 존재한다는 겁니까?"

"자네는 존재하지 않네, 윈스턴."

오브라이언이 말했다.

다시 한번 무력감이 윈스턴을 엄습했다. 그는 자신이 존재하지 않음을 증명하는 이론을 알고 있었다. 적어도 상상할 수는 있었다. 하지만 그것은 부질없는 짓이었다. 말장난일 뿐이었다. '너는 존재하지 않는다.'라는 말이

논리적으로 맞기나 하는 것인가? 그렇게 말한다고 해서
대체 무슨 소용이 있단 말인가? 그는 오브라이언이 대답할
수도 없는 희한한 논리로 자신을 꼼짝 못 하게 할 것을
생각하고 잔뜩 주눅이 들었다.

"저는 제가 존재하고 있다고 생각합니다."

윈스턴이 힘없이 말했다.

"저는 저 자신을 의식하고 있습니다. 나는 태어났고,
언젠가는 죽을 겁니다. 팔다리도 있습니다. 나는 공간의
한 부분을 차지하고 있습니다. 어떤 물체든 내가 차지한
부분을 동시에 차지할 수 없습니다. 그런 의미로도
빅 브라더는 존재합니까?"

"그런 건 중요하지 않네. 어쨌거나 그분은 존재하고
있다네."

"빅 브라더도 죽을까요?"

"물론 죽지 않지. 어떻게 죽겠나? 다음 질문은 뭔가?"

"형제단은 존재합니까?"

"윈스턴, 자네는 영원히 그걸 알 수 없을 걸세. 자네가
여기에서 석방되어 아흔 살까지 산다고 해도 그 질문에
대한 해답은 여전히 얻을 수 없을 거야. 자네가 살아 있는
한 그것은 자네 마음속에 풀리지 않은 수수께끼로 남을
걸세."

윈스턴은 입을 다물었다. 가슴의 고동이 좀 더

빨라졌다. 그는 아직도 맨 먼저 생각난 질문을 하지 못하고 있었다. 그 질문을 더 이상 미뤄 둘 수 없었다. 그러나 혀가 굳어 버린 것 같았다. 오브라이언의 표정이 유쾌해 보였다. 그의 안경마저 조롱하듯 번뜩였다. 윈스턴은 문득 자기가 무엇을 물어보려는지 오브라이언이 훤히 알고 있다고 생각했다. 그런 생각을 하자 저절로 말이 튀어나왔다.

"101호실에는 무엇이 있습니까?"

오브라이언의 표정은 그대로였다. 그가 차갑게 대꾸했다.

"자네는 101호실에 무엇이 있는지 이미 알고 있네. 모든 사람이 다 알고 있는 것일세."

그는 흰 가운의 사내에게 손가락을 들어 보였다. 심문은 끝났다. 주삿바늘이 윈스턴의 팔에 꽂혔다. 윈스턴은 곧 깊은 잠 속으로 빠져들었다.

3

"자네가 회복되기 위해서는 세 단계를 밟아야 하네. 학습, 이해, 수용의 순서로 말일세. 이제 자네는 두 번째 단계로 접어들었네."

오브라이언이 말했다.

언제나처럼 윈스턴은 등을 대고 반듯이 누워 있었다. 그런데 요즘 들어 그를 묶은 끈이 약간 느슨해졌다. 그는 여전히 침대에 묶인 채 누워 있었지만, 무릎을 조금 움직일 수 있고, 고개도 옆으로 돌릴 수 있으며, 팔도 팔꿈치까지 들어 올릴 수 있었다. 다이얼에 대한 두려움도 조금씩 줄어들었다. 그가 적당히 요령만 피우면 충격적인 고통도 피할 수 있었다. 그러나 그가 어리석은 짓을 하면 오브라이언은 가차 없이 손잡이를 잡아당겼다. 가끔씩 그들은 다이얼을 한 번도 사용하지 않은 채 모든 심문을 끝내기도 했다. 윈스턴은 몇 번이나 심문을 받았는지 알 수 없었다. 심문의 모든 과정은 꽤 오랫동안, 아마도 몇 주 동안 지속되는 것 같았다. 그런데 심문 사이의 간격은 며칠, 어느 때는 고작 한두 시간일 때도 있었다.

"거기에 그렇게 누워 있다 보면, 나한테 물어보기도 했지만 왜 애정부가 오랜 시간에 걸쳐서 자네를 괴롭히는지 궁금할 걸세. 그리고 풀려난 후에도 본질적으로 똑같은 문제로 고민하겠지. 자네는 자네가 살고 있는 사회의 구조는 알 수 있지만 그 기본적인 동기는 알 수 없을 걸세. 혹시 자네 일기장에다 '나는 방법은 안다. 그러나 이유는 모른다.'라고 쓴 거 기억나나? 자네가 자신의 정신 상태가 온전한지 의심하는 때는 그 '이유'에 대해 생각하는 바로 그 순간일세. 자네는 '그 책', 그러니까 골드스타인의 책을 읽었네. 적어도 그 일부만이라도 말일세. 그 책에 자네가 미처 몰랐던 게 적혀 있던가?"

"당신도 읽었습니까?"

윈스턴이 물었다.

"내가 그걸 썼네. 정확히 말하자면 그걸 저술하는 데 관여했다고 해야겠군. 자네도 알겠지만, 어떤 책이든 개인적으로는 발간할 수 없네."

"거기에 쓰여 있는 게 사실입니까?"

"해설된 건 옳다고 볼 수 있지. 하지만 거기에 제시된 계획은 엉터리네. 비밀리에 지식을 축적하고 점차적으로 계몽되어 궁극적으로는 프롤레타리아 혁명이 일어나 당이 전복된다는 계획 말일세. 그게 뭘 얘기하는 건지 자네도 예측했겠지만, 정말 엉터리네. 프롤레타리아는 수천 년이 지나도 반란을 일으키지 못하네. 자네도 그 이유를 잘 알고 있을 테니 굳이 설명할 필요는 없겠지. 만약 자네가 폭동이 일어날 것을 기대했다면 이쯤에서 그만 단념하는 게 좋을 걸세. 당을 전복시킬 방법은 없네. 당의 지배는 영원하네. 이것을 생각의 출발점으로 삼게."

그는 침대로 가까이 다가오면서 "영원히 말일세!" 하고 덧붙였다. 그리고 윈스턴이 침묵을 지키자 이어서 말했다.

"그럼 이제 '방법'과 '이유'라는 문제로 돌아가 보도록 하세. 자네는 당이 어떻게 권력을 유지하는지 잘 알고 있을 걸세. 그럼 왜 우리가 권력에 집착하는지 말해 보게. 우리의 근본 동기는 뭔가? 우리는 왜 권력을 원하지? 자, 어서 말해 보게."

윈스턴은 한동안 말문을 열지 않았다. 피로감이 온몸으로 느껴졌다. 열정에 들뜬 광적인 빛이 오브라이언의 얼굴에 희미하게 떠올랐다. 그는 오브라이언이 무엇을 말하려고 하는지 훤히 꿰뚫고 있었다. 오브라이언은 이렇게 말할 것이다. 당은 자체의 목적을 위해 권력을 추구하는 것이 아니다. 다수의 행복을 위해서 그러는 것이다. 대부분의 인간은 나약하고 비겁한 동물이다. 그렇기 때문에 자유를 수호할 수도 없거니와 진리와 접할 줄도 모른다. 당이 권력을 추구하는 것은 인간 자체가 자기보다 강한 타인에 의해 통치되거나 체계적으로 기만당하도록 만들어졌기 때문이다. 인간은 자유와 행복 중 어느 한 편을 선택해야 하는데, 대부분 행복을 더 선호한다. 당은 약자의 영원한 수호자이고, 다른 사람의 행복을 위해서 자신의 행복을 희생하며, 선을 구현하기 위해 악을 행하는 헌신적인 집단이다.

윈스턴은 두려웠다. 오브라이언이 실제로 그렇게 말하면, 그도 어쩔 수 없이 그대로 믿어야 하기 때문이었다. 오브라이언의 얼굴을 통해 그런 사실을 터득할 수 있었다. 오브라이언은 모든 것을 알고 있었다.

세상이 어떻게 돌아가고 있고, 대다수의 인간이 얼마나
타락한 삶을 살고 있으며, 당이 어떤 허위와 야만적인
행위로 사람들을 구속하는지 윈스턴보다 수천 배나 더
잘 알고 있었다. 윈스턴이 아무리 그것을 모두 이해하고
하나하나 재 본다 해도 거기에는 아무런 차이가 없다.
모든 것은 궁극적인 목적에 의해서 정당화되는 법이다.
자신보다 더 지식이 높고, 자기의 광적인 행위만을
고집하는 이 미친 인간을 어떻게 상대할 수 있겠는가.

"당신들은 우리 자신의 이익을 위해서 우리를
지배하고 있습니다."

윈스턴은 힘없이 말했다.

"당신들은 인간이 스스로를 지배할 줄 모른다고 믿고
있습니다. 그래서……."

그는 흠칫 놀라 하마터면 소리를 지를 뻔했다. 극심한
고통이 그의 온몸을 들쑤셨다. 오브라이언이 다이얼의
손잡이를 당겨 35까지 올려놨던 것이다.

"바보 같으니! 윈스턴, 자네는 그보다 더 잘 알고 있어!"

그는 손잡이를 다시 제자리에 돌려놓고 계속해서
말했다.

"내 질문에 대한 대답을 내가 하지. 바로 이런 걸세.
당은 오직 그 자체의 이익을 위해서 권력을 추구하네.
우리는 타인의 행복 따위에는 관심도 없네. 오로지

권력에만 관심을 둘 뿐이지. 재산도, 사치도, 장수도, 행복도 아닐세. 오직 권력, 순수한 권력만 바랄 뿐이네. 순수한 권력이 뭐냐고? 자네도 그게 뭔지 이해하게 될 걸세. 우리는 우리 자신이 무얼 하고 있는지 알고 있다는 점에서 과거의 과두정치와 다르네. 우리와 다르든 비슷하든 과거의 사람들은 모두 겁쟁이이고 위선자일세. 독일의 나치와 소련의 공산당은 그 수법에서는 우리와 매우 흡사하지만, 그들은 자신들의 권력에 대한 동기를 인정할 만한 용기가 없었네. 그들은 어쩔 수 없이 한시적으로만 권력을 장악하겠다고 약속하고는 인간이 자유롭고 평등하게 살 수 있는 낙원이 도래할 것이라고 꾸며 댔지. 그리고 실제로 그렇게 믿기까지 했네. 우리는 그들과 다르네. 누구든 권력을 장악하면 그것을 포기하려 하지 않는 법이지. 권력은 수단이 아닐세. 목적 그 자체네. 혁명을 보장하기 위해서 독재를 행사하는 게 아니라 독재를 하기 위해서 혁명을 일으키는 걸세. 박해의 목적은 어디까지나 박해일 뿐이네. 고문의 목적은 고문이고 말일세. 그처럼 권력의 목적도 권력 그 자체네. 이제 내 말을 이해하겠나?"

윈스턴은 오브라이언의 얼굴에 피로의 기색이 도는 것을 보고 전처럼 또 한번 놀랐다. 조금 전만 해도 그의 얼굴은 탄탄하고 짐승처럼 억셌으며, 지성미가 넘치는

가운데 절제된 열정이 엿보였다. 그러나 지금은 지쳐
보였다. 눈 밑은 어두웠고, 광대뼈 아래로는 살가죽이 축
늘어져 있었다. 오브라이언은 윈스턴에게 몸을 굽히고
피로한 얼굴을 내밀었다.

"자네는 내 얼굴이 늙고 피로해 보인다고 생각하고
있군 그래. 내가 권력에 대해 이러쿵저러쿵 떠들어 대지만,
육체가 쇠멸해 가는 것은 막지 못할 거라고 생각하겠지.
윈스턴, 자네는 개인이란 하나의 세포에 불과하다는 것을
이해하겠나? 세포의 쇠멸은 유기체의 활력을 의미하네.
손톱을 깎았다고 해서 자네가 죽는 건 아니잖은가?"

그는 침대에서 몸을 돌리고 한쪽 손을 주머니에 넣은
채 왔다 갔다 하기 시작했다.

"우리는 권력을 신봉하는 성직자라네. 신은 권력
그 자체지. 하지만 자네가 보기에 현재의 권력이란 그저
말뿐일 걸세. 이제는 자네가 권력의 의미에 대해 생각해
볼 차례네. 우선 자네가 알아야 할 건 권력이란 집단적이란
사실일세. 개인은 오직 개인임을 포기할 때에만 권력을
갖게 되지. '자유는 예속'이란 당의 슬로건을 알고 있지?
혹시 그것을 뒤집어서 생각해 본 적 있나? 예속은
자유라고 말일세. 혼자 있는 인간, 다시 말해 자유로운
인간은 언제나 패배하네. 모든 인간은 언젠가는 죽게
마련이고, 죽음은 가장 커다란 패배이기 때문이지. 하지만

인간이 철저하고 완전하게 복종함으로써 자신의 존재를
버리고 스스로 당이 될 만큼 당의 일에 적극적으로
나선다면, 그때는 불멸의 전능한 존재가 된다네. 두 번째로
자네가 알아야 할 건 권력이란 곧 인간 위에 군림한다는
점일세. 권력은 인간의 육체도 그렇지만, 특히 그 정신을
지배하는 것이어야 하네. 물질에 대한 권력, 자네 식으로
말하자면 외적인 실재에 대한 권력은 중요하지 않네.
사물에 대한 우리의 권력은 이미 절대적이니까 말일세."

　　윈스턴은 잠시 다이얼의 존재를 잊었다. 그는
일어나 앉으려고 애썼다. 그러나 몸을 비트는 바람에
고통스럽기만 할 뿐이었다.

　　"대체 어떻게 물질을 지배할 수 있단 말입니까? 날씨나
인력의 법칙도 지배하지 못하는데 말입니다. 더욱이
질병과 고통과 죽음······."

　　윈스턴은 도중에 말을 끊었다. 오브라이언이 손짓으로
입을 다물라고 했기 때문이었다.

　　"우리는 정신을 지배하기 때문에 물질도 지배할 수
있네. 실재란 머릿속에 있지. 자네도 차츰 알게 될 걸세.
우리가 못하는 건 없네. 눈에 보이지 않게 할 수도, 공중을
날 수도 있지. 그 외 무엇이든 할 수 있다네. 원한다면
비눗방울처럼 이 마루 위를 둥둥 떠다닐 수도 있지. 당이
원하지 않으니까 안 하는 것뿐이네. 자연의 법칙에 대한

19세기적인 사고방식을 버려야만 하네. 우리는 자연의 법칙을 창조하지.”

“그건 불가능합니다! 당신들은 이 지구의 지배자도 되지 못하고 있습니다. 대체 유라시아와 이스트아시아는 뭡니까? 당신들은 아직 그 나라들조차 정복하지 못했잖습니까?”

“적당한 때가 오면 정복할 걸세. 그런데 설사 우리가 그 나라들을 정복하지 못한다고 해도 그게 어떻다는 건가? 우리는 마음만 먹으면 그 나라들을 멸망시킬 수 있네. 오세아니아가 곧 세계일세.”

“하지만 세계 그 자체는 하나의 먼지 덩어리에 불과합니다. 그리고 인간은 왜소하고 무력합니다. 인간이 존재한 지 얼마나 됐습니까? 수백만 년 동안 지구상에는 인간이 살고 있지 않았습니다.”

“바보 같은 소리 그만하게. 지구의 나이는 우리와 같네. 우리보다 더 오래되지 않았단 말일세. 어떻게 더 오래될 수 있겠나? 인간의 의식을 통하지 않고는 그 어떤 것이든 존재할 수 없네.”

“그렇지만 이미 멸종된 동물의 뼈가 화석으로 남아 있잖습니까? 매머드나 마스토돈이나 거대한 파충류들의 뼈가 지구 곳곳에 있습니다. 그 뼈의 주인공들은 인류가 출현하기 훨씬 전에 지구상에 살고 있었습니다.”

"이보게, 윈스턴. 자네는 그 뼈들을 직접 본 적이나 있나? 물론 없겠지. 그것들은 모두 19세기 생물학자들이 꾸며 낸 걸세. 인류가 출현하기 전에는 아무것도 없었네. 만약 인류가 멸종된다면 그때 지구상에는 아무것도 존재하지 않게 되지. 내 말은 인간을 떠나서는 그 어떤 것도 존재할 수 없다는 걸세."

"하지만 지구 밖에는 우주가 있습니다. 별들을 보십시오! 개중에는 지구에서 백만 광년이나 떨어져 있는 별도 있습니다. 그것들은 영원히 인간의 한계 밖에 존재할 겁니다."

"별이란 게 뭔가? 그것들은 강 건너 불이나 마찬가지네. 원하면 우리는 거기에 갈 수 있지. 또한 없애 버릴 수도 있고. 지구는 우주의 중심이네. 태양과 별이 지구 주위를 도니까 말일세."

오브라이언이 차갑게 말했다.

윈스턴은 다시금 발작적으로 움직였다. 이번에는 아무 말도 하지 않았다. 오브라이언은 마치 반박을 받은 데 대해 항변하듯 이렇게 말했다.

"물론 어떤 점에서는 그건 진실이 아닐 수도 있네. 바다를 항해할 때나 일식을 예보할 때는 지구가 태양 주위를 돌고 별들이 수백억 킬로미터나 떨어져 있다고 생각하는 게 편리하기도 하지. 하지만 도대체 그게

뭐란 말인가? 자네는 천문학의 이원적 체계를 만들 수
없다고 생각하나? 별들은 우리의 필요에 따라 얼마든지
가까이 있을 수도, 또 멀리 있을 수도 있는 걸세. 자네는
우리의 수학자들이 그런 일을 못할 줄 아나? 자네 혹시
'이중사고'란 말을 잊었나?"

　　윈스턴은 침대에 누운 채 몸을 움츠렸다. 그가 무슨
말을 하든 오브라이언은 마치 곤봉으로 내리치듯 재빨리
대꾸해 그를 꼼짝 못 하게 했다. 하지만 윈스턴은 자신이
옳다는 것을 알고 있었다. 인간의 정신을 떠나서는
아무것도 존재하지 않는다는 신념 —— 분명히 그것은
허위라는 사실을 증명할 수 있는 어떤 방법이 모색되어야
한다 —— 은 이미 오래전에 오류로 밝혀지지 않았던가?
잊어버렸지만 그에 대한 이름까지 있다. 오브라이언은 그를
내려다보며 입가에 야릇한 미소를 지었다.

　　"윈스턴, 형이상학이 자네의 강점이 될 수 없다고
내가 말했었지. 자네가 지금 생각해 내려고 애쓰는
말은 유아론(唯我論)일 걸세. 하지만 자네는 착각하고
있네. 이건 유아론이 아닐세. 자네 방식대로라면 집단적
유아론이라고 할 수 있겠지. 그러나 그건 다른 것이네.
사실은 정반대지. 자, 여담은 이쯤 해 두세."

　　그는 어조를 바꾸어 말을 이었다.

　　"진정한 권력, 우리가 밤낮으로 추구해야 하는 권력은

물질에 대한 권력이 아니고 인간에 대한 권력이야.”

그는 잠시 말을 멈추고 장래가 촉망되는 학생에게 질문하는 선생과 같은 표정을 지었다.

“윈스턴, 어떻게 하면 타인에게 자기의 권력을 행사할 수 있겠나?”

윈스턴은 곰곰이 생각한 끝에 대답했다.

“타인을 괴롭힘으로써 행사할 수 있을 겁니다.”

“맞았네. 권력은 타인을 괴롭힘으로써 행사할 수가 있지. 복종으로는 충분하지 않네. 괴롭히지 않고 어떻게 권력자의 의사에 복종하는지 안 하는지 알 수 있겠는가? 권력은 고통과 모욕을 주는 가운데 존재하는 걸세. 그리고 권력은 인간의 마음을 갈기갈기 찢어서 권력자가 원하는 새로운 형태로 다시 뜯어 맞추는 거라네. 자네는 우리가 어떤 세계를 창조하려는지 이제 좀 알 것 같나? 이건 옛날의 개혁자들이 상상했던 어리석은 쾌락주의적 유토피아와는 정반대의 것이네. 공포와 반역과 고뇌의 세계지. 짓밟고 짓밟히는 세계이며, 세련될수록 더욱더 무자비해지는 세계라네. 우리가 만드는 세계에서의 진전이란 고통을 향한 진전일 뿐이네. 옛날의 문명들은 사랑과 정의 위에 세워졌다고들 주장했었지. 우리의 문명은 증오 위에 세워져 있네. 우리의 세계에서는 공포, 분노, 승리감, 자기 비하 등의 감정을 빼놓고는 그 어떤 것도 존재하지 않네. 그 나머지는 우리가 몽땅 때려 부술 걸세. 우리는 이미 혁명 전부터 내려오던 사고의 습관을 부수고 있지. 우리는 부모와 자식, 인간과 인간, 남자와 여자 간의 유대를 끊어 버렸네. 어느 누구도 이제는 더 이상 아내나 자식이나 친구를 믿으려 들지 않을 걸세. 그런 데다 앞으로는 아내도, 친구도 존재하지 않게 될 것이네. 암탉이 알을 낳으면 그것을 꺼내 오듯 태어나자마자 아이들을 어머니 품에서 빼앗아오게 될 걸세. 성 본능도 없어질 테고, 출산은 배급 카드를 재발급해 주듯이 일 년에 한 번 하는 연례적인 공식 행사가 될 것이네. 우리는 섹스할 때의 오르가슴도 없앨 걸세. 신경학자들이 현재 없애는 방법을 연구 중이라네. 충성심도 당에 대한 것 이외에는 모두 없애 버릴 걸세. 사랑도 빅 브라더에 대한 사랑 이외에는 존재하지 않을 것이네. 웃음도 적을 패배시키고 승리감에 취해 웃는 웃음만 있게 될 것이고, 미술, 문학, 과학도 없어질 걸세. 뿐만 아니라 아름다움과 추함의 구별도 없어지고, 호기심이라든가 세상을 살면서 느끼는 즐거움 따위도 없어질 것이네. 한마디로 말해 이 세상의 모든 쾌락은 파괴되어 버리는 거지. 그런데 이걸 잊지 말게, 윈스턴. 언제나 끊임없이 커 가고 끊임없이 미묘해지는 권력에 대한 도취감만 맛보게 되리라는 점을 말일세. 언제 어느 순간에나 승리감이 주는 전율과 무력한

적을 짓밟는 쾌감을 얻게 될 것이네. 만약 미래의 모습이
보고 싶으면, 인간의 얼굴을 짓밟고 있는 구둣발을 상상해
보게."

　　그는 마치 윈스턴이 뭐라고 대답하기를 기다리는 듯
말을 멈췄다. 윈스턴은 다시 침대 속으로 깊이 파고들고
싶었다. 그로서는 아무 말도 할 수가 없었다. 심장이
얼어붙은 것 같았다. 오브라이언의 말이 계속 이어졌다.

　　"그리고 그 구둣발은 영원히 존재한다는 걸 잊지
말게. 이단자의 얼굴은 언제나 그 밑에 짓밟혀 있을
걸세. 이단자와 사회의 적은 언제나 패배해 그런 꼴로
억압될 것이네. 자네가 체포된 이후로 겪었던 모든 일들은
앞으로도 계속될 것이고, 더욱 심해질 걸세. 간첩 행위,
배신, 체포, 고문, 행방불명, 처형 등의 순환도 멈추지
않고 계속될 것이네. 그것은 승리의 세계인 동시에
공포의 세계일세. 당의 권력이 강하면 강할수록 더욱
무자비해지고, 반대파가 약하면 약할수록 전체주의는
더욱 철저해지게 될 것이네. 물론 골드스타인과 그를
추종하는 이단자들도 영원히 없어질 수는 없지. 그들은
매일 매순간 패배를 맛보고 불신과 비웃음을 사며
모욕을 당하겠지만, 그러면서도 언제나 살아남게 될
걸세. 지난 칠 년 동안 내가 자네를 위해 꾸민 이 연극도
다시 반복되어 여러 세대를 거쳐 더욱더 교묘한 형태로

되풀이될 것이네. 우리는 이단자를 우리 멋대로 처단할 걸세. 그들은 고통으로 비명을 지르다가 만신창이가 된 채 우리의 다리를 붙들고는 제발 살려 달라며 애걸복걸할 것이네. 윈스턴, 이것이 바로 우리가 준비하고 있는 세계네. 승리에 승리, 개선에 개선을 거듭하는 세계, 권력의 기반이 더욱 튼튼하게 다져지고 다져지는 그런 세계……. 자네는 그런 세계가 어떤 것인지 이제야 겨우 깨닫기 시작하는 것 같군. 하지만 그저 깨닫는 정도에서 그치지 않을 것이네. 자네도 그걸 쌍수를 들고 환영하며 받아들여서 그것과 혼연일체가 될 걸세.”

윈스턴은 말을 할 수 있을 만큼 기력을 되찾았다.

“당신들은 그럴 수 없을 겁니다.”

그가 힘없이 말했다.

“그게 무슨 말인가, 윈스턴?”

“당신이 방금 말한 그런 세계를 당신들은 만들 수 없단 말입니다. 그건 꿈에 불과합니다. 불가능한 일입니다.”

“왜지?”

“공포와 증오와 잔인성 위에 문명을 세운다는 건 불가능합니다. 그건 결코 지탱될 수 없습니다.”

“어째서인가?”

“생명력이 없기 때문입니다. 그래서 붕괴될 겁니다. 그런 문명은 저절로 파멸하게 됩니다.”

"천만에! 자네는 증오심이 사랑보다 심신을 더
피로하게 만든다는 생각을 하고 있군. 왜 그래야 하나?
설령 자네 말이 옳다 하더라도 대체 무슨 차이가 있나?
우리가 더 빨리 늙는다고 생각해 보게. 생명의 속도를 높여
서른 살에 노쇠한다고 생각해 보란 말일세. 그렇다고 뭐가
달라지겠는가? 개인의 죽음은 죽음이 아니란 걸 이해할 수
없나? 당은 불사(不死)의 존재일세."

그의 음성은 여느 때처럼 윈스턴을 무력하게
만들었다. 윈스턴은 반박을 하는 것이 두려웠다.
그렇게 하면 오브라이언이 다시 다이얼을 돌릴 것이기
때문이었다. 그러나 마냥 침묵을 지킬 수는 없었다. 그는
아무런 힘도, 논리도 없이 오브라이언의 말에서 느껴지는
막연한 공포감에 쫓겨 다시금 반박을 하기 시작했다.

"모르겠습니다. 솔직히 관심도 없고, 생각하고 싶지도
않습니다. 어쨌거나 당신들은 실패할 게 틀림없습니다.
뭔가가 당신들을 좌절시킬 겁니다. 삶이 당신들을
패배시킬 겁니다."

"윈스턴, 우리는 모든 면에서 완벽하게 삶을 지배하고
있네. 자네는 우리가 하는 일에 분노해서 우리에게
반항하는 인간성이라 불리는 어떤 것을 상상하고 있지만,
우리는 인간성 자체를 창조해 낸단 말일세. 인간이란
무한한 신축성이 있는 존재라네. 자네는 노동자나

노예들이 봉기해 우리를 전복시킬 수도 있다는 옛날식
생각을 하고 있을 걸세. 그런 생각은 아예 하지도 말게.
그들은 짐승처럼 무력하네. 인간성은 곧 당일세. 그 외의
것은 아무것도 아니네.”

　“결국 그들은 당신들을 쳐부술 겁니다. 조만간 그들은
당신들이 어떤 사람들인지 알게 될 거고, 그러면 당신들을
갈기갈기 찢어 버릴 겁니다.”

　“그런 일이 일어나리란 증거라도 있나? 아니면 그렇게
될 거라는 이유 같은 거라도 있는가?”

　“없습니다. 하지만 저는 그걸 믿습니다. 당신들이
실패하리라는 걸 알고 있습니다. 이 세상에는 당신들이
정복할 수 없는 정신이랄까 어떤 원칙 같은 게 있습니다.”

　“자네는 신을 믿나?”

　“안 믿습니다.”

　“그럼 우리를 패배시킬 거라는 그 원칙은 뭔가?”

　“모르겠습니다. 인간의 정신이라고나 할까요.”

　“자네는 자네 자신을 인간이라고 생각하나?”

　“네.”

　“이보게, 윈스턴. 자네가 인간이라면 자네는 마지막
인간일세. 자네와 같은 인간들은 이미 멸종됐네. 우리가
그 후계자들이지. 자네는 ‘혼자’라는 걸 알고 있나? 자네는
역사 밖에 있고, 이 세상에 존재하지 않는 인간이네.

우리가 거짓말을 하고 잔인하다고 해서 자네는 자네
자신이 우리보다 도덕적으로 우월하다고 생각하는 거지?”

그가 태도를 바꾸어 거칠게 말했다.

“그렇습니다. 나 자신이 더 낫다고 생각합니다.”

오브라이언은 아무 말도 하지 않았다. 갑자기 다른
두 목소리가 들려왔다. 잠시 후 윈스턴은 그중 한 목소리가
자기 것임을 깨달았다. 그것은 그가 형제단에 가입하던
날 밤, 오브라이언과 나눈 대화를 녹음한 것이었다. 그는
거짓말하고 훔치고 위조하고 살인하고 마약 사용과
매춘을 장려하고 성병을 퍼뜨리고 어린아이 얼굴에
황산을 뿌리겠다고 스스로 약속하는 자기 음성을 들었다.
오브라이언은 이따위 시위는 필요 없다는 듯 약간 답답한
표정을 지었다. 그가 스위치를 끄자 그 목소리도 그쳤다.

“침대에서 일어나.”

오브라이언이 명령조로 말했다.

끈이 저절로 느슨해졌다. 윈스턴은 바닥으로 내려와
휘청거리며 섰다.

“자네는 마지막 인간이네. 인간 정신의 수호자이지.
이제부터 자네는 자네의 진면목을 보게 될 걸세. 옷을
벗게.”

윈스턴은 옷을 졸라맨 허리띠를 풀었다. 지퍼는
오래전에 망가져 있었다. 그러고 보니 수감된 이래 한 번도

옷을 벗어 본 적이 없었던 것 같았다. 겉옷을 벗은 그의
몸에는 더럽고 누런 천 누더기가 걸쳐져 있었다. 윈스턴은
곧 그것들이 내복 조각이라는 것을 알았다. 옷을 마저
벗어 바닥에 내려놓으며 그는 방 끝에 있는 삼면거울을
바라보았다. 그는 그쪽으로 다가가다 흠칫 멈춰 섰다.
그러고는 자기도 모르게 비명을 질렀다.

"더 가! 양쪽 거울 사이에 서! 옆모습도 보이도록 해!"
오브라이언이 명령했다.

윈스턴은 너무 놀라서 다시금 걸음을 멈췄다. 때에
절어 잿빛을 띤 해골 같은 물체가 그의 앞으로 다가오고
있었다. 그야말로 소름끼치는 모습이었다. 그런 몰골이
자기 자신이라니 도저히 믿어지지 않았다. 그는 거울
앞으로 바짝 다가갔다. 꾸부정한 자세 때문인지 얼굴이
툭 튀어나온 것처럼 보였다. 이마에서 머리 꼭대기까지
훤히 벗어진 대머리, 구부러진 코, 찌그러져 보이는 광대뼈,
경계하듯 사납게 부릅뜬 눈……. 그것은 절망에 빠진
죄수의 몰골이었다. 양쪽 뺨에는 바늘로 꿰맨 것처럼
상처 자국이 나 있었고, 입은 쑥 들어가 있었다. 그것은
틀림없는 그의 얼굴이었다. 그러나 생각했던 것보다 더
심하게 변한 얼굴이었다. 얼굴에서 느껴지는 감정과 그가
지닌 감정은 서로 달랐다. 그의 머리는 군데군데 벗어져
있었다. 처음에는 머리가 희어진 것으로 생각했으나,

그것은 머리카락이 빠졌기 때문이었다. 그의 양손과
얼굴만 빼고는 몸뚱이 전체가 묵은 때로 인해 잿빛으로
보였다. 여기저기 때 속에 빨간 상처 자국이 나 있었고,
발목 근처에는 정맥류성 궤양이 곪아터져서 살갗이
허옇게 벗겨져 있었다. 무엇보다 끔찍한 것은 몹시
수척해진 그의 몸이었다. 갈빗대는 해골처럼 앙상했고,
다리통은 오므라들어 무릎이 넓적다리보다 굵었다. 그는
오브라이언이 옆모습을 보이도록 하라고 말했던 의도를
그제야 알았다. 척추가 놀랄 정도로 굽어 있었다. 게다가
바짝 마른 어깨가 앞으로 튀어나와 가슴이 움푹 팼고,
뼈만 앙상하게 남은 목은 머리의 무게를 못 이겨 징그럽게
구부러져 있었다. 무슨 고질병에 시달리는 예순 살 노인의
몸뚱이 같았다.

　"자네는 가끔 내부당원인 내 얼굴이 늙고 피로해
보인다고 생각했었지? 그런데 자네 자신의 얼굴은
어떻다고 생각하나?"

　오브라이언이 물었다.

　그는 윈스턴의 어깨를 잡고 빙 돌려서 거울 속 자신과
정면으로 마주 보도록 했다.

　"거울에 비친 자네 꼴을 좀 보게. 자네의 몸을 뒤덮고
있는 더러운 때를 보란 말일세. 발가락 사이의 때도 좀
보고. 자네 다리에 퍼져 있는 구역질 날 것 같은 부스럼도

좀 보지 그러나. 자네 몸에서 염소 냄새 같은 악취가
풍기는 걸 알기나 하는가? 알지 못하겠지. 자네의 바싹
마른 꼴을 좀 보게. 보이지? 나는 자네의 알통을 엄지와
집게만으로 한 줌에 쥘 수 있네. 그리고 자네의 모가지쯤은
홍당무처럼 뚝 분지를 수도 있고 말일세. 자네가 체포된
후로 체중이 25킬로그램이나 준 걸 아나? 머리카락까지 한
움큼씩 빠지고 있네. 자, 보게!"

그는 윈스턴의 머리를 잡고 머리카락을 한 움큼
뽑았다.

"입을 벌려 봐. 아홉, 열, 열하나, 이가 열한 개 남았군.
체포될 당시에는 몇 개였나? 남아 있는 것들마저 흔들리고
있군. 자, 보게!"

그는 억센 엄지와 집게손가락으로 윈스턴의 남은 앞니
한 개를 꽉 쥐었다. 윈스턴은 턱이 빠지는 것 같은 통증을
느꼈다. 오브라이언은 흔들거리는 이를 비틀어서는 뿌리째
뽑아냈다. 그러고는 그것을 감방 저편으로 내던지고
말했다.

"자네는 썩어 문드러져 가고 있네. 그야말로
만신창이가 돼가고 있지. 자네란 인간은 대체 뭔가?
불결한 때 덩어리 아닌가? 돌아서서 다시 거울을 보게.
자네와 마주 선 형체가 보이나? 그게 마지막 인간의
모습일세. 물론 자네가 인간이라면, 그건 인간의 모습이지.

자, 다시 옷을 입게.”

윈스턴은 천천히 서툰 동작으로 옷을 입기 시작했다. 지금까지 그는 자기가 얼마나 여위고 허약해졌는지 생각해 본 적이 없었다. 그의 뇌리에는 여기에 들어온 지 무척 오래되었다는 한 가지 생각만이 떠올랐다. 그는 너덜너덜한 누더기 옷을 입으면서 망가진 자신의 육체에 대해 연민의 정을 느꼈다. 갑자기 설움이 복받쳐 올랐다. 그는 자기도 모르게 침대 옆에 있는 조그만 의자에 풀썩 주저앉아 울음을 터뜨렸다. 그는 자신이 더러운 내의 바람으로 뼈다귀뿐인 몸뚱이를 가린 채 강렬한 불빛 아래에 앉아 추하고 꾀죄죄한 몰골을 하고는 울고 있다는 것을 알고 있었다. 그러나 그뿐, 달리 어떻게 할 방법이 없었다. 오브라이언이 그의 어깨에 한 손을 얹고 상냥하게 말했다.

“이 일은 오래가지 않을 걸세. 자네가 하려고 들기만 하면 자네는 언제든 이 일에서 놓여날 수가 있네. 모든 건 자네한테 달려 있네.”

“모든 게 당신 짓입니다! 당신이 나를 이 꼴로 만들었어요!”

윈스턴이 흐느끼면서 말했다.

“아니네, 윈스턴. 자네 스스로 이렇게 만든 걸세. 자네가 당에 반대하고 나설 때 이미 이렇게 되리라고 예상했잖나. 이 일은 처음의 행위 속에 모두 포함돼 있었네. 자네가 예상하지 못했던 일은 조금도 일어나지 않았네."

그는 말을 잠시 멈췄다가 다시 이었다.

"우리는 자네를 구타했네. 그것도 녹초가 되도록 말일세. 자네는 자네 꼴이 어떤지 보았네. 자네의 마음도 겉모습과 똑같은 상태이겠지. 자네한테는 이제 자존심 같은 것도 남아 있지 않을 걸세. 자네는 발길로 채이고 매를 맞고 모욕을 당하는 동안, 고통에 겨워 비명을 지르며 피와 침으로 뒤범벅이 된 채 바닥을 뒹굴었네. 그리고 살려 달라고 울부짖으면서 모든 사람을 배반하고, 모든 일을 낱낱이 털어놓았지. 자네가 자존심을 지켰다고 말할 만한 게 한 가지라도 있다고 생각하나?"

윈스턴은 울음을 그쳤다. 하지만 그의 눈에서는 여전히 눈물이 흘러나오고 있었다. 그는 오브라이언을 올려다보았다.

"저는 줄리아를 배반하지 않았습니다."

오브라이언이 생각에 잠긴 표정으로 윈스턴을 내려다보며 말했다.

"그래, 그건 분명한 사실이지. 자네는 줄리아를 배반하지 않았네."

그 말을 들은 순간, 그 무엇으로도 막을 수 없을 듯한 오브라이언에 대한 존경심이 윈스턴의 가슴에 가득 흘러 넘쳤다. 이 얼마나 지적인 사람인가 하고 그는 생각했다. 오브라이언은 그가 말한 모든 것을 하나도 빠뜨리지 않고 이해했다. 오브라이언 외에 그 누가 윈스턴이 줄리아를 배반하지 않았다고 그 즉시 대답할 수 있겠는가. 고문으로 짜내지 못할 것은 아무것도 없다. 그는 그들에게 자신이 알고 있는 그녀에 대한 모든 것을 털어놓았다. 그녀의 습성, 성격, 과거의 생활까지 다 말했다. 두 사람이 데이트할 때 일어났던 모든 일과 서로 주고받은 모든 이야기를 말했고, 암시장에서 구입한 식품이며 둘이 저지른 간통 행위며 당에 맞서서 꾸몄던 은밀한 음모 등 모든 죄를 낱낱이 털어놓았다. 그러나 그의 생각으로는 여전히 줄리아를 배반한 것이 아니었다. 그는 아직도 그녀를 사랑하고 있었다. 그녀에 대한 감정은 예전과 같았다. 오브라이언은 설명을 듣지 않고도 그가 무엇을 말하려는지 알고 있었다.

"언제 저를 총살할지 말씀해 주십시오."

윈스턴이 말했다.

"시간이 오래 걸릴 걸세. 자네는 힘든 케이스네. 그러나 희망을 버리지는 말게. 조만간 완치될 걸세. 우리는 마지막에 자네를 총살할 걸세."

오브라이언이 말했다.

4

윈스턴의 상태는 무척 좋아졌다. 하루하루가 다를 정도로 살이 찌고 건강해졌다.

감방 안은 여전히 하얀 불빛에 웅웅거리는 소리가 났지만, 전에 수감되어 있었던 어떤 감방보다도 편했다. 베개와 요가 있는 평평한 침대에다 엉덩이를 걸칠 만한 의자도 있었다. 그들은 목욕뿐만 아니라 양은 대야로 자주 세수를 할 수 있도록 해 주었다. 심지어 온수를 제공하기도 했다. 새 내복과 깨끗한 겉옷도 주었다. 게다가 정맥류성 궤양으로 인한 상처에 연고를 바르고 붕대를 감아 주기도 했으며, 남은 이를 마저 뽑고 새로 틀니를 끼워 주기도 했다.

몇 주일, 아니 몇 달은 지났을 것이다. 규칙적으로 식사가 제공되기 때문에 그가 조금만 관심을 기울였다면 얼마나 시간이 흘러갔는지 알 수도 있었으리라. 그가 생각하기에 하루 세 번 식사를 제공받는 것 같았다. 그런데 가끔씩 낮에 식사를 하는지 밤에 하는지 알쏭달쏭했다. 음식은 놀랄 만큼 좋았다. 세 번에 한 번꼴로 고기가 나왔다. 한번은 담배 한 갑이 나오기도 했다. 성냥이 없었는데, 음식을 갖다 주면서도 말 한마디 건네지 않던 간수가 불을 붙여 주었다. 처음 한 모금을 빨았을 때부터 속이 메스꺼웠다. 그래도 이를 악물고 계속 빨아 댔다. 담배는 식후마다 반 대씩 피웠다. 그래서 한 갑으로도 꽤 오랫동안 피울 수 있었다.

그는 연필 토막이 달려 있는 하얀 석판도 받았다. 그러나 처음에는 그것을 전혀 사용하지 않았다. 깨어 있을 때마저도 완전히 무감각한 상태였기 때문이었다. 그는 식사를 끝낸 후부터 다음 식사 때까지 꼼짝도 않고 누워서 잠을 자거나 깨어 있었다. 때로는 너무 고통스러운 나머지 눈도 뜨지 못한 채 몽롱한 공상 속에 잠겨 있기도 했다. 그는 이제 얼굴에 강렬한 불빛을 받으면서도 잠을 잘 수 있을 만큼 감방에 익숙해져 있었다. 불빛을 받으면 몽상이 더 일관성 있게 연결되었다. 그것 외에는 불빛을 받지 않았을 때와 비교해 아무런 차이가 없었다.

그는 수많은 꿈을 꾸었다. 언제나 행복한 꿈이었다. 그는 어머니와 줄리아, 오브라이언과 함께 황금의 나라나 웅대하고 찬란하며 따사로운 유적지에 앉아서 아무것도 하는 일 없이 그저 가만히 앉아 있거나 태평스런 대화를 나누곤 했다. 깨어 있을 때 한 생각들이 꿈에 자주 나타났다. 그런데 고통의 자극이 없어서인지 의식적으로 머리를 쓰는 힘마저 상실되어 버린 것 같았다. 지루하지도 않았다. 대화를 나누거나 오락을 즐기고 싶은 마음도 일지 않았다. 그저 혼자 있는 가운데 구타를 당하거나 심문을

받지 않고 충분히 먹으며 깨끗하게 있다는 것으로 그는
크게 만족했다.

　잠자는 시간이 점점 줄어들었지만, 그러면 그럴수록
침대에서 일어나고 싶지 않았다. 그는 조용히 누운 채 자기
몸에 기운이 생기는 것에만 관심을 두었다. 어떤 때는 몸을
여기저기 눌러서 근육이 붙고 피부가 팽팽해지는 것이
꿈이 아닌지 확인하기도 했다. 살 오르는 것이 눈에 보일
정도였다. 넓적다리도 무릎보다 통통해졌다. 처음에는
내키지 않았지만 그는 규칙적인 운동을 시작했다. 그리고
얼마 후에는 감방 안에서 걸음 수로 계산하여 3킬로미터
정도 걸을 수 있었고, 그 바람에 꾸부정했던 어깨도
반듯하게 펴졌다. 그는 좀 더 힘든 운동을 시도해 보았다.
그러나 곧 자신이 할 수 없음을 깨달았다. 그는 뛸 수도
없을 뿐만 아니라 한 팔을 쭉 편 채 의자를 들 수도 없었다.
한 발로 서는 것도 불가능했다. 그렇게 하려고 할 때마다
여지없이 쓰러져 버렸다. 그리고 뒤꿈치를 대고 쪼그려
앉으면 넓적다리와 장딴지가 몹시 땅기고 아팠다. 엎드려
팔굽혀펴기도 시도해 보았으나 1센티미터도 몸을 들어
올릴 수가 없었다. 그런데 며칠이 지나자 ── 음식을 몇
차례 더 먹은 덕인지 ── 해 낼 수 있었다. 팔굽혀펴기를
무려 여섯 번이나 계속할 수 있게 되었다. 그는 자신의 몸에
대해 자신감을 느꼈다. 얼굴도 정상으로 돌아가고 있는 것

같았다. 그는 가끔씩 손으로 벗어진 머리를 쓰다듬었다.
그럴 때마다 거울에 비쳤던 상처를 꿰맨 것 같은 일그러진
얼굴이 생각나곤 했다.

그의 마음도 점점 활기를 띠기 시작했다. 그는 널빤지
침대에 앉아 벽에 등을 댄 채 석판을 무릎 위에 올려놓고
자신을 재교육하는 일에 열중했다.

그는 항복했다. 마침내 그렇게 하기로 작정했다.
사실 그런 결정을 내리기 오래전부터 그는 항복할 마음의
준비를 하고 있었다. 애정부에 들어갈 때부터, 아니
자기와 줄리아가 텔레스크린에서 나오는 금속성의 비정한
목소리를 들으며 꼼짝 못하고 서 있던 그 순간부터 당의
권력에 맞선다는 것이 경박하고 무용한 짓이라는 걸 그는
알고 있었다. 아울러 사상경찰이 칠 년 전부터 확대경으로
딱정벌레를 관찰하듯 자기를 감시하고 있었다는 사실도
눈치 채고 있었다. 그들은 그가 행동하거나 입 밖에 낸
말들을 모두 알고 있었고, 어떤 생각을 하고 있는지도
훤히 들여다보고 있었다. 심지어 그들은 그가 일기장 표지
위에 살짝 올려 두었던 희부연 먼지 덩어리까지 제자리에
고스란히 돌려놓았다. 그들은 또 그에게 녹음을 들려주고,
사진을 보여 주기도 했다. 그중에는 줄리아와 그가 함께
있는 사진도 있었다. 그렇다! 그는 더 이상 당에 맞서
싸울 수 없었다. 게다가 당이 옳았다. 그럴 수밖에 없었다.

불멸의 집단적 두뇌가 어떻게 오류를 범할 수 있겠는가? 어떤 외적 기준으로 그들의 판단에 시비를 걸 수 있겠는가? 정신 상태가 온전하다는 것은 통계에 의한 것이다. 문제는 그들이 생각하는 대로 생각할 수 있는 법을 배우는 것이다. 오직 그것뿐이다!

손가락 사이에 낀 연필이 투박하고 거북하게 여겨졌다. 그는 머릿속에 떠오르는 생각들을 서툰 글씨로 적기 시작했다.

자유는 예속

그는 쉬지 않고 그 밑에도 썼다.

둘 더하기 둘은 다섯

그는 잠시 망설였다. 마음이 무엇인가로부터 뒷걸음질 치려는 것 같아서 생각을 집중할 수 없었다. 생각이 뚜렷하게 나지 않았다. 그는 의식적으로 하나하나 따져 보았다. 그제야 무엇을 써야 할지 생각이 났다. 그러나 그것은 저절로 떠오른 것이 아니었다. 아무튼 그는 다음과 같이 썼다.

신은 권력

그는 모든 것을 받아들였다. 과거는 바꿀 수 있다. 그렇지만 과거는 절대로 바뀐 적이 없다. 오세아니아는 이스트아시아와 전쟁을 하고 있다. 오세아니아는 언제나 이스트아시아와 전쟁을 해 왔다. 존스와 아런슨과 러더포드는 처벌받을 만한 죄를 지었다. 윈스턴은 그들의 죄를 부인할 수 있는 사진을 본 적이 없다. 그런 것은 있지도 않은, 그 자신이 꾸며 낸 것이다. 그는 상반되는 일을 기억하고 있다고 기억했지만 그런 것은 모두 틀린 기억이고 자기기만의 산물이었다. 이 모든 일이 얼마나 쉬운가! 항복만 하라. 그러면 모든 일은 저절로 해결된다. 이것은 물결을 거슬러 올라가려고 발버둥치지만, 결국 뒤로만 밀리다가 갑자기 방향을 바꿔 물결을 따라서 헤엄치는 것과도 같다. 오직 자신의 자세만 바뀌었을 뿐, 아무것도 바뀐 것이 없다. 어떤 경우에든 예정된 일은 일어나게 마련이다. 그는 왜 자신이 지금까지 반항해 왔는지 도무지 알 수 없었다. 모든 것은 쉽다. 다만…….

무엇이든 진실일 수 있다. 소위 자연법이란 것은 엉터리다. 인력의 법칙도 마찬가지다. 오브라이언은 자신이 '원한다면 비눗방울처럼 이 마루 위를 둥둥 떠다닐 수도 있다.'라고 말한 바 있다. 윈스턴은 그 말의 의미를

생각해 냈다. 오브라이언이 마루 위를 둥둥 떠다닐 수
있다고 생각하고, 윈스턴 자신도 그가 그럴 수 있다고
생각하면 그런 일은 일어나는 것이다. 그런데 별안간
난파선의 꼬리가 물 위로 불쑥 솟아오르듯 이런 생각이
그의 뇌리에 떠올랐다. '그건 실제로 일어날 수 없는
일이야. 상상일 뿐이지. 그건 한갓 환상에 지나지 않아.'
그는 곧 그런 생각을 지웠다. 잘못된 생각임이 분명했다.
그것은 이 세상 밖 어딘가에 '진짜' 일이 일어나는 '진짜'
세계가 있다는 것을 전제한 데서 나온 생각이다. 어떻게
그런 세계가 존재할 수 있겠는가? 인간의 의식을 거치지
않고 어떻게 사물에 대한 지식을 얻을 수 있겠는가? 모든
일은 마음에서 생긴다. 마음 안에서 일어나는 일은 모두
진짜로 일어나는 것이다.

　　그는 어렵지 않게 그런 오류를 해결할 수 있었다.
게다가 더 이상 그런 문제에 빠져들 위험이 없을 것 같았다.
하지만 그는 절대로 그 같은 생각을 해서는 안 된다는 것을
깨달았다. 위험한 생각이 들 때마다 무조건 그런 마음이
생겨야 한다. 이런 과정은 자동적이고 본능적이어야 한다.
이것을 신어로는 '죄중단'이라고 한다.

　　그는 '죄중단' 훈련을 하기 시작했다. 자신에게 몇 가지
명제들 ── '당은 지구가 평평하다고 말한다', '당은 얼음이
물보다 무겁다고 말한다' ── 을 제시하고, 이와 반대되는

견해는 듣지도 생각하지도 않도록 스스로를 훈련시켰다.
그러나 쉽지 않았다. 상당한 추리력과 임기응변 능력이
필요했다. 가령 '둘 더하기 둘은 다섯'이란 문장은 그
자신의 지능으로는 해결될 수 없는 산술적 문제였다.
이것은 일종의 두뇌 훈련과 함께 어떤 순간에는 가장
교묘한 논리를 사용하고 그다음 순간에는 가장 분명한
논리상의 오류를 의식하지 않는 능력을 필요로 했다.
우매성이 지성만큼이나 필요한데, 우매해지기가 여간
어렵지 않았다.

　　그의 마음 한구석에는 그들이 언제쯤 자신을 총살할
것인지에 대한 궁금증이 자리 잡고 있었다. "모든 건
자네한테 달려 있네."라고 오브라이언은 말했었다. 그러나
그는 처형의 시기를 의식적으로 앞당길 수 없다는 것을
알고 있었다. 그것이 십 분 후일지, 십 년 후일지는 알 수
없는 일이었다. 그들은 그를 몇 년이고 독방에 감금시킬
수도 있고, 노동 수용소에 보낼 수도 있을 터였다. 또
전에 종종 그랬던 것처럼 잠시 동안 석방시킬 수도 있을
것이었다. 어쩌면 체포되어 심문이 끝날 때까지 겪은
연극과 같은 모든 과정이 총살을 당하기 전에 다시 한번
재연될지도 모를 일이었다. 한 가지 분명한 사실은, 죽음이
결코 예측한 순간에 닥쳐오지 않으리라는 것이었다.
그들의 관례에 따르면 ── 발표되지도 않았고, 직접 들은

것도 아니라서 자세히는 모르지만 —— 감방과 감방 사이의
복도를 걸어가게 하고 예고도 없이 뒤에서 머리를 쏘아
죽인다는 것이었다.

윈스턴은 어느 날 낮에 —— 아무래도 '어느 날 낮'이란
표현은 적절하지 않은 것 같다. 한밤중일 수도 있기
때문이다 —— 이상야릇하면서도 행복한 몽상에 잠긴 적이
있었다. 그는 총알이 날아오기를 기대하면서 복도를 걷고
있었다. 그는 다음 순간에 무슨 일이 일어날지 정확히
알았다. 모든 것이 일시에 해결되고, 정돈되고, 화해되었다.
의심도, 논란도, 고통도, 공포도 더 이상 일지 않았다.
윈스턴은 건강하고 튼튼해졌다. 그는 몸을 움직일 수
있다는 것이 즐거워서 햇빛 속을 걷는 기분으로 편안하게
걸었다. 이윽고 그가 걷는 곳은 애정부의 좁아터진 흰
복도가 아니었다. 그는 폭이 1킬로미터나 되는, 햇빛이
밝게 내리쬐는 널찍한 도로를 아편에 취한 듯 걷고 있었다.
그곳은 '황금의 나라'였다. 그는 토끼가 뛰놀며 풀을 뜯는
초원을 가로질러 나 있는 오솔길을 따라 걸었다. 발밑에
깔려 있는 짧은 잔디는 푹신푹신했고, 얼굴을 어루만지는
햇살은 부드러웠다. 들판 끝에 이르자 느릅나무들이
바람에 가볍게 흔들리고 있었다. 그리고 그 너머
버들가지가 늘어진 파란 물 속에는 황어 떼가 놀고 있었다.

별안간 그는 극도의 공포감을 느끼고 침대에서 벌떡

일어났다. 등줄기에 땀이 흘렀다. 그는 자신이 크게 외치는 소리를 들었던 것이다.

"줄리아! 줄리아! 줄리아! 줄리아!"

그는 한동안 그녀를 실제로 본 것 같은 환상에 빠져 있었다. 그녀는 그와 함께 있을 뿐만 아니라 그 자신의 내부에 있는 것 같았다. 마치 그녀가 그의 살갗을 뚫고 몸속으로 들어온 듯했다. 순간 그는 둘이서 자유롭게 지내던 때보다 훨씬 더 큰 그녀에 대한 사랑을 느꼈다. 그와 동시에 그녀가 어딘가에서 살아 있어 자신의 도움을 기다리고 있으리라는 생각이 들었다.

윈스턴은 다시 침대에 누운 채 마음을 진정시키려고 애썼다. 그는 대체 무엇을 했단 말인가? 한순간의 나약함으로 이 굴종의 생활이 얼마나 더 연장될 것인가?

금방이라도 밖에서 구둣발 소리가 들려올 것만 같았다. 그들이 이 같은 감정의 격발을 벌하지 않고 그냥 넘어갈 리 없다. 당장은 눈치 채지 못했을 수도 있다. 하지만 그들은 언젠가는 그가 자기들과 맺은 약속을 어긴 사실을 알게 될 것이다. 그는 당에 복종했지만, 여전히 당을 미워하고 있다. 옛날에는 겉으로 복종하는 척하고 속으로는 이단적인 마음을 먹었다. 그러나 이제 그는 한 걸음 물러나 마음속에서도 항복을 해 버렸다. 그럼에도 내면 깊은 곳까지 침범을 당해 더럽혀지고 싶지는 않았다.

그는 자신이 잘못하고 있음을 알았다. 그러면서도 잘못하는 것을 좋아했다. 그들은 이 점을 이해하리라. 특히 오브라이언이 이해해 줄 것이다. 이 모든 것이 방금 전의 어리석은 외마디소리에 다 자백되어 있었다.

어쩌면 그는 처음부터 다시 시작해야 할 것이다. 그런데 그렇게 하려면 몇 년이 걸릴지 알 수 없다. 그는 한 손으로 얼굴을 구석구석 만지면서 새롭게 변한 자신의 모습을 익혀 보려고 했다. 양 볼에 깊은 주름살이 생기고, 광대뼈는 톡 튀어나왔으며, 코는 낮아진 것 같았다. 그는 거울에 비친 자신의 모습을 본 후로 의치까지 해 박았다. 그런데 자신의 얼굴이 어떻게 생겼는지도 모른 채 태연한 척 가장하기란 결코 쉬운 일이 아니었다. 어떤 경우든 단지 표정을 통제하는 것만으로는 충분하지 않았다. 만약 비밀을 간직하려고 한다면 자신에게도 그것을 숨겨야 한다는 사실을 그는 비로소 깨달았다. 자신에게 비밀이 있다는 것은 항상 염두에 두어야 하지만, 필요할 때까지는 그것을 명확히 의식하지 않도록 해야 한다. 지금부터 그는 올바른 생각만 해야 할 뿐 아니라, 올바로 느끼고 올바로 꿈꿔야 한다. 그리고 언제나 자신의 일부분이면서도 나머지 부분과는 아무런 관계가 없는 증오심을 보자기에 싸듯 감싸서 마음속 깊이 감춰 둬야만 한다.

그들은 언젠가 그를 총살하기로 결정할 것이다.

그것이 언제인지 정확히 알 수는 없지만 총살되기 몇
초 전이면 직감적으로 예측할 수 있으리라. 그들은 항상
복도를 걷게 하고 등 뒤에서 총을 쏜다. 그 시간은 십 초면
충분하다. 십 초 동안 그의 내면세계는 뒤집힐 것이다.
한마디의 말도, 움직임도 없이 얼굴의 주름살 하나
흐트러뜨리지 않고 있다가 별안간 가면이 벗겨지면서
'꽝!' 하며 그의 증오심이 폭발하리라. 그 증오심은 성난
불길처럼 그를 휩쓸어 버릴 것이다. 그리고 그와 거의
동시에 '탕!' 하고 총알이 날아오리라. 그리하여 그들은
그의 머리통을 산산조각으로 부숴 버리겠지만, 증오심으로
불타는 그의 마음을 되돌릴 수는 없을 것이다. 이단적인
사상은 영원히 그들의 손이 미치지 않는 곳에 있어서
벌을 받지도, 회개를 강요당하지도 않으리라. 결국 그들의
완벽성에 하나의 구멍이 뚫리는 셈인데, 마지막까지
그들을 증오하면서 죽는 것, 이것이 바로 자유다.

　　윈스턴은 눈을 감았다. 그러나 그렇게 하는 것은
지적인 훈련을 받는 것보다 더 어려웠다. 그것은 자신을
퇴화시키고 불구로 만드는 문제였다. 그는 가장 더럽고
추잡한 곳에 빠져 있었다. 세상에서 가장 끔찍하고
메스꺼운 것은 무엇인가? 그는 빅 브라더를 생각했다.
커다란 얼굴,(포스터만 보았기 때문에 그는 항상 그 너비가
1미터 정도일 것이라고 생각했다.) 검은 콧수염, 사람들을

따라 이리저리 움직이는 눈동자 등이 저절로 그의 뇌리에 떠올랐다. 빅 브라더에 대한 그의 진정한 감정은 어떤 것일까?

복도에서 무거운 구둣발 소리가 들려왔다. 이윽고 '쾅!' 하는 소리와 함께 철문이 열렸다. 오브라이언이 감방 안으로 들어왔다. 그 뒤에는 밀랍 인형 같은 흰 얼굴의 장교와 검은 제복을 입은 간수들이 서 있었다.

"일어나서 이리 와!"

오브라이언이 명령했다.

윈스턴은 침대에서 일어나 그의 앞에 섰다. 오브라이언은 힘센 두 손으로 윈스턴의 양어깨를 잡고 그를 자세히 쳐다보았다.

"자네는 나를 속이려 하고 있네. 하지만 그건 어리석은 짓이지. 자, 똑바로 서서 내 얼굴을 쳐다보게."

그는 잠시 말을 멈췄다가 상냥한 어조로 덧붙였다.

"윈스턴, 자네는 나아지고 있네. 지적으로 자네에게 잘못된 건 거의 없네. 다만 감정적으로 진전이 없을 뿐이지. 윈스턴, 내게 말해 보게. 거짓말하지 말고 말일세. 거짓말을 하면 내가 귀신같이 알아챈다는 걸 자네도 알 테지. 자, 말해 보게. 빅 브라더에 대한 자네의 진심은 뭔가?"

"그를 증오합니다."

"그를 증오한다고? 좋아. 결국 자네가 마지막으로 밟아야 할 단계가 코앞에 다가왔군. 이보게, 윈스턴. 자네는 빅 브라더를 사랑해야만 하네. 그에게 복종하는 걸로는 부족하단 말일세. 다시 한번 말하지만, 그를 적극적으로 사랑해야 하네."

그는 그렇게 말하고, 윈스턴을 간수들 쪽으로 밀치면서 덧붙였다.

"101호실로!"

5

그는 감방이 바뀔 때마다 창 없는 건물 어디쯤에 자신이 감금되어 있는지 알 수 있었다. 아니, 알 것 같았다. 이는 아마도 기압이 조금씩 다르기 때문일 것이다. 간수들이 그를 구타하던 감방은 지하에 있고, 오브라이언에게 심문을 당했던 방은 지붕이 가까운 높은 곳에 있었다. 지금 그가 있는 곳은 지하로 수십 미터는 내려간 아주 깊은 데 같았다.

이 방은 그동안 그가 갇혀 지냈던 대부분의 감방들보다 훨씬 더 넓었다. 그런데 그는 주위를 돌아볼 수가 없었다. 그가 알 수 있는 것은 앞에 있는 조그만 탁자

두 개가 각각 녹색 천으로 덮여 있다는 것뿐이었다. 탁자 하나는 그에게서 1, 2미터 정도 떨어져 있고, 다른 하나는 그보다 약간 더 먼 문가에 놓여 있었다. 그는 의자에 꼿꼿한 자세로 묶여 있었는데, 끈이 몸을 너무 바짝 죄고 있어서 조금도 움직일 수가 없었다. 고개조차 잘 돌려지지 않았다. 더욱이 그는 일종의 받침대 같은 것이 뒤에서 머리를 죄고 있기 때문에 앞만 똑바로 바라볼 수밖에 없었다. 얼마 동안 그렇게 혼자 있는 시간이 지나자 문이 열리면서 오브라이언이 들어왔다.

"언젠가 자네는 101호실에 무엇이 있느냐고 나한테 물은 적이 있었지. 그때 나는 거기에 무엇이 있는지 자네가 이미 알고 있다고, 모든 사람이 다 알고 있다고 대답했네. 101호실에 있는 건 세상에서 가장 끔찍한 것일세."

문이 다시 열리더니 한 간수가 철사로 만든, 상자 같기도 하고 바구니 같기도 한 물건을 들고 들어와서는 멀리 떨어진 탁자 위에 올려놓았다. 오브라이언이 중간에 가로막고 서 있어서 윈스턴은 그것이 무엇인지 알아볼 수 없었다.

"무엇이 세상에서 가장 끔찍한가는 사람마다 다르지. 생매장하는 것, 화형에 처하는 것, 익사시키는 것, 말뚝을 박아 죽이는 것 등 처형하는 법이 쉰 가지는 될 걸세. 물론 치명적인 게 아닌 아주 시시한 처형 방법도 있지."

오브라이언이 말했다.

그가 몸을 한쪽으로 약간 비켜섰기 때문에 윈스턴은 탁자 위에 놓인 물체를 제대로 볼 수 있었다. 그것은 들고 다닐 수 있게 꼭대기에 손잡이가 달린 장방형의 철사로 만든 상자였다. 그 앞면에는 펜싱용 마스크처럼 생긴 것이 붙어 있었고, 옆면은 볼록하게 튀어나와 있었다. 그것은 3, 4미터 떨어진 곳에 있었지만, 윈스턴은 상자가 두 부분으로 분리되어 있고, 그 속에 동물들이 들어 있다는 것을 알았다.

"자네의 경우에는 세상에서 가장 끔찍한 게 쥐일 걸세."

오브라이언이 말했다.

윈스턴은 상자를 처음 본 순간 자신도 알 수 없는 일종의 전율과 공포를 느꼈었다. 그런 터에 쥐란 말을 듣고 상자 앞에 부착된 마스크처럼 생긴 것이 무엇인지 알게 되자 가슴이 철렁 내려앉고 간담이 서늘했다.

"안 돼요! 안 돼요! 그럴 수는 없습니다!"

그가 갈라지는 음성으로 울부짖듯 소리쳤다.

"자네 꿈속에 자주 나타났던 공포의 순간을 기억하나? 자네 앞에는 시커먼 벽이 있었고, 짐승 우는 소리가 자네 귀에 들렸지. 벽 맞은편에 무시무시한 게 있었네. 그게 뭔지 자네는 알고 있었지만 감히 그걸 말로

표현할 수는 없었지. 벽 맞은편에 뭐가 있었나? 바로
쥐들이 있었잖나?"

"오브라이언!"

윈스턴이 목소리를 가다듬으려고 애쓰며
오브라이언을 엄하게 불렀다.

"이럴 필요가 없잖습니까? 대체 나한테 원하는 게
뭡니까?"

오브라이언은 즉시 대답하지 않았다. 그는 언제나
그렇듯, 학교 선생 같은 태도로 윈스턴의 등 뒤에 있는
청중에게 연설을 하듯 먼 곳을 주의 깊게 바라보았다.
그러다가 조용히 입을 열었다.

"고통 그 자체만으로는 충분치 않네. 인간이란 죽을
고비를 만나더라도 고통을 참고 버텨 내는 경우가 있지.
그러나 누구에게나 참을 수 없는, 생각만 해도 끔찍한 것이
있게 마련일세. 그건 용기나 비겁함과는 아무런 관련도
없어. 만약 내가 절벽에서 떨어지다가 밧줄을 잡는다면
그건 비겁한 짓이 아니네. 깊은 물속에서 나와 숨을 크게
들이마신다고 해도 비겁한 짓이랄 수 없고 말일세. 그건
단지 본능에서 나온 어쩔 수 없는 행동일 뿐이지. 쥐의
경우도 마찬가지네. 자네에게는 쥐들이 참을 수 없는
것이지. 그것들은 자네가 아무리 저항하려 해도 어쩔
수 없는 일종의 압력인 셈이네. 자네는 자네한테 필요한

행동을 할 수 있게 될 걸세.”

“그게 뭡니까? 대체 그게 뭐지요? 뭔지 알지도
못하는데 어떻게 그걸 할 수 있단 말입니까?”

오브라이언은 상자를 집어 들었다. 그러고는 가까이에
있는 탁자로 가지고 왔다. 그는 그것을 조심스럽게 탁자
위에 내려놓았다. 윈스턴의 귓가에 피 끓는 소리가 들렸다.
그는 정적만이 감도는 곳에 홀로 앉아 있는 것 같은 기분을
느꼈다. 텅 빈 들판 한가운데나 햇빛이 쏟아지는 광막한
사막 한가운데 혼자 앉아 아득히 먼 곳에서 들리는 모든
소리를 듣는 것만 같았다. 그러나 쥐가 든 상자는 그로부터
2미터도 채 안 되는 거리에 있었다. 굉장히 큰 쥐였다.
나이가 많아서 주둥이가 뾰족한 데다 몹시 사나워 보였고,
털도 잿빛이 아닌 갈색을 띠고 있었다.

“쥐는 설치류이지만 육식도 하지. 자네도 알고 있겠군.
이 도시의 빈민가에서 일어나고 있는 일들에 대해 들은
적이 있을 걸세. 어떤 지역에서는 오 분간도 아기를 집에
혼자 놔두지 못한다네. 쥐들이 덤벼들어서 말일세. 놈들이
순식간에 아기를 뜯어먹고 뼈만 남겨 놓는다는군. 쥐들은
병든 사람이나 죽어 가는 사람한테도 덤벼들지. 놈들의
지능은 아주 뛰어나서 사람이 힘이 있는지 없는지를
기막히게 구별해 낸다네.”

오브라이언은 여전히 보이지 않는 청중에게 연설하듯

말했다.

상자 안에서 찍찍거리는 소리가 났다. 윈스턴에게는
그 소리가 아주 멀리서 들리는 것 같았다. 쥐들이 칸막이를
사이에 두고 서로 잡아먹을 듯 싸우고 있었다. 윈스턴은
절망의 한숨을 내쉬었다. 그 한숨 소리조차 자기가 아닌
다른 사람으로부터 들려오는 것 같았다.

오브라이언이 상자를 집어 들었다. 그러고는
무언가를 그 안으로 밀어 넣었다. 찰칵 하는 날카로운
소리가 들렸다. 윈스턴은 의자에서 일어나려고 미친 듯이
몸부림쳤다. 하지만 소용없었다. 몸 전체가, 심지어
머리까지 꼼짝할 수 없도록 묶여 있었다. 오브라이언이
상자를 더욱 가까이 가져왔다. 상자는 윈스턴의 얼굴에서
1미터도 안 되는 거리에 있었다. 오브라이언이 말했다.

"첫 번째 빗장을 풀었네. 자네는 이 상자의 구조를
알아 둬야 하네. 이 마스크는 자네 얼굴에 딱 맞으니까
달리 빠져나갈 구멍이 없을 걸세. 다른 빗장을 풀면 상자의
문이 완전히 열리네. 그러면 이 안의 굶주린 짐승들이
밖으로 총알처럼 튀어나올 걸세. 자네는 쥐가 공중으로
뛰어오르는 걸 본 적 있나? 쥐들은 자네 얼굴로 뛰어올라
살점을 마구 파먹을 걸세. 어떤 놈은 눈부터 파먹겠지. 또
어떤 놈은 뺨을 뚫고 들어가서 혓바닥을 씹어 먹기도 하고
말일세."

상자가 더 가까워졌다. 문은 아직 닫혀 있었다.
윈스턴은 머리 위의 허공에서 나는 찍찍거리는 소리를
들었다. 그는 두려움을 떨쳐 버리려고 자기 자신과
맹렬히 싸웠다. 생각하자. 생각하자. 단 일 초 동안이라도
생각하자. 생각하는 것만이 유일한 희망이었다. 갑자기
짐승 썩는 냄새가 코를 찔렀다. 의식을 잃을 정도로
구역질이 났다. 눈앞이 캄캄했다. 그는 얼마 동안 정신을
잃은 채 짐승처럼 비명을 질러 댔다. 그러고는 어둠 속에
갇혀 줄곧 한 가지 생각에 매달렸다. 그가 스스로를
구하는 길은 한 가지, 단 한 가지밖에 없었다. 그와 쥐
사이에 다른 사람을, 다른 사람의 몸뚱이를 갖다 놓아야
한다!

마스크가 너무 커서 다른 것은 아무것도 볼 수 없었다.
눈앞이 답답했다. 철사로 된 상자 문이 그의 얼굴에서
두 뼘 정도밖에 떨어져 있지 않았다. 쥐들은 이제부터
무슨 일이 벌어질지 훤히 알고 있는 것 같았다. 한 놈이
위아래로 펄쩍펄쩍 뛰는 가운데 늙은 놈이 분홍빛
앞발을 철망에 걸친 채 일어서서는 코를 공중으로 쳐들고
킁킁거렸다. 녀석은 시궁창에 사는 쥐들의 할아버지뻘쯤
되는지 몸에 물때가 잔뜩 끼어 있었다. 녀석의 수염과
누런 이빨이 윈스턴의 눈에 똑똑히 보였다. 다시금 어두운
공포감이 그를 사로잡았다. 그는 볼 수도, 생각할 수도

없는 상태에서 한없이 무력해졌다.

"이건 제정 시대의 중국에서 흔했던 형벌이지."

오브라이언이 여전히 설교하듯 말했다.

마스크가 윈스턴의 얼굴에 바짝 다가왔다. 철사가 그의 뺨을 스쳤다. 그때 구원, 아니 구원이 아니라 희망, 한 조각 희미한 희망의 빛이 반짝였다. 그러나 너무 늦었다. 너무 늦었을 것이다. 어쨌든 그는 이 세상에서 자기 대신 형벌을 받을 수 있는 오직 '한 사람', 자기와 쥐 사이에 밀어 넣을 수 있는 '한 몸뚱이'가 있다는 걸 문득 깨달았다. 그는 열에 들떠서 마구 외쳐 댔다.

"줄리아한테 하세요! 줄리아한테! 제게 하지 말고 줄리아한테 하세요! 그 여자한테 무슨 짓을 하든 상관없어요. 얼굴을 갈기갈기 찢어도, 살갗을 벗겨 뼈를 발라내도 말예요. 저는 안 돼요! 줄리아한테 하세요! 저는 안 됩니다!"

그는 뒤로, 한없이 깊은 심연으로 빠져 들어갔다. 물론 그는 여전히 의자에 묶여 있었지만, 마룻바닥을 뚫고, 건물의 벽을 뚫고, 땅바닥을 뚫고, 바다를 뚫고, 대기를 뚫고, 우주 속으로, 별 사이의 심연으로 한없이, 한없이 쥐들로부터 멀어져가고 있었다. 그는 몇 광년이나 멀리 떨어져 있었으나 오브라이언은 여전히 그의 곁에 서 있었다. 그의 뺨에는 아직도 철사의 차가운 느낌이 남아

있었다. 이윽고 그를 에워싼 어둠 속에서 다시금 철컥 하는
금속성이 들렸다. 그는 그것이 상자 문이 열리는 것이
아니라 닫히는 소리임을 깨달았다.

6

체스넛트리 카페는 거의 비어 있었다. 창문으로
들어오는 노란 햇살이 뽀얗게 먼지가 앉은 탁자 위를
비추는 한적한 시간, 시계는 15시를 가리키고 있었다.
텔레스크린에서 양철통을 두드리는 듯한 음악이 나지막이
흘러나왔다.

윈스턴은 빈 잔을 바라보며 늘 앉는 구석에 앉아
있었다. 가끔씩 그는 맞은편 벽에서 자기를 노려보는
커다란 얼굴을 힐끗 올려다보곤 했다. 그 밑에는 '빅
브라더가 당신을 지켜보고 있다.'라는 글이 적혀 있었다.
시키지도 않았는데 웨이터가 와서 그의 잔에 승리주를
따르고, 코르크 마개에 빨대가 꽂혀 있는 다른 병을
흔들어 그 안의 액체를 몇 방울 떨어뜨렸다. 그것은 이
카페의 특제품인 정향(丁香)으로 맛을 살린 사카린이었다.

윈스턴은 텔레스크린에 귀를 기울였다. 지금은 단지
음악만 흘러나오고 있지만, 곧 평화부에서 특별 공지

사항을 발표할 가능성이 있었다. 아프리카 전선의 소식은
극히 불길했다. 그는 온종일 그 점에 대해서 걱정하고
있었다. 유라시아 군대(오세아니아는 유라시아와 전쟁 중이다.
오세아니아는 항상 유라시아와 전쟁을 해 왔다.)가 무서운
속도로 남쪽을 향해 진군 중이었다. 정오의 보도에서는
어떤 지역이라고 명확히 밝혀지지 않았지만, 이미 콩고
입구에서 전쟁이 벌어지고 있을 것 같았다. 만약 그렇다면
브라자빌과 레오폴드빌이 위험하다. 이것이 무엇을
의미하는지 알아보기 위해 지도를 펴 볼 필요까지는 없다.
이는 단지 중앙아프리카를 잃는다는 문제만이 아니라
전쟁이 일어난 후 처음으로 오세아니아의 영토 자체가
위협받고 있다는 것을 의미한다.

공포라기보다 일종의 유례없는 흥분이라고 할 수 있는
격렬한 감정이 그의 마음속에서 활활 타올랐다가는 이내
사그라졌다. 그는 전쟁에 대한 생각을 접었다. 요즘 들어
그는 한 가지 문제에 대해 몇 분 이상 생각을 집중할 수가
없었다. 그는 잔을 들자마자 단숨에 마셔 버렸다. 여느
때처럼 몸이 떨리고 속이 메슥거렸다. 술은 꽤 독했다.
정향을 넣은 사카린에서 구역질이 날 정도로 역한 기름
냄새가 풍겼다. 그러나 무엇보다 역겨운 것은 밤낮으로
그에게 달라붙어 있는 진 냄새였다. 그것은 그의 배 속에서
뭐라고 표현할 수 없는 것들과 뒤섞여 있었다.

그는 그것의 정체를 알아보지 않았다. 아예 생각해
보려고도 하지 않았다. 그것은 그가 어렴풋이 알고 있는
것으로, 얼굴 근처에서 맴돌며 살그머니 코를 자극하는
냄새였다. 배 속의 진이 부풀어 오르면서 그의 자줏빛
입술 사이로 트림이 새어 나왔다. 그는 석방된 후로 점점
살이 쪘고, 혈색도 옛날처럼 좋아졌다. 눈에 띄게 달라진
모습이었다. 얼굴도 통통해졌고, 콧잔등과 뺨의 거친
피부와 벗어진 대머리도 분홍빛을 띠었다. 웨이터가
또 시키지도 않았는데 체스보드와, 체스 문제가 실린
《타임스》 최신호를 갖다 주었다. 그리고 윈스턴의 잔이
비어 있는 것을 보고는 진이 든 병을 가져와서 따랐다.
굳이 주문할 필요가 없었다. 그들은 윈스턴의 습성을
잘 알기 때문에 그렇게 하는 것이었다. 그들은 언제나
체스보드를 사용할 수 있도록 해 주었을 뿐만 아니라
항상 구석에 탁자를 마련해 놓았다. 사람들이 많을 때도
그는 혼자 그 자리를 차지할 수 있었다. 그와 가까이 앉아
있는 모습을 보이면 해가 될까 봐 아무도 접근하지 않았기
때문이었다. 그는 술을 몇 잔이나 마셨는지 셈할 필요도
없었다. 그들은 때때로 계산서라는 더러운 종잇조각을
갖다 주었는데, 그에게만 술을 싸게 파는 것 같았다.
하기는 비싸게 판다고 해도 상관은 없었다. 그는 꽤 많은
돈을 가지고 있었다. 그에게는 한직이기는 하지만 직업이

있고, 보수도 옛날보다 훨씬 많이 받았다.

텔레스크린에서 음악 대신 목소리가 흘러나왔다. 윈스턴은 고개를 들어 귀를 기울였다. 전선에서 날아온 소식이 아니었다. 풍요부에서 보내는 짤막한 공고였다. 지난 사 분기 동안에 제10차 3개년 계획의 구두끈 생산이 할당량보다 98퍼센트나 초과 달성되었다는 내용이었다.

그는 체스 문제를 들여다보면서 말을 옮겨 놓았다. 그것은 두 개의 나이트를 사용하는 까다로운 문제였다. '백을 두 번 움직여 외통장군을 부를 것.' 윈스턴은 빅 브라더의 초상화를 올려다보았다. 백이 항상 외통장군을 부른다는 것이 신비하게 여겨졌다. 그것은 언제나, 예외 없이 그렇게 되어 있었다. 체스가 생겨난 이래 체스 문제에서 흑이 이긴 적은 한 번도 없었다. 그것은 선이 악에 대해 영원히 변치 않고 승리한다는 상징이 아닐까? 위엄이 서린 빅 브라더의 커다란 얼굴이 그를 응시하고 있었다. 백은 항상 외통장군을 부른다.

텔레스크린에서 흘러나오던 소리가 멈췄다. 그리고 이내 심각한 목소리가 흘러나왔다.

"15시 30분에 중대 발표가 있을 것입니다. 15시 30분입니다! 이것은 매우 중요한 뉴스입니다. 이 뉴스를 놓치지 마십시오. 15시 30분입니다!"

다시 음악이 흘러나왔다.

윈스턴의 가슴이 또다시 두근거렸다. 그것은 전선에서 날아오는 특보였다. 그는 그 보도의 내용이 좋지 않을 것이라고 예측했다. 종일 약간의 흥분과 함께 아프리카에서 치명적인 패배를 당했으리란 생각이 그의 머릿속을 어지럽혔다. 마치 유라시아 군대가 철벽 같은 전선을 뚫고 개미 떼처럼 아프리카 대륙으로 쳐들어가는 광경을 실제로 보는 것 같았다. 왜 측면에서 포위해 그들을 공격하지 못한 것일까? 서아프리카 연안의 지형이 그의 머릿속에 생생히 떠올랐다. 그는 흰색 나이트를 집어 들어서 체스보드 위로 움직였다. '그곳'이 적당한 지점이었다. 그는 시커멓게 남쪽으로 진격하는 대군을 상상하는 한편, 또 다른 병력이 신기하게 집결해 적의 후방에 불쑥 나타나서는 육로와 해로의 통신망을 끊는 장면을 떠올렸다. 그는 그렇게 되기를 바람으로써 적의 배후에 나타날 병력이 실제로 존재하는 듯한 기분을 느꼈다. 그러나 재빠른 행동이 필요했다. 만약 적들이 아프리카 전역을 장악하고, 케이프타운의 비행장과 해군기지를 점령한다면 오세아니아는 두 동강이 날 터였다. 그것은 곧 패배, 붕괴, 세계의 재분할, 당의 파괴를 의미할 것이다! 그는 숨을 깊이 들이쉬었다. 이상할 정도로 착잡한 기분이 들었다. 아니, 정확히 말해 착잡하다기보다 감정이 여러 층으로 차곡차곡 쌓여 있어 어느 층이 가장 억눌려 있는지 분간할 수 없는 그런 기분이 그의 내부에서 소용돌이쳤다.

한차례 경련이 일었다. 그는 흰색 나이트를 제자리에 갖다 놓았지만, 한동안 체스 문제에 집중할 수가 없었다. 다시금 그의 생각이 산만해졌다. 그는 거의 무의식적으로 먼지가 쌓인 탁자 위에 손가락으로 이렇게 썼다.

2 + 2 = 5

"그들이 당신의 속마음까지 지배할 수는 없어요."라고 그녀는 말했다. 그러나 그들은 그의 속마음까지 파고들었다. "여기에서 자네에게 일어난 일이 앞으로 영원히 계속될 걸세."라고 오브라이언은 말했다. 그 말이 옳았다. 윈스턴 스스로 돌이킬 수 없는 행위들이 있었다. 그리고 그동안 그의 가슴속에서 뭔가가 죽었고, 불타 버렸으며, 마비되어 버렸다.

그는 그녀를 만나 대화까지 나누었다. 하지만 아무런 위험이 없었다. 그는 본능적으로 그들이 자기 행위에 대해 현재로서는 관심을 두지 않는다는 것을 알고 있었다. 둘 중 한 사람이라도 원했다면, 그는 그녀와 다시 만나기로 약속했을 터였다. 사실상 그들이 만난 것은 우연이었다. 3월, 어느 쌀쌀한 날 공원에서였다. 땅은 쇳덩이처럼 딱딱하게 얼어 있었고, 잔디는 모두 말라 죽어 있었으며, 바람에 한들거리는 크로커스 꽃 몇 송이 외에는 나무에 싹도 돋아나 있지 않았다. 손까지 꽁꽁 언 그는 추위 때문에 눈물을 흘리며 급하게 길을 걷다가 10미터도 안 떨어진 곳에서 다가오는 그녀를 보았다. 그녀는 추하게 변해 있었다. 그는 그 모습에 충격을 받았다. 둘은 서로 아는 척도 하지 않고 지나쳐 갔다. 잠시 후 그는 별로 내키지 않았지만 발길을 돌렸다. 그러고는 그녀의 뒤를 따라갔다. 그는 아무런 위험도 없고, 그 누구도 자기들에게 관심을 갖고 있지 않다는 것을 알고 있었다. 그녀는 아무 말도 하지 않았다. 처음에는 그를 피하려는 듯 서둘러 풀밭을 가로질러 걸어갔으나 이내 생각을 바꾸었는지 그가 바짝 따라붙어도 가만히 있었다. 이윽고 그들은 바람을 막을 수도, 몸을 감출 수도 없는 잎사귀 하나 없이 초라한 덤불숲 속에 함께 있게 되었다. 몹시 추웠다. 바람이 듬성듬성 꽃이 피어 지저분하게 보이는 크로커스 가지를 흔들고 있었다. 그는 팔을 벌려 그녀의 허리를 끌어안았다.

텔레스크린은 없었지만 마이크로폰이 숨겨져 있을 것이 분명했다. 더욱이 그들은 사방이 훤히 트여 남들이 볼 수 있는 곳에 있었다. 그래도 상관없었다. 아무것도 두렵지 않았다. 그들은 하고 싶다면 얼마든지 땅바닥에 누워서 '그짓'도 할 수 있었다. 그런데 그 생각을 하는 순간, 그의 몸이 공포로 얼어붙는 것 같았다. 그가 아무리 끌어안아도 그녀는 아무런 반응을 보이지 않았다. 더 이상 포옹을 하려고도 하지 않았다. 그는 그제야 그녀의 마음이 변했음을 눈치 챘다. 그녀의 얼굴은 누렇게 떠 있었고, 이마에서 관자놀이를 가로질러 기다란 흉터까지 나 있었다. 변한 것은 그뿐만이 아니었다. 허리도 굵은 데다 놀랄 만큼 뻣뻣했다. 언젠가 그는 로켓 폭탄이 떨어져 무너진 짚더미에서 시체를 끌어낸 적이 있었는데, 그때 그것이 어찌나 무서웠던지 하마터면 기절할 뻔했다. 그 시체는 무겁기도 했지만 얼마나 뻣뻣한지 살덩이라기보다 돌덩이처럼 느껴졌다. 그는 그녀에게서도 그런 느낌을 받았다. 문득 그녀의 피부도 전과는 딴판일 것이라는 생각이 들었다.

그는 그녀에게 키스를 하려고도, 말을 하려고도 하지 않았다. 그들이 문을 지나 되돌아올 때에야 그녀는 비로소 그를 똑바로 쳐다보았다. 잠시 바라보는 것이었지만, 그 눈동자에는 경멸과 혐오가 가득 담겨 있었다. 그는 그 경멸과 혐오감이 순전히 과거의 일 때문에 생긴 것인지, 아니면 누렇게 뜬 얼굴과 바람을 맞아 흘러내리는 눈물로 인해 그녀가 그런 감정을 지닌 것처럼 보이는 것인지 알 수 없었다. 어쨌든 그들은 약간의 거리를 유지한 채

두 개의 철제 의자에 나란히 앉았다. 그가 느끼기에
그녀는 금방이라도 입을 열 것 같았다. 그녀가 뭉툭한
구두를 몇 센티미터 움직이더니 나뭇가지 하나를 밟아서
으스러뜨렸다. 전보다 발이 더 넓적해진 것 같았다.

"저는 당신을 배반했어요."

그녀가 또렷한 목소리로 말했다.

"나도 당신을 배반했어."

그가 말했다.

그녀는 다시 혐오의 눈빛으로 그를 흘끗 쳐다보았다.
그리고 다시 입을 열었다.

"그들은 자주 당신을 위협했을 거예요. 참을 수 없고,
생각만으로도 끔찍한 어떤 것으로요. 그리고 당신은
'저에게 이러지 마세요. 다른 사람한테 하세요. 이러이러한
사람에게 하십시오.'라고 말했겠죠. 그러고는 나중에
그건 일종의 속임수였고, 고문을 멈추게 하느라고 그랬을
뿐이라고 둘러댈 생각을 했을 거예요. 하지만 그건 뻔한
거짓말 아닌가요? 물론 그런 일이 닥치면 누구라도
그렇게 할 수밖에 없겠죠. 목숨을 구하려면 다른 방법이
없으니까요. 정말 어쩔 수 없어서 그렇게 하는 걸 거예요.
고통이 다른 사람에게 옮겨지길 바라는 거죠. 그래요.
그런 일이 닥치면 다른 사람이 괴로워하는 건 개의치 않고
오직 자신만 생각하게 마련이죠."

"그래, 오직 자신만 생각하게 마련이지."

그가 그대로 따라 말했다.

"그리고 그 이후로는 그 사람에 대한 감정이 전과 같지 않게 돼요."

"그래, 전과 같지 않게 돼."

더 이상 할 이야기가 없는 것 같았다. 바람이 얇은 제복을 뚫고 몸 안으로 파고들었다. 그는 묵묵히 앉아 있는 것이 갑자기 거북하게 느껴졌다. 게다가 너무 추워서 가만히 있을 수가 없었다. 그녀는 지하철을 타야겠다며 몇 마디 지껄이더니 가겠다고 일어섰다.

"우리는 다시 만나야 해."

그가 말했다.

"네, 그래야겠죠."

그는 우물쭈물하다가 반걸음쯤 거리를 둔 채 그녀의 뒤를 따라갔다. 그들은 더 이상 아무 말도 하지 않았다. 그녀는 드러내고 그를 떨쳐 버리려고 하지는 않았지만, 그가 자기와 나란히 걷지 못하도록 속도를 조절하며 걸었다. 그는 지하철역까지 그녀를 바래다줄 작정이었다. 그런데 갑자기 추위에 떨면서 그녀를 졸졸 따라가는 것이 실없고 참을 수 없는 일로 여겨졌다. 줄리아로부터 떨어지고 싶어서 그런 생각이 든 것은 아니었다. 그보다는 체스넛트리 카페로 돌아가고 싶은 마음이 갑자기 일었기

때문이었다. 그때처럼 그곳이 매력 있게 생각된 적은
없었다. 신문과 체스보드, 그리고 항상 술이 있는 그 구석
자리의 탁자가 그리웠다. 무엇보다 그곳은 따뜻할 것
같았다.

어느 순간, 결코 우연만은 아닌 듯, 몇몇 사람들이
끼어들었다. 그 바람에 윈스턴은 그녀와 약간 떨어져서
따라가게 되었다. 그는 얼마쯤 그녀를 따라 붙으려고
애쓰다가 걸음을 늦추고 발길을 돌렸다. 그러고는 반대
방향으로 걸었다. 그는 50미터쯤 가다가 뒤를 돌아보았다.
사람들이 많지는 않았지만, 그녀를 구별해 낼 수가 없었다.
급하게 걸어가는 십여 명 중에 그녀가 끼어 있을 게
분명했다. 그러나 그녀의 뚱뚱하고 뻣뻣해진 몸을 이제는
더 이상 뒤에서 알아볼 수가 없었다.

"그런 일이 닥치면 누구라도 그렇게 할 수밖에
없겠죠."라고 그녀는 말했다. 정말로 그는 그랬다. 단지
말로만 그런 것이 아니라 실제로 그렇게 되기를 바랐다.
자신의 고통이 그녀에게 옮겨지기를 바랐던 것이다.

텔레스크린에서 나오는 음악이 바뀌었다. 째지는
듯도 하고, 비웃는 듯도 한 선정적인 음악이 흘러나왔다.
그러더니 — 아마 실제로 그런 게 아니라 음악이 비슷해서
착각한 것이리라 — 노랫소리가 들려왔다.

울창한 밤나무 아래

나 그대를 팔고, 그대 나를 팔았네…….

별안간 눈물이 쏟아졌다. 지나가던 웨이터가 그의
잔이 빈 것을 보고 진이 든 병을 가지고 왔다.

그는 잔을 들고 냄새를 맡았다. 그 술은 마실수록
기분이 좋아지는 것이 아니라 나빠지는 것이었다. 그는
이제 그런 술이라도 마시지 않고는 견딜 수 없었다. 술은
그에게 생명이고 죽음이며 부활이었다. 밤마다 그가
혼수상태로 곯아떨어지게 되는 것도, 다음 날 아침 다시
일어나게 되는 것도 모두 술 덕이었다. 그는 거의 11시가
되어서야 깨어났다. 그때쯤이면 눈꺼풀이 달라붙고,
입 안이 바짝바짝 타며, 등이 부러질 것처럼 아팠지만,
지난밤 침대 옆에 놔둔 술병과 술잔 덕에 자리에서
일어날 수 있었다. 그는 대낮에도 벌겋게 달아오른 얼굴로
술병을 옆에 끼고 앉아서 텔레스크린에 귀를 기울였다.
그리고 15시부터 문을 닫는 시간까지 체스넛트리 카페에
처박혀 있었다. 이제는 그가 무엇을 하든 아무도 신경을
쓰지 않았다. 어떤 호루라기 소리도 그를 깨우지 못했고,
텔레스크린도 더 이상 그에게 호통을 치지 않았다. 그는
일주일에 두 번 정도 진리부에 있는 먼지가 자욱하고
이제는 거의 잊어버리다시피 한 사무실에 나가서

일이라고 할 수도 없는 일을 하는 둥 마는 둥했다. 그는
신어사전 제11판을 편찬하는 데 따르는 여러 사소한
문제를 취급하는 수없이 많은 위원회 중 하나에서 갈라져
나온 분과 위원회의 위원으로 임명되었다. 그 위원들은
'중간보고서'라는 것을 작성했는데, 윈스턴으로서는
그들이 보고하는 것이 무엇인지 명확히 알 수 없었다.
그것은 구두점을 괄호 안에 찍느냐, 밖에 찍느냐 하는
문제와 관련되어 있는 것 같았다. 분과 위원회에는 그와
비슷한 처지에 있는 네 명의 다른 사람들이 있었다. 그들은
모이기는 했으나 실제로 할 일이 없다는 것을 솔직히
인정하고 곧바로 헤어지는 날이 많았다. 가끔씩 의자에
꾹 눌러앉아 세부적인 데까지 파고들어 결코 끝나지도
않을 긴 비망록의 초안을 작성하는 등 열성을 부리는
때도 있었다. 그런데 그런 때는 이상하게도 토의 자체가
복잡하고 난해해져서 결정 사항을 놓고 다투는가 하면,
서로 엇갈린 주장을 펴다가 상부에 보고하겠다는 식의
으름장까지 놓곤 했다. 그러다 갑자기 맥이 풀리면, 닭
우는 소리를 듣고 사라지는 유령들처럼 퀭한 눈으로
테이블에 둘러앉아서 서로의 얼굴을 멀뚱멀뚱 쳐다보았다.

텔레스크린이 잠시 멈췄다. 윈스턴은 다시 고개를
들었다. 전황 관련 특보인가? 아니었다. 그저 음악만
바뀌었을 뿐이었다. 그의 머릿속에 아프리카 지도가

펼쳐졌다. 군대의 이동 경로가 도표처럼 떠올랐다.
검은 화살표가 수직으로 남진하는 가운데 흰 화살표가
검은 화살표의 꼬리를 끊고 동쪽으로 향하기 시작했다.
그는 재확인하듯 초상화 속의 태연자약한 얼굴을
올려다보았다. 과연 두 번째 화살표가 없어진다고
상상이나 할 수 있을까 싶었다.

그의 관심은 다시 시들해졌다. 그는 술을 한 모금
마셨다. 그러고는 흰색 나이트를 집어서 시험 삼아 옮겨
보았다. 장군. 그러나 그것은 결코 옳은 수가 아니었다.
왜냐하면······.

문득 한 가지 기억이 그의 뇌리에 떠올랐다. 하얀
시트를 깐 커다란 침대가 있고 촛불을 켜놓은 방에서였다.
그는 아홉인가 열 살이었는데, 바닥에 주저앉아 주사위
통을 흔들면서 깔깔거리고 웃어 댔다. 어머니도 맞은편에
앉아서 웃고 있었다.

어머니가 행방불명되기 한 달쯤 전이었던 것 같다.
고통스런 배고픔도 잊은 채 어머니에 대한 애정이
되살아난 화목한 순간이었다. 비가 억수같이 쏟아지는
가운데 창가로 빗물이 흘러내리는데도 방 안의 불빛이
너무 어두워서 그것을 알아채지 못했던 그날을 그는
또렷하게 기억하고 있었다. 두 아이는 어둡고 비좁은
침실에 있었기 때문에 몹시 따분했다. 윈스턴은

징징거리고 울며 먹을 것을 달라고 졸라 댔다. 그러다 방 안을 마구 뛰어다니며 무엇이든 닥치는 대로 내팽개치고 벽을 발로 걷어찼다. 이웃집에서 벽을 쾅쾅 치며 조용히 하라고 소리를 질렀다. 어린 여동생은 이따금씩 가냘프게 울어 댔다. 마침내 어머니가 입을 열었다.

"이제 그만 얌전히 좀 있어라. 그러면 장난감을 사 줄 테니까. 아주 멋진 걸로. 네 마음에 쏙 들 거야."

어머니는 그렇게 말하고 비가 쏟아지는 바깥으로 나갔다. 그러고는 그때까지 문을 열어 놓은 조그만 잡화점에 가서 '뱀과 사다리'라는 보드게임이 든 마분지 상자를 사가지고 돌아왔다. 그는 아직도 그 축축한 마분지 상자의 냄새가 기억났다. 그것은 그야말로 보잘것없었다. 판은 깨어져 있고, 나무로 된 주사위는 엉성하게 깎아 만든 것이어서 제대로 서지도 않았다. 윈스턴은 몹시 못마땅한 표정으로 그것을 바라보았다. 그러다 어머니가 촛불을 켜자 게임을 하기 위해 바닥에 앉았다. 그들은 조그만 말이 기운 좋게 사다리를 올라가다가 뱀한테 걸려서 도로 출발점으로 미끄러져 내려올 때마다 큰 소리로 웃고 떠들어 댔다. 그들은 여덟 차례나 게임을 했고, 저마다 네 번씩 이겼다. 그의 여동생은 너무 어려서 게임이 어떻게 돌아가는지도 알지 못한 채 베개를 타고 앉아서는 다른 사람이 웃으면 덩달아 웃었다. 그날 오후 내내 그들은 윈스턴이 아주 어렸을 때처럼 모두 행복했다.

그는 뇌리에 떠오른 그 같은 옛날의 장면들을 전부 지웠다. 그것은 되살리지 말아야 할 잘못된 추억이었다. 그는 때때로 그런 엉뚱한 기억 때문에 곤란을 겪곤 했다. 다행히 그 기억들이 잘못된 것임을 알고 있어서 큰 문제는 없었다. 그는 어떤 일을 일어난 걸로, 어떤 일을 일어나지 않은 걸로 해야 하는지 잘 알고 있었다. 그는 다시 체스보드로 돌아와 흰색 나이트를 집어 들었다. 그러고는 이내 그것을 자기도 모르게 판 위로 떨어뜨렸다. 그는 바늘에 찔린 듯 깜짝 놀란 표정을 지었다.

날카로운 트럼펫 소리가 울려 퍼졌다. 전황을 알리는 특보였다! 승리였다! 뉴스 전에 트럼펫이 울리면, 그것은 곧 승리를 의미하는 것이었다. 일종의 전율 같은 것이 전파처럼 카페 안에 퍼졌다. 웨이터들마저 깜짝 놀라서 귀를 기울였다.

트럼펫 소리가 무척 시끄럽게 울렸다. 텔레스크린에서 뉴스가 흘러나왔지만, 밖에서 들리는 환호성 때문에 거의 알아들을 수가 없었다. 승리에 대한 소식은 마술처럼 이 거리 저 거리로 번져 나갔다. 윈스턴은 텔레스크린의 방송을 겨우 알아듣고서야 자기의 예상대로 되었다는 것을 깨달았다. 바다에서 나타난 거대한 함대가 비밀리에 집결해 적의 후미를 급습했다. 흰 화살표가 검은 화살표의

꼬리를 끊은 것이다. 승리했다는 말소리가 왁자지껄한
소음을 뚫고 단편적으로 들려왔다.

"대대적인 기동 작전 ── 완벽한 합동 작전 ── 즉시
패주(敗走) ── 50만 명의 포로 ── 완전한 사기
저하 ── 아프리카 전역 장악 ── 눈앞에 다가온 전쟁의
종결 ── 승리 ── 인류 역사상 최고의 승리 ── 승리, 승리,
승리!"

테이블 밑에 있는 윈스턴의 다리가 부들부들 떨렸다.
그는 자리에서 움직이지 못했지만, 마음속으로는 펄펄
뛰면서 바깥의 군중과 한패가 되어 귀가 멍멍하도록
환성을 지르고 있었다. 그는 다시금 빅 브라더의
초상화를 올려다보았다. 세계를 장악한 거인! 아시아
유목민들의 공격을 완벽하게 막아낸 거석(巨石)! 그는
십 분 전 ── 그렇다. 겨우 십 분 전이었다! ── 에 전선에서
날아온 소식이 승리일까, 패배일까 하고 마음 졸였던
것을 생각해 보았다. 패배한 것은 유라시아의 군대뿐만이
아닐 것이다. 애정부에서 첫날을 보낸 이후로 그는 많이
변했지만, 그 순간만큼 결정적이고 불가피하게 구원을
받을 수 있을 것 같은 일은 한 번도 일어난 적이 없었다.

텔레스크린에서 흘러나오는 음성은 여전히 포로,
노획품, 사살자 등에 대해 떠들어 대고 있었다. 하지만
바깥의 환호성은 다소 수그러들었다. 웨이터들도 다시

분주하게 일하기 시작했다. 그중 한 웨이터가 진이 든 병을 가지고 그에게 다가왔다. 윈스턴은 잔에 술이 채워지는 것도 모른 채 행복한 몽상에 잠겨 있었다. 그는 더 이상 펄쩍펄쩍 뛰지도, 환성을 지르지도 않았다. 그의 영혼은 흰눈처럼 깨끗해졌다. 그는 애정부로 돌아가 모든 것을 용서받았다. 피고석에 앉아 모든 죄를 고백했고, 그가 알고 있는 모든 사람들을 공범자로 만들었다. 그는 햇빛 속을 걷는 기분으로 하얀 타일이 깔린 복도를 걷고 있었다. 그때 무장한 간수가 뒤에서 나타났다. 그리고 그가 오랫동안 기다렸던 총알이 그의 머리에 박혔다.

윈스턴은 빅 브라더의 거대한 얼굴을 올려다보았다. 그가 그 검은 콧수염 속에 숨겨진 미소의 의미를 알아내기까지 사실 년이란 세월이 걸렸다. 오, 잔인하고 부질없는 오해여! 오, 저 사랑이 가득한 품 안을 떠나 제멋대로 고집을 부리며 지내온 유랑(流浪)의 삶이여! 진 냄새가 배어 있는 두 줄기 눈물이 그의 코 양옆으로 흘러내렸다. 그러나 잘되었다. 모든 것이 잘되었다. 투쟁은 끝이 났다. 그는 자신과의 투쟁에서 승리했다. 그는 빅 브라더를 사랑했다.

신어의 원리

　　신어(Newspeak)는 오세아니아의 공용어로서
영사(英社), 즉 영국 사회주의(English Socialism)의
이념적인 필요성에 부응하기 위해 고안되었다.
1984년까지만 해도 말을 하거나 글을 쓰는 데 있어서
신어를 유일한 의사소통의 수단으로 사용하는 사람은
없었다.《타임스》의 주요 기사는 신어로 쓰였지만, 이는
전문가들만이 할 수 있는 지극히 어려운 작업이었다.
그러나 2050년까지는 결국 신어가 구어(Oldspeak,
이른바 표준 영어)를 대체할 것으로 보인다. 그동안 신어의
사용 범위는 꾸준하게 확대되어 왔는데, 당원들은
일상 용어상에서도 점점 더 신어의 어휘와 문법 구조를
사용하는 추세를 보이고 있다. 1984년에 사용된 신어는
신어사전 제9판과 제10판에 수록된 과도적인 것으로서,
그 속에는 삭제해야 할 불필요한 어휘와 고어 형식이 많이

들어 있다. 여기에서 다루려는 것은 완벽한 최종판인 신어사전 제11판에 수록된 어휘들이다.

신어의 고안 목적은 영사의 신봉자들에게 걸맞은 세계관과 정신 습관에 대한 표현 수단을 제공함과 동시에 영사 이외의 다른 사상을 갖지 못하도록 하는 데 있다. 적어도 사상이 언어에 의존하는 한, 신어가 일단 전면적으로 채택되고 구어가 잊히게 되면 이단적 사상, 즉 영사의 원칙에 위배되는 사상은 그야말로 설 자리가 없게 된다. 신어의 어휘는 당원이 적절히 표현하고자 하는 모든 의미를 정확하게, 그리고 종종 교묘하게 나타낼 수 있도록 만들어진 반면, 다른 모든 의미와 간접적인 방법의 의미 전달을 할 가능성은 배제해 버렸다. 이는 부분적으로 새로운 어휘를 창조한 탓도 있지만, 무엇보다 바람직하지 못하거나 비정통적인 의미를 지닌 낱말을 삭제하고 한 어휘의 2차적 의미를 제거함으로써 가능했다. 한 가지 예를 들어 보자. 신어에는 아직도 'free(자유로운)'라는 낱말이 남아 있다. 하지만 이 말은 'This dog is free from lice.(이 개에는 이가 없다.)'라든지 'This field is free from weeds.(이 밭에는 잡초가 없다.)'라는 식의 문장에만 사용될 수 있을 뿐, 'politically free(정치적으로 자유로운)'라든지 'intellectually free(지적으로 자유로운)'라는 옛날식 표현으로는 사용될 수 없다. 왜냐하면 정치적·지적 자유란 이제 더 이상 그 개념조차 존재하지 않기 때문이다. 개념이 없으면 낱말도 존재할 필요가 없는 것이다.

명백하게 이단의 뜻을 지닌 낱말을 없애는 것은 별도로 하고, 어휘 삭제도 그 자체가 신어 고안이 목적이었다. 따라서 없어도 괜찮은 어휘는 모두 없어져 버렸다. 신어는 사고의 영역을 넓히기 위해서가 아니라 '줄이기' 위해서 만들어진 만큼, 어휘 선택을 최소한도로 줄이는 것도 신어의 고안 목적을 달성하는 데 간접적으로나마 도움이 되었다.

신어는 표준 영어에 근거를 두고 있지만, 오늘날 영어를 사용하는 사람들은 신어로 구성된 문장을 거의 이해하지 못한다. 이는 새로 창안된 낱말이 전혀 들어 있지 않은 문장일지라도 마찬가지다. 신어의 어휘는 A어군, B어군(복합어라고도 한다), C어군으로 뚜렷하게 나뉜다. 이제부터 알아보기 쉽게 각 어군을 분리해서 설명하겠지만, 신어의 문법적 특성에 대한 설명은 A어군을 다루는 항목에 포함시키겠다. 왜냐하면 똑같은 규칙이 세 어군에 공통으로 적용되기 때문이다.

A어군

A어군은 먹고 마시고 일하고 옷 입고 계단을 오르내리고 차를 타고 정원을 가꾸고 요리를 하는 등의

일상생활과 관련된 어휘들로 구성되어 있다. 여기에는
이미 사용되고 있는 낱말들 — '*hit*(치다)', '*run*(달리다)',
'*dog*(개)', '*tree*(나무)', '*sugar*(설탕)', '*house*(집)', '*field*(들판)'
등 — 이 포함되어 있는데, 이러한 것들은 오늘날의 영어
어휘와 비교하면 그 수가 매우 적고, 그 뜻도 엄격하게
제한되어 있다. 이 어군에서는 의미가 모호하거나 다른
것과 미묘한 차이가 있는 낱말은 모두 없어져 버렸다.
이 어군의 낱말들이 신어로 쓰인다면 '단 하나'의 명백한
개념을 표현하는 단음어(斷音語)가 될 것이다. A어군의
어휘를 문학적인 목적이나 정치적·철학적 논쟁에
사용하는 것은 아예 불가능하다. 이 어휘들은 구체적인
대상이나 물리적인 행위를 포함한, 단순하고 의도적인
사고만을 표현하도록 만들어졌다.

신어에는 두 가지 뚜렷한 문법적 특성이 있다. 그 첫
번째 특성은 서로 다른 품사를 거의 자유롭게 바꿔 쓸 수
있다는 점이다. 신어에서는 어떤 낱말이든(원칙적으로는
'*if*(만약)'나 '*when*(언제)' 같은 추상어까지 적용된다.)
동사, 명사, 형용사, 부사로 사용될 수 있다. 그리고
동사와 명사의 어근이 동일한 경우 어떤 어미 변화도
없는데, 이러한 규칙이 많은 고어의 형태를 사라지게
했다. 가령 신어에는 '*thought*(생각)'라는 낱말이 없다.
대신 '*think*(생각하다)'라는 말이 있는데, 이것은 동사와

명사의 역할을 병행한다. 여기에는 어떤 어원적인 원칙도 적용되지 않는다. 경우에 따라서 원래 명사인 낱말이 명사로도 사용되고, 동사로도 사용될 수 있다.

심지어 비슷한 뜻을 지닌 명사와 동사가 어원적으로 아무런 관련이 없는데도 보통 그중 한 낱말은 폐기된다. 예를 들면 'cut(자르다)'라는 낱말은 없지만, 이것은 명사와 동사 모두 쓰이는 명동사인 'knife(칼)'라는 말로 그 의미를 충분히 나타낼 수 있다. 한편 형용사는 명동사에 접미사 '—ful(—로운)'을 붙여서 만들고, 부사는 '—wise(—롭게)'를 붙여서 만든다. 그렇게 하여 만들어진 신어 중 'speedful(속도로운)'은 'rapid(빠른)'를, 'speedwise(속도롭게)'는 'quickly(빨리)'를 의미한다. 오늘날 사용되는 'good(좋은)', 'strong(튼튼한)', 'big(큰)', 'black(검은)', 'soft(부드러운)' 같은 형용사들은 그대로 남아 있는 경우에 속하지만, 그 수는 매우 적다. 명동사에 '—ful(—로운)'을 붙이면 거의 모든 형용사적 의미를 표현할 수 있기 때문에 별도의 형용사가 필요 없게 된 것이다. 부사는 '—wise(—롭게)'로 끝나는 몇 개의 낱말을 제외하고 현재까지 남아 있는 것이 거의 없다. 모든 부사는 접미사 '—wise'가 붙게 되어 있는 것이다. 예를 들어 'well(잘)'이라는 낱말은 'goodwise(좋다롭게)'로 대체되었다.

게다가 어떤 낱말이든 — 이 또한 원칙적으로

신어의 모든 낱말에 적용된다 — 접두사 '*un*(안)'을
붙여서 부정의 의미로 만들 수 있고, '*plus*(더욱)'를 붙여
뜻을 강조할 수 있다. 뜻을 한층 더 강조하기 위해서는
'*doubleplus*(더욱더)'를 붙이면 된다. 이렇게 만들어진
낱말 중에 '*uncold*(안추운)'는 'warm(따뜻한)'을 의미하고,
'*pluscold*(더추운)'와 '*doublepluscold*(더욱더추운)'는 각각
'very cold(매우 추운)', 'superlatively cold(최고로 추운)'를
뜻한다. 또한 오늘날의 영어에서처럼 '*ante-* (전)', '*post-*
(후)', '*up-* (위)', '*down-* (아래)' 등과 같은 전치사적
접두사를 사용하여 거의 모든 낱말의 의미를 바꿀 수도
있다. 이런 방법을 사용하면 무엇보다 어휘 수를 크게
줄일 수 있게 된다. 예를 들자면 '*good*(좋은)'이라는 낱말이
있으므로 '*bad*(나쁜)'라는 말은 없어도 되는 것이다.
왜냐하면 필요한 의미가 '*ungood*(안좋은)'이라는 낱말에
의해 똑같이 잘 — 실제로는 더 잘 — 표현될 수 있기
때문이다. 원래부터 두 개의 낱말이 반대의 뜻을 지닌 채
짝을 이룬 경우, 둘 중 하나는 없어지게 된다. 그래서 가령
'*dark*(어두운)'를 '*unlight*(안밝은)'로 바꿔 쓰든지, 아니면
'*light*(밝은)'를 '*undark*(안어두운)'로 바꿔 쓰든지 좋아하는
쪽을 택할 수 있다.

신어 문법의 두 번째 특성은 그 규칙성에 있다.
다음에 언급할 몇 가지 예외를 제외하고 모든 어형

변화는 동일한 규칙을 따른다. 말하자면 모든 동사의 과거형과 과거분사형이 똑같이 '*-ed*'로 끝나는 것이다. 예를 들어 '*steal*(훔치다)'의 과거형은 '*stealed*(훔쳤다)'이고 '*think*(생각하다)'의 과거형은 '*thinked*(생각했다)'이다. 모든 동사의 과거형이 이런 식으로 되어 있기 때문에 '*swam*(수영했다)', '*gave*(주었다)', '*brought*(가져왔다)', '*spoke*(말했다)', '*taken*(취했다)' 등과 같은 형태의 낱말들은 소멸되어 버렸다. 한편 모든 복수형은 '*-s*'나 '*-es*'를 붙여서 만든다. 그래서 '*man*(사람)', '*ox*(황소)', '*life*(인생)'의 복수형은 각각 '*mans*', '*oxes*', '*lifes*'가 된다. 형용사의 비교급도 모두 '*-er*', '*-est*'(*good, gooder, goodest*)를 붙여서 만든다. 그러므로 불규칙형과 '*more*', '*most*'를 취하는 형태는 존재하지 않는다.

　여전히 불규칙 활용이 허용되는 것은 대명사, 관계사, 지시 형용사, 조동사뿐이다. 이것들은 모두 옛날의 용법을 그대로 따르고 있다. 다만 이 중에서 '*whom*'은 불필요하기 때문에 폐기되었고, '*shall*'과 '*should*' 역시 없어졌는데 '*will*'과 '*would*'가 그 역할을 대신하고 있다. 대화를 좀 더 빠르고 쉽게 하기 위해서 만들어진 낱말에도 몇 가지 불규칙적인 요소가 있다. 발음하기가 어렵거나 엉뚱하게 들리기 쉬운 낱말은 추방해야 할 나쁜 말로 여겨졌는데, 그런 가운데서도 듣기 좋은 음조가 되도록 편의상 특정 글자가 삽입되거나 고어 형태가 그대로 사용되기도 했다. 그러나 이 같은 필요성은 주로 B어군과 관련되어 있다. 발음을 쉽게 하는 것이 '왜' 그렇게 중요한가에 대해서는 이 글의 후반부에서 설명하겠다.

B어군

B어군은 정치적 목적을 위해서 용의주도하게 만들어진 낱말들로 구성되어 있다. 그래서 이 낱말들은 어떤 경우에 있어서든 정치적 의미를 내포하고 있는데, 여기에는 이 낱말들을 사용하는 사람들에게 바람직한 정신적 자세를 갖도록 하려는 의도가 깔려 있다. 당연히 영사의 원칙을 충분히 이해하지 않으면, 이 낱말들을 정확하게 사용할 수 없다. 이 낱말들은 구어나 심지어 A어군의 말들로 번역될 경우도 있다. 하지만 이런 경우에는 보통 긴 문장이 요구되는 데다 정확한 원문의 맛을 잃어버리게 된다. B어군은 일종의 구술적 속기문자로, 종종 전체의 사고 영역을 몇 개의 음절로 축약시킨다. 그런데 이때는 일반 언어보다 더 정확하고 강력하게 표현된다.

B어군은 어떤 것이든 복합어이다. ('*speakwrite*(구술기록하다)' 같은 복합어는 물론 A어군에 속하지만, 이런 것은 단지 편의상 약어일 뿐이지 어떤

특별한 이념적 색채를 띠고 있지 않다.) 이것들은 둘 이상의 낱말 또는 낱말의 부분들로 이루어져 있는 데다 발음하기 쉬운 형태로 결합되어 있다. 이렇게 하여 생긴 복합어는 언제나 명동사로서 일반적인 규칙에 따라 어미가 변한다. 가령 '*goodthink*(선사)'라는 낱말은 대체로 '*orthodoxy*(정통)'를 의미하는데, 만약 이를 동사로 사용하면 'to think in an orthodox manner(정통적 방법으로 생각하다)'라는 뜻을 지니게 된다. 이 낱말은 다음과 같이 어미가 변한다. 즉 명동사는 '*goodthink*', 과거 및 과거분사는 '*goodthinked*', 현재분사는 '*goodthinking*', 형용사는 '*goodthinkful*', 부사는 '*goodthinkwise*', 동사적 명사는 '*goodthinker*'가 된다.

B어군은 일정한 형태의 어원적 계획에 의해 만들어진 것이 아니다. 이 낱말들은 어떤 품사로 쓰이든, 어떤 순서로 놓이든 상관없는데, 원래의 의미를 훼손하지 않는 한도 내에서는 발음하기 쉽도록 그 일부를 잘라 버릴 수도 있다. 예를 들어 '*crimethink*(thoughtcrime(사상죄))'라는 낱말에서는 '*think*'가 뒤에 오는 반면에 '*thinkpol*(Thought Police(사상경찰))'에서는 앞에 온다. 그리고 뒷부분의 '*police*(경찰)'라는 낱말에서는 둘째 음절이 삭제되었다. B어군에서는 음조를 살리기가 대단히 어렵기 때문에 A어군에서보다 불규칙형을 더 많이 사용하고 있다. 예를

들면 '-*trueful*', '-*paxful*', '-*loveful*'이 발음하기가 약간 어색해서 '*Minitrue*(진부)', '*Minipax*(평부)', '*Miniluv*(애부)'의 형용사형은 각각 '*Minitruthful*', '*Minipeaceful*', '*Minilovely*'가 된 것이다. 그러나 원칙적으로 B어군의 모든 낱말은 어미 변화가 가능하며 똑같은 규칙에 따라 바뀐다.

B어군 중에는 매우 미묘한 뜻을 지니고 있어서 언어에 대해 전체적으로 통달하지 못한 사람은 이해하기 힘든 낱말들이 더러 있다. 《타임스》사설에서 볼 수 있는 '*Oldthinkers unbellyfeel Ingsoc*(구사고인은 영사를 불복감(不腹感)한다.)'라는 전형적인 문장을 살펴 보자. 이것을 구어로 간단히 번역하면 '혁명 전에 사고가 형성된 사람은 영국 사회주의의 원리를 마음속 깊이 이해할 수 없다.'라는 뜻이 된다. 하지만 이것은 적절한 번역이랄 수 없다. 위 문장에 들어 있는 신어의 의미를 완전히 파악하려면 먼저 '*Ingsoc*(영사)'이 무슨 뜻인지부터 명확하게 알아야 한다. 사실 '*Ingsoc*'에 깊이 뿌리를 박은 사람만이 오늘날에는 도저히 상상할 수도 없는 맹목적이면서도 열성적인 수용을 의미하는 '*bellyfeel*(복감(腹感)하다)'이라는 낱말이나 악덕과 퇴폐란 개념이 혼합된 '*oldthink*(구사고)'라는 낱말을 이해할 수 있고, 그것이 지닌 위력을 실감할 수 있다. 신어의 어떤

낱말은 '*oldthink*'처럼 하나의 뜻을 표현하기보다 파괴하는 기능을 가지고 있다. 하지만 필연적으로 그 수는 적은데, 그렇더라도 이 낱말들은 하나의 포괄적인 용어로 그 뜻을 충분히 나타낼 수 있기 때문에 오늘날 망각되거나 삭제될 수 있는 어휘들의 의미까지 포함할 만큼 그 의미가 확대되었다.

　신어사전의 편찬자들이 직면하는 가장 어려운 문제는 새로운 어휘들을 만들어 내는 일이 아니라, 그것들을 만든 뒤 의미의 범위를 정하는 것이다. 다시 말하면, 새로운 어휘들이 늘어나는 것에 맞추어 삭제해야 할 어휘의 범위를 결정하는 일인 것이다. 이미 '*free*'라는 낱말의 경우에서 살펴본 것처럼 이단적인 뜻을 지닌 낱말들도 종종 편의상 남아 있기는 하지만, 그것은 어디까지나 바람직하지 못한 뜻이 모두 제거된 상태에서이다. 그동안 *honour*(명예), *justice*(정의), *morality*(도덕), *internationalism*(국제주의), *democracy*(민주주의), *science*(과학), *religion*(종교) 같은 이루 헤아릴 수 없이 많은 낱말들이 없어졌다. 그리고 몇몇 포괄적인 어휘가 이 낱말들을 대신하고 있다. 하지만 대신한다는 것은 곧 이 낱말들이 없어진다는 의미이다. 예를 들어 자유와 평등의 개념과 유사한 모든 낱말들은 '*crimethink*(사상죄)'라는 하나의 낱말에 포함되고, 객관성과 합리주의의 개념과

유사한 낱말들은 '*oldthink*(구사고)'라는 한 낱말에
포함되는데, 그 이유는 의미를 보다 정확하게 하는 것은
위험하기 때문이다.

당원들에게 요구되는 것은, 잘 알지도 못하면서
자기들 이외의 민족들은 모두 '거짓 신'을 숭배한다고
믿었던 고대 히브리인들과 유사한 사고 방식을 갖는
것이다. 히브리인들은 그런 거짓 신들이 '바알', '오시리스',
'몰록', '아스다롯' 등으로 불린다는 사실을 알려고도 하지
않았는데, 이는 아마도 그런 것들을 모르면 모를수록
자신들의 정통성을 지키는 데 더 유리하다고 판단했기
때문일 것이다. 그들은 여호와와 여호와의 계명만을 알고
있었다. 그렇기 때문에 다른 이름이나 다른 속성을 지닌
신들은 거짓 신으로 여길 수밖에 없었다.

당원들은 히브리인들 못지않게 어떤 것이 올바른
행위인지 인지하고 있으며, 그 올바른 행위로부터 어떤
식의 일탈이 가능한지를 극히 모호하면서도 포괄적인
용어로 알고 있다. 예를 들면, 당원들의 성생활은 성적
부도덕성을 뜻하는 '*sexcrime*(성죄)'과 정절을 의미하는
'*goodsex*(선성)'라는 두 가지 신어에 의해 철저하게
규제되는데, 여기에서 '*sexcrime*'은 모든 성적 탈선을
포함하는 것으로 간음, 간통, 동성애, 성도착뿐만
아니라 성행위 자체를 목적으로 한 일반적인 성교까지도

의미한다. 이런 행위들은 모두 처벌받아 마땅한 죄이고, 원칙적으로 사형에 처할 만한 것이기 때문에 일일이 설명할 필요가 없다. 과학 및 기술적인 용어들로 이루어진 C어군에서는 성적 탈선에 대해 저마다 전문 용어를 붙일 필요가 있을지 모르지만, 일반 시민에게 그런 것은 필요하지 않다. 그들은 '*goodsex*'가 무엇을 뜻하는지 알고 있다. 말하자면 여자에게 육체적 쾌감을 느끼지 않고 오로지 아이를 갖기 위한 목적만을 이루려고 하는 성교만이 '*goodsex*'이고, 그 밖의 성교는 모두 '*sexcrime*'에 해당되는 것이다. 신어에서는 어떤 것이 이단적인 사상인지는 인식할 수 있되 거기에서 한층 더 나아가서 이단적 사상을 추구하는 것은 불가능하게 되어 있다. 그 선을 넘어서는 데 필요한 낱말은 존재하지 않기 때문이다.

B어군에는 이념적으로 중립적인 낱말이 없다. 많은 낱말들이 완곡어법의 형태를 띠고 있다. 예를 들면 '*joycamp*(쾌락수용소) 즉 강제 노동 수용소', '*Minipax*(평부, 평화부) 즉 전쟁부' 같은 낱말들인데, 이것들은 이름과 정반대의 뜻을 가지고 있다. 어떤 낱말들은 오세아니아 사회의 본질을 노골적이고 경멸적으로 나타내기도 한다. 그중 하나가 당이 대중에게 제공하는 시시껄렁한 오락과 허위 보도를 의미하는 '*prolefeed*(프롤먹잇감)'라는 낱말이다. 또 당에 적용하면 '선(good)'이고, 적에게

적용하면 '악(bad)'을 뜻하는 양면적인 낱말들도 있다.
그런 데다 언뜻 보면 단순한 약어 같지만, 실제로는 그
의미보다는 그 구조에 의해 이념적 색채를 띠는 낱말들도
꽤 많다.

조금이라도 정치적인 의미를 띠거나 그럴 소지가 있는
낱말들은 대부분 B어군에 속해 있다. 그리고 조직, 인체,
학설, 지역, 제도, 공공건물의 명칭은 축약되어 있다. 다시
말해 본래의 의미를 살리되 음절을 최소화하여 발음하기
쉬운 하나의 단어로 만들어진 것이다. 윈스턴 스미스가
근무한 진리부 안의 'Records Department(기록국)'는
'*Recdep*(기국)'으로, 'Fiction Department(창작국)'는
'*Ficdep*(창국)'으로, 'Teleprograms Department(텔레스크린
프로그램국)'는 '*Teledep*(텔레국)'으로 불리는데, 이것들이
그 대표적인 예이다. 그런데 이는 단순히 시간을 절약하기
위해서 축약된 것만은 아니다. 심지어 20세기 초의 몇십
년 동안에도 이런 식의 축약된 낱말과 구절은 정치적
언어의 특징 중 하나였다. 그리고 이 같은 종류의 약어를
사용하는 추세는 전체주의 국가나 전체주의 체제 내에서
가장 두드러지게 나타났다. '*Nazi*(나치)', '*Gestapo*(게슈타포,
나치의 비밀경찰)', '*Comintern*(코민테른, 국제 공산당)',
'*inprecor*(인프레코르, 코민테른 기관지)', '*Agitprop*(아지프로,
선전 선동)'와 같은 낱말들이 그 예다.

　이런 낱말들은 처음에는 그저 무의식적으로 채택되어
사용되었다. 그러나 신어에서는 처음부터 의식적인
목적으로 사용되었다. 이런 식으로 명칭을 약어화하면,
그 명칭이 지녔던 연상적 의미가 거의 제거됨으로써
뜻이 한정되고 미묘하게 바꾸어질 것으로 여겨졌다.
가령 '*Communist International*(국제 공산당)'이란 낱말은
보편적인 인류애, 붉은 깃발, 바리케이드, 카를 마르크스,
파리 코뮌 등으로 이루어진 하나의 복합적인 그림을
머릿속에 떠올린다. 반면에 '*Comintern*'이란 낱말은 단지
엄격하게 조직된 단체와 명백하게 정의된 강령만을 암시할
뿐이다. 이것은 의자나 책상처럼 아주 쉽게 인식되는 데다
그 목적이 제한된 어떤 것을 가리키고 있다. '*Communist
International*'은 순간적으로나마 다른 연상 작용을
불러일으켜 머뭇거리게 하는 낱말이지만, '*Comintern*'은
별다른 생각을 하지 않고도 입에서 나올 수 있는 말이다.
이와 마찬가지로 '*Minitrue*(진부)'라는 낱말은 '*Ministry of
Truth*(진리부)'에 비해 연상의 폭이 훨씬 좁고, 그런 만큼
통제하기가 한결 더 쉽다. 이런 이유로 가능하면 언제든지
생략하려는 습성이 나타나게 되고, 모든 낱말을 쉽게
발음하기 위해 지나친 신경을 쓰게 되는 것이다.
　신어에서는 낱말이 갖는 의미의 정확성 다음으로
발음의 편의성을 중요시한다. 유연한 발음의 필요성

앞에서는 문법도 가차 없이 희생되고 만다. 그리고 이것은 당연한 현상으로 여겨진다. 왜냐하면 무엇보다 정치적 목적을 위해서는 반드시 빨리 발음될 수 있으면서 화자의 뇌리에 다른 연상을 불러일으키지 않을, 분명한 의미를 지닌 짧은 약어들이 요구되기 때문이다. B어군의 낱말들이 거의 모두 비슷하게 조합되었다는 것도 강점으로 작용한다. 가령 *goodthink, Minipax, prolefeed, sexcrime, joycamp, Ingsoc, bellyfeel, thinkpol* 같은 이루 헤아릴 수 없이 많은 낱말들이 한결같이 첫 음절과 마지막 음절 사이에 강세가 붙는 두어 개의 음절로 이루어져 있는데, 이런 낱말들을 사용하면 단음과 단조로운 억양으로 인해 조잘거리듯 말을 빨리 할 수 있게 된다. 신어의 목적은 바로 이것이다. 그리고 그 의도는 말, 특히 이념적으로 중립이 아닌 채로 어느 주제에 대해서든 되도록 의식에 의존하지 않고 말하도록 하려는 데 있다. 일상생활에서는 말하기 전에 생각하는 것이 반드시 혹은 이따금씩 필요하겠지만, 정치적이나 윤리적인 판단을 내려야 하는 당원은 마치 기관총에서 총알이 튀어나오듯 당의 정확한 의견을 자동적으로 말할 수 있어야 한다. 이런 식의 말에 숙달되면 언어는 누구에게나 손쉬운 표현 수단이 되고, 단어는 발음이 거칠어지면서 영사의 정신에 일치하도록 의식적인 추악성을 더 한층 띠게 된다.

선택할 낱말 수가 아주 적다는 사실도 빨리 말하는
데 도움이 된다. 일반적인 언어와 비교하면 신어의 어휘
수는 매우 적은데, 그럼에도 더 줄이기 위한 방안이
끊임없이 모색되고 있다. 사실 신어는 해마다 어휘 수가
늘지 않고 오히려 줄어들고 있다는 점에서 다른 모든
언어와 구별된다. 그런데 어휘 선택의 범위가 좁으면
좁을수록 사고하려는 유혹도 그만큼 적어지기 때문에
매년 어휘 수가 감소하는 것은 당의 입장에서 이득이다.
당은 궁극적으로 뇌신경을 전혀 쓰지 않고 목구멍에서
나오는 대로 말하기를 바라는 것이다. 이러한 의도는
'to quack like a duck(오리처럼 꽥꽥거리는 것)'라는 뜻을
지닌 '*duckspeak*(오리말)'라는 신어에 여실히 나타나
있다. B어군의 다른 낱말처럼 '*duckspeak*' 역시 그 의미가
모호하고 양면적이다. 만약 꽥꽥거리며 말하는 의견이
정통적인 것이라고 한다면, 이는 칭찬을 의미한다.
따라서 《타임스》가 당의 한 연사를 두고 '*doubleplusgood
duckspeaker*(더욱더 좋은 오리말을 하는 사람)'라고 평했다면,
그는 더없이 따뜻한 호평을 받은 셈이다.

C어군
C어군은 A어군과 B어군을 보조하는 것으로서,
과학적이거나 기술적인 용어들로 구성되어 있다.

이것들은 오늘날에 사용되는 과학 용어와 비슷한데, 이는 동일한 어근에서 파생되었기 때문이다. 그러나 C어군의 용어들은 보다 더 엄격하게 정의된 데다 바람직하지 못한 의미는 끊임없이 제거되었다. C어군의 용어들 역시 다른 두 어군의 낱말들과 똑같은 문법적 규칙을 따른다. 단지 C어군의 낱말들은 일상생활이나 정치에서는 잘 사용되지 않을 뿐이다. 과학자나 기술자들은 자신들에게 필요한 낱말들을 모두 자신들의 전문 분야 목록에서 찾을 수 있다. 그러나 다른 분야의 목록에 나오는 낱말들은 피상적으로만 알 뿐, 거의 모른다. 극히 적은 수의 낱말만이 모든 목록에 공통적으로 쓰이고 있는데, 과학의 전문 분야를 제외하고 과학의 기능을 하나의 정신 습관이나 사고방식으로 표현할 어휘는 없다. 사실 'Science(과학)'라는 말도 없는데, 이것은 이미 'Ingsoc(영사)'라는 낱말로 대체된 상태다.

이상의 설명을 통해서 알 수 있듯 신어에서는 매우 낮은 수준을 제외하고는 비정통적인 의견을 표현할 길이 거의 없다. 물론 이단적인 난폭한 말이나 불경스러운 말을 쓸 수는 있다. 예를 들면, 'Big Brother is ungood(빅 브라더는 안 좋다).'이라고 말할 수는 있는 것이다. 하지만 정통주의자의 귀에는 분명히 엉뚱한 소리로 들릴 이러한 말에는 논쟁에 필요한 단어들이 없고, 그렇기 때문에 그 자체가 마땅한 논쟁거리가 될 수 없다. 영사를 적대시하는 생각은 단지 말로 표현할 수 없는 모호한 형태로만 가능하다. 설령 그것을 겉으로 나타낼 수 있다고 해도, 이단적 어휘들을 모두 모아 한 덩어리로 만들어서 정의할 수도 없는 막연한 말로밖에는 안 된다. 사실 몇몇 신어를 불법적으로 구어로 번역하여 비정통적인 목적에 사용할 수는 있다. 그렇지만 예를 들어서 '*All mans are equal.*(모든 인간은 평등하다.)'이라는 문장을 신어로 표현할 수는 있어도 고작해야 구어에 있는 '*All men are redhaired.*(모든 인간은 머리카락이 붉다.)'라는 의미가 될 뿐이다. 여기에는 문법적인 오류가 없다. 그러나 이 문장은, 모든 인간은 신장과 체중과 체력이 똑같다는 식의 아주 엉뚱한 내용을 나타내고 있다. 정치적 평등이라는 개념은 이제 더 이상 존재하지 않는다. 따라서 그 같은 이차적 의미는 '*equal*(평등한)'이라는 낱말에서 없어지게 된 것이다.

　구어가 여전히 보통의 의사소통 수단이었던 1984년에는 이론적으로 신어의 낱말들을 쓰는 중에도 그것들의 원뜻을 기억할 위험성이 있었다. 그러나 '*doublethink*(이중사고)'에 깊이 빠져 있는 사람인 경우 그런 위험을 피하는 것이 어렵지 않은 데다 두 세대가 지나기 전에 그 같은 실수를 범할 가능성은 없어질 것이다.

가령 체스에 대해 듣도 보도 못한 사람이 'queen(퀸)'이나 'rook(룩)'의 이차적 의미가 무엇인지 모르듯, 신어를 유일한 언어로 익히며 자라온 사람들은 'equal'이라는 낱말이 한때는 'politically equal(정치적으로 평등한)'이라는 이차적인 의미를 지녔었고, 'free(자유로운)'라는 낱말 역시 한때 'intellectually free(지적으로 자유로운)'라는 뜻을 지녔다는 사실을 전혀 알지 못할 것이다. 어떤 것이든 그에 대한 명칭이 없으면 상상이 불가능하다. 그렇기 때문에 인간이 범할 수 있는 능력의 한계를 벗어난 많은 죄와 실수가 생기게 된 것이다. 시간이 흐름에 따라 신어의 특징은 더욱더 뚜렷해지고, 낱말 수는 점점 줄어들며, 의미는 훨씬 더 엄격해지는 데다 잘못 사용될 기회는 점점 줄어서 거의 없어질 것으로 예측된다.

구어가 완전히 없어지면 과거와의 유대도 단절될 것이다. 역사는 이미 다시 쓰였지만, 과거의 문학 작품은 검열이 불완전한 탓에 단편적으로나마 여기저기에 남아 있다. 따라서 구어에 대한 지식을 가지고 있는 한 누구나 그것을 읽을 수는 있을 것이다. 하지만 미래에는 그런 작품들이 우연히 살아남는다고 하더라도 이해될 수도, 번역될 수도 없으리라. 만약 어떤 기술적 과정이나 지극히 단순한 일상적 행위 또는 정통적인 — 신어의 표현으로는 'goodthinkful(선사로운)' — 경향과 관련짓지 않는다면,

구어의 문장을 신어로 번역하는 일은 아예 불가능할
것이다. 이는 곧 1960년 이전에 쓰인 책은 어떤 것이든
완전히 번역될 수 없다는 것을 의미한다. 혁명 이전의
문학은 오직 이념적 번역 — 요컨대 언어뿐만 아니라
의미까지 바꾼 번역 — 으로만 존속할 수 있을 것이다.
미국 독립선언문 중의 유명한 구절을 예로 들어 보자.

> 우리는 다음의 사실을 자명한 진리로 받아들인다. 모든
> 인간은 평등하게 태어났고, 창조주로부터 남에게 양도할
> 수 없는 권리를 부여 받았으며, 여기에는 생명과 자유와
> 행복을 추구할 권리도 포함된다. 이러한 권리를 보장하기
> 위해 정부가 수립된 바, 정부의 권력은 국민의 동의로부터
> 나온다. 어떤 형태의 정부이든 이러한 목적을 파괴하면,
> 국민은 즉시 그 정부를 바꾸거나 폐지하고 새로운 정부를
> 세울 권리가 있다…….

이 글이 지닌 본래의 의미를 그대로 유지하면서
신어로 번역하는 것은 불가능한 일이다. 본래의
의미에 가장 가깝게 번역해 봤자 전체 문장은
'crimethink(사상죄)'라는 단 한마디 말로 축약될 것이다.
완전한 번역은 오직 이념적 번역밖에 없기 때문에
제퍼슨의 이 글은 절대 정부에 대한 찬사로 바뀌리라.

실제로 과거의 대다수 문학 작품들이 이미 이런
식으로 번역되었다. 그리고 명성을 고려하여 어떤 역사적
인물들에 대한 기억은 그대로 보존하는 것이 바람직하기
때문에 그렇게 했지만, 그러는 대신 그들의 업적을 영사의
철학적 노선과 일치시켰다. 그리하여 현재 셰익스피어,
밀턴, 스위프트, 바이런, 디킨스 등과 같은 여러 작가들의
작품이 번역되고 있다. 물론 이 작업이 끝나면 각 작가들의
원작은 아직 남아 있는 과거의 모든 문학 작품들과 함께
소멸될 것이다.

이 번역은 시간이 오래 걸리는 데다 어려운 작업이라서
21세기의 첫 10년대나 20년대 전에는 끝날 것 같지
않다. 그런데 여기에다 이와 같은 방법으로 번역되어야
할 수많은 실용 서적들 — 절대적으로 필요한 기술
계통의 안내서 등 — 까지 있다. 신어의 최종 채택 시기를
2050년으로 늦추어 잡은 가장 큰 이유는 그러한 번역의
예비 작업에 많은 시간이 필요하기 때문이다.

에세이

교수형

1920년대 영국의 식민지 미얀마(당시 버마)에서 경찰로 근무했던 경험을 토대로 썼다. 간결하면서도 생생한 묘사 속에 제국주의에 일조한다는 분명한 인식이 담겨 있다. 1931년 발표.

교수형

내가 버마[1]에 있었을 때 일이다. 비가 내리는 습한
아침이었다. 누렇게 된 은박지처럼 창백한 빛줄기가
높다란 담벼락 너머 교도소 마당 안에 비스듬히 걸쳐
있었다. 우리는 이중 철창으로 된 작은 짐승 우리 같은
창고 모양의 건물이 줄지어 있는 사형수 감방 밖에서
대기하고 있었다. 가로세로 10피트 정도 되는 감방
안에는 판자 침상과 물 주전자 말고는 아무것도 없었다.
어떤 감방에는 잿빛의 남자들이 이불을 두른 채 말없이
웅크리고 앉아 있었는데 그들은 한두 주 안에 교수형에
처해질 사형수들이었다.

　　그중 한 명이 끌려 나왔다. 아주 왜소한 힌두인[2]이었는데

1　미얀마의 옛 이름.
2　아리아인에 속하는 인도인의 한 종족인 힌두족.

머리는 삭발을 했고 눈은 흐릿하고 멍했다. 앞으로 삐죽
나와 있는 짙은 콧수염이 왜소한 몸집에 비해 상대적으로
우스꽝스럽게 아주 크게 보여 마치 코미디 배우처럼
보였다. 키가 큰 인도인 교도관 여섯 명이 그를 호위해서
교수대로 데려갈 준비를 하고 있었다. 그들 중 두 명은
총검이 장착된 소총을 들고 옆에 서 있었고 나머지
교도관들은 그의 손목에 수갑을 채운 후 수갑 사이로
사슬을 집어넣고 그 사슬을 자신들의 허리띠에 고정시켜
그의 팔을 옆구리 쪽에 단단히 묶었다. 교도관들은
죄수 옆에 바짝 붙어 서서 교수대로 가는 내내 그가
옆에 있는지를 확인하려는 듯 손으로 조심하면서
친절하게 쓰다듬으며 이 사람의 몸을 잡고는 절대로 손을
떼지 않았다. 교도관들은 손에서 빠져나가 물속으로
도망치려는 물고기를 다루는 것처럼 보였다. 죄수는 지금
무슨 일이 벌어지고 있는지 모르는 듯 아무런 저항도 하지
않고 호송 줄에 두 팔을 힘없이 맡기고 서 있었다.

　8시가 되자 희미한 나팔 신호가 멀리 떨어져 있는
막사에서부터 습한 공기를 타고 쓸쓸하게 퍼졌다. 그러자
우리와 좀 떨어진 곳에서 지팡이로 땅바닥에 있는 자갈을
무덤덤하게 찌르고 있던 교도소장이 고개를 들었다.
교도소장은 군의관이었는데 칫솔모 모양의 콧수염을
기르고 있었고 목소리는 걸걸했다. "프란시스, 뭐해?

서둘러." 목소리에 짜증이 묻어 있었다. "이 시간쯤이면 벌써 끝났어야지. 아직도 준비가 안 됐어?" 수석 교도관인 프란시스는 흰색 훈련복을 입고 있었고 금테 안경을 쓰고 있었는데 드라비다인[3]이었다. "예, 예, 교도소장님. 준비는 다 잘돼 있다마요." 그는 검은 손을 흔들며 신명 난 듯 대답했다. "준비가 다 잘되어 있고말고요. 교수형 집행인도 대기시켜 놓았죠. 그럼 이제 시작해 보겠습니다."

"그렇담, 행진은 속보로 해. 이게 빨리 끝나야 죄수들 아침 식사를 먹일 거 아냐?"

우리는 교수대로 발걸음을 옮기기 시작했다. 교도관 두 명은 어깨총을 하고 사형수의 양쪽에서 행진을 시작했고, 다른 두 명은 사형수 옆에 바짝 붙어서 그의 팔과 어깨를 잡고 그를 미는 듯 받쳐 주며 행진을 시작했다. 그 뒤를 판사 등 나머지 일행이 따랐다. 한 10야드나 갔을까? 명령도 경고도 없었는데 갑자기 행렬이 멈춰 섰다. 말도 안 되는 일이 벌어졌기 때문이다. 어디서 왔는지 개 한 마리가 교도소 마당에 나타났던 것이다. 개는 큰 소리로 짖으며 우리들 쪽으로 겅중겅중 뛰어와서는 좋다고 온몸을 흔들며 주위를 뛰어다녔다.

---

3 남인도와 스리랑카 동북쪽에 살고 드라비다어를 쓰는 민족. 인도 인구의 30퍼센트에 해당한다.

사람이 많이 모여 있는 게 아주 좋은 듯했다. 털이
북실북실하고 덩치가 큰 개였는데 생김새로는
에어데일테리어와 떠돌이 개의 피가 반반씩 섞인 종
같았다. 개는 우리 주위를 잠시 뛰어다니다가 갑자기
죄수에게 쏜살같이 달려가서 그를 향해 뛰어올라 얼굴을
핥으려고 했다. 순식간에 벌어진 일이라 누구도 제지할
수 없었다. 거기 있던 사람들 모두가 아연실색했고 어느
누구도 개를 잡아야 한다는 생각을 하지 못하고 있었다.

"저 빌어먹을 짐승을 여기에 풀어 놓은 게 누구야?"
교도소장이 화가 잔뜩 나서 말했다. "아무나 어서 잡아!"

죄수를 호위하고 있지 않던 교도관 한 명이 허둥지둥
쫓아갔지만 그럴 때마다 개는 자기와 놀아 주는 장난으로
생각하고 몸을 이리저리 움직여 뛰어다니면서 교도관의
손에서 벗어났다. 젊은 유라시아계[4] 교도관 한 명이
자갈을 한 움큼 집어서 개에게 던졌지만 개는 잘도 피해
다녔다. 개는 한참을 그러다가 우리에게 또 왔다. 개 짖는
소리가 교도소 안에 메아리쳤다. 교도관 두 명에게 꽉
붙잡혀 있는 죄수는 이것도 교수형의 공식 절차인 양
덤덤하게 바라보고 있었다. 개를 겨우 잡는 데 수분이나
걸렸다. 내 손수건을 개의 목줄 속으로 집어넣어 잡고

---

4 유럽과 아시아를 아우르는 지역.

낑낑거리며 바둥대는 개를 끌면서 행진을 다시 시작했다.

교수대는 35미터 정도 앞에 있었다. 나는 앞에서 걸어가고 있는 죄수의 속살이 드러난 갈색 등을 유심히 보았다. 팔이 묶여 있어서 자세는 엉거주춤했지만 절대 무릎을 곧게 펴지 않고 위아래로 까딱까딱 하며 걷는 인도 사람 특유의 걸음걸이로 꾸준히 잘 걸었다. 걸을 때마다 근육이 사뿐히 제자리로 미끄러졌고, 두피에 붙어 있는 머리 타래가 춤추듯 위아래로 움직였으며 젖은 자갈 길 위에는 발자국이 찍혔다. 그런데 죄수는 그의 양 어깨를 꽉 붙들고 있는 사람이 있는데도 불구하고 길에 생긴 물구덩이를 보고 한순간 살짝 옆으로 피해 걸었다.

이상한 이야기 같지만 나는 그때까지 건강하고 의식이 또렷한 사람의 목숨을 빼앗아 버리는 게 어떤 의미인지 전혀 알지 못하고 있었다. 죄수가 물구덩이를 피해 잠깐 옆걸음질을 하는 것을 보고서야 한창때인 사람의 목숨을 중간에 끊어 버리는 것은 이해하기 힘든 일이고 말로 표현할 수 없을 정도로 잘못된 일임을 깨달았다. 이 사람은 죽어 가고 있는 것이 아니었다. 그 역시 우리처럼 살아 있는 사람이었다. 그의 모든 신체 기관이 정상적으로 기능하고 있었다. 장은 음식을 소화하고 있고, 피부는 계속 재생되고 있고, 손발톱은 자라고 있고, 조직은 계속 생성되고 있었다. 모든 신체 기관이 엄숙하면서도 우직하게 자기 할 일을 열심히 하고 있는 것이었다. 그가 교수대 발판에 섰을 때도, 그가 매달려 있다가 아래로 떨어지는 그 10분의 1초 정도의 순간 동안에도 그의 손톱은 자라고 있을 터였다. 눈으로는 누런 자갈과 회색 담벼락을 봤을 것이고, 그의 뇌는 여전히 무언가를 기억하고, 예측하고, 판단했다. 그래서 물구덩이에 대해서도 판단을 내렸던 것이다. 그와 우리는 지금 함께 걸어가면서 같은 세계를 보고, 듣고, 느끼고, 이해하는 일행이다. 그런데 이 분 후면 철컹하는 소리와 함께 우리 중 한 명이 사라지게 될 것이다. 그렇게 되면 사람 한 명이 줄어들고 그만큼 세계 하나도 줄어들 것이다.

교수대는 교도소 중앙 마당에서 조금 떨어진 작은 마당에 있었는데 가시가 많은 키 큰 잡초가 우거져 있었다. 교수대는 벽돌로 세 면만 벽을 세운 창고처럼 생겼는데 맨 꼭대기에 널판을 깔아 놓았다. 널판 양옆으로는 기둥이 하나씩 있었고 가로대가 이쪽 기둥과 저쪽 기둥 사이에 걸쳐 있었으며, 그 한가운데에 밧줄이 매달려 있었다. 머리가 희끗한 교수형 집행인도 복역 중인 죄수였는데 흰색 죄수복을 입고 교수대 기계 장치 옆에서 대기하고 있었다. 우리가 교수대 마당으로 들어서자 그는 비굴하다고 할 정도로 연신 몸을 굽혀 우리에게 인사를 했다. 프란시스가 뭐라고 한마디 하자 죄수를 처음보다 더

단단히 붙잡고 있던 교도관 두 명이 죄수를 끄는 듯 미는
듯 교수대로 데려가서 그가 교수대 계단으로 올라가는
것을 엉거주춤 도왔다. 그런 다음 교수형 집행인이 올라가
죄수의 목에 밧줄을 걸었다.

　　우리는 4미터 정도 떨어진 곳에서 대기하고 있었다.
교도관들이 원을 그리듯 교수대 주위를 에워쌌다. 죄수의
목에 밧줄을 걸자 죄수는 자신의 신에게 울부짖기
시작했다. "람! 람! 람! 람!" 고음의 울부짖음은 계속
이어졌다. 이 울부짖음은 기도나 도와 달라는 외침처럼
다급하고 겁먹은 소리가 아니라 오히려 종소리처럼
차분하고 규칙적인 소리였다. 이에 개가 화답하듯 낑낑
소리를 냈다. 교수대에 서 있던 교수형 집행인은 밀가루
부대처럼 생긴 작은 면 자루 하나를 꺼내 죄수의 얼굴에
씌웠다. 면 자루 때문에 소리가 약하게 들렸지만 그래도
"람! 람! 람! 람!" 소리는 계속 났다.

　　교수형 집행인이 아래로 내려와서 손잡이를 잡고
명령을 기다렸다. 몇 분은 지난 것 같았다. 면 자루를 씌워
놨어도 울부짖는 소리는 여전히 꾸준히 계속 들렸다.
"람! 람! 람!" 절규는 한순간도 멈추지 않았다. 가슴에
얼굴을 박고 있던 교도소장이 지팡이로 땅을 느릿느릿
찌르기 시작했다. 마치 사형수에게 허용된 울음 횟수가
정해져 있는 듯 교도소장은 울음의 횟수를 세는 것처럼

보였다. 쉰 번, 아니 백 번? 사람들의 안색이 변해 갔다. 인도인의 안색이 질 안 좋은 커피처럼 잿빛으로 변해 갔고 소총에 장착된 총검 한두 개가 들썩들썩했다. 우리는 온몸이 꽁꽁 묶이고 목에 밧줄이 걸린 채 교수대 발판에 서 있는 남자를 쳐다보면서 그의 울음소리를 듣고 있었다. 울음소리 한 번 한 번이 살아서의 1초 1초였다. 우리 모두 같은 생각을 하고 있었다. 오, 어서 끝내란 말이야. 그래야 저 지긋지긋한 울음소리가 안 들리게 되잖아!

갑자기 교도소장이 결정을 내렸다. 고개를 들고는 지팡이를 휘두르며 "찰로!"[5]라고 맹렬히 외쳤다.

철컹하는 소리가 났다. 그다음은 죽음과 같은 침묵이었다. 죄수는 눈에서 사라졌고 밧줄은 빙빙 돌며 꼬였다. 개를 풀어 주니 곧바로 교수대 뒤로 달려가서 멈춰서서 잠시 몇 번 짖다가 이내 마당 한구석으로 물러나 잡초 사이에서 겁먹은 표정으로 우리를 쳐다봤다. 우리는 교수대를 빙 돌아가서 시신을 확인했다. 시신은 밧줄에 매달린 채 허공에서 아주 느리게 돌고 있었다. 발가락이 아래쪽으로 향해 있었고 몸은 이미 돌처럼 굳어 있었다.

교도소장이 지팡이로 맨살을 찔러 봤다. 시신이 추처럼 좌우로 조금 움직였다. "이상 무." 교도소장이

---

5 힌디어로 "시작!"이라는 뜻이다.

말했다. 그러고 난 뒤 그는 교수대 밖으로 나와서 긴 숨을 내쉬었다. 그전의 시무룩했던 표정은 온데간데없었다. 그가 손목에 찬 시계를 봤다. "8시 8분. 음, 고맙게도 오늘 아침 임무는 이것으로 끝."

교도관들은 총검을 빼고 행진을 하면서 퇴장했다. 조금 차분해진 개는 자신의 잘못을 아는 듯 교도관들을 슬그머니 따라갔다. 우리는 교수대 마당을 벗어나 사형수 감방을 지나 교도소에서 가장 큰 중앙 마당으로 들어섰다. 죄수들은 나무 몽둥이로 무장한 교도관들의 통제 아래 이미 아침 식사를 배식 받고 있었다. 긴 줄에 맞춰 쪼그려 앉아 있는 죄수들은 양철 그릇을 하나씩 손에 들고 있었다. 교도관 두 명이 큰 통을 들고 죄수들 주위를 지나다니며 밥을 퍼 주고 있었다. 교수형을 끝내고 나니 이런 모습도 편안하고 기분 좋게 보였다. 우리는 임무를 무사히 끝냈다는 생각에 마음이 무척 편해졌다. 어떤 이는 노래를 부르고 싶은, 어떤 이는 갑자기 뜀박질을 하고 싶은, 어떤 이는 낄낄 웃고 싶은 충동을 느꼈다. 모든 사람이 갑자기 즐겁게 재잘거리기 시작했다.

내 옆에서 걷던 유라시아계 소년이 우리가 온 쪽으로 고개를 끄덕이며 마치 무언가를 잘 알고 있다는 듯 미소 지었다. "선생님, 항소가 기각됐다는 소식을 듣고 우리 친구(방금 전에 죽은 죄수 말이다.)가 감방 바닥에 오줌을 지렸어요. 겁을 엄청 먹었다는 거죠. 알고 계셨어요? 제 담배 한 대 피워 보시겠습니까? 선생님 제가 일전에 은 담뱃갑을 하나 새로 샀는데 근사하지 않습니까? 행상한테 2루피 8아나[6] 주고 샀어요. 세련된 유럽 스타일이죠."

몇몇 사람이 웃었다. 하지만 왜들 웃는지는 아무도 모르는 것 같았다.

프란시스가 교도소장 옆에서 걸으면서 지껄였다. "자, 교도소장님 모든 게 완전히 만족스럽게 끝났습니다. 단번에 휙 끝나 버렸지요. 그런데 말입니다. 항상 오늘 같지는 않지요. 오, 절대 그렇지 않다마다요! 의사가 교수대 밑으로 가서 시신의 다리를 잡아당겨서 죄수가 진짜 죽었는지를 확인해야 할 때도 여러 번 있습니다. 몹시 끔찍한 일이고말고요!"

"아직 안 죽고 꿈틀하는 것 말이야, 맞아? 그럼, 그렇고말고. 끔찍한 일이지." 교도소장이 말했다.

"예, 교도소장님, 그렇긴 해도 죄수가 버틸 때가 더 끔찍합니다!

우리가 데리러 갔을 때 철창에 매달려서 안 나가려고 버티던 죄수가 한 명 있었습니다. 저희 여섯

---

6 인도의 옛 화폐 단위.

명이 달려들었는데 쩔쩔 맸다고 하면 믿으시겠습니까?
다리 하나에 교도관 세 명이 달라붙었죠. 나중엔 어르고
달래고 그랬지요. '이보게, 자네 때문에 우리가 얼마나
애를 먹는지 한번 생각 좀 해 봐!' 그런데 그는 들으려고
하지 않았죠! 아, 그때 저희가 했던 고생은 지금 생각해도
징글징글합니다!"

나도 패나 크게 웃고 있었다. 모든 사람이 다 웃고
있었다. 교도소장도 소리를 애써 참아 가며 씩 웃고 있었다.
"자, 자, 모두 나가서 술 한 잔씩 합시다." 교도소장이 매우
상냥하게 말했다. "마침 차에 위스키가 한 병 있으니, 그걸
땁시다."

우리는 거대한 교도소 이중문을 통과해서 길 쪽으로
나갔다. "다리를 잡아 끈다고!" 갑자기 버마인 판사가
소리치면서 큰 소리로 키득거렸다. 우리 모두 다시 한번
웃기 시작했다. 그 순간 프란시스가 했던 말이 무척이나
재미있는 이야기였단 생각이 들었다. 버마 사람, 유럽
사람 가릴 것 없이 거기 있던 사람 모두가 다정하게 술을
마셨다. 그때 죽은 사람은 90미터쯤 떨어진 곳에 있었다.

코끼리를 쏘다

「교수형」과 함께 미얀마에서의 경찰 경험을 토대로 쓴 것으로,
'코끼리 사냥'을 통해 백인 독재자의 식민지 통치를 풍자한 수작이다.
오웰 사후에 출간된 에세이집의 표제작이기도 했다. 1936년 발표.

코끼리를 쏘다

버마 남부 모울메인에서 나는 수많은 버마 사람들의 미움의 대상이었다. 살면서 그렇게 많은 사람에게 미움을 살 정도로 내가 중요한 인물이었던 적은 없었다. 나는 그곳 작은 지서의 경찰관으로 근무하고 있었는데 그곳에는 뚜렷한 이유 없이 다소 유치한 반유럽인 정서가 만연해 있었다. 소요를 일으킬 정도로 배짱이 두둑한 위인은 한 명도 없었지만 유럽 여성이 혼자 저잣거리를 지나가면 누군가가 씹고 있던 구장 나무 잎의 즙을 그 여성의 옷에 뱉을 수 있을 정도의 분위기였다. 경찰관이었던 나는 그들의 확실한 표적이었고 내게 그런 짓을 해도 안전하다고 생각될 때 마다 사람들은 내게 해코지를 했다. 축구를 할 때도 마찬가지였다. 내가 날렵한 버마 사람에게 다리가 걸려 넘어져도 심판(심판 역시 버마 사람이었다.)은 딴 데만 보고 있을 뿐이고 관중은 불쾌한 소리를 질러 대며 좋다고 웃어 댔다. 그런 일이 한두 번이 아니었다. 어디서나 나와 마주칠 때마다 나를 조롱하는 젊은 남자들의 노란 얼굴들과, 어느 정도 안전하다고 생각할 수 있는 만큼 멀리 떨어져 있을 때 나를 향해 쏟아붓는 모욕적인 언사가 내 신경을 몹시 긁었다. 그중에서 젊은 불교 승려들의 행태가 압권이었다. 그 마을에는 수천 명의 승려가 있었는데 길모퉁이에 서서 유럽인들을 조롱하는 것이 그들의 유일한 일인 것처럼 보일 정도였다.

　모든 게 곤혹스럽고 짜증스러웠다. 그때 나는 제국주의는 악마니까 내가 하던 일을 그만두고 어서 빨리 그 악마의 손아귀에서 벗어나는 것이 내 삶에도 좋을 거라고 생각하고 있었다. 나는 이론적으로, 물론 대놓고는 말을 못 했지만, 모든 버마 사람들을 지지하는 입장이었고 버마 사람들을 통치하는 영국 압제자들에 대한 반감을 가지고 있었다. 내가 하고 있는 일에 대해 말해 보자면 명확히 표현할 수 있는 정도 이상으로 나는 내 직업을 극도로 증오했다. 그런 일을 하다 보면 제국이 저지르는 추악한 행태를 아주 가까이서 보게 된다. 악취가 진동하는 교도소 감방을 가득 메운 비참한 몰골의 죄수들, 장기 복역수들의 겁먹은 잿빛 얼굴, 대나무로 매질을 당해서 짓물러 터진 엉덩이. 나는 이 모든 것들을 보고 죄책감에 견딜 수 없이 괴로워했다. 하지만 나는 멀리 보지 못했다.

당시 나는 아직 젊었고 교육도 제대로 받지 못했을 뿐만
아니라 동양에 나와 있는 모든 영국인이라면 누구나
그랬듯 내 문제를 입 밖에 내지 못하고 완전한 침묵 안에
담아 둘 수밖에 없었다. 대영 제국이 저물어 가고 있다는
것도 몰랐고 대영 제국이 그 제국을 대체할 신생 제국보다
그나마 더 낫다는 것도 몰랐다. 내가 알고 있었던 전부는
내가 복무하고 있는 대영 제국에 대한 증오와 내 일을
하지 못하게 만들려는 저 악귀 같은 작은 짐승과 다를 것
없는 인간들 사이에 끼여 옴짝달싹하지 못하고 있다는
사실뿐이었다. 영국의 식민 통치가 납작 엎드린 민족의
의지를 영원토록 짓밟고 있는 결코 무너뜨릴 수 없는
폭정이라는 생각이 마음 한편에 자리 잡고 있었고, 다른
한편에는 총검으로 나를 조롱하는 승려의 배 속을 푹
쑤셔 버리는 것만이 내가 이 세상에서 누릴 수 있는 가장
큰 즐거움이라는 생각이 자리 잡고 있었다. 그런 생각을
갖게 된 것은 제국주의 통치 과정에서 자연스럽게 생기는
부작용이다. 인도에서 일하는 영국인 관리 아무나 잡고
물어봐도(근무 중이 아닐 때) 같은 말을 할 것이다.

  어느 날 일어난 사건 하나가 내게 우회적으로 많은
깨달음을 줬다. 사건 자체로만 보면 별것 아니었다. 하지만
제국주의의 본질 즉 전제 정권이 통치하는 진짜 동기를
이전보다 잘 알게 해 준 사건이었다. 어느 날 아침 이른

때였다. 마을 반대편에 있는 경찰 지서의 서장이 내게
전화를 해 코끼리 한 마리가 저잣거리를 쑥대밭으로
만들고 있으니 현장으로 출동해 조치를 취해 달라고
요청했다. 내가 뭘 할 수 있을지 알 수는 없었지만 어떤
일이 벌어지고 있는지 궁금해서 조랑말을 타고 현장으로
출발했다. 챙겨 간 구식 윈체스터 44구경 소총은 코끼리를
쏘기에는 턱없이 작았지만 소리로 위협하기에는 쓸모가
있을 것이라고 생각했다. 현장으로 가는 도중 버마 사람
여럿이 나를 멈춰 세워 코끼리가 벌이고 있는 소동에 관해
말해 줬다. 당연히 야생 코끼리는 아니었고 '발정'이 난
길든 코끼리였다. 길든 코끼리가 '발정'이 나면 쇠사슬로
묶어 놓는다. 그런데 이 코끼리가 전날 밤 쇠사슬을 끊고
탈출을 했던 것이다. 발정 난 코끼리는 그 코끼리를 부리는
사람만 다룰 수 있는데, 그 사람이 코끼리를 잡으러
나섰으나 길을 잘못 드는 바람에 현장으로 오려면 열두
시간은 걸릴 판이었다. 아침에 코끼리가 마을에 갑자기
다시 나타났다. 버마 주민들은 총이 없어 코끼리를 앞에
두고 속수무책이었다. 코끼리는 이미 누군가의 대나무
오두막을 박살 냈고, 소 한 마리를 죽였고, 과일 노점을
덮쳐 그곳에 있던 과일을 다 먹어치웠다. 이게 다가
아니었다. 마을 쓰레기차가 코끼리와 마주치자 쓰레기차
기사가 차에서 뛰어내려 냅다 도망쳤는데 코끼리는 그

차를 뒤집어엎어 버리고는 위에 올라타서 발로 마구
짓밟아 완전히 산산조각 냈다.

　　버마인 지서장과 인도인 순경이 코끼리가 목격된
마을에서 나를 기다리고 있었다. 그곳은 아주 가난한
마을이었다. 가파른 언덕 위로 야자수 잎으로 지붕을 얹은
누추한 대나무 오두막들이 미로처럼 굽이굽이 이어져
있었다. 우기에 막 접어들던 때여서 그날 아침은 흐리고
후텁지근했던 것으로 기억한다. 우리는 코끼리가 어느
쪽으로 갔는지 마을 사람들에게 물어보기 시작했다.
하지만 여느 때처럼 정확한 정보를 얻기가 쉽지 않았다.
동양에서는 늘 이런 식이었다. 언제나 멀리서는 이야기가
정확한 것 같다가도 막상 사건 현장에 가까이 갈수록
모호해진다. 어떤 사람은 코끼리가 이쪽으로 갔다고
하고 어떤 사람은 저쪽으로 갔다고 하고, 또 누군가는
코끼리 이야기는 금시초문이라고도 했다. 모든 이야기가
다 지어낸 것이라고 단정하려는 바로 그 순간 조금 떨어진
곳에서 고함소리가 났다. 난리라도 난 듯 누군가가 소리를
질러 대고 있었던 것이다. "얘들아, 저리 가! 저리 가라고,
당장!" 할머니가 막대기를 휘두르며 오두막 모퉁이를
돌아 나와 벌거숭이 아이들 무리를 쫓아냈다. 조금
있으니 여자 몇 명이 혀를 차고 고함을 지르면서 할머니를
뒤따라 나왔다. 아이들이 봐서는 안 되는 것이 있는 것이

분명했다. 오두막 뒤로 가 보니 진흙탕에 어느 남자의
사체가 널브러져 있었다. 인도 사람이었는데 피부가
검은 드라비다족 쿨리[7]였다. 옷은 거의 다 벗겨져 있었고
죽은 지 몇 분밖에 안 된 듯했다. 마을 사람들 말로는
코끼리가 갑자기 오두막 모퉁이에서 나타나 남자에게
달려들어 코로 몸통을 잡고 등을 마구 짓밟아 진흙탕에
내동댕이쳤다고 했다. 마침 그때가 우기여서 땅이 매우
무른 상태였다. 그래서 얼굴이 무른 흙 속에 처박히면서
땅 바닥에 깊이 30센티미터, 길이 2미터가 조금 안
되는 구덩이가 생겼다. 남자는 두 팔을 좌우로 벌린 채
땅바닥에 엎어져 죽어 있었고 머리는 한쪽으로 홱 돌아가
있었다. 얼굴은 진흙 범벅이 되어 두 눈을 크게 뜨고
있었는데 이를 훤히 드러낸 채 견딜 수 없이 고통스러운
표정을 짓고 있었다.(어쨌든 죽은 사람은 평온하게 보인다는
말은 내게 하지 마시길. 내가 지금껏 본 시신 거의 대부분은 모두
다 악마의 표정을 하고 있었기에.) 거대한 짐승의 발로 짓밟힌
등은 마치 토끼 가죽을 벗긴 것처럼 피부가 완전히 벗겨져
있었다. 죽은 남자를 보자마자 나는 근처에 사는 친구
집으로 연락병을 보내 코끼리 사냥용 소총을 빌려오게
했다. 코끼리 냄새를 맡고 겁에 질려 날뛰기라도 하면

7   육체노동에 종사하는 하층 계급.

사고가 날까 봐 내가 타고 온 조랑말도 한참 전에 돌려보낸
상황이었다.

　　조금 있으니 연락병이 소총과 탄약통 다섯 개를
가지고 돌아왔다. 그사이 버마 사람 몇 명이 와서 코끼리가
지금 불과 몇백 미터 떨어진 아래쪽 논에 있다고 알려 줬다.
그쪽으로 발걸음을 떼자 사실상 그 마을 사람 전체가 집
밖으로 몰려나와 내 뒤를 따랐다. 마을 사람들은 소총을
들고 있는 내 모습을 보고 내가 코끼리를 쏠 거라는
기대로 흥분해 소리를 질러 댔다. 코끼리가 집을 부수고
다닐 때에는 별 관심을 보이지 않더니 내가 코끼리를
총으로 쏴서 죽일 거라는 것이 분명해지자 분위기가
달라졌다. 영국 군중이었어도 별반 다를 게 없었겠지만
마을 사람들에게는 이것이 꽤나 재미있는 구경거리였다.
더구나 마을 사람들은 고기도 바라고 있었다. 모호한
불안감으로 마음이 편치 않았다. 나는 코끼리를 쏠 생각이
전혀 없었다. 소총을 빌려 오라고 한 것은 유사시 나를
지킬 목적이었다. 게다가 수많은 사람들이 뒤를 따르고
있는 상황이 되면 어쩔 수 없이 언제나 신경이 곤두설
수밖에 없다. 행진하듯 언덕 아래쪽으로 내려갔다. 점점 더
많은 사람들이 서로 밀치면서 내게 가깝게 붙었다. 이렇듯
총을 어깨에 메고 이런 사람들 앞에서 걷고 있으려니 내가
바보처럼 보였고 정말 바보 같았다. 오두막이 모여 있는

곳에서 약간 아래로 내려가니 자갈을 깐 도로가 나왔고
그 너머로 질퍽하고 황량한 논이 1킬로미터 가까이 펼쳐져
있었다. 논은 아직 갈아 놓지 않았는데 우기가 시작할
때부터 내린 비로 질퍽했고 군데군데 거친 풀들이 자라고
있었다. 코끼리는 도로에서 70미터 정도 떨어진 곳에서
왼쪽 옆구리를 우리 쪽으로 향하고 서 있었다. 코끼리는
수많은 사람들이 자기 쪽으로 다가오고 있다는 사실에
조금도 관심이 없었다. 그저 풀을 한 뭉텅이씩 뜯어 무릎에
탁탁 쳐 흙을 털고 내고는 입 속으로 꾸역꾸역 쑤셔 넣고
있을 뿐이었다.

　나는 길에 멈춰 서 있었다. 코끼리를 보자마자 쏴서는
안 된다는 생각이 완벽하리만큼 분명해졌다. 사람이
부리는 코끼리를 쏴 죽이는 것은 간단한 문제가 아니었다.
값비싼 대형 기계 하나를 못 쓰게 하는 것과 맞먹는
일이었다. 따라서 할 수만 있다면 피해야 했다. 저만큼
멀리 떨어진 곳에서 평화롭게 풀을 뜯고 있는 코끼리는
소보다도 위험해 보이지 않았다. 그때 이미 코끼리의
발정기 발작이 지나가 버린 상태라 판단했고 지금도
그렇게 생각하고 있다. 그렇다면 코끼리는 부리는 사람이
와서 데려갈 때까지 아무 해도 끼치지 않고 그저 주위를
돌아다니기만 할 것이다. 게다가 나는 코끼리를 쏴 죽일
마음이 조금도 없었다. 그래서 코끼리를 잠시 지켜보다가

코끼리가 더 이상 난폭해지지 않을 거라는 확신이 서면
집으로 돌아가리라고 마음먹었다.

그런데 그 순간 나는 뒤따라 온 군중을 둘러보고야
말았다. 엄청난 사람이 모여 있었다. 적어도 2000명은
되어 보였고 수가 계속 늘고 있었다. 길 양쪽이 멀리까지
늘어선 행렬로 다 막혀 있었다. 요란한 색의 옷 위로
인산인해를 이루고 있는 노란 얼굴들이 눈에 들어왔다.
사람들은 모두 기분 좋아 보였고 곧 재미있는 구경을 할
생각으로 들떠 있었다. 그들은 분명히 내가 코끼리를 쏠
것이라고 확신하고 있었다. 마치 마술을 막 시작하려는
마술사를 지켜보듯 나를 지켜보고 있었다. 그들은 나를
좋아하지 않았지만 마법의 소총을 들고 있는 나는 잠시
지켜볼 가치가 있을 터였다. 불현듯 결국 코끼리를 쏠
수밖에 없다는 생각이 들었다. 사람들이 내가 그렇게
하길 기대하고 있으니 그렇게 해야만 했다. 2000명
인파의 의지가 나를 앞으로 떠밀고 있었다. 이를 거역할
수는 없었다. 내가 총을 들고 서 있는 바로 그때 나는
난생처음 백인이 동양을 지배하는 짓이 얼마나 공허하고
부질없는 짓인지를 깨달았다. 무장하지 않은 원주민 인파
앞에서 손에 총을 들고 서 있는 백인인 내가 외견상으로는
주인공처럼 보이겠지만 실제로는 뒤에 있는 노란 얼굴들의
의지에 의해 이리저리 떠밀리는 우스꽝스러운 꼭두각시에

불과했다. 그때 깨달았다. 백인이 폭군이 되었을 때
그가 파괴하는 것은 다른 누구도 아닌 바로 백인 자신의
자유라는 것을. 그러면 백인은 속은 텅 빈, 힘센 척하는
꼭두각시, 사이브[8]의 전형이 된다. '원주민'에게 언제나
강한 인상을 주려고 갖은 애를 써야 하고 위기 때마다
'원주민'이 백인에게 기대하는 것을 해야만 하는 것이
백인이 원주민을 통치할 때 기본 전제 조건이다. 백인은
가면을 쓰고 있고 그의 얼굴은 가면에 맞게 변한다. 그러니
나는 코끼리를 쏴야만 했다. 총을 가져오라고 했을 때
이미 시작된 것이나 다름없었다. 사이브는 사이브처럼
행동해야만 한다. 단호하고 분명해야 하고 일을 확실히
처리하는 것처럼 보여야 한다. 손에 총을 들고 2000명의
사람을 끌고 여기까지 와 놓고는 아무것도 하지 않고
나약하게 딴 길로 새어 버리는 그런 일은 절대 있을 수
없다. 군중이 나를 비웃을 게 분명했다. 내 삶은 동양에
나와 있는 다른 모든 백인의 삶처럼 비웃음을 사지
않으려는 기나긴 투쟁이었다.

  그럼에도 불구하고 나는 코끼리를 쏘고 싶지 않았다.
나는 코끼리가 할머니 같이 온화한 표정을 하고 풀을
무릎에 탁탁 쳐서 흙을 터는 모습을 지켜봤다. 그런

---

8   인도에서 지체 높은 인도인이나 유럽인을 부르는 명칭.

코끼리를 쏘는 것은 살인을 저지르는 것과 다르지 않다는
생각이 들었다. 그 나이 때 나는 동물을 죽이는 것에 큰
거부감이 없었지만 코끼리는 쏴 본 적도 없었고 쏘고 싶어
한 적도 없었다.(어쨌든 덩치가 큰 동물을 쏘는 일은 언제나 더
안 좋게 보인다.) 게다가 코끼리의 주인도 생각해야 했다.
살아 있는 코끼리는 못해도 100파운드의 가치가 있지만
죽은 코끼리는 상아 값으로만 기껏해야 5파운드 정도의
가치가 있을 뿐이다. 아무튼 신속히 행동해야 했다.
우리가 도착했을 때부터 모여 있던 노련해 보이는 버마
사람들에게 지금까지 코끼리가 어떻게 있었는지 물었다.
대답은 똑같았다. 먼저 자극하지 않으면 코끼리가 신경도
쓰지 않겠지만 너무 가까이 가면 덤벼들지도 모른다고
했다.

　　이제 내가 무엇을 해야 하는지 아주 분명해졌다.
대략 20미터 정도 떨어진 곳까지 접근해서 코끼리가
어떤 반응을 보이는지 시험해 봐야 했다. 코끼리가 내게
덤벼들면 총으로 쏘면 그만일 것이고, 나를 거들떠보지도
않으면 코끼리 부리는 사람이 올 때까지 그냥 내버려
두는 것이 안전할 것이다. 그러나 나는 내가 그렇게는
하지 않을 거라는 것도 잘 알고 있었다. 사격 실력도
형편없는 데다 비로 땅이 진창이 돼 버려서 발걸음을
옮길 때마다 발이 흙에 계속 빠지고 있었다. 코끼리가

덤벼들어서 총을 쐈는데 총알이 빗나가기라도 하면
내가 살아남을 가능성은 도로 건설용 증기 롤러 밑에
깔린 두꺼비가 살아남을 가능성 정도밖에 안 될 것이다.
그러나 그 상황에서도 나는 내 피부가 어떻게 될 것인지
등등보다는 뒤에서 나를 지켜보고 있는 노란 얼굴들이
더 신경 쓰였다. 군중이 지켜보는 바로 그 순간에 느끼는
두려움은 나 혼자만 있을 때 느끼는 보통의 두려움과는
다른 것이었다. 백인은 '원주민' 앞에서 두려움에 떠는
모습을 보여서는 안 되기에 대개 두려움을 느끼지 않게
된다. 그때 내 마음속에는 이런 생각뿐이었다. 혹 일이
잘못되면 2000명의 버마 사람들이 내가 코끼리에게
쫓기다가 잡혀서 코끼리 발에 마구 짓밟힌 채 언덕 위
마을에서 이를 훤하게 드러내고 죽은 인도 사람처럼 죽는
모습을 보게 되겠지. 그런 일이 진짜 벌어지면 저들 중 많은
사람들이 웃을 것이다. 절대 일어나서는 안 되는 일이었다.

　　대안은 단 하나, 그저 총에 탄창을 끼우고 길에 엎드려
조준을 정확히 하는 것뿐이었다. 군중이 잠잠해지더니
무대의 막이 오르는 것을 지켜보는 관객들의 그것처럼
깊고, 낮은, 즐거운 탄성이 수없이 많은 목구멍에서
흘러나왔다. 마침내 그들은 재미있는 광경을 보게 될
것이다. 총은 십자선 가늠쇠가 달린 멋진 독일제였다. 그때
나는 코끼리를 쏠 때는 코끼리의 한쪽 귓구멍에서 반대

귓구멍을 잇는 가상의 가로선을 긋고 거기를 조준해야
한다는 것을 모르고 있었다. 지금처럼 코끼리가 옆구리를
보이고 서 있을 때는 귓구멍을 정통으로 조준해야 했다.
하지만 나는 코끼리의 뇌가 이 선보다 훨씬 앞에 있을
것으로 생각하고 몇 인치 앞을 조준했다.

　　방아쇠를 당겼을 때 나는 총성을 듣지 못했다. 총의
반동도 느끼지 못했다. 총알이 목표물을 정확히 맞히면
그렇게 된다. 대신 군중 사이에서 터져 나오는 악마 같은
환성만 들렸다. 총알이 아직 코끼리의 살을 파고들어
가지도 못했을 그 찰나와 같은 순간에 신비롭고 끔찍한
변화가 코끼리에게 일어났다고 생각될 정도였다. 코끼리는
쓰러지기는커녕 미동도 하지 않았지만 몸통의 모든 선이
다 바뀐 것 같았다. 쓰러지진 않았지만 총알의 무시무시한
충격으로 온몸이 마비된 듯 보였고 갑작스러운 충격으로
몸이 쭈그러들 정도로 아주 폭삭 늙어 버린 것 같았다.
시간이 꽤 흐른 뒤(실제로는 5초 정도밖에 안 됐겠지만)
코끼리가 드디어 힘없이 무릎을 꿇었다. 침을 질질 흘렸다.
엄청나게 노쇠해져 나이가 수천 살은 된 코끼리라고 해도
믿을 정도였다. 같은 곳으로 총을 한 번 더 쐈다. 이번에도
코끼리는 쓰러지지 않았다. 오히려 안간힘을 다해 천천히
무릎을 세워 똑바로 섰다. 힘이 빠진 다리는 계속 꺾였고
머리는 앞으로 축 처졌다. 세 번째 총을 쐈다. 이것이

치명적이었다. 온몸을 떨었고 다리에 남아 있던 마지막 힘이 빠져나가는 것이 보였다. 그러나 몸통을 지탱하고 있던 뒷다리가 주저앉을 때 길고 큰 코를 나무처럼 하늘로 뽑는 모습이 마치 흔들거리는 거대한 바위가 위로 치솟는 것처럼 보였기 때문에 코끼리가 쓰러지다가 잠시 다시 일어나는 것 같기도 했다. 코끼리는 처음이자 마지막으로 나팔 같은 울음소리를 냈다. 그러고 나서 배를 내 쪽으로 보이며 쓰러졌다. 땅으로 쓰러질 때의 충격이 어찌나 컸던지 내가 엎드린 땅이 흔들릴 정도였다.

　나는 일어섰다. 버마 사람들은 이미 내 앞을 지나 진흙탕 너머로 돌진하고 있었다. 코끼리가 다시 일어나지 못하리라는 건 확실했지만 아직 죽은 건 아니었다. 코끼리는 규칙적으로 길게 그르렁거리며 거친 숨을 몰아쉬고 있었다. 그럴 때마다 둔덕 같은 거대한 옆구리가 고통스럽게 올라갔다 내려갔다 했다. 입이 크게 벌어져 있어서 목구멍 깊은 곳의 연분홍 속살이 보였다. 완전히 숨이 멎을 때까지 한참을 기다렸지만 숨이 약해지지 않았다. 결국 나는 심장이 있는 자리라고 생각되는 곳으로 남아 있던 총알 두 방을 쐈다. 빨간 벨벳 같은 진한 피가 솟구치는데도 코끼리는 여전히 살아 있었다. 총알이 몸에 박힐 때도 꿈쩍하지 않았다. 고통스러운 호흡이 쉼 없이 이어졌다. 코끼리는 총알로는 더 이상 해를 가할 수 없는,

나와 멀리 떨어진 어느 세상에서 엄청난 고통 속에서 아주
천천히 죽어 가고 있었다. 이제는 저 끔찍한 소리를 끝내야
한다고 생각했다. 거대한 짐승이 움직일 힘도, 죽을 힘도
없이 쓰러져 있는 것을 지켜보는 것도, 그 짐승의 목숨을
끊어 주지 못하는 것도 모두 다 끔찍한 일이었다. 출동할
때 챙겨 온 작은 소총을 갖고 오게 해서 코끼리의 심장과
숨통에 총알을 쏟아부었다. 그래도 아무것도 달라지지
않은 듯했다. 고통스럽게 헐떡거리는 숨소리가 시계
소리처럼 꾸준히 이어졌다.

　　나는 더 이상 견딜 수 없어서 자리를 떠 버렸다.
나중에 듣기로는 코끼리가 그 이후에도 삼십 분이나
더 버텼다고 했다. 버마 사람들은 내가 완전히 그곳을
빠져나가기 전부터 칼과 바구니를 들고 몰려들었고 오후
무렵엔 코끼리의 뼈만 남았다는 이야기를 들었다.

　　물론 그 후 내가 코끼리를 쏜 것에 대해서
이러쿵저러쿵 말이 끝도 없이 돌았다. 코끼리 주인은 몹시
화를 냈지만 인도 사람이 할 수 있는 건 아무것도 없었다.
어찌됐든 내 행위는 합법적이었다. 주인이 통제할 수 없을
때 미친 코끼리는 미친개와 마찬가지로 죽여야 했다. 한편
유럽 사람들 사이에서는 의견이 갈렸다. 나이가 있는
사람들은 내가 옳은 일을 했다고 했고 젊은 사람들은
그깟 쿨리 한 명 죽었다고 코끼리를 쏴 죽인 건 그야말로

창피한 행동이라고 했다. 코끼리 한 마리 값이 코링히인[9] 쿨리 한 명의 몸값보다 훨씬 더 많이 나가기 때문이라는 것이었다. 나중에 나는 쿨리가 코끼리 때문에 죽은 것을 다행스럽게 여기게 되었다. 덕분에 내 행동이 법적으로 정당한 것이 됐고 내가 코끼리를 쏠 수밖에 없었던 충분한 구실이 되었기 때문이다. 나는 가끔 궁금해진다. 내가 코끼리를 쐈던 건 그저 바보처럼 보이기 싫어서였다는 것을 사람들이 알고나 있는지.

---

9 미얀마(당시 버마)가 영국의 식민지였을 때 이곳으로 이주해 온 인도 남부 출신의 사람들을 일컫는 말.

사회주의자는 행복할 수 있는가?

찰스 디킨스, H. G. 웰스 등의 작가가 작품 속에 묘사했던 행복의
의미를 통해 사회주의자에게 행복이란 어떤 의미인지 탐구한다.
그리고 사회주의자의 진짜 목표는 행복이 아닌 '이것'이라고 결론
내린다. 1943년 발표.

사회주의자는 행복할 수 있는가?

크리스마스를 생각할 때면 자동적으로 찰스 디킨스가 떠오른다. 두 가지 이유에서다. 첫째, 실제 디킨스는 작품 속에서 크리스마스를 다룬 몇 안 되는 영국 작가 중 한 명이다. 크리스마스는 영국인들이 제일 좋아하는 축제지만 놀랍게도 문학에서는 거의 다뤄지지 않았다. 캐럴 대부분은 중세 시대에서 유래한 것들이고, 시 작품도 로버트 브리지스와 T. S. 엘리엇, 그 밖의 시인 몇 명이 쓴 것이 전부고, 전체 편수를 합쳐 봤자 한 줌밖에 되지 않는다. 그다음으로는 디킨스가 유일하다. 이것 말고는 거의 없다. 둘째, 디킨스는 행복을 설득력 있게 묘사할 재능이 있는 현대 작가들 중에서도 탁월하며, 실제로는 거의 유일한 작가라고 할 수 있다.

디킨스는 「픽윅 페이퍼스」의 한 챕터와 「크리스마스 캐럴」에서 크리스마스를 성공적으로 다뤘다. 레닌 부인의

전언에 따르면 죽음을 앞둔 레닌에게 「크리스마스 캐럴」을
읽어 줬는데 레닌은 그 작품에 담긴 **부르주아적 감성**을
도저히 참을 수 없어 했다고 한다. 일견 레닌의 판단이
맞을 수도 있다. 하지만 레닌이 그 당시 좀 더 건강했더라면
그 속에 흥미로운 사회학적 함의가 존재한다는 사실을
알아챘을 것이다. 우선 디킨스가 아무리 두껍게 색깔을
입혀 놓았다 하더라도, 그리고 타이니 팀[10]이 자아내는
연민이 아무리 역겨웠어도, 크래칫 가족은 즐겁게 잘
살고 있다는 인상을 준다. 예컨대 윌리엄 모리스의
『유토피아에서 온 소식』에 등장하는 시민들은 행복해
보이지 않지만 크래칫 가족은 행복해 보인다. 여기에
더해 크래칫 가족의 행복은 주로 대비에서 나오는데
이 점을 이해한다는 것이 디킨스가 지닌 힘의 비결 중
하나다. 이번만은 모처럼 먹을 것이 충분하기 때문에
그들은 기분이 좋은 것이다. 문 앞에 와 있는 늑대는
꼬리를 살랑살랑 흔들며 서성댄다. 전당포와 땀범벅의
고된 노동과 대비되는 크리스마스 푸딩에서는 뜨거운
김이 나와 방안을 떠다니고, 이중적인 의미를 갖는
스크루지의 망령은 저녁 식탁 옆에 서 있다. 심지어 밥

10   Tiny Tim. 영국 소설가 찰스 디킨스의 소설 『크리스마스 캐럴』의
      등장인물. 구두쇠 스크루지 밑에서 일하는 직원 밥 크래칫의 아들로
      다리를 전다.

크래칫은 스크루지의 건강을 비는 건배를 원하기까지
하지만 크래칫 부인은 당연히 거부한다. 크래칫 가족이
크리스마스를 즐길 수 있는 것은 크리스마스가 일 년에
오직 한 번뿐이기 때문이다. 그들의 행복은 크리스마스가
단지 일 년에 한 번밖에 없는 날이기에 수긍이 된다.
그리고 불완전한 것으로 묘사되기에, 그 행복은 설득력을
지닌다.

한편 영원한 행복을 묘사하려는 시도는 유사 이래
모두 실패로 끝났다. 유토피아(그런데 유토피아라는 신조어는
'좋은 곳'을 뜻하는 것이 아니고 '존재하지 않는 곳'을 뜻한다.)는
과거 삼사백 년 동안 문학에서는 흔히 다루어져 왔지만
바람직한 유토피아를 다룬 작품들은 하나같이 매력적이지
않을 뿐만 아니라 대개 생명력도 부족하다.

현대의 유토피아 중 H. G. 웰스가 묘사하는
유토피아가 지금까지는 가장 유명하다. 웰스가 바라본
미래의 모습은 웰스의 초기 작품 전반부에 함축적으로
묘사돼 있고 『예상』과 『현대의 유토피아』에도 부분적으로
제시되지만, 20세기 초에 출간된 『꿈』과 『신을 닮은
사람들』에서의 묘사가 가장 완벽하다. 웰스가 보고 싶어
하는, 혹은 보고 싶다고 생각하는 세상이 이 두 권에
그려져 있다. 그런 세상의 기조는 계몽적 쾌락주의와
과학적 호기심이다. 현재 우리에게 고통을 주는 모든 악과

비참함이 사라져 버린 세상이다. 무지, 전쟁, 빈곤, 불결, 질병, 좌절, 기아, 공포, 과로, 미신이 모두 사라져 버린 세상이다. 유토피아가 이런 식으로 그려져 있으니 그런 세상이 우리 모두가 바라는 세상이라는 점을 부정하기는 힘들다. 우리 역시 웰스가 없애고 싶어 하는 것들을 없애고 싶어 하기 때문이다. 그렇지만 정말로 웰스가 그리는 유토피아에서 살고 싶어 하는 사람들이 있을까? 오히려 그와 정반대로, 그런 세상에서 살지 않는 것, 노골적으로 가르치려 드는 선생들로 들끓는 깔끔한 전원주택에서 아침을 맞이하지 않는 것, 실제 이런 것들이 의식적인 정치적 동기가 됐다. 『멋진 신세계』 같은 작품은 현대인이 마음만 먹으면 얼마든지 만들어 낼 수 있는 합리화된 쾌락주의 사회에 대한 실질적 공포를 묘사한다. 최근에 가톨릭 작가 한 분이 이렇게 말한 적이 있다. 유토피아는 이제 기술적으로는 실현 가능해졌기 때문에 유토피아가 오지 않도록 하는 것이 오히려 더 어려운 문제가 돼 버렸다. 파시스트 운동이 목전에서 벌어지는 현실에서 우리는 이 작가의 말을 한낱 쓸데없는 걱정이라고 치부해 버릴 수는 없다. 파시스트 운동이 시작된 요인 중 하나가 과도하게 합리적이고 과도하게 안락한 세상을 피하려는 욕망이기 때문이다.

　　바람직한 유토피아는 모두 다 완벽을 전제로 하지만

행복은 제시하지 못하는 것 같다. 『유토피아에서
온 소식』은 웰스식 유토피아를 거의 그대로 따라 한
작품이다. 모든 사람들은 친절하고 합리적이고 실내
장식용품은 죄다 리버티 백화점에서 사 온 것들이지만,
이면에는 희미한 슬픔 같은 감정이 인상으로 남는다. 최근
사무엘 경이 이런 방향성을 갖고 시도한 『미지의 나라』는
훨씬 음울하다. 벤살렘의(이 이름은 프랜시스 베이컨에게서
빌려왔다.) 주민은 삶을 가능한 한 야단법석을 떨지 않고
통과해야 할 악에 지나지 않는다고 보는 듯하다. 그들의
지혜가 그들에게 가져다준 것 이라고 해 봐야 영원한
무기력뿐이다. 그러나 영국 문학사상 상상력이 가장
풍부한 작가로 평가받는 조너선 스위프트조차 **바람직한**
유토피아를 건설하는 데 다른 작가들보다 큰 성공을
거두지는 못했다는 점은 무척 인상적이다.

　『걸리버 여행기』의 앞부분은 아마도 지금까지 출간된
모든 작품 중에서 인간 사회를 가장 통렬하게 공격한다고
할 수 있다. 모든 단어는 오늘날 상황과 딱 들어맞고
곳곳에서 우리 시대의 정치적 공포를 무척이나 상세하게
예언하고 있다. 하지만 스위프트는 자신이 흠모하는
종족을 묘사하는 대목에서는 실패한다. 이 작품 마지막
부분에는 역겨운 야후족과 대비되는 고상한 휘넘족이
나오는데, 이 종족은 인간이 지닌 결점을 갖고 있지 않는

지성적인 말(馬) 종족이다. 하지만 이 말들은 고상한
품성과 기대에 어긋나지 않는 상식을 소유하고 있음에도
무척이나 음울한 존재들이다. 다른 유토피아의 주민들과
마찬가지로 그들의 주된 관심사는 난리법석을 피하는
것이다. 말들은 다툼, 무질서나 모든 종류의 혼돈이나
위험은 물론이고 육체적 사랑과 같은 **열정**도 없이
아무 일 없는 듯 아주 차분하게 **합리적** 삶을 살아간다.
말들은 우생학 원리에 따라 짝을 고르며, 과도한 애정을
멀리하고 살다가 때가 되면 어느 정도 기뻐하며 죽음을
맞는 듯 보인다. 이 작품 초반부에서 스위프트는 인간의
어리석음과 무뢰한 같은 삶이 인간들을 어디로 끌고
가는지를 보여 준다. 그러나 막상 어리석음과 무뢰한 같은
삶을 없애고 나니 굳이 살 만한 가치가 없는 미적지근한
존재만 남는다. 확실하게 다른 세상에서나 맛볼 행복을
그리려는 시도는 성공한 적이 없었다. 천국을 그리려는
시도도 유토피아를 그리려는 시도처럼 크게 실패했다.
반면 지옥은 문학에서 꽤 괜찮은 자리를 차지하며 종종
아주 세밀하고 설득력 있게 묘사되어 왔다.

　　기독교의 천국은 대개 어느 누구도 매력을 느끼지
않을 곳으로 그려진다. 천국을 다루는 거의 모든 기독교
작가들은 천국은 묘사할 수 없는 곳이라고 솔직히
털어놓거나 금, 보석, 끊임없이 울려 퍼지는 찬송가 등으로

구성되는 막연한 모습만 떠올릴 뿐이다. 사실 세계 걸작 시 몇 편은 이런 모습에서 영감을 받았다고 할 수 있다.

그대의 벽은 옥수로 만들었고,
그대의 보루는 사각형 다이아몬드,
그대의 문은 동양에서 온 진짜 진주
귀중하고도 희귀한 것들로 넘치네!

아니면,

신성하도다, 신성하도다, 신성하도다,
모든 성인들이 그대를 흠모하네
그들의 황금 왕관을 유리 같은 바다 여기저기에 던지네
케루빔[11]과 세라핌[12]이 그대 앞에 쓰러지네
과거에도 그랬고, 현재에도 그렇고, 앞으로도 그럴지니

하지만 위 시들은 보통 인간이 적극적으로 원하는 장소나 조건을 묘사하지 못하고 있다. 수많은 부흥 목사들, 수많은 예수회 사제들(제임스 조이스의 『젊은 예술가의 초상』에

---

11 구품천사 가운데 상급에 속하는 천사. 숭고한 지혜를 가졌다고 한다.
12 구품천사 가운데 상급 중의 가장 높은 천사.

나오는 그 엄청난 설교를 보라.)은 지옥을 그림처럼 생생하게 묘사하여 신도들을 경악시켰다. 하지만 천국을 묘사할 때면 곧바로 **황홀**과 **더없는 기쁨**과 같은 단어에만 의존할 뿐, 그 단어가 어떤 내용을 담는지 설명하려는 노력은 거의 보이지 않는다. 이런 주제로 쓴 글 중 가장 중요한 글이 테르툴리아누스가 쓴 그 유명한 글일 텐데, 이 글에서 테르툴리아누스는 천국에서 누릴 수 있는 것 중 주된 기쁨은 저주받은 사람들이 고문을 받는 모습을 지켜보는 것이라고 설명했다.

여러 이교도들의 낙원도 별반 다르지 않다. 사람들은 낙원이 늘 황혼녘 같다는 느낌을 갖고 있다. 신주를 마시고 신찬을 먹는 신들이 살고, 요정들과 D. H. 로렌스가 '불멸의 매춘부'라 불렀던 여신들이 있는 올림포스는 기독교의 천국보다 좀 더 편안한 곳일 수 있지만 그렇더라도 그곳에 오랫동안 머물고 싶지는 않을 것이다. 이슬람교 낙원에는 남자 한 명이 일흔일곱 명 미녀와 같이 사는데, 이 일흔일곱 미녀들은 관심을 끌기 위해 저마다 아우성을 칠지 모르고 이것은 그야말로 악몽이다. 심령주의자들이 "모든 것은 빛나고 아름답다."라고 끊임없이 호언하지만, 그들도 역시 생각을 할 줄 아는 사람이라면 그곳을 매력적일 뿐만 아니라 견딜 만한 곳이라고 여기게 할 만한 다음 세계의 활동을 한 가지도 묘사하지 못한다.

유토피아도 아니고, 그렇다고 다른 세상도 아닌, 그저 감각적으로 완벽한 행복을 묘사하려는 시도도 마찬가지다. 이런 묘사들은 늘 공허 아니면 상스러운 인상을 주거나, 아니면 이 두 가지 인상을 모두 준다. 『성처녀』 첫 부분에서 볼테르는 샤를 9세가 정부 아녜스 소렐과 함께 사는 모습을 묘사하고 있다. 볼테르는 그들이 "늘 행복했다."라고 썼다. 그렇다면 그들을 행복하게 만든 것은 무엇이었을까? 그들은 분명 끝없이 배불리 먹고, 마시고, 사냥하고, 섹스하면서 행복을 느꼈을 것이다. 그런 생활을 몇 주 하고 난 후에도 지겨워하지 않을 사람이 있겠는가? 라블레는 현세에서 힘들게 산 것을 위로해 주기 위해 다음 세상에서 즐거운 시간을 보내는 복 받은 영혼들을 묘사했다. 그들은 노래를 부르는데 그 노래를 옮겨 보면 대략 다음과 같다. "뛰어오르고, 춤추고, 장난치고, 백포도주와 적포도주를 마시고, 금화를 세는 것 말고는 종일 하는 일 없네." 이 얼마나 지루한 삶인가! 영원이 지속되는 **좋은 시간**이라는 관념 전체가 주는 공허함은 브뤼헐의 그림 「게으른 식도락가의 나라」에서도 찾아볼 수 있다. 이 그림에는 뚱뚱한 세 남자의 거대한 몸뚱이가 머리를 맞댄 채 누워 자며 삶은 달걀과 구운 돼지 다리는 자발적으로 먹히기를 기다린다.

무엇인가와 대비하지 않으면 인간은 행복을 묘사하거나 떠올리지 못하는 것 같다. 천국이나 유토피아의 개념이 시대마다 다른 것은 바로 이런 이유에서다. 산업화 이전 사회에서 천국은 끝없는 안식의 장소로, 그리고 금으로 덮인 곳으로 그려졌다. 당시 보통 사람들의 일상적인 경험은 과로와 빈곤뿐이었기 때문이다. 이슬람교 낙원의 미녀들 대부분은 부자들의 하렘으로 사라져 버리는 일부다처제 사회가 반영된 것이다. 그러나 **영원한 행복**을 이런 식으로 묘사하는 시도는 실패의 연속이었다. 행복이 영원해지자마자(영원은 무한한 시간으로 여겨진다.) 대비는 작동을 멈추기 때문이다. 우리 문학에 깊숙이 박혀 있는 몇몇 관습들은 지금은 존재하지 않는 물질적 조건으로부터 생겨났다. 봄을 숭배하는 의식이 좋은 예다. 중세 시대에 봄은 원래 제비와 들꽃을 뜻하는 것이 아니고 몇 달 동안을 연기가 자욱한 창문 없는 오두막에서 염장한 돼지고기만 먹고 살다가 초록 채소, 우유, 신선한 고기를 먹게 됐음을 뜻했다. 봄을 예찬하는 노래는 흥겨웠다.

오로지 먹고 마실 뿐, 아무것도 하지 말라,

즐거운 계절을 주신 하늘에 감사하라

고기는 값싸고 여인들은 사랑스러운 이 계절,

기운 넘치는 남정네들 이곳저곳을 돌아다니고
매우 즐겁게
매우 즐겁게 함께 어울리는 이 계절!

흥겨워할 이유가 있기 때문에 즐겁다. 겨울이
끝났다는 것은 대단한 일이었다. 기독교 이전 시대
크리스마스가 축제가 되기 시작한 것은 아마도 견디기
힘든 북풍한설의 계절에도 가끔은 한바탕 배불리 먹고
마시는 기회가 있어야 했기 때문이리라.
인류가 노고로부터든 고통으로부터든
무엇인가로부터 벗어나는 형식 말고는 행복을 상상할
수 없음을 아는 사회주의자들은 이 문제를 심각하게
받아들인다. 디킨스는 가난으로 찌든 가족이 구운
거위고기를 게걸스럽게 먹는 모습을 묘사해서 그들이
행복하게 보이도록 할 수 있었다. 반면 완벽한 세상에 사는
사람들에게는 자연스레 생겨나는 흥겨움은 없는 듯하고,
대개는 역겹기까지 하다. 하지만 우리는 디킨스가 그리는
그런 세상을 목표로 하는 것은 분명 아니다. 더군다나
그가 상상할 수 있는 세상을 목표로 하지도 않는다.
사회주의자들의 목표는 결국 친절한 노신사들이 칠면조
고기를 나눠 주기 때문에 모든 것들이 제대로 돌아가는
그런 사회가 아니다. 자선이 필요 없는 사회가 아니라면

도대체 우리가 목표로 하는 사회는 어떤 사회란 말인가?
우리는 배당금을 받는 스크루지도, 결핵에 걸려 다리를
저는 타이니 팀도 생각할 수 없는 그런 세상을 원한다.
그렇다면 우리는 고통도 없고 노력도 필요 없는 유토피아
같은 세상을 목표로 하고 있다는 말인가?

나는 《트리뷴》의 편집자들이 내 주장을 인정하지
않을 위험을 감수하면서까지 사회주의의 진짜 목표는
행복이 아니라고 말하고자 한다. 이제껏 행복은
부산물이었고 우리가 아는 한 늘 그럴지 모른다.
사회주의의 진짜 목표는 인류애다. 대체로 이런 말은
사람들의 입에 오르내리지 않아 왔고 설령 그렇더라도 큰
소리로 오르내리지는 않지만, 많은 사람들은 이를 중요한
문제라고 느끼고 있다. 사람들이 지난한 정치 투쟁으로
삶을 소진하거나 내전에서 죽임을 당하고, 아니면
게슈타포의 비밀 감옥에서 고문당하는 것은 중앙난방
장치, 냉방 시설, 기다란 형광등 조명을 갖춘 낙원을
세우기 위해서가 아니라 인류가 서로 사기를 치고 죽이는
세상이 아닌 서로 사랑하는 세상을 추구하기 때문이다.
그래서 사람들은 첫 단계로 그런 세상을 원한다. 그다음
단계는 어떤 것일지 확신을 할 수 없다. 그리고 그곳을
세세하게 예측하려 하다 보면 오히려 문제에 혼선만
가중될 뿐이다.

사회주의 사상은 예측을 하지만 어디까지나 넓은 관점에서 할 뿐이다. 그리고 종종 희미하게만 보이는 대상을 목표로 삼아야 할 때도 있는 법이다. 예를 들어 지금 이 순간 세상은 전쟁 중이고 평화를 갈망한다. 하지만 세상은 평화를 누려 본 경험이 없는 데다가 고귀한 야만인[13]이 존재하지 않는 한 그런 경험을 해 본 적이 없다. 세상은 존재할 수 있었겠다 어렴풋이 인식하고는 있지만 정확하게 정의할 수 없는 뭔가를 원하고 있다. 올 크리스마스에 수천 명이 러시아의 눈밭에서 피 흘리며 죽어 갈 것이고, 차가운 얼음물에 빠져 죽고, 태평양 습지대 섬에서 수류탄을 터뜨려 서로를 갈기갈기 찢어 죽일 것이다. 집 잃은 아이들은 먹을 것을 찾아 폐허가 된 독일 도시를 헤집고 다닐 것이다. 이런 일이 일어나지 않도록 하는 것은 훌륭한 목표다. 하지만 평화로운 세상이 어떤 모습이리라고 구체적으로 말하는 것은 별개 문제이며 그런 시도를 하다 보면 결국 이전에 제럴드 허드[14]가 그토록 열정적으로 제시한 공포로 이어지게 된다.

유토피아를 창조한 사람들 거의 모두는 행복을 그저

13 noble savage. 문학에서, 문명에 오염되지 않은 순박한 인간을 이상화한 표현.
14 헨리 피츠제럴드 허드(Henry FitzGerald Heard, 1889~1971). 영국 태생의 미국 역사가이자 철학자.

치통에서 벗어나는 것으로 생각하는 환자와 유사하다.
그들은 일시적이어서 소중했던 뭔가를 영속화하는
방법으로 완벽한 사회를 만들고 싶어 했다. 하지만 그것은
틀렸다. 인류에게는 추구해야 할 노선이 있고, 거대한
전략은 이미 나와 있지만 전략의 세세한 사항을 예언하는
것은 우리가 관여할 바가 아니라고 말하는 것이 더
현명할 것이다. 완벽한 상태를 상상하려고 애쓰는 사람은
누구든지 자기의 내면이 텅 비어 있음을 드러낼 뿐이다.
스위프트 같은 위대한 작가도 마찬가지였다. 스위프트는
주교나 정치인을 아주 깔끔하게 꾸짖을 수는 있었지만
초인을 창조하려 했을 땐, 비록 스위프트에게는 이럴
의도가 없었겠지만, 역겨운 야후족이 계몽된 휘넘족보다
발전 가능성이 훨씬 더 크다는 인상을 주었을 뿐이다.

문학을 지키는 예방책

1946년 발표작. 이 무렵 스탈린주의를 비판하는 우화 소설
『동물농장』이 큰 성공을 거두었으나 아내 아일린이 수술을 받던 중
심장 마비로 사망하면서 오웰은 절망 속에서 집필에 몰두했다.
이 에세이는 전체주의 체제 아래서 언론과 출판의 자유에 대한
내용을 담고 있다.

문학을 지키는 예방책

일 년 전쯤 흔히 출판의 자유를 옹호하는 글이라 부르는 존 밀턴의 책자 『아에로파지티카』 출간 300주년을 기념하는 펜(P.E.N.)클럽[15] 대회에 참석했다. 대회가 열리기 전 배포된 홍보물에는 책을 살해하는 죄에 관해서 밀턴이 했던 그 유명한 구절이 인쇄돼 있었다.

연단에 섰던 지명 연사는 네 명이었다. 한 명은 출판의 자유를 다뤘지만 인도의 상황과 관련해서만 연설을 했다. 다른 한 명은 주저하면서 그리고 매우 일반적인 용어를 써 가며 자유는 좋은 것이라고 했다. 세 번째 사람은 문학의 외설적 표현을 처벌하는 법을 비난했다. 네 번째 사람은 연설 내내 러시아에서 벌어진 숙청을 옹호했다.

---

15 영국 런던에서 1921년 창설된 국제 문학인 단체. PEN은 시인(Poets), 극작가(Playwriters), 편집자(Editors), 수필가(Essayists), 소설가(Novelists)의 머리글자에서 따 왔다.

대회 참가자들의 연설 중에는 외설과 외설 관련법을 상기해
보는 내용이나 소비에트 러시아를 무조건적으로 칭송하는
내용이 들어가 있었다. 섹스 문제를 글로 솔직하게
표현할 수 있는 자유인 도덕적 자유를 대부분 인정하는
것 같았지만 정치적 자유는 언급도 되지 않았다. 거기에
모였던 수백 명 중 절반 가까이는 글 쓰는 일과 직접적으로
관련이 있는 사람들이었을 텐데도, 만일 출판의 자유가
어떤 특별한 것을 의미한다고 한다면, 출판의 자유는
다른 것이 아니라 비판하고 반대할 자유를 의미한다고
지적한 사람은 단 한 명도 없었다. 중요한 점은 밀턴의
『아에로파지티카』를 기념하기 위해 모인 그 자리에서
『아에로파지티카』에 나오는 구절을 인용한 연사는 단 한
명도 없었다는 것이다. 게다가 전쟁 동안 영국과 미국에서
살해된 책들을 언급한 연사 역시 한 명도 없었다. 결국 그
회의는 검열에 찬성하는 시위였던 것이다.[16]

특별히 놀라운 일은 아니다. 우리 시대에 지적

---

16 일주일 남짓 계속된 펜클럽 축하 행사에서 나온 발언 모두가 동일한
수준을 유지한 것은 아니라는 말이 합당할 듯하다. 내가 참석했던
날이 우연히 심했을 수도 있다. 그러나 연설문들(제목에 '표현의
자유'를 언급한)을 꼼꼼히 읽어 보면 우리 시대에는, 밀턴이 300년
전에, 그것도 한창 내전이 진행되던 엄혹한 시절에 그리했던 것처럼,
지적 자유를 그토록 가열하게 주장하는 사람이 거의 없다는 것을 알
수 있다. ― 원주

자유라는 견해는 두 종류의 공격을 받고 있다. 하나는
전체주의를 옹호하는 이론가들로부터의 공격이고 또
다른 하나는 독점과 관료주의라는 즉각적이고 실제적인
적들로부터의 공격이다. 자신의 고결함을 지키고자 하는
작가나 언론인은 적극적인 핍박이 아니라 그 사회를
지배하는 분위기 때문에 좌절한다. 그들을 좌절케
하는 것들로는 극소수의 부자들에게 집중되어 있는
언론, 방송과 영화에 대한 독점, 책 사는 데 돈을 쓰지
않으려는 대중,(거의 모든 작가들은 생계를 위해 돈이 되면 아무
글이나 쓸 수밖에 없다.) 정보부나 영국 문화원 같은 정부
기관의 침해,(작가의 생계에는 도움이 되지만 시간을 낭비하게
하고 작가의 생각이 지배당하게 된다.) 지난 십 년간 지속된
전쟁 분위기(어느 누구도 이로 인해 발생하는 왜곡 효과로부터
벗어날 수 없게 된다.)가 있다. 우리 시대에는 모든 것들이
공모하여 작가를 그리고 다른 분야의 예술가들까지
그저 위에서 하달한 주제를 진실의 전모도 모르고
써내는 하급 관리 같은 존재로 만든다. 이러한 운명에
맞서 싸울 때조차 작가는 자기편의 도움을 하나도 받지
못한다. 즉 그에게 그가 옳다는 확신을 심어 줄 거대한
여론이 없다. 어찌 됐든 과거 프로테스탄트의 세기
동안에는 저항이라는 견해와 지적 고결성이라는 견해는
혼재했었다. 이단 ── 정치적, 도덕적, 종교적, 혹은 미적

이단 상관없이 — 은 자신의 양심에 분노를 일으키는 일을
거부하는 사람이었다. 그런 모습은 다음과 같은 기독교
부흥 찬송가 가사에 잘 요약돼 있다.

> 감히 다니엘 같은 사람이 되거라
> 감히 홀로 서거라
> 감히 확고한 목표를 세우고
> 감히 그것을 알려라

최근 같은 상황에서는 "감히 하라"를 "감히 하지 말라"로
수정해야 할 것이다. 기존 질서에 저항하는 것은 — 누가
뭐라 해도 여러 저항 중에서 그 수가 가장 많고 가장
흔하다. — 또한 개인마다의 고결성이라는 견해에
저항하는 것이 우리 시대의 고유한 특성이기 때문이다.
감히 홀로 서는 행위는 실제 위험할 뿐만 아니라 이념의
측면에서 보더라도 범죄와 같은 행위다. 작가와 예술가의
독립은 정체불명의 경제 세력에 의해 잠식되며, 동시에
독립을 옹호하는 역할을 담당한 사람들에 의해 훼손되고
있다. 여기서 내가 주목하는 부분은 바로 두 번째
과정이다.

사상의 자유와 출판의 자유는 종종 신경 쓸 가치도
없는 논쟁으로부터 공격을 받아 왔다. 강연이나 토론을

해 본 경험이 있는 사람이라면 누구나 그 점을 잘 안다.
여기서 나는 자유는 허상이라는 흔히 들어 왔던 주장이나
민주 국가보다 전체주의 국가가 더 자유롭다는 주장을
논하려는 것이 아니다. 자유는 바람직한 것이 아니고
지적 정직성은 반사회적 이기심의 한 형태일 뿐이라는,
옹호하기 훨씬 쉽고 또 그만큼 위험한 주장을 논하려는
것이다. 다른 문제들을 앞세우고 있지만 언론의 자유와
출판의 자유를 둘러싼 논쟁의 기저에는 바람직한 것이
무엇인지에 관한, 또는 거짓말을 하는 것에 관한 논쟁이
자리하고 있다. 진정 문제가 되는 것은 지금 벌어지고 있는
일들을 진실하게 보도할 권리다. 어떤 관찰자든 무지,
편견, 자기기만으로부터 자유로울 수는 없다. 하지만
이런 상황에서도 최대한 진실하게 보도할 수 있는 권리
말이다. 이런 말이 처음에는 내가 정직한 **보도기사**만이
유일하게 중요한 문학 장르라고 주장하는 것처럼 들릴
수 있다. 문학의 모든 차원에서, 또한 모든 예술 분야에서
동일한 문제가 좀 더 세련된 형태로 나타나고 있는데 그
점은 나중에 논의하고자 한다. 우선 그때까지는 흔히 이
논쟁을 둘러싸고 있는 관련성이 전혀 없는 여러 오해들을
제거하는 일에 집중할 필요가 있다.

　　지적 자유의 적들은 자신들의 주장을 언제나 규율 대
개인주의의 문제로 호소하려 애쓴다. 진실 대 비진실의

문제는 가능한 한 문제 삼지 않으려고 뒷전으로 빼
버린다. 강조점이 변할 수는 있지만 자신의 생각을
파는 것을 거부하는 작가는 늘 이기주의자에 불과한
인간으로 낙인찍힌다. 달리 표현하면 상아탑에서
침묵으로 일관하거나, 자기의 개성을 노출증 환자처럼
과시하거나, 부당한 특권을 고수하려는 노력의 일환으로
불가피한 역사의 흐름에 저항하려는 사람이라는 비난을
받는다. 가톨릭 신자와 공산주의자들은 그들의 반대자가
정직하면서도 지적인 사람들일 수 없다고 전제한다는
점에서 서로 닮았다. 둘 다 진실은 이미 드러나 있으며,
정말 바보가 아닌 한 내적으로는 진실을 인지하고
있으면서도 단순히 이기적인 동기 때문에 그것에 저항하고
있을 뿐이라고 암묵적으로 주장한다. 공산주의 문학은
"프티부르주아 개인주의", "19세기 자유주의의 허상"
등의 언사로 된 가면을 쓰고, 아직 제대로 합의된 의미가
없어 응대하기 곤란한 낭만적이니 감상적이니 같은
단어를 함부로 사용하면서 지적 자유를 공격한다. 이런
식으로 논쟁은 문제의 본질로부터 교묘히 빠져나간다.
순수한 의미의 자유는 계급이 없는 사회에서만 존재할
것이고, 그러한 사회를 만들어 내려는 노력을 기울일
때만 자유에 가장 근접한 상태에 도달한다는 공산주의
테제를 의식 있는 사람들은 물론이고 일반인들도 수용할

수 있다. 그러나 공산당 자체가 계급 없는 사회의 실현을 목표로 하며 이미 소련에서는 그런 목표가 실현되어 가는 과정으로 들어섰다는 전적으로 근거 없는 주장이 여기에 은근슬쩍 끼어든다. 첫 번째 주장으로 두 번째 주장이 가능해진다면 인간의 상식과 인간에 대한 상식적인 예의에 관한 공격은 어떤 공격이든 다 정당화될 것이다. 그러나 이러는 사이 본질은 계속 비켜나 있다. 지적 자유는 보고 듣고 느낀 것을 표현할 자유를 의미하지 어쩔 수 없이 사실과 감정을 꾸며 내야 하는 것을 의미하지 않는다. 현실 도피, 개인주의, 낭만주의 등등을 비난하는 우리에게 친숙한 장광설은 단순히 역사 왜곡을 꽤나 괜찮아 보이게 하려는 강제 장치에 불과하다.

　십오 년 전에는 지적 자유를 지켜 내려면 보수주의자, 가톨릭 교계, 그리고 일정 정도 —— 영국에서는 강력하지 않기 때문에 —— 파시스트와 맞서야 했다. 오늘날에는 그 자유를 공산주의자들과 동반자 작가들로부터 지켜 내야 한다. 보잘것없는 영국 공산당의 직접적인 영향력을 과장해서는 안 되겠지만 러시아의 신화가 영국의 지적 생활에 끼치는 독극물과 같은 해악에 관해서는 의문이 있을 수 없다. 그것 때문에, 알려진 사실들이 억압되고 왜곡되어, 지금 우리가 살고 있는 시대의 역사를 진실하게 기록할 수 있을지에 의문이 들 정도다. 하려고 들면 인용할 수 있는 예는 수백 개나 되지만 그중 하나만 들어 보겠다.
독일이 패망했을 때 소련 사람 상당수가 — 의심의
여지 없이 비정치적인 동기로 — 독일 편을 들어 독일을
위해 싸웠던 것으로 알려졌다. 또한 러시아 포로들과
피난민 가운데 소규모지만 무시 못 할 숫자가 소련으로
돌아가기를 거부했다. 그리고 그중 적어도 일부는
자신들의 의지와는 상관없이 본국으로 강제 송환됐다.
이런 사실이 현장에 있던 많은 기자들에게 알려졌지만
영국 언론 대부분은 이를 보도하지 않았다. 그사이
영국의 친러시아 선전 매체는 소련에는 "매국노가
없다."라는 거짓 주장을 펼치며 계속해서 1936~1938년에
벌어진 숙청과 강제 추방을 정당화했다. 우크라이나
대기근, 스페인 내전, 러시아의 대폴란드 정책과 같은
주제를 둘러싸고 횡행했던 거짓말과 오보의 안개는
전적으로 의식적인 비정직성 탓만이라고는 할 수 없었다.
소련에 완전히 공감하는 — 러시아 사람들 자신들이
작가나 언론인들이 공감하길 바라는 방식으로의
공감 — 작가나 언론인이라면 누구나 중요한 이슈를
의도적으로 왜곡하는 것을 묵인해야만 하는 속사정도
있었다. 지금 내 앞에는 러시아 혁명 중 일어났던 최근의
사건들을 간략히 설명하는 팸플릿 하나가 놓여 있다.
1911년에 막심 리트비노프가 쓴 것으로 구하기 매우

힘든 문건이다. 이 팸플릿에서 스탈린은 언급되지 않고 오히려 트로츠키, 지노비에프, 카메네프 같은 인물들이 높이 칭송되고 있다. 이런 팸플릿을 보고 지적으로 가장 양심적인 공산주의자가 취할 수 있는 태도는 어떤 것일까? 기껏해야 바람직하지 않은 문건이기에 발간을 못 하게 하는 것이 좋았겠다고 말하는 반계몽주의자의 태도였을 것이다. 더군다나 어떤 이유로든 트로츠키를 비방하고 스탈린을 언급하는 부분을 추가한 윤색본을 발간하기로 결정했다고 하더라도 당에 충성해 온 공산주의자라면 그 누구도 이의를 제기할 수 없을 것이다. 이처럼 심각한 문서 위조 행위가 최근 수년 동안 계속해서 자행되어 왔다. 하지만 중요한 점은 그런 일이 일어난다는 것이 아니라 그런 일이 알려질 때조차 좌파 지식인 집단에서는 아무런 반응이 없다는 것이다. 진실을 말하는 것이 시의 적절치 못하다거나 어느 특정한 인물이나 막연히 다른 사람들의 이익이 되게 행동하는 것이라는 주장은 반론을 할 수 없는 주장으로 여겨진다. 게다가 그들이 용인한 거짓말들이 신문에 실린 후 뒤이어 역사책에 수록될 것이라는 전망 때문에 괴로워하는 사람조차 거의 없다.

　　전체주의 국가들이 조직적으로 하는 거짓말은, 혹자가 주장하듯, 군대에서 사용하는 기만 작전과 동일한 성격의 임시방편이 아니다. 그것은 전체주의에 필수적인

것으로, 강제 수용소와 비밀경찰이 필요 없게 되더라도
여전히 존재할 것이다. 지식인 공산당원들 사이에서
은밀히 떠도는 전설이 있는데, 이는 러시아 정부가
지금은 거짓 선동이나 재판 조작을 할 수밖에 없지만,
러시아 정부가 비밀리에 참사실을 기록하고 있으며 일정
시간이 지나면 그것들을 공개하리라는 것이다. 이런
일은 절대 없으리라고 나는 확신한다. 그 같은 행위에
내재하고 있는 사고방식은 과거는 바꿀 수 없으며 역사를
정확히 아는 일을 응당 값진 것으로 신봉하는 자유주의
역사가의 사고방식이기 때문이다. 전체주의의 관점에서
볼 때 역사는 학습되는 것이 아니라 창조되는 무엇이다.
전체주의 국가는 사실상 신정 국가며 그 나라를 지배하는
특권 계급은 자신들의 지위를 유지하기 위해 자신들을
무오류의 존재로 만들어야 한다. 그러나 현실적으로
오류가 없는 사람은 있을 수 없으므로 이런저런 실수가
결코 행해진 적 없거나 이런저런 상상의 승리가 실제
있었다고 보여 주기 위해서는 과거 사건을 재구성할
필요가 자주 생긴다. 그러고 나서는 정책이 크게 바뀔
때마다 이에 상응하여 강령 역시 바뀌고 역사적으로
중요한 인물들을 재발견할 필요가 생긴다. 이런 종류의
일은 세상 어디에서나 벌어지지만 어느 특정 시점에
오로지 한 가지 생각만 허용되는 사회에서는 노골적인

왜곡으로 이어질 공산이 크다. 실제로 전체주의는
계속해서 과거를 바꿀 것을, 그리하여 종국에는 객관적
진실의 존재마저 믿지 말 것을 요구한다. 이 나라에서
전체주의를 옹호하는 자들에게는 절대적 진리는 도달할
수 없는 것이기에 큰 거짓말이 작은 거짓말보다 나쁠 게
없다고 주장하는 경향이 있다. 모든 역사 기록물에는
편견이 개입되고 부정확하다거나 다른 한편으로는 우리
눈에 실상처럼 보이는 것들이 단지 허상에 불과하다는
점을 현대 물리학이 입증했으니 감각으로 수집된
증거를 믿는다는 것은 저속한 속물주의일 뿐이라고
지적하고 있다. 전체주의를 영속화하는 것에 성공한
사회는 분열적 사고 체계를 만들어 낼 것이다. 이런
분열적 사고체계 내에서 상식의 법칙은 일상생활과 특정
정밀과학 분야에서는 유효할 수 있어도 정치인, 역사가,
사회학자에게는 무시당할 수 있다. 과학 교과서 왜곡을
언어도단이라고 생각하면서도 역사적 사실을 왜곡하는
것은 아무 잘못도 아니라고 생각하는 사람이 이미 셀
수 없을 정도로 많다. 전체주의가 지성인들에게 거대한
압력을 행사하는 곳은 문학과 정치가 교차하는 바로 이
지점이다. 이 시점에서 정밀과학은 과거같이 위협이 되지
않는다. 이 점은 어느 나라에서든 작가들보다 과학자들이
정부에 줄서기 용이하다는 사실로 어느 정도 설명이 된다.

논의를 이어 가기 위하여 내가 이 글 첫머리에서
언급한 바를 반복하고자 한다. 영국에서 진실, 즉 사상의
자유를 즉각적으로 위협하는 적은 언론 군주, 영화계
거물, 관료 들이지만 멀리 보면 지식인 내면에서 자유를
갈망하는 열정이 약화되는 것이 가장 심각한 증상이라는
말이다. 지금까지 나는 문학 전반이 아니라 오로지 정치
언론 한 분야에 대해서 검열이 끼치는 영향에 관해서만
말해 왔을 수도 있다. 소련이 영국 언론에서 일종의
금기가 됐다는 점을, 스페인 내전이나 독일과 소련과의
협정 등과 같은 이슈가 심각한 논의 주제에서 제외된
점을, 사회의 지배적인 정설과 상충하는 정보를 알고 이를
왜곡하거나 이에 대해 침묵하는 것이 요구되는 점을, 이
모든 상황을 인정한다고 하더라도 확대된 의미의 문학이
굳이 영향받을 필요가 있는가? 모든 작가가 정치인이고
모든 책이 불가피하게 사실에 충실한 **보도문**일 수밖에
없는가? 엄혹한 독재 정권 아래서도 작가 개개인들은
내면적으로 자유로울 수 없으며 권력 기관이 인지하지
못하도록 자신의 비정통적 사상을 순화하거나 위장할
수는 없단 말인가? 작가 자신이 지배적인 정설에 동의하는
것이 어때서 작가는 속박을 받아야 한단 말인가? 문학은
물론이고 여타 예술도 생각이 크게 충돌하지 않으며
예술가와 관객과의 구분이 뚜렷하지 않은 사회에서 가장

번성할 것 같지 않은가? 모든 작가는 반역자이고, 심지어 예외적인 인물이라고 전제해야만 하는 것인가?

전체주의의 주장에 맞서 지적 자유를 지키려는 사람들은 누구나 이런 유형의 문제와 맞닥뜨리게 된다. 그러한 문제들은 문학이 무엇인지 그리고 문학이 어떻게(어떤 사람들에게는 '왜'가 되겠지만) 출현하게 됐는지를 완벽하게 잘못 알고 있어서 생겨난다. 그들은 작가를 단순히 즐거움을 주는 사람으로, 아니면 마치 수동 오르간 연주자가 선율을 바꿔 가며 연주하듯 쉽게 선동의 내용을 바꾸는, 돈만 주면 아무 글이나 쓰는 이들로 전제한다. 그러나 결국 책이란 어떻게 써지는가? 현저히 낮은 수준이 아닌 이상, 문학은 경험을 기록하여 동시대인들의 관점에 영향을 끼치려는 시도다. 그리고 표현의 자유에 관한 한, 단순한 저널리스트와 가장 비정치적인 창작 작가 사이에는 큰 차이가 존재하지 않는다. 거짓 기사를 써야만 할 때나 자신이 생각하기로는 중요한 뉴스를 숨겨야만 할 때 저널리스트는 자유롭지 못하며 부자유를 의식하게 된다. 반면 창작 작가는 제 관점에서는 사실인 주관적인 감정을 왜곡해야만 할 때 자유롭지 못하다. 창작 작가는 제 의도를 더 분명하게 전달하기 위해 현실을 견강부회하거나 희화화할 수는 있어도 내면 풍경을 왜곡할 수는 없는 것이다. 좋아하지 않는 것을 좋아한다고, 믿지 않는 것을 믿는다고 확신에 차서 말할 수는 없다. 그렇게 하도록 강요된다면 결과는 창작 재능의 고갈뿐이다. 더구나 논쟁이 되는 주제를 피해서는 문제를 해결할 수 없다. 순수하게 비정치적인 문학이란 존재하지 않기 때문이다. 게다가 지금 우리는 직접적으로 정치적인 형식의 공포, 증오, 충성이 모든 사람들 의식의 표면 가까이에 있는 시대에 살고 있지 않나? 단 하나의 금기로도 정신 전체가 불구가 될 수 있다. 왜냐하면 자유롭게 이어지는 사고가 금기시된 사고로 이어질 위험이 항상 존재하기 때문이다. 전체주의 분위기에서 시인들, 적어도 서정시인들이 숨 쉴 여지가 있을는지 모르지만 모든 유형의 산문가들에게는 치명적이다. 게다가 두 세대 이상 존속해 온 모든 전체주의 사회에서는 지난 400년 동안 존재해 왔던 것과 같은 유의 산문 문학은 실제로 종말을 고하게 될 게 분명하다.

문학은 때때로 전제 정권 아래서 번창하기도 했다. 그러나 흔히 지적되어 오듯이 과거의 전제주의는 전체주의가 아니었다. 억압 기제는 비효율적이었고 지배 계급은 전반적으로 부패했거나 무관심했고, 사고는 반자유주의적이었으며, 지배적인 종교 교리는 대개 완벽주의와 인간의 무오류성이라는 관념과는 반대로 작동했다. 그렇다 해도 산문 문학이 최고 수준에 도달한 것은 민주주의 시대와 자유로운 사색이 가능한 시대였다는 말은 대체로 맞다. 전체주의에서 새로운 것은 전체주의의 교리가 논의의 여지가 없다는 점뿐만 아니라 불안정하다는 점이다. 전체주의 교리는 저주라는 고통을 참아 내면서도 받아들여야 하지만, 다른 한편으로는 어느 한순간 갑자기 변경될 여지가 있는 것이다. 예를 들어 영국과 독일의 전쟁을 두고 영국 공산주의자나 동반자 작가가 취할 수밖에 없었던, 완벽히 양립할 수 없는 여러 가지 태도들을 생각해 보자. 1939년 9월이 되기 전 몇 해 동안 그는 계속되는 "나치즘의 공포"라는 극도의 혼란 상태에서 자신이 쓰는 모든 글을 히틀러에 대한 비난으로 채워야만 했다. 그러다 1939년 9월 이후 열두 달 동안 그는 독일이 저지르는 죄보다 독일이 당하는 죄가 많다고 믿어야 했고, '나치'라는 단어는 적어도 인쇄물에서는 그가 사용하는 어휘에서 빠질 수밖에 없었다. 그러다가 1941년 6월 22일 아침 8시 뉴스를 듣자마자 그는 또다시 나치가 세계사에서 가장 극악무도한 집단이라고 믿기 시작해야 했다. 정치인이라면 이런 변신을 쉽게 할 수 있지만 작가에게는 약간 다른 문제다. 작가가 정확히 제때에 지조를 바꾸려면 주관적인 감정에 대해 거짓말을 하거나 그 감정을 완전히 억눌러야 한다. 어느 경우든 본인 삶의 동력은 파괴된다. 더 이상 생각이 떠오르지 않을 뿐만 아니라 사용하는 단어들을 쓰려고 하면 그

단어가 순식간에 경직된다. 우리 시대의 정치적 글은
대부분 전적으로 아이들이 갖고 노는 조립식 장난감
세트의 조각 하나하나처럼 연결된 구절들로 구성된다.
이는 자기 검열의 피할 수 없는 결과다. 분명하고 힘 있는
언어를 쓰려면 두려움 없이 사고해야 하며 두려움 없이
사고한다면 정치적 정설이 될 수 없다. 지배적인 정설이
오랜 시간을 거쳐 형성되고 그래서 그다지 심각하게
받아들여지지 않았을 때인 **믿음의 시대**에는 달랐을 수
있다. 그런 시절에는 개인 정신 영역 중 상당한 부분이
공식적으로 믿는 것에 영향을 받지 않은 채로 남아
있기가 가능했거나 가능하게 될 수 있었을 것이다.
그렇다고 하더라도 유럽이 향유했던 유일한 믿음의 시대에
산문학이 거의 사라졌다는 점은 주목할 가치가 있다. 중세
내내 창작 산문학은 거의 존재하지 않았고 사료로서의
가치를 지닌 것으로서 존재하는 글도 거의 없었다. 사회의
지적 선도자들은 가장 심오한 사상을 1000년 동안 거의
바뀌지 않은 죽은 언어로 표현했던 것이다.

하지만 전체주의는 믿음의 시대가 아니라 정신 분열의
시대를 약속한다. 사회 구조가 노골적으로 인위적이 될
때, 즉 지배 계급이 그들의 기능은 잃었지만 강압이나
기만으로 권력을 유지해 나갈 때 그 사회는 전체주의
사회가 된다. 그러한 사회는 아무리 오래간다 해도 결코

관용적이 되거나 지적으로 안정될 여유를 얻지 못한다.
문예 창작의 필수인 진실한 사실 기록도, 감정적 진정성의
기록도 결코 허용되지 않는다. 전체주의 국가에서
살아야만 전체주의에 의한 타락이 벌어지는 것은 아니다.
특정 생각을 퍼뜨리는 것만으로도 독을 널리 퍼뜨릴
수 있다. 이런 연유로 문학적 목적을 위해 사용하기엔
불가능한 주제가 연속적으로 생겨나게 된다. 강요된
정설이 존재하는 곳 어디에서건 —— 흔히 보듯 정설이
두 개가 존재하는 곳 어디에서건 —— 좋은 글은 나오지
않는다. 이는 스페인 내전에서 여실히 드러났다. 스페인
내전이 다수의 영국 지성인들에게는 무척 감동적인
경험이었지만 그들에게 진지한 글을 쓸 수 있게 하는
주제를 제공한 경험은 아니었다. 허용된 발언은 단 두
가지뿐이었고 둘 다 뻔한 거짓말이었다. 그 결과 그 전쟁은
엄청난 글을 양산했지만 거의가 읽을 가치 없는 글뿐이다.

　　전체주의가 운문에 끼치는 영향이 산문에 끼치는
영향만큼 치명적인지는 확실치 않다. 권위주의 사회에서
산문 작가보다는 시인이 편안함을 느끼는 이유로는 여러
가지가 있지만 다음 몇 가지로 수렴된다. 우선 관료들과
여타의 **실무적인** 일을 하는 사람들은 일반적으로 자신이
말하는 것에 과도하게 몰입하는 시인을 업신여긴다.
둘째로 시인이 말하려고 하는 것 —— 산문의 경우에는

의미하는 것 — 은 심지어 시인 자신에게도, 상대적으로
덜 중요하다. 시에 담긴 생각은 늘 단순하다. 생각을
제시하는 것이 시의 주된 목적도 아니다. 이는 그림에
들어간 일화가 그 그림의 주된 목적이 아닌 것과 같은
이치다. 그림이 붓이 지나간 자국의 배열이듯, 시는
소리와 그 소리로 연상되는 것들의 배열이다. 시는 노래의
후렴구같이 짧은 분량의 구절 안에서 의미 전달을 완전히
생략할 수 있다. 따라서 시인은 아주 쉽게 위험한 주제를
다루지 않을 수 있고 이설을 주장하지 않을 수 있다. 설혹
이설을 표현한다고 해도 눈에 띄지 않을 것이다. 그러나
무엇보다도 훌륭한 운문은 훌륭한 산문과는 달리 시인 한
사람만의 개별적인 산물은 아니다. 특정 유형의 시들, 예를
들어 발라드나 아주 인위적인 운문 형식들은 여러 사람이
모인 집단의 합작품이다. 고대 잉글랜드와 스코틀랜드의
발라드가 원래 한 개인의 창작물인지 다수의 집단
창작물인지에는 논란의 여지가 있다. 그러나 어찌 됐든
입에서 입으로 전해지면서 지속적으로 바뀐다는 점에서
보면 집단 창작물인 셈이다. 심지어 기록으로 전해진
발라드조차 다양한 이판본들이 존재한다. 고대인들은
운문을 공동으로 지어낸다. 누군가가 처음 악기 연주에
맞춰 즉흥적으로 지어내다가 그 첫 번째 사람이 중단하면
또 다른 누군가가 한 행이나 운 하나를 거들기도 한다.

이런 과정이 수도 없이 이어지면서 노래 한 곡이나 발라드 한 편이 만들어지므로 원작자를 구별해 낼 수는 없는 일이다.

산문에서는 이런 밀접한 협업이 불가능하다. 특정 유형의 운문을 창작함에 있어 한 집단의 구성원이라는 기쁨이 실제적인 도움이 될 수 있지만, 심각한 주제를 다루는 산문은 어찌 됐든 한 사람이 혼자 써야만 한다. 운문 — 최고 수준은 아닐지라도 그럭저럭 훌륭하다고 할 만한 운문 — 은 심문이 극심한 정권 아래서도 살아남을지 모른다. 자유와 독창성이 소멸된 사회에서도 애국심을 고취하는 노래, 승전을 축하하는 영웅 찬양 발라드, 혹은 세련된 아첨은 여전히 필요할 것이다. 이런 유형의 시들은 예술적 가치를 결여하지 않으면서 요구에 맞게, 혹은 공동으로 창작될 수 있다. 산문은 다르다. 사고의 폭이 줄어들면 산문 작가의 창작력은 죽는다. 그러나 전체주의 사회 또는 전체주의적 사고를 수용한 집단의 역사를 보면 자유의 상실이 모든 문학 형식에 해롭다는 점을 알 수 있다. 히틀러 정권 아래서 독일 문학은 거의 사라졌다. 이탈리아라고 별반 나을 것도 없다. 러시아 문학은 우리가 번역으로 판단컨대 운문이 산문보다 나아 보이긴 하지만 볼셰비키 혁명 초기부터 현저하게 악화되었다. 십오 년 동안 진지하게 받아들일

수 있는 러시아 소설이 번역된 예는 극소수다. 서유럽과
미국에서는 문학 지식인들 중에는 공산당을 거쳤거나
공산당에 동조한 작가들이 매우 많았지만 이와 같은
좌경화 운동 전체가 출간한 책들 중에서 읽을 만한 것들은
얼마 되지 않는다. 정통 가톨릭 역시 특정한 문학 형식,
특히 소설에 압도적인 영향을 끼쳤던 것처럼 보인다.
300년이란 기간 동안 훌륭한 가톨릭 신자이면서 동시에
훌륭한 소설가였던 사람의 수는 얼마나 됐을까? 사실
언어로 칭송될 수 없는 특정 주제가 존재하는데 전제
정권이 바로 그런 주제다. 그렇기에 어느 누구도 종교
재판을 칭송하는 훌륭한 책을 쓰지 못했던 것이다. 시는
전체주의 시대에도 살아남을지 모른다. 그리고 특정 예술,
일례로 건축 같은 반쯤의 예술은 전제 정권이 나은 환경일
수 있다. 그러나 산문 작가들은 침묵 아니면 죽음을
선택할 수밖에 없다. 우리가 알듯 산문학은 이성주의,
개신교 시대 그리고 자율적인 개인의 산물이다. 그래서
지적 자유를 파괴하는 것은 언론인, 사회학 저자, 역사가,
소설가, 비평가, 마지막으로 시인을 차례차례 불구로
만든다. 미래에는 개인의 감정이나 진실한 관찰 없이도
가능한 새로운 유형의 문학이 생길 가능성이 있지만
현재로서는 상상하기 힘들다. 르네상스부터 쭉 이어져 온
자유주의적 문화가 종말을 고한다면 문학도 함께 소멸될

것이다.

물론 인쇄물은 계속해서 사용될 테지만 엄혹한
전체주의 사회에서 어떤 종류의 읽을거리가 살아남을지
헤아려 보는 것은 흥미롭다. 추정컨대 신문은 텔레비전의
기술이 정점에 도달하기 전까지는 살아남겠지만 신문 말고
산업 국가의 대중들이 어떤 읽을거리를 필요로 할지에는
여전히 의문이 든다. 어떤 경우든 그들은 읽을거리에
여타의 여가 활동에 쓴 돈 이상을 쓸 생각은 없다. 아마도
장편 소설과 단편 소설의 자리는 영화와 라디오 제작물로
완전히 대체되겠지만 인간의 개입을 최소한으로 축소하는
일종의 대량 생산 공정으로 생산되는 저급의 감상
소설류는 살아남을지도 모르겠다.

기계로 책을 쓴다는 것은 아마도 인간의 창작 영역을
뛰어넘는 일이 아닐 수 있다. 그러나 영화와 라디오, 광고와
선동, 그리고 싸구려 저널리즘에서는 이미 일종의 기계화
공정이 돌아가고 있음을 확인할 수 있다. 가령 일부는 기계
작업으로, 일부는 독창성을 억제하는 예술가들의 집단
작업으로 생산되는 디즈니 영화는 본질적으로 공장식
공정을 따르는 것이다. 라디오 극은 보통 주제와 방식이
미리 정해져 있는데 돈 받고 고용된 글쟁이들이 이에
맞춰 쓴다. 게다가 그들이 쓰는 것은 그저 초고 수준의
원재료들이다. 제작자들이나 검열관들은 이것을 자기들

식으로 재단해 원하는 것으로 만들어 낸다. 정부 여러 부처에서 발주한 수많은 책과 팸플릿 또한 마찬가지다. 제작 과정이 훨씬 기계적인 것은 싸구려 잡지의 단편 소설, 연재물 그리고 시다. 《라이터스》 같은 신문에는 한 번에 몇 푼만 내면 이미 구성된 플롯을 판다고 선전하는 문예 학교 광고가 넘쳐 난다. 어느 광고에는 전체 플롯은 물론이고 각 장의 시작 첫 문장과 마지막 문장도 제공한다고 돼 있다. 또 다른 광고에서는 작가들이 플롯을 짤 때 사용할 수 있는 일종의 수학 공식 같은 것을 제공한다고 하고, 등장인물과 상황을 적어 놓은 카드 묶음을 주는데 그 카드를 뒤섞어서 배열하면 참신한 이야기가 자동적으로 만들어진다고 선전하는 광고도 있다. 전체주의 사회가 문학을 필요로 할 때 문학이 생산되는 방식은 아마도 이런 방식일 것이다. 저술 과정에서 상상 — 아마도 의식 역시 — 은 제거될 것이다. 책은 관료들이 그려 놓은 큰 그림 안에서 기획된 후, 수많은 사람들의 손을 거쳐 완성될 것이다. 그렇게 완성된 책은 조립 라인 최종 단계에서 비로소 완성되는 포드 자동차처럼 더 이상 어느 한 개인의 창작물은 아닐 것이다. 두말할 것도 없이 그런 식으로 제작된 것들은 모두 다 쓰레기다. 그러나 쓰레기가 아닌 것들은 무엇이든 국가의 체계를 위험에 빠뜨릴 것이다. 과거의 문학이 살아남기 위해서는 억압되거나 최소한 정교하게 다시 써져야 한다.

전체주의는 지금껏 그 어느 곳에서도 완전한 승리를 거두지 못했다. 우리 사회는 대체적으로 자유로운 사회다. 언론 자유라는 권리를 행사하기 위해서는 경제적 압력과 여론이라는 강력한 힘과 싸워야 하지만 아직 비밀경찰과 싸울 것까지는 없다. 마음만 먹으면 은밀하게 거의 모든 것을 말하거나 출간할 수 있다. 그러나 사악한 것은 이 글 첫머리에서 언급했듯이 자유에 의미를 가장 많이 부여해야 할 사람들이 의식적으로 자유의 적이 된다는 점이다. 전체 대중은 그 문제가 어떻든 별 관심이 없다. 이단을 박해하는 데 찬동하지 않지만 그렇다고 그들을 옹호하려고도 하지 않는다. 그들은 정신이 온전하면서 동시에 너무나 아둔해서 전체주의를 이해하는 관점을 갖지 못한다. 지적 품격에 대한 직접적이고 의식적인 공격은 지성인 자신들로부터 나온다.

친러시아 지식인들이 그런 특정 신화에 굴복하지 않았다면 같은 종류의 다른 신화에 굴복했었으리라는 추론은 가능하다. 그러나 어쨌든 러시아 신화는 엄연히 존재하고 그로 인한 부패로 썩은 내가 진동한다. 고등 교육을 받은 사람들이 압제와 박해에 무관심한 것을 지켜보는 사람들은 그들의 냉소주의와 근시안 중 어느 것을 더 경멸해야 할지 확신이 서지 않는다. 가령 다수의

과학자들은 소련을 무비판적으로 칭송한다. 그들은 당장
자신들의 연구 분야가 영향을 받지 않는다면 자유가
파괴되는 일쯤은 대수롭지 않게 생각하는 듯하다. 급속히
발전하는 대국 소련은 대량의 과학 종사자를 절실히 필요로
하기에 이들을 후하게 대우한다. 심리학 같은 위험한
학문과 관련성이 없다면 과학자들은 특권을 누린다. 반면
작가들은 혹독하게 탄압받고 있다. 일리아 에렌부르크나
알렉세이 톨스토이 같은 문학 매춘부들이 막대한 돈을
받는 것은 사실이지만 작가들에게 가치 있는 유일한
표현의 자유 같은 것은 박탈당하고 만다. 러시아에서
과학자들이 향유하는 기회를 열정적으로 칭송하는
영국 과학자들 적어도 몇 명은 그런 사정을 이해한다.
그럼에도 그들의 반응은 이 정도 수준이다. "러시아에서는
작가들이 탄압받는다고. 그래서? 어쩌라고? 난 작가가
아니잖아." 그들은 지적 자유에 대한 공격, 나아가서 객관적
진실이라는 개념에 대한 공격이 궁극적으로는 사고의 모든
영역을 위협하리라는 점을 모르고 있다.

　　전체주의 국가는 과학자들을 필요로 하기에
당장은 그들에 관대하다. 나치 정권 아래의 독일에서도
과학자들은 유대인이 아닌 한 비교적 후한 대접을 받았고
독일의 과학계는 히틀러에게 저항하지 않았다. 역사상
현재 같은 단계에서 최악의 독재자조차 일정 부분

자유로운 사고 습관이 남아 있어서, 일정 부분 전쟁을 준비할 필요가 있어서, 어쩔 수 없이 물리적 현실을 고려할 수밖에 없다. 물리적 현실을 완전히 무시할 수 없는 한, 예를 들어 비행기 설계도를 그릴 때 2 더하기 2가 4가 될 수밖에 없는 한, 과학자에게는 고유의 역할이 있기에 어느 정도는 자유가 허용될 수 있다. 과학자는 전체주의 국가가 공고히 확립된 후에야 깨우칠 것이다. 그동안 과학의 순수성을 지켜 내고 싶다면 그가 할 일은 문학 동료와 일종의 연대를 발전시켜 작가들이 침묵을 강요당하거나 자살로 내몰릴 때, 신문이 조직적으로 허위 보도를 일삼을 때 무관심해하지 않는 것이다.

　　하지만 물리 과학, 음악, 회화와 건축이 어떻게 되든 간에 ── 지금껏 내가 보여 주려고 했듯 ── 사상의 자유가 파괴되면 문학은 운명적으로 소멸할 수밖에 없다는 것은 확실하다. 전체주의 체제를 유지하는 나라에서만 그런 것은 아니다. 전체주의의 관점을 받아들이는 작가, 탄압과 현실 왜곡의 구실을 찾는 작가, 그럼으로써 작가 자신을 파괴하는 작가에게도 동일한 운명이다. 일단 들어서면 빠져 나올 길은 없다. 개인주의와 상아탑에 대한 신랄한 비판도, "진정한 개성은 단지 공동체와의 동화를 통해서만 성취된다."라는 식의 엄숙하고 상투적인 문구도 매수된 마음은 망가진 마음이라는 사실을 넘어설 수는 없다.

특정 시점에 자발성을 갖게 되지 않는 한 문학 창작은
불가능하다. 그리고 언어 자체가 지금의 언어와 완전히
다른 무엇이 된다면 모르긴 해도 우리는 문학 창작을 지적
정직성과 분리하는 법을 배우게 될 것이다. 지금 당장
우리가 아는 유일한 것은 상상력은 마치 야생 짐승들처럼
갇힌 상태에서는 결코 번식이 안 된다는 것이다. 그러한
사실을 부인하는 — 그리고 지금 소련에 대한 칭송에는
그러한 부인이 포함돼 있거나 내재돼 있다. — 작가와
언론인은 실은 자신의 파멸을 요구하는 셈이다.

정치와 영어

'생생하게 쓰기보다 정확하게 쓰는' 것이 목표였던 작가 오웰.
그가 말하는 좋은 문장이란 어떤 문장인가? 그리고 당대의
정치는 영어를 어떻게 쇠락시켰는가? 1946년 발표작.

정치와 영어

이 문제를 조금이라도 걱정하고 있는 사람들 대부분은 지금 영어가 나쁜 상태에 놓여 있다는 점을 인정할 것이다. 하지만 대체적으로 이런 걱정은 그 문제에 대해 의식적으로 대응할 수 있는 것이 별로 없다는 점을 전제로 하고 있다. 우리 문명 자체가 퇴폐적이니 우리 언어도 문명과 함께 쇠퇴할 수밖에 없다는 식의 주장이 펼쳐진다. 그래서 언어를 함부로 사용하는 것에 맞선 모든 저항은 전깃불보다 촛불을 더 좋아하고, 비행기보다 이륜마차를 더 좋아하는 것처럼 옛것을 선호하는 감상적 취향이라고 여겨지기도 한다. 언어는 자연스레 성장하는 것이지 우리가 정해 놓은 목표에 도달하기 위해 만들어 갈 수 있는 도구가 아니라는 반쯤은 의도적인 신념이 이런 평가의 저변에 자리 잡고 있다.

한 언어의 쇠락에는 궁극적으로 정치적이고 경제적인

원인이 있을 수밖에 없다. 이런저런 개별 작가들이 나쁜 영향을 끼쳐서만은 아니겠지만 그래도 한 가지 특정한 결과가 원인이 될 수 있다. 즉 최초의 원인이 강화되고, 그러고 나서 그 강화된 형태에서 동일한 결과가 만들어지고, 그리고 이런 방식이 무한 반복되는 방식이다. 사람은 자신을 패배자라고 느낄 때 술독에 빠지기도 하고 그 결과로 완전한 패배자가 되기도 한다. 유사한 상황이 영어에서 펼쳐지고 있다. 우리의 생각이 바보 같기 때문에 영어가 너저분해지고 부정확해지는 것은 분명하다. 그리고 우리가 영어를 깔끔하게 사용하지 않아서 우리의 생각은 더 쉽게 바보처럼 된다. 이때 핵심은 그 과정을 되돌릴 수 있다는 것이다. 현대 영어에는 특히 글로 쓰는 영어에는 따라하는 것 때문에 퍼져 나가는 나쁜 습관이 너무 많은데 이런 습관들은 수고를 아끼지 않으면 충분히 피할 수 있는 것들이다. 이런 습관을 없애면 우리는 더 명료하게 사고할 수 있다. 그리고 명료하게 사고하는 것은 정치 쇄신에 필수적인 첫 번째 단계다. 그렇기에 나쁜 영어에 저항하는 것은 사소한 일이 아니고 직업 작가들만의 관심사도 아니다. 이 문제는 조금 뒤에 다시 다룰 것이다. 그때쯤엔 내가 지금 말하고 있는 바가 더 분명해졌으면 한다. 지금부터는 현재 습관적으로 사용되는 영어 표현 다섯 가지를 살펴보고자 한다.

여기서 제시하는 다섯 개 예문은 특별히
나쁜 문장이어서가 아니라 ── 작심하고 고르려고
했으면 이것들보다 훨씬 더 나쁜 문장을 고를 수도
있었다 ── 현재 우리에게 영향을 끼친 여러 정신적
패악질을 잘 보여 주기 때문이다. 이 다섯 개의 예문은
글의 수준으로 보면 평균에 약간 못 미치지만 실상을
얼마나 정확하게 보여 주고 있느냐의 차원에서 보면 매우
적절한 예문이라고 할 수 있다. 각 예문에 번호를 매긴
이유는 혹시 나중에 언급할 때 편하도록 하기 위함이다.

첫째, 한때 17세기의 셸리와 비슷하지 않다고
말하기 힘들어 보이던 그 밀턴이 해를 거듭할수록 더
가혹한 경험을 한 탓에 그 예수회 교파의 창시자와 그
어느 것으로도 그를 관대해지도록 할 수 없을 정도로 더
이질적이[17] 되었다고 말하는 것이 사실이 아닌지를 나는
실제로 확신할 수가 없다.

─ 해럴드 래스키,[18] 『표현의 자유』에 실린 에세이

---

17 해럴드 래스키의 원문에 'alien'으로 표기된 것을 오웰이 그대로
  인용했다.
18 Harold Laski(1893~1950). 다원주의 국가론을 정치 이론으로 정립한
  영국의 정치 사상가.

둘째, 무엇보다 우리는 tolerate(참다) 대신 put up with를, bewilder(당황하게 하다) 대신 put at a loss를 사용하는 것과 같이 음어(vocable)로 이루어진 터무니없는 연어를 규정하고 있는 고유한 숙어 어휘 모둠을 무분별하게 사용해서는 안 된다.

— 랜슬롯 호그벤,[19] 『인터글로시아』

셋째, 한편으로 우리는 자유로운 개성을 가졌다. 개성은 그 단어의 정의로만 보면 신경증이 아니다. 그것에는 갈등도 없고 꿈도 없기 때문이다. 개성의 욕망은 여타의 욕망처럼 투명하다. 제도적 승인이 의식의 최전선에 있도록 해 주고 있기 때문이다. 또 다른 제도적 유형은 이 욕구의 수와 강도를 변화시킨다. 이 욕구에는 자연스럽거나, 더 줄일 수 없거나, 혹은 문화적으로 위험한 것들이 거의 없다. 하지만 다른 한편으로, 사회적 유대 자체는 이와 같은 자체적으로 안전한 온전함이 상호 반영되고 있을 뿐이다. 사랑의 정의를 상기해 보자. 특출할 것 없는 학자의 모습 바로 그것 아니겠는가? 이 거울의 방 안에서 개성과 형제애의 자리는 어디인가?

---

19 Lancelot Hogben(1895~1975). 영국의 실험 동물학자이자 의료 통계학자.

—『정치학』에 실린 심리학 관련 에세이(뉴욕).

넷째, 상류층 남성 전용 클럽의 '권력자들'과 광적인
파시스트 우두머리들 전체가 위기에서 벗어나려는 그
혁명적 방식에 저항하기 위해 사회주의에 대한 증오와
대중 혁명 운동의 태동에 대해 야만적인 공포라는 공동의
관심사로 뭉쳤다. 이들은 도발적인 행동, 악랄한 방화,
중세의 전설에 나오는 우물에 독 풀기, 프롤레타리아
조직을 스스로 파괴하는 행위에 대한 합법화 등등의
수법에 의지해 흥분한 프티부르주아를 선동하여
국수주의적 열정을 갖도록 했다.

— 공산당 팸플릿

다섯째, 이 오래된 나라에 새로운 정신을
불어넣으려고 할 때, 비록 힘들고 합의가 잘 되지 않지만
반드시 이뤄야 할 개혁 과제가 하나 있는데, 그것은 다름
아닌 BBC를 인간화하고 활성화하는 것이다. 이 과정에서
소심함을 보인다면 이는 영혼이 궤양에 걸려 있고 영혼이
위축돼 있다는 사실을 대변하는 것과 다르지 않다. 예를
들어, 영국의 심장은 아무 문제없이 힘차게 뛰고 있지만
현재 영국이라는 사자의 포효는 셰익스피어의『한여름
밤의 꿈』에서 광대 보텀이 내는 여린 새끼 비둘기 소리와

별반 다르지 않다. 강건한 새로운 영국은 '표준 영어'라는 뻔뻔한 가면을 쓴 랭엄 플레이스[20]가 생기 없이 무기력한 상태에 있다고 해서 세상의 눈에, 아니 귀에 무한정 계속 비방을 당할 수는 없는 일이다. 9시에 「영국의 목소리」가 방송될 때 아는 체하고, 과장되고, 억눌려진 여교사가 나무랄 데 없고, 수줍음 많고, 고양이 같은 목소리를 가진 아가씨들에게 장난치듯 내뱉는 귀에 거슬리는 소리보다는 [h] 발음을 과감하게 뺀 소리를 듣는 것이 훨씬 더 낫고 덜 우스꽝스러울 것이다.

—《트리뷴》에 실린 편지

각각의 예문에는 예외 없이 문장상의 오류가 다 들어 있고 그로 인해 문장이 볼품없게 됐다. 이런 결함은 신경을 조금 썼더라면 충분히 피할 수 있었다. 추가적으로 이 다섯 개의 예문에는 공히 적용되는 두 가지 특징이 있다. 첫 번째 특징은 제시하고 있는 이미지가 식상하다는 것이고, 두 번째는 정확성이 결여됐다는 것이다. 말하고자 하는 바를 제대로 표현하지 못하고 있고, 의도치 않게 엉뚱한 것을 말하고 있거나, 아니면 사용한 단어가 이런 뜻으로 쓰이든 저런 뜻으로 쓰이든 거의 관심이 없다. 이런 식으로

20　BBC 본사가 있는 런던의 거리 이름.

모호함과 완전한 무능이 한데 섞여 있다는 점이 현대
영국 산문의 가장 두드러진 특징이며, 특히 정치적인
글은 종류에 상관없이 다 이런 식이다. 특정 주제가
제시되자마자 구체성은 사라져 추상성의 영역으로
편입되고 진부하지 않은 표현은 그 어느 누구도 생각해 낼
수 없는 듯 보인다. 산문에는 의미 자체를 전달하기 위해
선택된 단어들이 사용되는 빈도가 점점 줄어들고 있고,
조립식 닭장처럼 쭉 결합해 놓은 어구들이 점점 더 많이
사용되고 있다. 산문을 조립한다는 점을 들키지 않게
하려는 여러 교묘한 수법에 설명과 예를 곁들여 아래에
제시했다.

　　죽어 가는 은유. 새로 만드는 은유는 시각적인 이미지를
떠올리게 해 생각에 도움을 주고, 기법상 '죽은'(예를 들어,
iron resolution(강철 결의)) 은유는 일상어 수준으로
떨어져 버리지만 여전히 살아남아 널리 사용된다.
그렇지만 이 두 종류의 은유 사이에는 무언가를 떠올리게
하는 능력은 상실했지만 스스로 어구를 만들어 내야 하는
수고를 덜어 준다는 이유만으로 사용되는 너덜너덜한
쓰레기 같은 종류의 은유가 엄청 많다. 예를 들어 보면,
ring the changes on(무언가를 흥미롭게 만들기 위해
변화를 주다.), take up the cudgels for(편들다), toe the
line(규칙대로 하다), ride roughshod over(거칠게 다루다),

stand shoulder to shoulder with(지지하다), play into the hands of(의도치 않게 이롭게 하다), no axe to grind(다른 속셈이 없다.), grist to the mill(이익이 되는 일), fishing in troubled waters(혼란을 틈타 이익을 보다), on the order of the day(시대의 풍조), Achilles' heel(유일한 약점), swan song(생애 마지막 작품이나 공연), hotbed(온상) 같은 표현들이다. 이 중 상당수는 뜻도 모르고 사용하는 것들이다. (가령 'rift'의 뜻은 무엇인가?) 서로 어울리지 않는 은유가 자주 뒤섞이는데 이는 작가가 자신의 말에 관심이 없다는 것을 보여 주는 확실한 징표다. 현재 많이 사용되고 은유 중 어떤 은유는 원래 의미가 왜곡된 채 사용되고 있는데 실제로 그 은유를 사용하고 있는 사람들도 이런 사실을 모른다. 예를 들면, toe the line(시키는 대로 하다)을 때로는 tow the line[21]으로 쓰기도 하고, the hammer and the anvil(망치와 모루)을 요즘에는 항상 '망치가 모루를 부서뜨리다'라는 뜻을 갖고 있는 어구로 사용한다. 실제 부서지는 것은 망치이지 모루가 아닌데도 말이다. 자신이 무슨 말을 하고 있는지를 잠시 멈춰 생각할 줄 아는 작가라면 원래 의미를 왜곡하는 이런 실수를 범하지 않을 것이다.

21 선을 끌어 당기다.

작동어, 또는 언어적 의수족.[22] 적절한 동사와 명사를 고르는 수고를 덜어 주는 동시에 여분의 음절을 덧대어 문장에 균형감을 주는 경우다. 특징적인 예로는 render inoperative(무력화하다), militate against(불리하게 작용하다), prove unacceptable(용납이 안 된다), make contact with(접촉하다), be subject to(좌우되는), give rise to(야기하다), give grounds for(기반을 제공하다), have the effect of(효과를 내다), play a leading part (role) in(주된 역할을 하다), make itself felt(존재감을 드러내다), take effect(효력을 나타내다), exhibit a tendency to(경향성을 보이다), serve the purpose of(목적에 부합하다) 등이 있다. 핵심은 단순동사들을 쓰지 않는다는 것이다. break, stop, spoil, mend, kill 같이 한 단어로 된 동사를 사용하는 것이 아니라 prove, serve, form, play, render 같은 다용도 동사에 명사나 형용사를 결합해서 구동사를 만들어 쓴다는 것이다. 게다가 가능하면 능동태보다는 수동태를 선호하고, 동명사보다는 명사구(by examining보다는 by examination of)를 사용한다. -ise 나 de-를 결합하는 형식을 사용하기 때문에 동사를 다양하게 사용하는

---

22 인공적으로 만든 손과 발을 아울러 이르는 말로, 문장에 균형감을 주기 위해 의도적으로 음절을 덧댄 것을 '의수족'에 비유했다.

빈도가 훨씬 축소되고 진부한 표현은 not un- 을 결합하여 심오한 뜻이 담겨 있는 것처럼 보이게 한다.

단순접속사와 단순전치사보다는 with respect to(~에 관하여), having regard to (~에 관하여), the fact that(~라는 사실은), by dint of(~에 의하여), in view of (~을 고려하여), in the interests of(~을 위하여), on the hypothesis that(~라는 가설에 근거하여) 같은 어구를 사용한다. 문장이 급작스레 밋밋하게 끝난다는 인상을 주지 않으려고 문장 마지막에 greatly to be desired(바라마지 않는다), cannot be left out of account(고려하지 않을 수 없다), a development to be expected in the near future(머지않아 일어나리라고 예상되는 발전), deserving of serious consideration(진지하게 고려해 볼 만한), brought to a satisfactory conclusion(만족할 만한 결론에 도달하다) 등과 같이 반향을 불러일으키는 상투적인 표현을 사용한다.

허세를 부리는 용어. 소박한 표현을 치장해 화려하게 보이게 해서 편향적인 의견을 과학적이고 불편부당한 의견처럼 느끼게 하기 위해 phenomenon(현상), element(요소), individual(개인), objective(객관적인), categorical(단정적인), effective(효과적인), virtual(실제의), basic(기본적인), primary(주요한), promote(촉진하다), constitute(구성하다), exhibit(내보이다),

exploit(착취하다), utilize(활용하다), eliminate(제거하다), liquidate(청산하다) 같은 단어를 사용한다. 국제정치에 행해지는 비열한 작태에 권위를 부여하고자 epoch-making(획기적인), epic(웅대한), historic(역사적으로 중요한), unforgettable(망각할 수 없는), triumphant(의기양양한), age-old(예로부터의), inevitable(불가피한), inexorable(냉혹한), veritable(참다운) 같은 형용사를 사용하며, 전쟁을 미화하려는 목적으로 쓰는 글은 대개 옛날 분위기를 띠는데 이런 효과를 주기 위해 사용하는 특징적인 단어들로는 realm(왕국), throne(왕좌), chariot(전차), mailed fist(무력), trident(삼지창), sword(검), shield(방패), buckler(방패), banner(기치), jackboot(강압적 수단), clarion(나팔) 등이 있다. 외국어에서 들여온 단어와 표현들, 예를 들어, cul de sac(막다른 골목), ancien régime(구체제), deus ex machina(부자연스럽고 억지스러운 결말), mutatis mutandis(준용), status quo(기존 질서), Gleichschaltung(획일화), Weltanschauung(세계관) 등은 교양 있고 세련된 인상을 주기 위해 사용한다. i.e.(즉), e.g.(예를 들어), 그리고 etc.(등)와 같이 쓸모 있는 약어를 제외하면 영어에서 현재 사용하고 있는 수백 개의 외래어 중 정말로 쓸모 있는 어구는 거의 없다. 형편없는 작가들, 특히 과학, 정치, 사회 관련 글을 쓰는 작가들은

거의 모두가 라틴어나 그리스어가 앵글로·색슨어보다
장중한 언어라는 잘못된 관념에 사로잡혀 있다.
그래서 expedite(촉진시키다), ameliorate(개량하다),
predict(예측하다), extraneous(이질적인),
deracinated(뿌리가 뽑힌), clandestine(은밀한), sub-
aqueous(수중의)와 같은 불필요한 단어들을 비롯해서
수백여 개의 단어들이 그런 단어들과 상응되는
앵글로·색슨 단어들보다 점점 더 많이 사용되고
있다.[23] 특히 마르크시스트들의 글에서 많이 사용하는
대부분의 전문어(hyena(하이에나), hangman(교수형
집행인), cannibal(식인종), petty bourgeois(프티부르주아),
these gentry(이런 패거리들), lacquey(아첨꾼), flunkey(심복),
mad dog(미친 개), White Guard(시민 위병대) 등등)는 주로
러시아어, 독일어, 프랑스어에서 쓰는 말을 영어로 번역한
단어들이다. 게다가 새로운 단어를 조어하는 정상적인
방법은 라틴어나 그리스어 단어의 어근에 적절한 접두사나

---

23 이런 현상을 보여 주는 흥미로운 예를 들자면, 아주 최근까지
사용하던 영어로 된 꽃 이름을 그리스어 이름으로 바꿔 부르고
있다는 것이다. snapdragon(금어초)가 antirrhinum으로, forget-
me-not(물망초)가 myosotis로 바뀌고 있다. 이런 식의 유행이
만들어지는 실제 원인을 알 수는 없지만 소박하다는 느낌을 주는
단어를 사용하는 것을 본능적으로 피하려는 생각과 그리스어는
과학적인 언어라는 막연한 생각 때문인 것 같다. ─ 원주

접미사를 붙인다거나 필요에 따라 –ise 형태를 사용하는 것이다. 이런 식으로 조어(deregionalise(탈지역화하다), impermissible(허용할 수 없는), extramarital(혼외의), non-fragmentatory(비단편적인) 등)를 이용해 새로운 단어를 만들어서 사용하는 것이 종종 해당되는 의미를 지닌 영어 단어를 찾아 쓰려고 애쓰는 것보다 더 쉽다. 하지만 그 결과, 문장은 대체로 덜 깔끔해지고 더 모호해진다.

　　무의미한 단어. 특정 글, 특히 예술 비평이나 문학 비평에서 길기만 할 뿐 무슨 말을 하는지 도저히 알 수 없는 문장과 마주치는 것이 거의 정상처럼 돼 버렸다.[24] 예술비평에서 사용하는 romantic(낭만적인), plastic(조형적인), values(가치), human(인간적인), dead(죽은), sentimental(감상적인), natural(자연적인), vitality(생명력) 같은 단어들은 엄밀히 말해 무의미한 단어들이다. 이런 단어들은 인지할 수 있는 사물들을

24　　사례: '인식과 이미지와 관련해서 안락함이 함의하고 있는 보편성은 범위로 봐서는 이상하다 할 정도로 휘트먼적이고, 미적 충동 면에서는 정확히 거의 정반대인데 잔인하고 냉혹하다 할 만큼 평온한 영원성을 암시하는 그 떨림, 분위기, 축적성의 느낌을 불러온다. 레이 가드너의 성공은 그가 단순히 과녁의 정중앙을 정확하게 겨냥한 덕분이다. 그것들은 단순하지만은 않으며, 이 속으로 만족스러운 비애가 쓰디쓰면서도 달콤한 피상적인 체념 이상의 것으로 흐르고 있다.(《포에트리 쿼털리》) — 원주

가리키지도 않으며 독자도 그런 기대를 하고 있지 않다는 점에서 그렇다. 어느 비평가가 'X씨의 작품의 두드러진 특징은 살아 있는 것처럼 보인다는 것이다.'라고 쓰고, 다른 비평가가 'X씨의 작품을 보고 우리가 즉각적으로 놀라는 것은 특유의 죽어 있음이다.'라고 썼다면 독자들은 단순히 이 두 비평가가 서로 다른 의견을 피력하고 있다고 생각할 것이다. '죽어 있는', '살아 있는' 같은 전문 용어 대신 '검은,' '흰' 같은 단어를 사용한다면 독자는 언어가 부적절하게 사용되고 있음을 단번에 알아챌 것이다. 정치적 글에서 사용되는 많은 단어들도 이런 식으로 남용되고 있다. 파시즘이라는 단어는 '무엇인가 바람직하지 않은 것'을 말하는 경우에 사용하지 않으면 이제 무의미한 단어가 돼 버렸다. 민주주의, 사회주의, 자유, 애국적인, 현실적인, 정의 같은 단어들에는 서로 화합할 수 없는 상이한 의미가 여러 개 있다. 민주주의라는 말에는 합의된 정의가 없을 뿐만 아니라 합의된 정의를 만들려는 시도는 모든 진영으로부터 저항을 불러온다. 어느 한 나라를 민주국가라고 하면 세상 사람 모두가 그 나라를 칭찬하는 말로 받아들일 것이다. 그렇기 때문에 어떤 정권을 옹호하든 모든 사람은 저마다 자신이 옹호하는 정권을 민주적인 정권이라고 주장하며, 혹시 그 단어가 한 가지 의미로만 고착된다면 그 단어를 그만

써야 하는 것은 아닐까 하는 두려움을 가질 수 있다.
의도적으로 이런 종류의 단어를 정직하지 않게 사용할
때가 종종 있다. 무슨 말인가 하면, 말하는 사람은 자기
나름의 정의에 따라 어떤 단어를 사용했는데 듣는
사람들이 그 단어를 다른 의미로 받아들여도 아무런 말도
없이 넘어간다는 것이다. '육군원수 페탕 장군은 진정한
애국자였다.' '소련 언론은 세상에서 가장 자유롭다.'
'가톨릭교회는 박해에 반대한다.'와 같은 발언은 거의
언제나 속이려고 할 때 나온다. 다양한 의미를 갖고
있는 다른 단어 대부분도 역시 일정 정도 정직하지 않게
사용된다. 계급, 전체주의, 과학, 진보적인, 반동적인,
부르주아, 평등 같은 단어들이 그렇다.

　지금까지 속임수와 곡해에 관해 살펴봤으니 이제는
속임수와 곡해가 어떤 종류의 글을 만들어 내는가를
다른 예를 들면서 논의하고자 한다. 이번엔 속성상 상상이
들어갈 수밖에 없다. 훌륭한 영어 문장을 최악의 현대
영어로 한번 바꿔 보겠다. 다음은 구약성경 『전도서』에
나오는 유명한 구절이다.

　돌아서서 해 아래를 보니 경주가 빠른 자에게 (유리한
　것도) 아니고, 전투가 힘센 자에게 (유리한 것도) 아니고,
　빵이 현명한 자에게 (유리하게 주어지는 것도) 아니고,

부가 명철한 자에게 (유리하게 주어지는 것도) 아니고,
호의적이거나 재주있는 자에게 (유리한 것도) 아니다.
때와 기회는 그들 모두에게 일어나기 때문이다.

이를 현대 영어로 옮겨 봤다.

작금의 현상을 객관적으로 고려해 보건대, 경쟁에서
성공하느냐 실패하느냐는 타고난 능력에 상응하는
경향성을 보여 주는 것이 아니다. 예측 불가능한 상당히
많은 요인을 예외 없이 염두에 둬야 한다는 결론에 이를
수밖에 없다.

현대 영어로 옮긴 문장은 원문을 패러디한 것이지만
패러디를 너무 심하게 하지는 않았다. 가령 앞 문장 셋째
예문을 보면[25] 동일한 종류의 단어 여러 개가 붙어 있는
것을 알 수 있다. 그런데 (뒤 문장을) 잘 읽어 보면 내가
글 전체를 다 옮기지 않았다는 것을 알 수 있을 것이다.
문장의 처음과 마지막은 원문의 의미를 상당히 충실하게
반영하고 있지만 중간에 나오는 구체적인 묘사 — 경주,
전투, 빵 — 는 '경쟁에서 성공하느냐 실패하느냐'라는

---

25   598쪽 '『정치학』에 실린 심리학 관련 에세이'를 가리킨다.

모호한 어구 속으로 녹여 버렸다. 그럴 수밖에 없었다.
내가 논의하고 있는 이런 종류의 글을 쓰는 현대 작가
중 — '당대 현상을 객관적으로 고려하는'과 같은
어구를 사용할 수 있는 능력을 갖춘 작가는 한 명도
없다 — 자신의 생각을 표를 만들 듯 그처럼 정확하고
상세하게 묘사할 수 있는 사람이 한 명도 없기 때문이다.
현대 산문은 대체적으로 구체성으로부터 멀어지는 경향이
있다. 이제부터는 이 두 글을 면밀히 분석해 보고자 한다.
원문은 마흔아홉 개의 단어와 예순 개의 음절로 돼 있고
모든 단어는 우리가 평소 자주 사용하는 것들이다. 현대
영어로 옮겨 놓은 문장은 서른여덟 개의 단어와 아흔 개의
음절로 돼 있고, 그중 열여덟 개 단어는 라틴어에서 파생된
것이고 한 개는 그리스어에서 파생된 것이다. 원문에는
여섯 개의 선명한 이미지가 있고 모호한 표현이라 할 수
있는 것은 한 개('때와 기회')뿐이다. 현대 영어로 옮겨 놓은
문장에는 신선하고 이목을 끄는 표현이 단 하나도 없으며
음절수가 아흔 개나 되는데도 원문의 의미가 축소돼 있다.
하지만 의심의 여지없이 현대 영어에서는 내가 현대 영어로
옮겨 놓은 것 같은 종류의 문장이 더 힘을 얻고 있다. 이는
과장이 아니다. 비록 아직 이런 종류의 글이 흔하지는
않지만 최악의 글 여기저기에서는 단순화의 실체가 조금씩
드러나고 있다는 정도의 주장은 할 수 있다. 그럼에도

우리가 인간 운명의 불확실성에 관해서 몇 줄 적는다면 그 문장은 아마도 『전도서』 문장보다는 내가 임의로 현대 영어로 옮긴 문장에 훨씬 더 가까울 것이다.

지금까지 보여 주려고 했던 대로 요즘 최악이라 할 수 있는 글은 의미 전달 자체를 위해 단어를 선택하거나 의미를 더 명확히 전달하기 위해 이미지를 만드는 것 때문에 최악이라고 하는 것이 아니라, 이미 다른 누군가가 순서대로 정리해 놓은, 일련의 어구들을 이어 붙여 나온 결과물을 완전하게 속여서 내놓을 만한 글로 만들어 놨기 때문에 최악이라고 하는 것이다. 이런 식의 글쓰기에 끌리는 이유는 그렇게 하기가 더 쉽기 때문이다. 게다가 일단 습관이 되면, 즉 '나는 ~라고 생각합니다.'라고 말하는 것보다 '내 생각으로는 ~는 정당화될 수 없는 가정은 아닙니다.'라고 말하는 것이 습관이 되면, 그것에 더 쉽고, 더 빨리 끌린다. 이미 만들어진 어구를 사용하면 적절한 단어를 찾는 수고를 하지 않아도 될 뿐만 아니라 문장의 리듬 유지에 골치 썩을 필요도 없게 된다. 그런 어구들은 대체로 이미 어감이 좋게 구성돼 있기 때문이다. 문장을 서둘러 만들어야 할 때면, 가령 속기사에게 구술을 한다거나 대중 연설을 할 때면, 현학적인 라틴어투 문체가 되기 십상이다. 또한 '우리가 분명히 명심해야 할 고려 사항'이나 '우리 모두가 기꺼이

동의해 마지않을 결론'과 같은 상투 어구를 사용하면
문장이 매끄럽지 않게 되는 일이 벌어지지 않게 할 수
있다. 식상한 은유나 직유, 혹은 숙어를 사용하면 작가의
정신적 노력은 크게 줄일 수 있지만 독자도, 작가 자신도
문장의 의미를 정확히 알 수 없게 되는 대가를 치르게 된다.
그래서 은유를 혼합해서 사용하는 것이 중요한 것이다.
은유의 유일한 목적은 시각적 이미지를 마음속에 떠올리게
하는 것이다. 그런데 이런 이미지가 서로 충돌하는 상황이
벌어지면 — '파시스트 문어가 자신의 마지막 노래를
불렀다.'[26] 나 '군화가 용광로 속으로 내던져졌다.'[27]
같은 — 작가가 자신이 언급하고 있는 사물을 마음속에서
보고 있지 않다고 확신할 수 있다. 앞서 제시한 예문들로
다시 돌아가 보자. 첫째 예문에서 래스키 교수는 쉰세
개 단어를 사용해 문장을 만들었는데 그중 부정문이
다섯 번 나온다. 그 다섯 개의 부정문 중 하나는 표현이
과도해서 전체 구절을 말이 안 되게 만들고 있다. 게다가
akin(유사한) 대신 alien(이질적인)을 사용하는 실수를
저지른 것 때문에 더더욱 말이 안 되는 글이 됐고, 피할 수
있었던 엉성한 표현들 몇 개 때문에 전반적으로 글이 한층

'다방면에 영향력을 지닌 파시스트 조직이 최후에 이르렀다.'라는 뜻.
27 '잔혹한 군사 통치는 혼란의 소용돌이에 빠졌다.'라는 뜻.

더 모호해졌다. 둘째 예문에서 호그벤 교수는 처방전을 쓸 수 있을 정도의 어휘 모둠을 물 쓰듯이 낭비하고 있고, put up with(참다)라는 일상적인 어구는 인정하지 않으면서도 egregious(터무니없는)의 정확한 뜻이 정확히 무엇인지를 사전에서 찾아보려고도 하지 않는다.[28] 관대한 마음으로 읽지 않으면 셋째 예문은 한낱 무의미한 문장이 될 수밖에 없을 것이다. 글 전체를 읽으면 무슨 말을 하려고 하는지를 알 수는 있겠지만 말이다. 넷째 예문에서 작가는 많든 적든 하고자 하는 말이 뭔지는 알고 있는 듯하지만 식상한 어구를 계속 사용하는 바람에 찻잎으로 배수구가 막힌 싱크대처럼 작가의 숨통이 막혀 있다. 다섯째 예문에서 단어와 의미는 이별한 친구와 같다. 이런 식으로 글을 쓰는 사람은 대개 마음으로는 말하고자 하는 바가 막연하게나마 — 이런 작가들은 어떤 것을 싫어해서 그 나머지에 유대감을 표현하고 싶어 한다 — 있지만 자신이 구체적으로 무슨 말을 하고 있는지에는 관심이 없다. 꼼꼼한 작가라면 글을 쓸 때 적어도 다음의 네 가지 질문을 스스로에게 할 것이다. 나는 무슨 말을 하려고 하는가? 어떤 단어를 사용해 그것을 표현하려 하는가? 어떤 이미지 혹은 숙어를 사용하면 더 명확하게 전달이

---

28 본래는 '매우 훌륭한', '탁월한'이라는 뜻이다.

될까? 그 이미지는 충분히 효과를 낼 만큼 참신한가?
여기에 덧붙여 두 가지 질문을 더 던질 수 있다. 문장을
좀 더 짧게 쓸 수는 없을까? 충분히 피할 수 있었음에도
내가 말한 것 중 너저분한 것은 없나? 그러나 그런 수고를
일일이 다 할 필요는 없다. 그저 마음을 열어 기성 어구가
몰려들어 오게만 하면 되기 때문이다. 기성 어구들이
문장을 만들어 줄 뿐만 아니라 ── 일정 정도 생각도 대신
해 준다 ── 필요하다면 작가가 의미하는 바를 숨겨 놓아
작가도 모르게 하는 중요한 일도 해 줄 것이기 때문이다.
바로 이 지점에서 정치와 언어의 타락 사이에 특수한 연결
관계가 분명히 드러난다.

　　최근에 정치적인 글은 좋지 않은 글이라는 주장이
있는데 이는 대체로 사실이다. 이런 주장이 사실이 아닌
경우는 전반적으로 일종의 반항아 기질이 있는 작가가
'당의 노선'이 아니라 작가 개인의 의견을 표명하는
때뿐이다. 어떤 색을 띠든 정통적인 글은 생명력 없는
모방적인 문체를 요구하는 듯 보인다. 팸플릿, 여론을
이끌어 가는 신문의 기사, 선언문, 백서, 그리고 차관의
연설 등에서 사용하는 정치적 언어는 당마다 다르지만
참신하고 생생하고 스스로가 만든 자기만의 표현법을
찾아 볼 수 없다는 점에서는 매한가지다. 연단에 서서
익숙한 어구 ── bestial atrocities(무도한 잔학 행위),

iron heel(강철 군화), blood-stained tyranny(피로 얼룩진 압제), free peoples of the world(전 세계의 자유 인민), stand shoulder to shoulder(연대하다) — 를 기계적으로 반복하는 고리타분하고 별 볼일 없는 정치인을 지켜볼 때면 살아 있는 사람이 아니라 마네킹이 말하고 있는 것 같은 묘한 느낌이 든다. 이런 느낌은 조명이 연사의 안경을 비출 때 연사의 눈은 보이지 않고 안경이 검은 원판처럼 보이는 바로 그 순간에 불현듯 더 강렬해진다. 이는 공상 속에서 벌어지는 터무니없는 일이 아니다. 그런 종류의 어구를 사용하는 연사는 나가도 한참을 더 나가 자신을 기계로 바꿔 버린 것이다. 적절한 소리가 연사의 목구멍에서 나오려고 하지만 뇌가 스스로 단어를 선택할 때와 달리 작동하지 않는다. 똑같은 연설을 여러 번 반복해서 익숙해졌다면 예배 때 뜻도 모르고 기계처럼 응송을 하듯 자신이 무슨 말을 하고 있는지 거의 모를 것이다. 이런 식으로 의식 상태가 퇴행하는 것이 필수 불가결하다고는 할 수 없을지언정 정치적 순응을 이끌어 내는 데에는 어쨌든 좋게 작용한다.

우리가 살아가고 있는 시대에서 정치적인 말과 글은 대부분 옹호할 수 없는 것을 옹호하려는 것을 목표로 삼는다. 영국이 인도를 계속해서 통치하는 것, 러시아에서 벌어진 숙청과 추방, 일본에 원자폭탄을 투하하는 것과

유사한 일들은 옹호하자고 하면 가능하기는 하겠지만
이는 대부분의 사람들이 너무나 야만적이라 수용할 수
없는 그리고 당이 언명하는 목적과 부합하지 않는 주장을
통해서만 가능한 일인 것이다. 따라서 정치적 언어는
대부분 완곡어법, 논점 회피, 그리고 매우 불명료한
모호함으로 이루어질 수밖에 없다. 무방비 상태의 마을이
공중 폭격을 당하고, 주민들이 시골로 내쫓기고, 가축은
기관총 세례를 받고, 오두막은 소이탄을 맞아 불에 탄다.
정치적 언어는 이 모든 행위를 '분쟁 제거'라고 부른다.
농지를 강탈당한 수백만의 농민들이 갖고 갈 수 있는 것만
간신히 챙겨 피난길에 오르면 정치적 언어는 이를 '인구
이전'이나 '경계 조정'이라고 부른다. 사람들이 재판도
받지 못하고 수년 동안 감옥살이를 하거나, 목 뒷덜미에
총을 맞고 죽거나, 북극의 벌목장으로 끌려가 괴혈병으로
죽으면 정치적 언어는 이를 '불신분자 제거'라고 부른다.
이런 용어는 마음속에 이미지를 떠올리지 않게 하면서
무엇인가를 명명할 때 필요하다. 예를 들어, 러시아
전체주의를 옹호하는 한가한 영국 교수를 생각해 보자.
아무리 그래도 그 교수는 '나는 반대파들을 죽여야만 좋은
결과를 얻을 수 있다면 그렇게 해도 된다고 믿는다.'라고
대놓고 말할 수는 없을 것이므로 다음과 같이 말할
것이다.

인도주의자들이 개탄해 마지않을 특정한 모습을 소비에트 정권이 보여 주고 있음을 솔직히 인정하는 바다. 하지만 한편으로 나는 정치적 반대를 할 수 있는 권리를 일정 정도 축소하는 행위가 수반되는 것이 이 같은 과도기에는 불가피한 것은 물론이고 러시아 인민들이 겪어야만 했던 고초가 구체적인 업적의 영역에서 충분히 정당화될 수 있다는 점을 우리가 동의해야 한다고 생각한다.

과장된 문체는 그 자체로 일종의 완곡어법이다. 라틴어 단어들이 사실 위로 보드라운 눈송이처럼 내려앉으면 그 기본 윤곽은 흐릿해지고 상세한 내용은 하나도 보이지 않게 된다. 명료한 언어의 최대 적은 거짓이다. 진짜 목적과 내세우는 목적 사이에 틈이 있으면 오징어가 먹물을 뿜듯 본능적으로 긴 단어와 진부한 숙어에 의존하게 된다. 우리가 살아가는 이 시대에는 **정치로부터 떨어져 있는** 상황 같은 것은 없다. 모든 문제가 다 정치적인 문제이고 정치 자체는 거짓, 회피, 어리석음, 증오, 분열증의 집합이다. 그렇기에 정치 전반의 분위기가 안 좋을 때 언어가 병들 수밖에 없다. 나는 독재정권이 통치했던 독일, 러시아, 이탈리아의 언어가 지난 십 년에서 십오 년 사이에 악화됐다고 생각한다. 물론 이는 내 순수한 추측일 뿐, 이를 입증할 지식이 내게 많은 것은 아니다.

생각이 언어를 타락시킨다면 언어 역시 생각을 타락시킬 수 있다. 더 잘 알아야만 하고 더 잘 알고 있는 사람들 사이에서도 전통과 모방으로 인해 언어를 나쁘게 사용하는 일이 널리 퍼질 수 있다. 내가 지금까지 논의해 온 타락한 언어는 여러 면에서 매우 편리하다. not unjustifiable assumption(정당화하지 않을 수 없는 가정), leaves much to be desired(아쉬운 점이 많다), would serve no good purpose(도움이 되지 않는다), a consideration which we should do well in mind(분명히 명심해야 할 고려 사항) 같은 어구는 우리 바로 옆에 둔 아스피린처럼 우리를 계속 유혹한다. 이 글을 다시 읽어 보면 저지르지 않으려고 내가 그토록 반복해서 애썼던 바로 그런 실수를 나도 저지르고 있음을 확실히 알 수 있을 것이다. 오늘 오전에 독일의 상황을 다루고 있는 팸플릿을 우편으로 받아 보았다. 팸플릿 저자는 쓰지 '않으면 안 될 것 같다는 느낌'을 받았다고 했다. 임의로 펼친 쪽에서 눈에 처음 들어온 문장은 대충 이랬다. '(연합국들에게는) 독일 자체의 민족적 저항을 피하면서 독일의 사회적, 정치적 구조를 근본적으로 바꿀 수 있는 기회뿐만 아니라 동시에 협력적이고 통합된 기초를 세울 기회가 있다.' 저자는 쓰지 '않으면 안 될 것 같다는 느낌'을 받았다고 했지만 — 추정컨대 저자는 말해야 할 새로운 얘기가 있다고 느꼈을 것 같지만 — 그가 사용한 단어는 나팔 신호에 반응하는 기마 부대의 말처럼 자동적으로 떼를 지어 익숙하고 따분한 유형의 문장을 구성하고 있다. 기성 어구(예를 들어 '기초를 세우고,' '급진적인 변화를 이루고' 같은)가 의식 내부로 쳐들어오지 못하게 하기 위해서는 상시적인 감시가 필요하다. 그런 어구들 하나하나는 뇌의 일부를 마취시키기 때문이다.

앞에서 나는 언어의 타락은 치유가 가능하다고 말했다. 이 말을 부정하는 사람들은 언어란 현존하는 사회 상황을 반영할 뿐이며 단어와 문장 구성 사이의 틈을 직접적으로 때워 메우는 것으로 언어가 개선되는 것은 아니다라고 주장 — 혹 그들이 주장을 펼친다면 — 할지 모른다. 언어의 전반적인 어조와 정신의 측면에서 보면 맞는 말일 수 있지만 세세하게 따져 보면 맞지 않는 주장이다. 언어의 진화뿐만 아니라 소수 의식 있는 사람들의 적극적인 노력 덕분에 말도 안 되는 단어와 표현이 종종 사라지기도 한다. 최근 explore every avenue(모든 방법을 강구하다), leave no stone unturned(온갖 수를 다 쓰다) 이 두 개의 어구는 소수 언론인들의 조롱 덕분에 사라지게 됐다. 많은 사람들이 관심을 가지면 사라질 너저분한 은유 또한 상당히 많다.

not un-(아닌 것이 아닌) 같은 어형을 비웃어서 더 이상
존재하지 않게[29] 할 수 있고, 평범한 문장에서 라틴어와
그리스어를 사용하는 횟수를 줄일 수 있으며, 외래어,
관련성 없는 과학 용어를 몰아낼 수 있고, 대체적으로
허세를 보이는 어구를 유행이 지난 어구로 만들 수도 있다.
그러나 이 모든 것들은 사소한 문제일 뿐이다. 영어를
지킨다는 말은 그 이상을 의미한다. 따라서 의미하지 않는
것을 말하는 것으로부터 논의를 시작하는 것이 최선일
듯하다.

우선 그것은 고문체를 사용하는 것, 즉 더 이상
사용하지 않는 단어와 표현을 소생시키는 것이나 절대
벗어나서는 안 되는 '표준 영어'를 확정하는 것과는
아무 관계가 없다. 오히려 그것은 쓰임을 다한 모든
단어와 관용구를 폐기하는 것과 더 관련돼 있다. 그것은
의미만 정확히 전달되면 별로 중요하지도 않은 정확한
문법과 구문을 반드시 사용해야 하는 것, 혹은 미국식
표현을 피하는 것, 아니면 '훌륭한 산문체'라 부르는
것을 수립하는 것과도 관계가 없다. 또한 그것은 거짓된
단순성과도 관련이 없고, 문어체 영어를 구어체 영어로

---

29   다음 문장을 기억하면 not un- 형식을 스스로 고칠 수 있다.
     '안 초록색이 아닌 들판을 가로질러 안 검정색이 아닌 개가 안 작지
     않은 토끼를 쫓아가고 있다.' ─ 원주

만들려는 시도와도 관련이 없다. 게다가 그것은 어떤 경우에서도 앵글로·색슨 단어를 라틴어 단어보다 더 많이 사용해야 한다는 것도 아니다. 그렇다고 해도 의미를 전달할 때 가장 적은 단어와 가장 짧은 단어를 사용해야 한다는 것은 이론의 여지가 없다. 그 어느 것보다 필요한 것은 의미가 단어를 선택해야 하는 것이지 그 반대로 하게 해서는 안 된다는 것이다. 산문을 쓸 때 단어에 굴복하는 것이 단어를 가지고 작가가 저지를 수 있는 최고 악행이다. 어느 한 구체적인 사물을 생각할 때 단어 없이 생각하고, 그러고 난 후 마음속에서 그리고 있는 것을 언어로 묘사하려고 하면 거기에 딱 들어맞을 정확한 단어를 찾을 때까지 찾고 또 찾아야 한다. 추상적인 대상을 생각할 때는 처음부터 단어를 가지고 생각하는 경향이 더 많다. 따라서 그렇게 되지 않으려는 노력을 의식적으로 하지 않으면 기존의 표현들이 마구 밀고 들어와 글 쓰는 일을 대신해 버려 처음 의도했던 의미를 모호하게 만들거나 심지어 그 의미를 바꿔 버릴 수 있다. 그럴 바에는 될 수 있으면 단어 사용을 늦추고 이미지와 감각을 사용해 전달하고자 하는 의미를 분명히 전달하려고 하는 편이 더 나을 수 있다. 그런 다음, 의미를 제일 잘 전달할 수 있는 어구를 선택 — 그저 받아들인다는 것이 아니다 — 할 수 있다. 그러고 난 후 입장을 바꿔서 자신이 선택한 어구가 독자에게 어떤 인상을 주는지를 판단해 보면 될 것이다. 이런 식의 노력을 계속하다 보면 모든 식상하거나 뒤죽박죽인 이미지, 모든 기성 어구, 불필요한 반복, 속임수와 모호함을 대체로 줄일 수 있다. 하지만 단어나 어구의 효용성에 의문을 가지는 경우가 흔히 있을 수밖에 없는 것이 현실이므로 직관으로 선택하는 것이 효과가 없을 때 의존할 수 있는 원칙이 필요하다. 아래 원칙들을 대부분의 경우에 적용할 수 있을 것이다.

첫째, 출간된 작품에서 익히 봐 왔던 은유, 직유 등과 같은 수사법을 절대 사용하지 않기.

둘째, 짧은 단어로도 충분할 때 긴 단어를 절대 사용하지 않기.

셋째, 빼도 문제가 되지 않을 단어는 반드시 빼기.

넷째, 능동태를 쓸 수 있을 때 수동태 문장을 절대 사용하지 않기.

다섯째, 상응하는 일상어가 있을 때 외래어, 과학 용어, 전문 용어 등을 절대 사용하지 않기.

여섯째, 너무 황당한 문장을 쓰느니 차라리 위의 규칙을 지키지 않기.

매우 기본적인 것처럼 보이고 실제로도 그렇다. 하지만

이런 원칙은 최근 유행하는 문체에 익숙해진 사람들에게
엄청난 태도 변화를 요구한다. 이 모든 원칙을 다
지키면서도 여전히 나쁜 문장을 쓸 수 있지만 이 글 앞에서
인용한 다섯 개의 표본 같은 문장은 쓰지 않게 될 것이다.

　　이 글에서 내가 고찰해 온 내용은 언어를 문학적으로
사용하는 것이 아니다. 나는 생각을 숨기고 방해하는
수단으로서의 언어가 아닌 표현 수단으로서 언어를
고찰해 봤다. 스튜어트 체이스[30]를 위시한 여러
전문가들은 모든 추상적인 단어는 무의미하다는 식의
주장을 펼치면서 이를 일종의 정치적 침묵주의를
옹호하는 구실로 이용해 왔다. 가령 그들은 '파시즘이라는
뜻도 제대로 알지 못하면서 어떻게 파시즘에 맞서 싸울
수 있는가?'와 같은 주장을 해 왔다. 이런 터무니없는
소리를 감내할 필요는 없다. 하지만 현재 벌어지고 있는
정치적 혼란이 언어의 타락과 연관돼 있기 때문에 언어와
관련된 문제를 해결하는 것부터 시작하면 그 상황을
개선할 수 있음을 우리는 명심해야 한다. 영어를 단순하게
사용하면 정통이라는 최악의 어리석음에서 자유로워질
수 있다. 그렇게 되면 필수적인 표현도 쓰지 않을 수 있고,
혹 아둔한 표현을 사용한다 하더라도 그 아둔함이 작가

30　　Stuart Chase(1888~1985). 미국의 경제학자이자 사회 이론가, 작가.

자신에게 분명히 드러날 것이다. 정치적 언어 —— 완전히
일치하는 것은 아니지만 보수당에서부터 무정부주의자에
이르기까지 모든 정당이 다 마찬가지다 —— 는 거짓을
진실로 만들고 살인을 존중할 만한 것으로 만들고, 순수한
허상을 형체가 있는 것으로 만들기 위해 고안된다. 이
모두를 한순간에 바꿀 수는 없겠지만 적어도 자신의
습관만은 바꿀 수 있으며 게다가 가끔 큰 목소리로 실컷
비웃어 준다면 식상하고 쓸모없는 어구 —— jackboot(군사
통치), Achilles' heel(유일한 약점), hotbed(온상), melting
pot(용광로), acid test(시금석), veritable inferno(진정한
불지옥) 등과 같은 언어 쓰레기 —— 를 그것들이 마땅히
있어야 할 쓰레기통으로 보낼 수 있을 것이다.

나는 왜 쓰는가

오웰의 문학론이 담긴 대표적인 에세이로, 글쓰기의 동기부터
작가로서의 사명과 포부까지 일목요연하게 밝히고 있다. '내가 가장
하고 싶었던 것은 정치적 글쓰기를 예술로 만드는 것이다.'라는
유명한 문장을 탄생시킨 작품. 1946년 발표.

나는 왜 쓰는가

나는 아주 오래전인 대여섯 살 무렵부터 어른이 되면 작가가 되리라는 것을 알았다. 이런 생각을 열일곱 살에서 스물네 살 때쯤에는 하지 않으려 했다. 하지만 나의 본성을 스스로 억누르고 있음을 깨달았고, 따라서 시간이 조금 흐르면 책을 쓰는 일로 돌아올 수밖에 없겠다는 사실을 인식한 이후부터 나는 글 쓰는 일에 다시 전념하기 시작했다.

나는 삼 남매 중 둘째로 태어났고 위아래 누나, 여동생과는 각각 다섯 살 차이가 난다. 여덟 살이 되기 전까지는 아버지의 얼굴을 거의 보지 못했다. 이런저런 이유로 자라면서 외로움을 느낄 때가 많았기에 이른 나이에 다른 아이들은 안 좋게 생각하는 버릇을 갖게 됐다. 이런 이유로 나는 자연스레 학교 친구들 사이에서 인기 없는 아이가 됐다. 이야기를 꾸며내거나 상상 속

인물들과 대화를 지속하는 것처럼 외로운 아이들이
흔히 보이는 습관을 얻었다. 그래서 나의 문학적 야망은
시작부터 고립되었고 저평가된 것은 아닌가 하는 감정과
뒤섞이기 시작했다. 나는 내게 언어를 다룰 줄 아는 능력과
세상의 불편한 진실과 직면할 힘이 있다는 것을 알았다.
그리고 그 덕분에 일상에서의 실패를 만회할 수 있는
소위 나만의 사적 세계를 구축할 수 있었다고 생각한다.
그럼에도 유년 시절과 소년 시절에 내가 쓴 심각한(즉
심각한 의도를 갖고 쓴) 주제의 글이라고 해 봤자 그 분량이
여섯 쪽도 되지 않았다. 내 나이 네다섯 살 때쯤 생애 첫
번째 시를 썼다. 당시 어머니는 내가 읊조리던 내용을 받아
적으셨다. "의자 모양 이빨"을 가진 호랑이에 관해서였다는
것 말고는 그 시에 관한 기억은 아무것도 없다. "의자
모양 이빨"이란 표현은 꽤 그럴듯한 묘사지만 사실 지금
보니 블레이크의 시 「호랑이, 호랑이」를 표절한 것이라는
생각이 든다. 1914~1918년 전쟁이 터졌던 열한 살 때는
애국심을 고취시키는 시를 써 지역 신문에 실렸다. 이
년 후에는 키치너[31]의 죽음을 애도하는 시를 썼는데 이
시 역시 지역 신문에 실렸다. 나이가 좀 더 들었을 때는

---

31 허레이쇼 허버트 키치너(Horatio Herbert Kitchener, 1850~1916).
    영국의 군인. 1차 세계 대전에서 크게 활약했으나 외교차 러시아로
    가던 길에 독일군이 설치한 기뢰가 터져 해상에서 익사했다.

가끔씩 가당치도 않을 조지 양식의 자연시도 끄적거려
보았지만 완성하지 못했다. 단편 소설도 써 보려고 했는데
이 역시 참담한 실패로 끝났다. 이런 경력이 장차 진지하게
글을 쓰는 작가를 꿈꾸던 내가 그 나이가 될 때까지
종이에 썼던 전부다.

　하지만 나는 이 시기 동안 어느 정도 문학 활동을 해
오고 있었다. 첫 번째로, 쉽고 빠르게 할 수는 있지만 과정
자체가 별로 즐겁지 않은 주문 제작식 작품을 썼다. 학교
과제 외에도 지금 생각해도 엄청난 속도로 반(半)희극 시를
썼다. (열네 살 때에는 아리스토파네스 작품을 모방한 운문 희곡 한
편을 일주일 정도 만에 완성하기도 했다.) 또한 나는 기사를 직접
쓰거나 인쇄 일을 하는 것을 통해 학교에서 여러 종류의
잡지를 발간하는 데 힘을 보탰다. 학교 잡지들의 수준은
더없이 초라하고 별 볼 일 없었지만 그때의 고생은 요즘의
싸구려 저널리즘에 들이는 고생보다도 훨씬 덜했다.

　그런데 이런 일 외에도 나는 상당히 다른 종류의
문학 훈련을 근 십오 년 넘게 해 오고 있었다. 이것은 나
자신에 관한 연재 서사를 창작하는 일, 즉 마음속에만
존재하는 일기 같은 형식의 글을 계속해서 쓰는 것이었다.
이런 활동은 아이들이나 청소년들 사이에서는 흔한
습관이라고 생각한다. 어렸을 때 나는 나 자신을 로빈
후드라고 상상하곤 했고 짜릿한 모험을 하는 영웅으로

그려 보곤 했다. 하지만 얼마 안 가 나의 서사는 애틋한 자기애적 글이 되지 못하고 점점 내가 하는 일과 내가 경험한 일을 단순히 묘사하는 정도에 그쳤다. 어떤 때는 잠시 이런 생각을 하기도 했다. "그는 문을 밀어 열고 방에 들어왔다. 모슬린 커튼을 통과한 노란 햇살이 잉크병 옆에 반쯤 열린 성냥갑이 놓인 식탁 위에 길게 내려앉았다. 오른손은 주머니에 넣은 채 그는 방을 가로질러 창가로 갔다. 거리에는 삼색 얼룩 고양이가 낙엽을 쫓고 있었다." 등등. 내가 문학과 상관없이 살던 때를 지나 스물다섯 살이 될 때까지 이런 습관은 이어졌다. 적절한 단어를 찾고 또 찾았다. 하지만 내 의지와는 상관없이 외부로부터 몰려오는 압박감으로 인해 무엇인가를 묘사하는 것에 천착했던 듯하다. 서사에 그 나이 때마다 내가 흠모했던 여러 작가들의 문체를 반영했던 것은 분명하지만 그것은 내가 기억하는 한 세세한 묘사에 신경을 지나치게 썼다는 점에서 늘 똑같았다.

열여섯 살 무렵 나는 별안간 단어가 주는 소박한 즐거움, 즉 단어의 소리와 그 단어가 연상시키는 의미가 주는 즐거움을 발견했다. 『실낙원』에 다음 구절이 나온다.

그리하여 그는 곤경과 모진 수고를 견디며
계속 나아갔다. 곤경과 수고를 견디며.

So hee with difficulty and labour hard
Moved on: with difficulty and labour hee.

　지금은 그렇게 대단해 보이지 않지만 당시에는 등골이 오싹할 정도로 전율을 느낀 구절이었다. 그를 he가 아니라 hee로 표기한 것은 또 다른 즐거움이었다. 무엇인가를 묘사할 필요성에 관해서는 이미 알 만큼 알았기에 그때 누군가가 내게 어떤 종류의 책을 쓰고 싶느냐고 물었다면 나는 분명히 답할 수 있었을 것이다. 엄청난 자연 소설을 쓰고 싶다고. 비극적인 결말, 섬세한 묘사와 주목할 만한 직유, 그리고 단어들이 부분적으로 그 단어의 소리만을 전달하기 위해 사용된 현란한 문장으로 가득한 그런 소설 말이다. 실제 구상은 훨씬 전부터 해 왔지만 서른 살 때 완성한 내 첫 번째 소설 『버마 시절』이 이런 유의 책이다.

　내가 굳이 이런 배경 설명을 하는 이유는 작가가 어릴 때 어떤 식으로 성장했는지를 모르고는 그 작가가 글쓰는 동기를 판단할 수 없다고 생각하기 때문이다. 작가가 쓰는 글의 주제는 그 작가가 살아가는 시대에 의해 결정되겠지만 — 적어도 지금 우리가 사는 시대처럼 혼란스럽고 혁명과 같은 시대에는 — 글을 쓰기 시작하기 전부터 작가는 평생 벗어날 수 없는 한 가지 특정한 정서적 태도를 갖게 된다. 작가는 마땅히 자신의 기질을 잘 다스려야 하고, 미성숙한 단계에 머무르거나 비뚤어진 기분에 매몰되는 상황에 고착되지 않아야 한다. 하지만 그렇다고 어린 시절에 받은 영향으로부터 완전히 벗어나게 되면 글을 쓰려는 충동 자체가 사라질 것이다. 돈이 목적인 경우를 제외하면 글을 쓰는 데에는, 적어도 산문을 쓰는 데에는 네 가지 중요한 동기가 있다. 각 동기가 얼마나 크게 작용하는지는 작가마다 다를 것이며 작가가 사는 시대의 분위기에 따라 같은 작가에게도 시기별로 다르게 나타난다.

1. 온전한 이기심. 똑똑해 보이고 싶거나 사람들의 관심을 받고 싶거나 사후에 기억되고 싶거나 어렸을 때 자신을 막 대했던 어른들에게 앙갚음하고 싶다는 등등의 욕구. 이것이 동기, 그것도 강력한 동기가 아닌 척하는 것은 사기와 다름없다. 이런 특성은 과학자, 화가, 정치가, 법률가, 군인, 성공한 기업가, 즉, 최상층 사람들에게도 나타난다. 대다수 사람들은 특별히 이기적이지는 않다. 얼추 서른 살이 되면 사람들 대부분은 스스로 개별적인 존재라고 의식하지 않기 때문에 그때부터 주로 남을 위해 살거나 일상의 고단함에 압도되는 삶을 살기 때문이다. 그러나 세상에는 죽을 때까지 자기의 삶을 기어코

살아가려는 다재다능하고 의지가 강한 소수의 사람들이 있기 마련인데 작가들이 바로 이런 부류에 속한다. 대체적으로 진지한 작가들이 돈에는 관심이 많지 않지만 언론인들보다는 허영심이 더 많고 더 자기중심적이다.

2. 미학적 열정. 외부 세계의 아름다움, 또는 단어와 단어의 올바른 배열이 주는 아름다움을 인식하려는 열정이다. 어느 한 특정 소리가 다른 소리에 미치는 영향, 잘 쓴 산문이 주는 견고함이나, 잘 쓴 이야기의 리듬이 주는 기쁨이다. 느낀 바를 나누고 싶은 욕망은 소중하기에 놓쳐서는 안 된다. 미학적 동기가 미약한 작가들도 많긴 하지만 팸플릿 작가나 교과서를 쓰는 작가들에게도 실생활에서 얼마나 유용한가와는 관계없이 애착이 가는 단어와 문구들이 있을 것이다. 게다가 글꼴, 여백의 너비 등등에 끌리는 작가들도 있을 것이다. 철도 안내서 수준을 넘어서는 글 중에서 미학적 고려 없이 쓴 글은 하나도 존재하지 않는다.

3. 역사적 충동. 모든 일을 있는 그대로 보고, 진실을 찾아내 그것을 후세를 위해 보존해 두려는 욕망.

4. 정치적 목적. **정치적**이라는 단어를 가능한 한 가장 광범위한 의미로 쓸 때다. 세상을 특정 방향으로 밀고 가려는, 또는 추구하는 사회의 유형에 관해서 나와 다른 생각을 지닌 사람들의 생각을 바꾸려는 욕망. 다시

말하지만 정치적인 편향이 없는 책은 이 세상에 단 한 권도 없다. 예술은 정치와 무관해야 한다는 의견 자체가 정치적이다.

이런 충동들이 어떤 방식으로 서로 충돌할지, 사람에 따라 그리고 시대에 따라 어떻게 요동칠지 알 만하다. 나는 천성적으로 — 여기서 천성이라 함은 어른이 막 되었을 때의 성향을 의미한다고 한다. — 처음 세 충동이 네 번째 충동보다 강한 사람이다. 평화로운 시대 같으면 나는 화려하거나 묘사를 중시하는 책을 썼을지 모른다. 게다가 내 정치적 성향이 어떤지도 모르고 살았을 것이다. 그런데 지금 나는 일종의 팸플릿 작가가 될 수밖에 없었다. 그보다 먼저 다섯 해 동안 내게 어울리지 않는 일(인도와 버마에서의 제국 경찰 노릇)을 하면서 살았다. 그로 인해 나는 가난과 좌절을 경험하게 됐고, 권위에 대한 타고난 혐오가 커졌으며, 생전 처음 노동 계급의 존재를 완전히 알게 되었다. 버마에서 산 경험 덕분에 나는 제국주의 실상을 어느 정도 이해하게 되었다. 그러나 정확한 내 정치 성향을 갖기에는 이런 경험만으로는 충분치 않았다. 이후 히틀러가 등장했고 스페인 내전이 발발하는 등의 일들이 벌어졌다. 1935년 말까지도 내 결심은 확고하지 않았다. 이런 고뇌에 관해 당시에 썼던 짧은 시를 나는 지금도 외우고 있다.

200년 전이었다면
행복한 교구 목사가 됐을지도 모를 일
영원한 심판에 관해 설교하며
호두나무 자라는 것을 지켜보면서

하지만 사악한 시절에 태어났기에
편안한 안식처를 놓쳤지.
윗입술에 수염이 자랐지만
성직자들은 모두 말끔히 면도를 하지

여전히 좋은 시절이었고
우리는 아주 쉽게 만족하고
근심은 나무의 젖가슴에 안겨
흔들며 잠재웠지

아무것도 몰랐던 우리,
지금 위장하는 기쁨을 감히 인정했으니
사과나무 가지 위의 방울새가
내 적들을 떨게 할 수 있음을 고백하노니

그러나 처자들의 배와 살구는,

그늘진 개울 속 잉어는,

말들은, 새벽녘에 날아가는 오리떼는,

이 모든 것, 한낱 꿈이라네

다시 꿈꾸는 것이 금지된 지금

우리는 기쁨을 불구로 만들거나 숨기지

말들은 크롬 쇠로 만들어지기에

작고 뚱뚱한 자들이 타리니

나는 꿈틀거려 본 적 없는 지렁이,

여자들을 거느려 본 적 없는 환관,

나는 사제와 정치 위원 사이를

유진 아람[32]처럼 걷는다

정치 위원은 라디오를 켠 채

이 내 운세를 예언하고,

사제는 더기[33]는 절대 밑지지 않는다며

그 사제는 오스틴세븐 자동차를 사 주겠다고 약속하네

32　Eugene Aram(1704~1759). 영국의 문헌학자.

33　당시 최대의 마권 발행 업체였던 더글러스 스튜어트사의 약칭으로
　　"절대 밑지지 않는다"는 이 업체의 모토였다.

대리석 저택에서 사는 꿈을 꾸다가

깨 보니 생시였지

나는 이런 시대에 맞게 태어난 사람이 아니지

스미스는? 존스는? 당신은?

　스페인 내전과 1936년과 1937년 사이에 벌어졌던 그 외의 사건들은 무게 추를 한쪽으로 돌려놓았다. 그 뒤부터 나는 내가 어디에 서 있는지를 알게 됐다. 1936년부터 내가 써 왔던 모든 심각한 글들은 직간접적으로 전체주의에 맞서고 내가 아는 민주적 사회주의를 옹호한 것들이었다. 지금 같은 시대에 살면서 그런 주제를 다루지 않고 글을 쓴다는 것은 말도 안 된다. 이런저런 식으로 모든 작가들은 그런 주제에 관한 글을 쓰고 있다. 그것은 어느 쪽을 편들고 어떤 접근 방식을 따르느냐의 문제일 뿐이다. 그리고 자신의 정치적 편향을 더 많이 의식할수록 미학적, 지적 진정성을 희생하지 않으면서 정치적으로 행동할 기회를 더 많이 가질 수 있다.

　지난 십 년 동안 내가 가장 하고 싶었던 일은 정치적 글쓰기를 예술로 만드는 것이었다. 내 출발점은 언제나 당파성, 즉 불의를 감지하는 데서부터다. 책상에 앉아서 책을 쓸 때 나는 "예술 작품을 만들어 내고 말 테야."라고 말하지 않는다. 폭로하고 싶은 거짓과 관심을 둬야 할 사실이 존재하기 때문에 나는 책을 쓴다. 그렇기 때문에 내 최우선 관심사는 독자들이 내 생각을 듣게 하는 것이다. 그러나 미적 경험이 없다면 책을 쓰는 일은 물론이고 장문의 잡지 기사를 쓰는 작업조차 불가능하다. 내 작품을 꼼꼼히 읽는 사람이라면 노골적인 선전 글을 쓸 때조차 전업 정치인이 보면 관련성이 부족한 데가 상당히 많다는 것을 알 것이다. 나는 어린 시절에 형성한 세계관을 완전히 포기할 수도 없고, 그러고 싶지도 않다. 내 몸과 정신이 온전한 한 계속해서 산문 형식에 애착을 가질 것이며 지구를 사랑할 테고 구체적인 대상과 쓸모없는 정보 쪼가리들에서 기쁨을 느낄 것이다. 나의 이런 면을 억누르려는 수고는 부질없다. 이는 내 안에 깊이 배어 있는 좋아하는 것과 싫어하는 것 그리고 이 시대가 우리 모두에게 강요하는 공공적이며 비개인적 행위를 화해시키는 작업이다.

물론 쉬운 일이 아니다. 이 일은 구성의 문제와 언어의 문제를 야기하는 동시에 진실성이라는 새로운 문제를 야기한다. 야기되는 여러 어려움 중에서 투박한 유형의 어려움 하나를 예로 들어 보자. 내가 스페인 내전에 관해서 쓴 책인『카탈로니아 찬가』가 노골적인 정치물인 것은 분명하지만 이 책의 근저에는 초연한 심정으로 글의 형식에 신경을 쓴 작가로서의 노력이 자리한다. 나는 이

책에서 내 문학적 본능을 거스르지 않으면서 전체적인
진실을 말하려고 상당한 노력을 기울였다. 그러나 다른
무엇보다 이 책의 한 챕터에는 프랑코와 공모했다는
혐의를 받던 트로츠키파를 변호하는 신문기사 인용문
등이 여럿 실려 있다. 일이 년 뒤면 분명히 일반 독자들의
관심에서 멀어질 이 챕터가 책을 망친 것은 분명하다.
평소 내가 존경하는 비평가 한 분이 훈계의 말씀을
주셨다. "어째서 그런 걸 다 집어 놓았어요? 훌륭한 책이
될 수 있었는데 한갓 보도물로 만들어 버렸잖아요." 옳은
지적이었다. 나는 그렇게밖에 쓸 수 없었다. 나는 우연히
영국에서 극소수만 알 수 있는 내용, 즉 아무 잘못도 없는
사람들이 억울한 혐의를 받는다는 사실을 우연히 접했기
때문이다. 내가 그 사실에 분개하지 않았더라면 나는 결코
그 책을 쓸 생각조차 하지 않았을 것이다.

이런 문제는 어떤 식으로든 다시 제기된다. 언어가
주는 문제는 한층 미묘하기에 이를 논의하려면 꽤
많은 시간이 필요하다. 최근에는 생생하게 쓰기보다는
정확하게 쓰려고 노력하고 있다는 점만 밝혀 두겠다.
어느 유형의 글을 쓰든 하나의 스타일이 완성될 때쯤이면
언제나 완성 단계 이상의 단계로 벗어나 있게 되는 것
같다. 『동물 농장』은 정치적 목적과 예술적 목적을 하나로
융합하려는 분명한 의도를 갖고 쓴 첫 작품이다. 지난 칠

년간 소설을 쓰지 않았지만 아주 빠른 시간 내에 소설 한 편을 출간하고 싶다. 분명히 실패작이 될 것이다. 사실 내가 쓴 모든 작품들은 하나같이 다 실패작이다. 그렇지만 나는 내가 어떤 작품을 쓰고 싶어 하는지를 매우 분명하게 알고 있다.

마지막 한두 쪽을 다시 읽어 보면 내가 글을 쓰는 동기가 전적으로 공공심에서 기인하는 것처럼 보이려고 한다는 것을 알게 된다. 하지만 나는 그것이 내 작품의 최종적인 인상으로 남겨지기를 원하는 것은 아니다. 모든 작가들은 허영심이 많고 이기적인 데다 게으르다. 그들이 글을 쓰는 동기의 밑바닥에 무엇이 자리 잡고 있는지는 알 수 없다. 책을 쓰는 일은 고통스러운 병과의 지루한 싸움처럼 끔찍하고 진 빠지는 일이다. 저항하거나 이해할 수도 없는 귀신에 홀리지 않는 한 절대 할 수 없는 작업이다. 그렇지만 그 귀신은 아기가 자기를 봐 달라고 울어 댈 때의 본능과 다를 바 없다는 것을 우리는 안다. 하지만 개성을 지우려는 노력을 꾸준히 하지 않으면 읽을 만한 글을 쓸 수 없다는 것 또한 사실이다. 훌륭한 산문은 유리창과 같다. 내게는 네 가지 동기 중 어느 것이 더 강력한 동기인지 확실히 알지 못한다. 하지만 어느 동기가 가장 따를 만한 가치가 있는지는 안다. 내가 쓴 작품들을 돌이켜봤을 때 생명력이 부족하고, 화려한 묘사에만

집착하고, 의미 없는 문장만 나열하거나 장식적인
형용사나 실없는 소리만 남발한 글에는 언제나 어김없이
정치적 목적이 결여되어 있었다.

작가와 리바이어던

리바이어던은 본래 구약성서에 나오는 바다 괴물로, 영국의 철학자 홉스는 국가 유기체를 이 거대한 괴물에 빗대 『리바이어던』을 썼다. 오웰은 이처럼 막강한 정치 이념에 영향을 받을 수밖에 없는 현실적 상황과 오롯이 자아의 산물을 기록하는 작가로서의 역할 사이에서 고민하다 자신만의 소명을 이끌어 낸다. 1948년 발표작.

작가와 리바이어던

국가 통제 시대에 작가의 입지는 어느 정도일까 하는 것은 기록이 많지는 않지만 이미 꽤 많이 논의되어 온 주제다. 나는 국가가 예술을 후원하는 것에 대해 찬반 의견을 개진할 의향은 없고, 다만 어떤 종류의 국가가 우리를 통치하느냐는 지배적인 지적 분위기에 어느 정도 달려 있다는 점을 지적하고자 한다. 즉 어느 정도는 작가와 예술가 자신들의 태도에, 그리고 그들이 흔쾌히 자유주의 정신의 명맥을 유지하려 할지 아닐지에 달려 있다는 점을 지적하려는 것이다. 십 년이라는 세월이 흐른 뒤에도 우리가 즈다노프[34] 같은 사람 앞에서 굽실거린다면 그것은 아마도 그럴 만하기 때문일 것이다. 이미 영국

---

34 안드레이 알렉산드로비치 즈다노프(Andrey Aleksandrovich Zhdanov, 1896~1948). 소련의 정치가로 문학 검열을 주도했다.

문학 지식인들 내에서도 전체주의로 기우는 분명한
경향이 드러난다. 그러나 이 글에서 나는 공산주의 같은
조직화되고 의식화된 운동이 아니라, 정치적 사고가
선의를 품은 사람들에게 끼치는 영향과 정치적으로 어느
한편에 서야 하는 필요성에 관심을 두려 한다.

지금은 정치적인 시대다. 우리는 전쟁, 파시즘,
강제 수용소, 경찰봉, 핵폭탄 등등을 매일 생각한다. 그
결과 이것들을 공개적으로는 거론하지 않더라도 상당
부분 우리가 쓴 글의 주제가 됐다. 어쩔 수 없는 일이다.
침몰하는 배를 타고 있을 때 우리는 침몰 중인 배만
생각한다. 그런데 우리의 주제는 이미 곤궁해졌고 문학에
대한 전반적인 태도 역시 우리가 적어도 종종 문학과 관련
없는 것으로 인식하는 충성심으로 물들어 있다. 나는
시절이 아주 좋을 때조차 가끔은 문학 비평이 사기라는
느낌을 받았다. 왜냐하면 이런 책은 **좋고** 이런 책은
나쁘다는 평가를 의미 있는 진술로 만들어 주는 합의된
기준, 즉 외부적인 참조 대상이 존재할 수 없는 한, 문학
작품에 관한 모든 평가는 본능적으로 선호하는 것들을
정당화하는 규칙들을 꾸며 내는 일에 불과하기 때문이다.
책에 대한 진정한 반응은 대개 먼저 "이 책이 맘에 들어."나
"이 책이 맘에 안 들어."를 표명한 다음 자신이 내린
평가를 합리화하는 것이다. 하지만 나는 "이 책이 맘에

들어."는 비문학적 반응이라고 생각하지 않는다. "이 책은
내 편이니까 장점을 찾아야만 해."가 오히려 비문학적
반응이다. 물론 정치적인 이유로 책을 칭찬할 때에는
격하게 동의를 한다는 의미에서 감정적으로 진실해질 수
있겠지만 당파적 연대감으로 뻔한 거짓말을 해야 하는
경우도 있다. 정치적인 글을 게재하는 정기 간행물에
서평을 써 본 사람이라면 잘 알 것이다. 일반적으로 자신과
생각이 일치하는 간행물에 글을 쓸 때에는 헌신으로
죄를 짓고, 생각이 다른 간행물에 글을 쓸 때는 태만으로
죄를 짓는다. 어느 경우든 찬반을 표명하는 셀 수 없이
많은 논쟁적인 책들 —— 소비에트 러시아, 시오니즘,
가톨릭교회에 대한 찬반을 표명하는 책들 —— 은 읽기도
전에 평가를 해 버리고, 실제로는 글을 쓰기도 전에 평가가
끝나 버린다. 우리는 그런 책들이 어떤 간행물에서 어떤
대접을 받을지를 미리 알 수 있다. 그러면서도 때로는
거짓말을 하고 있다는 것을 반의반만큼도 의식하지 못한
채 진정한 문학 기준을 적용하는 척한다.

　　물론 정치가 문학을 침범하는 일은 일어날 수밖에
없다. 전체주의라는 특수한 상황에 처하지 않더라도
그런 일은 분명히 일어났을 것이다. 왜냐하면 우리는
우리의 조부모들은 느끼지 않았던 양심의 가책 같은
것을, 세상에 존재하는 엄청난 불의와 비참함에 대한

인식을, 그래서 그것에 관해 무엇인가를 해야만 한다는 죄책감을 키워 왔기에 순수한 미적 태도로만 삶을 대할 수 없다. 지금은 누구도 조이스나 헨리 제임스처럼 한결같이 문학에만 전념할 수 없게 됐다. 그러나 불행히도 이제는 정치적 책임을 인정한다는 것이 정통성과 **당**의 노선에 굴복하면서 온갖 소심함과 비정직성을 지니게 된다는 것을 의미하게 됐다. 빅토리아 시대의 작가들과 비교했을 때, 우리는 정치 이데올로기들이 선명히 구분되며, 한번 보는 것만으로도 어떤 사상이 이단인지를 대충 알 수 있는 시대에 살고 있다. 현대의 문학 지식인은 늘 두려움 속에서 살고 글을 쓴다. 여기서 두려움은 넓은 의미에서의 일반적인 여론에 대한 것이 아니라 자신이 속한 집단 내 여론에 대한 두려움이다. 다행스럽게도 대개 두 개 이상의 집단이 존재하고, 어느 때든 지배적인 정통성이 존재하기 마련이다. 따라서 이 정통성을 거스르려면 뻔뻔스러움이 필요하고 때로는 한동안 수입이 반으로 줄어드는 삶을 감수해야만 한다. 분명한 것은 지난 십오 년여 동안 지배적인 정통성은 특히 젊은이들 사이에서는 **좌파**였다. **진보적**이니 **민주적**이니 **혁명적**이니 같은 단어가 핵심 단어였고, **부르주아, 반동적, 파시스트** 같은 딱지가 자신에게 붙는 일만은 어떤 대가를 치르더라도 피해야 한다. 최근에는 거의 모든 사람들이, 심지어는 가톨릭

신자와 보수주의자들도 **진보적**으로, 아니면 적어도
그렇게 여겨지기를 바란다. 내가 아는 한 스스로를
부르주아로 생각하는 사람은 아무도 없다. 이는 마치
반유대주의라는 단어를 들어는 봤을 것 같은 식자층
사람들 중 스스로 반유대주의자임을 인정하는 사람이
전혀 없는 것과 똑같은 이치다. 우리는 모두 다 훌륭한
민주주의자이자, 반파시스트, 반제국주의자이고, 계급
차별을 경멸하는 자들이고, 피부색에 따른 인종적
편견에 영향을 받지 않는 자 등등이다. 더구나 오늘날
좌파 정통성은 《크라이티어리언》과 (이것보다 수준이 낮은)
《런던 머큐리》가 유력한 문학 잡지였던 이십 년 전에
유행했던 다소 속물적이고, 경건한 체하는 보수주의
정통성보다 훨씬 낮다는 주장에 의문을 제기하는 이는
한 명도 없다. 왜냐하면 적어도 좌파가 암묵적으로
지향하는 목표는 대다수 사람들이 실제로 원하는, 실현
가능한 사회를 구성하는 것이기 때문이다. 그러나 좌파
정통성에도 나름의 허위가 존재하지만 이를 인정하지
못하는 탓에 몇몇 문제들을 심각하게 논의하는 것 자체가
불가능해진다.

　　과학적인 좌익 이데올로기든, 유토피아적 좌익
이데올로기든, 모든 좌익 이데올로기는 당장 권력을 잡을
가능성이 없는 사람들이 발전시킨 것이다. 그렇기에 좌익

이데올로기는 왕, 정부, 법, 감옥, 경찰력, 군대, 국가, 국경, 애국심, 종교, 관습 도덕, 그리고 사실상 전 세상의 모든 기존 체제를 철저히 경멸하는 극단적 이데올로기다. 모든 나라의 좌파 세력이 난공불락과 같던 압제와 맞서 싸웠던 기억이 살아 있는 사람들의 뇌리 속에 여전히 남아 있으며 그 특정 압제, 즉 자본주의를 전복시킬 수만 있다면 사회주의의 세상을 곧 맞이할 수 있으리라고 쉽게 가정했다. 더구나 좌파는 자유주의로부터 분명 의문의 여지가 있는 특정 믿음, 예를 들면 진실이 승리할 것이며 탄압은 스스로 패퇴하리라, 혹은 인간은 선천적으로 선하며 단지 외부 환경 때문에 타락한다 등의 믿음을 물려받았다. 이런 완벽주의적 이데올로기는 우리들 거의 모두의 내면에 여전히 자리 잡고 있으며 가령 노동당 정권이 국왕의 딸들에게 막대한 수입을 안겨 주는 법안에 찬성표를 던지거나, 철강 산업 국유화를 망설일 때 이와 같은 완벽주의 이데올로기의 이름으로 이에 맞서 저항하는 것이다. 그러나 계속해서 현실과 충돌해 온 결과 차마 인정하지 못하는 일련의 모순들을 마음속에 쌓아 두고 있다.

첫 번째 대규모 충돌은 러시아 혁명이었다. 다소 복잡한 이유로 영국의 좌파 거의 모두는 러시아 정권의 정신과 정책이 이 나라에서 의미하는 **사회주의와**

상당히 다르다는 것을 알면서도 러시아 정권을 사회주의
정권으로 인정할 수밖에 없는 상황으로 내몰렸다.
그 결과 민주주의라는 말에는 서로 양립할 수 없는
두 가지 의미가 있을 수 있다거나 강제수용소나 집단
추방과 같은 사건들을 옳기도 하고 동시에 잘못으로도
생각하는 일종의 정신 분열증적 사고방식이 생겨났다.
좌익 이데올로기에 가해진 두 번째 타격은 파시즘의
등장이었다. 파시즘은 좌파가 추구하는 평화주의와
국제주의를 흔들어 댔지만 좌파는 자신들의 이념을
명확하게 재천명하지 않았다. 독일의 지배를 겪은 후
유럽인들은 피식민지인들은 이미 오래전부터 알고
있었던 것, 즉 계급 간 적대가 그토록 중요한 것은 아니며
국가의 이익 같은 것도 존재한다는 사실을 깨닫게 됐다.
히틀러 이후 "적은 자기 나라 내부에 있고" 국가의 독립은
중요하지 않다는 주장을 진지하게 하기 어렵게 됐다.
하지만 우리 모두 이를 알고 있고, 필요하다면 행동을
하기도 하지만 이를 큰 소리로 주장하는 것을 반역이라고
여전히 느끼고 있다. 마지막으로 가장 큰 난관은 이제
좌파가 권력을 잡고 있기 때문에 기꺼이 책무를 감당해야
하고 진실한 결정을 내려야 한다는 사실이다.

　　좌파 정부들은 거의 예외 없이 지지자들을
실망시킨다. 자신들이 공약했던 번영을 이루게 됐을

때에도 불편한 이행 기간이 늘 있을 수밖에 없다.
하지만 이 이행 기간에 대해서 사전에 아무도 말해 주지
않았다. 바로 이 순간 우리는 절망적인 경제 위기 속에서
결과적으로 과거에 펼쳤던 선동에 맞서 싸우는 정부를
보고 있다. 지금 우리가 처한 위기는 지진처럼 갑자기
닥친 재앙이 아니다. 전쟁 때문에 생긴 것도 아니고 그저
전쟁 때문에 앞당겨진 것일 뿐이다. 수십 년 전부터 이런
종류의 위기가 닥칠 것이라고 예견됐다. 일정 부분 해외
투자로 벌어들이는 이윤, 식민지라는 확실한 시장과
거기서 들여오는 값싼 원자재에 의존해 온 우리나라의
국민 소득은 19세기부터 극도로 위태로워졌다. 조만간 안
좋은 일이 터져 수출과 수입의 균형을 맞춰야만 할 수밖에
없게 될 것이 확실하다. 그렇게 되면 노동자 계급을 포함한
전 영국인의 생활 수준은 적어도 일시적으로 떨어질
것이 자명하다. 그런데도 좌익 정당들은 반제국주의를
큰 소리로 외칠 때조차 이런 사실을 명확하게 알리지
않았다. 좌익 정당들은 오늘날 영국 노동자들이 아시아와
아프리카를 수탈해서 어느 정도 혜택을 보고 있다는
사실은 가끔 인정했으나, 수탈을 중단해도 우리 경제가
어떻게든 계속 번창할 수 있는 것처럼 보이려고 했다.
크게 보면 노동자들은 자신들이 착취당한다는 말에
사회주의에 끌리게 된 것은 사실이지만 세계적 관점에서

보면 영국 노동자들은 착취당하는 사람들이 아니라
착취하는 사람들이라는 잔인한 진실이 존재한다. 아무리
봐도 노동 계급의 생활 수준이 향상되는 것은 말할 것도
없고, 현 수준도 유지할 수 없는 지점에 다다랐다. 아무리
부를 쥐어짠다고 해도 대다수 사람들이 소비를 줄이든지
생산을 늘려야 한다. 그게 아니라면 내가 지금 우리가 처한
난관을 과장하는 것인가? 그럴지 모른다. 오히려 내가
잘못 생각하고 있는 것이라면 좋겠다. 내가 말하고자 하는
요점은 좌파 이데올로기를 신봉하는 사람들 사이에서 이
문제가 진지하게 논의되고 있지 않다는 것이다. 임금을
낮추고 노동 시간을 늘리는 것이 본질적으로 반사회주의
대책일 수밖에 없으므로 경제 상황이 어떻든지 그런
대책은 처음부터 제외될 수밖에 없다. 그런 대책이
불가피하다고 주장하는 것은 단순히 우리 모두가 공포에
떠는 딱지를 붙이는 위험을 감수하는 일이다. 문제는
회피한 채 기존의 국민 소득을 재분배해서 모든 것들을
바로잡을 수 있는 척하는 것이 훨씬 안전하다.

정통성을 받아들이는 것은 언제나 해결되지 않은
모순을 물려받는 일이다. 가령 예민한 사람이라면 누구나
산업주의와 산업주의의 산물에 반감을 가지면서도
가난을 극복하고 노동 계급을 해방시키기 위해서는
산업화가 덜 필요하다기보다는 오히려 점점 더 많이

필요하다는 점을 인식하고 있다는 사실을 예로 들어 보자. 아니면 어떤 일들은 절대적으로 필요하지만 다소 강제하지 않으면 결코 수행되지 않는다는 사실을 예로 들 수도 있다. 강력한 군사력 없이는 적극적인 외교 정책을 펼치는 것이 불가능하다는 사실도 예가 될 수 있다. 제시할 수 있는 예들은 이것들 말고도 수없이 많다. 경우가 어떻든 결론은 완벽하게 뻔하지만 그 결론은 오직 공식 이데올로기에 개인적으로는 충성하지 않는 사람만이 이끌어 낼 수 있는 그런 식의 결론도 존재하기 마련이다. 정상적인 반응은 문제는 해결하지 않은 채 마음 한구석으로 밀어넣고 모순되는 구호만 반복하는 것이다. 굳이 서평과 잡지를 찾아보지 않아도 이런 사고가 어떤 결과를 초래하는지는 쉽게 알 수 있다.

물론 정신적으로 정직하지 않은 것이 사회주의자들과 좌파들 전반의 특수한 현상이라거나 그들 사이에 아주 흔하게 퍼져 있는 속성이라고 주장하는 것이 아니다. 단지 나는 어떤 특정 정치 이념을 받아들이게 되면 문학적 진실성이 훼손될 위험이 생긴다고 주장하는 것이다. 이는 보통 정치 투쟁의 영역 밖에 있다고 주장하는 평화주의와 개성주의 같은 운동에도 똑같이 적용된다. 사실 주의로 끝나는 단어는 그 단어만 들어도 선전의 냄새가 풍긴다. 집단에 대한 충성은 필요하지만 문학이 개인의 산물인 한,

문학에는 독이 된다. 집단에 대한 충성이 문학 창작에
영향을, 그것도 부정적인 영향을 끼치는 것이 허용되는
순간 창의성은 왜곡되고 사실상 고사한다.

그렇다면 어떻게 해야 하는가? "정치와 거리를 두는
것이" 모든 작가들의 의무라고 결론을 내릴 수밖에
없는 것일까? 결코 그렇지 않다. 내가 이미 앞에서
말했듯 오늘과 같은 시대를 사는 사람들 중 생각이 있는
사람이라면 정치와 거리를 둘 수도 없고 두어서도 안 된다.
나는 정치적 충성과 문학적 충성을 구분할 때 사용하는
지금의 방식보다 더 선명한 방식을 사용해야 한다고,
그리고 마음에는 안 들지만 반드시 해야 하는 필수적인
것들을 기꺼이 한다고 해서 대체적으로 그런 일에 따르는
신념까지 받아들여야 할 의무가 있는 것은 아니라는
점을 인정하자고 제안할 뿐이다. 작가가 정치에 참여할
때는 한 명의 시민, 한 명의 인간으로서 참여해야지 한
명의 작가로서 참여해서는 안 된다. 예민한 작가라는
이유로 보통 정치의 지저분한 현실을 회피할 권리가
주어지는 것은 아니라고 생각한다. 다른 모든 이들처럼
작가도 바람이 새는 강연장에서 강연을 하고, 길바닥에
분필로 무엇인가를 쓰고, 유권자들을 일일이 찾아다니며
선거 운동도 해 보고, 전단지를 나눠 줘 보기고 하고,
심지어 필요하다면 내전에라도 참전해 싸울 각오도

돼 있어야 한다. 자신이 속한 당을 위해서는 무슨 일을
하든 상관없지만, 자기 당을 위해서 글을 쓰는 것만큼은
절대 해서 안 된다. 자신의 글이 자신이 속한 당과는
별개라는 점을 분명히 해야 한다. 하고자 한다면 당의 공식
이데올로기를 철저히 거부하면서도 당에 협력할 수 있어야
한다. 일련의 사고과정이 자신의 생각을 혹시 이단으로
이끌지 모를까 하는 걱정으로 포기해서도 안 되며, 다른
사람들이 자신의 비정통적인 사고를 감지하더라도,
결국 그렇게 되겠지만, 개의치 말아야 한다. 이십 년
전에는 공산주의에 동조하지 않는 작가로 의심받는 것이
작가에게는 나쁜 신호였듯, 요즘에는 반동적인 성향이
있는 작가로 의심받지 않는다는 것이 작가에게는 나쁜
신호일 수 있다.

그렇다면 이 모든 것이 의미하는 바는 작가가 정치
우두머리들에게 휘둘리기를 거부하는 건 물론이고
정치에 관한 글을 쓰는 것도 삼가야 한다는 것인가? 다시
말하건대 결코 그렇지 않다. 작가가 정치에 관한 글을
쓰고자 할 때 아주 투박하더라도 써서 안 될 이유는 없다.
다만 작가는 한 명의 개인으로서, 한 명의 국외자로서,
정규군의 측면에 위치하는 달갑지 않은 게릴라로서
정치에 관한 글을 써야 한다. 이런 태도는 보통의 정치적
효용성과도 상당한 정도로 양립 가능하다. 가령 전쟁은

무조건 이겨야 한다는 생각으로 기꺼이 전쟁에 나가
싸우면서도 동시에 전쟁 선전 글을 쓰는 것을 거부하는
것은 지극히 합리적인 행동이다. 실제 정직한 작가라면
그의 글과 정치 행위는 상충될 때가 종종 있다. 명백히
이런 현상이 바람직하지 않은 경우도 꽤 많다. 이럴 때
해결책은 자신의 충동을 왜곡하는 것이 아니라 그저
침묵하는 것이다.

갈등의 시기를 살아가는 창작 작가라면 자신의 삶을
두 영역으로 분리해야만 한다는 주장은 패배주의적이거나
경솔한 짓처럼 비칠지 모르지만 이것 말고 실제 할 수 있는
일은 없다고 생각한다. 상아탑에 스스로를 가둬 둔다는
것은 가능한 일도 아니고 바람직한 일도 아니다. 작가가
주체적으로 당의 기구뿐만 아니라 집단의 이데올로기에
굴복하는 것은 작가라는 자아의 파괴를 부른다. 우리는 이
딜레마가 얼마나 고통스러운지 알고 있다. 왜냐하면 정치에
참여하지 않을 수 없다는 것을 알면서, 동시에 정치가
무척이나 지저분하고 품격을 낮추는 일이라는 것도 알기
때문이다. 게다가 우리 대부분은 모든 선택이 심지어 모든
정치적 선택조차 선과 악 사이에서의 선택일 수밖에 없고,
또한 필요한 것은 옳은 것이라는 오래 이어져 온 믿음에서
벗어나지 못하고 있다. 유치원 아이들이나 믿을 이러한
믿음을 버려야 한다는 것이 내 생각이다. 정치에서는 두

악 중에서 그나마 덜 악한 것을 결정하는 것 이상을 할
수 없고, 악마나 미치광이처럼 행동해야만 간신히 벗어날
수 있는 상황들이 있다. 가령 전쟁이 필요할 수 있지만
전쟁은 분명 옳거나 온전한 것이 아니다. 정확하게 말하면
심지어 총선이라고 해서 딱히 유쾌하고 즐거운 행위나
교훈적인 광경을 보여 주지 않는다. 그런 일에 참여할
수밖에 없다면 — 노령, 우둔함 혹은 위선이라는 갑옷을
입지 않는 한 그럴 수밖에 없다고 생각하는데 — 자신의
일부분만은 침해받지 않도록 해야 한다. 대부분의
사람들에게는, 삶은 이미 분리됐기 때문에 그 문제가
동일한 형식으로 발생하지 않는다. 실제로 대다수
사람들은 여가 시간에만 진정으로 살아 있고 그들의
노동과 정치 행위는 정서적으로 연결되어 있지 않다.
더구나 대다수 사람들은 일반적으로 정치적 충성이라는
이름으로 스스로를 노동자로 비하하도록 요구받는
경우가 없다. 하지만 예술가는 특히 작가는 그런 요구를
받는다. — 사실 그것은 정치인들이 작가에게 요구하는
유일한 것이다. 작가가 그런 요구를 거부한다고 해도 작가
활동을 못 하게 되는 벌을 받는 것을 의미하지는 않는다.
작가의 절반은, 어떤 의미에서 그 절반이 작가의 전부일
수 있지만, 그 절반이 어느 누구 못지않게 결연하게 그리고
필요하다면 맹렬하게 활동할 수 있다. 그러나 작가의

글이 가치가 있는 한 그 글은 언제나 한층 온전한 자아의 산물이어야 할 것이다. 이 자아는 가까이에서 진행되는 일을 기록하고 그 일의 불가피성을 인정하면서도 속아서 그 일의 진정한 본성을 잘못 인식하기를 거부하는 자아인 것이다.

오웰 연보

어머니, 여자 형제들과 함께한 유년 시절

1903년   6월 25일 인도의 벵골주에서 태어났다. 본명은
             에릭 아서 블레어(Eric Arthur Blair)로 조지 오웰은
             필명이다. 오웰의 아버지 리처드 블레어(Richard
             Blair)는 인도 주재 영국 공관의 하급 공무원이었다.
             어머니는 아이다 메이블 블레어(Ida Mabel Blair),
             오웰보다 다섯 살 위인 누이는 마조리 블레어(Marjorie
             Blair)다.

1904년(1세)   어머니가 자녀 교육을 위해 남편을 인도에 남겨 둔 채
             남매를 데리고 영국으로 돌아온다.

1907년(4세)   여동생 애브릴 블레어(Avril Blair)가 태어났다.

가난, 학업, 문학에의 눈뜸

1911년(8세)   가정 형편이 어려웠던 오웰은 집에서 멀리 떨어져
　　　　　　 있지만 장학생으로 입학할 수 있는 세인트시프리언스
　　　　　　 예비 학교에 들어갔다. 이곳은 부유층 자제들이
　　　　　　 다니는 기숙학교로 오웰은 학교장 부부에게 심한
　　　　　　 차별을 받았고 한편으로는 장학생으로서 학교를
　　　　　　 빛내야 한다는 부담감도 느꼈다. 훗날 반어적인
　　　　　　 제목의 에세이 「정말, 정말 좋았지」를 통해 이 시기를
　　　　　　 회고한다.

1914년(11세)   《헨리 앤드 사우스 옥스퍼드셔 스탠더드》에
　　　　　　 「깨어라! 영국의 젊은이들이여(Awake! Young Men of
　　　　　　 England)」라는 시를 발표했다.

1917년(14세)   명문 이튼에 국왕 장학생으로 입학했다. 이튼
　　　　　　 시절에는 학업보다 시를 쓰거나 교지를 만드는 등
　　　　　　 문학 활동에 열정을 쏟았다. 1921년 동양에 대한
　　　　　　 막연한 환상을 품고서 이튼을 졸업한다.

미얀마에서의 제국주의 경찰 생활

1922년(19세)   10월부터 미얀마(당시 버마)에서 경찰로 근무하나
　　　　　　 영국 제국주의에 대한 반감으로 오 년 만에 사직서를
　　　　　　 제출한다. 이튼의 동창생들이 평탄한 대학 생활을
　　　　　　 즐기고 있을 때 오웰은 제국주의의 현실을 직접
　　　　　　 목격하는 경험을 한 것이다. 이때의 체험을 토대로 쓴

소설이 『버마 시절(Burmese Days)』이며, 에세이로는
「교수형」, 「코끼리를 쏘다」가 있다. 미얀마에서
돌아온 이후 작가가 되기로 결심하고 빈민가를
전전하며 하층민과 어울려 생활했다.

스스로 선택한 방황

1928년(25세) 전업 작가가 된 이후 처음으로 《르 몽드》에 「영국
검열(La Censure en Angleterre)」을 발표했다. 이십
대 중후반에 이르는 이 시기 오웰은 런던의 거리를
헤매며 밑바닥 사회를 체험한다. 그러다 호텔, 서점
등에 취직하거나 초등학교에서 교사 생활을 하는 등
최소한의 생계를 유지하면서 습작에 몰두했다.

1933년(30세) 소설 『파리와 런던 안팎에서(Down and Out in Paris and
London)』가 조지 오웰이라는 필명으로 출간되었다.
이 작품은 미얀마 체류 이후 오웰 스스로 선택한
가난을 사실적으로 기술한 것이다.

1935년(32세) 교사 경험을 바탕으로 쓴 소설 『목사의 딸
(A Clergyman's Daughter)』이 출간되었다.

스페인 내전과 2차 세계 대전

1936년(33세) 서점에서의 경험을 쓴 소설 『엽란을 날려라
(Keep the Aspidistra Flying)』가 출간되었다. 6월,
아일린 모드 오쇼너시(Eileen Maud O'Shaughnessy)와

결혼해 윌링턴에서 신혼 생활을 시작했다. 그러던 중
스페인 내전이 일어나자 마르크스주의 통일 노동자당
소속의 의용군으로 참전했으며 스페인 아라곤
전방에서 근무했다. 이 년 뒤 이 경험을 바탕으로
『카탈로니아 찬가(Homage to Catalonia)』를 출간했다.

1937년(34세)　오웰이 스페인에 있을 때 영국에서는 『위건 부두로
가는 길(The Road to Wigan Pier)』이 출간되어 상당한
주목을 받았다. 이 책은 영국 랭커서 지방 광부들의
궁핍한 삶을 치밀하게 묘사한 르포다. 5월, 오웰은
아라곤 전투에서 치명적인 총상을 입고 가까스로
생존했으며 6월, 아내와 함께 바르셀로나를 탈출해
영국으로 돌아왔다.

1939년(36세)　2차 세계 대전이 발발하자 군대에 자원했으나 폐
건강이 좋지 않아 입대 불가 판정을 받았다.

1940년(37세)　비교적 복무 조건이 까다롭지 않은 민방위대에
자원해 삼 년간 근무했다.

고독, 병마와 싸우며 일생의 역작을 남기다

1944년(41세)　양자를 입양하고 이름을 리처드 허레이쇼
블레어(Richard Horatio Blair)라고 지어 주었다.

1945년(42세)　아내가 자궁 수술을 받던 중 심장마비로 사망하자
오웰은 큰 충격을 받았다. 스탈린주의를 비판하는

현대적인 우화 『동물농장(Animal Farm)』이 여러 차례 출간을 거절당한 끝에 출간되어 큰 명성을 얻었지만 힘든 시절을 함께한 아내는 이 성공을 보지 못했다.

1946년(43세) 가정부와 아들을 데리고 스코틀랜드의 주라 섬으로 들어갔다. 이 무렵 병마와 싸우며 『1984(Nineteen Eighty-Four)』를 집필하기 시작했다. 오웰 스스로 "만약 병이 그렇게 심하지만 않았다면 이 소설도 그다지 어둡지 않았을 것이다."라고 말한 바 있다.

1947년(44세) 폐결핵 양성 판정을 받았다.

1948년(45세) 『1984』를 탈고하고 출판사로 보냈다.

1949년(46세) 전체주의 국가의 공포를 형상화한 『1984(Nineteen Eighty-Four)』가 출간되었다. 병실 침대 옆에서 두 번째 아내 소니아 브라우넬(Sonia Brownell)과 약식 결혼식을 올렸다. 소니아는 출판 편집자였다.

1950년(47세) 1월 21일 지병으로 세상을 떠났다. 유언에 따라 영국 잉글랜드 남부 템스 강변에 있는 교회에 안장되었다. 그의 묘비에는, 본명으로 돌아가, "에릭 아서 블레어 여기에 잠들다."라고 쓰여 있다.

디 에센셜
조지 오웰

1판 1쇄 펴냄   2020년 11월 27일
2판 1쇄 펴냄   2022년 1월 21일
2판 4쇄 펴냄   2024년 11월 4일

지은이   조지 오웰
옮긴이   정회성, 정영목
발행인   박근섭, 박상준
펴낸곳   (주)민음사

출판등록   1966. 5. 19.(제16-490호.)
주소   (우편번호 06027) 서울특별시 강남구 도산대로1길 62(신사동)
강남출판문화센터 5층
대표전화 02-515-2000 | 팩시밀리 02-515-2007
홈페이지   www.minumsa.com

© 정회성, 정영목, 2020, 2022, Printed in Seoul, Korea

ISBN 978-89-374-7291-6 03840

# #

소설x에세이로 만나는
'디 에센셜' 시리즈

조지 오웰

식민지 경찰에서 거리의 부랑자가 되었다가
베스트셀러 작가로 명성을 얻기까지
'가장 정치적인' 작가 오웰은 어떤 미래를 예언했나

#1984 #나는_왜_쓰는가 #코끼리를_쏘다

버지니아 울프

당대 최고 수준의 지적 문화를 향유하는 환경에서 성장했지만
그 역시 남자 형제에게 이브닝드레스를 검사받는 '여성'이었다
울프가 말하는 여성, 자유, 그리고 쓰기

#자기만의_방 #큐_식물원 #유산

다자이 오사무

'어떻게 살 것인가?'만큼 '어떻게 죽을 것인가?'에 천착했던
자기 파멸의 상징 다자이 오사무
그가 구했던 희망, 구애했던 인간에 대하여

#인간_실격 #비용의_아내 #여치

어니스트 헤밍웨이

작가는 혼자서 쓸 수밖에 없으며, 날마다 영원성의 부재와
마주할 수밖에 없다고 말한 어니스트 헤밍웨이
그가 바라본 바다, 그리고 인간의 고독

#노인과_바다 #깨끗하고_밝은_곳 #빗속의_고양이